Karin Struck

FINALE

Geschichte eines
unentdeckten Pferdes

Roman

Albrecht Knaus

833.914

Sт 8f

141579

am. 1987

© Albrecht Knaus Verlag, Hamburg, 1984
Gesetzt aus Korpus Garamond
Schutzumschlag unter Verwendung des Gemäldes
von Johann Georg Trautmann »Der Brand von Troja«,
Freies Deutsches Hochstift-Goethemuseum, Frankfurt/Main,
(Foto: Ursula Edelmann): Klaus Detjen
Herstellung: Mohndruck Graphische Betriebe GmbH, Gütersloh
Printed in Germany · ISBN 3-8135-0339-9

Inhaltsverzeichnis

Erster Teil
Die Frau und das Pferd

1 Die verlorene Tochter und Frau Domröse spielt Orgel *11*
2 Der Regisseur und Idas Entscheidung *24*
3 Ein frauenloses Pferd und Eine betrunkene Frau *33*
4 Die Wildpferde und Die Suche nach einem guten Stall *49*
5 Spiel mir das Lied vom Pferd und
  Magdalenas schöner Jüngling *73*
6 Schöner Tod in der Tierklinik und
  Schwarze Hunde in Stechmückes Stall *110*
7 Das Gespräch am Feuer und«Unsere Väter sind alle
  irgendwie Anästhesisten» *146*
8 Der Unfall und Ein Waldspaziergang *185*

Zweiter Teil
Das Kind, Das Meer und der Graue Mann

1 Die Tigerfrau und Wie man die Angst überwindet *195*
2 Der neue Stall und Eine Liebesaffäre mit allen
  Höhen und Tiefen *214*
3 Meeresgespräche mit Esriel und
  Der Aalmann von Austernende *234*
4 Die Taubenfrau und Die Fluchtkutsche *262*
5 Eine Traumfrau und Ein geflügeltes Pferd *287*
6 Schneisen im Mais und Noch einmal die Tierklinik *331*
7 Der Nachtigallenmörder und
  Die Orgelbauerin mit der grünen Haarsträhne *383*
8 Der Graue Mann und
  Der Wein unter der zerspaltenen Kirche *420*

Gesagt, gethan. In lächerlichem Zuge
Erblickt man Ochs und Flügelpferd am Pfluge.
Unwillig steigt der Greif,
Und strengt die letzte Macht
Der Sehnen an, den alten Flug zu nehmen.
Umsonst, der Nachbar schreitet mit Bedacht,
Und Phöbus' stolzes Roß muß sich dem Stier bequemen,
Bis nun, vom langen Widerstand verzehrt,
Die Kraft aus allen Gliedern schwindet,
Von Gram gebeugt das edle Götterpferd
Zu Boden stürzt, und sich im Staube windet.

Friedrich Schiller, ‹Pegasus in der Dienstbarkeit›

Gewidmet

der großen Schauspielerin B. B.
und allen unentdeckten Pferden

I

Die Frau und das Pferd

I

Die verlorene Tochter
und
Frau Domröse spielt Orgel

Sie lag wach. Es war bereits ein Uhr vorbei, der Schlaf wollte
nicht kommen. Die Gedanken an den rasenden Galopp ihres
Lebens kreisten in ihrem Kopf. Es war einmal ein heimlicher
Wunsch gewesen, eine Reiterin zu sein. Ihr erster Freund war
ein Mann gewesen – schüchtern und schweigsam, ja fast
stumm –, den sie auf dem Abschlußball der Tanzschule kennengelernt hatte, und er war mit Pferden umgegangen. Er
war kein ‹Mann aus gutem Hause› gewesen. Sie besuchte ihn
an seiner Arbeitsstelle in der Reithalle. Sie konnte sich nicht
genau erinnern, was er dort gewesen war: wahrscheinlich
‹Reitknecht›, jedenfalls nicht Reitlehrer und schon gar nicht
Besitzer oder Züchter. Vor dem Gebäude des Reitstalls, auf
einem asphaltierten Hof, war Ida zum ersten Mal in ihrem
Leben vom Pferd gestürzt: von einem dunklen, hohen
Hengst. Der Hengst stand, Ida unterhielt sich mit jemandem,
der aus der Halle kam, sie machte eine unbedachte Bewegung und nahm die Reitkappe etwas zu rasch vom Kopf. Der
Hengst sprang nach vorn, Ida stürzte auf den Asphalt.
Der zweite Sturz geschah kurz danach in der Bahn. Der
Freund schaute zu, wie sie ritt. Sie ritt ohne Anleitung, ohne
einen Lehrer. So war sie auch ins Leben geritten: ohne Le-
benskünstler um sich. Da stürzte sie heftig, das Pferd über
sie hinweg: Augenblicke der Angst, vernichtet, in den Boden
getrampelt zu werden.
Das Pferd war immer alles: Es war Arbeitspferd.
Kriegspferd. Transporttier. Teil eines Gespanns. Ida liebte
die Atmosphäre von Pferderennen. Der Wettkampf reizte
sie, das Schnellersein als andere, Ehrgeiz. Sie sammelte Fotos
von berühmten Reitern, Fotos von Springreitern kurz vor

dem Ziel. Mochte den Anblick von Sportlern im Taumel des Gewinnens. Was aber war, wenn man mitten im Rennen starb? Wenn man niemals Trab, nicht Schritt ritt, nur ohne Unterbrechung im Galopp durch enge Schluchten des Lebens geritten wurde?

Wie war es, wenn man ‹Pegasus in der Dienstbarkeit› geworden war und einem nichts anderes bevorstand, als eines frühen Morgens, wie ein Pferd mit aufgeblähten Därmen tot auf der Weide, nach einer atemlosen Hetzjagd, sein Ende zu finden?

Ida, die berühmte Schauspielerin, wollte heraus aus diesem unmenschlichen Rennen. Zuhälter lassen ‹ihre Pferdchen laufen›. Und ein Regisseur setzte auf ihren ‹Namen› . . . ‹Alle loben Paul Schockemöhle. Und noch mehr Deister. Das Pferd ist seine Million wert.› So stand es nach dem Rennen in den Zeitungen.

Endlich zur Ruhe gekommen, besuchte Ida Helmond, zum ersten Mal seit vier Jahren, mit ihrem fünfjährigen Sohn Esriel ihre Eltern, die sich in ihrer zweiten Heimat auf dem westfälischen Lande vor Jahren eine neue Villa gekauft hatten, worin sie, wenn der Vater seine Tätigkeit als Anästhesist der hiesigen Tierklinik nur noch sporadisch ausüben würde, ihren Lebensabend verbringen wollten.

‹Helmond› war Idas Künstlername, der auch im Paß stand, außerdem hatte sie nie geheiratet, nicht aus Mangel an Bewerbern, sondern weil sie bis zum letzten Atemzug ‹frei bleiben wollte›. Herr Domröse, ihr Vater, ein hagerer, zäh und energisch wirkender Herr von vierundsechzig Jahren, war nicht schadenfroh, als er von der Entscheidung seiner Tochter hörte, in ihrer atemlosen Karriere als Schauspielerin nach elf Jahren eine Zäsur zu setzen und ein Jahr lang nichts zu tun, der Chamäleonwelt des Films vorerst adieu zu sagen, obwohl er, als die Tochter für den Film entdeckt worden war (nachdem sie sich lange Jahre nichts sehnlicher gewünscht hatte, als Schauspielerin zu werden), strikt dagegen gewesen war und ihr immer wieder ins Gewissen geredet hatte, sie solle, wenn nicht Tierärztin – was er jeden Tag sah, wollte er seiner Tochter nicht zugemutet wissen –, so doch Humanmedizinerin, etwa Kinderärztin, werden.

Ida aber wollte keine Leichen zerschnippeln (einen Studienplatz hatte sie schon gehabt) und hatte ihre erste Rolle angenommen: als Striptease-Tänzerin in einem Film, der ein großer Erfolg gewesen war: Für die anderen war sie ‹die Nackte› geblieben, auch wenn sie später Nonnen gespielt hatte.

Für die Eltern war sie die ‹verlorene Tochter›, der Vater bot ihr, als er von ihrem Entschluß erfuhr, in seiner ersten Freude sogar Geld an und einen Teil ihres zukünftigen Erbes.

Es hatte eine Zeit gegeben, da hatte sie von den Eltern nichts annehmen wollen, hatte sich von ihnen losgesagt.

Was habe ich mit euch zu schaffen?

Ein Erbe, das war nicht nur Geld.

Wie oft hatte sie am liebsten nicht von diesen Eltern abstammen wollen.

Ihre Rückkehr war ein Fest, aber ein Kalb wurde nicht geschlachtet.

Der Vater war neugierig und doch wieder mit seinen eigenen Sorgen beschäftigt. Ida sah ihn mit neuen Augen. Lange war er für sie einer gewesen, der nichts begreift; sie hatte ihn nicht geachtet.

Das war nichts als Selbstzerfleischung gewesen, dachte sie jetzt. Nach fast dreißig Jahren Ehe küßte Herr Domröse seine Frau immer noch auf den Mund, wenn er kam und ging. Es war keine Pflichtübung. Der Kuß wirkte so sinnlich wie einer, den sich Verliebte auf einer Parkbank geben. Sie haben sich immer vor uns Kindern geküßt, dachte Ida. Nur habe ich ihnen lange nicht einmal diese Küsse geglaubt. Ich habe gedacht: Sie schauspielern, sie wollen mich betrügen, mir etwas vormachen.

Sie wußte nicht viel über die Arbeit des Vaters. Sie hatte, soweit sie zurückdenken konnte, gegen ihn opponiert. Sie kehrte nicht reumütig zurück, sondern nur klüger als vorher. Sie hatte geglaubt, daß man nackt sein könne in der Welt, ohne Verkleidung. Sie glich jener tumben Törin, die glaubt, einen Raubmörder durch ein Lächeln entwaffnen zu können.

Seitdem Ruhe eingekehrt war, sie jedes Filmangebot ausschlug und angefangen hatte, sich zu verstecken – oft machte sie sich unkenntlich durch die verschiedensten Frisuren, manchmal auch durch Perücken, sie hatte so viele Gesichter, daß Menschen sie auf verschiedenen Fotos nicht als dieselbe Frau wiedererkannten –, fühlte sie wieder, daß sie sich freuen konnte.

Die Panik, ein gehetztes Wild zu sein und ein Besitz der Öffentlichkeit, der Boulevardpresse und des Publikums, verlor sich allmählich.

Sie saß bei ihrer Mutter und fühlte sich wohl. Ich schwebe in einer Gondel, dachte sie.

Verfolgt mich ruhig, ich entschwebe euch! Ich sehe euch durch die durchsichtige, milchige Haut meiner gläsernen Gondel. Ich sehe die Welt, doch ich bin geschützt. Ich habe mich abgeseilt, nun seht, wie ihr mich packen könnt. Ihr könnt es nicht. Ich bin wieder frei!

Wie sollte man jemandem erklären, wie es einer Schauspielerin ging? Es war auch nicht notwendig, sie mußte niemandem etwas erklären. Nur der Mutter, der Mutter wollte sie alles erklären.

Frau Domröse spielte Orgel, und obwohl sie nicht sang, hörte Ida sie singen.

Es freit ein wilder Wassermann
in der Burg wohl über dem See . . .

Du willst nie wieder eine Rolle spielen? fragte Frau Domröse. Das weiß ich nicht, sagte Ida.

Wie lange träume ich schon von einer Pause. Vielleicht hat Marilyn Monroe sich umgebracht, um eine Pause zu haben? Der Tod ist nur leider eine Pause, nach der nichts weitergeht, jedenfalls nicht irdisch. Ich werde endlich wieder lesen können, sagte Ida. Lesen, sehen, leben! Ich habe Esriel aus dem Kindergarten genommen. Stell dir vor: Ich lerne von ihm, als ob ich bei ihm in die Schule ginge. Ich werde kein Angebot annehmen, auch wenn man mich auf den Knien anfleht. Keine zehn Pferde können mich dorthin zurückbringen, wo ich gewesen bin.

Hast du keine Angst, daß man dich vergißt? fragte Frau Domröse. Um so besser, sagte Ida und lachte laut.

Sie starren auf die alte, schrumpelige Schlangenhaut. Sollen sie starren. Inzwischen wächst meine neue Haut. Aber bitte, spiel weiter, Mutter, es tut mir so gut, dir zuzuhören. Ich habe nicht gewußt, daß Musik so gut tun kann! Spiel weiter, Mutter, bitte.

Die Mutter, die bereits als junge Frau – Ida erinnerte sich wieder – gern und mit Vorliebe langstrophige Lieder gesungen hatte, griff in die Tasten der Orgel, und es war Ida wieder, als ob sie gleichzeitig auch sänge:

> ... des Königs Tochter mußt er han
> die schöne, junge Lilofee.

Ob sie mir Wiegenlieder gesungen hat? dachte Ida. Ich glaube, sie hat keine Zeit gehabt, als ich klein war. Früher hat sie mich vielleicht nicht geliebt, aber heute liebt sie mich. Die Liebe zwischen uns wächst, je älter ich werde und je älter sie wird.

Während die Mutter spielte, konnte Ida sich nackt fühlen. Da war niemand, der sie sogleich beurteilte. Welch eine Folter, nach wenigen Kennzeichen, nach einem Gesichtsausdruck, einer einzigen Geste beurteilt zu werden.

Man hatte sich ein Bild von ihr gemacht. Und man soll sich von keinem Menschen ein Bild machen. Man kann Menschen töten, indem man sich ein Bild macht, das dann ein für allemal feststeht.

Ida fand die Umgebung des Elternhauses, die ihr sonst klein- und großbürgerlich vorgekommen war, schön: das Badezimmer mit den zwei blauen Waschbecken und der blauen Badewanne, die Loggia, den Balkon, das gutbürgerlich eingerichtete Wohnzimmer, ja, sogar den Vorgarten, den sie früher ‹kastriert› genannt hatte.

Sie war zurückgekehrt und unabhängig geworden von der Herkunft, die ihr früher wie ein Klotz am Bein, wie ein Fluch erschienen war.

Arzttochter! So war sie beschimpft worden von den linken Studenten, für die jeder Arbeiter ein exotisches Tier war. Sie hatte sich ihrer Herkunft geschämt. Statt Pelze zu tragen, hatte sie verschlissene Jeans wie eine Tarnung übergestreift.

Auf dem Tisch stand der Rosenstrauß, den sie der Mutter geschickt hatte mit Fleurop. Sechsundfünfzig Rosen in allen Farben, Rot, Weiß, Gelb und Rosa, dazwischen kleine weiße Blumen. Der Strauß war jetzt noch schön. Ich habe ihn abends in den kalten Keller gestellt, damit er sich lange hält, und am nächsten Mittag, wenn ich von der Arbeit gekommen bin, habe ich ihn wieder hochgeholt, sagte Frau Domröse. Ich habe noch nie einen so schönen Strauß gesehen! Nur du hast mir gefehlt an meinem Geburtstag, aber der Strauß hat mich auch sehr erfreut.

Daß die Mutter spielen konnte, und gerade dieses Instrument, dieses schwere selbständige, störrische Instrument, auf dem man nicht ‹klimpern› kann, wie es einem gefällt, kam Ida wie ein Wunder vor.

Frau Domröse hatte spät mit dem Orgelspielen angefangen. Ich ging in eine Musikalienhandlung, erzählte sie, und ich sagte: Ich möchte eine Hammondorgel kaufen. Da sagte der Verkäufer: Muß es unbedingt eine Hammondorgel sein? Ich habe im Duden nachgesehen, da steht: Hammondorgel, nach dem amerikanischen Erfinder J. H. Hammond, elektromechanisches Musikinstrument, Kinoorgel. Ich habe dann die Orgel einfach nur als ‹Orgel› bezeichnet. Was nun richtig ist, weiß ich nicht. Jedenfalls sage ich nicht mehr ‹Hammondorgel›. Ich kann dir den Unterschied zwischen einer Hammondorgel und einer Kirchenorgel nicht erklären, sagte sie. Ich weiß nur, daß die Kirchenorgel so viel größer ist. Ich kann dir vielleicht den Unterschied zwischen einem Klavier und einer Orgel sagen. Das Klavier ist ein reines Tasteninstrument, dem man allein mit dem Herunterdrücken der Tasten die Töne entlocken kann, während die Töne der Orgel auch durch Herunterdrücken der Tasten erklingen, aber nur, wenn das Instrument an den Stromkreis angeschlossen ist. Ich habe die Töne des Klaviers noch lieber als die der Orgel. Einmal hat mir jemand gesagt, die Töne des Klaviers klängen viel melodischer als die der Orgel. Die Orgel habe blecherne, elektrische Töne, andererseits, wenn man das Spiel beherrsche, könne man ganz wunderschöne Töne herausbringen. Spielt man aber nur schlecht Klavier, kann das ein nervenzermürbendes Geklimper sein.

Mit vierundfünfzig hatte Frau Domröse angefangen, ihr erstes Instrument zu spielen. Ida bewunderte die Mutter wegen ihrer Fähigkeit, immer wieder neu anzufangen, früher hatte sie das nicht werten können. Die Sucht zum Protest gegen die Eltern und die Gehirnwäsche durch wenig geniale psychologische Schriften hatten ihr den Kopf vernebelt und sie die unentdeckten Begabungen der Mutter nicht erkennen lassen. Nur Mundharmonika hatte die Mutter als Kind gespielt. Sie hatte sich das Orgelspielen nicht zugetraut, wie so vieles nicht. Sie glaubte nicht, daß es ihr auch selbst gefiele. Man muß es ja selbst gern hören wollen, sagte sie. Ihr ganzes Leben lang hatte sie gern Klavier spielen lernen wollen. Doch es fehlte die Hebamme für ihre verborgenen Talente, die ihr gesagt hätte: Du kannst das. Du hast eine Begabung. Nun tu es. Und such den Weg. Ursprünglich von einem Bauernhof stammend, hatte sie nach dem Zweiten Weltkrieg den Vater, den Anästhesisten, geheiratet, und in den Wirren des Nachkriegs war kein Platz für die unentdeckten Seiten ihrer Persönlichkeit. Dabei hatte sie so sehr gern gesungen, war aber nicht von sich überzeugt gewesen. Sie hatte sogar einmal gesagt: Ich weiß nicht, ob ich musikalisch bin, doch gleich hinzugefügt, glaube es aber, sonst wäre die Sehnsucht, ein Instrument zu spielen und zu singen, nicht so stark. Sie war, wie man sich eine Engländerin vorstellt: beherrscht von *understatement*. Ein scheues Tier. In der frühen Jugend hatte sie nicht das Geld gehabt, um sich einen Musikunterricht leisten zu können, und es mußte erst so viel Zeit vergehen, daß sie endlich den Mut faßte, das Orgelspielen zu lernen. Seit sie nur noch halbtags als Pferdepflegerin in der Klinik arbeitete, nahm sie sich die Zeit dazu. Man mußte sich die Zeit *nehmen*, durfte nicht warten bis ins Rentenalter. Leute, die andauernd sagen: Ich habe keine Zeit, sind mir unheimlich, pflegte sie zu sagen.

Ich habe mir gesagt: Orgelspielen wirst du wohl noch lernen, und wenn es gutgeht, vielleicht kann ich dann noch Klavier spielen lernen. Aber erst einmal das eine, sagte sie. Vielleicht, wenn ich sechs Jahre Unterricht habe oder mich selbst unterrichte, dann sieht man weiter. Und jetzt hatte sie immer noch viel Freude. Die Freude wurde immer größer, je mehr sie das Spiel beherrschte. Ich muß nur lernen, noch flüssiger und im Takt zu spielen, sagte sie, aber ich habe ja auch schon meine Freude, einfach weil ich lerne.

Es kommt nicht darauf an, daß ich jetzt am Anfang meisterhaft spiele, es kommt auf die Freude an. Ida mußte an das Märchen von dem Mann denken, der auszog, das Fürchten zu lernen. Die Mutter zog aus, sich freuen zu lernen. Ein Mann verkaufte seinen Schatten: Schlemihl. So konnten Menschen ihre Freude verkaufen, für ein Linsengericht. Und mußten ausziehen, das Sichfreuen wieder zu lernen. Das konnte man der Mutter nachmachen. Überhaupt war sie in vielem viel mehr Vorbild, als Ida sich jemals hätte träumen lassen.

Frau Domröse war eine schöne Frau. Ihr brünettes Haar war naturgewellt, ihre Haut war hell wie Licht, pures Licht. Ida glaubte, wenn sie die Mutter ansah, immer noch das Mädchen in ihr zu erkennen, das sie von Fotos kannte, auch wenn sie erschrak, wenn sie entdeckte, was das Älterwerden veränderte. Wie sich ein Gesicht verwandeln konnte! Das war wie Hexerei. Die Zeit war die Maskenbildnerin.

Frau Domröse wußte nicht, wie sie Ida erklären sollte, auf welche Weise sie spielte. Ich singe nicht beim Spielen, sagte sie. Und doch kam Ida von der Vorstellung nicht los, daß die Mutter, während sie spielte, immer auch sang. Sie hörte sie singen, wie man jemand in Zimmern herumgehen hört, der bereits abgereist ist.

Es waren Lieder, die Frau Domröse in der Vergangenheit, wenn sie im Dunst der Waschküche gestanden oder draußen im Wind Wäsche aufgehängt hatte, oft stundenlang gesungen hatte.

> *Sie hörte drunten die Glocken gehn*
> *im tiefen, tiefen See*
> *wollt Vater und Mutter wiedersehn,*
> *die schöne, junge Lilofee,*
> *die schöne, junge Lilofee.*

Aber ich singe nicht beim Spielen, hatte die Mutter gesagt. Ich habe damit zu tun, mich voll und ganz auf das Spiel zu konzentrieren. Jeder falsche Ton stört mich. Dann muß ich wieder von vorn anfangen, bis ich es kann. Bei jemandem, der nicht mehr lernen muß, ist das wohl etwas anderes. Aber gibt es jemanden, der nicht mehr lernen muß?

Mit der rechten Hand in der oberen Tastenreihe spielte sie die Melodie, mit der linken Hand in der mittleren die Akkorde. Mit dem linken Fuß die Bässe, mit dem rechten Fuß regulierte sie die Lautstärke. Wenn sie ein Lied oder Stück konnte, wußte sie nicht mehr, was die rechte, die linke Hand oder die Füße tun mußten. Dann ging alles wie von selbst. Sie konnte ganz auf die Melodie achten, aber soweit war sie noch nicht, nur bei ganz wenigen Stücken. Zur Zeit lernte sie etwas von Bach, auch schon von Beethoven ‹einfache Sachen›. Es ist sehr schwer, sagte sie. Aber sie lernte um so schneller, je schöner sie die Melodie fand.

> *Und als sie vor dem Tore stand*
> *auf der Burg wohl über dem See,*
> *da neigt sich Laub und grünes Gras*
> *vor der schönen, jungen Lilofee.*
> *Vor der schönen, jungen Lilofee.*

Ida glaubte nicht, daß jeder Mensch schreiben, singen oder tanzen könne, daß in jedem Menschen ein Künstler verborgen sei. Diese Auffassung stammte von Künstlern, die nicht genügend Selbstbewußtsein hatten. Wie oft traf sie Menschen, die von sich behaupteten, sie würden, wenn sie Zeit hätten, ganze Romane schreiben. Sie mußte dann still in sich hineinlächeln: Ja, warum tut ihr es dann nicht?! Doch die Mutter kam ihr vor wie eine verhinderte Künstlerin. Wenn es so etwas gab wie verhinderte Künstler, so gehörte die Mutter dazu. Sie war ein stilles Geschöpf, und ein Sprachschatz war in ihr verborgen. Wie eine Schatzinsel kam ihr die Mutter oft vor. Sie konnte erzählen. Erzählen können: das war für Ida seit ihrer Kindheit das größte Mysterium gewesen. Menschen in Atem halten: erzählen können, welch eine Begabung, welch ein Glück!
Frau Domröse schrieb Skizzen und Geschichten. Sie führte ein Tagebuch, Worte flossen manchmal aus ihr wie Honigseim. Aber sie waren das Ergebnis eines langen Reifeprozesses. Und die Mühelosigkeit war nur Schein. Frau Domröse *konnte* schreiben, obwohl sie nie Schriftstellerin geworden war, während Ida, eingeschüchtert durch ein Jugenderlebnis, sich sehr schwer tat mit Schreiben und lieber spielte, agierte, mimisch und gestisch darstellte, was sie als Welt erfuhr. Das Papier machte ihr angst. Wie Schnee war es, das weiße Papier, eine Leere und Wüste, es jagte ihr Angst ein, als sei es ein Schimmel und sie ein kleines Mädchen, allein auf einer Weide, inmitten einer Herde von Pferden, die auf sie zustob.
Frau Domröse und ihre Tochter hatten sich all die Jahre, während Ida mit ihrem Vater zerstritten gewesen war, Briefe geschrieben, wenn auch nicht regelmäßig. Sie waren in Verbindung geblieben, wie man so sagt – wer kennt nicht diesen

Zustand zwischen Eltern und erwachsenen Kindern? –, und manchmal hatte Frau Domröse die eine oder andere Geschichte Ida zu lesen gegeben.

Die Geschichten, die Frau Domröse schrieb, waren wie Schatten oder auch Doppelgänger ihrer Person, Zwillinge hätte man sie nennen können, und Zwillinge sind ja selbständig (und doch ist einer dem anderen ähnlich). Schatten! – man stelle sich vor, man wäre ohne Schatten. Oh, armer Schlemihl, du hast gelitten, ich weiß es, dachte Ida.

Wenn Ida die Geschichten der Mutter las, fragte sie sich, warum die Mutter nie Schriftstellerin geworden war. Sie hatte das Zeug dafür (ein Ausdruck des Vaters), sie stellte ihr Licht unter den Scheffel. Ja, so war die Mutter: Sie stellte ihr Licht unter den Scheffel. Sie war eine, die Perlen vor die Säue warf, und es war ihr gleich. Ob sie keinen Ehrgeiz hatte, wußte Ida nicht. Jedenfalls hatte sie eine Hauptrolle spielen müssen. Dabei hätte sie in den Mittelpunkt gehört. Seltsam: Ida spürte, wie diese Frau ihr Ruhe gab. Es war nicht ‹Friedhofsruhe›, es war eine andere Ruhe, die auch Ida einmal im Haschisch gesucht hatte. Haschisch, armseliges Haschisch! Als Mädchen hatte Ida die Mutter so oft verabscheut. Sie hatte geglaubt, die Mutter pflege und liebe die Pferde statt ihr eigenes und einziges Mädchen. Sie war eifersüchtig gewesen auf die Pferde. Auf jedes einzelne Pferd, das die Mutter putzte und striegelte. Sie war eifersüchtig gewesen auf den Stall. Auf den Geruch der Pferdeleiber, den die Mutter einatmete. Ja, selbst auf die Kardätsche, auf die Wurzelbürste, mit der die Mutter die Pferde glänzend bürstete. Sie hatte die Kardätsche, die Wurzelbürste sein wollen, um in der Hand der Mutter zu sein. Sie hatte der Geruch der Pferdeleiber sein wollen, damit die Mutter sie im Stall einatme. Und mit achtzehn war sie geflohen: vor den Sehnsüchten, den Süchten. Vor dem Elternhaus und den Pferden.

Und jetzt – nach vielen Wegen und Umwegen (das Leben ist ein Blinde-Kuh-Spiel), das direkte Zugehen auf ein Ziel wäre Ida wahrscheinlich wie ein Umweg erschienen – saß sie hier wieder am Tisch.

Im Haus der Mutter. Und hörte ihrem Orgelspiel zu.

Daß Ida den Vater akzeptierte, ja sogar wieder über Gott nachdachte, heimlich betete, obwohl sie längst aus der Kirche ausgetreten und ihr jegliche Frömmelei zuwider war, war kein Rückfall. Manchmal ging sie in eine leere Kirche, setzte sich in eine der Bänke und betete. Sie wollte nur nicht, daß ihr einer zusah. Das wäre ihr wie Verrat vorgekommen.

Sie hatte eines in der Welt gelernt: daß es sinnlos ist, sich selbst zu bekämpfen, um der Welt zu zeigen, wie stark man ist. Denn es heißt doch sich selbst zerfleischen, wenn man die Eltern haßt, die nicht einmal hassenswert sind.

‹Du sollst Vater und Mutter ehren, auf daß es dir wohl ergehe auf Erden›, Ida hatte gegen das Gebot rebelliert. Rebellieren: das war ein Tanz, eine Freude, ein Spaß. Aber was kam *danach*?

Es war ihr jetzt zumute, als habe sie nur nachgebetet, was *andere* über Eltern vorredeten. Wie lange hatte sie geglaubt, daß ihre Eltern sie niemals geliebt und ihr alles vorenthalten hätten, was ein Kind braucht. Aber war nicht vieles, was sie gedacht, Folge einer Gehirnwäsche gewesen? Hatte man nicht die Eltern für alles verantwortlich gemacht, weil sie die nächsten sind, die man beschuldigen kann? Das alles war ein ‹Stab mit zwei Enden›, eine verfluchte Psychologie. Und die Psychologie kam Ida immer mehr wie ein modernes Nervengift vor.

Was erlebte der ‹verlorene Sohn›?

Elend und Not. Ich würde es immer wieder tun: weggehn! dachte Ida. Man muß weggehn.

Wenigstens einmal muß man weggehn.

Auch später, wenn ich nicht mehr jung sein werde, werde ich weggehn, wenn das Weggehn nötig ist. Auch das Bleiben hat seine Zeit.

Alles hat seine Zeit, dachte Ida.

Niemals hätte sie, wie ihr Bruder, immer zu Hause bleiben wollen. Aber wußte sie, ob ihr Bruder zu Hause geblieben war? Hatte sie ihn gefragt?

Und außerdem: Gibt es nicht Dinge zwischen Himmel und Erde, die man nicht fragen, die man nicht aussprechen kann? Die man nur sehen, nur fühlen kann? ‹Wenn ihr's nicht fühlt, ihr werdet's nicht erjagen.› War der Bruder nicht zwei Monate nach Australien gefahren, allein? Vielleicht war das seine Art des Weggehns gewesen? Er las Karl May und Hermann Löns (von vielen verachtete Schriftsteller, aber wie viele Menschen verachten in Schriftstellern sich selbst?). Karl

May war nie an den Orten gewesen, die er beschrieb. Schreiben war: da sein können, wo man nie gewesen ist.

Wollte sie wirklich niemals ihr Bruder sein?

(Wirklich nicht?) Sie hatte als Schauspielerin ihren Schatten verkauft. (Wie hatte sie gelitten ohne Schatten!) Der Bruder des verlorenen Sohnes war eifersüchtig auf den Zurückgekehrten, neidete ihm das Kalb, das für ihn gebraten wurde. War nicht auch er, der blieb, ungeschützt wie der, der auf Abenteuerfahrt ausgefahren war in die Welt? Ida fühlte sich verbunden mit ihrem Bruder, der sein ganzes Leben lang geblieben war.

Mußte nicht auch er, für sein stilles (nicht lautes) Weggehn, mit einem Kalb belohnt werden?

Wie verhält sich die Welt, wenn man ungeschützt kommt? Ida hatte es erproben wollen.

Natürlich hatten die Eltern sie gewarnt: Du wirst schon sehen! Niemand kann waffenlos sein. Du wirst zermalmt werden. Aber was nützen die Warnungen von Eltern? Die große Geste: den Vater bekämpfen, der ‹die falsche Partei› wählt. So als ob irgendein Mensch ein für allemal wüßte, was die ‹richtige Partei› ist!

Eines nur hatte Ida immer wieder neu wütend gemacht: daß die Auseinandersetzung über die Mutter ging. Daß der Vater sich nicht stellte! Der Vater, der Anästhesist. Oh, mein liebster Anästhesist, der du die Gesellschaft nach dem Zweiten Weltkrieg aufgebaut hast, dachte sie oft. Mein lieber Anästhesist, mit deinen schrecklichen Schmerzen.

Konnte jeder alles können?

Der Vater aß keinen Salat, einen Vegetarier hätte man aus ihm nicht machen können, außer mit Gewalt – Salat ist Gift, pflegte er zu sagen, und aus dem Rosinenkuchen pulte er die Rosinen, er war passionierter Fleischesser, und er machte sich lustig, wenn Ida ihn angriff und sagte: Du mit deinem Leichenfleisch. Er konnte nicht, wie die Mutter, einfallsreiche Briefe schreiben. Er sprach wenig, möglichst gar nicht. Die Sprache war ihm ein notwendiges Übel. Wenn man über ihn etwas aussagen wollte, so bliebe einem womöglich nichts anderes übrig, als am laufenden Band Wildwestfilme zu drehen, mit vielen schweigenden Burschen, mit schweigenden Indianern, die nur indirekt und in ihren Taten beredt sind. Ida würde in die Klinik gehen, um zu sehen, was der Vater *tat.* Das würde sein, wie in einen Wildwestfilm gehen. ‹Spiel mir das Lied vom Tod ...› Und überhaupt: Was will ich? dachte sie. Er ist ein Mann, also fremd. Wer sagt, daß man Fremdes mühelos erkennt und daß man es ‹erkennt›, indem man haßt? Erkenne dich selbst war wie Reiten: Ein ganzes Leben brauchte man, um es zu erlernen.

Es war schwer, zurückzukehren und es nicht als Kniefall aufzufassen. Daß der Vater nicht schadenfroh war, machte Ida glücklich.

2

Der Regisseur
und
Idas Entscheidung

So muß es gewesen sein, dachte Ida später.

Der Regisseur zeigte Ida den Film über die Südsee. Sie saßen im Garten des Hauses, das er von einer fünfzigjährigen Frau gemietet hatte. Diese erholte sich gerade auf der Flucht vor ihrem letzten, sie ausbeutenden jungen Liebhaber in Griechenland.

Der Regisseur war aufgeräumt, jung und schlank. Jung, was hieß jung? Immerhin war er schon dreißig. Zur Zeit esse ich wenig, sagte er. Ich laufe jeden Morgen um sechs Uhr zehn Kilometer, ich trainiere für den Marathonlauf.

Der Garten stand in üppiger Blüte. Am Abend lud der Regisseur Ida und Magdalena zum Essen bei einem ‹gehobenen Italiener› ein. Es gab mehrere Gänge. Der Wein war lieblich und gut. Ida mußte lange auf das Haifischsteak warten. Sie hatte sich vom Regisseur zu einer üppigen Vorspeise überreden lassen und war mehr als satt, als der Kellner heiter das heiße Haifischsteak auftrug. Das mußt du jetzt aber auch essen, sagte der Regisseur. Das kannst du doch nicht machen! Du kannst doch jetzt nicht satt sein. Probier es doch wenigstens! Aber ich kriege nichts mehr runter, stöhnte Ida. Ich schaffe es einfach nicht mehr. Probier es wenigstens, sagte der Regisseur. Und der Haifisch dampfte einladend vor Ida. Obwohl sie gesättigt war, versuchte sie davon zu essen. Sie wußte später nicht mehr, ob sie tatsächlich noch das ganze, große Stück Haifisch hinuntergewürgt hatte. Der Regisseur bestellte eine dritte Flasche des süßen, guten Weins und danach eine vierte.

Der Vertrag war noch nicht abgeschlossen, aber sie würden ihn am nächsten Vormittag besiegeln. So feierten sie schon jetzt. Und später stellte sich heraus: Sie hatten zu früh gefeiert.

Was ein ‹Du› alles anrichten kann! Man duzte sich. Du! Und schon fühlte man sich vertraut und sicher. Wenn man zu einem Menschen ‹du› sagte, konnte er einen doch nicht hereinlegen!

Der Garten atmete in der Nacht. Ida war trunken von rotem Wein. Sie hatten sich alle drei angeregt unterhalten. Ida übernachtete mit Magdalena im Haus der ‹Griechenland-Frau›. Es war kärglich eingerichtet, mit wenig Möbeln, mit Bett und Stuhl und einem länglichen Tapeziertisch. Einige Filmplakate hingen an den Wänden. Bänder und Platten und wenige wichtige Bücher standen in den Regalen. Von seinen Forschungsreisen hatte der Regisseur mehrere große Pflanzen, unter anderem einen Bananenbaum, mitgebracht. Die exotischen Pflanzen gediehen unter seinen Händen. Ida machte einen Fehler. Sie konnte nicht pokern, hatte es nie gekonnt: dieses ‹schofle Spiel›. Sie tanzte. Sie tanzte in der Nacht. Und Magdalena fotografierte, wie sie immer fotografierte. Wenn sie in lockerer Stimmung war, konnte sie besonders gut fotografieren (wie oft schreiben Schriftsteller mit Hilfe von Alkohol, trinken Wein: das ‹geistige Getränk›). Beide Frauen lachten und fühlten sich wohl, und die Rede floß zwischen ihnen. Ida tanzte mit geschlossenen Augen und warf die Haare herum, tanzte Bauchtanz, spielte ein wenig Flirt. Sie spielte gern, sie war eine Spielerin. Sie spielte gern Gesichter. War immer wieder anders. Versteckte sich. Offenbarte sich. Offenbarte sich, indem sie sich versteckte. Versteckte sich, indem sie sich offenbarte. Doch der Regisseur konnte nicht unterscheiden zwischen Spiel und Wirklichkeit. Und fixierte sie wie ein Jäger auf dem Anstand seine Beute. Sie bewegte sich und war das Wild. Eine Frau, die sich bewegt, ist ein Wild, das ich töten muß, mochte er denken und fühlen.

Jetzt war sie nicht sicher, ob der Regisseur und Magdalena sich noch amüsiert oder sich längst gelangweilt und darauf gewartet hatten, daß sie ihren Tanz beende. Es war seltsam, wie oft Ida sich als Clown fühlte. Der Erfolg bestand darin, die Leute zum Lachen zu bringen. Der Hintergrund (die Leinwand) war die Traurigkeit. War das Leiden. (Nun gut,

lassen wir das, wer will etwas vom Leiden hören. Idas Vater
war Anästhesist. Nehmen wir ihn zum Vorbild. Die Schmerzen sollen betäubt werden.)

So hörte sie auf zu tanzen, ging ins Badezimmer. Der Regisseur, Magdalena und Ida – alle drei waren sie betrunken. Als
Ida zurückkehrte (waschen konnte sie sich nachts um vier
und vollkommen betrunken), lag der Regisseur, Magdalena
neben sich, in seinem Schlaf- und Arbeitszimmer, durch das
Ida gehen mußte, um ins Gästezimmer zu gelangen. Das
Licht war gelöscht, und sie hörte die Stimme des Regisseurs,
die sagte: Komm, leg dich zu uns. Ich will nicht, sagte sie. Ich
will schlafen, allein. Was willst du denn? Komm, leg dich zu
uns! Ich will nicht, sagte Ida, ihrer Stimme schon nicht mehr
ganz mächtig. Sie verfluchte den Wein.

Der Regisseur drängte, schmeichelte, bettelte. Was ist denn?
Was ist denn? Was hast du denn? sagte er.

Was ist denn, mein Liebling? Aber ich will mit dir arbeiten,
nicht . . . sagte Ida. Komm, meine Süße, weißt du denn nicht,
du bist eine Frau, mein Liebling, komm, ja, komm näher, so
ist's gut, und schmieg dich an, so ist's gut, schmieg dich an.
Anschmiegsam soll das Weib sein, o ja, so ist es gut, und lieg
still, o ja, jetzt beweg dich.

Aber nein, ich will doch nicht. Geh weg. Du willst nicht?
Kommst du nicht freiwillig, so brauch ich Gewalt. Ach, nein,
hab keine Angst, mein Liebling, es ist eine sanfte Gewalt, und
die braucht ihr Weiber ja. So ist es gut! Oh, hast du mich geil
gemacht, mit deinem Tanz.

Ist Tanzen ein Verbrechen? Tu doch nicht so, mein Liebling.

Hast du denn nicht für mich getanzt?

Du wolltest mich aufgeilen, stimmt es? Wie kommst du darauf? Ja, bist du denn eine Narzißtin? Tanzt du für dich?
Nein. Und für wen dann? Nicht für mich? Du wolltest mich
anmachen, oder?

Nun komm! Stell dich nicht an, sei nicht zickig! Leg dich und
komm. Mach die Beine breit, meine Süße. So, ja, so ist's gut.
Und laß mich ran. Zier dich nicht.

Mein Gott, ihr Intellektuellenweiber, was macht ihr für einen
Zirkus! Muß das sein?

Ist es denn so schwer, die Beine breit zu machen? Ich habe
doch von euch beiden geträumt. Zwei Frauen! Das macht

mich an. Wie die sich schmecken und . . . na, du weißt schon, zier dich nicht, Süße, du bist doch auch betrunken, oder? Ich will nicht! Du willst nicht? Ich werde dir zeigen, was du willst. Du willst doch mit mir arbeiten, oder?

Kein Preis ohne Fleiß, meine Liebe. Der Mann war Ida widerlich. Sie dachte an sein kurzgeschorenes Haar. Als sie ihn zum zweiten Mal gesehen, hatte er feines lockiges, dunkles Haar gehabt, bis zum Nackenansatz. Doch seit er begonnen hatte, wie ein beamteter Asket zu leben, schien er ihr ausgetrocknet und häßlich. Seine letzte Geliebte hatte er gerade absurviert. Der Anlaß für den Abschied war gewesen, daß sie sich darüber lustig gemacht hatte – während sie gemeinsam joggten –, er trage immer nur Turnschuhe. Magdalena war stark. Sie sagte nein. Und sie sagte es nicht nur. Sie ging. Sie konnte sich aus der Umklammerung lösen. Sie stand auf und ging in ihr Gästezimmer.

Aber es war auch wohl klar, daß der Regisseur es auf Ida abgesehen hatte (*sie* wollte er *kneten,* nicht Magdalena, die nur Idas ‹Fan› war).

Der Regisseur hatte vorher schon ein Tonband eingeschaltet, das, auf volle Lautstärke gedreht, ein ganzes Programm abspulte. Bewußt wurde dies Ida erst am nächsten Morgen. Sie lag allein neben ihm. Er umschlang sie und drang ohne viel Vorbereitungen in sie ein. Er berührte sie nicht mit den Händen. (Warum auch? Sie ist Schauspielerin und verfügbar, mochte er denken.)

Er stieß in sie. Sie tat nichts. Sie wehrte sich nicht. Sie hörte nur, fast mit Interesse, seinen tierischen Schrei. Er schrie, wie sie es immer nur von ganz jungen Männern in irgendwelchen Romanen gelesen hatte. Angeblich schrien die jungen Männer, *schrien!*

Als er fertig war, lag er still, ohne ein Wort. Ein Stein war er. Und Ida stand auf, als sie Schlafflaute hörte.

Schon lange nüchtern und jetzt benommen und zu Tode erschöpft, wie von einer tagelangen, staubigen Reise ohne einen Tropfen Wasser, ging sie in ihr Gästezimmer und legte sich auf die Matratze. Lange sinnierte sie vor sich hin, drehte sich dann zur Wand und versuchte zu schlafen. Nur allmählich erwachte ihr Geist wie aus einer Narkose. Da hörte sie den Mann herumgehen. Er rief ihren Namen. Er suchte sie. Sie stellte sich schlafend.

Sie hörte ihn die Tür von Magdalenas Zimmer öffnen, und er rief: Magdalena! Magdalena! Doch Magdalena schien schon zu schlafen. Jedenfalls reagierte auch sie nicht. Und wenig später war es still in der Wohnung.

Am nächsten Morgen wachte Ida niedergeschlagen und schlecht gelaunt auf. Zuerst wußte sie nicht, wo sie war. Sie hatte von einer Nadel geträumt, die um so spitzer und schärfer wurde, je länger man sie im hellen Sonnenlicht betrachtete.

Der Regisseur war äußerst freundlich. Ich bin seit heute morgen um sechs Uhr wach, sagte er, ihr schlaft wie die Murmeltiere. Er hatte das Frühstück zubereitet: Joghurt ohne Konservierungsstoffe, Schwarztee, Honigbrot. Später begann er, an Ida herumzumäkeln, er holte den Vertrag. Ida sagte: Ich unterschreibe ihn nicht. Und warum nicht, wenn ich fragen darf? sagte der Regisseur. Wegen heute nacht etwa? Ida antwortete nicht. Aber du wolltest doch selbst? Sonst hättest du nicht so getanzt. Und wie *ihr beiden* euch aufführt – das allein kann einen Mann scharfmachen. Die Vorstellung, daß zwei Frauen – na ja, die macht einen ganz besonders scharf. Du willst doch nicht wirklich behaupten, daß . . .?

Für mich ist es eine Vergewaltigung, sagte Ida leise.

Der Regisseur lachte laut. Ja, sag mal, jetzt drehst du durch. Das ist doch nicht dein Ernst? Hat es dir nicht gefallen? Warum bist du eigentlich so schnell verschwunden? Ich habe dich gesucht und nach dir gerufen. Ida schwieg.

Magdalena war noch recht schläfrig und hörte dem Wortwechsel nur halb, aber sehr verwundert zu.

Der Regisseur war tief verletzt, daß es Ida in der Nacht ‹nicht gefallen› hatte. Das war sein Problem. Ida machte keine neuen Versuche, ihm irgend etwas zu erklären.

Dieses Erlebnis war der Tropfen, der das Faß zum Überlaufen brachte. Erschöpft und doch wie befreit fuhr sie über die Autobahnen der DDR zurück. Und obwohl sie dieses Fahren durch ein geschlossenes Land immer wieder bedrückte, freute sie sich beim Anblick von Sonnenblumenfeldern unterwegs. Am liebsten wäre sie ausgestiegen und einige Stunden in den Sonnenblumenfeldern geblieben.

In einem Intershop wollten Ida und Magdalena zwei Flaschen Sekt kaufen. In strömendem Regen liefen sie über die fast leeren Parkplätze zum Eingang.

Seit zwei Jahren kannten sie sich. Eines Nachmittags im Sommer hatte das Telefon geläutet. Hier ist Magdalena. Ich komme aus Österreich, hatte eine sehr jung klingende Frauenstimme gesagt, und Ida, vorsichtig geworden gegenüber Fans, die sie verfolgten, hatte nach einigem Zögern, weil sie an jenem Nachmittag ohnehin keine rechte Konzentration zur Arbeit finden konnte, gesagt, sie werde in einer Stunde in der Eisdiele am Brunnen sein. Sie hatte Magdalena den Weg zur Eisdiele beschrieben. Man konnte ihn nicht verfehlen. Stumm hatten sie sich gegenübergesessen, zwei Fremde. Was tu ich denn hier? hatte Ida noch gedacht. Warum treffe ich mich mit dieser Fremden, wozu? Dann waren sie auf Idas letzten Film gekommen, aus Verlegenheit. Beim Thema Sucht tauten sie auf. Magdalena hatte von ihrem langjährigen Freund erzählt, der süchtig sei. Von seinen Versuchen, sie aufzubrauchen, sich Kraft und Geld von ihr zu nehmen. Und von ihrem Versuch, sich davor zu retten, der jetzt in einer fluchtartigen, sie zerstreuenden Autofahrt durch Deutschland bestehe.

Sie waren Freundinnen geworden. Magdalena wurde für Ida einer der wenigen Menschen, die es nicht nötig hatten, sich einzuschleichen, um von ihrem Namen zu profitieren. Magdalena war in jeder Hinsicht reich genug. Sie hatte Geld (als Erbin), und sie war reich an Begabung. Sie war reich an Naivität, auch sie war eine ‹tumbe Törin›, der es nicht um Karriere, sondern um wahrhafte Metamorphosen ging. Sie machte das Intrigantenspiel im verseuchten ‹Kulturbetrieb› (‹eine Hand wäscht die andere›) nicht mit. Sie studierte an der Akademie Film und Fotografie und hatte bereits ihre ersten Kurzfilme gedreht. Aber wenn es darauf angekommen wäre, hätte sie jedem Filmkritiker Salzsäure ins Gesicht gekippt. Sie war unbestechlich, redete niemandem nach dem Mund. Sie war im Herzen Feministin und liebte Frauen über alle Maßen, aber die Auswüchse fanatischer Feministinnen, bei denen der Männerhaß schon beim Anblick drei Monate alter männlicher Säuglinge beginnt, widerten sie an.

Seit Jahren habe ich Raubbau mit mir getrieben, sagte Ida. Wenn ich wieder Filme mache, dann nur unter der Regie einer Frau. Auch Frauen können vergewaltigen, sagte Magdalena trocken. Sie erzählte von ihrem zweiten Kurzfilm, der ihr Drohbriefe von Feministinnen eingetragen hatte.

Bei ihrem ausgedehnten Nachtleben, das sie gelegentlich führe, habe sie in Lokalen, in denen auch Lesbierinnen verkehrten, schon Frauen beobachtet, die einander bedrängten, und sei unfreiwillige Zeugin von Vergewaltigungsversuchen von Frauen an Frauen geworden.

Aber die Frauen waren betrunken, oder? fragte Ida. Ja, und? sagte Magdalena. Ist das eine Rechtfertigung? Nein, sagte Ida.

Magdalena war leichtblütiger als Ida. Das Leben mit Filmen war für sie frisch und neu. Manchmal erschien sie Ida in ihrem Fühlen wie ein Kind mit der Schultüte in der Hand, das zum ersten Schultag geht.

Magdalena trank gern Sekt. In irgendeinem Supermarkt kaufte sie schnell eine Flasche roten oder weißen Sekt, stellte sie in den Kühlschrank, dann auf Idas Küchentisch, ließ den Korken knallen und goß ein.

Sie waren sehr schnell miteinander vertraut geworden, vielleicht lag es daran, daß Magdalena vieles in Idas Rollen gelesen hatte. Auch wenn Ida darin nicht sich, sondern fremde Welten dargestellt hatte, so war sie selbst doch ganz und gar auch in allem Fremden präsent gewesen. Magdalena fotografierte Ida so oft, wie sie das noch nie im Leben von einer Freundin oder einem Freund erfahren hatte. Wenn sie fotografiert wurde, zeigte sie einem Menschen ihr Gesicht nackt, sie vertraute ihm, daß er es nicht zerstören würde. Sie saßen beim Sekt, und Magdalena sagte: Du willst also wirklich aufhören?

Nicht für immer, sagte Ida. Doch es brauche eine Zeit, es brauche einen Schlußsatz, einen Endpunkt. Es brauche jetzt ein Finale, um wieder neu anfangen zu können.

Ich habe so lange Raubbau mit mir treiben lassen, und dieses Stück, was der Herr sich mit mir erlaubt hat, war der Punkt auf dem i, sagte sie.

Und wovon wirst du leben? fragte Magdalena. Hast du Ersparnisse?

Ida lachte. Ich habe nicht damit gerechnet, daß ich so schnell an diesen Punkt kommen würde. Ich konnte nie sparen, und ich werde auch niemals sparen wollen. Sparen heißt für mich: sich selbst aufsparen. Warum sollte ich das?

Magdalena goß nach, so daß es überschäumte. Sie lachte. Sie wartete beim Rauchen so lange, bis die Asche herunterfiel auf den Tisch. Sie wischte sie nicht weg, wie die meisten Leute das tun. Sie merkte es nicht einmal, daß da Asche auf einen Tisch oder ein Sofa gefallen war. Und wenn sie es merkte, war es ihr egal. Sie dachte, während sie goß, nicht ans Aufräumen.

Ich wollte einmal reich sein, sagte Ida. Und eigentlich möchte ich es immer noch. Nur in unserem schönen Deutschland gibt ja solche Wünsche niemand zu. Sie haben alle Angst, vom Reichtum verdorben zu werden.

Hast du nie Angst gehabt, durch Geld korrumpiert zu werden? fragte Magdalena.

Nein, nie, sagte Ida. Manchmal spiele ich Lotto. Vielleicht werde ich noch Lottomillionärin. Ja, ja, ich weiß, was die Aufgeklärten dazu sagen: Opium fürs Volk. Ja, und? Diese verlogene Moral hängt mir zum Hals heraus. Dann sind sie süchtig nach Wildwestfilmen, in denen es ja immer um Geld und Gold geht.

Prost! sagte Magdalena und hob ihr Glas. Meine liebe Wildwestfrau!

Magdalena war schon ein wenig beschwipst, als sie auf die Idee kam, einen Film über ein Tier zu machen. Wie wäre es, wenn wir beide ein Drehbuch zur ‹Farm der Tiere› schrieben? sagte sie.

Von Orwell? Ja, ja, ich kenne das Buch, sagte Ida. Nein, der scheckige Wallach, ‹Der Leinwandmesser› von Tolstoij, ist mir lieber. Dann kann ich mir ja einen Strick kaufen, wenn ich anfange, auch noch den Tieren Parolen umzuhängen. Aber das Buch ist gut geschrieben, trotzdem.

Man sollte wirklich nur noch über Tiere nachdenken, mit Tieren leben und nichts als Tiere und Kinder sehen, fügte sie hinzu.

Und Frauen, lachte Magdalena. Vergewaltigende Frauen! Ida lachte auch.

Esriel kam schlaftrunken in die Küche, kletterte auf Idas Schoß und schmiegte sich an sie.

Ida drückte ihn und legte ihr Gesicht an seine Wange, der die Wärme eines tiefen Mittagsschlafs entströmte. Ernsthaft, sagte Magdalena und lächelte dabei spitzbübisch. Wie wäre es mit einem Film über deinen Kater? Der Kater schlief auf der Fensterbank in der Sonne, ruhig und hingegeben. Er wird weder vergewaltigt noch gefordert, noch ausgesaugt. Er hat es gut, sagte Ida. Ja, ich habe mir schon oft vorgestellt, daß ich nach meinem Tod als Tier wieder auf die Welt komme.

Welches Tier würdest du denn sein wollen? fragte Magdalena, und Esriel, der allmählich richtig wach wurde, horchte auf und schaute seine Mutter neugierig an.

Ein Schwan? Ein Eichhörnchen? Ein Raubvogel, sagte Ida. Magdalena lachte. Nein, ich glaube, doch lieber ein Pferd. Oder ein Schwein? Ein Esel? Und du?

3

Ein frauenloses Pferd
und
Eine betrunkene Frau

Finale hatte Husten, und Frau Ohlsdorf sagte, man könne sie
dann nicht reiten. Da sie kein Fieber habe, dürfe man sie aber
bewegen. In ihrer Reitstunde sei jemand, der jetzt schon acht
Wochen nicht reite, weil seine Pferde Husten hätten. Die
Pferdegrippe grassiere.
Beim Frühstück brach die Sonne immer wieder aus einer
Wolke. Mittags ging Ida mit Putzeimer und frischen Lappen,
Mohrrüben und Äpfeln zu Finale. Sie führte das Pferd zur
Reithalle des Kampwirts, ließ es dort ein wenig an der Longe
gehen. Es war ruhig, ja fromm. Später band sie es an einen
Pfosten im Hof, und es stand dort auf Kieseln, und Frau
Ohlsdorf und sie begannen, es gemeinsam zu putzen.
Ida holte warmes Wasser aus dem Haus des Kampwirts und
reinigte Finale mit einem weichen Lappen Augen und Ohren,
auch die Nüstern. Frau Ohlsdorf wischte vorsichtig auch die
Vagina und den After aus. Ida kratzte die Hufe aus, und Finale ließ sich alles geduldig gefallen. Einmal hörte sie das
Pferd husten. Sie würde neuen Hustensaft besorgen müssen
und hoffte auch, das Vorarlberger Pferdepulver mit vielen
Kräutern, das sie bestellt hatte, würde bald ankommen. Es
war ihr wohl, das Tier so zufrieden zu sehen, und alle Angst
war in dieser Stunde wie weggewischt. Ähnlich wie ein Kind
konnte man Lebewesen durch Schleckereien und Verwöhnen
verderben. Ida verbot es sich, dem Pferd Leckerbissen zuzu-
stecken, um sich selbst zu beruhigen. Nachdem Frau Ohlsdorf und Ida noch das letzte frische Stroh in die Box gestreut
und Futterkrippe und Tränke im Stall gereinigt hatten,
führte Ida Finale in die Box und gab ihr Heu. Während der
ganzen Nacht mußte sie an das Pferd denken. Im Schlaf. Im

Traum. Beim Aufwachen. Im Morgengrauen. Wie wohl hatte es sich am Vortag gefühlt, als sie es gewaschen und geputzt hatte, da draußen, auf dem Hof des Kampwirts. Ein vertrauter Mensch mußte dem Pferd das Leittier ersetzen. Sie war Finales Leittier geworden. Jeden Augenblick und urplötzlich konnte das Pferd wieder ein Fluchttier voll Angst und Erschrecken werden und mit ungeheuren Kräften zerren, wegstürmen, steigen und durchgehen. War das Pferd der Mutter nicht durchgegangen in jenem Winter des meterhohen Schnees, in der klirrenden Kälte, als Ida im Leib der Mutter geschwebt hatte? Hatte sie damals die Angst der Mutter, die krampfhaft die Zügel gehalten und sich gegen das Durchgehen ihres Pferdes aufgebäumt hatte, aufgesogen wie eine eigene Angst? War sie nicht ängstlich von Charakter und scheu und fuhr schnell schon bei unbedeutenden, plötzlichen, unbekannten Geräuschen zusammen? Und *sie* sollte das Pferd beruhigen, ihm Vertrauen einflößen? Aber wuchs der Mensch nicht mit seinen Aufgaben? Hatte sie nicht jahrelang in ihren Kinderangstträumen wilde Herden dunkelfelliger Pferde, bedrängend galoppierende Pferdeleiber durch enge, dunkle Schluchten auf sich zukommen sehen? Und hatte sie nicht Jahre in den engen Schluchten wie ein kleiner Menschenpunkt unbeweglich vor Angst keinen Ausweg gesehen, sich zu retten vor den wilden Kräften, die sie totzutrampeln drohten? Wie eine alles überwuchernde, eine galoppierende Schwindsucht hatten jene Alpträume sie allmählich aufgezehrt. Denn es war dunkel gewesen im Leib des Wolfes in ihrem Kinderland, und sie war allein gewesen, und die Pferdeleiber stoben in wildem Galopp auf sie zu. Vielleicht war sie im Leib der angstgerüttelten Mutter auf dem Kutschbock in jenem Winter der Kälte einer Fehlgeburt nahe, vielleicht war die Mutter selbst das flüchtende Pferd gewesen. Warum spürte Ida diese ganz große Angst vor dem großen, dunklen Pferdeleib? Warum stellte sie sich vor, Finale könnte, wenn sie mit ihr in einem Raum war, plötzlich, wie Falada, anfangen zu sprechen und ihr etwas verraten von sich, von Ida? So als könnten die Augen von Finale aus den Höhlen treten und sie, und nur Ida allein auf der Welt, anschauen und ihr mitteilen, was sie nicht wissen wollte, ihr Leben lang, um ihres Lebens willen, nicht wissen wollte. Und als könnte Finale sie packen und irgendwohin mitnehmen, in ein fernes, unbe-

kanntes Land. So als könnte Finale sie in die freien Lüfte ent-
führen. Und sie auf dem Rücken des geflügelten Rosses wäre
endlich frei. Konnte ein Mensch vor seiner Freiheit Angst haben? Vielleicht ist Finale das Pferd, das meine Mutter damals
zum Arzt gefahren hat, dachte Ida. Und die Worte der Mutter fielen ihr ein. Ich fuhr mit Pferd und einem kleinen leichten Wagen zum Arzt, sagte Frau Domröse. Es war ein kalter
Tag, ich glaube, im Herbst. Aber Schnee lag noch nicht. Zum
Arzt waren es ungefähr sieben Kilometer, auf halbem Wege
wohnten meine Eltern.
Während ich behandelt wurde, mußte das Pferd draußen angebunden warten. Auf der Rückfahrt kehrte ich bei meinen
Eltern ein. Dort blieb ich vielleicht eine halbe oder eine
Stunde und ließ das Pferd noch einmal in der Kälte warten.
Als ich nach draußen kam und auf den Wagen stieg, hatte ich
es wohl selbst etwas eilig. Ich ließ dem Pferd freien Lauf und
trieb es wohl sogar noch etwas an. Zuerst trabte es ja noch
ganz manierlich, aber dann kam ein Zug, die Bahnlinie war
nicht weit. Das Pferd kannte das Geräusch der Eisenbahn
und kehrte sich nicht weiter daran. Aber an diesem Tag war
es wohl schon aufgeregt. Es legte plötzlich die Ohren an, hob
den Kopf und flog über die Straße. Ich hatte das Gefühl, es
berühre mit den Hufen überhaupt nicht die Erde. Der Wagen mit mir flog mit. Ich hatte eigentlich überhaupt keine
Angst, zerrte auch nicht an den Zügeln, hielt sie stramm, aber
nicht ängstlich oder nervös. Hühner stoben vor uns davon.
Ein Mann, der das sah, sagte später: Das kann doch nicht
gutgehen.
Auf halbem Wege verlor dann der leichte Wagen sein Gleichgewicht, irgendeinen Halt oder eine Klammer mußten wir
verloren haben. Ich saß nun ganz schief. Da dachte ich: Jetzt
ist es passiert. Wenn der ganze Wagen auseinanderfällt, dann
geschieht etwas Schlimmes. Aber dann hatten wir unsere
Einfahrt erreicht. Das Pferd muß sich wohl doch beruhigt
haben, dort auf dem Hof blieb es zitternd stehen. So hatte
ich noch Glück gehabt. Aber meine Beine zitterten nun auch.
Und die Gefahr, in der ich geschwebt hatte, habe ich wohl
erst dann erkannt.
Konnte ein Mensch vor seiner Freiheit Angst haben? So groß
war ein Pferd für einen Menschen, der vor seiner Freiheit
Angst hatte. Die Besitzerin Finales, die Tochter einer Witwe,

die im grauen Dorf auf dem westfälischen Lande einen Laden mit Weinen und Kakteen betrieb, liebte das Pferd nicht.
Sie steht kurz vor dem Abitur, sagte Frau Hellmann. Meine
Tochter kann sich jetzt um Finale nicht mehr kümmern. Sie
können Finale gern einige Zeit reiten, sagte sie. Meine Toch-
ter hat wirklich keine Zeit. Und Sie können Finale auch auf
Raten kaufen. Immerhin kostete das Tier zwölftausend
Mark.
Das Pferd war also frei. Ein frauenloses Pferd. Ein Damen-
pferd, sagte Frau Hellmann. Sie sagte es in einem Ton, als
müßte sie sogleich mit den Fingern schnippen, mit der Zunge
schnalzen. Als müßte sie Ida die Stute anpreisen. Vom ersten
Augenblick an fühlte Ida sich verpflichtet. Aber nicht der
Weinhändlerin, nicht deren Tochter, sondern dem dunklen
Pferd, das sie sah und dessen Name Finale war.
Es war noch Frühjahr. Sie stand verloren am Rand der Reitbahn, neben dem Reitlehrer. Er war ein Mann wie ein
Schrank. Mit breiter Brust, zupackend, und immer trug er
ein Lächeln zur Schau. Wie ein großer Bauer stand er da,
nichts schien ihn aus der Bahn zu bringen. Gab seine Befehle,
herrschte mit Rufen und Anweisungen über eine Schar junger Mädchen auf Pferderücken. Ida schaute nur zu. Sie sah
dieses Pferd, das Finale hieß. Wie einen Pfeil sah sie es vorwärts jagen.
Sie sah das junge hellblonde Mädchen auf Finales Rücken.
Ein Bild für die Götter, dachte sie. Das junge Mädchen, eine
Freundin der Tochter der Witwe, ritt Finale ein paarmal in
der Woche, ging sie füttern auf ihrem Weg zur Schule. Ida
kam dieses schöne Mädchen wie eine Amazone vor, die Haut
so zart wie Glas, das Haar so hell und glatt und glänzend.
Das Mädchen war so schön wie das Pferd. Und wenn es das
Pferd über Hindernisse ritt, verschmolzen sie und waren
beide erregt zugleich und hatten glänzende blitzende Augen.
Finale ist eine Wilde, sagte der Reitlehrer. Eine feurige! Ida
stand wie ein Gast neben ihm. Alles war wie ein Traum. Sie
sah die Pferdeleiber, die jungen Mädchen auf den Pferderük-
ken. Hörte das ‹Te-rab›, das ‹Sche-ritt›, das ‹Ga-lopp› des
Reitlehrers und wußte nicht, ob sie bleiben oder sich diese
Welt für immer aus dem Kopf schlagen sollte.
Sie wußte später nicht genau, ob sie wieder einmal die

Dumme war, die ein Lebewesen, das andere nicht mehr wollen, auf Raten zu sich nimmt. Doch sie hatte keine Wahl. Es sei denn, sie hätte Finale nie gesehen, wäre nie zu dem Platz gegangen, an dem sie jetzt stand und schaute. Es sei denn, das Pferd hätte anders geheißen. Es sei denn, das Pferd wäre stumpfsinnig gewesen. Es sei denn, alle hätten sich um dieses Tier gerissen. Aber niemand riß sich darum. Es schien sogar, als hätten viele Angst vor ihm. Sogar das junge schöne Mädchen gestand, daß auch sie, obwohl sie Finale bereits mehrere Jahre kenne, oft noch Angst vor ihr habe. Niemand riß sich um das Pferd. Keiner schien seine Schönheit zu bemerken. Sie sagten nur: Sie ist wild. Sehr wild. Und Ida sah das Tier und fühlte: Es ist für mich. Ihr war, als sei dieses Pferd von irgendwoher zu ihr hin *geflogen*. Aus einer anderen Welt und einer alten Zeit. Das Pferd rief: Steig auf. Wir reiten auf und davon.

Ihr Kleid war grau. Das Gesicht war grau. Unter den Fingernägeln starrte der Schmutz. Sogar das Haar war verfilzt von dem Staub, der immer neu von irgendwoher auf den Boden rieselte.
Und sie bemühte sich doch so. Sie stand, einen Besen in der Hand haltend und einen Putzeimer neben sich – der Wischlappen lag angefeuchtet auf dem Parkett –, in der geräumigen Kassenhalle einer Bank und sagte zu einem Kunden, der auf dem Weg zur Kasse war: Ich habe den Goldtaler meiner Großmutter verkauft.
Du weißt es doch, sagte sie zu Magdalena. Aber Magdalena war entsetzt. Sie hat ihn dir nicht geschenkt, damit du ihn versetzt! rief sie aus.
Der Goldtaler war uralt und ist kostbar wie dein eigener Schatten. Hör, wie konntest du das tun? Du hast dich verkauft! Ida bückte sich in den Staub und fuhr fort, den Boden zu wischen. Auf dem Goldtaler war das Bild des Pegasus eingraviert. Hast du es denn nicht gesehen? rief Magdalena wieder. Ich habe mir keine Gedanken darüber gemacht, sagte Ida müde. Es handelte sich nicht um eine Kopie! rief Magdalena. Es war das Original! Ida war plötzlich verzweifelt und rief Magdalena alle Umstände ins Gedächtnis: Wie sie den Goldtaler nicht hatte verkaufen wollen. Wie Magdalena ihr

versichert habe, sie selbst habe jedes Jahr den gleichen Goldtaler von ihrer Großmutter geschenkt bekommen. Sie könne
den ihren ruhig verkaufen. Du hast es doch so hingestellt, als
ob der Goldtaler nicht einmalig sei, sagte Ida schwach. Du
hast mir nicht gesagt, daß man ihn nur unter Gefahr seines
Lebens verkaufen kann und daß er mir nur einmal gegeben
wird. Ida fegte den Fußboden der Bankhalle, als suche sie in
Staub und Dreck und zwischen den Dreckklumpen, die die
Bankkunden von draußen unaufhörlich neu hereinschlepp-
ten, den Goldtaler wiederzufinden. Magdalena wollte sich
nicht an ihre Sorglosigkeit erinnern. Und Ida suchte mit fliegenden Händen. Das Herz klopfte ihr bis zum Halse. Das
Getümmel der Bankkunden – es war Freitagnachmittag, und
die Bank war überfüllt von Nachzüglern, die noch Geld für
das Wochenende brauchten oder die Tageskasse einzahlen
wollten – machte Ida halb verrückt. Nervös erbat sie sich von
der nächstbesten Kundin, die an einem Tisch einen Scheck
ausfüllte, eine Zigarette. Da sah sie einen kleinen Zettel am
Boden in all dem Dreck, der trotz ihres Putzens auch nicht
ein bißchen weniger wurde. Sie fegte gleichmütig den Zettel
ein Stück weiter aus dem Schmutz heraus, bückte sich unauffällig und steckte ihn rasch in die Tasche ihres Kittels. Das
Größere, das bei dem Zettel gelegen hatte, war geraubt, das
wußte sie. Vielleicht war es der Goldtaler gewesen. War sie
denn nur die Putzfrau in der Bank? Heimlich mußte sie auf
den Zettel schauen. Es stand eine Adresse darauf, eine Telefonnummer. Und der Name eines Dichters, den sie aber
nicht entziffern konnte. Schnell verbarg sie den Zettel in ihrer Tasche. Ein Bankbeamter kam auf sie zu und fragte: Ersetzen Sie Frau Sowieso? Ist die denn immer noch nicht eingetroffen? Ida wußte nichts von einer Frau Sowieso, die von
weit her kommen mußte und wie es hieß: sogar mit dem
Fahrrad. Der Bankbeamte schien Ida nahezulegen, Frau Sowieso anzurufen, er werde sich um die Angelegenheit kümmern. Sie wollte sich aber nicht auf den nur andeutungsweise
ausgesprochenen Auftrag des Bankbeamten einlassen. Da
bemerkte sie eine Badewanne im Kassenraum. Die war voller
Staub und Flusen und Dreckklumpen.
Kinder spielten darin und verteilten den Schmutz immer von
neuem, drehten den Wasserhahn auf. Das Wasser rann in einem mächtigen Strahl in die Wanne. Und eine gelbliche

Brühe aus Schmutz und Wasser stieg höher und höher. Ida verbat sich das sinnlose Spiel der Kinder, das ihre Arbeit noch mehr erschwerte, aber die Kinder hörten sie nicht. Ihre Rufe wurden von den Staubschwaden, die überall hinwirbelten, verschluckt.

Sie fegte weiter den staubigen Fußboden. Viele Leute gingen hin und her. Sie brachten in einem fort neuen Staub. Außerdem hatte der Bankbeamte angedeutet, daß sie die nicht dem allgemeinen Publikumsverkehr zugänglichen Gänge vor den Büros der Beamten am besten auch fegen solle.

Ida überlegte fieberhaft, wie sie sich wehren könne. Wie sie die Sisyphos-Aufgabe loswerden und entweder fliehen oder ein zauberisches Mittel finden könne, die Vorhalle zum Reichtum vom Staub der Vergangenheit zu befreien. Schließlich bin ich nicht für diese Aufgabe angestellt worden! dachte sie zornig. Und ich werde mich nicht überreden lassen, vor den Büros der Beamten zu fegen. Aber einfach aufhören? Kann ich das? fragte sie sich. Zu dem Bankbeamten hingehen und ihm alle Dienste aufkündigen – war das möglich? Ach, diese Herren waren so sicher, daß man vor ihnen in die Knie fallen müsse, denn sie dachten: Die findet keine neue Arbeit zu diesen Zeiten. Sie wagte es nicht, dem Bankbeamten ins Gesicht zu schreien: Machen Sie Ihren Dreck allein! So setzte sie sich erschöpft – der Schweiß rann ihr bis auf die Hände – an einen der Tische, neben die Frau, die immer noch daran war, ihren Scheck auszufüllen, und schrieb in fliegender Eile ihre Kündigung. Ich gehe! schrieb sie. Und: Ich spreche Ihnen meine Kündigung aus. Für immer. Glauben Sie nicht, daß ich bei Ihnen bleibe, als Putzfrau, und mein Leben lang zuschaue, wie der Kassierer Unmengen von Goldtalern durch seine Finger gleiten läßt. Von Goldtalern, auf die die Sonne scheint! Ich will schon lange in den Süden, schrieb sie. Sie halten mich nicht länger im Staub, mein Herr!

Mein Flügelpferd, dachte Ida. Ich muß dich nicht reiten. Ich muß dich erst kennen. Ich muß dich nicht beherrschen, denn du bist nicht für die *Dienstbarkeit*.

Und ein Pferd wühlte sich aus dem Staub, sprang auf die Vorderfüße, schüttelte wie wild den Staub aus dem Fell, Ida saß auf. Und ritt davon. Eine große Staubwolke zog sich hinter ihnen her.

Am Mittag machte Ida mit Finale einen Rundgang um die Felder. Wenn sie ihr Pferd täglich sah, wurde es ihr vertraut. Aber sobald sie es zwei oder drei Tage nicht aufsuchte, wurde es ihr wieder fremd. Die Feldwege waren matschig, aufgeweicht.

Anfangs ging Finale noch langsam. Später horchte sie, den dunklen Kopf nach links gerichtet, die Nüstern im Wind mit nach vorn gerichteten Ohren, in die Landschaft. Der Wind spielte mit ihrer Mähne. Und inmitten der Landschaft aus braunen Wegen, schwarzen Äckern und grünenden Wiesen war sie eine schwarze Schönheit. Es begann zu regnen. Sie stürmte immer stärker vorwärts, als ob der Regen ihre Lebensgeister auf Trab brächte. Sie schien ganz zufrieden, und Ida schwitzte vom schnellen Schrittgehen und Schritt-halten-Müssen. Als Pferd und Frau auf dem Rückweg zum Kampwirt in der Nähe des Stalles anlangten, wollte Finale schneller werden, wandte den Kopf ab, wie um die Frau zu strafen, daß sie sie zügelte. Aber Ida hatte sich schon lange geschworen, daß ihr Wille stärker sein sollte als der des Pferdes.

Esriel saß auf seinem Schaukelpferd, nannte es Finale und ritt Galopp.

Als Mädchen hatte Ida gern geschaukelt.

Die Erinnerung an das Schaukeln gehörte zu den wenigen und schönsten Erinnerungen an ihre Kindheit. Auf einer Schaukel sitzen, sich mit der Bewegung der Beine hochtreiben in die Lüfte. Schwebend, ein Leeregefühl im Bauch, als ob man lange keine Nahrung zu sich genommen hätte, die wehende Luft im Gesicht, die Hände an den Kettensträngen der Schaukel, die Augen manchmal geschlossen! Schaukeln war Alleinsein, gutes Alleinsein. Sie war allein mit sich, dem Wehen der Luft um ihre Haut. Sie hatte sich fortträumen können aus einem Leben, wie es andere für sie bestimmten.

Ida fragte das schöne Mädchen, dessen Name Polina war, ob sie Finale schon einmal liegend im Stall gesehen habe. Polina sagte: Ja, ein einziges Mal. Sogar mittags, als ich zum Füttern kam. Ida träumte über einem Prospekt mit Angeboten von Reiterreisen. Da gab es eine Reise nach Indien, durch die Wüste. Wegreiten, dachte sie. Welch ein Traum: durch die Wüste reiten. Eines Tages würde der Traum Wirklichkeit werden, sie wußte es.

Finale, du meine Hoffnung auf Ruhe, auf Weite, auf eine Weite, in der ich reiten kann aus meiner Gefangenschaft heraus. Wann wird das sein, wann? dachte Ida. Seit dem Morgen rannte sie durch die Gegend wie ein Tier, sie jagte sich, man jagte sie, und sie wollte nichts als Ruhe. Ruhe für sich. Ruhe für Finale. Ruhe für Esriel. Sie mußte an Leute denken, die nicht wissen, wie sie ihre Zeit totschlagen sollen.

Am Mittag besuchte sie Finale. Frau Ohlsdorf und sie ließen das Pferd laufen in der Halle. Dort wälzte es sich immer wieder auch in der Ecke, wo es sich nicht einmal um die ganze Achse des Körpers herumwälzen konnte. Finale drängte sich so nah gegen die Hallenwand, daß sie bei einem Herumwälzen dagegengeprallt wäre. Sie veranstaltete förmlich Luftsprünge. Ihr Fell war voller ‹Ledermehl›, das man in der Halle statt Sand zu benützen pflegte, und Ida und Frau Ohlsdorf putzten Finale noch einmal, sie ließ es sich gern gefallen. Nur am Kopf ließ sie sich nicht gern anrühren, auch mit der weichen Bürste nicht.

Ida führte Finale in der Halle an der Longe. Sie war nicht allein. Es ritt noch ein ihr merkwürdig erscheinender Mann, dessen Pferd wild herumsprang. Er wirkte auf Ida wie ein Geistesgestörter, der normal erscheinen will. Sie fragte ihn nach der Behandlung bei Pferdehusten. Er sagte: Schrittreiten. Nicht galoppieren! An der frischen Luft, an der Sonne spazierenführen. Wie einen Köter. Wie einen Köter! betonte er. Und eine richtige Pferdedecke umlegen, sagte er. Nicht solch komisches Zeug! Dabei zeigte er auf Frau Ohlsdorfs Dralondecke, die Ida Finale umgelegt hatte.

Frau Ohlsdorf und Ida putzten das Pferd. Frau Ohlsdorf sagte: Finales Scheide ist etwas schuppig. Anscheinend hat sie an dieser Stelle noch niemand gereinigt. Sie taten es dann abwechselnd.

Langsam wurde Finale Ida vertrauter, und sie lernte ihre Empfindlichkeiten kennen.

So reinigte sie Finales Ohren nur nachlässig und flüchtig, weil sie wußte, daß Finale an den Ohren am liebsten gar nicht angerührt werden wollte. Und an allen Stellen, wo die Knochen dicht unter dem Fell hervortraten, putzte sie das Tier nur vorsichtig und sanft, striegelte es dort nicht, bekam allmählich für den weiten Raum dieses Körpers ein Gefühl wie für eine Landschaft. Sie dachte an ihre Reichtümer: an ihre

Bücher über Gärten, über Pferde, über Musik, es waren alles Schätze.

Ihr Kind war ein Schatz, ihr Pferd war ein Schatz. Sie brauchte Platz. Sie brauchte Ruhe. Sie brauchte Abgeschiedenheit, um die Schätze zu sehen, zu heben, und sie war doch, wie Gott es in der Bibel von den Menschen verlangt, wie die Vögel unter dem Himmel: Sie sorgte sich nicht, woher ihre Nahrung kommen würde. Sie mußte das Nächstliegende tun: sobald wie möglich einen anderen Stall für Finale suchen. Sie mußte einen Ort für sich und das Kind und das Pferd suchen, das war die Hauptsache. Dem Kind und dem Pferd mußte es wohl sein: das war alles.

Ich bin ein freier Mensch, sagte die schmale Frau im Café. Sie saß allein an ihrem Platz, das heißt nicht ganz allein. Sie hielt einen Hund auf dem Schoß, einen kleinen braunen Hund, der sich kaum meldete. Er bellte nicht. Er knurrte nicht. Er war wie ein stilles Kind.

Ich liebe dich, sagte die schmale Frau zu dem Hund. Ich belästige keine Menschen, warum soll ich Menschen belästigen? Pfui, pfui Deibel, sagte sie zu dem Hund.

Ihre Augen waren verschwommen, rot das Weiße. Sie war sehr allein. Das Lokal war mit Menschen gefüllt. Die Menschen um sie wagten kaum einen Blick auf sie, ihre Gesichter wirkten betreten, manchmal lachten sie. Man wußte nicht genau, ob sie über die Frau lachten oder nur aus Verlegenheit im Gespräch untereinander. Einige Male fühlte sich die schmale Frau auch angesprochen von dem Lachen, das von den anderen Tischen herkam. Und sie sagte mit ihrer betrunkenen Stimme: Lacht nicht so! Oder: Lacht mich ruhig aus!

Das hast du nicht nötig, sagte sie zu ihrem Hund. Du hast gar nicht nötig, mich zu lieben! Ich liebe dich trotzdem. Und die Vögel! Ich hab nur mal Kummer, sagte sie, und dann – es klang wie ein großer, langer Seufzer –: Gott sei Dank! Gott sei Dank! Dann überlegte sie vielleicht, ob sie gehen solle, aber sie wurde doch auf ihrem Stuhl festgehalten. Wie auf einer Insel saß sie an ihrem Tisch, als ob sie Aussatz hätte.

Auch die Kellnerin war betreten, wahrscheinlich hatte sie Angst wegen der Störung, die die betrunkene Frau für die anderen Gäste bedeutete. Es war, als ob sie Abstand hielte zu diesem Gast.

Hoffentlich kommen wir hier anständig raus, sagte die schmale Frau zu ihrem Hund. Ich lieb dich nun mal! sagte sie, und ihre Stimme klang verzweifelt, als ob sie sich vor ihrem Hund noch verteidigen müßte für ihre Gefühle der Liebe. Laß mich bleiben, wie ich bin! sagte sie zu ihm, und ihre Stimme war bettelnd jetzt. Ich bin niemand, sagte sie und verstärkte diesen Satz durch das eine Wort eben!, so als wollte sie sogar zu dem Hund sagen: Na ja, du weißt es ja, es kann ja auch nicht anders sein, sogar *du* weißt es. Sogar mein Hund weiß es: Ich bin niemand! Ich möchte noch einen trinken! rief sie der Kellnerin zur Theke hinüber. Die Kellnerin tat, als habe sie nicht gehört. Die schmale Frau wiederholte sich nicht, sie hatte diesen Wunsch wohl gleich wieder vergessen.

Weiter versenkte sie sich in das Gespräch mit ihrem Hund. Jetzt sprachen sie Englisch. Nobody can help us, sagte sie, nobody! Aber ganz ehrlich, sagte sie zu ihrem Hund, die Menschen wissen ja gar nicht, was los ist. Pfui Deibel, ich mag das nicht! Vielleicht hatte der Hund sie angeleckt. Und dann: What's that? Sie sprach wieder Englisch, und sie sagte: Das ist Englisch, so als müßte sie ihrem Hund die Sprache beibringen. Und dann stieß sie immer wieder Wörter aus, einzelne Wörter. Hilferufe, Wörter. Nobody free, sagte sie, und dann dachte sie wieder an die Menschen.

Das sind dumme Teufel, sagte sie zu ihrem Hund. Die wissen gar nicht, was wir beide schon gemeinsam durchgestanden haben. Es klang wie eine Verschwörung, eine Verschwörung mit ihrem Hund, mit dem letzten Lebewesen, das ihr geblieben war, mit dem sie noch reden konnte. Du bist ein treues Tier, sagte sie. Und: Guck mal, wie sie lachen! Wollen wir mal gucken, was einer sagt in der Runde? Aber sie stand nicht auf, sie blieb wie festgewurzelt sitzen an ihrem Tisch, und als ob sie die Gedanken der anderen laut gehört hätte, beteuerte sie sich und dem Hund: Ich bin klar! Ich paß auf! Und wieder wollte sie gehen, und sie sagte: Taxi! Und wenn's dreihundert Mark kostet! Wir sind jemand, uns muß man mal nachmachen! Aber auch diesen Impuls vergaß sie sogleich und blieb sitzen. Nun wurde sie zärtlich zu ihrem Hund.

Du liebes Wesen! sagte sie. Sie fragte ihn: Hast du mich lieb? Und so, als fühlte sie, daß doch noch jemand im Raum war, der sie wahrnahm und beobachtete, sagte sie plötzlich: Jetzt müßte ich mal Schauspielerin sein! Und dann wandte sie sich an den Mann, der am Nebentisch saß, und fragte ihn: Wer gibt mir Feuer? Der Mann begriff nicht, der Mann verstand nicht, oder vielleicht war er nur betreten, oder er war hilflos, oder er dachte: Wenn ich ihr jetzt Feuer gebe, dann bandelt sie mit mir an. Dann, nach einigem Zögern und nachdem Ida ihm die Worte der Frau hinübergerufen hatte, wobei sie von der Frau nicht gehört wurde – obwohl sie am Nebentisch saß, nahm die schmale Frau Ida nicht wahr –, gab der Mann ihr Feuer, und nachdem sie noch einmal gesagt hatte: Findet sich hier keiner, der mir Feuer gibt? Nein. Offenbar hatte sie in ihrem ganzen Leben keinen Mann gefunden, der ihr jemals Feuer gegeben hatte.

Nein. Ich schäme mich, ich schäme mich, sagte sie dann. Ich tauge nichts! Ich bin ein total versauter Typ, sagte sie. Aber das sagte sie nur für sich, das sagte sie zu sich, als stünde sie vor einem Spiegel, ja, viele Spiegel waren um sie herum, aber ihr Blick war verschleiert, von der Wirkung des Alkohols war ihr Blick vernebelt, es war neblig, die Menschen grinsten, guckten betreten, wandten sich von ihr ab, sie war eine betrunkene Frau. Ein total versauter Typ, für die anderen, und dann wandte sie sich wieder an ihren Hund. Uns glaubt niemand, sagte sie, uns liebt keiner! Und dann, resignierend: Warum sollten sie uns lieben? Dann lachte sie sogar, sie wiederholte den Satz, sie wiederholte die Frage. Warum sollten sie uns lieben? Und sie lachte. Warum sollte man mich lieben? sagte sie, und Ida, die alles hörte von ihrem Nebentisch aus, verstand sie und hätte weinen mögen.

Ein paarmal sah sie zu der schmalen Frau hinüber, versuchte, weder verlegen noch mitleidig zu schauen. Sie wollte die Frau einfach ansehen, sie wagte es nicht, lange hinüberzugucken, die Frau sollte nicht denken, daß auch sie sie beobachte. Sie ekelte sich nicht vor der Frau, im Gegenteil: Sie fand sie hübsch. Die betrunkene Frau war eine schöne Frau mit schwarzem Haar. Zart und schlank war sie, sie wirkte zierlich und liebesbedürftig, sehr allein und sehr verlassen.

Wenn du Pipi machen mußt, dann mußt du mir das sagen, sagte die Frau zu ihrem Hund. Dann mußt du runterspringen, sie sprach wieder wie zu einem Kind.

Ida versuchte sich die Männer vorzustellen, an die die

schmale Frau in ihrem Leben geraten war, denen sie nicht gewachsen oder die *ihr* nicht gewachsen gewesen waren, ihrer Verletzbarkeit, ihrer Liebesbedürftigkeit, ihrer Empfindlichkeit. Ich lieb mein Tier! sagte sie. Aber es ist ein Mädchen! Und das war dann wieder an die Außenwelt gerichtet. Es ist ein Mädchen! sagte sie.

Nicht, daß man da böse Absichten dahinter sieht. Ist doch eine Freundschaft! Sogar wegen ihrer Liebe zu dem Tier meinte sie sich verteidigen zu müssen, so als ob man sie sexueller Perversionen verdächtigt hätte oder lesbischer Neigungen. So als ob es ein Verbrechen sei, ein Tier zu lieben. Eine Freundschaft ist mehr wert als eine schlechte Liebe, meine Herren, Fragezeichen! sagte sie. Und ihre ganze Enttäuschung lag in dem Satz, denn sie sprach nun nicht zu ihrem Hund, sie sprach auch nicht zu sich selbst, sie sprach mit diesem Satz auch nicht zu ihrer Umgebung in dem Café, in dem sie saß wie auf einer einsamen Insel an ihrem Tisch, sondern sie sagte: Meine Herren!

Und es klang fragend, und es klang auch herausfordernd, so als wollte sie sagen: Meine Herren, ich verzichte auf Ihre Liebe, die keine Liebe ist! Ich will lieber vorliebnehmen mit der Freundschaft eines Hundes, die ist mehr wert als eine schlechte Liebe, nicht wahr, meine Herren?

Aber das war nur ein kurzer Moment der Auflehnung. Sofort sagte sie wieder, dabei in sich zusammensackend: Ich weiß, ich taug nichts, sagte sie. Neunundvierzig Jahre alt! Ihr seid ja alle besser als ich! Und dann doch ein kleines Pflänzchen Hoffnung, das sich herauswagte aus diesem vertrockneten Boden: Aber eins hab ich mir noch gehalten: meine Tiere, meine Pflanzen! Und die Auflehnung flackerte neu auf: Ich laß mir nichts mehr wegnehmen! Dem Hund wurde es ungemütlich, vielleicht wollte er ins Freie, vielleicht hatte er sich auf irgendeine Art gemuckst, sich gewehrt oder hatte den aggressiven Ton in den Worten seiner Herrin nicht gemocht, jedenfalls sagte sie zu ihm: Du sollst schweigen! Was willst du denn? Ich liebe dich! Und so, als ob sie fürchtete, daß man ihr sogar den Hund, ihre letzte Liebe, wegnehmen könnte, versicherte sie sich selbst: Dich kann man mir ja gar nicht wegnehmen, das wird man sich auch nicht erlauben: Was glaubst du, was passiert, wenn man dich mir wegnimmt! Aus ihren Sätzen ging hervor, daß sie wirklich Angst hatte,

Angst, daß man ihr sogar den Hund fortnehmen könnte. Und dann erinnerte sie sich wieder an den Alkohol, den Alkohol gegen ihre Angst, und sie sagte, zunächst für sich: So, ich muß doch was trinken! Und dann wieder zum Hund: Und dann gehen wir auch nach Hause! Aber dieses ›nach Hause‹ klang nicht, als ob sie dort in diesem Hause wirklich ein Zuhause vorfinden könnte. Es klang nur so, als wollte sie sich bemühen, die anderen Gäste endlich von ihrer Gegenwart zu erlösen, als tauche immer wieder ein Moment der Nüchternheit in ihrem Bewußtsein auf, als würde sie sich immer wieder ihrer Lästigkeit für die anderen bewußt. Und für die anderen war sie tatsächlich *lästig*, sie warteten, lauerten geradezu darauf, daß diese betrunkene Frau das Lokal verließe. Und dann sagte sie, enttäuscht, aber doch in der Erinnerung an eine verlorene, an eine ganz alltägliche Hoffnung: Ich hab mir gewünscht, daß man mal mit jemandem *schnakken* kann, aber kann man ja nicht.

Ida, die am Nebentisch saß, fühlte sich dauernd versucht, sich zu der betrunkenen Frau zu setzen, ihr zuzuhören, sie anzusehen, sie anzurühren, sie in ein Bett zu legen, zu pflegen. Ihr Ruhe zu geben, ihr den Spiegel vorzuhalten, ihr ihr Spiegelbild zu zeigen und zu sagen: Sieh: wer du bist. Du bist kein versauter Typ, du bist wertvoll! Das spüre ich. Wie du sprichst. Wie du dasitzt auf deiner Insel an diesem Tisch mit deinem Hund. Was haben sie aus dir gemacht!

Ida versuchte, Gedankenströme hinüberzuschicken, wie man jemandem eine Brieftaube schickt. Der betrunkenen Frau den Gedanken hinüberzuschicken: Frag dich, was haben sie aus dir gemacht! Und geh fort von ihnen!

Esriel kam ins Lokal – er war draußen mit einem Roller herumgefahren, im Hinterhof des Lokals waren Spielgeräte für Kinder –, und als er die betrunkene Frau reden hörte vom Nebentisch her, fragte er: Mama, was hat die Frau?

Er schaute zu ihr hinüber. Die Frau sah das Kind sofort und sah, daß es nicht urteilte. So betrunken, wie sie war, spürte sie sofort die Gegenwart des Kindes, das nicht mit Steinen warf. Sie grüßte das Kind. Esriel begriff nicht, daß sie ihn meinte. Und die schmale Frau fragte: Ist das deine Mutter? Esriel wußte nicht recht, ob er antworten sollte. Es war aber Schüchternheit. Er zögerte auch sonst oft, mit fremden Leuten zu reden. Antworte doch, sagte Ida, die Frau hat dich etwas gefragt. Esriel sah die Frau neugierig an, lächelte. Er sagte seinen Namen, und die Frau rief zur Kellnerin hinüber: Eine Cola für das Kind!

Esriel sagte: Ich darf keine Cola. Und die betrunkene Frau verstand sehr wohl und sagte: Was willst du dann? Eine Fanta, sagte Ida. Nimm eine Fanta. Oder eine Limonade. Esriel rief: Eine Fanta!

Und die betrunkene Frau bestellte, zur Kellnerin hinüberrufend, und die Kellnerin, so dumm und betreten war sie, rief ängstlich in die Richtung Idas, nein, sie sagte nur laut vor sich hin: Wer weiß, ob die Mutter das überhaupt will? So als ob es eine Schande sei, von einer betrunkenen Frau am helllichten Tag für sein Kind eine Fanta ausgegeben zu bekommen. Ida sagte: Natürlich kann das Kind die Fanta haben, warum nicht?

Die Kellnerin brachte die Fanta. Die betrunkene Frau sagte: Du bist ein liebes Kind. So als ob es eine Gnade von dem Kind und von Ida gewesen sei, von der betrunkenen Frau eine Fanta anzunehmen. Wie sehr mußte sie mißhandelt worden sein, daß sie das *Ja* eines Kindes und einer Frau zu einer Fanta, die sie ausgab, schon als Liebesbeweis auffaßte.

Ich bezahle dir auch ein Essen, rief die Frau. Ida dachte: Sie wird es nicht ernst meinen, wahrscheinlich hat sie gar kein Geld mehr. Und wenn sie Geld hat, wird sie trotzdem vergessen zu bezahlen. Soll sie aber trotzdem dem Kind ein Essen ausgeben. Sowenig Vertrauen hatte auch sie in die betrunkene Frau und war insofern ein Teil der feindlichen Umgebung. Nur das Kind war kein Feind und ließ die schmale Frau nicht auf ihrer Insel allein.

Später war Ida erstaunt, als sie bezahlen wollte: Die betrunkene Frau hatte tatsächlich alles Spendierte auf Heller und Pfennig bezahlt.

Zuletzt verweigerte die Kellnerin der Frau jeden weiteren Alkohol. Die Frau rief noch ein paarmal zur Kellnerin hinüber: Noch einen Cognac! Noch einen Klaren! Aber die Kellnerin sagte: Das war jetzt das letzte! Und die betrunkene Frau klagte noch einmal kurz und sagte: Wem nutzt es, ob ich woanders sitze und trinke? Warum zwingen sie mich, woanders hinzugehen? Jetzt muß ich woanders hingehen! Aber die Klagen nutzten nichts, denn die Kellnerin und die Gäste wollten nur, daß die betrunkene Frau endlich ginge, und es war ihnen dann gleichgültig, ob sie noch etwas bezahlte, ob sie noch Geld einbringen würde oder nicht, sie störte einfach, sie störte mit Selbstgespräch, sie störte mit ihrer Erscheinung, sie störte mit ihrem Hund.

Aber niemand sagte etwas. Niemand sagte ein Wort. Und Ida merkte nicht, wie die betrunkene Frau bezahlte. Sie sah sie dann nur, wie sie ging. Mit schwankenden Schritten ging sie, ihren kleinen braunen Hund unterm Arm, durch das Café, machte die Tür auf, ging hinaus und sprach dabei unverständliche Worte mit sich selbst.

Und Ida sah sie durch die Fensterscheibe des Cafés, wie sie, gleichsam seelisch gebückt, den Hund unterm Arm, sich langsam und schwankend weiterschleppte.

4

Die Wildpferde
und
Die Suche nach einem guten Stall

In diesem Sommer, Esriels Vater war schon lange fort, saß Ida in ihrem Zimmer und bereitete sich auf ihren ersten Ritt vor, ihr zitterten die Hände vor Aufregung. Würde sie ihre Kindheits- und Mädchen-Angstträume wiedertreffen und besiegen? Als Mädchen war sie, nach einem Sturz vom Pferd, beinahe ertrunken (aber sie konnte sich jetzt erst allmählich wieder dunkel daran erinnern . . .). Nach dem ersten Ritt wußte Ida: Sie hatte sich in ein Pferd verliebt. Finale hatte sie nicht abgeworfen. Sie war an der Longe geritten zuerst. Schritt. Trab. Ein bißchen Galopp. Die Angst erst, der Stute überhaupt nahe zu kommen. Dann, neben dem Mädchen, der einzigen bisherigen Vertrauten des Pferdes, stehenbleiben können und das Maul von Finale auf sich zukommen lassen!
Was hat sie gern? fragte Ida. Man mußte ruhige Bewegungen machen. Ihr den Hals klopfen. Ida spürte die Kraft in dem großen Tier. Das weiche Fell. Die Tochter der Weinhändlerin versuchte, die Stute von der Weide einzufangen. Finale galoppierte ihr wohl zwanzig Minuten lang immer wieder davon, ließ sich nicht ins Halfter nehmen. Polina rief: Ho! Ho! Finale! Komm!
Den Ho-ho-ho-Ruf hört sie gern, sagte sie.
Und Finale kam.
An vielen Mittagen schlich Ida mit Angst im Bauch zum Stall, als ob der schwarze Mann in der Box stünde. Und sie wagte kaum, ihre Hände an das Holz zu legen. Aus Furcht, Finale könnte sie beißen, auf sie losgehen, aus der Box ausbrechen und gegen sie kämpfen. Dieses Mißtrauen, das Finale Idas

49

kläglicher Stimme anhörte und aus ihren immer wie auf Rückzug vorbereiteten Bewegungen gleichsam, ohne sie zu berühren, mit den Nüstern ‹heraustastete›, ging auf das Pferd über. Ida dachte: Meine Angst vor dem Pferd muß ihren Ursprung ganz woanders haben und hat nichts mit dem Tier zu tun. Sie deutete, gefangen in ihrer Angst, das Pferd falsch, *sie* ängstigte das Tier, nicht das Pferd sie. Sie übersah es, eingesponnen in ihre Angst. Die Angst und das Bild, das ihre Angst über das Pferd stülpte, versperrten ihr den Weg zum Wesen des Tieres: zu den Eigenschaften, zu den Eigenarten, zu dem Körper, zur Mimik, zum warmen, dampfenden Leib, zur Freundschaft des Pferdes. Hatte man ihr nicht erzählt, daß Pferde nicht wie Hunde sind? Daß Pferde lange Jahre brauchen, um eines Menschen Freund zu werden? Hatte man ihr nicht erzählt, daß ein Mensch sich viele Jahre mit Haut und Haar um ein Pferd kümmern müsse, damit es ihn eines Tages immer als den einen invididuellen Menschen wiedererkenne und von allen anderen Menschen unterscheide? Hatte man ihr nicht erzählt, daß sie aber nach langen Jahren Freunde wären für immer und daß man solche Freunde nie mehr verlöre, nie mehr?

Oh, liebste Mutter, dachte Ida, begreifst du nicht, daß ich niemals eine kalte Puppe wollte statt deiner? Oh, liebste Mutter, dachte Ida, begreifst du nicht, daß ich ein warmes Lebewesen wollte statt deiner, ein Tier, ein warmblütiges, ein warmherziges Tier? Mit solchen großen Augen, wie Finale sie hat. Begreifst du, liebste Mutter, warum ich meine kalten Puppen an die kalkweißen Kellerwände meiner Kindheit warf und sie zerschmetterte? Warum ich alle kalten Puppen zerschmettern und ausweiden wollte? Begreifst du, Mutter? Und warum soll ich auch Finale wieder verlieren? Gehört sie nicht zu mir wie mein Schatten? Habe ich nicht Sehnsucht nach ihr, Tag und Nacht?

Aber Ida hatte Angst, auf Finale zu reiten. Immer wieder hatte sie Angst vor dem Reiten, wie andere Menschen vor dem Fliegen oder vor ihren Träumen.

Diese Träume wurden für Ida immer mehr wie dunkle Zwillinge der Tage. Traum und Wirklichkeit gingen ineinander über, wie Bilder eines Films ineinander überfließen, die Grenzen waren nicht streng gezogen. Der Traum war die Wirklichkeit, und die Wirklichkeit war der Traum, und eines konnte des andern Schatten sein, und man durfte seinen Schatten nicht verkaufen.

Frau Ohlsdorf und Ida führten Finale wieder um die Felder, sie hustete immer noch, sie war kernig, wie der Reitlehrer zu sagen pflegte. Und auf dem Feldweg an der Bahn stürmte sie vorwärts. Einmal löste Ida versehentlich den Panikhaken am Halfter, und sie mußte sich sehr zusammennehmen, selbst nicht in Panik zu geraten. Sie faßte Finale, sie ruhig haltend, am Halfter, ehe das Pferd wahrnahm, daß es davonstürmen konnte. Zwischendurch gingen die Tiefflieger tiefer, sie machten ein furchtbares Getöse, und Ida hatte Angst, Finale könnte steigen bei diesem Höllenlärm. Aber es ging alles gut. Sie strebten dem Stall zu. Ida band das Pferd am Pfosten fest, auf den Kieselsteinen, und putzte es gemeinsam mit Frau Ohlsdorf.

Sie striegelte das Tier, bis es glänzte. Danach streute sie Stroh ein und führte es in den Stall, wo es zur Raufe stürmte und dabei Ida auf den Fuß trat. Und Ida fluchte laut über den Schmerz und ihre Unvorsichtigkeit.

Ida erlebte Finale auf dem Weg entlang einer Bahnschiene, wo Finale sonst, wie Polina erzählte, Fuchsjagden im Galopp mitgemacht hatte. Gerade an der Stelle, wo während der Fuchsjagden der Befehl zum Galopp gegeben wurde, schien Finale nun an Idas Hand nichts lieber zu wollen, als endlich stürmisch in Galopp zu verfallen. Ida hatte die größte Mühe, das Pferd am Halfter zu halten. Es war, als schmecke Finale aus der Erinnerung das Klima der Fuchsjagd auf der Zunge oder als würde es ihr von dem sich erinnernden Wind zu den Nüstern und Ohren getragen. Als höre sie den Ruf des an der Spitze reitenden Lehrers oder des Tetenreiters: ‹Ga-lopp! Ga-lopp!›, und ihr bliebe nichts übrig, als in feurigen Galopp überzuwechseln. Eine Unruhe überfiel sie bei Betreten des Weges entlang den Bahngleisen. Sie schien beinahe hochgehen zu wollen, als Ida sie hielt, machte eine hektische Bewegung nach vorn.

Flush, jener berühmte Hund, war in der Londoner Wimpole Street von Banditen gestohlen worden. An dem üblen Ort, wo man ihn gefangenhielt, erinnerte er sich wehmütig, daß er einst den Duft von Kölnisch Wasser verabscheut hatte. Bruchstücke alter Erinnerungen begannen dem Hund durch den Sinn zu gehen. Konnten Tiere sich erinnern? Sicher konnten sie sich erinnern. Sie waren im Erinnern vielleicht sogar den Menschen voraus.

Herr Ostermann, der Tierarzt aus dem grauen Dorf, in hellgrüner Montur, bestimmt und gutgelaunt, wo man ihn traf, mit zupackenden Händen und immer kurz und bündig und realistisch, ging sogleich in die Box. Finale wollte nicht von einem Fremden angefaßt werden. Sie sprang zurück, als wolle sie lieber die Boxenwände durchschlagen als sich anfassen lassen. Der Tierarzt sagte: Verwöhnte Dame!, legte ihr die Bremse an, die Ida dann festhielt. So stand das Pferd mit zusammengequetschtem Maul da und konnte sich nicht rühren. Fügt man einem Lebewesen Schmerz zu, hört es auf, sich zu bewegen, damit es den Schmerz nicht steigert. Allerdings war es anstrengend, die Bremse zu halten, denn Finale suchte doch Wege, sie loszuwerden. Sie ließ sich nicht gern fesseln, sie ließ sich nicht gern bremsen, sie ließ sich nicht gern befehlen, sie war eine Wilde. Herr Ostermann gab ihr zwei Spritzen in den schönen Hals, und Ida durfte die Bremse wieder entfernen.

Innerlich bereitete Ida sich mit wild schlagendem Herzen auf den Tag vor, an dem sie mit Finale allein durch einen großen Wald ritte, ja, schon der Tag, an dem sie sie allein durch die Felder führen könnte an einem frühen Morgen, ohne Begleitung und ohne Menschen in der Nähe, würde ein besonderer Tag sein.

Sie kaufte Putzzeug für Finale. Nun hatte sie eigenes Putzzeug. Kardätsche, Striegel, Wurzelbürste, Mähnenkamm.

Am Abend fuhr sie noch einmal zum Stall, um das schöne Mädchen bei Finale zu treffen. Doch Polina war nicht dort. Ida streute frisches Stroh ein. Einen ganzen Ballen. Es standen ein paar Jugendliche auf der schmalen Stallgasse. Sie pflegten sich öfter im Stall in der Dämmerung zu treffen, um dort unerlaubterweise zu rauchen, zu reden und ihren Schabernack miteinander zu treiben. Ida hörte sie über Geschenke sprechen. Einer hatte für tausenddreihundert Mark einen Sattel, ein anderer eine Reithose, ein dritter für achthundert Mark einen Sattel bekommen. Und ein Mädchen sagte, das sei doch wirklich schlimm. Schließlich könnten Familien mit sechs Kindern so etwas nicht.

Ida mochte niemandem erzählen, daß sie sich Finale auf Raten kaufte. Sie verbarg auch vor den Leuten ihren Wunsch zu reiten. Sie verbarg, daß sie ritt, sie verbarg, daß sie schon begonnen hatte, Finale zu bezahlen, und daß sie bald ihr gehören würde. Sie verbarg, daß sie das Pferd brauchte.

Ein Königreich für ein Pferd! Ich muß an Romy Schneider denken, sagte Magdalena. Jeder Schritt, den sie außerhalb ihrer Wohnung tat, wurde verfolgt. Ich kann mir vorstellen, daß ein solches Pferd ihr das Leben hätte retten können. Denke an BB und ihr Leben mit Tieren, heute. Sie hat jetzt endlich Ruhe. Und vielleicht wird sie wieder einmal einen Film machen. Als ganz andere, neue Frau. Als die, die sie wirklich ist. Als die, die sie niemals spielen durfte, weil sie ‹zu schön› war. Ich glaube, BB ist viel schöner, als man weiß. Oder was meinst du?

Ida versteckte Finale vor allen Menschen. Wenn sie zu Finale fuhr, trug sie ihre übliche Kleidung. Rote und braune Cordhosen und ihre schwarzen Winterstiefel. Die Stiefel waren von der Beanspruchung beim Reiten bereits weich und ausgeleiert. Aber wenn sie in Reitkleidung wegführe, würden die Nachbarn wissen, wohin sie fuhr. Sie würden sich bereithalten, sie würden sie beneiden, und sie wußten, welches Bild sie von einer Schauspielerin hatten. (Sie steht vor dem Spiegel, schminkt sich den ganzen Tag, knutscht herum und zieht sich aus. Die Sex-Parties mit Rauschgift nicht zu vergessen. Und das Geld! Die Millionen! Sie sind doch sicher Millionärin, hatte ein Handwerker, der ihren Boiler repariert hatte, zu ihr gesagt.) Was für dich die Nachbarn sind, waren für Romy die Fotografen, sagte Magdalena.

Und Ida darauf: Du bist auch Fotografin.

Ja, sagte Magdalena. Aber anders. Das weißt du.

Erst viel später dachte Ida, daß sie wieder ein Lebewesen, das von anderen nicht gewollt war, zu sich nehmen wolle, diesmal auf Raten.

Der Boden in den Wäldern nah dem grauen Dorf war gefroren. Eine vereiste Schicht von braunen Blättern knackte, knirschte, knurschte unter den Füßen. Über Vertiefungen hingen dünne Eishäute. Wegpfützen und stehende Wasserlachen waren zu dickem Eisglas gefroren. Der Frost hatte perlmutterne Formen und Linien darauf gezeichnet. Linien und Formen wie auf Zeichnungen allerfrühester Kinderzeit, von Schneckenhäusern eingeschlossen, Eiskunstwerke. Finale stand still da und leckte zwischen den Steinen am Boden

Schnee, versuchte Gras zu zupfen, und ihr Kopf blieb lange zur Erde gerichtet.

Magdalena hielt Esriel auf dem Arm, der kalte Füße bekommen hatte in der klirrenden Kälte und erbärmlich zu weinen begann. Ida bat sie, für wenige Augenblicke bei Finale zu bleiben, damit sie Stroh für das Pferd aus dem Anhänger holen könne. Finale hob sogleich den Kopf, als Ida sich entfernte und Magdalena sie leicht anrührte. Sie ging einen Schritt rückwärts, horchte aufmerksam, war ganz auf Abwehr gegen Magdalena. Das sah Ida deutlich, wie sie zurückschaute. Schnell streute sie das Stroh in die Box und führte dann Finale, die bereits den Vorderhuf gehoben und ungeduldig damit am Boden zu kratzen begonnen hatte, in den Stall. Dabei nahm sie sich in acht, damit Finale ihr nicht wieder auf den Fuß trat.

Sie sammelte wie ein Narr Bücher über Pferde. Sie hatte sich aber vorgenommen, weitere Bücher erst zu kaufen, wenn sie alle schon gekauften gelesen hätte, und sie wollte sich die Bücher auch nur nach und nach und als Belohnung für schon geleisteten Fortschritt im Umgang mit dem Pferd bestellen. Denn sonst, so fürchtete sie, würde es gehen wie mit der Gartenarbeit. Sie hatte eine Zeit wild darauflos Gartenbücher und Mittel zum biologischen Gartenbau bestellt (sie hatte einen kleinen wilden Garten außerhalb des Dorfes gepachtet) und für vieles dann doch nicht die Zeit gefunden. Auch war sie argwöhnisch von den Bauern beobachtet worden und hatte sich bald eingeschüchtert gefühlt. Sie mußte prüfen, wieweit sie ihre Begeisterung für das Pferd tragen, ob das Leben mit ihm eines Tages das Selbstverständlichste von der Welt sein würde. Manchmal aber hatte sie schon dieses Gefühl: eine Hand für Pferde zu haben. Eine Hand für das Kind. Eine Hand für Pflanzen. Eine Hand für Pferde. Für Lebewesen.

Als Ida die Zügel hielt, Finale aus der Koppel heraus war und ohne Barriere zwischen ihnen neben ihr stand, erschrak sie bei jeder Bewegung des Pferdes. Sie mußte sich an die ihr noch unerklärlichen, von den ihren so verschiedenen Gesten und Mimiken und Bewegungen des großen Tieres gewöhnen. Später stieg sie auf, und es war ein sonderbares Gefühl. Das Pferd dampfte noch, weil es so wild vor der Einfängerin davongelaufen war. Die ganze Haut, der ganze Körper schienen Pore für Pore zu atmen. Ida streichelte dieses Tierfell gern.

Es war schwer für sie, das Gleichgewicht zu halten beim Traben. Der Reitlehrer und die Weinhändlerin, die zuschauten, fragten sie, ob sie wirklich zum ersten Mal im Leben reite. Ida lächelte nur. Nach zwanzig Minuten hatte sie Muskelkater, aber sie war glücklich. Sie fühlte, sie mußte sich den Bewegungen des Pferdes anpassen, mit dem Körper des Tieres verschmelzen. Die Tieraugen waren rätselhaft. Ida wagte ihren Ausdruck nicht zu deuten. Im Galopp verlor sie einmal den rechten Steigbügel. Sie hatte Angst vor dem Losgelassensein auf dem Pferdekörper, erkannte aber die Notwendigkeit, ihre Angst für immer zu verlieren. Der Unterleib ritt. Es war ein Liebesakt. Dieselbe rhythmische Bewegung: sich ganz in einen anderen Körper fallen lassen. Vertrauen, verschmelzen können.

Ida sah ihre ersten Fortschritte. Jetzt konnte sie dem Pferd schon ohne Angst Hafer aus der Hand geben. Das weiche Pferdemaul anzurühren war wie einen Kuß empfangen. Sie begann mit dem Pferd zu leben. Es trug nun Winterfell, das dicker und dunkler war als jenes andere noch wenige Wochen vorher. Pferde häuten sich nicht wie Schlangen, aber sie verwandeln ihre Haut für den Winter und für den Sommer. Finale war schreckhaft. Vielleicht hatte sie einmal ein großes Entsetzen erlebt. Ida wußte noch nichts davon. Sie ahnte es nur. Sie sprach zu dem Pferd, konnte nun leichter die Bewegungen seines Kopfes hinnehmen, ohne sofort zusammenzuzucken. Polina half Ida beim Putzen auf dem Hof des Kampwirts. Es waren eine Menge Jugendlicher da, die zusahen. Eine Stute und ihr Fohlen stürzten beim ersten Wiedersehen – das Fohlen war abgesetzt worden, die Stute bereits wieder tragend – wie wild aufeinander zu. Das Fohlen suchte die vertrauten Zitzen, schnupperte, aber trank nicht mehr. Ida säuberte Finales Hufe. Sie gab ihr Hafer. Finale war sehr hungrig. Das Wiedersehen mit ihr war jedesmal wie das Rendezvous mit einem Geliebten.

Frau Ohlsdorf war eine Krankenschwester aus dem grauen Dorf, sie wohnte in einem alten Bauernhaus mit Hund, Katzen, Mann und Kindern. Manchmal half sie Ida beim Putzen von Finale. Frau Ohlsdorf machte ein paar ruhige Schritte auf das Pferd zu. Ida tat es ihr nach, vorsichtig. Sie sprach leise zu dem Tier. Finale ... Meine Kleine. Bist ein braves Mädchen! Ja ... So sprach sie zu ihrem Pferd, bis sie an seinem Kopf anlangte. Dann putzte sie es, striegelte es, faßte es an. Wie konnte es nur so schreckhaft sein? Wer hatte ihm solchen Schrecken eingejagt? Wer?

So etwas Lebendiges anzurühren wie dieses Tier: welch ein Glücksgefühl. Gemeinsam mit Frau Ohlsdorf führte Ida Finale durch Schlamm und Matsch zur Reithalle. Frau Ohlsdorf ritt zuerst. Auch sie war etwas aufgeregt. Und danach ritt Ida in der schützenden Gesellschaft von Frau Ohlsdorf, fühlte sich ruhig und leicht auf dem Pferd. Sie sprach viel mit ihm. Später, als sie es abgesattelt hatte, gab sie ihm einen Apfel.

Das Beisammensein mit dem Pferd war oft das Schönste des ganzen Tages. Es gab nichts Schöneres als das Leben mit dem Pferd (außer dem Leben mit Esriel). Und sie fragte sich, wie sie es erreichen könne, tagtäglich nur noch mit dem Pferd und dem Kind beisammen sein zu dürfen.

Am Nachmittag ging sie mit Esriel und Magdalena in den Wäldern spazieren. Sie stellte ihr Auto an der Landstraße, wenige Kilometer hinter den Ortsausgang, nah am Lokal Rosenhof ab. Sie gruben mit alten, abgefallenen, trockenen Ästen Farnpflanzen aus, an deren Wurzeln schwarze Erde und braunes Laub hingen. Später gruben sie sie in Idas Garten ein. Etwas tun, etwas anfassen. Farben sehen! Das matte, glatte dunkle Braun der Stämme, das glatte Moosgrün anderer Stämme. Das weiche Pferdemaul anfassen. Finale! dachte Ida. Wie sie meine Handhöhle sucht, wenn nur noch ein paar verlorene Körner darin sind. Das Pferd kennenlernen war ähnlich abenteuerlich, wie einen Menschen kennenzulernen. Finales harte Stellen unterhalb der Sprunggelenke, an ihren Schenkeln (man nannte sie ‹Kastanien›, und sie fühlten sich auch an wie aus der Schale gesprungene, schrumpelige Kastanien), waren wie Impfmale, wie sie Ida einmal am Arm eines Geliebten ertastet hatte.

Hoffentlich ist das Wetter schön! dachte sie. Ich werde mich aufraffen und am Nachmittag zu den Wildpferden fahren.

Sie suchte unter den Büchern über Pferdehaltung und verlor sich vor dem Einschlafen in Träumen vom Pferdezüchten. Als Lebensaufgabe das Sein mit Pferden wählen, dachte sie. Irgendwann würde sie auf vieles verzichten müssen, um eines *ganz* tun zu können. Sie suchte immer noch nach einem Sinn des Lebens.

Ende Oktober war das Waldgebiet geschlossen, damit die Wildpferde in Ruhe ihre Jungen zur Welt bringen konnten. Ida und Magdalena stiegen über die Absperrungen, obwohl sie ahnten, daß sie den Förster treffen und er sie zurechtweisen werde. Ida fotografierte mit Magdalenas Apparat die Wildpferde, sie kamen aus dem Wald ruhig und mit gesenkten Köpfen auf sie zu, aber nie ganz nahe heran. Sie hielten einen gewissen Abstand ein, der genau bemessen schien. Wenn ein Mensch den von ihnen bestimmten Abstand verringern wollte, so flüchteten sie panisch.

Auf dem Fußweg zurück – die Dämmerung war inzwischen eingebrochen – kam den beiden Frauen das Auto des Försters entgegen. Der Mann, schon ziemlich alt, zerknittert wirkend, von der Lebenserfahrung wie mit einer Nashornhaut überzogen, stieg aus und begann ihnen einen langen strafenden Vortrag zu halten. Die Menschen verstünden nicht, warum die Pferde ihre Ruhe brauchten. Es kämen irgendwelche Zeitungsredakteure daher und regten sich über einen Pferdekadaver auf. Das seien die richtigen Tierfreunde! Die wüßten nicht, was Natur sei.

Ida hörte dem Förster ruhig, fast demütig zu. Er merkte, daß beide Frauen seinem Ärger recht gaben, und wurde ein wenig freundlicher. Durch sein Fernglas blickend, sagte er, als er ins Auto einstieg und den Motor anließ: Macht's gut! Ida fragte noch, ob sie ihn anrufen dürfe. Er sagte: Rufen Sie mich im März an. Wenn ich dann noch lebe!

Ida und Magdalena gingen schweigend zum verschlossenen Tor und kletterten wieder hinüber. Auf dem Weg drehte Ida sich immer wieder um.

Aber von den Gestalten der Wildpferde sah sie nicht einmal mehr Umrisse. Die Dunkelheit wurde jetzt unheimlich.

Der Förster hatte geradezu beiläufig erzählt, unweit des Wildpferdebruches sei kürzlich eine junge Tierärztin vergewaltigt und ermordet worden. Vom Mörder gebe es keine Spur.

Ida erinnerte sich jetzt, daß sie sich das Pferd hatte kaufen wollen nach vielen Monaten des Alleinseins in der dunklen Wohnung. Lieber ein Pferd als einen Mann! hatte sie damals gedacht und wohl auch zu irgend jemandem laut gesagt. Natürlich hatte derjenige gelacht, es wahrscheinlich für einen Witz gehalten. Aber es war kein Witz. Es war die Wahrheit. Lieber ein Pferd als einen Mann!

Ein Mann, ein Wort. Ein Mann wie ein gutes Pferd. Ein Mann, dem sie vertrauen konnte wie einem guten, edlen Pferd. So war vielleicht die Reihe der Assoziationen. Sie wußte es nicht. Aber der Satz gefiel ihr: Lieber ein Pferd als einen Mann. Nachdem sie, die sie ihr ganzes Leben lang eine panische Angst vor dem Autofahren gehabt hatte, in drei Monaten das Autofahren erlernt und die Prüfung vor vier Jahren sofort bestanden hatte, hatte sie noch am gleichen Tag, strahlend und glücklich über den Führerschein in ihrer Hand, den Entschluß gefaßt: Nun werde ich mich heranwagen an das andere, vor dem ich, seit ich ein Mädchen bin, außer vor dem Autofahren, am meisten Angst habe: an das Reiten auf einem Pferd.

Finale feuchtete sich, während sie fraß, das Maul an und kaute weiter, und Ida sah ihr so gern zu. Einmal wollte sie bei einer ‹Sache› bleiben dürfen, solange sie es wollte. Bei Esriel. Ihm in die Augen sehen dürfen, seine Haut spüren, mit ihm beisammen sein, über ihn nachdenken. Oder bei dem Pferd. Den ganzen Tag mit dem Pferd beisammen sein. Reiten. Pferdebücher studieren. Schauen. Und fühlen. Und denken. Die besonderen, bestimmenden Sinne beim Pferd. Das Hören. Die Haut. Das Fell. Einmal einen ganzen Tag *das Pferd sein dürfen*, um zu hören, wie es hört. Um zu riechen, wie es riecht. Um zu fühlen, wie seine Haut ‹schmeckt›!

Die Tieffieger sind böse, sagte Esriel. Zum ersten Mal hatte er sich, statt zu weinen und sich zwischen Idas Schenkel zu verkriechen, am Vortag gegen den Lärm der Tieffieger gewehrt. Er hatte huu! huu! gerufen und eine wegscheuchende, zornige Handbewegung zum Küchenfenster hin gemacht, als die Flugzeuge über das Haus gedonnert waren. War es nicht so, daß das Pferd zuerst durch die Haut, sein Fell, ‹hörte›? Hörte es die Welt zuerst mit dem Fell?

Ida suchte für sich eine neue Wohnung und für das Pferd einen guten Stall. Sie fuhr in ein Dorf nördlich des grauen Dorfes, um sich eine Wohnung in einem alten Gutshaus anzusehen, zu der ein Pferdestall gehören sollte. Sie traf einen zittrigen, alten Herrn an, der am Kamin saß mit seiner Frau an seiner Seite. Der Hund lag den beiden kläffend zu Füßen.

Als Ida sagte, sie sei alleinstehend, mit einem Kind, wollte das Ehepaar sogleich wissen, wovon sie sich ernähre und ob sie imstande sei, die Miete zu zahlen. Als sie ihren Beruf nannte, sagte der Mann: So? Dann zeigten sie ihr den leeren Pferdestall. Es war kalt darin, und die Schritte hallten. Auf der rechten Seite sah Ida zehn geräumige, leere Pferdeboxen. Auf der linken Schweinekoben. Alles war leer und kalt und weiß gekalkt. Ida fröstelte und fror, vermißte Finale, vermißte ihren warmen dampfenden Leib und fürchtete sich plötzlich vor dem alten, zittrigen Herrn, vor dem Ehepaar. Das begann lange Reden zu halten. Über die Schwierigkeit, im Winter das Haus zu heizen.

Nachdenklich fuhr sie in der Dunkelheit davon, wurde unendlich traurig. Dachte an die Eltern, die ihr wenige Jahre vorher ihr altes Haus hatten verkaufen wollen. In dem alten Haus hatte sie ihre Jugend verbracht, und die Eltern boten es ihr zum Kauf an. Wir könnten es dir billiger verkaufen als fremden Leuten, hatten sie gesagt. Und sie hatte sich einen Moment gelockt gefühlt durch die Aussicht, daß Frau Domröse dann öfters Esriel würde hüten können. Doch das Haus war an fremde Menschen verkauft worden. Die einzige Bleibe der Jugendzeit war verkauft und für sie nicht mehr zugänglich. Warum verwischte der Mensch die Spuren seines einstigen Lebens? Nun ja, man konnte nicht alles horten. Auch sie hatte die Wiege von Esriel verkauft für ein paar Heller. Alles veränderte sich. Und es gab keine Stätten mehr, zu denen sie zurückkonnte, keine Stätten der Kindheit. Alles war überwachsen. Alles war verkauft, verloren, vernichtet und augelöscht. Die Pferdeställe, die Pferdeboxen waren leer, weiß gekalkt und kalt, und die Schritte hallten in leeren Räumen.

Sie stellte sich vor, wie ihr Pferd graste auf der Weide, im Garten der Eltern, und sie von dem Haus, das dann ihres gewesen wäre, wenn sie es den Eltern abgekauft hätte, zum anderen, kleineren neuen Haus hinüberginge, das die Eltern sich für den Lebensabend eingerichtet hatten. Die paar Schritte. Und doch wußte sie, daß sie nicht im Haus der Eltern, im Haus des Hergebrachten, leben konnte. Niemals.

Und niemals würde ihr Pferd auf der Weide der Eltern grasen können.

Die Liebe zu einem Pferd war eine Liebesaffäre mit Höhen und Tiefen. Einmal ein Himmelhoch-Jauchzend, das Pferd schien ihr alles. Als brauche sie sonst nichts zum Leben, zum Denken, zum Fühlen. Ein andermal ein Zu-Tode-Betrübt, eine Unfähigkeit, eine Nichtigkeit, so als wüßte sie, daß sie niemals die Tür zu diesem Wesen würde aufstoßen können. (Magdalena sagte oft: Erzähl doch endlich von dem Mann. Wer ist es, dieses abwesende Phantom? Was für ein Mann, daß du dich auf ein Tier stürzt mit deiner Sehnsucht! Aber Ida hatte nicht einmal dem Jugendamt den Namen von Esriels Vater angegeben.)

Sie begleitete Frau Ohlsdorf zum Bauern Wurkhorst. Er wohnte an der Straße, die in die nächstgrößere Stadt, zehn Kilometer vom grauen Dorf entfernt, führte, besaß eine Reithalle, züchtete Pferde. Und jeden Montagabend kam ein Reitlehrer, um in der Halle Unterricht zu geben. Es war ein Reitlehrer aus dem nahen Osterburg. Er bewirtschaftete selbst noch einen Hof, erzählte von seinen drei Kindern, die abends mit dem Vater spielen wollten. Ida sah einem Zahntechniker zu, einem blutigen Anfänger, wie er ritt. Anfangs saß er vollkommen verkrampft auf dem Pferd, und Ida dachte: Wie ich, noch vor wenigen Monaten.

Der Wallach, auf dem Frau Ohlsdorf ritt, erschien Ida zuerst entsetzlich groß, viel größer als Finale. Warum hat man nur solche Angst vor Größe? dachte Ida. (Christus haben sie gekreuzigt, weil er groß war. Die Menschen können nicht ertragen, wenn jemand reich und groß ist. Seltsam nur, dachte sie, daß sie *nach* der Kreuzigung *anbeten*, so als ob sie die Größe nur schätzen könnten, wenn der Tod sie gebändigt hat.) Er pflegt zu beißen, sagte Frau Ohlsdorf. Aber Ida berührte den Wallach, als Frau Ohlsdorf stillstand. Sie hielt ihn ihr, als sie aufsaß und als sie ihm das Halfter anlegte. Später streichelte Ida ein Fohlen in der hintersten Stallbox. Die Stute drehte ihr das Hinterteil zu und fraß. Das Fohlen fühlte sich weich an. Es war ein Glück, ein Lebewesen anzufassen. Plötzlich merkte Ida, wie die kleine Katze, die auf der Stallgasse herumlief und spielte, an ihrem Fuß kratzte. Das kleine Tier wollte hochgehoben sein. Sie nahm es auf den Arm und streichelte auch die Katze. Sie konnte es kaum fassen, daß sie imstande sein sollte, alle diese Tiere gern zu haben. Und wie war es möglich, daß die Tiere sie mochten?

Am nächsten Morgen erging es ihr ähnlich mit Finale. Das Pferd war ausgeglichen und folgsam, ließ sich anfassen und longieren. Frau Ohlsdorf führte es. Ida longierte. Finale mußte lernen, im Schritt zu gehen, wenn Ida es bestimmte, und erst zu traben, wenn sie das Zeichen dazu gab. Am Anfang hatte sie viele Fehler gemacht. Sie hatte immer geglaubt, Finale müßte sich erst austoben. Aber die Theorie vom Austoben war unsinnig. So lernte sie nie Disziplin und stürmte, kaum saß Ida im Sattel, immer sofort los. Nun stand das Pferd entspannt da. Ida band es an den Pfosten und fing an, es zu striegeln und zu putzen.

Der Satteltermin heiterte sie auf. Sie kaufte sich Sattel und Trense, und es kam ihr vor, als müßte sie alles heimlich tun. Mit Staunen sah sie zu, wie die Verkäuferin, die mit dem Geschirr zum Stall kam (sie war eine Bauerntochter, sie erzählte vom Hof, auf dem sie viele Pferde hatten), mit geübter Hand Finale auftrenste. Allerdings reagierte das Pferd doch ziemlich hastig, als Ida sich in den Sattel setzte. Es war noch immer gewohnt, daß es lospreschen durfte und die Reiterin es nicht im Griff hatte. Das wird sich ändern, dachte Ida.

Sie wußte, daß mit dem Pferd eine neue Zeitrechnung für ihr Leben angefangen hatte. Das Pferd lehrte sie, sich von nun an jedesmal zu entscheiden, wen sie fettfüttern wollte. Zu entscheiden, wer sich von ihr nähren sollte. Lieber ein Pferd als einen Mann!

Sie wollte, wenn überhaupt jemand von ihr fettgefüttert wurde, selbst entscheiden, wer es sein sollte. Lieber wollte sie ein Pferd ‹fettfüttern›. Ein Pferd, das auch ihr Lebensmöglichkeiten ließ. Vor allem konnte sie im Leben mit dem Pferd lernen, wahrzunehmen, wer wen fütterte, wer wem was gab, wer wem nichts gab.

Ida war noch auf der Suche nach einem neuen Stall. Sie schlug das Branchen-Fernsprechbuch unter dem Stichwort ‹Reithallen› auf. Sie hätte den Vater um Rat fragen können, aber sie wollte nicht, daß er sich einmischte. Es sollte ihr Pferd sein, ihr Geheimnis. Sie rief zwei der Telefonnummern an. Gleich beim ersten Gespräch traf sie eine, wie ihr schien, sehr freundliche Frau an. Die Besitzer der Reitschule hießen

Stechmücke. Die Frau am Telefon sagte, Ida könne zur nächsten Unterrichtsstunde kommen und einfach zuschauen. Ida, durch Freundlichkeit oft verführbar, freute sich, als ob sie endlich einen Stall für sich und das Pferd gefunden hätte. Einen Stall, in dem sie für immer würde bleiben können.

An einem Samstagnachmittag machte sie sich auf zu der halbstündigen Autofahrt in die Stadt östlich des grauen Dorfes. Die Reithalle der Stechmückes lag auf dem Weg, den sie sonst nahm, wenn sie ihre Eltern besuchte.

Umgeben von weitläufigen Feldern, einem urwüchsigen Waldstück und zwei oder drei auf den ersten Blick idyllisch gelegenen Bauernhöfen, lag die Reithalle in der Landschaft, als ob die Stadt mit ihrem unendlich lauten Autoverkehr Hunderte von Kilometern entfernt sei. Der Besitzer, Herr Stechmücke, hatte auf den ersten Blick mit Idas Vater Ähnlichkeit, er wirkte vertrauenerweckend und überschlug sich beinahe vor Freundlichkeit. Seine Gestalt war leicht gebückt und gedrungen. Er trug eine Brille mit, wie es schien, sehr dicken Brillengläsern, wie Idas Vater. Sein Haar lag glatt und wie festgeklebt auf seinem Kopf. Die Falten im Gesicht wirkten ordentlich und wie hineingebügelt, und er sprach mit leicht nuscheliger Stimme. Der Mann wirkte wie ein freundlicher Vertreter für gute Weine, für Damenunterwäsche oder für biologische Kosmetika: Als könne er kein Wässerchen trüben. Ida, die sogleich Vertrauen zu Herrn Stechmücke faßte, entschloß sich, nicht nur ihr Pferd zu ihm in Pension zu geben, sondern auch, in der Abteilung mitzureiten. Sie wollte es gleich probieren, man gab ihr ein Pferd namens Saphir. Ein ruhiges Pferd, sagte Herr Stechmücke.

Sie wiegte sich im Vertrauen auf den neuen Reitlehrer, einen Angestellten von Herrn Stechmücke, der bei aller Jugend weise und erfahren wirkte. Sie hatte überhaupt keine Angst mehr und fühlte sich gleich geborgen. Als sei ein Stall eine Heimat und ein Reitlehrer ein Schutzengel und als habe sie endlich ihr Ziel gefunden. Manchmal konnte sie sich wie blind begeistern (die tumbe Törin).

Sie machte immer wieder den gleichen Fehler: Sie ließ sich zu schnell auf etwas ein.

Finales Husten wurde immer schlimmer. Ida konnte vor Sorgen kaum schlafen. Sie wußte, sie mußte Finale aus dem Stall des Kampwirts so rasch wie möglich befreien.

Sie rief Herrn Stechmücke an und vereinbarte mit ihm, daß Finale in seinem Stall im Lärchenweg aufgenommen würde. Für den nächsten Morgen hatte Ida noch einmal den Tierarzt bestellt, der nach Finale sehen sollte. Herr Stechmücke hatte eine Bescheinigung verlangt, daß der Husten nicht ansteckend sei. Ida hoffte, die Bescheinigung zu erhalten. So würde sie Finale in der nächsten Woche in den guten Stall bringen können. Im Stall des Kampwirts wurde das Pferd kränker und kränker. Eine Wohnung kann einen Menschen wie ein Beil erschlagen. Ein Stall kann ein Pferd töten.

Es war feucht und ungepflegt im Stall des Kampwirts. Das Heu, das Finale zu fressen bekam, war manchmal klumpig und feucht. Wenn Ida nicht kam (sie mußte sich auch noch um andere Dinge kümmern und konnte nicht jeden Tag herkommen), wurde Finale oft nur unregelmäßig gefüttert, obwohl Ida den Pensionspreis pünktlich zahlte.

Der Kampwirt ließ die meiste Arbeit seinen fünfzehnjährigen Sohn tun. Der sollte sein eigenes Pferd versorgen, das in der Box neben der von Finale stand, und dazu noch Finale und ein drittes Pensionspferd zur Rechten Finales. In einem Anbau dieses Stalles waren noch weitere Pferde in Pension. Aber diese wurden von ihren Besitzerinnen dreimal am Tag versorgt. Es waren Schulmädchen, die von Mutter zu Hause bedient und gefüttert wurden und viel Zeit hatten. Der Junge des Kampwirts wiederum war überfordert. Oft stand der Mist den drei Pferden, für die er sorgen sollte, bis zum Bauch. Auch wenn Ida daran erinnerte, daß endlich ausgemistet werden müsse, und auch angeboten hatte, es selbst zu tun, geschah nichts, man sagte ihr, es werde morgen geschehen und sie brauche nicht zu helfen. Anfangs hatte sie es nicht gemerkt, hatte zu lange nichts mehr mit Pferden zu tun gehabt. Es war ihr gegangen wie einer Frau, die einen Mann heiratet und erst viel später, allmählich und nach Monaten oder Jahren, merkt, wohin sie geraten ist. So hatte sie der Weinhändlerin und ihrer Tochter blind vertraut, die ihr den Stall für den Herbst und für den Winter empfohlen hatten, denn den Sommer über lief und lebte Finale seit Jahren auf der ein paar hundert Meter vom Haus des Kampwirts ent-

fernten Weide, die der Weinhändlerin gehörte. Und dabei hätte Ida mißtrauisch sein müssen, denn die Tochter der Weinhändlerin, die Finale eine Zeitlang geritten und sie viele Jahre besessen hatte, hing augenscheinlich nicht sehr an dem Pferd – wie konnte es ihr also auffallen, daß der Stall ein elendes dunkles Loch war? So jedenfalls überlegte Ida. Was hieß schon lieben? konnte einer fragen. Ein Pferd lieben hieß vielleicht nur: gut dafür sorgen. Und: es entdecken. Die Tochter der Witwe aber behandelte ihr Pferd, wie es schien, wie ein Kind seine Puppenstube oder irgendein Spielzeug, das es irgendwann leid wird und in die Ecke wirft. Oder wie Eltern ein schwieriges Kind: Sie ‹schreiben es irgendwann ab›. Finale war vielleicht so etwas wie ‹ein schwieriges Kind›. Ida dachte darüber nach. Aber Antworten lassen sich nie sofort finden. Die Tochter der Weinhändlerin wechselte ihre Pferde wie ein Mann seine Hemden. Wenn sie Lust auf eine andere Rasse hatte, verkaufte sie ein Pferd und kaufte ein neues. Die Leidtragende dieses Verhaltens war wohl nicht nur die Stute, sondern auch die Weinhändlerin. Sie war es schließlich, die das Geld heranschaffte. Sie arbeitete und schuftete, damit ‹ihre Tochter es gut hatte›. Im grauen Dorf stand eine alleinstehende Mutter unter großem Druck. Und womöglich glaubte sie, alles für ihr Kind zu tun, wenn sie es in jeder Hinsicht fettfütterte. Heraus kam ein ‹goldenes Kalb Kind›, das auch, wenn es erwachsen wäre, sein Leben lang erwarten würde, daß jedermann um es herumtanzte.
Ida fühlte, daß man ein Pferd lieben müsse, wie man ein Kind liebt: mit Zärtlichkeit und Strenge. In diesem Sinne hat wahrscheinlich auch Nietzsche sein so oft mißverstandenes Wort über die Frauen gemeint: mit Zuckerbrot und Peitsche ... Die Peitsche ist in der Hand des Reiters für ein Pferd, was der Stab in der Hand des Dirigenten für die Musik und die Musiker ist. Sie ist nicht zum Prügeln da. Auch das Bibelwort: Wer seine Kinder liebt, der züchtigt sie, ist so oft mißverstanden worden. Züchtigen heißt nichts anderes als: Strengsein, Bändigen.
Man konnte das Pferd nicht abschieben, hierhin und dorthin. Und Ida ahnte, daß man das mit Finale immer getan hatte.
Sie mußte jemanden finden, der Finale verladen und in die Stadt transportieren würde. Sie konnte keine Ruhe mehr fin-

den, solange ihr Pferd in dem feuchten, widerlichen Stall stand. Sie sah das Bild Finales oft beim Einschlafen und Aufwachen und wenn sie nachts wach lag, vor sich: Wie sie bis zu den Knien in ihrem eigenen Mist stand, während der Kampwirt sich betrank.

An bestimmte Menschen erinnern sich Pferde noch nach Jahren. Würde Ida dieser Mensch sein, an den Finale sich immer wieder erinnerte, auch nach Wochen oder Monaten notwendiger Trennung? Sie wollte eine Reiterin werden: Eine Frau, die es lernte, sich durchzusetzen. Eine Frau, die ein Lebewesen zu lenken imstande ist. Eine Frau, die eine starke, kräftige Stimme bekommt und nicht mehr die Stimme der Verzagtheit hat. Immer noch zuckte sie zusammen, wenn Finale eine unerwartete Bewegung machte, sich schüttelte, während sie fraß.

Sie war so rätselhaft schreckhaft, und Ida war wie das Pferd. Auch sie hatte ein aufgerissenes, großes schreckhaftes Gesicht. Und die Augen in ihrem Gesicht waren beinahe so groß wie die Finales.

Am Abend stand Ida vor der Box und sah zu, wie Finale das Heu zermalmte. Das Pferd nahm in Intervallen immer wieder den Kopf aus der Krippe, wandte ihn zu Boden, schlug mit dem Schweif und hustete dann sehr stark. Ida war sicher, daß Finale ahnte, was sie, Ida, mit ihr vorhatte. Dazu mußte sie nicht von außersinnlicher Wahrnehmung der Pferde lesen. An das junge Mädchen, die schöne blonde Reiterin Polina, war Finale sicherlich gewöhnt. Denn sie war die einzige außer Ida, die in dem Pferd mehr sah als ein Spielzeug oder ein Sportgerät. Beiden – Polina wie Finale – würde die Trennung schwerfallen. Das schöne blonde Mädchen erschien Ida allerdings doch auch wie ein verspieltes Schulkind, das Finale womöglich doch nicht viel lieber hatte wie Kinder ihre Hamster, womöglich würde sie eines Tages Finale (das hieß sich selbst) wegen eines Mannes aufgeben... Das waren Idas Gedanken, wenn sie im Stall stand und Finale husten hörte. Vielleicht hustete sie, weil sie allergisch gegen das Ledermehl in der Reithalle war. Aber Ida glaubte das nicht. Sie dachte nur noch an den feuchten, furchtbaren, dunklen Stall. Darin würde jedes Tier anfangen zu husten, dachte sie. Darin mußte jedes Tier zugrunde gehen. Wie viele Tiere waren in dunklen, feuchten, widerlichen Ställen eingesperrt und wie viele Menschen? O Falada, wie du hangest. Die Zeile aus dem Märchen fiel ihr ein. Sie sah den Pferdekopf, den abgehackten, an dem Scheunentor und stellte sich vor, wie er anfing zu sprechen. ‹Ein Gaulkopf an der Wand, zu dem redet sie›, so hieß es im Märchen. Als Mädchen hatte sie um Falada geweint, aber so, daß niemand ihre Tränen sah:

Aber das Pferd der Königstochter hieß Falada und konnte sprechen ... Aber Falada sah das alles an und nahm's wohl in acht ... Und sie versprach dem Schinder heimlich ein Stück Geld, das sie ihn bezahlen wollte, wenn er ihr einen kleinen Dienst erwiese ...

Der Tierarzt war wieder bei Finale. Er gab ihr eine Spritze. In vier Wochen müßte es gut sein, sagte er. Der Husten sei nur noch leicht.

Finale war ausgebrochen und stand vor ihrer Box im dunklen Gang, den Kopf in einer Kiste mit halbfaulen Äpfeln. Es war seltsam, wie Menschen halbverfaulte Falläpfel Tieren hinwarfen, ‹nur Tieren›, sagten sie. Was waren das für Menschen, die ‹nur Tiere› sagten? Ida verlor fast die Nerven, versuchte die halbvermoderte Tür zur Linken des eigentlichen Eingangs, die kaum benutzt wurde, zu öffnen. Nach einigem Zerren sprang die Tür auf und gab den Blick frei auf eine Box. Darin war ein Fohlen eingesperrt. Ida mochte nicht hinschauen. Noch nie hatte sie dieses Fohlen so von Angesicht zu Angesicht gesehen. Es war wirklich gefangen. Es schlug fast den ganzen Tag unaufhörlich die Zähne in das Holz. Es sehnte sich nach Freiheit. Nach Bewegung. Seine Box war bis oben hin zur Decke verbarrikadiert. Ein Verschlag aus wild verbauten Brettern, vernagelt und beinah ganz dunkel. Die Augen des Fohlens blitzten durch die Ritzen. Wenn dieses Fohlen sprechen könnte! dachte Ida. Es war eine Mißhandlung, was mit dem Fohlen geschah. Offensichtliche, für jeden sichtbare Mißhandlung. Aber als Ida sich einmal in dieser Richtung geäußert hatte, war sie vom Vater des Jungen, dem das Fohlen gehörte, am Tag darauf am Telefon wüst beschimpft worden.

Das Fohlen bekommt jeden Tag frisches Heu, hatte der Mann in die Muschel geschrien. Mein Junge pflegt es! Was sollte Ida tun. Wenn es um Kinder und Pferde ging, so steckten im grauen Dorf, so schien es ihr, alle unter einer Decke.

Der Mann gab vor, nicht zu wissen, daß ein Pferdekind sich bewegen muß, herumtollen und atmen in freier Luft. Finale stand vor der Box des Fohlens in dem schmalen dunklen Gang und verharrte dort still. Sie hielt den Hals gesenkt und sog immer noch mit ihren Nüstern den Geruch der halbfaulen Äpfel ein. Ganz auszubrechen, hatte sie nicht schaffen können, dazu hätte sie die morschen Türen mit ihren Hufen zerschlagen müssen. Ida stand da in der halboffenen Tür und redete ihrem Pferd gut zu. Finale spürte ihre Angst und wurde mißtrauisch. Immer noch hatte Ida Angstanfälle, wenn sie mit Finale allein und kein Mensch in der Nähe war. Es war wie die Angst in einem großen einsamen Wald. Man glaubte, Angst vor dem Wald zu haben, dabei hatte man Angst *vor Menschen*, auch wenn weit und breit niemand war. So war Idas Angst vor dem Pferd die Angst vor einem Menschen, der plötzlich aus ihm oder hinter ihm hervorpreschen und sie würde vergewaltigen, peitschen oder töten können. So mußte es sein. Denn Finale war eine Friedliche, eine Liebe. Eine friedliche Wilde. Eine schöne Feurige.
Der Hof des Kampwirts lag still in der Vormittagshelle. Es war Sonntag, und alles schlief noch. Ida wagte sich nicht an Finale heran, sie könnte sie mit den Vorderhufen bedrohen. Sie sagte sich: Welch ein Unsinn! Trotzdem war sie machtlos gegen die Angst. Sie klingelte Sturm an der Haustür des Kampwirts, als ob der versoffene Mann besser mit ihrer Finale umgehen könnte als sie. Der Kampwirt, ein aufgedunsener, gebeugter Mann, war noch im Schlafanzug und trat mürrisch aus der Haustür. Es war ihm aber alles gleichgültig, er hatte vor nichts Angst. Er fing Finale rasch ein und drängte sie zurück in ihre dunkle, feuchte Box.
Im Reiterfachgeschäft in der Stadt kaufte Ida ein Halfter und Handschuhe und bezahlte die Rechnung für Sattel und Pferdebücher. Nach dem Einkaufen ging sie an der Kolvenmühle spazieren. Mit Frau Stechmücke hatte sie alles Wichtige für den nächsten Tag besprochen. In der Halle hatten Kinder Voltigierübungen gemacht. Wie gelenkig diese Kinder doch sind! hatte Ida gedacht. Sie hatte sich kaum satt sehen können.
Esriel sagte: Mama, ich habe heute von Finale geträumt. Was hast du denn geträumt? fragte Ida. Esriel sagte: *Was ganz anderes. Was du nicht kennst!*

An einem Sonntagmorgen verstaute Ida Sattel, Trense, Longe und eine Kiste Wurzeln in ihrem Auto und fuhr zum Stall des Kampwirts. Sie legte Finale das Halfter um, führte sie aus dem Stall und band sie am Pfosten im Hof fest. Magdalena hatte angerufen, sie werde kommen, um den Abschied Finales vom alten Stall zu erleben. Die beiden Frauen putzten Finale gemeinsam, während Esriel mit Kieseln spielte. Ida konnte ihre Aufregung kaum zügeln und versuchte, sich mit besonders sorgfältigem Putzen zu beruhigen. Finale roch förmlich, daß etwas im Gange war, und war sehr empfindlich. Einmal tippte Ida sie mit dem Zügel aus Versehen an, und das Pferd erschrak sehr. Als die Frau des Kampwirts die Rolladen des Fensters zur Hofseite mit einem Ruck hochzog, konnte Finale das heftige Geräusch nicht einordnen und machte eine ängstliche, schreckhafte Bewegung.

Um halb elf kam Herr Ohlsdorf mit seinem Anhänger, er hatte sich bereit erklärt, Finale in den neuen Stall zu transportieren. In wenigen Minuten war Finale verladen. An Idas Hand ging sie friedlich zum Anhänger, und Herr Ohlsdorf drängte sie hinein. Er fragte Ida, ob sie eine Pferdedecke mitgebracht habe. Ida verneinte. So fuhren sie zur Wohnung, Ida folgte Herrn Ohlsdorf und sah den dunklen Schatten von Finale im Anhänger manchmal leicht hin und her taumeln. In den Häusern stehen jetzt die Spießer hinter den Fenstern und haben etwas zu sehen, dachte Ida. Sie rätseln sicher, was das für ein Pferd ist.

Und ob es mir gehört und was hier geschieht.

Herr Ohlsdorf fuhr sehr gefühlvoll, besonders in den Kurven. Ida sah auf der einstündigen Fahrt in die Stadt immer nur den dunklen Leib ihres Pferdes. Nun wurde es in seinen zweiten Stall transportiert (jedenfalls war es der zweite, seit es Idas Pferd war). Finale bewegte sich unruhig, wurde aber ruhiger, je länger die Fahrt dauerte. Beim Ausladen passierte dann beinahe ein Unglück. Ida hatte Esriel einen Augenblick aus den Augen verloren und sah nur noch nach ihrem Pferd. In der Aufregung des Ankommens löste sich der Panikhaken vom Halfter, mit dem Ida das Pferd herausführte aus dem Anhänger und es hielt, und in diesem Bruchteil einer Sekunde rannte Esriel los und dem Pferd beinahe zwischen die Hufe. Finale wollte losstürmen. Das Kind fiel hin, und es war für beängstigende Augenblicke ein bedrohliches Gerangel.

Aber das Kind hatte einen Schutzengel. Ida hob es vom Boden auf und beruhigte es. Finale war aufgeregt wie ein kleines Kind, das von seiner Mutter fort in ein Kinderheim gebracht wird. Vielleicht glaubte sie, auch Ida würde sie nun wieder an einem fremden Ort lassen und sie verlassen. Der Innenraum des Anhängers war voller Pferdeäpfel. Angstpferdeäpfel, dachte Ida.

Herr und Frau Stechmücke standen mit ihrem Reitstallpersonal vor dem Eingangstor des Anwesens und sahen prüfend und neugierig aus. Ida fühlte sich an eine Prüfungskommission erinnert oder an die versammelten Schuloberen während der Reifeprüfung. Herr Stechmücke sagte, Ida solle die Pferdedecke abnehmen, als sie Finale ein Stück weiter Richtung Eingangstür führte. Sie hatte plötzlich Angst, Herr Stechmücke werde sie und Finale wieder fortschicken, weil Finale hustete. Herr Stechmücke fragte Ida nach Finales Abstammung. Zum Glück hustete Finale jetzt nicht, und Ida ließ sich, nachdem Herr und Frau Stechmücke den Weg freigegeben hatten, anstandslos in den neuen Stall führen. In der geräumigen neuen Box fing das Pferd sogleich an, frisches Stroh, später Futter aus der Krippe zu fressen, und beschnupperte alles. Ida dachte plötzlich, daß nun Finale zwar in einem schöneren Stall untergebracht war, daß sie, Ida, aber von nun an jeden Tag eine halbe Stunde würde fahren müssen, um ihr Pferd zu sehen. Herr und Frau Stechmücke meinten, es sei erstaunlich, wie vertraut das Pferd sich sofort in der neuen Umgebung fühle. Ida wußte nicht, ob sie sich und ihren guten Stall loben wollten oder ob wahr war, was sie sagten, und sie, Ida, sich selbst die rasche Vertrautheit ihres Pferdes zuschreiben sollte, sie hatte sich so sehr um Finale gekümmert. Sie dachte an Ada, die graue kleine Stute, die dem Sohn des Kampwirts gehörte und im feuchten Stall zurückgeblieben war. Ada hustete seit Wochen, und viel stärker noch als Finale. Schleim und gelber Rotz hingen ihr seit Wochen aus den Nüstern. Sie erhielt jeden Tag Penicillinpulver, aber das nutzte nichts, solange sie in diesem dunklen, krankmachenden Stall hausen mußte. Der Kampwirt verschloß davor die Augen. Sonst hätte er womöglich den ganzen Stall umbauen müssen. Vielleicht sogar abreißen und einen neuen aufrichten!

Ida übte vor der Box mit der Frau aus dem Reiterfachgeschäft, die in die Reithalle gekommen war, das Auftrensen mit der neuen Trense. Oftmals mußte Finale das Gebiß mit Gewalt zwischen die Zähne geschoben und nach dem Reiten gefühllos wieder herausgerissen worden sein, denn sie scheute sich vor jeglichem Auftrensen.

Mit der fremden Frau, der Bauerntochter, mit Esriel und Magdalena trank Ida in einer nahe gelegenen Gastwirtschaft noch Malzbier. Die Frau erzählte, sie sei die vierte Tochter eines Bauern aus Bösendorf. Sie erzählte vom Bauernhof, und Ida verstand, warum sie mehr als eine gewöhnliche Verkäuferin war. Sie kannte Pferde von Kindheit an und hatte für alles ein Gefühl, wußte, was sie verkaufte und wofür. Sie verkaufte nicht nur um des Verdienstes willen, Sachen verkaufen, deren Wert sie kannte, war eine Leidenschaft für sie. Sie war eine gute Verkäuferin. Früher war sie Kindergärtnerin gewesen. Sie hatte langes, mittelblondes Haar, und Ida kam sie so vertraut vor, als ob sie sich schon lange kannten.

Ida ging mit Finale und Esriel auf eine lange Reise. Ihr Auto war zu klein für das Pferd. Oder war es womöglich größer als jenes blaue, jenes erste Auto, das der Vater, der Anästhesist, ihr kurz nach der Führerscheinprüfung geschenkt hatte? Aber es war immer noch zu klein für Finale. Die Reise mußte wieder unterbrochen werden. Ida stieg aus und ließ das Pferd und das Kind beim Auto. Als sie zurückkehrte, hatte Finale sich hingelegt und Esriel zu ihr. Ein anderes Mal stieg Ida aus dem Auto, um eben auf einen Sprung in einem besonders angesehenen Stall einen Besuch zu machen. Sie wollte nur schauen. Denn man feierte dort ein Fest oder hielt eine bedeutsame Konferenz ab. Man hatte sie davon nicht informiert.

Sie lief dem höchsten Manager in die Arme. Er sah verändert aus, war nicht mehr so dick, wie Ida ihn in Erinnerung hatte. Es hieß, er esse neuerdings den Spargel ohne Saucen, und Kartoffeln und Reis, alles, was angeblich dick macht, verschmähe er. Er war nicht so maskenhaft aufgeräumt im Gesicht, wie Ida ihn kannte. Er sah heute regelrecht natürlich aus. Auch Ida war nicht geschminkt und fühlte sich etwas unsicher und nackt. So traf es sich gut. Sie trug ein schönes lila Tuch um ihr Haar gebunden. Sie riß es ab und griff sich ins

Haar, um es aufzulockern. Ein Aufatmen durchströmte sie. So als wollte sie rufen: Endlich frei!

Aber der höchste Manager wollte sie hindern. Sie hatte sich getäuscht. Er war der alte, wie immer. Sie solle das Tuch über dem Haar lassen, sagte er streng. Das Haar ist platt darunter geworden, so schön und edel das Tuch ist, sagte Ida traurig. Es sei gut so, sagte der höchste Manager. Hören Sie, unsere Tücher sind die hervorragendsten in der ganzen westlichen Welt. Aber allzu glatt, sagte Ida und wurde nun trotzig. Doch ihr blieb nichts, als rasch fortzugehen. Man will mein offenes Haar dort in dem besonders angesehenen Stall nicht, dachte sie. Ich muß fort!

Sie ging eilenden Schrittes und hatte Angst, dem allerhöchsten Chef des Stalles zu begegnen, denn über dem höchsten Manager gab es noch einen Chef. Den bekam allerdings kaum jemand zu sehen. Es hieß nur, er habe ‹ein Mona-Lisa-Lächeln› und ziehe seine Worte wie Kaugummi. Man wisse nie, was ernst, was nur zum Spaß gesagt sei.

Plötzlich fand sie sich vor der Villa des Chefs. Sie war fast zu Tode erschöpft. Vor dem pompösen Eingang parkten eine Reihe glänzender Limousinen.

Irgendein Schutzengel führte sie den Weg zu ihrem Auto zurück. Dort fiel ihr sogleich siedend heiß ein, daß sie Wasser brauchte für das Pferd. Wenn sie ihm nicht in der nächsten Viertelstunde Wasser brächte, so würde es elendiglich verdursten. Es würde unter ihren Händen verdorren und sich im Staub winden. Sie schickte Esriel in den besonders angesehenen Stall. Als ob ein kleines Kind für ein Pferd Wasser holen könnte! Sie trug dem Kind auf, zu fragen, ob der besonders angesehene Stall Wasser bereit habe für ein Pferd, das Finale hieß. Du mußt den Namen sagen. Das ist das Zauberwort, sagte Ida. Vergiß den Namen nicht. Es dauerte zu lange, bis Esriel zurückkam. Wie hatte sie nur das Kind schicken können! Ida ging ihm nach, es standen sehr viele fremde Leute im Eingang des besonders angesehenen Stalles herum. Alle warteten vor dem Fahrstuhl im Parterre darauf, daß man sie in die höheren Stockwerke gelangen ließe. Ida wollte nicht gern gesehen werden, so ungeschminkt, wie sie war. Die Leute würden sich außerdem wundern, daß sie ein Pferd besaß.

Als sie zurückkehrte zu ihrem Auto (sie trug Esriel auf der

Schulter, er war eingeschlafen, und sein Gesicht hing an ihrem Nacken), sah sie, daß ihr Pferd vor dem Meer stand. Ihr Roß spürte und roch das Meer und fühlte sich mit aller Macht zum Meer hingezogen. Ida wußte nicht, warum sie ihr Pferd festhielt, vom Meer fernhielt. Warum sie ihr geflügeltes Roß hinderte, nah an das Meer zu gehen, in die Fluten zu springen und darin sich zu baden. Hatte sie Angst, daß es ihr davongaloppieren könnte? Sie hielt das Pferd fest, so gut sie konnte. Esriel war eine schwere Last auf dem Rücken, sein Gewicht wurde jeden Moment drückender. Es war beinahe, als wollte sie ihr Pferd vom Meer ablenken und ihm das Wissen nehmen, daß das Meer ganz nah ist und unmittelbar vor den Nüstern. Nun brachte Esriel, der von ihrem Rücken gesprungen war und wie ein Füllen herumhüpfte, Wasser in einer Schüssel. Es war zuwenig. Viel zuwenig. Es reichte nicht, um das Pferd zu tränken und seinen Durst zu löschen.

Sie schickte das Kind wieder fort, einen großen Eimer zu holen. Es wurde Zeit zu gehen. Es wurde ihr immer unheimlicher, wie sie sich selbst quälte. Sie drängte plötzlich zum Aufbruch.

Lange genug hatte sie ausgeharrt und um genügend Wasser für ihr Roß gebeten. Der höchste Manager aber hatte gesagt: Sehen Sie, bei uns sind Reinheit und höchste Vollendung Trumpf.

Dicke Nebelwände umgaben sie und das Kind und das Pferd. Plötzlich wußte sie, daß der Weg, den sie mit dem Auto zurücklegen mußte, fremd sein würde, wie alle neuen Wege. Bei Nebel war sie bisher nur Wege gefahren, die sie bei klarem Wetter schon hatte kennenlernen können. Es war Zeit zum Aufbruch. Und sie war zuversichtlich, daß sie sogar die scharfen Haarnadel-Kurven bei stärkstem Nebel würde meistern können.

Das Pferd und das Kind waren bei ihr. Und sie fuhr in ihrem eigenen Auto.

5

Spiel mir das Lied vom Pferd
und
Magdalenas schöner Jüngling

Ida konnte sich nicht satt hören an dem Namen Finale. So vieldeutig wie sein Name war auch das Pferd selbst.

In Finale kulminiert die Handlung. Das Drama oder aber die Lösung tritt ein. Alle Fäden verknüpfen sich. Alles drängt dem Ende zu: durchkomponiert und unwiderstehlich, oft als Stretta. Stretta bedeutet ‹Enge›, das Wort Streß stammt daher. Eine Enge, ein Engpaß, eine Bedrängnis: Die Töne sind eng beieinander. Die Musik wird schnell, rasch, ja ungezügelt bis zur Raserei. In der absoluten Musik ist es oft so, daß vom oftmals düsteren, ringenden, hadernden ersten Satz das Stück sich zum strahlenden, erlösenden Finale entwickelt und alle Gefühlsstationen durchläuft: vom Dunkel zum Licht.

Auch der Tod ist ein Finale. Oder der Orgasmus! Aber was kommt nach dem Finale? Nach dem Tod eine Wiedergeburt? Nach dem Orgasmus das Nachspiel, das dann übergeht in ein neues Vorspiel. Und der Kreislauf beginnt von vorn. Frühling, Sommer, Herbst, Winter. Auch die großen Werke sind so. Wir wollen sie immer wieder hören. Also ist ein Finale nicht endgültig. Es ist das Streben nach dem Unerreichbaren. Die Apokalypse: auch ein Finale. Der Atomkrieg! Wir leben in einer Endzeit. (Oder in einer Endzeit-Angst.) Doch auch die Freude, die Erlösung, die Gerechtigkeit, der Sieg des Guten, auch letzte Aufwallung, Brillanz, Effekt, alles kann Finale sein. Beim Schluß der Achten Sinfonie von Mahler kann man einen Herzinfarkt bekommen. Der Blutdruck steigt. Der Puls beschleunigt sich. Man schwitzt.

Das Ende ist traurig, weil etwas unwiderruflich abgeschlossen ist, aber auch gut, denn das Neue kann beginnen. Finali sind Verheißungen auf Besseres. Finale als Pointe. Als Ziel. Als Sinn einer Entwicklung. Als Resümee. Als Berechtigung. Als die Sehnsucht nach dem nie Erreichbaren, nach Vollkommenheit. Nach Erlösung. Finale als Lösung oder als weises Kopfschütteln. Als Verzichten, auch als Verlöschen, Verebben, Ertrinken. Als Sich-Auflösen, als Nirwana. Finale als Spiel. Als äußerer Glanz oder aber als Bekenntnis. Finale als Besänftigung: Alle Leidenschaften sind erloschen oder gewandelt. Finale als Erinnerung, Reminiszenz, als Abschiednehmen. Finale als tiefste Verzweiflung. Finale als ruhige Vollendung. Finale als Nie-vollendet-Sein. Finale als Wettkampf. Als Endausscheidung. Ein Endspiel. Im Finale sind alle Kräfte versammelt. Und die Ernte vieler Jahre wird eingebracht, damit das Feld nach einer Zeit der Ruhe wieder bebaut werden kann.

Finale als Name eines Pferdes. ‹Spiel mir das Lied vom Pferd . . .›

Magdalena sagte: Ich weiß auch nur, daß ich so auftaute, weil der Mann mir gut war, mir geistig nicht unterlegen war, mir zuhörte. Sie erzählte nicht oft von Männern, aber wenn sie es tat, mußte man wie gebannt zuhören. Ihre Stimme war dann beruhigend. Sie sprach so langsam und deutlich, angemessen langsam und artikuliert, hatte einen schönen Rhythmus, war sehr klar, und die Stimme war sehr kraftvoll. Das fiel Ida immer wieder auf. Nur wenn sie sehr müde war, war die Stimme, wenn sie nachts sprach oder abends, langgedehnt und sanft. Die Stimme hatte dann einen Charakter von Dämmerung. Von Zwielicht. Wenn eine Stimme ein Zwielicht haben kann, dann hatte ihre Stimme ein Zwielicht.
Dann verfügte sie noch über eine Stimme, die sehr traurig war, nicht so kräftig wie diese andere, klare, vom Denken beherrschte Stimme. Wahrscheinlich hatte sie viele Arten von Stimmen. Die Stimme war nicht kindlich. Im Gegenteil. Sehr erwachsen. Sehr klar. Gesammelt. Konzentriert. Das hallte richtig. Das färbte auch ab. Manchmal hatte Ida beim Zuhören das Gefühl, daß sie Magdalenas Stimme im Ohr ‹schmecke›. Manchmal hatte die Stimme auch, ganz selten, etwas Gesetztes, Altkluges. Solche Töne waren da, wenn sie Ida etwas sagen wollte. Da merkte man auch die Anstrengung. Aber Ida gefiel auch das.

Vor dem Pferd steht man unbekleidet, sagte Magdalena. Man begegnet sich selbst. Und ich weiß nicht, ob ich das will. Mit ihren Beinen umfaßte Ida den Pferdeleib. Die Schenkel mußten beweglich und dehnbar sein. Sie durfte keine Angst mehr haben. Und als sie morgens aufwachte, spürte sie den Pferdehals, die weiche, sensible Fellhaut, als habe sie die Nacht neben Finale verbracht. Finale hatte sich an ihr gerieben. Und wie gern hörte Ida Finales Schnauben. Wie gern hörte sie den Laut ihrer Nüstern. Finale kannte Ida. Sie würde ihr nichts tun. Das wußte sie. Das Leben eines Pferdes. Ein Pferdeleben. Oft stellte Ida sich vor, daß man Finale als Fohlen zu früh abgesetzt hätte. Hat Finale keine Mutter? fragte Esriel. Ich werde zu ihrem Züchter gehen und ihn fragen, sagte Ida, wo ihre Mutter ist. Vielleicht erfahre ich von ihm, warum Finale so in Panik gerät vor einer kleinen Gerte. Warum sie so schreckhaft ist.

Ich habe zu ihm gesagt: Bitte, rede mir gut zu, sagte Magdalena. Nimm mich, ich bin deine Stute, hab ich gesagt, reite auf mir! Und er hat dann, während er mich geliebt hat, eine Phantasie gesprochen. Er war Schauspieler. Er hat es fertiggebracht, es ist schon komisch, wenn ich jetzt an deine Finale denke. Er hat gespielt, daß er mein Reiter ist, und ich bin sein Pferd, und er reitet mit mir, ganz langsam. Und wir reiten in ein Dorf. Dort ist ein Brunnen, da tränkt er mich, ich darf etwas trinken. Und ich hab mich als Pferd gesehen. Ich stecke meinen Kopf in den Brunnen und trinke. Und dann sagte er: Jetzt reiten wir weiter. Und wir sind aus dem Dorf wieder hinausgeritten. Irgendwann war mir, als ob unter mir kein Bett mehr sei. Sehr stark war das Gefühl: Er nimmt mich mit, mit Worten und mit Taten nimmt er mich immer mit. Er hat mich in der Hand, er hat die Zügel in der Hand, er verläßt mich nicht. Sonst hab ich bei jedem Mann, der mit mir schläft, das Gefühl: Jetzt verläßt er mich. Auch wenn er mit mir redet. Wenn er *du* sagt, wenn er komm! sagt, wenn er sagt: Ich will, daß du kommst! oder irgend so etwas, was einem halt einfällt. Dann habe ich ja immer das Gefühl: Jetzt gleich wird er mich verlassen. Und bei ihm war es so, daß er mich mitgenommen hat. Das hat er auch immer wieder gesagt. Aber du darfst dir dieses Reiten nicht brutal vorstellen. Die Leute glauben, daß Reiten eine brutale Sache ist. Oder ein lang andauernder, wilder Galopp. Es war vielmehr – wie

nennt man das? Schritt. ‹Sche-ritt!› Trab. Vielleicht auch Galopp. Das weiß ich gar nicht mehr. Ich merke mir sonst keine
Betterlebnisse. Aber die Geschichte, die er mir dabei erzählt
hat, hab ich mir gemerkt. Es war so eine Bettgeschichte, aber
eine ganz andere Bettgeschichte. Keine Gutenachtge-
schichte. Eine Guteliebegeschichte. Und, ja, das Schöne war
für mich, gerührt zu sein, daß er mit mir so sein kann, und
auch seine Phantasie hat mir gefallen. Und dieses Hin zum
Brunnen und Weg vom Brunnen. Vielleicht hab ich auch unterwegs gesagt: Ich hab Durst. Und dann ist eben unter mir
irgendwie das Bett verschwunden, wie wenn ich keinen
Grund mehr hätte unter meinem Körper. Wie wenn ich nicht
mehr liegen würde. Wie wenn mein Körper ohne Raum wäre.
Wie wenn ich gleichzeitig fallen, aber auch in alle Richtungen davonfliegen würde. Ich weiß nicht einmal, ob es angenehm war ...
Magdalena war in Stechmückes Stall nicht zum ersten Mal
geritten. Reiten konnte sie nicht, aber ihr Vater hatte eines
Tages gewollt, daß sie es lernte. Doch der Versuch mißlang.
Der Vater hatte gesagt: Komm, Lene, wir fahren reiten.
Dann war da ein großes schwarzes Pferd, erzählte Magdalena. Und ich sollte mich darauf setzen. Ohne Sattel! Oder
mit Sattel? Ich weiß es gar nicht mehr. Gibt es das, daß man
reitet ohne Sattel? O ja, sagte Ida. Das gab es. Die alten Griechen und Römer sind immer ohne Sattel geritten. Das tun
nicht nur die Helden in den Wildwestfilmen. Das ist interessant, sagte Magdalena. Jetzt erinnere ich mich auch, daß ich
als Kind auf einem Pony geritten bin, oben am Teich. Du
kennst die Gegend nicht. Aber als junges Mädchen sei sie
dann dieses eine Mal richtig geritten, wahrscheinlich aber
doch mit Sattel. Ja, so war es gewesen. Ich habe immer gefürchtet, dem Pferd würden die Beine abbrechen, sagte Magdalena. Von oben sah es so schlank aus, so zerbrechlich. Ich
habe gedacht, daß es stolpert, wenn es über Stock und Stein
trabt, vielleicht galoppiert. Und wenn es stolpert, habe ich
gedacht, dann fliege ich mit dem Kopf voraus, und ich werde
querschnittsgelähmt sein. Es ist seltsam, ich hatte ja sonst vor
nichts Angst. Ich ging stundenlang allein durch die Wälder.
Ich bin überhaupt nicht dazu gekommen, Freude beim Reiten zu haben. Ich habe nur gesehen: Vorne reitet mein Vater
auf einem anderen Pferd. Sehr steif, als ob auch er, der an-

geblich so kühne Reiter, sich fürchtete. Und noch steifer, damit man ihm die Angst nicht anmerkte.

Dann weiß ich noch, sagte Magdalena, daß diese Frau meinem Vater sagte – sie war die Pferdebesitzerin und ritt auf einem dritten Pferd –, wie er die Zügel zu halten habe. Da ist mein Vater böse geworden, innerlich. Ich habe es an seiner Miene gesehen. Jedenfalls ist er nie mehr mit mir reiten gefahren.

Eine traurige Reitergeschichte, nicht? sagte Magdalena. Aber immerhin habe sie damals gelernt, daß man beim Pferd nicht von hinten herangehen soll. Pferde waren mir zu groß, ich habe sie gefürchtet. Pferde hatten so lange, dicke Wimpern, wie breite Bürsten, Bürsten wie Kämme. Wie sie die Friseure zum Haarefärben haben. Und viel zu große, dunkle Augen.

Ida, Seite an Seite mit Finale oder, besser: Kopf an Kopf, auf einem Foto. Die Augen hatten beinahe den gleichen Ausdruck, nur die Augen von Finale waren natürlich größer. Sie traten fast aus den Höhlen. Es spiegelte sich etwas Unbestimmtes darin. Vielleicht war es auch nur der Reflex des Lichts. Die Augen, so klein sie auch auf dem vergrößerten Foto waren, hatten etwas von einer Landschaft. Von einem Meer. Die Lidränder waren das Passepartout für das offene Meer. Und die Augen sahen aus, als ob darin ein Schiff treibe, oder vielleicht waren es auch nur aufgepeitschte Wellen, vielleicht Gischt, der dunkel aussah, weil er so heftig wie während eines Sturms war. Und diese Frau, Kopf an Kopf mit dem Pferd, war mit dem Pferdekopf verknüpft. Das Halfter verband beide. Der eine Querstrang des Halfters ging von der Nase bis zu der rechten Schläfe der Frau, bis zum Haaransatz. Man sah zwei Knoten. Einen am Haaransatz der Frau, den anderen über dem Nasenbein des Pferdes. Die Frau sah gelassen aus. Friedlich, zuversichtlich, ruhig, obwohl ihre Lippen etwas zusammengepreßt und ihr Mund immer noch zu sehr davon geprägt schien, etwas zu wollen. Es konnte sein, daß beide hinter einer Scheibe standen, die noch feucht vom Regen war. Das Haar der Frau war wie von einem Spinnennetz überzogen. Und man hatte im ganzen den Eindruck, als ob die Frau nichts anderes wollte als mit diesem Pferd beisammen sein. Oder vielleicht sogar: dieses Pferd sein.

Ida rief im Reitstall an. Der bei Herrn Stechmücke angestellte Reitlehrer hieß Rolf Laute, er sagte, Finale huste nicht mehr. Ida war beruhigt. Er sagte auch, er habe Finale schon einmal laufen lassen, und am Nachmittag werde er sie wieder freilassen.

Eine ganze Stunde lang suchte sie zu Hause das Pferdestammbuch. Sie fand dabei einiges, was sie nicht suchte. Das Wartungsbuch für ihr Auto. Sie dachte, daß sie, wenn sie das graue Dorf verlassen haben würde, sicher noch mehr verlegte Dinge finden würde. Endlich fand sie das Stammbuch in einem ihrer Pferdebücher.

Als sie das Pferdestammbuch in der Hand hielt, spürte sie plötzlich, wie stark die Sehnsucht nach Finale war. Sie war so daran gewöhnt, das Tier jeden Tag zu sehen. Das Sehen genügte manchmal. Es ging dann nicht um Reiten. Zum Tag hatte es gehört, das Pferd zu putzen, anzufassen, zu riechen, ihm beim Fressen zuzusehen. Zu hören, wie es knackte, wenn Finale die Zähne in die Möhren grub. Sie hatte sich daran gewöhnt, nicht nur zu dem Pferd hinzugehen, wenn das Pferd sie brauchte, sondern auch dann, wenn sie das Pferd brauchte. Im Umgang mit dem Pferd konnte man seine Traurigkeit abstreifen wie eine vertrocknete Haut. Sie vermißte Finale, sie sah wieder den Pferdeanhänger vor sich, sah noch einmal, wie Finale sich bog oder stillstand.

Manchmal sprach sie mit Esriel darüber, wie sie als Kind bei Nacht und Nebel im Pferdewagen entführt worden war aus dem anderen Deutschland. Bei Nacht und Nebel? fragte er dann. Denn er begriff nicht, wie ein Kind einfach aus einem Land, in dem es alle Tiere kennt und die Nachbarn und die Menschen und die Häuser, weggefahren werden konnte. Du? sagte er. Du? Und er lachte ungläubig. Und er fragte mit seiner kleinen, noch ungelenken Stimme immer wieder. Die war hell, seine Stimme, sie strebte aufwärts wie das Piepsen eines Vogels. Wenn er redete, war sein Mund wie das Schnäbelchen eines Vogels. Er schien sich mit den Lippen zugleich den Schnabel zu schärfen und zu putzen, wenn er etwas sagte. Das zumindest behauptete Magdalena, der Esriel wie ein sich immer putzender, schnäbelnder Vogel vorkam.

Wer fährt mit dir weg? fragte Esriel. Mein Onkel, sagte Ida.

Wo fährt der mit dir hin? bohrte Esriel weiter.

Auf die andere Seite eines geteilten Sees, sagte Ida, recht zweideutig. Ein geteilter See, was ist das? fragte Esriel wieder. Es geht eine Grenze durch den See, zwischen zwei Ländern, sagte Ida. Esriel versuchte eine Erklärung: Das eine ist Afrika, das andere Amerika? Nein, sagte Ida, das eine ist Ostdeutschland, das andere Westdeutschland. Und in der Mitte ist, wie ein Herz, der geteilte See. Und stell dir vor: Meine eine Herzhälfte ist im Osten, die andere im Westen. Aber das letzte war nun zu schwer für ihn. Er fragte nur noch: Spricht man in Ostdeutschland auch Deutsch? Ida zögerte mit der Antwort. Dann sagte sie doch: Ich glaube, ja.

Esriels Stimme klang vorsichtig, wenn er fragte, so, als müsse er das Fragen üben, dieses Reihen von Wort an Wort. Er sprach, obwohl er erst fünf Jahre alt war, in klaren und ausgewogenen Sätzen.

Der geteilte See beschäftigte ihn.

Wie bist du denn rübergekommen? fragte er. Und bei wem hast du gewohnt? Ida gab nur Antwort auf den zweiten Teil der Frage. Das wußte ich nicht, als ich fortgefahren wurde, sagte sie. Ich dachte: bei Tante Paula. Doch ich wußte nicht, wer Tante Paula ist.

Paula? sagte Esriel aufhorchend, als sei er im Begriff, eine Bekanntschaft zu machen. Er stellte Ida viele Fragen, so, als gebe es außerhalb der Wohnung, in der sie lebten, vieles, was Ida ihm allein dadurch, daß sie ihm davon erzählte, in die Wohnung bringen konnte. So als würde er, je nachdem, wie die Antwort ausfiele, diese Paula sofort einladen wollen oder ihr das Haus für immer verbieten. Mhm, sagte Ida, da haben meine Eltern mich mitten in der Nacht aufgeweckt und haben gesagt: Ida, wir müssen jetzt zu Tante Paula fahren. Paula? fragte Esriel wieder, als wolle er das alles genauer wissen. Als sei diese fremde Paula für ihn eine Bedrohung, vor der er seine Mutter schützen müsse. Die kannte ich aber gar nicht, die Tante Paula, sagte Ida, beschwichtigend und schnell, wie um ein Gespenst zu verscheuchen. Zu Tante Paula nach Berlin, sagte sie, da war ich sehr verschlafen, habe das aber geglaubt. Man glaubt ja schließlich seinen Eltern, wenn man klein ist, nicht? *Wie* warst du da noch klein? fragte er. Ich glaube, sechs erst. Sechseinhalb oder sieben.

Esriel schwieg. In seinem Schweigen war Respekt. Zumindest behauptete Magdalena, daß Esriel bereits zu verständnisvollem und respektvollem Schweigen begabt sei, wenn er über etwas, was er noch nicht ganz begreifen konnte, nachdenklich wurde.

Seit mehreren Tagen hatte Ida ihr Pferd nicht gesehen. Sie fürchtete, Finale würde sie nicht wiedererkennen.

Ida und Magdalena putzten Finale, und Ida hörte an Magdalenas Stimme, daß sie noch Angst hatte. Zum Beispiel davor, unter dem Pferdehals hindurchzugehen auf die andere Seite. Nun war Ida schon diejenige, die erklärte, daß es nicht gefährlich sei, daß man das Pferd nur anfassen und zu ihm sprechen müsse.

Ruhig und willig ließ Finale sich Halfter und Trense anlegen. Ein kleiner Riemen war nicht richtig unter dem Nasenriemen durchgezogen, Herr Stechmücke, der neugierig auf die Stallgasse kam, wies die beiden Frauen darauf hin. Ida ritt, Herr Laute meinte, Finale sei zu temperamentvoll, um in der Gruppe mitzureiten. Dennoch ritt Ida zwei Stunden in der Abteilung mit. Und danach allein. Sie spürte wieder, daß sie Muskeln hatte. Nur beim Galopp, der in der Abteilung sparsam geritten zu werden pflegte, wurde Finale gleich so schnell, ritt oft beinahe auf, reagierte nicht auf Idas Paraden, die nicht bestimmt genug waren. Finale war geradezu verrückt auf das Springen. Sah sie die anderen Pferde springen, so war sie kaum noch zu halten. Mit Wehmut dachte Ida manchmal auch daran, wie sie gern eine Springreiterin geworden wäre, wie sie sich aber aus Opposition gegen den Vater, den Anästhesisten in der Pferdeklinik, von Pferden abgewandt hatte.

Als Ida Finale nach dem Ritt in die Box brachte und ihr die Trense abnahm, scheuerte Finale Kopf und Hals an ihr, als ob sie fühlte, daß Ida es war, die sie in diesen Stall gebracht hatte, wo es ihr wohler und die Behandlung gut war, wo sie regelmäßig bewegt wurde von Ida oder Herrn Laute. Im neuen Stall verlangte man etwas von ihr, und sie wurde nicht mehr, wie im Stall des Kampwirts, von Jugendlichen, die auf der schmalen Stallgasse wie in einer Diskothek ohne Musik herumstanden, rauchten und darüber sprachen, welches Mädchen mit welchem Jungen ging im Dorf, gestört oder geärgert (denn es gab einige von ihnen, die ihre diffuse Wut auch an großen Tieren ausließen).

Herr Stechmücke glaubte Ida etwas ganz Neues zu erzählen, als er sagte: Finale hat große Angst vor der Gerte. Das wußte Ida längst. Vielleicht ist sie verprügelt worden, sagte Herr Stechmücke. Gut möglich, sagte Ida. Und sie dachte: Vielleicht hat einmal jemand Finale mit der Gerte oder einer Peitsche geneckt oder gequält, wie manchmal Kinder, die selbst gequält werden, um sich zu rächen, Katzen Blechdosen an den Schwanz hängen.

Wer wußte, was diese westfälischen Bauern auf dem westfälischen Land in ihrer Kindheit und Jugend mit ihr angestellt hatten.

Ich kenne einen Mann, sagte Magdalena, der gepeitscht wurde als Kind. Aber die Angst vor der Peitsche kann zu einer Lust werden. Du weißt nicht, wie schlimm es ist, wenn man die Angst nur noch aushalten kann, indem man sie zu einer Lust macht. Stell dir die Geschichte deiner Finale vor: Wie ihr gedroht wurde als Kind. Wie sie gepeitscht wurde als Fohlen, vielleicht. Wie sie gequält wurde, als Fohlen. Die Peitsche sauste vor ihren Nüstern, vor ihren Augen, was weißt du denn, was sie mit ihr gemacht haben? Es gibt doch keinen Pferdeschutz, wie es einen Kinderschutz gibt, oder? O doch, sagte Ida, es gibt eine Pferdehilfe, die gibt es schon. Du glaubst nicht, wie viele Leute ihre Pferde ‹fallenlassen›, wenn die ihre Schuldigkeit getan haben …

Jedenfalls der Mann, den ich kenne, sagte Magdalena, der sagte immer: Es hat mir nie geschadet! Er besucht aber immer einen Mann, der sich von seinem Freund systematisch quälen läßt. Und dieser Mann hat Spaß daran, gequält zu werden. Kannst du dir das vorstellen? Nein, sagte Ida. Es ist sehr fremd. Der schlug ihn, peitschte ihn, quälte ihn, triezte ihn, brannte ihn. Und er empfand Lust. Und – na ja – der dritte Mann, der hatte Lust, allein vom Zuschauen. Seltsame Menschen, findest du nicht?

Ja, sagte Ida. Der Himmel der Kindheit hing wahrscheinlich nicht voller Geigen. Er hing voller Peitschen. Der Himmel der Kindheit voller Peitschen! Der Himmel der Kindheit: gepeitscht. Die gepeitschte Kindheit. Gepeitschte Kindheit.

Gepeitschte Kinder. Das Schlimmste aber von allem ist, daß niemand es zugibt. Und jetzt, weißt du, was ich jetzt tun möchte? Mit dir herumalbern. Ein kleines Mädchen sein. Kirschen essen, ausgehen und tanzen gehen. Mich mit dir über Männer lustig machen und Hand in Hand an einem Fluß spazierengehen. Ja, komm! sagte Magdalena. Nichts hindert uns! Reiten gilt immer noch, ähnlich wie Kunst, als Beschäftigung der *upper class*. Reiten ist angeblich eine Sportart nur für die Reichen, für Chefärzte, Diven, Spitzenpolitiker.

An dem Tag, als Ida mit ihrem neuen Sattel, in blitzend neuer Reitkleidung und grauer, enger Reiterhose und hellgrauem Pullover in Stechmückes Stall erschien – noch dazu trug sie herrlich schwarze neue Stiefel –, trafen sie die von Neid und Mißtrauen erfüllten Blicke der Stechmückes. Niemand fragte sie, ob die neuen Stiefel nicht vielleicht drückten, Herr und Frau Stechmücke bemühten sich nur, ihre unguten Gefühle hinter einer gezwungenen Katzenfreundlichkeit zu verbergen. Magdalena hatte schon gleich am Anfang gesagt: Sie sind Heuchler und doppelzüngig. Aber Ida hatte nur gedacht: Sie findet immer ein Haar in der Suppe.

Es schien, als ob Magdalena, wie immer, die besseren Augen gehabt hätte. Anfangs glaubte Ida, daß sie sich alles nur einbilde: die neiderfüllten Blicke der Stechmückes, des Personals, ja sogar der Mädchen, die von ihren Eltern in die Reitstunden und zum Voltigieren geschickt wurden. Und Magdalenas Erklärung: Sie können deine unversteckte Freude nicht aushalten, denn du bist ja glücklich wie ein Kind mit deinem Pferd, erschien Ida reichlich übertrieben.

Die Erinnerung an den Sturz beim ersten Springen war frisch und stark. Die Art, wie der erste Reitlehrer im grauen Dorf Ida hatte losspringen lassen, ohne ihr irgendeine Anleitung zu geben, war, so erkannte Ida jetzt, unverantwortlich gewesen. Und wirklich waren in jenen Wochen, bevor Ida Finale in den neuen Stall gebracht hatte, in den Reitstunden des ersten Reitlehrers zwei Pferde gestorben. Sie hatten sich beim Springen unter ihren jugendlichen Reitern *das Genick gebrochen*. Mit Schrecken dachte Ida daran, daß sich beim Reiten unter der Ägide eines halb guten, halb schlechten, jedenfalls zu gleichgültigen Lehrers nicht nur ein Pferd, sondern auch ein Reiter für sein ganzes Leben ‹das Genick brechen› konnte. Sie aber war noch einmal davongekommen und hatte nach dem Fall nur viele Wochen lang Schmerzen in beiden Armen gehabt.

Finale erdete sie. Als ob sie Kinder badete, als ob sie stillte, als ob sie Menschen pflegte, als ob sie Menschen berührte, als ob sie Menschen massierte, als ob sie Menschen zur Welt brächte, als ob sie von Menschen berührt würde, als ob sie Pflanzen tränkte – Finale gab ihr das Gefühl dazusein. Sie spürte in ihrer Nähe sich und die sie umgebenden Dinge: Wärme, Kälte, Haut, Weichheit. Sie hörte. Sie sah. Sie war gegenwärtig mit all ihren Sinnen. Hatte sie Finale nicht, so war sie nicht.

In der Halle verbrachte sie eine Zeitlang allein mit ihr, ritt Schritt. Herr Widerhold, ein Angestellter Stechmückes, der außerdem selbst ein Pferd hier in Pension hatte – eine Schimmelstute –, kam hinzu und ritt ebenfalls Trab. Dieser Mann machte ständig einen gedrückten Eindruck, so, als müsse er mit bis ins Unerträgliche gesteigerten Zahnschmerzen herumlaufen. Tatsächlich wirkte sein Gesicht so, als sei die eine Wange hochrot und geschwollen von eiternden Zähnen, und er verzog gewöhnlich sein Gesicht zu einer faltigen Grimasse. Anfangs hatte Ida etwas wie Mitleid mit dem Mann gefühlt, doch mit der Zeit gewann sie von ihm den Eindruck eines Scheinheiligen und Heimtückischen, ohne daß sie ihn hätte begründen können. Die Schimmelstute kam Ida, obwohl sie keineswegs von Herrn Widerhold mißhandelt wurde, wie sein armes Opfer vor, so, als habe er sie von einem ledigen bildhübschen Mädchen in diese Stute verwandelt, damit sie ihm unter dem Zügel zu Willen war.

Im Stall drehte Finale sich, als ob sie beleidigt wäre, von Ida weg, als sie ihr nach dem Reiten kein Futter gab. Denn hier gab es Fütterungszeiten, und Ida durfte ihr Pferd nicht mehr füttern, wie sie es gewohnt war. Das hatte sie nicht bedacht. Sie durfte das Pferd nicht unabhängig von den anderen Pferden füttern, die wie eine ganze Gesellschaft von Menschen in Reih und Glied in den Boxen nebeneinander standen.

Wenn man Pferden gegenüber furchtlos und selbstsicher war, wurde man mit jeder Situation fertig. So war also das Pferd die Chance, die Klippe ihres Lebens. Es war die Brücke zu einem anderen Leben voller Sicherheit, ohne Absicherungen, voller Ruhe, ohne Friedhofsruhe. Voller Freude, ohne Angst vor dem Schmerz. Ida stand jetzt auf dieser Brücke, wollte hinübergehen, doch immer noch hatte sie Angst vor dem, was jenseits der Brücke sein würde.

Sie wußte, daß es gut war und sie rettete, in den Wald zu gehen und bei Tieren zu sein. Zum ersten Mal war es jetzt ein Tier, dem ihre Liebe galt.

Es war seltsam, daß einem immer erzählt wurde, der Mensch suche nach Liebe. Nach Liebe, die er bekommt. Dabei suchte der Mensch vielleicht vielmehr nach einem Menschen, der sich Liebe *geben läßt*. Der sich freimütig Liebe geben läßt. Der einen nicht straft, wenn man gibt. Der einen nicht zum Knecht macht, wenn man gibt. Lieben Heimkinder ihre Hamster und erdrücken sie, weil sie niemals jemanden gehabt haben, der ihre Liebe angenommen hat?

Das Prinzip dieses Tieres ist die Angst, sagte Herr Laute. Finale hat ja viel mehr Angst als ich, dachte Ida, als sie Zeugin wurde, wie sie vor Herrn Laute, der in der Ecke der Bahn stand, scheute. Dabei kam ihr Finale auch wie eine Erdbebenmesserin vor. Vielleicht sollte ich sie immer mit mir nehmen, dachte Ida. Sie wird mich vor Lügnern und Heuchlern, auf die ich hereinfallen könnte, bewahren.

Sie konnte sich ihrer Angst bewußt werden, aber Finale war der ihren ausgeliefert, und es war ein Unsinn, wenn Ida in die Box ging und Angst hatte. Sie kennt mich doch, dachte sie. Sie wird mir nichts tun. Das weiß ich doch ganz sicher. Finale würde ihr nie etwas tun. Allerdings konnten Pferde Menschen aus Angst tottrampeln, wie manchmal Mörder aus Angst morden. Nur wenn ich alle Angst verliere, dachte Ida, wird mein Pferd meine liebste Verbündete sein.

Herr Laute war Ida sehr sympathisch. Den Stechmückes schien er nicht zu passen. Er kam Ida vor wie ein versehentlich von ihnen adoptierter Sohn. Sie merkte auch bald, daß er zwar viele Aufgaben im Reitstall hatte, die Pferde laufen ließ, Unterricht gab und im zweiten Stock Gäste bediente in der Kutscherkneipe, jedoch waren es mehr Pflichten als Rechte. Er wehrte sich, wie es schien, nicht gegen seine Lage. Nur befiel ihn eines Tages eine unangenehme Augenkrankheit. Zunächst lief er viele Tage mit einer schwarzen Augenklappe über dem rechten Auge herum, dann fehlte er einige Wochen im Reitstall, und Ida erfuhr von den Stechmückes, daß er mit einer schlimmen Vereiterung und Entzündung des Auges darniederliege.

Herr Laute kehrte in den Reitstall zurück, doch sein Auge war immer noch geschwollen und stark gerötet. In Gedanken nannte sie ihn von nun an oft ‹Herr Augenlos›, und sie hatte manchmal das Verlangen, mit ihm zu sprechen, doch er war schweigsam, beschränkte sich auf die notwendigsten, mit seinen Pflichten zusammenhängenden und aus ihnen hervorgehenden Worte. Herr Augenlos und Ida begrüßten einander freundlich und wechselten mit Reiten und Putzen zusammenhängende Worte. Die Stillen sprechen vielleicht nur mit ihren Pferden, dachte Ida. Und dies vermutete sie auch bei Herrn Augenlos, daß er hier war, mit den Pferden, um sich von den Menschen, wenn nicht abzusondern, so doch auf Abstand von ihnen zu gehen.

Ida verbrachte viele Samstagnachmittage im Stall. An diesem Samstag hatte sie schlechte Laune, war müde und gerädert, und Finale erschien ihr unheimlich ‹geladen›. Ida nahm an der Voltigierstunde teil und war ganz steif. Die beiden Mädchen vom Personal, die das Voltigieren leiteten (Herr Stechmücke schaute nur zu, wie der Chef eines Restaurants seine Kellner überwacht), machten gleichgültige Gesichter und schienen von Ida, die zum ersten Mal im Leben Voltigierübungen machte, eine selbstverständliche Gelenkigkeit zu erwarten, wie sie sie von Kindern gewohnt sein mochten. Doch vor Scham und vor Angst wurde Ida doppelt steif. Als die Stunde vorüber war und sie mit Finale allein in der Bahn ritt, fiel sie in hohem Bogen, das Pferd galoppierte zügellos darauflos, vom Pferderücken. Im Stall, in der Box, stand sie lange bei Finale, den Arm über ihren Rücken gelegt, sprach mit ihr. Mein Tier, mein Pferd, meine Gute, du Brave, flüsterte sie und fütterte ihr rote Bete und Mohrrüben. Finale, sagte sie, erinnerst du dich, wie ich mit dir im Schnee den schmalen Weg zwischen dem Haus des Kampwirts und dem Nachbarhaus zur Halle hinter dem Haus gegangen bin, über den Reitplatz, über die unter den Füßen knirschenden, gefrorenen Erdklumpen, an dem bellenden Kettenhund vorüber? Erinnerst du dich, Finale, wie ich voller Angst war vor dir? Weißt du, daß ich Angst vor dir hatte, mein Pferd? Und jetzt lege ich den Arm über deinen Rücken. Du spürst es. Ich wußte es von Anfang an, wie man dir nah sein kann, wie man mit dir Hautfühlung halten kann und soll, das gibt dir Vertrauen, ich weiß es. Und es gibt auch mir Vertrauen. Wir sind uns so unähnlich. Du bist so groß. Ich bin so klein gegen dich. Ich bin ein Kind gegen dich. Und du bist so anders. Und doch bin ich dir ähnlich. Und erinnerst du dich, wie ich dich einmal aus der Box führte und die Zügel hängen ließ – ich war damals oft zerstreut und dachte nicht an alles zugleich –, und du verfingst dich darin, tratst mit dem einen Huf in den Zügel. Ich hielt meine Panik im Zaum, zwang mich zur Ruhe, sprach ruhig zu dir und forderte dich, indem ich dir auf den Ellbogen klopfte, auf, den Huf zu heben, als ob ich ihn dir auskratzen wolle, so konnte ich den Zügel, in dem du dich verfangen hattest, aufheben. Denn ich wußte, wie rasch du dich deiner Freiheit beraubt fühlst und auf jede Fesselung mit einem Ausbruchsversuch reagieren kannst, auch wenn er dich dein Leben kostet ...

Morgens wachte sie auf und hatte nur den Gedanken an Finale im Kopf. Was ihr fehlt, fehlt auch den Menschen, dachte sie. Bewegung, Licht, Luft. Im Rhythmus von Ruhe, Bewegung, Liebe, Alleinsein. Wenn ihr das alles fehlt, wird sie hektisch, wirft alle Lasten ab. Auch mich.
Hundertvierzig Kilometer die Stunde fahren, dachte Ida (sie war eine passionierte Autofahrerin, so wie Magdalena leidenschaftlich gern Motorrad fuhr). Sie wußte wohl, daß ihr als Autofahrerin die PS des Autos, seine Pferdestärken, so wie es in der Zigarettenreklame hieß, die Weite des Lebens bedeuten konnten. Und dabei wollte sie doch auch andere Weiten wiederfinden. Denn im Auto saß man still, und nur die Kopfreaktionen, die Nerven waren wichtig. Fußtätigkeit und Lenken mit den Händen waren nur verkümmerte Körperbewegungen. Das Autofahren kam ihr so oft wie ein symbolisches Leben vor, und doch liebte sie es, große Entfernungen in diesem eigentümlichen Fahrzeug zurückzulegen. Oft mußte sie, wenn sie große Strecken fuhr, an Finales Unruhe denken, an diese Lust, über Weiten zu galoppieren, und im Reitstall mußte das Pferd, wie ein Wal im Bassin, sich immer im Karree bewegen.

Sie saß im Auto und sang. Aus Langeweile vielleicht. Manchmal kam es beinahe zu einem Unfall. Man brauchte nur den Bruchteil eines Augenblicks nicht achtzugeben. Einmal wollte sie links abbiegen, aus einer Einbahnstraße heraus, und ein Mann hatte sie herauslassen wollen und ein Zeichen gemacht, aufgeblendet und gehalten, sie hatte ihm wie blind vertraut, aber hinter ihm war ein anderer Autofahrer, ein ungeduldiger, vorbeigeschossen, und Ida konnte gerade noch bremsen.

So etwas geschah oft. Auf den Straßen versammelten sich Gruppen von Menschen, die wie in einem Spiegel den Zustand der ganzen Gesellschaft zeigten; ein Mensch war freundlich und streckte die Hand aus, zugleich machte sich aber ein anderer schon bereit zuzuschlagen.

Im Auto war man allein in seinem Gehäuse.

Sie saß im Auto und sang. Sie saß allein in ihrem Selbst. Ein Motorrad flitzte vorbei. Immer dieses kurze Rasen, dachte sie, wenn ein motorisierter Mann vorbeifuhr. Sie hatte Angst vor den ‹Fast-Unfällen›. Dann rieselte es einem kalt den Rücken herunter, es wurde einem kalt und heiß, man war noch einmal davongekommen. Auf den Straßen hing das Leben an einem seidenen Faden. Es kam manchmal auf Sekundenbruchteile an. Diese ‹Fast-Unfälle› waren wie das Gehen durch ein Nadelöhr: Danach lebte man weiter, als ob einen ein Schutzengel über eine Brücke geführt hätte, die hinter einem sofort einstürzte.

Die Männer mit dem Asphaltwagen auf den Autobahnen schienen Ida am eigenartigsten. Es rauchte und schwelte, es war schwarz und grau. Es waren nur Männer an den Asphaltierungen beschäftigt. Sie sah immer nur Männer, die daran arbeiteten, die Erde zu asphaltieren. Noch nie hatte sie Frauen gesehen, die die Erde mit Asphalt zuschweißten, um die geradlinigen Straßen zu schaffen, damit man schnell und nur in einer Richtung zum Ziel kam. Aber sicher gibt es auch Frauen, die so etwas tun. Ein Lastwagen schwankte vor ihr. Auf der Gegenfahrbahn war ein Stau. Der Himmel verdunkelte sich. Die ersten Regentropfen auf der Frontscheibe. Der Himmel war grau. Eine Wolkendecke, nein, keine Decke. Ein grauer Wolkenbaldachin. Die Vögel flogen niedrig. Sie war ganz ehrlich mit sich: Auf das Auto würde sie nie wieder verzichten wollen, auch wenn ihr Herz grün war. Wie aber das scheinbar Unvereinbare vereinen, dachte sie. Wie nur?

Man müßte das Pferd ebensowichtig nehmen wie das Auto, dachte sie. Sie sah aber zu viele Menschen, die ihre Pferde quälten: die Pferde, die zu ihnen gehörten, und das Pferd in sich.

Nach dem Ende der Reitstunde folgten alle Reiter Herrn Stechmücke, der voranging, in den Pferdestall, und er begann, auf der Stallgasse breitbeinig stehenbleibend, einen Vortrag zu halten, und kam Ida dabei vor wie der Kaiser aus dem Märchen von des Kaisers neuen Kleidern. Herr Stechmücke dozierte wild gestikulierend wie der beste Lehrer der Welt über Pferdepflege und guten Sitz und wie man die Pferde behandeln müsse. Im Sommer gebe er seinen Pferden zerschnittene, angetrocknete Brennesseln, die enthielten Vitamine und Mineralien. Die Nesseln brennen nicht mehr, wenn man sie etwas andörren läßt, sagte er. Es imponierte Ida, wie er, ohne Angst, sich lächerlich zu machen, von den Brennesseln erzählte. Auch schienen die Ställe gut gepflegt, und das Fell der Pferde war glatt und glänzend.

Finale ahnte als erste, daß auch Stechmückes Stall nicht die Heimat war, die Ida gesucht hatte. Sie erschrak vor sich wild gebärdenden Pferden, die von draußen auf die Stallgasse geführt wurden und sich von dem Schimmelmann kaum halten ließen. Sie verspannte sich, ihre Muskeln wurden hart. Sie war hart vor Angst, ein einziger Angstpanzer.

Ida aber wiegte sich noch in dem Gefühl, gut aufgehoben zu sein in diesem Stall. Sie lehnte sich an den Bauch Finales und spürte ihr weiches Fell und ihren atmenden vibrierenden Körper.

Magdalena war drei Stunden lang bei Finale gewesen, das erfuhr Ida aber erst später. Drei Stunden lang hatte Magdalena bei Finale in der Box gesessen. Finales Fell glänzte und war weich und schön. Wie Musik eine Pflanze erfreuen kann, daß sie besser wächst, und Streicheln die menschliche Haut ernährt, so lebte Finale auf in Magdalenas Gegenwart. Denn Magdalena konnte das: einfach dasein, ohne viel zu tun. Wer konnte das noch?

Ida hatte auch keinen Muskelkater mehr nach einer Stunde

Reiten, während ihr vor einem halben Jahr noch immer so gewesen war, als müßten ihr nach dem Reiten die Oberschenkel brechen. Sie fuhr zu Finale, sie putzte sie, der Striegel lockerte ihr Fell, das sich jetzt veränderte. Alte Winterhaare fielen büschelweise auf die Stallgasse. Wie schreckhaft sie ist! dachte Ida wieder und wieder. Sie gurtete den Sattel, zuerst ins erste Loch, Finale erschrak, wandte den Kopf zu Ida, zuckte zusammen, und beim Trensen biß sie die Zähne zusammen. Ihre Angst, daß man ihr weh tun könnte. Oh, was haben sie mit dir gemacht, mein Pferd, mein Tier! Ida longierte sie, ritt dann Schritt und Trab, Galopp. Herr Stechmücke schaute Ida zu, die allein in der Bahn ritt. Das ist schon ganz gut, sagte er wohlwollend.

Mein Ziel ist, sie jederzeit halten und zügeln zu können, wenn sie zu schnell wird, sagte Ida.

Zum Teufel mit den Entmutigern, dachte Ida. Zum Teufel mit ihnen. Herr Stechmücke ließ bald seine ermutigenden Äußerungen und ersetzte sie durch gallig-bitterböse Bemerkungen.

Ida fühlte sich an einen Mann erinnert, der – obwohl er selbst kein Auto besaß, also dafür keine Steuern zahlte, das Auto nicht unterhielt, aber als ihr Beifahrer oft mit ihr fuhr, also in den Genuß des von ihr bezahlten Autos kam – eines Tages angefangen hatte, an ihr herumzumäkeln. Du kannst nicht Auto fahren! hatte er ihr gesagt. Du kannst ja nicht einmal richtig Kurven fahren. Du bist ein Verkehrshindernis! Statt anzuhalten und den Mann höflich aufzufordern, auszusteigen und seinen Weg allein fortzusetzen, hatte Ida sich auf endlose Diskussionen eingelassen, hatte sich vor dem Mann verteidigt und erklärt. Schließlich war es so weit gekommen, daß der Mann ihrem Fahrlehrer, von dem sie zu schwärmen anfing, in Grund und Boden verdammt hatte, denn wie könnte der Fahrlehrer gut gewesen sein, wenn sie doch eine so schlechte Autofahrerin war! (Später hatte sie glücklicherweise die Kraft gefunden, sich von dem Mann zu trennen. Jede Frau sollte einem Mann mißtrauen, der ihr sagt: Du kannst nicht Auto fahren!)

Zum Teufel mit den Entmutigern! Auch Herr Stechmücke entpuppte sich mehr und mehr als ein solcher Mephisto. Zuerst fiel es Ida auf, als Herr Stechmücke sich über ein altes Ehepaar lustig machte. Der Mann ist Pensionär gewesen, sagte er. Er hatte viel Geld! Schwerreich, sage ich Ihnen. Ja, und? dachte Ida. Geld an sich ist vollkommen neutral, weder sauber noch schmutzig. Was also will er sagen? Das Ehepaar hat mehrere Reitkurse belegt, sagte Herr Stechmücke, jeden Tag sind die beiden geritten. Stellen Sie sich das vor, immerhin war er schon siebzig! Ja? sagte Ida. (Man kann in jedem Alter das Reiten erlernen, dachte sie. Was ist denn Alter?) Na, er hat einfach nicht mithalten können in der Abteilung, das ist doch klar, sagte Herr Stechmücke. Wieso nicht mithalten? fragte Ida. Wir werden doch von uralten Politikern regiert. Wieso kann ein alter Mann nicht reiten? Herr Stechmücke schaute etwas irritiert, sagte aber jetzt nichts dazu. Er ist auch nur einmal die Woche in der Abteilung mitgeritten, sagte er, als sei dies eine Antwort. Dann wurde sein Gesicht schadenfroh. Ich habe ihn vor versammelter Abteilung galoppieren lassen. Und wie er auf und ab gehopst ist! Alle haben ihn ausgelacht.

Zum Teufel mit diesem Widerling, dachte Ida und hätte am liebsten Herrn Stechmücke auf ein Pferd gezwungen und herumgehetzt, der Lächerlichkeit preisgegeben, aber was hätte es genutzt (warum quälten Menschen Menschen?). Herr Stechmücke machte ein Gesicht, als wollte er sich sogleich die Hände reiben. Daraufhin hat unser Pensionär aufgehört zu reiten. Das reichte ihm! Vielleicht will er mich mit der Story warnen vor Alleingängen, dachte Ida plötzlich. Es konnte aber auch sein, daß er gar nicht merkte, welches Gift er verspritzte. Es laufen viele Mephistos auf der Welt herum, und die ganz kleinen sind die schlimmsten, denn sie ermöglichen erst die großen.

Dann wieder tat Herr Stechmücke ihr leid. Er ist sicher auch, wie mein Vater, im Krieg gewesen, wer weiß, was er mitgemacht hat! dachte sie. Das war eine ihrer Schwächen, in jedem Schurken die weiche Stelle, den guten Kern entdecken zu wollen. Aber wenn es so weit kam, daß sie schon das Opfer dieses Mephisto anfing zu sein, dann mußte man ein Ende machen.

Auch über die Bereiterin Henriette erzählte Herr Stechmücke nur Negatives, so, als müsse er Ida vor allen Menschen warnen, die ihr womöglich Gutes tun könnten.

Ach, sagte er und machte eine abwinkende Handbewegung: Sie ist nach einem Jahr aus der Bereiterlehre entlassen worden. In der Bäckerlehre ist sie zu langsam gewesen. Und so ging es weiter mit ihr. Wer weiß, wie viele junge Leute von solchen Entmutigern ‹auf die Straße geworfen› werden, dachte Ida. Vielleicht ist die Arbeitslosigkeit nicht nur eine Frage von Fakten und Zahlen.

Auch das war eine Schwäche Idas, daß sie oft Einsichten aus Bereichen, die anscheinend überhaupt nicht zusammengehörten, kombinierte und zu den erstaunlichsten Schlüssen kam.

Es war nicht nur eine Schwäche, sondern auch eine Art Spiel für sie, das sie oft mit Hingabe betrieb. Wo niemand verknüpfte, wo niemand Zusammenhänge sah, entdeckte sie welche.

Herr Stechmücke machte die Bereiterin so schlecht, daß Ida ihr nicht mehr traute, dabei war Henriette freundlich auf sie zugegangen und hatte ihr angeboten, ihr zusätzlichen Reitunterricht zu geben.

Zum Teufel auch mit meiner Schwäche, mich von Hinz und Kunz beeinflussen zu lassen! dachte Ida. Die Brennesseln, von denen Herr Stechmücke geschwärmt hatte, kamen ihr plötzlich wie ein Fangmittel vor. Ein Kräuterkundiger kann doch nicht böse sein! so hatte sie womöglich gedacht.

Ihr fiel plötzlich auf, daß sie noch niemals gesehen hatte, wie Herr Stechmücke seinen Pferden Brennesseln fütterte. Vielleicht behauptete er es nur. Und außerdem hat auch Hitler KZ-Gefangene gezwungen, Brennesselsuppen zu essen. Das Beste kann in den Händen eines Mephisto zum Furchtbarsten werden. Was hatte es also zu sagen, wenn Herr Stechmücke von den Brennesseln schwärmte?

Viele Jahre hatte Ida auch ihren Vater für einen Mephisto gehalten (wenn es wahr ist, daß jeder Mensch den Mephisto in sich hat, so war natürlich auch der Vater ein Mephisto). Sie hatten sich politisch bekämpft bis aufs Blut. Das war nichts Besonderes – wie viele Menschen bekämpfen sich mit Messern, Waffen und Feuer, nur weil der eine nicht die Religion des anderen hat? Das sollte jetzt ein Ende haben. Wie kann man sich denn friedlich nennen, dachte Ida, wenn man seinen Vater bekämpft, weil er die falsche Partei wählt? Unheimlich war ihr der Vater aber immer noch, und nicht nur, weil er einen Politiker wählte, der Ida widerlich war.

Unheimlich war ihr der Vater von Kindheit an gewesen, weil er als Anästhesist arbeitete. Sie hatte seine Arbeit nie begriffen, wie konnte einer Tag für Tag Lebewesen betäuben? Er war ihr von Jahr zu Jahr immer mehr als ein Mensch vorgekommen, der sich selbst, vor allem sich selbst betäubt. Den Dingen auf die Spur gegangen war sie allerdings nicht. Sie hatte sich mit politischen Floskeln beholfen, so sah sie es jetzt, wo sie endlich zur Ruhe gekommen, aus dem Rennen geworfen war. Und sie sah sich selbst als Opfer einer Gehirnwäsche. Schließlich hatte sie als Schauspielschülerin in politischen Diskussionen auf der Straße die Mauer zwischen den beiden Deutschlands verteidigt, als habe sie sie mit eigenen Händen gebaut.

Sie sei da, um den Sozialismus zu schützen, hatte sie gesagt, und heute kroch es ihr eiskalt über den Rücken, wenn sie daran dachte. Eine Mauer, um den Sozialismus zu schützen? Das war das gleiche Argument, wie wenn jemand sagte: Waffen, um den Frieden zu schützen.

Die Eltern hatten angekündigt, Ida in Stechmückes Reitstall zu besuchen. Ida ritt in der Abteilung, und sie hielt ständig nach den Eltern Ausschau. Sie kamen und kamen nicht. Sie sollen sehen, wie mutig ich wieder bin. Sie sollen mich reiten sehen, hoch zu Roß, dachte Ida. Vielleicht haben sie sich verfahren, vielleicht kommen sie auch nicht. Sie mußte, während sie ritt, an vieles denken, was in den Jahren vor der Versöhnung und ihrer Rückkehr als verlorene Tochter zwischen ihr und dem Vater geschehen war. Die Worte der Mutter fielen ihr wieder ein. Ich kam von der Arbeit nach Haus, hatte die Mutter gesagt, und mir fiel erst gar nichts auf. Aber dann beim Mittagessen schaute ich in Vaters Gesicht. Ich sagte: Wie siehst du denn aus? Ich sage dir: Er sah furchtbar aus. Und so still. Ich kann es dir nicht besser beschreiben. Er sagte dann nur: Woher nimmt Ida das Recht, mir so etwas zu schreiben? Dann habe ich erst gesehen, daß ein Brief von dir gekommen war.

Ich habe dich geliebt vom ersten Tag, als du in mir warst, und vom Tag deiner Geburt bis heute, und ich werde dich bis zum Ende meiner Tage lieben. Das ist ganz wahr. Wenn ich es nie so zeigen konnte, dann muß es daran liegen, daß ich nie so etwas kennengelernt habe und noch nie Zärtlichkeit erfahren habe, außer von Vater. Mich hat nie ein Mensch gestreichelt. Wenn ich als Kind weinte, bekam ich höchstens Schläge. Auch das ist wahr. Wie kannst du dich mit Vater so streiten? *So?* Man kann sich die Köpfe darum einschlagen, wer den Krieg angefangen hat: Hitler oder Stalin. Aber ich hätte nie gedacht, daß das ein Streitpunkt zwischen Familienangehörigen sein könnte. So kannst du es doch nicht stehenlassen: Vater ist kein Nazi oder Kriegstreiber. Als Kind sollte er zur Hitlerjugend. Dagegen hatte er eine solche Abneigung, daß er einfach nicht mitgemacht hat. Als junger Mann hat er drei Judenfamilien Eßpakete und Holz gebracht. Als Soldat hat er von Hitler nur als ‹Schwein› gesprochen. Immer ging es gut, bis eine Frau, die ihm gut bekannt war und von der es nie erwartet hätte, ihn anzeigte. Da mußte er zur Kommandantur. Und nur, weil der Kommandant insgeheim auch wie Vater eingestellt war, kam er nicht vors Kriegsgericht. Wenn er auf Urlaub kam – die polnischen Gefangenen verehrten ihn. Er sollte im Krieg die Unteroffiziersschule besuchen. Er wollte bei den Schweinen nichts werden. Du weißt es. Er hat sich freiwillig gemeldet zum Militär, du weißt auch, warum: Einen Monat später wäre er sowieso eingezogen worden. So konnte er wählen: daß er zu den Pferden kam.

Das weißt du alles. Und gebetet hat er immer. Nachdem er aus dem Krieg nach Hause kam, wollte er mit dem Sozialismus neu anfangen. Er hat Freunde bei den Russen gehabt wie bei den Deutschen. Alles andere weißt du auch. Sage nicht wieder, du hast von allem nichts gewußt. Er hat oft von allem erzählt. Aber wo warst du?

Es wurde scheußlich über dich geredet hier. Du weißt, wie manche Leute über dich klatschen. Sie sehen nicht, daß es Kunst sein kann, wenn eine Schauspielerin sich in einem Film nackt auszieht. Sie sind – entschuldige, daß ich deine Worte gebrauche – einfach nur geil auf deinen schönen Körper, oder sie machen sich lustig über irgendwelche Mängel, die dein Körper, den du ihnen nackt präsentiert hast, und dein Gesicht angeblich haben. Glaubst du, sie sehen, daß du Kunst machst? Das glaubst du doch wohl selbst nicht?

Sie schlagen auf dich ein, und Vater hat dich vor ungefähr dreißig Leuten verteidigt. Was machst du bloß mit uns? Du bist für den Frieden. Vater ist für den Krieg. So einfach

denkst du dir das also. Hast du einmal zugehört, wenn Vater über den Krieg gesprochen hat; davon, daß er vier Stunden in seinem Blute lag? Aber Vater ist ein Mensch: Bei seinen Erzählungen überwiegt dann sofort, daß er da herausgekommen ist! Stunden um Stunden ist er auf allen vieren gekrochen mit seinen Schmerzen und mit dem Blutverlust. Er hat gebetet und dann alle seine Kraft aufgeboten. Weißt du, was er verloren hat? Du weißt es nicht. Ich werde es dir auch nicht sagen. Es ist etwas, was nur ich allein weiß. Weißt du, daß er halbtot aus der Gefangenschaft herauskam, dann zu seinem Onkel ging, weil er keine Heimat mehr hatte?
Der Onkel wurde von den Russen abgeholt. Vater ist mutig. Immer wieder ist er zu den Russen gegangen und hat den Onkel retten wollen, unter eigener Lebensgefahr. Der Onkel wurde umgebracht. Weißt du, daß der Krieg ihm seine Verlobte genommen hat? Weißt du, daß der Krieg ihm seinen besten Freund genommen hat, mit dem er von Kindesbeinen wie ein Bruder immer zusammen war? Dieser Freund kam aus der Gefangenschaft zurück und wollte so gern leben. Vater hat ihn oft im Krankenhaus besucht. Aber er starb dann. Vater ist so ein lieber, friedvoller, außergewöhnlich zärtlicher Mensch, der soll sich für den Krieg begeistern? Aber er hat immer verstanden, positiv zu denken, und mir auch von seiner positiven Art etwas abgegeben. Ich hatte das Gefühl: Du schreibst einem Mann, den du nicht meinst. Das ist nicht der Mann, mit dem ich lebe. Es ist ein anderer, denn mit solch einem Kriegstreiber bin ich doch nicht seit vielen Jahren verheiratet!
Noch viel mehr hatte die Mutter gesprochen, und Ida hatte ihre Mutter noch nie so beredt erlebt. Großen Eindruck hatten ihr die Worte gemacht. Und sie fragte sich: Was für ein Bild habe ich mir von meinem Vater gemacht? Du sollst dir kein Bildnis machen von einem Menschen, dachte sie. Ja, das war es.

Die Eltern kamen zu spät, sie waren nicht rechtzeitig genug losgefahren, es war Sonntag, und da ging alles etwas langsamer und geruhsamer. So konnte Ida ihnen nur kurz zeigen, wie sie auf Finale ritt. Sie war schon müde geworden, vom Warten und von der Anstrengung, Stechmückes Anweisungen akustisch zu verstehen. Und von der Mühe, Finale in der

Abteilung ‹In Reih und Glied› im Zaum zu halten. In Stech-mückes Stall setzte sich der Vater auf Idas Pferd, und auch wenn er noch immer viel mehr von Pferden verstand als Ida, so dachte sie doch: Er gehört nicht auf mein Pferd.

Am Kaffeetisch in Idas Wohnung erzählte der Vater, wie er in der alten Heimat Pferde gekauft und verkauft hatte. Er verkaufte Pferde, dabei hatte er anfangs nur eine vergammelte Kuh im Stall, sagte Frau Domröse. Aber er handelte mit Pferden! Pferde tragen elf Monate, sagte Herr Domröse. Das Fohlen saugt an den Zitzen, man kann auch ‹Euter› sagen. Ja, ich habe auch Stuten gemolken. Stuten kann man melken? staunte Esriel. Ja, sagte Herr Domröse, wenn eine Stute nach der Geburt wieder aufs Feld sollte und wegen der Arbeitsbelastung nur noch dreimal am Tag dem Fohlen Milch geben durfte, dann war die Milch zu heiß, denn die Stute war von der Feldarbeit erhitzt. Ich habe dann die erste Milch einfach ins Stroh gemolken. Esriel staunte. Und Ida dachte: Einmal für ein einziges Leben. Einmal will ich mit meinem Pferd leben. Ihr die kleinen roten Äpfel, trockne Brotstücke einpacken, mich auf sie freuen, mich auf sie vorbereiten, auf ihr schwarzes Winterfell, ihren in der Kälte dampfenden Körper, ihre Unruhe, ihr weiches Maul in meiner Handkuhle, ihre Zunge in meiner Hand, ihre Wildheit und wie ich ihr klar und streng begegne.
Herr Domröse sprach von der Evakuierung der Trakehner aus Ostpreußen. Wenn es um Pferde ging, konnte er seine Schweigsamkeit manchmal brechen, seine Zunge wurde dann der *Griffel eines guten Schreibers.* Wie die Trakehner-fohlen auf dem Bahnhof verladen wurden, habe ich mir zwei gekauft, weil ich mich nicht von allen trennen konnte, sagte er. Was ist er nur für ein Mensch? blitzte es Ida durch den Kopf. Warum habe ich ihn nie wirklich gesehen?

Auch Frau Domröse hatte als Mädchen immer Angst vor Pferden gehabt. Ihre eigene Mutter hatte ihr zu oft erzählt, was alles passieren könnte. Daß man geschlagen, gebissen, getreten und totgetreten werden konnte. Geh nie von hinten heran, sagte meine Mutter immer. Aber mein Vater war furchtlos. Er ging mit den schwierigsten Pferden um. Er ritt

Pferde zu, sagte Frau Domröse. Ida konnte jetzt stundenlang zuhören, wenn die Eltern über Pferde sprachen. Allerdings war auch dieses Thema nicht unverbindlich und nicht eitel Harmonie. Der Vater rühmte sich, wie er als Pferdehändler so manchen übers Ohr gehauen hatte. Ich bin das Pferd, das ich tatsächlich verkaufen wollte, immer losgeworden, sagte er. Ich lobte einmal ein anderes als das, was ich verkaufen wollte, über den grünen Klee. Ich sagte: Für 2900 Mark können Sie es haben. 2900 Mark, das war damals viel Geld. Und es waren Leute vom Konsum, die ein Pferd wollten. Sie nahmen das Pferd, das ich *nicht* gelobt hatte. Das war gerade das, was ich lossein wollte. So führte ich sie an der Nase herum. Die Leute kamen tatsächlich wieder und wollten ihr Geld zurück, weil das Pferd nicht vorwärts ging, aber sie konnten nichts tun. Na, wenn du das immer so gemacht hast, sagte Ida, dann hattest du aber nicht mehr viel Kredit. Nein, nein, sagte der Vater. Ich hatte schließlich nicht dauernd Pferde, die nicht vorwärts gingen.

Ja, die Autohändler machen es ja heute ähnlich, sagte Ida. Und die Pferdehändler sind auch immer noch die alten. Und sie dachte: Ja, das hat der Vater auch, dieses Gerissene.

Die Pferde haben eben immer wieder den Karren aus dem Dreck gezogen, sinnbildlich, sagte er. Weißt du, wir haben uns auf der Flucht im Wald versteckt. Drei Tage haben wir da gelegen ohne Essen und Trinken. Mutter hat zu mir gesagt: Wir wollen zum Wasser gehen. Soweit ist es noch nicht, habe ich ihr gesagt. Da muß es erst noch schlimmer kommen. Ich habe an die Pferde gedacht. Wie die auch durch dick und dünn mit einem gehen.

Er wurde nachdenklich. Frau Domröse war bei seinen letzten Worten ins Kinderzimmer gegangen, um mit Esriel zu spielen. Ja, ich habe von Pferden viel gelernt und bei ihnen viel gesehen, Ida, sagte er. Die Lene in Horst bekam einmal ein krankes Fohlen. Das hatte die Fohlenlähme. Es starb nach einigen Tagen. Als mein Vater das tote Fohlen aus der Box holen wollte, hat ihn die Stute, die ihn ja gut kannte, beinahe erschlagen. Zum Glück bin ich dazugekommen und habe ihm helfen können, so schnell wie möglich aus der Box zu entkommen.

Wohin brachte man das tote Fohlen? fragte Ida, die oft wie ein Kind alles ganz genau und bis in die letzten Einzelheiten wissen wollte. Schließlich war sie Schauspielerin und mußte auch für ihre Arbeit alles bis ins Detail kennen und wissen.

In die Abdeckerei, sagte Herr Domröse. Das hörte sich nach Tod an, und es handelte sich auch um Tod.

Ja, da stank es fürchterlich, sagte Herr Domröse, besonders wenn irgendwo eine Seuche war und die toten Tiere gar nicht so schnell verarbeitet werden konnten. Ich brachte oft Holz für die Kessel hin. Pferde, die zum ersten Mal die Fuhre zur Abdeckerei zogen, gingen keinen Schritt weiter, sobald sie den Gestank vom Hof her rochen. Ja, sagte Ida. Ich bin einmal auf einer meiner Reisen an einem Ort in Süddeutschland vorbeigefahren. Da stank es bestialisch. Jemand hat mir dann erklärt, da werden Tiere verbrannt. Ich glaube, Scheuermühle hieß der Ort. Dort soll ein Trichter sein, in den sie tote Tiere schnell und brutal werfen. In großer Schnelligkeit werden sie zermalmt und zermahlen. Kernseife und Knochenmehl stellen sie aus den toten Pferden her, fügte der Vater hinzu. Schließlich wird auch das gebraucht.

Ida wollte widersprechen, aber Frau Domröse kam mit Esriel ins Zimmer, hatte die letzten Sätze ihres Mannes gehört und sagte lächelnd: Habt ihr kein schöneres Thema?

Natürlich gibt es Schöneres, als über Abdeckereien, Tod und Knochenmehl zu reden. Zum Beispiel sich von Magdalena beim Sekt ihr neuestes Liebeserlebnis erzählen lassen.

Esriel schlief, und die beiden Frauen tranken langsam, aber so nach und nach ihre zwei Flaschen Sekt aus. Und hörten Joe Cocker dazu und andere Rockmusik. Sosehr Ida sich auch immer wieder für Orgelmusik, klassische Werke begeistern konnte – zur Rockmusik kehrte sie immer wieder zurück. Es war der Rhythmus, es war die Kraft, es war die urtümliche Wildheit, das ‹tierisch Geile›, wie sie es manchmal, die Sprache der Jugendlichen gebrauchend, nannte, das sie immer wieder in Bann zog. Und so gut konnte man danach tanzen! Tanzen, meine größte Freude! sagte sie.

Ja, was beim Tanzen alles entstehen kann, Magdalena ging auf das Stichwort ein. Tango kann ich ja leider noch immer nicht, den habe ich schon vor Jahren heiß und innig geliebt, ehe er wieder modern wurde. Tango! Aber laß dir erzählen, was ich in der Nacht erlebte. Wieder so eine pikante Männergeschichte? fragte Ida und setzte sich schon behaglich zurecht im Ohrensessel (sie hatte von der Großmutter einen orangefarbenen Ohrensessel geerbt, in dem schon die Großmutter ihren Sohn, Idas Vater, gestillt hatte, wie dann Ida Esriel darin stillte).

Es gibt eine Ausschweifung der Schlaflosigkeit, du kennst das, fing Magdalena an zu erzählen. Wenn sie Sekt getrunken hatte, wurde ihre Zunge loser, und sie benahm sich dann manchmal wie eine Schauspielerin, die alle Register zieht. Man wußte manchmal nicht, was erfahren und was erfunden war. Auch Schlaflosigkeit kann Ausschweifung sein, sagte sie (sie gebrauchte manchmal solch kräftige Formulierungen, und Ida dachte: An ihr ist eine Schriftstellerin verlorengegangen). In der Nacht um zwei bin ich losgezogen, du kennst das ja. Wie in einem Stall ist es dann in der Diskothek. Die dampfenden Menschenleiber, Haut an Haut, obwohl die Gesichter sich ausnahmslos den Schein von *coolness* geben, dezent bleiben wie der Diskjockey (achte darauf: heißt Jockey nicht: Rennreiter?, seltsam, du hast mich bereits angesteckt mit deiner Leidenschaft für Pferde!). Der Diskjockey überblickt seinen Laden mit begierdelosen Augen, du weißt schon. Vermutlich ist auch er ein Voyeur, das kann man ja ruhig und bewegungslos sein. Die Gesichter haben eine Verpackung wie Blumensträuße, die neuerdings ja auch unter durchsichtigem, knisterndem Plastik überreicht werden.

Der Mann in hellblauen Jeans-Klamotten hat mich sicher schon eine Zeitlang angeschaut, während ich tanze. Du weißt ja, wie ich tanze. Meistens mit geschlossenen Augen. Und ich vergesse alles. Ja, sagte Ida. Das ist mir manchmal unheimlich, wie du tanzt. Im Mittelalter hätte man dich als Hexe verbrannt, dich mit deinem brünetten Haar und deinen Schlangenbewegungen. Magdalena lachte laut. Denk dir, der Mann hat warme Augen, einen offenen Blick, schmale weiche Lippen, er sieht in die Welt wie ein unentdecktes Pferd, meine Liebe.

Aber wir sind doch alle unentdeckte Pferde, sagte Ida, gleichsam um der Wortkombination willen, die ihr sehr gut gefiel.

Sie haben doch alle ein Bild von uns, rief sie, jetzt fast zornig. Ikonen von ihren Mitmenschen.

Mitmenschen? lachte Magdalena. Sie mochte solche religiös

angehauchten Vokabeln nicht. Wahrscheinlich glaubte sie sogar an Gott, aber wenn man darüber gesprochen oder sie gefragt hätte, hätte sie nur ironisch gelacht. Wie ein Clown war sie oft. Sie lachte und spielte. Aber es war doch meistens ernst. Clowns sollen ja die ernstesten Menschen sein.

Er ist es, der zuerst etwas zu mir sagt, setzte sie ihre Erzählung fort. Und Ida wurde allmählich neugierig auf den schönen Jüngling, mit dem Magdalena ein schönes nächtliches Erlebnis gehabt haben mußte. Später schreien wir einander ins Ohr, sagte Magdalena. Doch meistens können wir uns trotzdem verstehen. Ja, sagte Ida, das ist so schön in einer Diskothek, daß man, gegen den Lärm an, sich verständlich machen muß. Man hat einen handgreiflichen Widerstand, denn sonst ist der Widerstand, der einen hindert, sich zu verständigen, doch meistens ziemlich ungreifbar. Ja, ja, sagte Magdalena, die allmählich so in Sektlaune kam, daß sie Idas Unterbrechungen schon eher störend fand. Sie wollte weitererzählen. Es machte ihr einen solchen Spaß, wie es Männern Spaß machen mag, in allen Einzelheiten von ihren Nachterlebnissen ihren Kumpeln am Montagmorgen zu berichten – und dabei auch aufzuschneiden. Er sagt zuerst etwas zu mir, ich verstehe ihn nicht, sagte Magdalena. Er läßt mich von seinem Bier trinken, ich nehme ein paar Züge von seiner Zigarette. So tanzen wir jetzt stundenlang zusammen, obwohl wir nicht Arm in Arm tanzen. Aber du weißt ja, wie man sich mit den Blicken statt mit den Armen berühren kann. Am schönsten ist es, nicht zu wissen, was geschehen wird, nicht einmal zu wissen, ob wir uns küssen werden. Kein Gedanke daran, nur das Tanzen und Anschauen und Angeschaut-Werden, die kaum verdeckte Begierde in den Gesichtern anderer Männer.

Du weißt ja, daß die Älteren das kaum verstehen. Sie schrekken vor dem Lärm zusammen, dabei ist es schön, wenn die Ohren voll sind, wenn man so ganz und gar in der Musik baden kann. Hier ist eigentlich alles eine große offene Peep-Show, wenn du so willst (aber das ist schon böse, wenn ich so etwas sage), nur viel billiger, wenn man so will, man guckt sich ja eine Frau oder einen Mann aus, die für einen tanzen, ohne daß sie es womöglich merken, daß sie für einen tanzen ... Das Gestreichelt-Werden durch fremde Blicke, das ist es eigentlich, weswegen ich herkomme, du kennst das ja.

Magdalena schenkte Sekt nach. Ida lachte. Wir sitzen hier und amüsieren uns über Liebesabenteuer – oder wird es keine geben? O doch, sagte Magdalena, warte ab, langsam, ich kann ja nicht so schnell erzählen, wie du alles wissen willst. O Ida, rief Magdalena aus. Sie war wirklich eine Hedonistin, sie war auf der Jagd nach Freude und Schönheit (das schnödere, gebräuchlichere Wort ist ‹Spaß›). Demonstrieren kannst du noch, wenn du tot bist. Im Himmel. Und sagen sie nicht auch: Make love not war? Ach! machte Ida hilflos. Glaubst du, sie meinen es ernst? Aber ich meine es ernst! rief Magdalena. Also hör mir zu und unterbrich mich nicht dauernd. Ich habe Bauchtanz getanzt, so wie du es mir beigebracht hast. (Ach, dachte Ida, ich habe ja keine Zeit mehr gehabt, zum Unterricht zu gehen. Bauchtanz hatte eine gewisse Ähnlichkeit mit dem Reiten. Man mußte dabei auf sein Zentrum achten, das Gleichgewicht wahren ... Sie stellte sich vor, wie Magdalena lachen würde über das Wort ‹Zentrum›. ‹Zentrum›?) was ist das denn ...? Es muß schön sein, in Bauchtanz perfekt zu sein wie die Ägypterin (Magdalena lernte bei einer Ägypterin, aber sie war lange nicht dort gewesen).

Es muß vier Uhr sein, plötzlich geht der Film zu Ende, fuhr Magdalena nach einer kleinen Pause fort. Es wird hell in der Diskothek, die Musik setzt aus. (Du weißt, ich erlebe die Nächte in der Diskothek oft wie lauter Filme.) Du sagst immer noch ‹Diskothek›, nicht ‹Disko›, sagte Ida, das gefällt mir. Du weißt doch, sagte Magdalena ungeduldig, daß ich die Abkürzungen hasse. Die Leute sind wie weggejagt, ich begreife es ja nie, wohin die alle so schnell verschwinden immer. Nur noch wenige hocken und stehen herum. Eben noch wurde wüst getanzt. Dieses plötzliche Ende ist wieder gespenstisch wie eine Simulation des Sterbens am Ende eines Lebens. Ja, wann sonst, Sterben ist immer am Ende, sagte Ida trocken.

Mensch, Ida, hör auf, laß mich doch erzählen, oder interessiert es dich nicht? Doch, doch, sagte Ida lächelnd, sehr sogar! Wir bleiben sitzen ...

Der Mann und du? fragte Ida. Ja, ja. Wir küssen uns in diesem Stall, Haut an Haut. Du schwitzt ja fast gar nicht, sagt er zu mir. Und ich fasse meine Arme an, fühle flüchtig unter meinen Achseln. Meine Haut ist feucht, aber tatsächlich läuft mir der Schweiß nicht herunter. Ich schwitze nie viel, das weißt du. Ich schwitze nicht, sage ich zu dem Mann, nur in der Sauna und bei sonstigen Gelegenheiten. Es macht manchmal Spaß, anzüglich zu sein, du kennst das. Ein Gespräch beginnt zwischen uns. Jetzt können wir uns endlich verstehen, sage ich. Und er: Ich bin ganz taub. Das ist der Sinn der Sache, sage ich, und er lacht. Ich bin süchtig nach Lachen, nach allen Formen von Lachen, weißt du. Die Frau, die auszog, das Lachen zu lernen, sagte Ida. O nein, Magdalena darauf, ich brauche es wirklich nicht zu lernen. Ja, du hast es in dir, Ida darauf, mit einem bedauernden Unterton in der Stimme.

Ja, ich sag ihm: Ich bin auch taub, als ob ich in einem kleinen Flugzeug geflogen wäre. Da kriegt man auch so taube Ohren. Und dann sage ich: Schließlich ist es auch gut, daß man sich hier nicht unterhalten kann. Man muß nicht immer reden. Man muß auch einfach nur sein dürfen. Schweigen, tanzen und sein dürfen. Wo kann man das denn?

Ja, sag mir, wo kann man das denn? Ja, ja, ich weiß schon, Ida, was du denkst. Morgen früh, denkst du, du denkst an den nächsten Morgen, und du denkst: Jugend ist Trunkenheit ohne Wein, von wem war das? Ach, es ist egal, laß es sein von wem immer, ich will es nicht wissen, ja, was will ich. Und ich sage zu dem Mann, der übrigens Kristian heißt: Manchmal komme ich her, weil ich hier Gott sei Dank nicht reden muß. Ja, was glaubst du, warum ich fotografiere und warum ich filme? Damit ich nicht reden muß. Und was meinst du, warum ich Schauspielerin geworden bin? fragte Ida. Aber Magdalena ging nicht darauf ein. Sei still, meine Liebe, ich werde dir zu Ende erzählen, du bist dann danach dran, außerdem habe ich eine Idee. Du wirst sehen.

Ida wurde immer neugieriger, und es war nicht nur die Neugier auf das Abenteuer mit dem schönen Jüngling, denn daß er schön gewesen war, darauf kam Magdalena auch zu sprechen.

Er sagt, fuhr Magdalena fort: Ich bin ganz heiser. Und ich frage ihn: Vom Schreien? Er: Ja, vom Schreien! Da wenigstens muß man schreien, rief Magdalena anzüglich, aber sag mal, ist die Flasche etwa leer? Na, macht nichts. Oder hast du noch Wein im Kühlschrank? Ida nickte und stand auch schon auf, eine neue Flasche zu holen. Der Kellner kommt und räumt die Gläser ab, rief Magdalena Ida in die Küche nach.

Und als Ida mit einer vollen Flasche Muskat zurückkehrte und eingoß, sagte Magdalena: Vor mir steht noch ein Rest. Nein, nein, ich rede jetzt von der Diskothek. Der Kellner greift die Gläser, auch das Glas mit dem Rest, hält es mir, es mit zwei Fingern am Rand festhaltend, hin und fragt: Willst du noch trinken? Ich nicke und trinke das Glas leer. Und der Kellner sagt: Macht jetzt, bitte, Schluß! Aber du weißt ja, wie schwer das Schlußmachen ist, wenn man ‹gut drauf ist›.

Ida kamen diese Ausdrücke manchmal albern vor, nicht altersgemäß, aber was hieß das denn? Zum Teufel mit dem Alter, dachte sie. Ich werde hundert Jahre alt werden, also was soll das, warum soll ich jetzt ans Alter denken? (Aber sie ließ es sich von der Umgebung manchmal aufzwingen.)

Wir stehen auf, fuhr Magdalena fort in ihrer Erzählung, und der viele Wein und Sekt röteten ihr Gesicht. Was machen wir? sagt dieser Mann. Ihn Kristian zu nennen fällt mir schwer, was ist ein Name? Manchmal nur Schall und Rauch, die Haut ist der Name, findest du nicht? Weißt du noch, wie ich dir davon erzählt hab, wie ich in Dortmund, während eines Rockkonzerts in einem Riesenzelt, draußen mit einem Jüngling geschlafen habe, im Rhythmus der Musik? Ja, sagte Ida, ich habe dich damals widerlich gefunden, wahrscheinlich war es Neid, wie immer in solchen Fällen. Magdalena war ein wenig irritiert, erzählte aber trotzdem weiter.

Einer von uns sagt: Spazierengehen, sagte sie. Wir gehen spazieren in den Wallanlagen. Auf einer Brücke stehend, blicken wir hinunter auf einen Rasen, du weißt: diese kastrierten Rasen, diese Rasen ohne Hoden … O Magdalena, bleib auf dem Teppich, sagte Ida. Und Magdalena darauf: Warum? Ja, so war sie: Magdalena, die schöne Hexe. Sie war wirklich eine Hexe. Und Ida sagte es wieder: Im Mittelalter hätte man dich verbrannt, aber ich hätte, wie Jeanne d'Arc, ein ganzes Heer mobilisiert, dich zu retten. Und ich hätte es geschafft, dich zu retten.

Magdalena lächelte spöttisch. Na ja, sagte sie, wenn man betrunken ist, kann man das sagen, nicht? Aber meinst du, du hättest mich wirklich gerettet? Und außerdem: Hexen verbrennen sie heute noch, nur anders. Ohne Feuer.

Was meinst du damit? fragte Ida. Aber Magdalena ging nicht

darauf ein. Also, sagte sie, du hast mich unterbrochen. Ich hab mit ihm auf der Brücke gestanden, wer liebt keine Brücken, man weiß ja nie, wohin sie führen. Wir sehen unter uns ein mit einem grauen Mantel bedecktes Bündel. Es ist ein – ja, in Frankreich nennt man diese Leute Clochards, ich mag das Wort. Clochard. Zigeuner.

Halt, rief Ida, dazu muß ich dir auch etwas erzählen. Später, sagte Magdalena, jetzt mußt du mir erst zuhören. Es ist wie bei der Liebe manchmal. Erst hört der eine zu, dann der andere. Zuhören? fragte Ida anzüglich. Was heißt denn hier zuhören? Wir finden also einen Eingang in die Wallanlagen, setzte Magdalena ihre Erzählung fort. Denn die sind noch geschlossen um diese Zeit, wie du weißt. Ida lächelte geheimnisvoll. Man ahnte, daß auch sie in diesen Anlagen schon manches erlebt hatte ... Wir schlüpfen zwischen den Gittern eines Tores durch, ich zuerst. Du weißt ja, man muß immer irgendwo durchschlüpfen. Sonst ist man verloren. Arm in Arm gehen wir weiter. Zuerst hat uns Wasser, dann ein Gitter den Weg zu den Anlagen versperrt, immer versperrt ja etwas den Weg. Ein Gitter, Wasser oder eine Mauer. Wo ist denn irgend etwas, was nicht zugesperrt ist? Ida schwieg. Die Bahngleise, auf denen sonst bei Taghelle Kinder in Wagen herumkutschiert werden, sage ich zu dem Jüngling, wie wäre es, wenn wir jetzt mit der Bahn führen? Du weißt ja, welchen Nonsens, welch herrlich schönen Nonsens man redet, wenn man betrunken ist. Die Vergnügungsstätten der Wallanlagen liegen still und kahl da wie leere Amphitheater ... Du weißt doch hoffentlich, was Amphitheater sind, Theater unter freiem Himmel mit ansteigenden Sitzreihen ... Ida lächelte etwas gequält, sie mochte es nicht, wenn solche Abitursituationen auftauchten, sie mochte nicht gefragt werden nach Bildungswissen ... Unwichtig, meine Liebe, sagte sie, erzähle doch bitte weiter, was mit dem Jüngling geschah.

Unter den Bäumen liegt wieder ein Penner, sagte Magdalena. Und Zeitungen sah ich, diese Schnellimbiß-Nahrung, ich gebe ihnen einen Schubs mit dem Fuß, so daß sie kurz über den Boden segeln. Dort das Reiterdenkmal! Das Pferd ist tot, aus Stein, sage ich zu dem Mann, der Kristian heißt, Name ist Schall und Rauch. Und: Kannst du reiten? frage ich ihn. Er: Nein, so nicht. Aber anders. Was soll er darauf anderes antworten! Ich lache, natürlich muß man darauf lachen.

Und frage: Kannst du *gut* reiten? Wir lachen beide. Und setzen uns auf die große leere Wiese, den kastrierten Rasen. Magdalenas Beschreibungen erinnerten Ida an Auseinandersetzungen mit den Eltern vor mehr als zehn Jahren. Über kastrierten Rasen ... Aber sie kam nicht dazu, die Erinnerungen weiterzuverfolgen. Magdalena erzählte. Er küßt mich, sagte sie. Und ich liege auf dem Rücken zwischen seinen Schenkeln. Er sitzt und streichelt meine Brust, beugt seinen Kopf zur rechten Brust, um sie zu küssen. Weißt du, woran ich da gedacht habe? Ich sag es dir nicht. Irgendwann später vielleicht ... Nun gut, er will meinen Hosenschlitz öffnen. Nicht sehr einfallsreich, nicht wahr? Ich sehe mich um, es ist alles leer und still rundherum. Das allerdings war schon abenteuerlich. Ich sage: Hier könnten Leute zusehen. Er: Hier ist doch niemand. Du weißt, Liebe macht blind und taub und was weiß ich noch. Ich ziehe meinen Reißverschluß wieder hoch und möchte aufstehen. Du weißt ja, es gibt eine Grenze bei mir zwischen absolutem Betrunkensein und beschwipstem Nüchternsein. Und solange ich noch nüchtern bin ... Laß uns unter die Bäume gehen, sage ich. Und du glaubst nicht: Er ist wie gebannt. Und in der Phantasie ist das ganz schön – wie überhaupt die Phantasie das Schönste auf der ganzen Welt ist und mehr als Trunkenheit und ... In der Phantasie ist es ganz schön, beobachtet zu werden. Es macht einen womöglich geil bis dorthinaus. Aber in Wirklichkeit? Ich zeige auf das Verwaltungsgebäude in meinem Rücken, zu den Fenstern des Gerichtsgebäudes hinauf. Ja, glaubst du, es gibt einen Ort der Liebe ohne Gerichtsgebäude in der Nähe? Überall ist kaserniertes Gebiet, die Regeln sind einzuhalten. Na ja. Stell dir mal vor, dort steht ein Beamter mit einer Aktentasche, sieht uns und öffnet seinen Schlitz. Nein, in Wirklichkeit würde ich mich ekeln, wovor ekelt man sich nicht. Vor den schönsten Sachen ekelt man sich. Sogar vor geschlagener Sahne. In der Phantasie aber können die Männer potthäßlich sein, und die Frauen haben Hängebusen. Das Häßliche macht uns gerade scharf ...
Ida wurde jetzt schon müde (sie dachte: Kann sie denn nicht endlich aufs Wesentliche kommen, aber was ist schließlich und endlich: das Wesentliche?). Wir setzten uns ein Stück weiter unter die Sträucher, fuhr Magdalena fort, und Ida bemühte sich jetzt, sie nicht mehr im Fluß der Erzählung zu un-

terbrechen, denn sie war zu müde und wollte endlich hören, wie alles ausgegangen war, obwohl das Ziel andererseits auch nicht wichtig war, sondern nur der Augenblick, aber trotzdem: Man liebte die Spannung … Wir liegen Seite an Seite nebeneinander, murmelte Magdalena, die schon ziemlich betrunken war, sie unterschieden sich jetzt beide nicht von zwei Saufkumpanen, die einander von Frauengeschichten erzählen … Aber ich schaue mich immer wieder um, verstehst du, so ganz hab ich meinen Kopf doch nicht verloren, du weißt ja, daß ich immer zuviel denke.

Und da kommt doch tatsächlich ein Wachmann mit Schäferhund, wie im Märchen. Na ja, Märchen, murmelte Ida. Der macht seinen Rundgang, stell dir vor!

Na, schöne Luft heute? sagt er. Und: Guten Morgen. Ida lachte laut. Hör auf, sagte Magdalena, es kommt noch besser. Wir sagen auch guten Morgen. Was tut man nicht alles, wenn man berauscht ist. Wie spät ist es? ruft mein schöner Jüngling dem Wachmann nach. Wenn man schon zügellos ist, kann man wenigstens aus Anstand nach der Uhrzeit fragen, denke ich. Und mein Rücken schmerzt plötzlich. Denke dir, der Wachmann antwortet wirklich: Fünf nach fünf, ruft er. Ich will in das Versteck gegenüber, in die Büsche. In die Sträucher. Der Morgen muß ja bald kommen. Was ist das für ein Gesträuch? frage ich. Es wird Taxus sein. Laß uns hineingehen, sage ich. Seltsam, daß ich so viel in Erinnerung habe von dem, was ich zu ihm gesagt habe. Hat Kristian wirklich so wenig geredet? Nein, ich glaube nicht, aber er hat gelächelt, gelacht, gestaunt, geküßt und gestreichelt. Er hat es einfach nicht glauben können, daß es so eine Frau gibt. Sei nicht so eingebildet, sagte Ida. Nein, das bin ich nicht, sagte Magdalena. Aber du weißt, daß sie die Frauen nicht gewohnt sind, die keine Ansprüche haben.

Ansprüche? Du hast keine Ansprüche? Ida machte eine wegwerfende Handbewegung. Na, ich weiß nicht, ob ich dir glauben soll. Aber sprich weiter. Bevor wir in die Büsche gehen, sagt er: Sollen wir doch noch zu mir gehen? Und: Es ist schon spät. Ich möchte gern mit dir schlafen. Ich hab Bock auf dich. Stell dir vor: Ich hab Bock auf dich. Na ja. Ich kehr mich also nicht an dem Ausdruck, schließlich hört man ihn jeden Tag, das ist ein stehender Ausdruck, nicht? Und ich sage: In der letzten Stunde habe ich nur für dich getanzt.

Und er: Hättest du was gesagt! Wir hätten eher gehen können, zu mir! Aber warum denn, habe ich gedacht. Warum denn? Und laut sage ich: Ich wußte doch nicht, was ich wollte. Und was *du* wolltest. Und wahr ist: Was will man schon? Man will vielleicht das, was man nicht will. Sophistin, sagte Ida. Und Magdalena, zärtlich: Sei still. Bevor wir in die Büsche gehen, sagt er: Sollen wir doch noch zu mir gehen? Und: Ich möchte dich wiedersehen. Jetzt ist es zu spät. Ich muß um sieben bei der Arbeit sein. Er sagt: Auf die Schnelle ist es nichts. Du siehst, die Jünglinge sind besser als dein Herr Regisseur.

Schweig still, sagte Ida, sei still, rede nicht davon.

Plötzlich sprach er davon, daß er um sieben bei der Arbeit sein müsse, sagte Magdalena. Im Versteck sieht man uns nicht. Niemand sieht mich hier. Im Gebüsch ziehen wir uns aus. Zweige stechen, Holz ragt spitz in die nackten Glieder. Er streichelt mich. Ich fasse seinen Rücken an, der nicht glatt ist, der schöne Jüngling hat Pickel.

Von seinem Schwanz will ich nicht reden. Diese Wörter gefallen mir ohnehin nicht. Die Seele ist der Schwanz. Und eine Seele hatte er sicher. Nur ob ich sie getroffen habe, weiß ich nicht. Ob er groß oder lang oder dick war, ist das wichtig? Ich glaube nicht. So liegen wir nun nackt aufeinander. Spannend ist das Versteck. Man sollte immer in einem Versteck lieben. Du sagst, das ist pubertär.

Nein, nein, sagte Ida, wie kommst du darauf. Und: Pubertär, was ist denn pubertär? Es gibt viele Pubertäten, sagte Magdalena.

Ich komme gleich wieder, sagt er, als er sich ausgezogen hat und seine Hand von mir nimmt, dabei ist er gar nicht weg gewesen. Aber das meint er nicht. Laß ihn doch, sage ich zärtlich. Ich möchte immer mit dem Penis sprechen ... Ja, laß mich doch, mir fällt kein anderes Wort ein, ich weiß, ‹Penis› ist medizinisch, aber laß mich. Er sagt: Du hast es gern heftiger? Zuerst sanft, sage ich. Einmal sagt er: Laß uns aufhören, sonst willst du mich nicht wiedersehen. Doch, gerade dann, sage ich. Im Gegenteil, sage ich. Dein Haar ist schön. Das haben dir sicher schon andere vor mir gesagt, stimmt es? sage ich ihm. Denn sein Haar ist hellbond, es könnte auch schwarz sein, das ist nicht wichtig, aber ich mag das Helle schon, wichtig aber ist, es ist weich, lang, kräftig. Wie durch die Finger fließender körniger Sand. Kräftig wie die Mähne eines schönen Pferdes.

Ida trank und lächelte.

Ich mag Haare, sage ich. Und greife in seine Mähne, streichle sie, sagte Magdalena. Wie er ‹Magdalena› aussprach! Das kann ich nicht nachmachen! Du weißt ja, ich höre gern meinen Namen zärtlich ausgesprochen. Siehst du, das sind meine Verstecke, meine Gebüsche. Das junge Fleisch. Ich verstehe, daß man jemanden wegen eines Jüngeren verlassen kann. Wir sind zerkratzt später, Kristian sammelt die Nadeln des Taxus aus meinem Schamhaar – blöder Ausdruck, Schamhaar, nicht? Wofür soll es sich schämen? . . . Ich sehe ihm zu. Sage: Laß. Dann habe ich später etwas zum Andenken. Er küßt mich mit seinem Mund zwischen den Schenkeln. Siehst du, so schamhaft rede auch ich, aber wie soll ich es sonst sagen? Sein Schwanz . . . steht ihm immer noch . . . warum auch nicht? Und spielt es eine Rolle? Er nimmt mich auf seinen Schoß, dringt noch einmal ein, auch das spielt keine Rolle (sei beruhigt, es sind meine ‹ungefährlichen Tage›). Wir lachen, lächeln uns an, das ist vielleicht wichtig, wenn etwas wichtig ist. Sein Gesicht ist hell und blond, sein Mund so schmal und fein wie der meines Bruders. Du kennst das Foto von meinem Bruder als Vierzehnjährigen, mit diesem weichen sinnlichen hellroten Mund? Bist du morgen um zehn wieder im ‹Tadzio›? fragt er. Ob ich dasein werde? sage ich. Ich weiß es nicht. Wiederholen kann man nichts.

Mein zerkratzter Oberschenkel. Einmal habe ich gesagt: In der Diskothek hätte ich nackt mit dir tanzen können. Ich auch, hat er gesagt und war kein bißchen erstaunt. Zerkratzt sein von Taxusträuchern, das ist gut. Leersein dürfen und wenigstens seelisch weggehn dürfen, *danach*. (Ja, was heißt schon: danach, Vorspiel, Nachspiel und sofort, wie widerlich sind mir die Einordnungen.) Wir wagen es nicht, weil wir fürchten, dann wie Tiere zu sein. Ja und? Tiere hören auf und lösen sich. Uns kommt das unhöflich vor. Wir fühlen uns leer, weil wir den Verstand einen Augenblick verlieren. Uns kommt das unmenschlich vor. Die Liebe ist unmenschlich, ja sicher, was dachtest du denn? Ich möchte *danach* immer davonreiten und endlos allein sein, du kennst das, Ida.

Ida war still geworden vor lauter Einverständnis. Alleinsein, *danach*, wenigstens eine Weile, bis eine neue Lust kommt oder eine andere: nämlich die, sich liebevoll zu halten, sich einfach zu halten. Das ist ja sowieso das Wichtigste: sich zu halten. Nein, nicht festhalten! Sich halten. Sich einfach nur halten. Verstehst du das? Aber ja!

Die menschliche, die tierische Natur des Menschen miteinander vereinen! sagte Magdalena. Ich habe immer gedacht, Tiere machen es schnell. Aber weißt du, daß Nashörner eine halbe Stunde beieinanderbleiben, zusammen schlafen oder wie das heißt bei Tieren (‹sich paaren› mag ich nicht, ist mir zu steril)? Und sie fühlen keine Reue, keinen Ekel, wie findest du das?

Als ich zurückkehrte, war ich wie im Taumel, obwohl ich immer nüchterner wurde (geistig, denn betrunken vom Alkohol war ich nicht). Neun Stunden später war ich immer noch berauscht. Vom Tanzen und vom Morgen und von diesem Mann. Von der tierischen Natur. Und davon, daß ich mich wie ein Zentaur fühlte. Zentaur sein! Als ich im Bett lag (ich hatte an dem Tag keine Vorlesung an der Filmakademie), hatte ich die ganze Landschaft noch einmal vor meinem geistigen Auge. Die noch nicht aufgewachte, die noch leise Stadt. Und diese Zeit: fünf nach fünf. Den Wachmann mit dem Hund. Das Justizgebäude an den Wallanlagen mit den großen kasernenartigen Fenstern. Ich erlebte alles noch einmal. Ich sah mich noch einmal liegen mit Kristian auf dem weitläufigen kahlen Rasen. Wir zogen uns noch einmal nackt aus. Wir trieben unsere Spiele vor aller Augen. Kristian ist Wolf und Mensch in einem. Die Landschaft liegt nun heller als vorher da. Die Sonne steht noch halb verschwommen und taumelnd am Himmel. Das Morgengrauen ist auch ein Zentaur. Ein Vogel singt, und es kommt mir ängstlich vor. Vielleicht hat er ein Nest im Taxus, aber ich sehe es nicht. Doch bald schweigt er. Und ich sage: Die Zeit müßte stillstehn. Für fünf Stunden. Für Stunden, die man nicht zählen muß.

Als wir aus dem Gebüsch kommen, sehen wir einen Kirchturm mit einer Uhr. Guck, da ist eine Uhr, sage ich. Und er: Jetzt kann ich mich doch nicht mehr duschen. Wie lange brauchst du denn? frage ich höflich. Und wie fährst du nach Haus? Mit dem Motorrad? Nein, das ist kaputt, sagt er. Ach ja, er hat es mir schon erzählt. Fährst du mit der U-Bahn? Nein, mit dem Fahrrad, sagt er. Dann komme ich eben eine Stunde zu spät, ist mir schon öfter passiert. Kaninchen flitzen durch die Wallanlagen, Kaninchen gibt es überall, in der Großstadt, auf dem Land, auf Inseln, seltsam, überall. Meine Tanzmaus, sagt er beim Abschied. Und der Taxifahrer, der mich nach Hause fährt, sagt: Ich bin ein Abenteurer. Ich habe ihn gar nichts gefragt. Und plötzlich weiß ich: Mein schöner Jüngling hätte auch eine Frau sein können. Weißt du, das war nicht einmal ein Schock. Ich dachte nur: Geahnt habe ich es immer schon. Nein, nicht was du denkst. Es ist anders, es ist alles ganz anders.

6

‹Schöner Tod› in der Tierklinik
und
Schwarze Hunde in Stechmückes Stall

Ida und Magdalena saßen nicht in einem fort beim Sekt und
unterhielten sich über schöne Jünglinge und weitläufige
Grasflächen im Zwielicht – sie arbeiteten auch zusammen,
und Ida beriet Magdalena, seitdem sie sich selbst Ruhe verschrieben hatte. Das machte ihr Freude, endlich einmal etwas
zu tun, was nicht einem Zweck diente (eine unentdeckte Begabung zu fördern), sie hatte so viel Eitelkeit in ihrem Beruf
gesehen, daß es schön war, wieder etwas sozusagen'‹im geheimen› zu tun.
Magdalena war eines Tages auf die Idee gekommen, Ida mit
ihren Eltern zu fotografieren, und war einfach, ohne eingeladen zu sein und ohne sich von Ida ankündigen zu lassen, mit
Ida mitgefahren. Frau Domröse war recht frostig zu der ihr
noch Fremden gewesen und hatte sich geweigert, sich fotografieren zu lassen, auch die Worte Idas: Sie ist doch meine
beste Freundin, warum bist du so mißtrauisch? hatten nichts
ausrichten können, sie fürchtete vielleicht, daß die Fotos eines Tages veröffentlicht würden. Magdalena trug sich mit
dem Plan, Idas Vater zu fragen, ob er ihr Modell stehen
wolle für die Figur in einem Film.
Die Anästhesie faszinierte sie nicht nur als medizinische Fer-
tigkeit, sie hatte die seltsame Idee, daß jeder Anästhesist auch
insgeheim seelischen Schmerz stille (und daß er deshalb sogar Anästhesist geworden sei). Ida war der Gedankengang
nicht neu. Da sie Magdalenas Arbeitsweise kannte und ohnehin beabsichtigt hatte, ein paar Tage in der Klinik, in der ihr
Vater arbeitete, zu verbringen (er hatte sie schon vor Jahren
oft dazu eingeladen, einmal zuzusehen, er war stolz darauf,
seine Fertigkeiten zeigen zu können), versprach sie Magda-

lena, ihren Vater zu fragen, ob sie sie mitbringen dürfe (das würde er wahrscheinlich erlauben, denn in die Tierklinik kamen Studenten, Hospitanten und Ärzte aus der ganzen Welt).

Magdalena hatte eine eigentümliche Art zu arbeiten entwickelt, sie brauchte meistens Modelle für ihre Gestalten in den Filmen (sie kam von der Malerei, und so war das eigentlich nicht verwunderlich). Sie war stark beeinflußt von der Aktmalerei, saß in der Akademie und zeichnete und malte nach Modell – da saß oder lag ein Aktmodell, und tausend Augen waren darauf gerichtet, jeder zeichnete und malte nach demselben Modell etwas anderes. Auch für ihre Drehbücher suchte sie ‹Aktmodelle›. Sie schrieb ihre Drehbücher selbst, bisher hatte sie jedoch nur Texte für Kurzfilme geschrieben. Doch Ida glaubte an Magdalena, sie war ja erst einundzwanzig und noch ein unentdecktes Pferd. Schreiben jedenfalls konnte sie (wie Frau Domröse, von der es auch niemand wußte, außer Herrn Domröse und Ida), das sah Ida schon an Magdalenas Briefen.

Herr Domröse freute sich über das große Interesse seiner Tochter, natürlich könne sie mit Magdalena kommen und zusehen, solange sie wolle, sie solle aber auf jeden Fall den Chef anrufen, sie kenne ja Dr. Wolstein, jedenfalls flüchtig, und es sei schon besser, wenn sie mit ihm alles vorher bespreche.

Die Eindrücke waren stark. Noch nie hatte Ida den Vater so erlebt.

Sie sah die betäubten Pferde. Immer wieder erging es ihr so, daß sie, was sie sah, zugleich erlebte, als würde es ihr selbst geschehen. (Als Schauspielerin konnte sie beinahe jede Perspektive einnehmen, wenn sie auch in bestimmten Rollen ihr Bestes leistete – Schauspielerin sein hieß aber, daß ihr nichts Menschliches fremd war, sie selbst hatte viele Seelen in einer Brust, keine Lady Macbeth war ihr fremd. Sie wußte nicht, warum sie sich immer wieder den Dingen und Lebewesen so nahe fühlte, daß sie sie kaum noch von sich selbst unterscheiden konnte. Manchmal hätte sie sich mehr Kälte gewünscht.)

So erlebte sie am ersten Tag in der Pferdeklinik die Pferde, die zur Operation vorbereitet und dann narkotisiert auf eisernen Vorrichtungen lagen, als ob dies alles ihr selbst geschähe.

Die an der Operation Beteiligten – Ärzte, Assistenten, Praktikanten und Zuschauer und Herr Domröse – schienen sich ganz bewußt und verstandesmäßig von den stummen Geschöpfen klar unterscheiden zu können.

Das erste Pferd, das Ida auf der eisernen Operationsvorrichtung liegen sah, trug den Namen ‹Cognac›. Die junge Ärztin, die gemeinsam mit Herrn Domröse am Kopf des Pferdes Lidreaktion und Puls des Pferdes prüfte und auf Anzeichen von Gefahr, von Atemstillstand oder Erstickung achtete, wußte seinen Namen.

Später traf Ida an diesem Tag niemand mehr, der den Namen eines Pferdes, das operiert werden sollte, sagen konnte. Alle wußten die Namen der Besitzer der Pferde, die auf den ausgefüllten und auszufüllenden Formularen standen, aber nicht die Namen der Pferde.

Ida kam ihr Vater ruhig und gelassen vor, und sie hörte ihn sagen: Das Pferd braucht immer noch volle Pulle. Und jemand anders sagte über ‹Cognac›: Schicker Typ.

Herr Domröse, dessen Stimme fast liebevoll klang – er ist wirklich kein bißchen abgebrüht oder abgestumpft, jedenfalls nicht hier bei den Pferden, dachte Ida –, sagte: Der muß so tief weg sein, daß er operieren kann. Mit dem ‹der› meinte er das Pferd, mit dem ‹er› Doktor Gottlieb, der operierte.

In Gedanken nannte Ida ihren Vater an diesem Tage immer wieder ‹den alten Anästhesisten› (so alt war der Vater ja nicht, aber diesmal war es von ihr zärtlich gemeint).

Einmal stand ‹der alte Anästhesist› am Kopfende des Pferdes und sagte: Dann kriegt's die Letzte Ölung. Das war nach einem Blickwechsel mit der jungen Ärztin, in dem die Frage lag: Na, ist alles in Ordnung oder nicht?

Hier, wo der Vater in seinem Element war, gefiel er Ida sehr, er strömte etwas Warmherziges aus. Etwas Altertümliches war an ihm – wie ein altes, schönes Haus kam er ihr vor. Auch die junge Ärztin, Frau Korngold, gefiel Ida, sie praktizierte in der Klinik und schrieb an ihrer Doktorarbeit, auf den ersten Blick schien sie in ihrer Person auch das so Wichtige zu vereinen: Beherrschung des Handwerks und Menschlichkeit. Sie legte die Hand auf den Hals des Pferdes, und

Ida machte es ihr nach, spürte das warme, hellbraune, wirklich cognacfarbene Fell des Tieres. Es lag mit geschlossenen Augen auf dem eisernen Untergrund, als würde es auf einer großen eisernen Waage gewogen. Frau Korngold zeigte Ida, wie man den Lidreflex prüft, um zu erkennen, daß ein Pferd noch am Leben ist und alle Körperfunktionen in Ordnung sind: Hielt man den Finger an der Linie zwischen Augenbrauen und Lid, dann zuckte das Lid, und man sah einen Streifen von dem neblig aussehenden und von den Narkosemitteln glasigen Rund des Auges.

Der Chef machte eine saubere Naht. Nachdem er alles aufgewühlt, den Bauch geöffnet, den Schnitt gesetzt, die Grenze zwischen innen und außen aufgehoben, die störenden kleinen Knochen im Gelenk entfernt hatte, nähte er den Schnitt sauber zu.

Und Ida dachte: Mit der Schauspielerei ist es ebenso wie in der Chirurgie (sie begriff, warum man von ‹ärztlicher *Kunst*› spricht): Man reißt Abgründe auf, man öffnet, man schneidet. Die Grenze zwischen innen und außen überschreitet man. Und nachdem das Tragische gespielt, die Katharsis erlebt worden ist, setzt man eine saubere Naht. Das ist die Kunst. Das ist Kunst.

Der Penis ist eingeklemmt, sagte Frau Korngold, als die Operation beendet war und das Pferd zum Abtransport vorbereitet wurde. Herr Domröse sagte lächelnd: Ach, der bleibt ihm.

Für Ida war alles vollkommen neu, der Vater hatte zu Hause nie viel von der Klinik erzählt. Sie kannte, wie so viele Kinder, die Arbeit ihres Vaters kaum. Sie war sehr glücklich, daß sie endlich hergekommen war. Es war auch ein Gang zum Vater.

Sie folgte den Leuten, die das Pferd auf ein fahrbares Gestell gehievt, mit vereinten Kräften auf ein zweites, blitzschnell herbeigeschobenes Gestell geladen und zu den Ställen gefahren hatten.

Die Stallbox, in der sie ein narkotisiertes Pferd aufwachen ließen, nannten sie ‹Aufwachbox›. In der Aufwachbox, in die sie ‹Cognac› gelegt hatten, hatte man Heu an allen Wänden und bis zur Decke aufgeschichtet. Flüchtig fühlte sich Ida an

Boxen gegen den Wahnsinn erinnert ... Der Mann, der bei dem Pferd wachte, sein Aufwachen überwachte und begleitete, sagte: Normalerweise dauert es fünf bis zehn Minuten. Doch ‹Cognac›, der mehr Narkosemittel benötigt hatte, als gewöhnlich gegeben wurde, brauchte länger.

Es gibt auch Aufwachboxen, die mit Kokosmatten ausgeschlagen sind, sagte der Mann, der jung war und kräftig wirkte. Einen Schnurrbart trug er und sah ganz wie ein Stallbursche aus, doch sympathisch und nicht glatt oder *cool*.

Der Chirurg, Herr Wolstein, fragte Ida und Magdalena in der Pause zwischen zwei Operationen in der Cafeteria gegenüber den Operationssälen, ob sie auch wegen des Mordfalls gekommen seien. Nein, sagte Ida. Aber gehört haben wir davon. Der Förster, der die Wildpferde hütet, hat uns davon erzählt, als wir in den Wäldern spazierengingen.

Herr Wolstein schmauchte seine Pfeife, immer wieder rief man ihn zum Telefon, er war jedoch, obwohl er andauernd gefragt und gefordert wurde, telefonieren, Fragen beantworten, Gespräche führen und – nicht zuletzt – operieren mußte, erstaunlich gelassen und ruhig. Er wirkte sehr jung, sprach aber gern von seinem Alter.

Er mochte fünfzig sein, wiederholte aber, daß sein Leben wohl bald beendet sein würde. Ida erschien er fast jugendlich, als wohne in einer reifen Körperhülle ein Kind. So war sein Aussehen. Es wäre ihr schwergefallen, ihn zu beschreiben, wie es ihr überhaupt schwerfiel, sich mit den Augen an einen Menschen zu erinnern. Jedenfalls redete sie sich das oft ein. Darstellen konnte sie Menschen dann trotzdem und die wesentlichen Züge ‹spielen›.

Sie meinte, sich mehr ‹mit der Haut zu erinnern›, falls es so etwas gibt. Sie fühlte Menschen, sie sagte auch sehr oft ‹ich fühle› (das war aber schon eines ihrer Lieblingsworte gewesen, ehe es allgemein Mode geworden war), sie gebrauchte es öfter als sehen oder hören (obwohl sie sehr gut hörte auf das, was Menschen sagten).

Es hatte ihr gefallen, wie der Chirurg sie begrüßt hatte. Er hatte sich gerade mit Seifenschaum die Hände eingerieben. Ida hatte sich an das Rasieren von Hand – mit dem Rasierpinsel, wie es früher die Männer taten – erinnert gefühlt. Er hatte sie angelächelt, sehr charmant. Und ohne jegliche Formalität hatte er sie aufgefordert: Kommen Sie!

Vielleicht hatte er das nicht einmal gesagt, sondern allein mit einer Kopfbewegung, einer Bewegung der Augen ihr die Richtung zum Operationsraum gewiesen. Das sind alles Niederlagen, die toten Pferde, sagte er. Und er sprach von *Euthanasie*.

Ida hörte das Wort zum ersten Mal. Bisher hatte sie es immer nur gelesen, in Zeitungen und Büchern. *Euthanasie* heißt nichts weiter als ‹schöner Tod›. Doch das Wort hat eine böse Geschichte. Und Ida wunderte sich, daß Herr Wolstein es so lächelnd und ohne den mephistophelischen Hintergrund anzudeuten, wie ein gewöhnliches Alltagswort benützte. Sie fragte danach, wie die Pferde stürben. Der Chirurg sagte: Die Pferde sterben eigentlich ganz banal. Sie äußern sich kaum.

Aber was hieß das: sich äußern? Was hieß Sprechen? Und was hieß Stummsein? Was hieß Sprache der Stummheit? Sprache des Schweigens? Gab es eine Sprache der Stummen?

Unterhalte dich ein wenig mit dem Kater, sagte sie gewöhnlich zu Esriel. Und Esriel fragte: Kann eine Katze denn Menschensprache verstehen? Nein, sie spricht keine Menschensprache, aber sie versteht *alles*, pflegte Ida dann zu sagen. Zwischen Esriel und Ida war das sowieso ein überflüssiges Gespräch, denn Esriel wußte, vermutlich von sich selbst ausgehend, daß man mit einem Tier sprechen kann, auch wenn es sich nicht äußert wie ein Mensch. Was hieß aber: eine stumme Kreatur sein? Waren Menschen und Tiere nicht einander gleich? Waren sie nicht gleich wert: als Lebewesen, wenn auch von verschiedenem Geist?

Der Chirurg operierte – er grübelte vermutlich nicht, während er seine Handgriffe tat. Er sprach von Kolonobstipation und fragte seine Mitarbeiter, während er mit den Händen, die, nachdem er den Schnitt gesetzt hatte, in den Bauch eindrangen, die Organe im Inneren ertastete: Hat der denn ein Abführmittel gekriegt? Das Pferd hatte bestimmt nicht genug Wasser gekriegt, wiederholte er immer wieder, kopfschüttelnd. Hartes Futter fand er in den Därmen. Und ein Mitarbeiter beeilte sich zu berichten, daß sogar während des Reitens das Pferd Kolik gehabt habe. Nach einer Stunde, wenn es so richtig schön warm war, sagte er.

Herr Wolstein saß mit Magdalena und Ida beim Kaffee. Er nahm sich Zeit für seine Gäste. Nun war es andererseits auch nicht erstaunlich, denn Herr Domröse hatte wohl öfters von seiner Tochter erzählt.

Ida konnte durch die Glasfensterfront der modern eingerichteten Cafeteria auf eine graue Plastik sehen, die eine Amazone darstellen sollte. Der Chirurg sprach von den Besitzern der Pferde. Manche können nicht begreifen, daß auch ein Pferd ein Schicksal hat! sagte er. Die Leute wollen es einfach nicht begreifen. Ida wunderte sich über das Wort *Schicksal*, denn im selben Atemzuge nannte der Chirurg die Liebe: *die Pathophysiologie von Hirn, Herz und Exkretionsorganen.* Ida war es plötzlich, als halte der Chirurg sein Empfinden unter einer Eisschicht, als berge er unter seinem charmanten Lächeln – die dampfende Pfeife in der Hand – einen Schmerz. Sie fragte sich, ob Schmerz mumifiziert werden könne. Sie hatte einmal von einer Leiche gehört, die man ganz in Jade eingelegt hatte. Sie hatte sich nach Jahrtausenden in nichts aufgelöst, doch die Jade war geblieben in Form des ehemaligen Körpers.

Ähnlich wie diese Jade erschien ihr der Chirurg. Doch wußte sie nicht, ob der Inhalt, den er einmal hatte schützen wollen unter der Jadeschicht, noch lebte oder bereits abgestorben und dann in nichts zerfallen war. Er war ein schöner Mann mit tiefen Furchen in der Stirn, die ihm einen nachdenklichen, auch etwas spöttischen Ausdruck verliehen. Er war schön, wie ein Mensch sein kann, der selbst das Schöne liebt und fortwährend mit dem Schönen umgeht: ein Ästhet.

Er hatte glatte Haut, die kaum gealtert schien, jedenfalls nicht sichtbar. Die Furchen änderten daran nichts. Sie waren gleichsam Zeichnungen in diesem wie unberührten Gesicht.

Die Pfeife hielt er beständig, sobald er mit Operieren aufhörte, wie Haschischesser ihre Wasserpfeife gebrauchen, als einen Schild gegen mögliche Angreifer oder Detektive seiner versteckten Seele. Denn ein Geheimnis verbarg er, das meinte Ida gleich an ihm zu spüren.

Seine Handbewegungen waren verhalten, seine Hände fein, wie man sich die Hände eines begabten Geigers vorstellt. Er bewegte sie beim Sprechen so zart und kultiviert, daß man ihn sich unmöglich brüllend, zornentbrannt, vulgär und wild gestikulierend vorstellen konnte.

Er machte Ida und Magdalena zuliebe eine größere Pause, ließ die Operationen Operationen sein (die Pferde konnten warten?). Er saß mit den beiden Frauen an einem kleinen Tisch auf der Terrasse vor dem Gebäudekomplex, und er spielte, während er sprach, mit einer Eisenstange, die er und seine Mitarbeiter bei Festen zu benutzen pflegten, um in der Grillkohle zu stochern. Er spielte mit dem Haken wie mit einem Degen, einem Gewehr oder einem langen Messer, während er sich auf ein Gespräch einließ, als ob er sich lange nach einer solchen Ablenkung gesehnt hätte.

Hier haben wir gesessen, sagte er. Ida schaute fragend. Ja, sagte er, an dem Abend, bevor Frau Simon ermordet wurde. Hier an dieser Stelle – und er sah Ida, indem er ruhig an seiner Pfeife weiterschmauchte und einen besonders langen Zug tat, gleichsam von der Seite an – haben wir gefeiert und gegrillt.

Dann machte er sich ein wenig lustig über die Fragen Idas nach der Seele des Pferdes. Er blieb charmant, er blieb immer charmant. Aber lustig machte er sich doch, obwohl Ida nicht sicher war, ob er sich nicht gleichzeitig über sich selbst lustig machte. Vielleicht freute er sich insgeheim darüber, daß er Ida erschrecken und seine weichen Stellen auch vor ihr verbergen konnte.

Nicht sie war es gewesen, die ihn nach der Seele gefragt hatte – er hatte ihr die Frage einfach in den Mund gelegt. Sie wollen doch sicher wissen, wie es mit der Seele des Pferdes steht? So etwas Ähnliches mußte er gesagt haben. Weil ich die Menschen kenne, liebe ich die Hunde? sagte er. Tierliebe ist auch etwas Pathologisches – der Satz stand so da. Und Ida widersprach nicht, wie sie es überhaupt aufgegeben hatte, immer wie eine Tarantel hochzugehen, wenn jemand eine der ihren vollkommen entgegengesetzte Meinung vertrat. Nun ja, sagte sie, nach einem Schweigen, wenn Sie die Menschen meinen, die Tiere verhätscheln und ihre Mitmenschen quälen, so gebe ich Ihnen recht. Der Chirurg gestand, daß er als Junge ganz verrückt auf Tiere gewesen sei, wich aber sofort aus, als Ida mehr darüber wissen wollte. Es hörte sich wie eine Satire auf die Pubertät an, als er weiter sagte: Das Pferd als moralische Anstalt – nur um unsere Töchter über die Zwanzig zu bringen? So sehen es die Leute doch, sagte er, und fügte gleich hinzu: Ich mache öfter den Test, wenn Fohlen zur Operation gebracht werden. Was glauben Sie, wer dann auf dem Hof erscheint? Meine weiblichen Mitarbeiter, die weiblichen! Na, was sagen Sie nun? Ida zuckte die Achseln. Er hielt sie offenbar für eine unbelehrbare Feministin mit der Fahne in der Hand und wollte ihr erklären, daß es doch so etwas wie das Weibliche gibt. Die Hätschelinstinkte bei den Mädchen, sagte er. Sie können mich ruhig für einen Chauvi halten!

Immer wieder kam er auf den Mord an Katharina Simon. Hier war die berühmte Grillparty, von der aus Frau Simon zu ihrem Täter gefahren ist! sagte er, und es hörte sich beinahe genüßlich an, war aber sicher nicht so gemeint. Wie er sagte: zu ihrem Täter, so konnte man auch heraushören: zu ihrem Liebhaber.

Aber Schadenfreude konnte er doch nicht empfinden. Vielleicht war es Verlegenheit oder Verunsicherung, Ida konnte es nicht herausfinden. Zu schillernd war die Art, in der der Chirurg sprach. Ein Schauspieler, dachte sie. Und ihr fielen die Worte eines früheren Freundes, eines Mediziners, ein: Als Arzt muß man immer auch Schauspieler sein.

Ein Mitarbeiter Doktor Wolsteins saß ein wenig abseits und las, während er hin und wieder dem Gespräch zuhörte, in einem Buch von Irvin Wallace. Es handelte von Nobelpreisträgern, wie er in einer Pause, als der Chirurg zum Telefon gegangen war, erzählte. Und Ida mußte schmunzeln bei dem Gedanken an Pferde, die den Nobelpreis erjagen müssen für ihre Herren und Damen Besitzer.

Den Chirurgen ließ das Thema Seele nicht los. Als er Ida so gelassen fand, versuchte er, sie zu provozieren, und wiederholte, Pferde hätten keine Seele.

Sie kamen dann in ihrem Gespräch auf Ahnungen. Ob Menschen, ob Pferde Ahnungen haben könnten; Vorahnungen? Der Mitarbeiter legte Irvin Wallace zur Seite, rückte näher und fing an, von Träumen zu sprechen. Der Chirurg unterbrach ihn. Früher haben die Bauern die Brände vorausgesehen. Manchmal war es ganz einfach, weil sie sie sowieso selbst legten, sagte er. Und hatte natürlich die Lacher auf seiner Seite. In einem beiläufig hingeworfenen Satz sprach er dann aber auch von *seinen* Träumen.

Wie er durch unendliche Räume rase, im Traum. Sich verkleinere und vergrößere. Und dann aufwache. Dann pfiff er sich selbst zurück, wie ein Jäger einen Jagdhund, der – auf der Fährte eines weidwund geschossenen Tieres – zu weit ins Innere eines Urwalds eingedrungen ist. Trocken sagte er: Ich kenn was vom Bauch des Pferdes. Vom Thorax! Aber nichts von der Seele.

Eine neu hinzugekommene junge Mitarbeiterin versuchte, seine Äußerung ein wenig zu relativieren. Pferde haben zum Beispiel Ehrgeiz, sagte sie. (Als sei Ehrgeiz ein Beweis dafür, daß man eine Seele hat.) Da gibt es Pferde, die wollen gern vorn sein. Ob das Ehrgeiz ist, weiß ich nicht, sagte der Chirurg. Das wollen wir alle: vorn sein. Platzhirschverhalten! fügte er hinzu, als beschuldige er sich selbst. Seine Stimme hatte einen abwertenden Ton. Als wolle er sagen: Na ja, *Menschen!*

Aber können Pferde nicht traurig sein? fragte sein Mitarbeiter halb skeptisch.

Trauer im menschlichen Sinne kann ich bei ihnen nicht finden, sagte Doktor Wolstein. Natürlich empfinden sie Angst. Die Angst der Kreatur, sagte er zu Ida, als sie erwähnte, daß Pferde sich erinnern könnten. Ach, sagte er, Kühe erinnern sich besser als Pferde. Ich habe Kühe erlebt, die schmissen sich vor Angst in die Ketten, wenn ich wieder in den Stall trat, weil sie sich sofort an meine Spritzen erinnerten. Aber bei Pferden passiert mir das selten.

Als ob sie den Chirurgen zum Eingeständnis bewegen müsse, daß Pferde edle Tiere seien und Künste beherrschen, fragte sie ihn, ob er die Lipizzaner möge. Die Lipizzaner werden *zusammengeritten*, sagte er. Ich gehe lieber in Wien ins Museum. Ich bin kein Pferdeliebhaber, das habe ich Ihnen von Anfang an gesagt!

Eigentlich hatte er nicht Tierarzt werden wollen, doch sein Vater, der vierte Sohn einer katholischen Familie, dessen drei Brüder alle Priester geworden waren – der Vater selbst war Tierarzt –, hatte ihn mehr oder weniger in seine Fußstapfen gezwungen. Irgendwann müssen Sie aber doch einmal eine Liebe zu Tieren gehabt haben? fragte Ida.

Ja, sagte der Chirurg. Als kleiner Junge habe ich sehr gelitten, als ein Jagdhund von meinem Vater erschossen wurde. Ich habe tagelang geweint. Das sagte er leise – und man meinte, vielleicht nicht recht gehört zu haben –, wie etwas Unverständliches, das von einem großen Lärm übertönt wird. Als Vierzehnjähriger hatte ich eine Beziehung zu einem Pferd, fügte er hinzu.

Dann lachte er. Als Sechzehn-, Siebzehnjähriger habe ich mich schließlich mehr für Mädchen als für Pferde interessiert.

Er fing an, von der Jagd zu sprechen. Ida erinnerte sich später nicht mehr, wie sie auf die Jagd gekommen waren. Ich jage, um zu töten, sagte der Chirurg. Man will Beute machen. Je schwieriger das Beutemachen, desto mehr Lust empfindet man. Ein Hirsch, der wie ein Küchenschrank an einem Platz steht, das ist nichts. Und dann vielleicht noch mit dem Präzisionsgewehr schießen? Auf ein Tier, das sich nicht vom Platz bewegt? Nein! Das interessiert mich nicht. Die Jagd reizt mich nur, wenn ich auf ein laufendes Stück schießen kann. Wenn die Ente oben aus der Luft stürzt. Er lehnte sich zurück, wie um auszuruhen. Und Ida bewunderte ihn wegen seiner klaren Aussagen. Er redete nicht um den heißen Brei herum, jedenfalls nicht, wenn er über die Jagd sprach. Man würde niemals auf einen sitzenden Fasan oder Hasen schießen. Man schießt erst, wenn das Tier fliehen kann, sagte er, sich wieder vorneigend, und sah Ida dabei eindringlich an, als müsse er sie auffordern, das doch einmal nachzuprüfen. Oder als erkläre er das zum ersten Mal im Leben. An der Chirurgie reizt mich, daß ich Wunden setze, sagte er, die dann komplikationslos abheilen. Es fasziniert mich, wenn ich das Gewebe sehe, das sich wieder geschlossen hat. Und – er hatte das Spiel mit dem Grillhaken wiederaufgenommen – es ist eine Freude für mich, wenn ich etwas perfekt lösen kann!

Ida und Magdalena hörten ihm begierig zu – Magdalena schwieg meist in einer fremden Runde, dachte still für sich und hörte zu wie ein Luchs –, als er anfing, in medizinisch-handwerkliche Einzelheiten zu gehen. Er sprach von Darmoperationen. Davon, daß man den Darm beim Pferd nicht röntgen könne. Daß das Pferd nicht das passende Objekt für Röntgenstrahlen sei. Er erzählte, wie man einen kranken Darmteil abhänge. Er machte Ida sein Handwerk verständlich. Sie begriff seine Begeisterung für seine Hand-Kunst.

Der Chirurg entfachte Sympathiegefühle in ihr, weil er keine hehren Worte über Helfen-Wollen, weil er nicht von Mitleid sprach, die Dinge klar beim Namen nannte. Mit Selbstironie erzählte er auch von sich, Gefühle mochten ihm als Sentimentalität verdächtig sein. Und Ida erschien der Mann trotz allem unheimlich und rätselhaft. Immer wieder war Ida erstaunt, wie ein einziger, einzelner Mensch den Geist eines Ortes bestimmen kann. Der Geist des Chirurgen prägte die Atmosphäre des Hofes, der Ställe, der Klinikräume. In den Ställen konnten siebzig bis achtzig kranke und genesende Pferde untergebracht werden. Und in der Nähe des Geländes besaß der Chirurg noch einen kleinen Bauernhof, dessen Räume er sich zu einer Art Kunstgalerie umgebaut hatte.

Dort hatte er eigenhändig Marmor aus italienischen Marmorsteinbrüchen gelegt, und an den Wänden hingen Gemälde – Originale von modernen Künstlern, die er selbst gesammelt hatte. Die Räume wirkten auf Ida – der Chirurg führte Ida und Magdalena auch dorthin – rein, ästhetisch: Da war kein Blut. Da war kein Gedärm – da war der Marmor aus Italien, der aber lebte, wie der Chirurg sagte.
Ida hatte immer geglaubt, daß es nichts gebe, was mehr tot sein könne als Marmor, doch der Chirurg sagte: Der Marmor ist früher weiß gewesen. Allmählich hat er sich ins Gelbliche verfärbt. Marmor lebt, ja sicher, sagte er. Wußten Sie das nicht? Seine Augen blitzten wie die eines jungen Liebhabers, sehr lebendig.
Auch Holz arbeitet ja noch, nachdem es gefällt und verarbeitet worden ist. Ähnlich ist das mit dem Marmor!
Man sagt aber doch: Ein Mensch so kalt wie Marmor, so kalt und tot, sagte Ida, um ihr Erstaunen zu erklären. Nein, nein, sagte der Chirurg. Marmor ist noch lebendig. Ich habe den Marmor Stück für Stück schmuggeln lassen, fügte er hinzu, als verrate er Ida ein besonders gelungenes Räuberstück. Später habe ich mich dann eben nicht beschweren können bei der Firma, die den Marmor abbaut. Als der sich verfärbte.

In den Operationssälen ist das Blut, das intensiv scharlachrote, glutrot strahlende, sonnenballrote Blut der Pferde, dachte Ida. Einmal wagte sie, ihre Fingerkuppen in eine Blutlache einzutauchen. Sie roch am Finger, doch das Blut war geruchlos. In Italien habe ich ein Haus, sagte Herr Wolstein. In der Nähe von Finale. Ida horchte auf. Er konnte nicht wissen, daß ihr Pferd Finale hieß. Finale in Ligurien, sagte der Chirurg.

Die Helligkeit fiel Ida auf. Die Reinheit in den Räumen, in denen die Bilder hingen. Und dann das Blut und die vielen Männergesichter in den Operationssälen. In Räumen, vor denen durchsichtige, zweigeteilte Plastikvorhänge hingen. So viele Männer sah sie, fast nur Männer. Männer, die mitarbeiteten, Männer, die zuschauten. Männer in grünen Plastikgewändern. Männer in ‹ziviler› Kleidung. Gebeugt gehende Männer, mit eingezogenen Schultern. Geil blickende Männer (es gibt Männer, die blicken immer *geil*, ob eine Frau anwesend ist oder nicht). Männer mit Gesichtern von Schlachtergesellen (wie man sie sich vorstellt oder manchmal schon gesehen hat). Männer mit Adleraugen, mit Späheraugen, mit Augen wie Messerspitzen, mit Augen wie Schwertschneiden. Nun war es nicht so, daß Ida einen Operationssaal oder Operationen zum ersten Mal sah – sie sah aber alles nicht jeden Tag, so daß sich jeder Eindruck noch frisch ihr aufdrängte.

Sie achtete immer wieder auf die Hände des Chirurgen, dieses bestimmte und zupackende Präzisionsinstrument. Wie Saiten einer Geige, die in Hanf einschneiden, erschienen sie ihr. Er schnitt auf und nähte die Schnittstellen zu, wie ein Geigenspieler seinem Instrument Töne entlockt und seine Geige, wenn er das Spiel beendet hat, wieder zuschließt. Er stach kleine Zacken, an denen das Nahtgarn befestigt war, durch die Haut, die helle, die vorher rasiert worden war.

Er sprach den Pferden die Seele ab. Er sprach ihnen auch jegliche Intelligenz ab. Er hielt Pferde für dumm. Sie haben kein Erinnerungsvermögen, betonte er. Soll ich es Ihnen tausendmal sagen? Glauben Sie mir. Ich kenne sie! (Dabei hat gerade ein Pferd ein stärkeres Erinnerungsvermögen als ein Mensch, dachte Ida.) Die Chirurgie ist ein verwissenschaftliches Handwerk, sagte der Chirurg. Und irgendwo in den Nischen zwischen seinen Sätzen, die er aneinanderreihte wie Perlen an einer Schnur, irrte ein kleiner Satz umher, in dem vom Hunger nach Metaphysik die Rede war.

Lächelnd und wieder gleichsam beiläufig – wie über alles, was ihn ganz persönlich betraf – erwähnte er seine unendliche Erschöpfung. Ich bin einmal sehr erstaunt gewesen, sagte er, als ein sehr guter Fotograf mich während einer dreistündigen Operation fotografierte und mir am Ende Fotos von meinem Gesicht vor und während der Operation und danach gezeigt hat ... Auf den Fotos, die mein Gesicht nach der Operation zeigten, habe ich um zehn Jahre gealtert ausgesehen!

Manchmal redete er, als ob sein Leben bald zu Ende sein werde. Ich kann nicht verstehen, wie man mit sechsundachtzig noch ein dickes Buch kaufen kann, um Tagebuch zu schreiben, sagte er. Er erinnere sich an eine Erzählung, in der der Held dies getan habe. Doch er könne sich so etwas nicht vorstellen. Am liebsten würde ich mich zur Ruhe setzen, mit meinen Kunstsammlungen leben. Aber ich habe noch keinen Nachfolger gefunden! Meiner Tochter will ich das alles – und sein Blick schweifte über den Hof, die Stallgebäude – nicht zumuten! Und Ihr Sohn? fragte Ida. Der hat kein Interesse? Der spielt Tennis, sagte Herr Wolstein. Ich glaube, er hat nicht einmal drei Bücher gelesen. Er hat etwas anderes im Kopf. Er verfiel in Nachdenken. Besinnlich wirkte jetzt sein ewiges Pfeifeschmauchen. Er spricht, dachte Ida, als ob es für ihn keine Zukunft gebe. Als sei alles zu Ende. Als werde sein Leben viel eher noch als dieses Jahrhundert zu Ende sein. Als wisse er, wenn er etwas wisse, nur dieses eine sicher. Vielleicht sprach er auch deswegen so eigentümlich vom Mord an Katharina Simon, weil ihm sein eigener Tod gar nicht so weit entfernt vorkam.

Ida grübelte über die Fliegen nach. Um die großen betäubten Pferdekörper schwirrten Fliegen in Mengen. Die Fliegen! dachte sie. Sie riechen alles aus weiter Entfernung. Sie sah die offenen Türen. Tiere wurden bei offenen Türen operiert. Man nahm nicht die Rücksichten, die man gewöhnlich bei Menschen nimmt. Tiere urinierten schließlich auch, wo sie gingen und standen – sie waren ohne Scham –, also operierte man sie, ohne sich zu kümmern um die Fliegen, die Fliegen. Auch auf Fleischstücken in Auslagen von Schlachtern hatte Ida schon Fliegen ihr Unwesen treiben sehen. Alles, was noch roch, zog sie unwiderstehlich an.

Waren Tiere nicht ebensoviel wert wie Menschen? War eine Pflanze, eine Blume, ein Baum, ein Wald, ein Vogel nicht ebenso wertvoll wie ein Mensch? Brachte der Mensch nicht sich selbst in Gefahr, wenn er dies alles für weniger wert achtete als sich selbst?

Ida sah ein Fohlen, das grauen Star hatte. Wie ein großes Reh lag es auf der eisernen Vorrichtung. Wie ein ausgestopftes Reh, dachte Ida. So betäubt und still und starr. Die Augen wurden zur Operation vorbereitet. Ein Arzt schnitt die Wimpern ab.
Ida und Magdalena sahen sich das Kardiophon aus der Nähe an. Man hörte das Piepsen der Apparate. Wie Herzschlag hörte sich das an. Wie Atemschlag, dachte Ida. Die Operationsgehilfen legten blaue und grüne Tücher über Kopf und Hals des Tieres. Und man sah nur das Auge herausschauen. Ein gläsernes, milchig-nebliges Auge.
Ida vergaß zeitweise Magdalena, die still vor sich hin arbeitete. Wie sie fotografieren und dabei unbemerkt bleiben konnte, war Ida schon immer ein Rätsel gewesen. Das unterschied sie von vielen Gebrauchsfotografen: Man merkte kaum, daß sie da war, wenn sie fotografierte, als sei sie einem Wild auf der Spur, mit ihrem Fotoapparat auf dem Hochstand, auf der Pirsch. Auch den Vater hatte Ida immer wieder aus den Augen verloren. Er wurde meistens nur gesprächig, wenn man ihn ausdrücklich fragte. Außerdem hatte er alle Hände voll zu tun, seine ‹betäubten Schützlinge› zu überwachen.

Passen Sie auf, daß Sie nicht unter die Mörder geraten, sagte der Chirurg, als Ida und Magdalena sich über Mittag verabschiedeten, um zu den Wildpferden zu fahren, sich etwas auszuruhen, spazierenzugehen.
Kurz bevor sie weggingen, rief der Chirurg Ida und Magdalena noch zu sich heran. Ich muß Ihnen eine Kuriosität zeigen, sagte er.
Er trat von hinten an ein zwischen zwei Gattern aus Holz stehendes Pferd heran. Sehen Sie, sagte er triumphierend – so! – und schnitt, nachdem er mit einem Griff etwas rötlich Sackartiges aus dem Inneren herausgeholt hatte, ein Stück ab – das ist die Jungfernhaut, sagte er. Die Stute stand, ruhig gehalten durch die Maulbremse, in stummer Ergebenheit da. Ist sie auch betäubt worden? fragte Ida. Nein, für diesen kurzen Eingriff nicht, sagte der Chirurg. Sehen Sie? sagte er,

sich umschauend: Wer steht jetzt da? Meine männlichen Mitarbeiter!

Tatsächlich hatten sich sogleich einige Männer zu beiden Seiten des Chirurgen versammelt, um dem Schauspiel der Entjungferung zuzusehen.

Als die beiden Frauen sich dann endlich aufmachten, hielt der Chirurg sie noch einmal fest, um sie zu warnen. Katharina Simon ist schüchtern und unauffällig gewesen, sagte er. Niemand hat von ihrer Herkunft gewußt. Sie hat sich still verhalten. Sie war eine von fünfhundert arbeitslosen Tierärzten, die es im Land gibt, sagte er. Sie wollte nach Amerika, und nun ist sie tot. Seien Sie vorsichtig. Die Maisfelder haben es in sich, fügte er hinzu, als wolle er den Frauen angst machen. Von uns kann es keiner gewesen sein, rief er ihnen noch nach. Der Täter hat so viele Zeichen an der Leiche hinterlassen – mit einer gewissen Lust betonte er dies –, es kann keiner von uns gewesen sein. Wir sind alle, aber auch alle, nach allen Regeln der Kunst überprüft worden!

Trotzdem hatten Ida und Magdalena (sie gestanden es sich gegenseitig ein) in den Gesichtern *aller* Männer geforscht. Und Magdalena sprach aus, was Ida auch dachte: Eigentlich kann es beinahe jeder von ihnen gewesen sein. Hast du gehört, wie er gesagt hat, daß sie sehr leichtsinnig war? fragte Ida. Mir hat jemand erzählt, daß sie nachts Anhalter mitnahm, das mache ja nicht einmal ich. Und ich bin ein Mann! hatte der Chirurg gesagt. Und mit dem Täter hat sie mit Sicherheit ein *date* gehabt, hatte er noch hinzugefügt. Ida war besonders dieser Ausdruck aufgefallen: *date*. Den kannte sie, den kleinen Weg, wo sie dann ermordet wurde. Es ist der Weg hundert Meter vom Eingangstor, das zu den Wildpferden führt, auch das hatte er noch gesagt. Magdalena hatte es wohl auch gehört. Kein Wunder: ein Mord in dieser Gegend! sagte Magdalena nur und schwieg still.

Ida fuhr und warf dabei ab und zu einen Blick auf die Landschaft links und rechts. Alles war jetzt üppig und dicht bewachsen. Es schien ihr fast, als müßte der Anblick einer solchen Landschaft einen unruhigen unerfüllten Mann zum Töten anreizen. Aber das war selbstverständlich Unsinn! Überall stand der Mais in Blüte. Die Katzen schrien. Der

Chirurg hatte von der Landschaft geschwärmt, von den Bauern. Der leichte Boden der Gegend habe die Menschen streng gemacht, da er sie gezwungen habe, hart und zäh zu arbeiten. Sie seien nie reich gewesen. Ida wurde es von Minute zu Minute unheimlicher, zwischen den riesigen Maisfeldern die schmale Straße hindurchzufahren. Der Mais erinnerte an Tabakpflanzen, an Rauschmittel. Alles war undurchdringlich und pflanzenhaft. Die Höhe des Sommers war überschritten. Es war eine Reife, die in Verwesung überzugehen schien. Sogar die Wege waren wild überwachsen.

Ich glaube, ohne deine Begleitung hätte ich jetzt gar nicht hierhinfahren können, sagte Magdalena. Weißt du übrigens, fuhr sie fort – als habe sie Ida das schon den ganzen Tag sagen wollen –, daß dein Regisseur inzwischen einen tollen Film gemacht hat? Er heißt ‹Die belästigte Frau›. Man hört jetzt viel davon. Der Film ist in allen Kinos. Er wurde auf den Filmfestspielen gezeigt, und dein Regisseur hat viel Lob und – ich glaube – auch einen Preis eingeheimst. Ida sagte nichts, war aber wütend. Warum erzählt sie mir das, und dann noch in diesem Ton? dachte sie. Vielleicht, um ihre Angst abzureagieren?

Laut sagte sie nur leichthin: Weißt du, es interessiert mich eigentlich wenig, was dieser Herr macht. Man spricht ja jetzt überall von den Busengrapschern, ist doch ein hübsches Wort, oder? Das letzte war etwas bitter herausgekommen, und Magdalena meinte, ja, sie sei recht erschöpft. Schließlich sei sie noch nie bei Operationen dabeigewesen. Auch erinnere der Chirurg sie sehr an ihren eigenen Vater. So schillernd sei er. Und seine ganze Person wirke auf sie wie ein Tier mit tausend Gesichtern.

Bei den Wildpferden war ein totes Fohlen. Diese noch annähernd wildlebenden Tiere verbargen ihre Toten nicht. Trotzdem sagte der Förster, den die beiden Frauen gleich wieder antrafen (er saß in einem Kabäuschen aus Holz, das am Wald stand, darin die Herde unter den Bäumen zusammenstand, und füllte Papiere aus), als Magdalena es fotografieren wollte (allerdings sah man nicht viel von dem Fohlen, denn trockenes Reisig war darübergeschichtet): Das müssen Sie nicht! *Fotografieren Sie nur das Schöne!*

Der Förster zeigte ihnen eine einäugige Stute (Mitgenossen hatten ihr ein Auge ausgeschlagen) und ein ebenfalls von Geburt an einäugiges Fohlen (es war nicht das Kind der Stute). Er machte sich groß vor den beiden Frauen, irgendwie kam er Ida anzüglich vor. Während er sprach, drückte er sich fast gegen sie, schlug ihr immer wieder mit der ganzen Hand auf den nackten Oberarm, auf die Schulter.

Er zeigte, wie er die wilden Pferde befehligen konnte. Ida war erschüttert, daß die Wildpferde einem Menschen so blind gehorchten.

Er ging in das Waldstück hinein. Kommen Sie mit! rief er. Kommen Sie mit, Frau Helmond. Und immer wiederholte er ihren Namen. Wie ein Leithengst stieß er bestimmte Rufe aus. Es klang zugleich wie Trompetengetön und Wiehern. Es gelang nicht gleich, die Herde nach seinem Willen zu dirigieren. Er wiederholte seine Rufe. Und die ganze Herde begab sich aus dem Waldstück auf das freie Gelände am Weg vor dem Wald. Dort graste sie dann, Leib an Leib stehend.

Er warf sogar Stöcke nach den wilden Pferden, wie nach Hunden, die nicht parieren, wenn ein Pferd wild herumsprang oder als einige seiner Meinung nach seinem Befehl nicht rasch genug nachkamen. Er behielt die Pferde im Blick, als er begann, sich über die Menschen zu beschweren. Wie sie alles verschmutzen mit ihrem Plastik! rief er.

Er bedauerte, daß er auf dem Gelände Kioske habe aufstellen lassen müssen.

Tatsächlich hatte Ida gleich bemerkt, daß die Pferde, die sie zwei Jahre lang nicht gesehen hatte, weniger scheu geworden waren. Die fressen sogar Plastik oder knabbern den Lack von den Autos ab! Wegen des Salzgeschmacks, sagte der Förster und winkte ab.

Ganz geheuer war den beiden Frauen der Mann nicht. Haben Sie von dem Mord gehört? fragte er. Ja, ja, sagte Ida schnell. Magdalena nickte und sah ihn abwartend auf ihre stille Art an.

Eine blöde Sache, nicht? sagte der Förster.

Wo haben Sie sich denn so verletzt? fragte Ida möglichst sachlich. Die Hand des Försters war verbunden. Nun verdächtige ich auch schon jeden, dachte sie. So also entstehen die Gerüchte, während ein Verbrecher gejagt wird. Man konnte sich richtig einbilden: Der muß der Mörder sein. Es war seltsam. Ach, sagte der Förster gleichmütig: Ich habe jemandem, der sägen sollte, etwas erklären wollen. Der hat zu früh wieder angesetzt und hat meine Hand angesägt. Es ist halb so schlimm!

Ida ging das tote Fohlen nicht aus dem Sinn. Zuerst hatte sie es nicht bemerkt.

Sie fragte den Förster ohne Übergang, ob er auch Pferde im Krieg habe sterben sehen. Er zuckte die Achseln. Das ist nicht so schlimm. Ist nicht so schlimm, murmelte er. Mein Oberst ist verwundet worden, das war viel schlimmer, setzte er hinzu.

Das Gesicht des Försters war zerknittert wie das eines Hundertjährigen. Dabei war er sicher nicht älter als sechzig oder höchstens fünfundsechzig. Als er ausufernde politische Reden anfing, suchten die beiden Frauen sich loszumachen und gingen in den Wald hinein, um sich an diesem Tag doch noch zu erholen und möglichst an nichts zu denken.

Gegen Abend hatte der Chirurg immer noch nicht entschieden, ob das Pferd, dessen Namen niemand wußte, sterben oder leben dürfte. Stunden verbrachte es in einer Wartebox gegenüber dem Operationssaal – es war die mit Kokosmatten ausstaffierte (wieder hatte Ida die eigentümliche Assoziation an eine Box gegen den Wahnsinn) – und bot einen erbarmungswürdigen Anblick, stumm und ergeben (was blieb ihm anderes? Es kannte seine Kraft nicht) litt es vor sich hin. Kalter Schweiß feuchtete sein Fell. Dunkle Flecken auf seiner Haut. Glasige trübe Augen wie im Fieber sahen wie in sich selbst. Ida betrat die Box. Deren Boden war ein wenig niedriger als die umliegenden Räume, man hatte beim Hineingehen ein Gefühl, als ob man Stufen hinabsteige. Auch der Boden war weich, mit Stroh gepolstert. Man bewegte sich gleichsam wie auf dicken Teppichen oder eher noch wie auf Moos im Wald. Ida berührte diese traurige Tiergestalt, vorsichtig. Es war seltsam, wie man sich im Angesicht eines Sterbenden und auch dieses sterbenden Tieres (denn daß es sterben würde, schien unausweichlich) eines Gefühls der Begierde nicht erwehren konnte. Ida versuchte, das Gefühl abzuschütteln. Es war aber so hartnäckig wie jene Sensationslust, die einen manchmal anfällt, wenn auf der Autobahn die Sirenen gehen. Es war das Friedhofsgefühl! Solange man selbst überlebte, war der Tod interessant. (Der Mephisto in einem selbst ist ein weites Feld, dachte Ida.) Das Pferd scharrte mit dem Vorderhuf im Stroh, als treffe es Anstalten, sich zu wälzen. Ein Gehilfe sagte zu Ida: Es scharrt vor Schmerz. Und vor Hunger! sagte er. Aber es dürfe nichts fressen. Man hatte ihm einen Maulkorb vorgebunden. Sogar zwei Maulkörbe, weil der eine durchlöchert war, doch der zweite hatte sich gelöst und baumelte vor dem ersten. Ida hörte im Geist das Pferd schreien: Ich habe Schmerzen, ihr Menschen. Es tut weh, ihr Menschen. Helft mir doch. Es tut so unendlich weh! In Wahrheit konnte es nicht schreien, nicht wiehern, nicht knurren, nicht schnauben.

Schon am Mittag hatte der Chirurg, sein Pfeifchen schmauchend, zu Ida gesagt: Sollen wir es sterben lassen? Sie wollen gern das Sterben sehen. Sie hatte zwar nicht gesagt: Ich will gern das Sterben sehen. Doch gefragt hatte sie: Wie stirbt ein Pferd? Gemeint hatte sie: wenn es altersschwach ist. Oder im Krieg. Oder wenn eine Operation mißlingt. Lüstern auf Tod war sie nicht. Der Chirurg aber hatte geantwortet: Jeder Tod ist für mich eine Niederlage. Er will mir eine Niederlage *zeigen*, dachte Ida, aber viel später. Die Chirurgie als Sport, als Endausscheidung. Als Finale. Als Hochsprung. Als Duell. Als Nahkampf. Mit manchmal tödlichem Ausgang. Ida wollte mehr über diesen Mann wissen. Sie spürte sogar ein Gefühl der Verliebtheit in sich aufsteigen. Aber das war, als ob ein Opfer seinen Täter liebte. Sie hatte vielleicht doch Angst, daß sie als Frau diesem Mann ausgeliefert sein würde. Das Pferd hatte keinen Namen. ‹Fürchte dich nicht. Ich habe dich bei deinem Namen genannt. Du bist mein› – das war Idas Konfirmationsspruch. Einen Namen haben! Ohne ihn kann niemand leben. Das Pferd aber mußte sich fürchten.
Es ist nicht viel wert, sagte Herr Doktor Wolstein, der sich zum Weggehen bereit machte. Seine Frau erwarte ihn. Ida und Magdalena sollten für den Abend seine Gäste sein.
Man legte das Pferd noch einmal auf das Eisen. Man wolle sehen, so sagte man, was noch zu machen sei. Ida war nicht sicher, ob dies wirklich ein Versuch war, das Pferd noch zu retten, oder nur zu Demonstrationszwecken geschah, so wie ein Professor seinen Studenten in der Morgenvorlesung ei-

nen Fall vorführt. Euthanus oder Bolzenschuß, sagte einer der Gehilfen.

Und Ida fragte einen fremden jungen Mann, der diesmal am Kopfende der Anästhesist war (Herr Domröse war irgendwo anders beschäftigt, oder war er bereits nach Hause gegangen?): Warum hat es denn die Augen so weit auf? Weil es noch ziemlich wach ist, sagte der junge Mann, der eher aussah wie ein Kinderarzt, sehr jung, sehr fesch, sehr unbefangen. Sie wissen nicht, was sie tun. Sie waschen ihre Hände in Unschuld – manchmal fielen Ida Sätze, Zitate, ein zu Menschen. Wie Farben, die einen Menschen charakterisieren. Der junge Mann fühlte den Puls des Pferdes und sagte: Wollen Sie mal fühlen? Ida legte ihre Fingerkuppen an die Stelle, wo der Puls schlägt. Sie sagte: Das ist aber schon schwach, oder?

Das ist normal, sagte der Kinderarzt. Ida war in einer eigentümlichen Atmosphäre wie in einem feinmaschigen Netz gefangen. Einerseits kam es ihr vor, als ob niemand hier genau wüßte, wie und wann dieses Tier zu sterben habe. Andererseits erschien es ihr, als sei der Tod des Pferdes, das ‹nicht viel wert› war, geplant.

Man hatte vielleicht ‹im Team› geplant – schweigend, und ohne sich dessen bewußt zu sein, träumten alle denselben grausamen Traum: das Pferd zu töten. Diese Überlegungen gingen Ida durch den Kopf.

Die zwei Männer, die Ida schon viele Stunden vorher wegen ihrer besonders groben Gesichtszüge aufgefallen waren, standen am Bauch des betäubten Pferdes. Der eine öffnete die Naht wieder und wühlte das ganze Innere hervor. Wie aufgeblasene Würste glitschten die Därme in seinen mit Handschuhen bekleideten Händen. Die Därme von Pferden sind ein Universum für sich.

Er suchte nach der Ursache für die Kolik, an der das Pferd litt. Es kam Ida aber vor, als suche man nur zum Spiel danach. Ganz allmählich verstärkte sich ihr Verdacht, daß das Pferd ein Versuchstier sei. Anfangs hatte sie es wirklich für ‹natürlich› erkrankt und dem Tode geweiht gehalten.

Dann dachte sie auch: Sie rächen sich für etwas Unbestimmtes an dem Tier. Aber das war womöglich ein Motiv, das sie in die Leute hineindeutete, die jetzt um das Pferd herumstanden und sich alle irgendwie daran zu schaffen machten. Sie wollten es retten, in Wahrheit töten, aber vielleicht *wußten* sie das selbst nicht. Zum wiederholten Male sagte der Chirurg, der immer wieder durch die Schwingtür in den Operationssaal trat – er war bereits in ‹Zivil› –: *Es ist nicht viel wert.* In der Tat hatte das Pferd – Ida erinnerte sich jetzt daran – auch auf sie, als es noch in der Kokosmattenbox gestanden hatte, nicht nur erbarmungswürdig, sondern auch erbärmlich gewirkt. Die ‹sadistische Ader›, die in jedem Menschen ist (‹wehe, wenn sie losgelassen›), fühlte sich von dem Anblick aufgestachelt. Zustechen! sagte diese Ader. Stich zu! (Man war aber doch ein Mensch. Und ein Mensch könnte sich bezähmen, dachte Ida.)

Doktor Wolstein wollte nach Haus. Er drängte. Es war Ida, als wolle er ihr zwar den Tod, den er dirigierte, zeigen, sie aber gleichzeitig von dem ‹Schmutz des Todes› wegreißen, so als sei sie die Tochter, der er ‹das alles nicht zumuten wollte›. Wie ein Geburtshelfer kam er Ida vor, der seiner Studentin den Verlauf einer Geburt demonstriert, um sie im entscheidenden Moment am Schluß wegzureißen mit den Worten: Das ist Sache der Hebammen, die für das Niedere zuständig sind. Es fehlte nicht viel und er zog sie hinaus. Das Schlachtfeld ist nichts für Frauen, Frau Helmond! Er rief: Warum kommt er denn jetzt nicht mit dem Messer? Kann der wieder kein Messer finden?

Es ging alles so schnell. Es war, wie wenn im Traum plötzlich Nebel aufsteigt oder wie wenn man auf der Autobahn in eine Nebelwand gerät. Und an Theater mußte Ida denken. Das Stichwort war gefallen. *Messer!*

Wahrscheinlich hatte sie gar nichts gedacht, nur sich wie das Pferd gefühlt, so wie es sich gefühlt haben mochte, als es noch in seiner traurigen Gestalt, mit dem hängenden Kopf, in der Kokosmattenbox gezittert hatte. Aber wenn sie etwas gedacht hätte, so wäre es vielleicht dies gewesen: Entscheiden über Leben und Tod? Entscheiden wie Gott? Es ist nur ein Tier! Ist es nur ein Tier? Wer mißt den Wert eines Tieres? Eines Menschen? Ist ein schwaches ‹unnützes› Pferd nicht ebensoviel wert wie ein hochdotiertes Rennpferd?

Der Gehilfe brachte ein Messer. Über Idas Kopf senkte sich ein Schleier. Noch nie hatte sie ein Lebewesen sterben sehen. Im übrigen starb das Pferd nicht, es wurde gestorben. Die Farben, die Formen verschwammen, die Linien verzerrten sich. Sie hörte Magdalena ausrufen: *Das ist ja ein Küchenmesser!* Magdalena hatte aufgehört zu fotografieren.

Das Messer sah wirklich aus wie ein Küchenmesser. Wie ein Brotmesser vielleicht. Mit orangefarbenem Griff. Alles geschah dann wieder sehr langsam. Wenn es das gab: Die Zeit verging zugleich rasend und langam. Es war Ida, als ob die Zeit renne, sich selbst beschleunige, um die Wette laufe, zu jagen beginne, zu galoppieren, durchzugehen, zu fliehen. Ob Zeit fliehen kann? Ob die Zeit fliegen, flüchten kann? Ob auch sie manchmal den Wunsch hatte, nicht mehr zu sein? Selbst die Zeit? Und Ida nahm alles nur noch in Fetzen wahr. Das Bild einer Sauna trat ihr vor Augen. Da waren Duschräume, und da war Dunst. Es roch seltsam, nach Narkosemitteln. Auf Bänken saßen Menschen und unterhielten sich. Man erkannte ihre Gesichtszüge kaum. Feuchter Dunst legte sich als Wasser wie Schweiß auf die Gesichter.

Zwei Ärzte begannen, an dem Pferd eine Kehlkopfoperation vorzunehmen, der eine ein ausländischer Spezialist, der Zusätzliches lernen wollte bei Doktor Wolstein, der andere einer aus dem Team des Chirurgen. Er führte dem Gast Sehnen, ‹Saiten›, er führte die Stimmbänder vor, und Ida sah das Rote, Fließende, den ‹besonderen Saft›, wie kleine Springquellen herauszucken aus der Schlagader. Zuerst dachte sie, dieses sei die Art, dem Tier die Kehle durchzuschneiden. Dann begriff sie, daß es eine Operation zur Übung war, für den dazulernenden Spezialisten aus Italien; ein *Tierversuch.* Es war ein Tierversuch, an dem Ida, ob sie es wollte oder nicht, mitwirkte. Sie stand am Bauch und fragte: Warum sind die Därme so rot? Sie sind stark entzündet, gab der Gehilfe zur Antwort. Die Entzündung war eine, die man verstärkt hatte.

Die Minuten des Tieres waren gezählt. Den Männern aber schien es Spaß zu machen, noch ein wenig zu spielen. So mußte es in einer Spielbank sein. Hier wurde nur anders gesetzt. Plötzlich schienen die beiden Ärzte vor dem geöffneten Bauch mit den immer wieder herausquellenden Därmen sich vor Lachen ausschütten zu wollen. Ida konnte nicht verstehen, worüber sie lachten. Sie sprachen jetzt Englisch, wahrscheinlich hatten sie auch die ganze Zeit schon sich auf englisch verständigt. Doch die Akustik im Saal schien sich so verschlechtert zu haben, als dröhnten draußen tausend Eisenbahnen vorüber. Jedenfalls schien es Ida, als ob ein ungeheurer Lärm ausgebrochen sei.

Sie hatte die Assoziation, daß die Männer ebenso in einer offenen Frau wühlen könnten. Kein Wunder, denn den ganzen Tag waren immer wieder Äußerungen über die ermordete Katharina Simon gefallen. Katharina Simon war irgendwie noch anwesend, obwohl sie tot war. Womöglich hatte sie an derselben Stelle, an der Ida jetzt stand, bei Operationen assistiert. Ida fürchtete, daß ihr das Blut in die Füße sacken würde, wenn die Männer zustachen. Sie wußte, ein Schwächeanfall, vielleicht eine Ohnmacht und ein Zusammenbruch vor all diesen Männern würde ihr peinlich sein. Gleichzeitig kam es ihr beschämend und lächerlich vor, daß sie jetzt an so etwas dachte. Das Pferd war so still, das war das Unheimlichste. Ida wünschte sich nichts mehr, als daß es jetzt schrie. Aber es lag da wie eine Skulptur, wie ein Standbild, das jemand gestürzt hat. Man sah aber das Atmen. Der Leib hob und senkte sich, vibrierte noch, und wenn man es anfaßte, spürte man die Wärme des Fells.

Sie wußte später nicht mehr genau, ob der Chirurg seine Pfeife weitergeschmaucht hatte. Er hatte am Nachmittag erzählt, daß seine Kollegen Pathologen beim Leichensezieren durchaus ihre Butterbrote äßen. Das sei ganz normal, sie übten eben ihr Handwerk aus, und warum sollten sie nicht dabei essen? (Ein Holzfäller ißt auch sein Butterbrot, wenn er bei seinem gefällten Baum Frühstückspause macht.)

Ida fühlte weder Ekel noch Schreck, als das Blut aus der Kehle spritzte. Und der Kopf nicht mehr zum Körper gehörte. Am Nachmittag hatte sie den Chirurgen noch nach einem Pferdeschädel gefragt, so als ob sie sich einen aus seiner Sammlung mitnehmen wollte. Andere Leute sammeln Hufeisen und schlagen sie ans Haustor oder an die Zimmerwand.

Der Augenblick des Todes verweilte nicht – ich habe das Pferd gesehen, dachte Ida. Ich habe es angefaßt, als es noch im Stall stand und gelitten und gezittert und geschwitzt hat. Selbst der kalte Schweiß ist noch Leben. Und die dumpfen leidenden Augen. Und das Scharren der Hufe. Und das Bibbern des Fells dann auf der eisernen Vorrichtung. Und die orangefarbenen Gedärme, die sich den Händen der Ärzte entwanden, als ob sie sich selbständig machen wollten wie eigenständig lebende *Tiere im Tier*. Vielleicht ist Sprachlosigkeit das Schlimmste auf der Welt? dachte Ida. Jemandem die Sprache nehmen, ihn mundtot machen, ihm das Wort abschneiden. Die Kehle durchschneiden! Nun war es geteilt, in Kopf und Körper.

Und die Männer spritzten aus endlos langen Schläuchen riesige Mengen Wasser – wie sie auch während der Operation Wasser, aber auf die Gedärme spritzten, damit sie nicht austrockneten – überall dorthin, wo das Blut floß, spritzte und sickerte. Wie Fontänen aus einer Quelle an der Mündung eines Flusses sprang das Blut aus der Kehle, um sich in unzähligen Strömen und einem Schwall und breitem Fluß über den halben Operationssaal zu ergießen. Fünfzig bis achtzig Liter hat ein Pferd, sagte der Chirurg. Spritzt doch nicht so! rief er. Muß denn das sein, daß ihr die Frau Helmond hier vollspritzt? Sein Tonfall war halb heiter, als ob er einen Witz erzählte, halb ernst, als ob er sich wirklich um Idas Kleidung sorgte. Man mußte wirklich denken, daß die Männer ihren Spaß daran hatten, absichtlich Idas Füße und Strümpfe mit dem Blut des Pferdes zu bespritzen. Als würden sie extra für die beiden Frauen diesmal so herrlich schön ‹herumsauen›, wie Kinder, die endlich einmal in *grellen* Farben pantschen dürfen. Warum spritzen sie diese Unmengen Wasser? fragte Ida, der das Wasser auch wie ein ‹Handschlag› gegen das Blut vorkam. Wenn sie das nicht tun, gab der Chirurg zur Antwort, gerinnt das Blut sofort, wird klumpig und kann in unserer Anlage nicht mehr abfließen. Er hatte bereits die ganze Zeit wie zwischen Tür und Angel an der Schwingtür gestanden – nach der Schlachtung hatte er Ida, als die Männer das Wasser auf das Blut spritzten, tatsächlich auch vor die Schwingtür gezogen, als wollte er sie vor etwas schützen – und drängte nun endgültig zum Aufbruch. Vielleicht wollte er auch nur verhindern, daß Ida sah, was jetzt noch geschah.

Am Nachmittag hatte er von der Abdeckerei erzählt, die ganz in der Nähe lag. Dorthin brachte man die toten Pferde, die zum Genuß nicht freigegeben wurden, weil sie mit Antibiotika behandelt worden waren. Die Männer standen um die Leiche. Es war ein ‹Gewusel› von Leuten. Und Ida war es jetzt, als ob fast niemand seinen Nebenmann kannte und als ob in den letzten zehn Minuten noch neues Publikum, wie von der Straße her und vom Schauspiel angezogen, den Saal

betreten hätte. Die beiden Ärzte am Bauch wühlten noch immer in den Gedärmen, als suchten sie noch nach der Ursache der Kolik des erbarmungswürdigen Tieres, die sie zu suchen vorgegeben hatten. Es fielen Fachausdrücke. Die Gespräche bekamen einen euphorischen Tonfall. Ida sah die Blutflut und die Wasserflut und den abgetrennten Pferdekopf (o Falada, da du hangest, die Zeile aus dem Märchen fiel ihr erst später ein). Und dachte an Wilde, die ein Tier erjagt haben und *ausweiden*. Sie hatte, als das Pferd noch gelebt hatte, die Finger in eine Lache aus seinem Blut getunkt, sich etwas davon auf den bloßen Arm gerieben. Es fehlte nur noch, daß die Männer das Pferd jetzt häuteten und brieten am Spieß. Doch der Chirurg drängte zum Aufbruch.
So verließ Ida das tote Pferd.

Sie sah einen frischgeborenen, noch blinden Vogel. Eine Frau, deren Gesicht sie nicht erkennen konnte, hielt schützend die Handhöhle über seinen Kopf. Der Regisseur stieg eine Leiter hoch, an der einige Sprossen fehlten. Er wollte die übrigen Vogeleier zerstören. Archeopterix, rief sie, als sei es das Zauberwort. Und Geflügeltes Roß, rief sie, fast triumphierend. Die Phantasie hat Flügel, schrie sie beinahe.
Ihr Gesicht war von der Sonne der Vulkaninsel verbrannt. Sie wußte genau, daß sie höchstens einen knappen Tag, wahrscheinlich nur wenige Stunden, im Vulkangebiet verbracht hatte. Aber die Sonne war hier so intensiv, und das Gefährliche war, daß man ihre Stärke kaum bemerkte, weil der vom Meer kommende heftige Wind, ständig in Bewegung, das Gesicht kühlte. Das Verbranntsein im Gesicht war wie eine Nô-Maske. Die Sonne hatte eine rotbraune, intensive Farbe auf ihr Gesicht gezaubert. Sie spürte diese Farbe, als könne man eine Farbe sehen, hören und schmecken gleichzeitig. Die Haut wurde zur Maske, zu Form und Farbe. Wahrscheinlich ging sie gebückt und grub. Ja, sie grub, aber sie grub die Erde nicht um, sie grub in der Erde, als wolle sie ein Grab schaufeln mit bloßen Händen. Es würde ein sehr großes Pferdegrab sein müssen. Und sie bückte sich, tief hinunter zur Erde.
Sie war auf einer wilden Baustelle, und sie wußte, daß jederzeit der nächste Vulkanausbruch kommen konnte. Doch ei-

nes wußte sie auch: Er würde für sie nicht mehr gefährlich sein.

Die Menschen jagten ihr keine Angst mehr ein, obwohl sie sie erkannte. Sie trugen alle Tarnkappen und waren verschleiert. Aber nebelig war es nicht, auch nicht dunkel.

Ein schönes, helles Pferd sprang, ja tänzelte ganz in ihrer Nähe, oder sollte man sagen: *fast* in ihrer Nähe?, auf diesem Lagergelände, das – obgleich ein Vulkangebiet – weich wie Moor war und nicht hart und erstarrt.

Da war das tänzelnde Pferd, und dann kam dazu noch das Erlebnis der Farbe Blau.

Sie sah eine blaue Flut, eine intensive, blaue Farbflut. *Farbglut!* dachte sie, obgleich man sich ein Blau kaum als Glut vorstellen kann. Oder doch? Ja, eine Flamme enthält auch ein Blau! Die Farbflut des Blaus war silbrig eingefaßt oder wie von blitzendem Messing. Wie ein Stein von einem Ring in einer Fassung, sie mußte an einen schönen Liebesring, einen Siegelring denken. Sie schrieb sich auf ein weißes Blatt: Meine Fluten sind noch versiegelt. Der Vulkan harrt noch des Ausbrechens. Und mein Pferd tänzelt noch!

Das Pferd war fast lustig. Es war seltsam mit diesem Pferd. Sie sah es sehr deutlich. Hatte es Wein getrunken? Ein betrunkenes Pferd? Ein tanzendes Pferd!

Sie mußte an die Lipizzaner denken, obwohl die eher an – ja, wie heißen jene starren, feinen, künstlich wirkenden Blumen? – Orchideen! – an Orchideen erinnerten.

Die Lipizzaner sind unter den Pferden wie die Orchideen unter den Blumen, dachte sie.

Und das Pferd *tanzte*. Und war schneeweiß. Ein Vogel, der aus dem Ei geschlüpft war. Groß wurde und flog: das geflügelte Roß.

Sie kam auf der Fahrt zu ihren Eltern an Militärfahrzeugen vorbei, die mit Planen getarnt waren, deren Aufdrucke Pflanzenformen nachahmen und die Farbe von Pflanzen im Wald haben. Ein Motorrad führte die kleine Kolonne an.

Sie würde noch fünf Stunden zu fahren haben. Das eintönige Geradeausfahren war anstrengend. Windböen bedrängten den Wagen. Sie war müde. Sie dachte daran, wie man lernen kann, sich zu verbergen. Sie wußte nicht, ob sie sich verstellen, maskieren oder verbergen sollte. Eine Tarnkappe, eine

Haut, ein dickes Fell, eine Elefantenhaut müßte man haben! dachte sie. Sich zu verbergen ist wichtig, weil im Sich-Verbergen auch das Sich-Bergen liegt!

Die Autobahnraststätten waren fürchterlich, grausig. Aber sie durfte sich eigentlich nicht darüber beklagen, als Autofahrerin überfuhr sie Igel, Frösche, Kaninchen. Tötete sie Tag für Tag Lebewesen, meistens wahrscheinlich, ohne es zu wissen. Wie viele Tiere und Pflanzen wegen des Baus der Autobahnen, auf denen sie fuhr, hatten sterben müssen, konnte sie nicht einmal ahnen.

Man wurde stumpfsinnig mit der Zeit, wenn man stundenlang im Auto saß. Man konnte es nur mit ganz lauter Musik aushalten. Doch ihr Kassettenrekorder und das Autoradio funktionierten nicht. Sie kämpfte mit dem Wind und überließ sich trotz der Konzentration auf das Fahren weiter ihren Gedanken. Plötzlich wurde sie sehr müde. Überall waren Baustellen. Jetzt hatte sie Lust, ins Kino zu gehen. Es war immer eine furchtbare Entziehung, auf der Autobahn zu fahren. Ein Darben. Ein darbendes Grau. Sie hatte plötzlich Sehnsucht nach Finale.

Die höllische Autobahn! dachte sie.

Es war eine Qual, bei diesem Wind fahren zu müssen. Ja, ich habe sogar Angst vor dem Kater, dachte sie, das ist eigenartig. Man konnte dem Dunklen begegnen, dem Wahn, der Finsternis, dem Bösen, dem Nichts.

Vielleicht konnte plötzlich Feuer aus Finales Augen schlagen? Das Ende der Welt? Vielleicht würde Finale plötzlich durch einen wild tosenden Fluß galoppieren. Vielleicht versteckte sich in Tiergestalt ein Mörder? Vielleicht war Finale in Wirklichkeit ein Mann? Hatte sich nur als Frau verkleidet, wie der Vater sich einmal bei einer Silvesterfeier mit Seidenstrümpfen maskiert und als Braut verkleidet hatte? Wie konnte Ida wissen, ob Finale nur ein Tier und nichts anderes als ein Tier war? Wenn sich in dem Pferd irgendein anderes, ihr unbekanntes Wesen wiederverkörpert hatte? Ihr Verstand sagte ihr, daß dies alles Unsinn sei. Und doch wurde sie das Gefühl nicht los, daß Finale auch noch ‹eine andere› war.

Einmal hatte ihr ein Bekannter vorgeworfen, sie verstehe nichts von Katzen, wenn sie an ihnen menschliche Züge zu entdecken meine und sie somit vermenschliche. Doch hatte sie die Grenzen zwischen Mensch und Tier niemals so klar ziehen können, daß sie weder dem Tier menschliche noch dem Menschen tierische Züge hätte absprechen mögen. Ein Mensch konnte wie ein Pferd galoppieren, wie ein Schwein sich benehmen, wie eine Elster stibitzen, wie ein Hase Hakensprünge machen. Auch wenn die Vergleiche oft die Vorurteile gegen Tiere stärker betonten als die Kritik am Menschen, so hatten sie doch ihren Sinn (für die Menschen).

Und Ida glaubte sich erlauben zu können, an Tieren Züge des Menschen, vielleicht auch nur Widerspiegelungen seines Verhaltens zu entdecken.

Der Mensch hatte die Tiere gezähmt. Auch das Pferd hatte er gezähmt, wenn es auch nie vollkommen zähmbar sein würde oder die ganze Zahmheit vielleicht nur Schein war. Wie sollte also das Pferd frei sein von menschlichen Zügen?

Auch erschienen Tier und Mensch ihr oft wie ein altes Ehepaar: Weil sie Jahrzehnte miteinander gelebt haben, sieht man den Widerschein des Gesichts des einen auf dem Gesicht des anderen: Sie sind einander ähnlich geworden, obwohl sie einmal völlig verschieden gewesen sind.

Sie ertappte sich manchmal dabei, wie sie den Kater nachahmte. Seinen wiegenden, lautlosen Gang. Sein Räkeln auf einem weichen Kissen. Und dann dachte sie darüber nach, ob man einen Kater wirklich kastrieren lassen muß. Der Postbote pflegte an der Tür zu stehen, und während Ida die Post in Empfang nahm, eine Empfangsbestätigung unterschrieb oder Geld aus dem Portemonnaie klaubte, knutschte er mit dem Tier herum, nahm es auf den Arm, und das erste, was er sagte, war meistens: Den müssen Sie kastrieren, Frau Helmond! Sonst kriegen Sie Ärger. Der pißt Ihnen überall hin! Und das stinkt furchtbar!

Kastrieren! sagte er.

Sie fragte Magdalena, die von Katzen etwas verstand. Ja, es mußte sein! Wenn man nicht unaufhörlich kleine Katzen töten oder aussetzen oder den Kater, wenn sein Liebesdurst kam, quälen wollte, denn auf die vielbefahrenen Straßen in der Großstadt konnte man ihn nicht lassen – wenn man mit ihm im Hause leben wollte, so mußte man ihn kastrieren.

Leider! sagte Magdalena.

Oft ängstigte sie sich nachts, wenn das Kind schlief und sie ins Schlafzimmer ging, vor dem Kater.

Sie glaubte, er lauere, sie meinte, er würde sich ducken, zum Sprung. Wie er sie anschaute! Und wieviel mehr als sie nahm er wahr! Und wie er alles vieltausendmal intensiver riechen konnte! Sie hätte Angst gehabt, ihn mit in ihr Bett zu nehmen. Angst, daß er ihr das Gesicht zerkratzen würde, wenn sie schliefe. Aber das war es vielleicht nicht einmal. Es war so ein Gefühl, das man vor Toten haben konnte, weil man fürchtete, daß sie aufwachen und einen dafür bestrafen könnten, daß man selbst noch lebte. Ein Gefühl, als sei in der Seele des Tieres noch eine andere Seele verborgen.

Sie hatte immer noch nicht begriffen, was es hieß, allein mit dem Tier zu sein. Dem Blick der großen Augen standzuhalten. Nun kam die Müdigkeit beim Autofahren mit ganzer Macht über sie. Eine schleichende Müdigkeit. Wie oft verfielen Autofahrer in plötzlichen Schlaf. Sekunden genügten, um auf diese Weise in den Tod zu fahren und dabei vielleicht noch andere mitzureißen.

Gewöhnlich schlief sie in solchen Fällen auf dem Parkplatz eine halbe Stunde auf dem heruntergelassenen Sitz.

Es schien ihr plötzlich sinnlos, daß man irgendwohin fuhr, nur um den Raum zu überwinden. Sie steuerte auf den nächsten Parkplatz zu, stellte den Motor ab, drehte den Sitz so weit es ging zurück, löste den Gurt und legte sich zum Schlafen.

Sie mußte eine halbe Stunde geschlafen haben, wachte aus einem Alptraum auf. Sie fühlte noch, wie sie auf etwas aufknallte mit ihrem Auto. Ich bin beim Fahren eingeschlafen, dachte sie. Mein Gott, das ist das Ende! Das ist der Aufprall! Zum Glück ein Traum! Sie dachte dann nur, daß er hätte weitergehen können wie in Indianerträumen, wo man aufprallt und dann, statt zerstört zu sein, unmerklich von einem Zustand in den anderen übergeht und anfängt zu fliegen.

Als sie weiterfuhr, hatte sie plötzlich Heimweh nach zu Hause. Nach dem Kind, nach der Wohnung, nach dem Pferd. Je weiter sie von zu Haus wegfuhr, desto ungemütlicher wurde ihr. Ich müßte jetzt zu Hause sein, dachte sie, nicht auf dieser ‹Heimweh-Autobahn›. Daß Hitler die Autobahnen gebaut hatte, kam ihr plötzlich vollkommen natürlich vor. Wer sollte sie sonst gebaut haben. Wie doch eine Bahn immer in *eine* Richtung ging! Das war das Unheimlichste!

Ich möchte jetzt zu Hause sein, dachte sie wieder.

Vielleicht würde es in der Zukunft Automaten an den Rastplätzen geben, in die man eine Mark werfen würde für eine Pille gegen unangenehme Gefühle beim Autobahnfahren. Und für zwei Mark würde man sich eine Pille gegen Heimweh auf der Autobahn ziehen können. Die Wirkung würde circa zwanzig Minuten anhalten ...

Eine Eisenbahn fuhr über eine Autobahnbrücke, während sie unter der Brücke hindurchfuhr. Noch hundertachtzig Kilometer! Sie begegnete einem Lkw, der Eis transportierte. ‹El dorado› stand darauf, das hieß, der ‹Vergoldete›. Oder: ‹Eine vergoldete Gegend›. Eine goldene Gegend. Und damit war ein Paradies gemeint. Jetzt im Paradies zu sein, wäre schön, dachte sie. Aber einem Eis-Lkw mit dem Namen ‹El dorado› zu begegnen, war schon irgendwie ein bißchen pervers. Flugzeuge sausten flach über die Autobahn hinweg. Jetzt war alles grau. Immer noch grau. Immer grauer. Es war ein Grau, das einen austrocknete. Zwischendurch kam die Sonne hervor. Ein paar Rapspflänzchen wuchsen am Rand der Autobahn. Sie hatte nur noch das Bedürfnis, sich schlafen zu legen, in ein Bett.

Es war eigenartig, die unsichtbaren Vorgänge auf der Autobahn zu beobachten. Sie sah eine Gruppe von Straßenarbeitern in roten Anzügen, die irgend etwas aufräumten. Man wußte meistens nicht genau, was sie aufräumten, ob sie etwas wegräumten oder ob sie Straßenarbeiten zur Instandsetzung verrichteten, ob sie Überreste eines Unfallgeschehens aufräumten. Im Vorüberfahren hatte alles etwas Unheimliches, weil man nichts genau wußte. Ob sie vielleicht gerade Blutlachen weggemacht hatten. Oder irgendwelche Menschenreste von der Straße entfernt oder die letzten Splitter eines zerstörten Autoteiles zusammengefegt hatten?

Die Stimmungen, die einen befallen konnten, beim Autofahren, waren ganz unterschiedlich. Ihre Stimmung gestern. Ihre Stimmung heute. Die Gefühle beim Betreten von Rastplätzen. Sie machte Halt auf einer Raststätte, und das erste, was sie wahrnahm, war der Geruch frischgeschnittenen Grases. Meistens traf einen der Gestank menschlicher Exkremente, die irgendwo halb sichtbar, halb unsichtbar auf kurzgeschorenen, mickrigen Rasenböden unter Bäumen verteilt worden waren. Die Bäume kamen einem vor wie Stümpfe oder seelenkrank. Wie auf einer Baumintensivstation schienen sie zu leben, in kleiner Gesellschaft von verkrüppelten Birken und Sanddorn mit schmutzig verfärbten Beeren. Als ob sie alle ihre letzte Lebensstation auf dieser Sterbestation verbrachten. An den Autobahnschnellstraßen mit ihren molochartig die Landschaft durchhackenden tausend Gliedern. Moloch? Was war ein Moloch? Ein ‹Apparat› aus Stein, ein Götze, in den man kleine Kinder warf, um sie zu verbrennen, hatte Ida Esriel einmal erklären müssen.

So viele kleine Wahrnehmungen auf der Autobahn summierten sich, man wollte sich ihrer eigentlich gar nicht bewußt werden. Natürlich beschäftigte sich auch Ida nicht unaufhörlich damit. Manchmal fuhr sie einfach nur sorglos, und sie und ihr Auto waren ein gut eingespieltes Team oder Paar, das sich die Bälle zuspielt.

Man liefert sich nur ungern den Fragen aus, die man auf dem Weg zu einem Ziel hat, das man schnell erreichen will. Lieber war man stumpf, schlecht gelaunt, langweilte sich, drehte die Musik auf volle Lautstärke oder dachte einfach gar nichts. (Wie viele Stunden war sie schon gefahren, die mit dem Suchen nach immer neuer Musik im Radio oder auf Kassetten vergangen waren.)

Es kam einem sinnlos vor, daß man schnell, mit hundertfünfzig, fuhr und bereits in Gedanken am Ziel war, und man nicht mehr fühlen wollte, was auf diesem Weg zum Ziel geschah. Vielleicht war dies die Ursache vieler Unfälle. Man muß ja beim Autofahren ganz dasein, vollkommen im Augenblick leben, natürlich auch vorausschauen, sogar sehr vorausschauen – aber man muß ganz dasein in der Situation.

Man mußte die anderen Autofahrer beobachten, die feinen Anzeichen bemerken für ihre eventuell im nächsten Augenblick erfolgenden unlogischen Handlungen, für plötzliches Hinüberwechseln auf die linke Fahrspur – ohne Blinkzeichen. Sehr oft wechselten Lkw-Fahrer, wenn man gerade überholte, abrupt auf die linke Fahrseite – möglicherweise, weil gerade sie sich ständig zum Abstumpfen ihrer Gefühle zwingen müssen.

Höllenartig war der Lärm, dieses Gesause und Gedröhne, das einen umgab. Das Fahren auf der Autobahn hatte sie immer wie ein Fahren durch die Hölle empfunden. Eines gab es in der Hölle sicher: Autobahnen, Einbahnstraßen.

Besonders, wenn bei längerem Fahren die tückische Müdigkeit kam oder wenn man auf Parkplätzen geschlafen hatte und danach aufwachte, hörte man im Halbdämmer den höllenartigen Lärm von der Bahn, fühlte, wie er einen umbrandete. Das war dann ein Schmerz. Es waren lauter feine Messer in den Ohren. Der Höllenlärm umrauschte einen.

Aber das Meer: das war Wasser, war Element. Und das höllenartige Gerausche – das war eine Ahnung der Hölle auf Erden.

Noch zweihundert Kilometer bis nach Haus – sie hörte unheimliches Gebrumme und Gesause der Autos und dachte plötzlich an die Wüste als Ort der Leere und an ihren Traum, eines Tages durch die Wüste zu gehen – nicht durchzufahren mit einem Landrover, sondern wirklich zu gehen. Sie wollte sich der Leere aussetzen. Dem Schweigen und der Leere.

Autos überholten sie. Ein Gedröhne wie von zu starken, überfressenen Hummeln. Die schnitten sie wie Riesenraupen mit Flügeln, stachen in die Luft. Keine freundlichen Autobahntiere. Ob ich jemals ankomme? dachte Ida.

Große Züge von lärmenden Fliegen schnitten ohne Unterlaß durch die Luft zu ihrer Linken und dann wieder zu ihrer Rechten: Insektenwanderungen in kilometerlangen Schwaden auf der Autobahn. Feine Zahnarztbohrer in der Ferne. Düsen-Flieger! Da kratzte etwas wie Zündholz an einer Reibfläche. Töne steigerten sich bis zum höchsten Kreischen und fielen dann ab, um wieder hochzujagen. Tosende Meeresbrandung, aber mechanisch und von einem Mammuttonband. Natürlich gab es auch das Glück beim Fahren, den Rausch, über weite Strecken lenkend zu gleiten, als ob man fliege. Bei solchem Verkehr aber wurden selbst Fahrten an sonnigen, schönen Tagen zu Begräbnissen. Wie oft hatte sie schon an heißen hellen Sommertagen die Zeit *verfahren*.

Ida passierte die Ausfahrt nach Ferdium. Dort gab es ein Pferdemuseum, das einzige in Deutschland, vermutete sie. Sie wußte nicht, was dort alles ausgestellt war. Ausgestopfte Reitlehrer vielleicht?

Sie geriet in einen Stau – sie stöhnte. Und dachte: Wenn es nicht so banal wäre – Autofahren ist wie das Leben. Die Geisterfahrer folgen vielleicht ihrem sonst unbeachteten Trieb: gegen den Strom zu fahren.

Ida war von der Fahrt ausgelaugt und auch schlecht gelaunt. So ging sie zum Stall. Dort herrschte die größte Hektik. Eine ganze Horde halbwüchsiger Mädchen schwärmte im Stallgebäude aus.

Finale war nervös. Herrn Widerholds Schimmelstute war auf den eingezäunten Reitplatz hinter den Stall geführt worden, von dem aus man den Blick auf Felder, Wiesen und auf ein Waldstück dahinter hatte. Ida fragte den ‹Schimmelmann›, wie Magdalena Herrn Widerhold zu nennen pflegte, ob er die Stute hereinholen könne, damit Finale auch hinaus- konnte ins Freie. Die Stalltore zu beiden Enden der langen Stallgasse zwischen den beiden Reihen der geräumigen Bo- xen, in denen die Pferde verharrten und schauten oder gegen die Wände schlugen, mit ihren jeweiligen Nachbarn durch Schnauben oder sonstwie Kontakt aufnahmen – Ida hatte manchmal beim Anblick der Pferde in den aneinandergereih- ten Boxen die eigentümliche Vorstellung der in einer Huren- straße hinter vorhanglosen Fenstern in nebeneinanderliegen- den Räumen sich anbietenden Dirnen –, diese Tore standen beide sperrangelweit offen, es gab Durchzug. Halbwüchsige Mädchen fegten die Stallgasse, als sammle sich immerfort neuer Schmutz.

Ida schloß mehrmals die Tore. Sie wußte, daß Pferde Durch- zug nicht vertragen. Sie sagte es den Mädchen, aber die lach- ten nur. Eines sagte: Das stimmt nicht. Plötzlich kam Ida der Stall wie ein brodelnder Kessel vor. Sie hatte eine Ahnung, wie wenn sich wegen etwas Unbestimmtem eine bereits ent- standene Stimmung mit größter Schnelligkeit hochschaukeln werde. Eines der Mädchen fütterte Finale mit Mohrrüben, es nahm eine nach der anderen aus einer durchsichtigen Pla- stiktüte und hielt sie ihr hin. Ida sagte zu dem Mädchen, es solle dies lassen. Finale ist kein Zootier, sagte sie. Außerdem bekommt sie keine gespritzten Möhren!

Ida führte Finale ins Freie. Sie wollte sie longieren. Die Horde der halbwüchsigen Mädchen, vielleicht zwanzig an der Zahl, folgten ihr wie Kinder, die in einem Indianerspiel in wildes Geheule ausbrechen.

Sie machten Fratzen, lachten wild und beobachteten Ida beim Longieren, als ob sie ein exotisches Untier wäre.

Ob die süßen kleinen Mädchen es waren, die mir meine Säcke mit Wurzeln und Randen gestohlen haben? dachte

143

Ida. Seit zwei Tagen waren die Säcke, die sie von einem Bauern am Markt gekauft hatte, spurlos verschwunden.

Ida hörte auf mit dem Longieren, es störte sie, beobachtet und ausgelacht zu werden. Ihr war, als gönnten ihr die Mädchen die innige Freundschaft zu Finale nicht.

Sie ritt ihr Pferd in der Halle. Sie wußte, das Personal würde um Viertel nach sechs Schluß machen wollen, es war Samstag.

Als Herr Widerhold sie unfreundlich aufforderte, die Reitbahn zu verlassen, sagte sie: Ich reite noch eine Runde.

Herr Widerhold und Sigi, das strengste Mädchen des Stallpersonals, drohten, die Hunde loszulassen. Die Hunde waren schwarz und bissig. Sie waren eingesperrt in nahe der Futterkammer eingebauten dunklen Kammern.

Wenn man am Eingang klingelte, tobten sie gewöhnlich los, und Frau Stechmücke pflegte sie zurückzusperren, bevor sie öffnete.

Finale roch manchmal, wenn Ida kam oder Magdalena.

Sie wieherte. Und die schwarzen Hunde belferten bösartig.

Ida ging nicht auf die Drohung ein. Sie glaubte zuerst, sich verhört zu haben. So schnell konnte sie eine solche Drohgebärde gar nicht ernst nehmen. Sie ritt noch eine Runde. Da ließen der Schimmelmann und das ‹dickliche Mann-Frau-Mädchen›, wie Magdalena die burschikose Sigi nannte, die Hunde laufen. Ida konnte es nicht glauben.

Im ersten Schreck stieg sie ab und wollte Finale ungerührt in die Box bringen. Sie dachte nicht daran, daß die Hunde sehr gefährlich waren.

In der Box saß einer der beiden bissigen schwarzen Köter. Der andere rannte hechelnd auf der Stallgasse hin und her. Wartete, ob man ihn auffordern würde, zuzubeißen oder nicht. Blitzschnell ging Ida zurück in die Reitbahn, schloß die Zwischentür zur Stallgasse. Sie bat Magdalena, Finale zu halten, und ging ins unverschlossene Büro der Stechmükkes.

Auch Esriel war vor den Hunden in Sicherheit. Das beruhigte Ida. Und sie sprach mit Frau Stechmücke. Die schien nicht sonderlich erstaunt, als handele es sich um eine lange abgekartete Sache. Der Schimmelmann sagte: Sollten wir die Polizei holen, wenn die Leute nicht auf uns hören wollen? Ich habe mich an die Ordnung zu halten, sagte er, ins Leere blickend. Und sein bleiches Gesicht wurde noch bleicher. Es war jetzt neunundzwanzig Minuten nach sechs.

Sigi, das ‹Mann-Frau-Mädchen›, und der Schimmelmann sperrten die Hunde zurück in ihre dunklen Kammern. Ida, Magdalena und Esriel verließen das Gebäude. Einige der Mädchen, die, während die Hunde losgelassen worden waren, hinter der Glasfront der Zuschauerkabine vor der Reithalle gejohlt und gefeixt hatten über den ‹Krimi› am Samstagnachmittag, schrien ihnen nach: *Schade, daß sie nicht zugebissen haben!*

7

Das Gespräch am Feuer
und
‹Unsere Väter sind alle irgendwie Anästhesisten›

Es war unglaublich, wie Magdalena Menschen auftauen konnte. Einen ‹erotischen Nußknacker› hatte ein Mann Ida einmal genannt, auf Magdalena paßte das Wort aber noch viel mehr. Auf den ersten Blick sah man das Magdalena nicht an. Es gibt Leute, die reagieren auf Menschen nur nach dem Grad ihrer Berühmtheit, umschwärmen sie, wenn sie ‹einen Namen haben› oder ein aufsehenerregendes, provokatives Auftreten. Ein unentdecktes Pferd wie Magdalena würden sie nicht einmal bemerken, noch dazu, wenn es, wie sie es tat, mit Vorliebe in Gegenwart solcher Leute wie ein strohdummes Mädchen stumm und still vor sich hin schwieg. Die anderen allerdings, die nicht auf Namen, Berühmtheit und sonstigen Flitter reagieren, spürten sehr bald Magdalenas Ausstrahlung.
Dabei war Magdalena nach allgemeinen Vorstellungen nicht einmal schön zu nennen. Sie hatte eine sehr spitze Nase. Und obwohl ihr Busen rundlich und straff war wie der einer reifen blühenden Frau, wirkte sie doch im ganzen eher spitz und eckig. Und ihr Körper machte einen ausgehungerten Eindruck. Was Ida ‹das Magere, das Ausgemergelte› an Magdalena nannte, sah man nicht mit bloßen Augen, höchstens ‹mit Röntgenaugen›, wie sie Magdalena selbst, nicht nur beim Fotografieren, in höchstem Maße besaß.
Sie war eine Augenfrau. Augen und Brüste fielen einem am stärksten auf, wenn man sie ansah. Alles andere schien gleichsam noch zu schlummern oder sich zu verbergen. Nur wenn sie tanzte, meist mit geschlossenen Augen, trotzdem um sich herum alles wahrnehmend, es mit Haut und Haaren ertastend, konnte man beobachten, wie ihr Körper zu einer

Einheit wurde. Sie bewegte sich dann wie eine Schlange, die sich selbst Musik aufspielt, um sich in Trance zu versetzen – war dann Frau und Schlange. Und es war nicht übertrieben zu sagen, daß Männer und Frauen sich dann scharenweise zu ihr hingezogen fühlten und es als besten Ausweg aus ihrer Verwirrung gewünscht hätten, eine Nacht mit ihr zu verbringen.

Sie war eine Frau mit vielen Gesichtern. Ein Mädchen. Eine Frau. Ein Kind auch. Sogar ein Jüngling. Ein schöner Jüngling. Ida hatte sie in Gedanken schon oft ‹Tadzio› genannt.

Es gab ein Foto von ihr, da sah sie aus, wie Idas Mutter als junge Frau ausgesehen hatte. Das Gesicht umrahmt von dunklem lockigem Haar, die Augen strahlend, blitzend, glänzend. Magdalena gehörte zur *lost generation*, ein Kind der Wohlstandsjahre, für die Zeit Geld war und der Überfluß an Besitztümern, Eß- und Anziehbarem, was sonst für Kinder Streicheln und Liebe ist. Sie war außerordentlich begabt. Aber wer wollte das schon sehen? Immerhin hatte sie an der Akademie einen außergewöhnlichen Professor kennengelernt, der ihr kostbare Objektive auslieh, mit ihr stundenlang in der schon leeren Akademie Gespräche führte und mit ihr gemeinsam ihre Arbeiten betrachtete. Feministinnen aber, die die Wahrheit gepachtet hatten, hatten einen Tumult veranstaltet wegen eines Kurzfilms, in dem Magdalena zeigte, daß auch gleichgeschlechtlich liebende Frauen Menschen des Guten und des Bösen sind. Sie versuchten, nicht anders wie so mancher kluge Kritiker, das noch wachsende Talent einzuschüchtern.

Daß Ida und Magdalena sich gegen die Einschüchterung *verbündeten*, war vielleicht das Wichtigste in der Freundschaft zwischen den beiden Frauen.

Denn oft sind nicht äußere Bedingungen schuld, wenn in Deutschland die geistige Freiheit bedroht ist. Menschen selbst schlagen auf andere ein, die anfangen, frei zu denken und das Wort vom ‹freien Künstler› wahrzumachen versuchen.

Magdalena *war* eine Künstlerin – Künstler ist nur, wer sich entwickelt. Sie arbeitete nach Modellen. Ein Vorbild hatte sie unter anderem in van Gogh. Oft hielt sie sich im Museum in Otterloo auf oder las in van Goghs Briefen – es ekelte sie vor der Abstumpfung, die seine Bilder inzwischen überlagerte. Nicht daß Reproduktionen in Kaufhäusern verkauft werden, störte sie, sondern daß kaum jemand noch die Herausforderung seiner Bilder wahrnimmt. Besonders interessierte sie, wie er sich Menschen, Landschaften und Dinge zu Modellen gemacht hatte. Der Begriff ‹Modell› faszinierte sie nicht nur wegen der Aktmalerei. Wenn sie Neues schuf, so mußte sie auch sehen, ertasten und fühlen. Nach üblichem Maßstab hätte sie vielleicht mancher eine Hure genannt. Sie war dies vielleicht auch, aber dann im alten heiligen Sinne der Kurtisane, der Hedonistin. Zwiegeschlechtig wie ein unverbogenes Kind.

Sie schämte sich nicht, in den Schmutz der Welt hineinzugehen. Sie machte gleichsam ‹Freiluftmalerei›. Ida war überzeugt, daß Magdalena eines Tages ‹den großen Durchbruch› haben werde. Jetzt war es gut, daß sie ein unentdecktes Pferd blieb und sich darin übte, den Wein zu keltern.

Ida wunderte sich nicht, daß Magdalena sogar Herrn Domröse zum Sprechen brachte – sie brauchte dazu nichts zu tun. Sie war da wie ein Geburtshelfer, der zu warten gelernt hat, wenn Warten das einzig Mögliche ist, statt mit hochrotem Kopf wild herumzufuhrwerken und alles nur zu verderben.

Während Ida sich in der Tierklinik hauptsächlich dem Chirurgen zugewandt hatte, war ihr zunächst unbemerkt geblieben, daß zwischen ihrem Vater und Magdalena sich eine eigentümliche Beziehung angesponnen hatte.

Nun haben nicht selten alte Männer eine Ader für das Sich-Entwickelnde bei jungen Mädchen und Frauen. Ähnlich, wie zwischen sehr alten Menschen und Kindern sich manchmal ohne viele Erklärungen ein eigentümlich intensives Verständnis einstellen kann. Magdalena war dafür empfänglich, das Alter spielte für sie überhaupt keine Rolle. Sie ordnete einen Menschen danach ebensowenig ein wie nach dem Geschlecht oder nach Armut oder Reichtum.

Ida mußte gegen ein kurz aufflackerndes Gefühl der Eifersucht kämpfen, als sie Magdalena und ihren Vater so vertraut miteinander sah. Magdalena hatte ihn bei der Arbeit fotografiert. Sein Gesicht, seine Hände. Sein Lächeln. Seine Ruhe. Herr Domröse hatte sich einverstanden erklärt, Magdalena ‹Modell zu sitzen› für einen Film, den sie über ihren eigenen Vater machen wollte, so wie er in ihrem Geist existierte und nachwirkte. Es sollte kein dokumentarisches Unternehmen werden, das interessierte Magdalena ebensowenig wie irgend etwas ‹abzufotografieren›. Das wäre ihr wie ‹Ab- und Durchpausen› vorgekommen. Herr Domröse sollte ihr Modell sein, und er fühlte sich geehrt, daß da ein Mensch war, der sich so sehr für seine Arbeit interessierte und ihm, ohne ihn zu bewerten, nur zuhören wollte.

So saßen sie am Abend nach dem Essen am Kamin. Am Feuer. Und diesmal fragte nicht Ida, sondern Magdalena. Sie tauschten die Rollen.

Magdalena hörte zu und fragte. Und Ida schwieg, staunte und dachte nach, wie sie vielleicht noch nie im Leben über ihren Vater nachgedacht hatte.

Ich war ein Mann der ersten Stunde, begann Herr Domröse. Mit drei Mann fingen wir damals in der Klinik an. Doktor Wolstein, ich und Frau Wolstein, die Schwester, die im Büro sitzt. Sie haben sie gesehen? Ich muß wirklich sagen: Das ist für mich nicht berufsfremd gewesen. Ich bin von Beruf eigentlich Melker und Tierpfleger, das habe ich gelernt.

Vor der Flucht – kurz bevor die Mauer gebaut wurde – war ich als Melker beschäftigt auf einem Hof, wo Doktor Wolstein Hoftierarzt war. Nach der Flucht hieß es: Die Klinik hier errichten. Und Doktor Wolstein hat mich gleich engagiert. Wenn man einmal mit Tieren zu tun gehabt hat! Wissen Sie: Ich hatte ja mehr mit Rindvieh zu tun. Pferde waren mir aber nicht fremd, aus dem Krieg. Da war ich bei der Infanterie und bekam sehr schnell, durch eine kleine Verletzung, den Auftrag: Sie müssen Beifahrer spielen, hier auf dem Verpflegungswagen! Mit Pferden waren wir ja bespannt.

Ich konnte schon bald wieder laufen, allmählich ging das wieder.

Sie bleiben hier bei den Pferden! hieß das dann. Und dann bin ich den ganzen Krieg über bei den Pferden geblieben. Mit Pferden umgehen ist gar nicht so leicht. Gerade ein Pferd muß verstanden werden. Wenn *ich* ein Pferd nicht verladen kann, dann braucht das kein anderer anfassen – der wird mit ihm nicht fertig.

Ida hatte ihren Vater noch nie so selbstbewußt reden hören.

Sie tranken Wein. Er hatte guten Badischen aus dem Keller hochgeholt. Er schenkte immer wieder nach.

Man muß vor allen Dingen ruhig sein, fuhr er fort. Wenn man selber aufgeregt ist, ist das Pferd automatisch aufgeregt. Automatisch! Soviel habe ich bei den Pferden in diesen Jahren gelernt. Auch während des Krieges schon.

Die haben einen sechsten Sinn dafür? warf Magdalena ein.

Ja, so ungefähr, bestätigte Herr Domröse. Ich habe das all die Jahre immer wieder erlebt. Wenn die kamen mit Pferden: Oh, da haben wir heute morgen eine Stunde, zwei Stunden verladen, das Pferd geht nicht auf den Hänger! Na ja, sage ich: Bei uns brauchen Sie das Theater nicht, das ist eine Kleinigkeit! Man muß das Pferd beruhigen. Und nicht mit Gewalt! Beruhigen. Und dann da etwas mit herumarbeiten. Und es klappt. Es geht. Immer! Es gibt Ausnahmen. Selbstverständlich. Aber mit Schlägen geht es sowieso nicht. Das bringt nichts. Bringt mit Sicherheit nichts. Das kann jeder glauben.

Idas Gedanken schweiften kurz in die Kindererziehung ab. Sie hatte bei den letzten Sätzen des Vaters unaufhörlich an Kinder denken müssen. Man muß ein Kind beruhigen! Nicht mit Gewalt! Ja, dachte sie wehmütig, so hätte es doch sein müssen. Eine Pause entstand. Magdalena war so ins Zuhören versunken, daß sie nicht sofort merkte, wie Herr Domröse unruhig wurde, als warte er auf eine Frage, die das Gespräch weitertreiben könnte.

Ich hatte früher selber fünf Pferde, sagte er, weil es ihm wohl gerade einfiel. Magdalena horchte auf. So? sagte sie. Und heute? Heute nicht mehr, sagte Herr Domröse. Es ist mir zu anstrengend geworden. Für sowas muß man Zeit haben.

Und Zeit ist Geld, nicht wahr? warf Magdalena ein, als erinnere sie sich an etwas. Herr Domröse nickte etwas abwesend. Ja, ja, sagte er, ich hatte damals einen Stall gepachtet, mit etwas mehr als fünf Morgen Wiese dabei. Und da hatte ich meine Pferde.

Er wandte sich nun an Ida, die im Schaukelstuhl saß und hin und her wippte, in das Feuer und wieder auf ihren Vater sah.

Die alte Oma, die starb, der gehörte die Weide. Ihre Erben wollten gern anpflanzen, und dann habe ich gesagt: Da müssen die Pferde rutschen, das nutzt alles nichts, wo soll man damit hin? Hier kann ich kein Pferd behalten.

Ida wunderte sich über den Ausdruck. Rutschen? Die Pferde müssen *rutschen*?

Und ein Pferd immer in der Halle stehen zu haben, ist uninteressant, fuhr Herr Domröse fort. Und zudem, wenn das Pferde sind, die – wollen wir mal sagen – nicht so hoch im Wert sind, die man nur zum Fahren und Hobbyreiten braucht.

Da kann man doch im Monat keine dreihundertfünfzig Mark für Unterkunft bezahlen. Das geht zu weit! Vor allen Dingen, wenn das drei, vier Pferde sind. Das geht nicht. Das kann man ja nicht machen. Ich wenigstens nicht.

Ach ja, mein Vater, dachte Ida und betrachtete ihn, wie er da saß und den Kopf senkte, wie um seinen eigenen Worten nachzulauschen. Mein Vater, der Sparsame. Mein Vater, der Realist! Und Widerspruch regte sich in ihr gegen das Messen, wie wert oder wie unwert ein Pferd sei. Sie nahm sich aber zusammen. Sie hatte sich vorgenommen, das Gespräch nicht durch Meinungen zu stören. Meinungsgespräche waren ihr über die Jahre sehr verhaßt geworden, man erfuhr dabei nichts über Menschen. Man betrug sich dann nur, als ob man Sprachrohr einer Zeitung sei.

Aber sie wußte, es würde ihr schwerfallen, still zu bleiben und jenseits von Gut und Böse.

Ich habe jetzt ein anderes Hobby – und das ganz intensiv, sagte Herr Domröse sehr stolz. Er zeigte auf das Titelblatt einer Zeitschrift, die vor ihm lag. Es waren Tauben darauf abgebildet. Er lachte.

Brieftauben! sagte er, und schon das Wort klang sehnsüchtig. Ja, das mache ich auch schon wohl fünfundzwanzig Jahre. Sie können mal rausgucken in den Garten. Damit kann man sich beschäftigen. Seitdem ich keine Pferde mehr habe, habe ich die Tauben wieder!

Sie standen zu dritt an den Taubenhäusern. Da drin sind die untergebracht, ja, sagte Herr Domröse. Sehen Sie! Er pfiff den Tauben. Es war ein zirpendes Pfeifen mit spitzem Mund, fast zärtlich. Sein Gesicht wurde dabei um viele Jahre jünger. Ja, jetzt ist Abend, sagte er, die kommen nicht mehr alle heraus. Die gehen jedes Wochenende auf die Reise. Noch eine Woche, dann ist Schluß.

Im Sommer nur? fragte Magdalena. Jetzt noch, jetzt noch, sagte Herr Domröse.

Aber die nicht – er zeigte auf einige Tauben –, das sind die Jährigen und Zweijährigen. Die Jungen, die sind da drüben. Das ist nur Zucht. Die machen im Sommer dann so dreizehn Flüge. Bis zu siebenhundert Kilometer.

Magdalena sah ihn fragend an. Die kommen wieder. Da bleibt höchstens die eine oder die andere aus. Die kennen ihren Standort gewöhnlich hundertprozentig. Er schwieg, und sie betrachteten alle drei die Tauben. Herr Domröse versank in Gedanken. Die sind jetzt satt, murmelte er. Wenn ich da sonst vorgehe, dann habe ich sechs oder sieben auf der Hand. Mein Taubenmann! dachte Ida. Und: So friedlich bist du doch gar nicht, mein Vater.

Da sind noch ein paar dabei, die kriegen noch Familienanschluß, sagte Herr Domröse. Da steht zum Beispiel einer, so weiß vor der Brust, sehen Sie? Auf der Ausstellung machte der den ersten Preis. Bei den Preisflügen hat er keinen Preis auf die Beine gebracht. Da kam er immer zu spät.

Preisflüge? fragte Magdalena. Ja! rief Herr Domröse, und seine Stimme wurde sehr laut und sehr kräftig. Darum geht das ja gerade! Dieser Wettbewerb. Wer hat die erste Taube? Siebenhundert Kilometer und so weiter. Das ist ein Hobby für sich.

Aber Brieftauben, die transportieren keine Briefe? fragte Magdalena. Heute nicht mehr, sagte Herr Domröse. Nein, interessant ist doch was anderes. Denken Sie, wie aufregend das ist: Wir haben dann alle Verbindung! Hier sind ja eine Menge Züchter in der Siedlung. Da ruft einer an: Er hat die erste Taube. Und du hast immer noch keine! Und da kommt die erste *heruntergeschossen*. Das ist interessant!

So lange, wie es geht, bleibe ich dran. Diese ganze Methode, das ist ja das Schöne, wissen Sie. Auch Witwerschaft! Die haben jetzt ein Junges im Nest liegen.

Aber sonst, im Sommer, dann werden sie vorher *angepaart*. Und anschließend kommen die Täubinnen, die kommen dabei weg, und vor den Einsätzen – samstags oder freitags, je nachdem, wann sie weggehen – kommen die Weibchen dazu, daß die so eine Viertelstunde, halbe Stunde zusammen sind!

Dürfen aber nicht treten! Da muß man aufpassen. Dann kommen die Weibchen wieder weg. Gehen in ihre Zelle. Und das Männchen kommt in den Korb ... Was denken Sie, wie eilig der es hat, daß der nach Hause kommt zu seinem Frauchen! Er lachte, als schlüge er sich auf die Schenkel. Wenn der Vogel dann wiederkommt, dann muß man schön aufpassen. Er kommt wieder und findet seine Täubin in der Zelle, wo sie hingehört. Und dann muß man aufpassen. Zusammenbleiben dürfen die, eine halbe Stunde. Aber treten darf er nicht! Dann muß das Weibchen wieder weg. Eine ganze Woche, bis Samstag. Und dann geht dasselbe Spiel wieder los, jedes Wochenende.

Und wozu ist das gut? fragte Magdalena jetzt, leicht ungeduldig. Ja, warum denn nicht? entgegnete Herr Domröse. Damit sie *schnell* sind. Ja sicher! Die Fütterung spielt auch eine große Rolle. Sie müssen richtig füttern. Vor allen Dingen muß man achtgeben, daß man gesunde Tauben behält. Aber jetzt sind wir bei den Tauben! sagte er. Wir wollten von Pferden sprechen. Magdalena winkte ab, als wollte sie sagen: Mich interessiert alles, erzählen Sie ruhig weiter.

Sie gingen wieder hinein, es war dunkel geworden. Herr Domröse goß Wein nach.

Ja, wie hat das denn mit den Pferden angefangen? Er überlegte.

Ida hatte wieder ihren Platz auf dem Schaukelstuhl eingenommen. Zuerst war es mehr ein Hobbyreiten, sagte Herr Domröse. Ohne Sattel! Ohne alles! Da kriegt man automatisch Spaß dran. Ich entstamme einer Familie mit zehn Kindern, wissen Sie. Und in solch einer Köttersfamilie ist es nicht möglich, daß die Kinder alle reiten können und Reitpferde anschaffen. Jeder mußte seinen Beruf erlernen. Und dann sagte ich ja schon: Im Krieg bin ich richtig zu den Pferden gekommen. Ja, wenn man vom Pferd etwas verlangt! Im Krieg haben wir doch die Pferde nur zum Arbeiten, mit unseren Munitionsfahrzeugen, Verpflegungsfahrzeugen. Eine bespannte Truppe. Und wenn man von einem Pferd etwas verlangt, muß man das Pferd auch pflegen und füttern. In Rußland mußten die Pferde Unwahrscheinliches leisten.

Und der Lärm der Waffen hat die Pferde nicht ... gestört? fragte Magdalena etwas unbeholfen.

Doch, wohl ... sagte Herr Domröse, der hat die Pferde wohl gestört! Und wie reagieren die? fragte Magdalena ein bißchen forscher.

Mein Gott, wie reagieren die?

Da muß man selber ruhig bleiben, und man kann die beruhigen. Man kann auch Tiere beruhigen.

Früher hätte ich ihm entgegengeschleudert: Wärst du lieber wahnsinnig geworden im Krieg und die Pferde auch, Vater! dachte Ida. Aber es hatte nichts eingebracht. Dieses Schreien, dieses Brüllen, dieses Streiten.

Und Sie hatten keine Angst, bohrte Magdalena weiter. Nein, sagte Herr Domröse, man darf selber keine Angst haben. Wenn ich Angst habe und gehe türmen, dann bleibt das Pferd auch nicht. Man muß selber etwas Mut aufbringen können. Hier an der Klinik ist es doch genau dasselbe. Man geht jeden Tag mit anderen Pferden um. Und wenn man die behandeln und aufnehmen will, da darf man selber keine Angst haben. Ich bin noch nie vom Pferd geschlagen worden. Noch nie! Das darf ich ruhig sagen.

Wenn da jemand geschlagen wird: Zu neunundneunzig Prozent sind die selber schuld. Sie überraschen das Pferd, so daß es Angst kriegt. Das Pferd schlägt ja nicht, weil es bösartig ist. Das Pferd schlägt doch, weil es sich bedroht fühlt. Beruhige es doch. Faß es doch richtig an, wie es sich gehört. Dann schlägt das doch nicht! Mir wurde einmal ein Pferd gebracht, von einer Polizeistaffel ... darf ich nicht sagen, woher es kam. Mit drei Polizisten kamen die und brachten ein Pferd. Und dann sagten die: Ja, wir sind extra mit drei Mann gefahren, das Pferd beißt und schlägt. Geht da nicht in die Box! Ja, ich sage: Wo gibt es denn sowas?

Wir sind extra mit drei Mann gefahren, damit wir Zeugen haben, daß wir euch das genau gesagt haben. Das schlägt und beißt, geht da nicht bei! Ja, sage ich, wie sollen wir den denn wieder rauskriegen, das müssen wir doch. Das Pferd hat vierzehn Tage in der Klinik gestanden, das kriegte einen Nervenschnitt. Es hat nicht *einmal* gebissen und geschlagen!

Das Pferd war futterneidisch. Ich kam in die Box – und jedesmal, wenn es etwas zu fressen haben wollte, ging der auf einen zu. Und dann habe ich schon mal meine Hand gehoben, ich sage: Nun hau ab! Dann wär es bald zu spät gewesen, es wäre fast auf mich losgegangen. Aber doch von sich aus nicht. Mit dem Tier muß man richtig umgehen, dann ist das halb so schlimm. Du kannst dann alles mit ihm machen. Alles!

Herr Domröse schwieg. Er stand auf, um ein neues Scheit Holz ins Feuer zu legen.
Ida war bei seinen letzten Erzählungen in eine tiefe Traurigkeit gesunken, die sie nach außen ganz zu verbergen versuchte. Es war eine unbestimmte Traurigkeit, gleichzeitig eine Sehnsucht. Ein Gefühl, als sei sie mitten durchgeschnitten. Als sei sie selber der geteilte See, durch den die Grenze geht zwischen den zwei Deutschlands. Schlimmer noch: Die Seehälften waren ‹auseinandergebrochen›. Sogar die Fische waren halbiert und lebten wie auseinandergerissene Regenwürmer mit ihrer Halbheit weiter.

Wie Sie mit den Pferden umgehen, ist eine Kunst. Das kann nicht jeder, bemerkte Magdalena, als wolle sie Herrn Domröse schmeicheln, um ihm noch interessantere Geschichten zu entlocken. Aber das war nicht nötig. Herr Domröse war jetzt ohnehin am Zuge. Ich sag auch, wie sollen wir das herauskriegen. Da sagten die Polizeibeamten: Ja, schieß ihn doch kaputt in der Box, dann sind wir ihn los. Also, die wollten den bloß nicht mehr, so ungefähr. Ich sage immer noch: Eine ruhige Hand, richtig anfassen! Nicht mit ihm spielen, das muß nicht sein. Die Pferde merken auch, was los ist.
Die Stimme macht viel aus, glaube ich, warf Magdalena ein.
Auch! bestätigte Herr Domröse. Das ist ganz klar, daß die Stimme viel ausmacht. Das Schlimmste ist aber die Angst. Es heißt nicht, daß man unter das Pferd kriechen kann, wie man will. Ich bin . . . dreimal verunglückt in meinem Leben. Aber unterm Zuchtbullen.
Magdalena erschrak. Auch Ida kannte diese Geschichte nicht. Zuchtbullen von zwanzig, zweiundzwanzig Zentnern, sagte Herr Domröse. Und er genoß jetzt offensichtlich das Erschrecken der beiden Frauen und die Erinnerung an das Überstandene.
Die sollten die Klauen abgeschnitten bekommen und sollten

zur Körung. Und wir hatten einen Milchkontrolleur, der beschnitt die Klauen. *Ich* konnte mit diesem Bullen machen, was ich wollte. Ich hatte den in Schuß wie ein Pferd. Mit ihm konnte ich alles machen. Wenn Sie wollen, zeige ich Ihnen nachher ein Foto, da reite ich auf so einem Bullen von zwanzig Zentner.

Ein ganz saufrecher Bulle war das, Siegfried hieß er, ich vergesse diesen Namen in meinem Leben nicht. Ich habe über drei Wochen im Krankenhaus gelegen. Ich hatte keine Haut mehr auf der Schulter und an der Brust nicht. Wenn meine Frau nicht gekommen wäre, wäre ich nicht mehr rausgekommen. Und alles nur wegen dem verdammten Milchkontrolleur! Ich wollte den Bullen aus dem Stall holen, und er stand da vor den Gittern und brüllte. Gewöhnlich konnte ich aber alles mit ihm machen. Und in meinem Leichtsinn, kann ich auch wieder sagen, nehm ich den Strick und sage: Jetzt bist du aber ruhig!

Ja, dachte Ida, so ist er, mein Vater. Nicht rechts, nicht links. Barock vielleicht, barock. Ein tumber Tor.. Diese Kraft, dachte sie. Aber gehört sie ihm? Sie wollte nicht mehr über ihn urteilen. Sie war es müde, über ihn urteilen zu müssen. Zu lange hatte sie ihn durch eine ideologische Brille gesehen.

Und in diesem Moment ging er auf mir los, fuhr Herr Domröse in seiner Erzählung fort. (Wenn er aufgeregt war, verwechselte er manchmal ‹mir› und ‹mich›.) Und da war es schon passiert! Da war's passiert. In die Ecke hinein! Und da wurde nur noch gearbeitet. Zufällig kam meine Frau hinzu. Und von der anderen Seite der Milchkontrolleur. Da hat der abgewendet, und ich kam nach hinten heraus. Über drei Wochen Krankenhaus, das war das Ende davon.

Und nur wegen Ihres Gebrülls? fragte Magdalena. Ja, sagte Herr Domröse. So was ist nicht mutig. Wenn da Fremde dabei sind. Ich kannte den doch so genau.

Wieder trat Stille ein. Das Holz im Kamin knisterte. Ida war erschöpft, sie wußte nicht, wovon. Ja, Kind, so ist dein alter Vater, wandte sich jetzt Herr Domröse an sie. Sie lächelten einander an. Du bist aber still heute?

Ida sagte: Ich überlasse Magdalena das Feld. Magdalena kam immer wieder auf den Krieg zurück. Sie wollte wissen, ob Herr Domröse im Krieg Pferde habe sterben sehen. Ida wußte, was jetzt kam. Wie oft hatte sie sich mit dem Vater über Zen-Buddhismus gestritten. Daß der Mensch nicht ‹wie die Kindlein› werden müsse, sondern ‹wie Wald und Fels, wie Blüte und Frucht, wie Wetter und Sturm›. Und daß er in diesem Sinne auch ein Pferd sei. Und daß es ein Unglück sei, wenn man ein Pferd töte und es nicht sterben lasse auf seine Weise. Für Herrn Domröse war das Blödsinn und ebenso verrückt wie die ‹vor ihren heiligen Kühen verhungernden Inder›. Auf Magdalenas Frage sagte er: Sterben sehen? Was heißt sterben sehen?

Grundsätzlich: Ein Pferd, das sich quält – das habe ich hier an der Klinik auch immer getan –, läßt man nicht sterben. Da hilft man nach. Mit dem Bolzenschußapparat. Oder damals eben mit der Pistole. Das ist ganz egal. Unterhalb des Mähnenkammes gibt es eine Stelle . . . Zack! Und die sind weg. Dann sind die *erlöst!* Man läßt doch ein Pferd nicht sich quälen, bis es endlich tot ist.

Ich kann auch mein eigenes Pferd nicht sehen. Wenn es sich quälen soll, sag ich immer noch: Komm! Bolzenschußapparat! Erlösen!

Erlösen! Das sind Tiere! bekräftigte Herr Domröse. Und fügte hinzu: Nützt ja alles nichts, wenn es hoffnungslos ist. Das wird auf jedem Turnierplatz gemacht. Heute nicht mehr ganz so oft. Aber wenn sie die Knochen gebrochen haben, dann heißt das eben: Gnadenschuß, fertig! Heute nicht mehr, heute ist es schon anders. Da heißt es schon mal: Röntgen und sehen, ob da noch was zu machen ist.

Es ist oft doch auch, daß die Frakturen gar nicht so schlimm sind. Daß man die heilen kann. Früher gab es das gar nicht. Da waren die Knochen gebrochen, das war das Aus für jedes Pferd!

Ja, Ida, du guckst mich an, als sei ich ein Verbrecher – er wandte sich direkt seiner Tochter zu und dann zu Magdalena –, wir haben uns schon oft über diese Dinge gestritten. Ich meine immer, Ida ist zu empfindsam.

Magdalena lächelte etwas verlegen. Was sollte sie dazu sagen?

Hör zu, fuhr Herr Domröse fort, als müsse er Ida etwas beweisen. Ich erinnere mich an ein Pferd mit einem gebrochenen Knochen. Vergeß ich mein Leben nicht! Haben wir nachts drei Stunden operiert. Der lag dann auf dem Operationstisch. Und der Huf, der hing so herunter, richtig runter! Da guckte an der Seite der ganze Knochen heraus. Ich habe die Narkose gemacht. Wolstein und Kerßenbrock – das ist der Kompagnon, du kennst ihn – haben operiert.

Das Pferd ging nachher wieder einwandfrei. Als Zuchtstute wurde die eingesetzt. Zum Turnier war sie nicht mehr zu gebrauchen. Das unterste Gelenk über dem Huf wurde verschraubt, steif gemacht – da war ein Splitterbruch im Gelenk, und dann geht das nicht anders –, wurde verschraubt, daß es steif stand. Und oben durchgebohrt, mit ein paar Stangen da durch. Und dann lief die so, ging allerdings mit steifem Huf, aber einwandfrei galoppierte die auf der Weide, brachte noch mehrere Fohlen. Geisel hieß das Pferd, ich vergeß es nicht. Was ist eigentlich der Unterschied, fragte Magdalena, ob sie einen ‹Gnadenschuß› geben oder die Kehle durchschneiden? Die Kehle schneidet man anschließend sowieso durch, sagte Herr Domröse.

Das tut man sowieso? Weshalb denn? fragte Magdalena erstaunt. Die werden verwertet. Das Fleisch ist ja nicht krank. Die haben Schlachtwert, die allermeisten. Manchen sind so viele Medikamente gespritzt worden, zum Beispiel, wenn sie Darmgeschichten haben, die darf man nicht mehr verwerten. Die werden erschossen, und dann gehen die in die Abdeckerei. Die werden nicht verwertet.

Und das Pferd, dem die Kehle durchgeschnitten wurde? Das macht man nur, damit es ausblutet.

Und das verwertet man?

Das verwertet man, ja.

Und wohin kommt es?

In die Pferdemetzgerei.

Ist hier eine?

Ja, sagte Herr Domröse. Der Metzger holt die von der Klinik weg. Es sind ja oft Pferde in der Klinik, die auf den Knochen kaputt sind. Die Pferde sind eigentlich ganz gesund, aber sie können nicht mehr vernünftig gehen. Und die gehen zum Metzger. Zum Pferdeschlächter.

Aber die könnten eigentlich noch leben? fragte Magdalena. Sicher könnten die wohl leben. Warum denn nicht? Die könnten wohl leben! bestätigte Herr Domröse, und seine Stimme wurde wieder sehr laut und kräftig.

Warten Sie – er stand auf und ging aus dem Zimmer. Mit einem Fotoalbum kam er zurück. Etwas Lustigeres! sagte er und schlug das Album auf.

Ida schaukelte hin und her, als müßte sie sich beruhigen.

Magdalena rückte ihren Stuhl ein wenig näher zur Couch, wo Herr Domröse saß.

Das war mein erstes Pferdchen. Das war mein zweites, sagte er, und Magdalena beugte sich vor, um besser sehen zu können.

Ida hatte die Augen geschlossen. Sie kannte die Fotos. Sie sah im Geiste ein abgezogenes Kaninchen an einer Stallwand hängen. Ein gerupftes Huhn auf einem Küchentisch. Der Vater hatte früher oft auch für den Hausgebrauch geschlachtet.

Hier bin ich am Bullenreiten! rief Herr Domröse. Er hatte das Foto entdeckt, auf dem der schwere Siegfried zu sehen war. Diese Bullen hatten die Aufgabe – wie nennt man das? sagte Magdalena. Zu besamen. Zu decken. Ja, ja. – Und dafür mußten Sie auch sorgen? – Ja, sicher.

Sind die nicht ziemlich aggressiv?

Nein. Nein. Nein. Nein, sagte Herr Domröse.

Werden die Kühe auch festgebunden dabei? fragte Magdalena, als müsse sie es nun ganz genau wissen.

Nein, warum denn festgebunden?

Die sind ganz artig dabei? fragte Magdalena mit einem Unterton von Ironie in der Stimme. Mit solchem Ton pflegte sie sich oft aus einer Verzweiflung zu retten.

Herr Domröse griff nach einem anderen Foto. Der ist auch tot, sagte er. Man sah ein niedliches braunes Pferdchen.

Und wie ist der gestorben? fragte Magdalena. Ida kannte auch diese Geschichte schon. Sie war jetzt sehr müde. Sie mußte an die Versöhnung denken und daß dieser Mann ihr Vater war. Und ich esse ja auch Fleisch, dachte sie. Ich töte auch.

Die hab ich damals verkauft, sagte Herr Domröse. Ein ganz ehrlich-braves Pferdchen war das! So einssiebenundvierzig bis einsachtundvierzig groß, das war das Höchstmaß für Kleinpferde.

Größer dürfen die nicht sein. Das Fohlen habe ich für dreihundertfünfundzwanzig Mark als Jährling gekauft. Damit haben wir in der Klinik Versuche gemacht, wenigstens drei-, viermal operiert ...

Das Feuer knisterte und brannte. Die Nacht war hinter der Terrassenfront schwarz. Herr Domröse goß wieder ein.

Ida, du trinkst ja gar nichts.

Ja, gib mir, gib mir Wein, sagte Ida.

Weshalb? nahm Magdalena das Gespräch wieder auf. Versuche! sagte Herr Domröse.

In diesem Augenblick trat Idas Bruder ins Zimmer. Er mußte sein Auto repariert haben oder etwas Ähnliches. Herr Domröse stellte vor. Das ist mein Sohn, der ist auch für Pferde.

Ich mache aber was anderes als mein Vater, sagte Bernhard, ein großer blonder, ungefähr achtundzwanzigjähriger Mann. Er gab Magdalena die Hand, nickte Ida zu und setzte sich neben seinen Vater. Rieb sich die Hände, die wohl kalt geworden waren bei der Arbeit draußen.

Wir reden gerade über die Versuche, erklärte Herr Domröse.

Bernhard schien es sogleich peinlich zu sein.

Er ist Sanitäter beim Roten Kreuz, sagte Herr Domröse, zu Magdalena gewandt. Er redet darüber nicht so gern.

Wo ist Mutti? fragte Bernhard.

Die muß gleich kommen. Sie ist zu ihrem Orgelunterricht. Er sah auf die Uhr.

Ja, das muß sein, sagte er und kam auf die Versuche zurück. Übungszwecke! Da wird der Bauch losgemacht. Darm rausgenommen und alles mögliche. Damit werden eben Versuche gemacht.

Und unser Pony hat alles hundertprozentig überstanden damals. Dann habe ich zu Wolstein gesagt: Komm, komm, ich habe das Pony für die Klinik gekauft, aber ich sag, komm, jetzt kriegen meine Kinder den zum Reiten. Das war das erste Pferd.

Magdalenas und Idas Blicke kreuzten sich. Und der hat alles gut überstanden? fragte Magdalena und schaute immer noch Ida an.

Alles! bekräftigte Herr Domröse.

So ein tolles Pferd haben wir noch nie gehabt, nicht, Bernhard? Der sagte nichts, stopfte sich eine Pfeife. Bombig ging das wieder, sagte Herr Domröse.

Studenten haben daran gelernt? fragte Magdalena.

Nein, nein, auch Doktor Wolstein. Der macht einfach Versuche, ob so was möglich ist.

Was? fragte Magdalena.

Na, ob das Pferd leben kann, wenn man soundso viele Meter Dünndarm oder Stücke Dickdarm herausnimmt.

Ach so, sagte Magdalena. Und man hörte, daß sie mit nichts einverstanden war.

Ida mußte an einen Satz denken, den sie Magdalena einmal geschrieben hatte: Meine Ahnung ist die: Der Weltfrieden hängt nicht mehr davon ab, ob Friedensdemonstrationen stattfinden oder nicht. Ich meine nicht den Weltfrieden, den es gar nicht gibt, sondern die Verhinderung der nuklearen Katastrophe. Meine Ahnung ist so, daß der Mensch sein Verhältnis zu allen Tieren und Pflanzen bei sich selbst erforschen muß. Was Frieden sein wird, kann erst vom einzelnen Menschen selbst begriffen werden, wenn er sich im Spiegel sieht: wie täglich von ihm Weltuntergang produziert wird an einzelnen Lebewesen.

Täglich, dachte Ida und schloß wieder die Augen. Sie dachte daran aufzustehen, sich schlafen zu legen. Sie mußte ja nicht weiter zuhören. Doch ihre Glieder wurden immer schwerer. Einmal lag sie ganz still in ihrem Schaukelstuhl, ihr Gesicht glühte, sie saß dem Feuer am nächsten. Dann schaukelte sie wieder, hin und her, hin und her.

Die ersten Jahre an der Klinik – was denken Sie, was wir da für Versuche gemacht haben, sagte Herr Domröse. So etwas – das kommt nicht von alleine, glauben Sie das doch nicht. Das muß man ausprobieren! Heute machen die doch alles, kann man sagen. Also, es geht!

Magdalena schwieg und saß jetzt auch ganz gebeugt, wie geduckt, da, als wolle sie Herrn Domröse anspringen. Es war schon seltsam, hier beim Wein zu sitzen, am Kamin. Der Bruder schmauchte sein Pfeifchen. Ida schaukelte. Der Wein war hervorragend.

Es geht! sagte Herr Domröse. Das sieht man am besten, wenn die Pferde nachher wieder ganz einwandfrei laufen. Sie haben keine Schmerzen, nichts! Dieser da, der ist jetzt vielleicht fünfzehn Jahre tot, der hat noch fünf Jahre gelebt, meine Kinder haben den geritten und angespannt zum Fahren. Ihm hat nie was gefehlt, nie. Infolgedessen machten ihm die Versuche nichts aus. Ja, ja!

Herr Domröse sprach, als müsse er sich selbst belehren, und Magdalena fragte leise: Tun Ihnen die Pferde denn nicht leid, wenn Sie Versuche mit ihnen anstellen? Nein, warum? fragte Herr Domröse. So was muß ja sein. So was muß doch sein! Wenn man das nicht versucht, irgendwie, dann kann man auch nicht wissen, ob das Tier überleben kann, nachdem man zum Beispiel soundso viel Meter Darm herausgenommen hat. Könnte man das nicht auch am Modell ausprobieren? fragte Magdalena. Herr Domröse lachte amüsiert, so, als wolle er sagen: Liebe Magdalena, was für laienhafte Fragen stellen Sie mir.

Der Darm muß doch nachher wieder funktionieren. Das ist doch ganz wichtig, ob der wieder durchgängig ist! Ich meine, den Bauch aufschneiden und ein Stück Darm herausnehmen, das kann jeder Laie wohl. Aber den wieder zusammenflikken, daß es nachher wieder richtig durchgängig ist, das ist ja was anderes! Und immer haut das auch nicht hin. Jedes Pferd spielt auch nicht mit, kann man schon sagen. Sind auch alle verschieden!

Und wenn da jemand dabei gestorben ist? sagte Magdalena.

Ja, dann ist er eben gestorben. Kann man auch nichts ändern!

Aber das waren dann Pferde, die Ihnen gehörten, oder? bohrte Magdalena weiter.

Ja, für diese Versuche wurden extra Pferde gekauft, wollen wir mal sagen, weniger wertvolle Pferde wurden da gekauft. Wie viele Esel haben wir geholt, gekauft und Versuche mit ihnen gemacht! Einmal ist es ja auch zu Ende mit den Versuchen. Ja, gut, dann werden sie eben eingeschläfert. Dann müssen sie weg! Kommt ein neues! Denken Sie, daß sie jetzt keine Versuchspferde mehr haben an der Klinik?

Ach, genausogut noch! Es muß ja immer weitergeforscht und ausprobiert werden, was möglich ist und was nicht.

Herr Domröse hielt inne und fiel für Momente in tiefes Nachdenken, sagte dann mit müde gewordener Stimme: Ich will das nicht mehr. Ich habe mit meinen Tauben zuviel Arbeit. Manchmal würde ich am liebsten jeden Tag wieder in die Klinik gehen. Sie wissen ja, daß ich bald in Pension gehe und jetzt schon etwas kürzer trete. Man kann nicht ewig zugange bleiben! Aber man darf sich auch nicht den ganzen Tag ins Sofa setzen.

Meistens wissen die Leute die Namen der Pferde in der Klinik nicht? knüpfte Magdalena das Gespräch neu an. Doch, ich wohl, sagte Herr Domröse. Ja, das muß man auch. Wenn man sich damit befaßt! Ich weiß heute nicht mehr alle Namen von diesen ganz berühmten Reitern oder die Namen von all den Pferden, ich habe damit kaum noch etwas zu tun, aber von Schockemöhle und so weiter, die besonderen Pferde, und hier auch von damals die ‹Zuckerpuppe› von Fritz Leges, und alle solche, die vergißt man nicht. *Zuckerpuppe* hieß die. Das war das Weltmeisterpferd von Fritz Leges. Vergeß ich auch nicht! Es wurde eingeliefert mit inneren Blutungen. Die ganze Haut einseitig mit Blut unterlaufen. Und wir konnten die Ursache nicht finden, das Pferd ist gestorben. Wir haben lange, lange Blutübertragungen gemacht. Es wurde immer dicker, das Blut sammelte sich unter der Haut, und nachher brach es zusammen. Es war nichts zu machen, das Pferd mußte sterben. Nachher haben wir festgestellt, wo es herkam. Wir haben ja dann alles aufgeschnitten. Die Hauptschlagader war geplatzt. Da kannst du nicht viel machen.

Idas Bruder, der sonst nicht viel sprach, bestätigte: Beim Menschen ist es genauso. Ja, er ist Rettungssanitäter, sagte Herr Domröse. Macht ihm auch unheimlich viel Spaß! Bei Verkehrsunfällen, ergänzte Bernhard. Gehirnbluten, ja, das kommt häufig vor, genau wie Herzinfarkt, und meistens endet das tödlich, vor allem, weil es oft zu spät erkannt wird und es nur wenige Fachkliniken gibt, in denen man Computertomographie oder so was machen kann.

Aber Magdalena fragte schon wieder Herrn Domröse und ging auf Bernhard nicht ein. Sie sagen, das Pferd ist nur dreitausend Mark wert, das ist nicht wichtig? Und unbekanntere Pferde sind nicht soviel wert? Nein, nein, setzte sich Herr Domröse zur Wehr, und man konnte nun wirklich meinen, daß man ihn bis hierhin falsch verstanden hatte. Ich sehe das ganz anders! sagte er. Der kleine Mann, der hat ja nicht unbedingt ein Pferd, was zwanzigtausend Mark wert ist, nicht wahr? Aber der liebt sein Pferd genauso wie der große Mann. Wenn dem Hobbypferd irgendwie geholfen werden kann, sage ich immer noch: Das ist genauso wichtig. Normal nimmt der Tierarzt soundso viel Prozent vom Wert des Tieres als Honorar, da bin ich ganz ehrlich, also da kostet die Operation beim Zwanzigtausend-Mark-Pferd mehr als bei einem, das nur dreitausend wert ist. Aber es ist nicht ganz richtig, wenn man da nicht auch etwas aufpaßt und sagt:

Komm, die Leute lieben ihr Pferdchen auch, vielleicht sogar noch mehr.

Ich bin da ganz ehrlich. Ich habe das hier an der Klinik auch schon erlebt, da kam ein Mann mit einem Ponyken, also einem Kleinpferd, das hatte damals schwere Kolik, und dann sagte Doktor Wolstein zu diesem Mann: Diese Operation kostet wenigstens zwei-, dreitausend Mark, lohnt sich das denn für das Pferdchen, das hat doch nur einen Wert von tausend oder tausendfünfhundert? Der Mann war sehr beleidigt, der sagte sofort: Herr Wolstein, was Sie da sagen, das ist doch unmöglich. Hat das kleine Pferd nicht genausogut ein Recht zum Leben wie das große teure Pferd? Ja, hat Doktor Wolstein gesagt, aber selbstverständlich! Ich muß Ihnen aber doch sagen, was auf Sie zukommt, wenn wir operieren. Ja, dafür hat er auch Verständnis, aber das kleine Pferd hat doch genausogut ein Recht zum Leben. Wenn ihm geholfen werden kann, bin ich dafür, muß das sofort gemacht werden!

Aber das sagt wohl auch nicht jeder Besitzer? fragte Magdalena. Nein, noch lange nicht, sagte Herr Domröse. Das sind die Besitzer von Hobbypferden, denen kannst du ruhig ein anderes Pferd geben, dann sagen die: Nein, das Pferd will ich nicht, und mein Pferd möchte ich behalten! So ungefähr!

Ida ging mehr und mehr das Wort ‹Hobbypferd› auf die Nerven, wie ihr überhaupt manchmal Wörter und Ausdrücke ihres Vaters zuwider waren. *Hobbypferd* hörte sich für ihre Begriffe wie ‹Durchschnittsmensch› an. Wie wäre es mit ‹Hobbykind›? dachte sie, aber sie mischte sich weiterhin nicht ein. Sie hatte sich jetzt so sehr an ihr Schweigen gewöhnt, daß sie die ganze Nacht hätte zuhören können, ohne ein Wort zu sagen. Wenn sie einmal redete, konnte sie viel und kräftig reden. Wenn sie aber schwieg, so konnte sie sogar verstummen oder ganz verstockt werden, den Mund nicht mehr aufkriegen, ‹mundfaul› werden, wie ihre Mutter ihr einmal vorgeworfen hatte.

Es war alles so friedlich am Feuer. Im Kamin prasselte die Flamme, Holz knisterte, und womöglich gurrte draußen die eine oder andere Taube. Oder gurren Tauben nachts nicht? fragte sich Ida.

Magdalena kam wieder auf die Versuchspferde. Ida bewunderte, wie starrsinnig und zäh sie fragte. Wie vorsichtig sie dabei war. Sie widersprach absichtlich Herrn Domröse nicht, damit er seine Auffassungen in Ruhe aussprechen konnte. Sonst wäre es ja auch kein Gespräch gewesen. Wenn Magdalena sich gegen Herrn Domröses Meinung aufgelehnt hätte, wäre es wahrscheinlich zu einem unfruchtbaren Meinungsstreit gekommen.

Herr Doktor Wolstein hat nach wie vor Versuchspferde, die in den Boxen stehen? Ja, sagte Herr Domröse, dem es vielleicht doch allmählich unangenehm wurde, immer über die Versuchspferde zu reden.

Ida wunderte sich auch, daß er nicht anfing, Magdalena auf ihre politische Überzeugung anzusprechen. Aber Magdalena schien ihm einfach zu gefallen. Er pflegte sonst auch gern mit jungen Frauen sogar zu flirten, aber ganz unverbindlich, nicht aufdringlich. Dieses Flirten war sozusagen sein persönlicher Jungbrunnen.

Und was macht der für Versuche? fragte Magdalena scheinbar ganz ruhig, so, als sei es nicht wichtig für sie, darauf eine erschöpfende Antwort zu erhalten.

Je nachdem, was da gerade anliegt. Was er braucht! sagte Herr Domröse, etwas ausweichend. Ob es Medikamente sind, die er testen will, oder so . . .

Bernhard unterbrach seinen Vater – offenbar fürchtete er allmählich doch, daß sein Vater sich verplappern könnte. Anderswo werden ja auch Tierversuche gemacht, erklärte er knapp.

Magdalena sagte vollkommen ruhig: Mich interessiert nur, was Sie erleben. Doktor Wolstein kann ich selber fragen. Sie wollte nicht den Eindruck, jemanden ausfragen zu wollen, erwecken. Sie will der Sache auf den Grund kommen, dachte Ida. Aber sie will meinen Vater nicht verhören. Trotzdem kam ihr das Gespräch am Feuer immer mehr wie ein Verhör vor. Nur war es nicht nur ihr Vater, der verhört wurde. *Alle* wurden verhört.

Wer wirft den ersten Stein? dachte Ida.

Vielleicht weint *er* in der Nacht?

Vielleicht . . .

Muß das sein, sowas? sagte Herr Domröse. *Das muß auch sein!* Die müssen doch irgendwie etwas ausprobieren und auskundschaften, ob sowas möglich ist. Ob das gemacht werden kann. Ob das Pferd damit weiterleben kann! Vor allen

Dingen auch heute, mit dieser Kohlefaser, die sie einbauen, mit den Sehnengeschichten und so weiter. Erst muß das als Versuch gewertet werden. Damit können sie nicht einfach anfangen! Wie entwickelt sich das weiter? Wie geht das Pferd wieder? Das sind ja *Versuche*!

Ida war jetzt so müde, daß sie sich kaum noch halten konnte. Ihr Gesicht glühte so sehr, als sei ihre Temperatur inzwischen auf vierzig Grad Celsius gestiegen. Gleichzeitig war ihr Denken sehr wach, auch wenn sie aufgrund der körperlichen und seelischen Müdigkeit alles nur noch aus einer gewissen Entfernung wahrnahm. Manches, was der Vater über die Pferde sagte, schien ihr zuletzt wie über ihn selbst gesagt. Er sparte – so schien ihr – etwas aus, was über ihn selbst zu sagen gewesen wäre. Vielleicht wußte er es aber längst nicht mehr. Der Mensch ist groß im Vergessen, wie oft hatte er Ida, als sie ein Mädchen gewesen war, das gesagt.

Ich? Was ich mache? fuhr Herr Domröse fort. Ich mach meine Narkose. Die werden in Narkose gelegt. Die werden auf den Tisch gelegt. Die werden auf den Tisch gelegt, werden rasiert. Und dann wird diese Kohlefaser – haben Sie das noch nicht gesehen in der Klinik? –, die wird da eingebaut an den Sehnen, das muß die Sehne verstärken. Am gesunden Pferd kann man das gar nicht machen. Da weiß man gar nicht, ob man Erfolg hat. Das kann man doch nur bei der entzündeten Sehne machen und dadurch ausprobieren: Hat es geholfen? Ist es besser geworden? Wichtig ist, daß die Leute mitspielen. Das Pferd muß seine Ruhe kriegen und abheilen.

Das ist genau wie bei Menschen im Krankenhaus, warf Bernhard ein, für den das Gespräch seines Vaters mit Magdalena offenbar immer interessanter wurde. Genauso! sagte er.

Magdalena lachte etwas gezwungen. Aber da werden die Menschen nicht geschlachtet, oder macht man das heute auch schon?

Da kann ich auch viele Sachen erzählen, sagte Bernhard, aber ... Erzählen Sie mal, spornte Magdalena ihn in ihrer etwas flapsigen Art jetzt an. Erzählen Sie mal! Bernhard wehrte ab. Nee, nee, nee, sagte er nur. Grundsätzlich nicht! fügte er fast ängstlich hinzu. Dagegen ist unsereins machtlos. Ich kann dazu nichts sagen. Da kann man ganz schön auf die Nase fallen.

Er schwieg. Ida schauderte es mehr und mehr. Sie sehnte sich plötzlich nach ihrer Mutter. Nach dem Orgelspiel der Mutter. Auch der Wein war jetzt ausgegangen, und Herr Domröse vergaß, neuen zu holen. Doch hatten sie alle auch schon reichlich getrunken.

Magdalena wurde dann immer so leichtsinnig. Der Wein löste ihr die Ohren, wenn man das sagen kann, wie er anderen die Zunge löst. Herr Domröse merkte, wie Magdalena ihm mit gespitzten Ohren zuhörte. Herr Domröse seufzte, Magdalena tat das, was sie in solchen Situationen immer tat: Sie schaute einfach nur, schaute still mit ihren großen Augen, als werde sie niemals wieder Veranlassung haben, ein einziges Wort zu sagen.

Ja, ja, ja, seufzte Herr Domröse. Sie fragten mich nach dem Sterben, fuhr er in schleppendem Ton fort. Man kann natürlich auch anders sterben! Wenn ich nur an meine Mutter denke! Bis fünfundneunzig machte die noch alles, so rüstig war die. Ja, ich glaube, vierzehn Tage war sie krank, und dann hat sie nichts anderes gesagt als: Ich möchte jetzt sterben. Vorher war ich noch bei ihr, und sie sagt zu mir: Betet, daß ich morgen früh nicht mehr lebe. Ich komm jetzt nicht wieder auf die Beine. Jetzt will ich wohl sterben, sagte sie. Das ist doch schön, nicht wahr?

Niemand sagte etwas, und Herr Domröse, der solche Pausen schwer ertragen konnte, erhob sich, um nun doch noch Wein aus dem Keller zu holen. Wo Mutter wohl bleibt? fragte er, als er zurückkehrte und eingoß. Er sah auf die Uhr.

Na ja, Pferde! sagte er. Ich könnte wohl auch die Arbeit von Doktor Wolstein tun. Die großen Tiere haben mich interessiert!

Er lachte, als fiele ihm selbst zum ersten Mal der Doppelsinn auf. Die großen Tiere!

Mir hat alles unheimlich viel Spaß gemacht, von Anfang an, diese ganze Behandlung, mit den Verletzungen umgehen und so weiter. Im Grunde genommen muß man etwas Courage haben und rangehen, das ist alles. Ist Ihnen denn nie übel geworden? fragte Magdalena? Nie, nie. Nein! Ich kann wohl zugucken. Und wenn der ganze Darm aus dem Pferd heraushängt! Ja? fragte Magdalena ungläubig, aber man wußte jetzt nicht, ob sie sich insgeheim nicht auch ein wenig lustig machte.

Jau! sagte Herr Domröse und wurde jetzt ganz westfälisch-irdisch. Das dollste Ding war mal im Operationssaal. Vergeß ich auch in meinem Leben nicht. Da hatten wir mal ein Pferd in der Klinik, das war wegen Kolik operiert worden. Ich war in Sternfurt gewesen und hatte diese großen Steintröge geholt, da steht einer auf dem Hof vor dem Tor, haben Sie den gesehen?

Ich kam wieder zurück, und da seh ich den Schimmel, der hatte Kolik gehabt. Fäden ziehen! Der soll nach Hause. Fäden ziehen, unterm Bauch. Wolstein ging dabei unter den Bauch, die Fäden herauszumachen. Und auf einmal kommt der Darm da durch. War nicht richtig zusammengeheilt. So was gibt es alles. Und dann hieß es: Sofort auf den Tisch, von neuem dabei, wieder vernähen und so weiter.

Ja, das ging alles sehr schnell. Da war der Darm, der durchkam. Und rein in den Operationsraum. Beruhigungsspritze ... *Und dann machte der auf einmal einen Satz*, der Schimmel.

Ich flog hin. Das Pferd über mich weg. Und den ganzen Darm hatte ich im Gesicht hängen. Herr Domröse lachte wieder dieses Lachen, das klang, als klatsche er sich mit Macht auf die Schenkel. Über den Operationstisch weg! Mein Gott, Sie können sich vorstellen ... Ist dann anschließend geschlachtet worden, fügte er trocken hinzu. Der ganze Darm war raus. Ja! War nicht zusammengeheilt. Was war das denn für ein Gefühl? fragte Magdalena. Machte Ihnen das nichts aus?

Der Darm im Gesicht? Nein, das machte mir nichts aus. Dabei mußt du ruhig bleiben. Jetzt sprach er wie zu einer Schülerin.

Deswegen darfst du auch das nächste Mal keine Angst haben.

Warum?

Passiert doch nichts ...

Sie haben bestimmt von Kindheit an mit solchen Dingen zu tun gehabt, sagte Magdalena.

Ja, das sowieso, bestätigte Herr Domröse. Mit Geburt und Tod, sagte Magdalena. Mit Geburt und Tod. Ja, sagte Herr Domröse. Nach einer Pause fügte er hinzu: Und jetzt will ich meine Ruhe haben. Ich will mich ganz meinen Tauben widmen und meiner Frau. Man muß ja nicht unbedingt aufhören und sagen: Jetzt nichts mehr. *Ich* bin den ganzen Tag beschäftigt. Den ganzen Tag!

Kann man das denn nervlich aushalten, immer die zermatschten Leute auf der Straße liegen zu sehen? wandte sich Magdalena an Bernhard.

Man fährt ständig andere Leute, sagte der. Nie ist ein Einsatz gleich. Man kommt viel mit Menschen zusammen. Spaß muß die Arbeit machen, bekräftigte Herr Domröse. Was ist das, wenn man morgens aufsteht und denkt: Ach, schon wieder dieser Scheiß! Ja, so ungefähr denkt man doch. Damit kann man doch nicht leben. Ich habe Spaß an meiner Arbeit. Sehen Sie, etwas Tierliebe muß ich einfach haben. Ich muß die Pferde versorgen, so, wie es sich gehört. Wenn ich sehe, wie da die Tränken voller Kot liegen. Neulich ist mir das passiert. Da habe ich zuerst nichts gesagt zu den Tierpflegern. Saubergemacht, rausgebracht, sauberes Wasser rein – den anderen Tag liegt das aber wieder voll. Da dachte ich: Jetzt läßt du es aber mal liegen, willst du doch mal gucken, ob die das auch sehen, Mutti war zur Kur, sonst ist sie ja sowieso auch nur drei Tage die Woche da, also ihr passiert so was nicht, das muß ich gleich sagen. Die Pferde stehen vor der Tränke, wollen saufen. Nein, die saufen daraus ja nicht, das ist doch unmöglich. Zuletzt läuft einem die Galle über. Die sehen das nicht!

Der eine kann es, der andere nicht, meinte Bernhard.

Ida machte nach außen hin den Eindruck, als schliefe sie. Bernhard hatte sie schon einmal brüderlich-freundlich angetippt. Sie hatte ihn nur angeblinzelt, sich aber sonst nicht gerührt. Sie wußte manchmal nicht mehr genau, ob sie träumte, wachte, schlief oder einen Film sah. Beiläufig dachte sie daran, wie Magdalena alles noch nachts aus dem Gedächtnis aufzeichnen und wie sie es wohl verarbeiten würde. Sie erinnerte sich plötzlich, wie Magdalena einmal, als sie sich über ihren Vater beklagte, wegwerfend gesagt hatte: *Ach, unsere Väter sind alle Anästhesisten.*

Mit dem Reiten ist es doch genau dasselbe, rief Herr Domröse. Sicher kannst du reiten lernen, aber mit einem Pferd richtig zu reiten und es richtig anzureiten, das ist was ganz anderes. Das kann nicht jeder! Das Pferd muß auch zum

Reiter passen. Die arbeiten sich auch ein. Oder denken Sie, daß einem Schockemöhle die guten Pferde alle so zugespielt werden? Nein. Man muß sich ein Pferd *fertigmachen*, und das ist gar nicht so einfach! Da kriegst du vielleicht von fünfzig, ach noch nicht mal, von hundert vielleicht einen, den du richtig fertigmachst, daß es zusammenpaßt!

Setz doch mal einen Fremden auf ein gutes Reitpferd, der kaum was damit zu tun hat. Das geht lange nicht, auf keinen Fall so, wie das muß. Es gibt alte Pferde, da kannst du ein Kind draufsetzen, dann springt der auch, aber das sind die allerwenigsten, die meisten sind sogar schwierig.

Wie hieß er noch, der an der Klinik damals eingegangen ist, wie hieß der noch? Das Pferd von Schockemöhle? Wie hieß der noch? Da war sein Pfleger dabei. Den konnte keiner anpacken. Konnte keiner vernünftig mit umgehen! Dem konntest du nicht einmal eine Spritze geben!

Schockemöhle wurde damit fertig. Das Tier war das allerbeste Pferd, das es gab. Aber Fremde wurden damit nicht fertig.

Wie ein Schauspieler, dachte Ida, den auch nicht alle anpakken sollen. Das Pferd muß vielleicht auch all seine Kräfte zusammennehmen und anstrengen, um die von ihm verlangten Höchstleistungen vollbringen zu können. Wahrscheinlich hat es eine Haut, so empfindlich, wie ein Säugling sie hat. Seelisch, meine ich, dachte sie.

Da war extra eine Pflegerin die ganze Zeit hier, erzählte Herr Domröse weiter. Die versorgte hier das Pferd. Die konnte das Pferd auch festhalten beim Spritzen, andere nicht, das war nicht möglich. Das gibt es auch! Aber die sind danach erzogen worden, so ungefähr. Manchmal auch verzogen, warf Bernhard ein. Auch Tierliebe wird manchmal übertrieben. Ich weiß noch, wie sie einmal Bier mitbrachten, extra für das Pferd.

Bier? fragte Magdalena.

Bier, ja, Bier, sagte Bernhard, eine ganze Kiste. Jede Mahlzeit . . .

Wissen Sie wohl, was das für Pferde sind, mit denen man am schlechtesten umgehen kann? rief Herr Domröse und schien wieder wach und frisch zu sein wie am hellichten Morgen. Ida wußte, was kommen würde.

Das sind Pferde, mit denen alle Tage Frauen umgehen, sagte Herr Domröse, als spiele er seinen höchsten Trumpf aus.

Stimmt das? sagte Magdalena, Erstaunen spielend, als erführe sie eine ungeheure Wahrheit.

So wahr, wie ich hier am Tisch sitze, sagte Herr Domröse, der Magdalenas Ironie nicht merkte. Das merke ich an jedem Pferd! Die setzen sich nicht durch. Und durchsetzen muß man sich nicht mit Schlägen, fügte er hinzu, als habe Magdalena ihn verdächtigt, daß er für die Peitsche plädiere. Und trotzdem: eine kräftige Hand! Hier geht es lang und nicht da! Du gehst so, wie ich das will, und nicht so, wie du das willst! So muß das sein!

Und bei Frauen geht das oft anders! Sie sind zu weich, zu nachgiebig. Die lassen die Pferde so, wie die wollen. Ihre Pferde kannst du auch nicht aufnehmen zum Beschlagen, zum Beispiel.

Frauen können sich ja Männern gegenüber auch oft nicht durchsetzen, bemerkte Magdalena. Vielleicht ist das eine Parallele?

Ja, das ist möglich, sagte Herr Domröse, der Magdalena ganz ernst nahm. Manchmal verwöhnt man auch ein Pferd, gibt ihm irgendwelche Leckerbissen und verzieht es dadurch, sagte Magdalena, als habe sie Herrn Domröse verärgert und müsse ihn beschwichtigen.

Das gibt man auch, meinte der. Selbstverständlich gibt man Leckerbissen, aber zur richtigen Zeit. Und zur richtigen Zeit darf man auch mal eine Gerte gebrauchen. Du brauchst ja bloß hingehen und einen guten Wachhund, einen Schäferhund, auszubilden, da kannst du mit der Gerte und mit Schlägen schon gar nichts machen. Nur mit Zutraulichkeit kannst du da arbeiten. Sonst kriegt er doch viel zuviel Angst. Und beim Pferd ist es genau dasselbe. Man muß eine unheimliche Geduld haben.

Und wenn ein Pferd durch viele Hände gegangen ist? sagte Magdalena mit müder Stimme.

Das ist schlecht, sehr schlecht, sagte Herr Domröse. Das ist sehr schlecht! Jeder behandelt das Pferd anders. Es gibt Leute genug, die ihr Pferd verkaufen könnten, aber sie ziehen es vor, es einschläfern zu lassen. Die sagen: Ich will nicht, daß mein Pferd von einer Hand in die andere geht. Hier gibt es eine Frau . . .

Eine eigentümliche Tierliebe, bemerkte Magdalena.

Und Bernhard sagte: Ist doch egal, Vater.

Doch, doch, sagte Herr Domröse, das kann man ruhig erzählen. Warum nicht?

Da gibt es eine Frau, sagte er, ihr Mann ist schon lange tot. Der war Chefarzt an der großen Klinik. Die hat wenigstens so sechs, sieben Zuchtstuten, gar nicht weit von hier. Die läßt jedes Hengstfohlen, wenn es ein Jahr alt ist, läßt sie es schlachten. Ja!

Allerbeste Stuten! Sie will nicht, daß die Pferde von einer Hand in die andere kommen. Kommt nicht in Frage! Die werden eingeschläfert!

Eine heimliche Feministin vielleicht, sagte Magdalena. Herr Domröse wußte nicht recht, was er mit diesem bösen Witz anfangen sollte. Warum zieht sie sie dann erst groß? fragte Magdalena.

Das macht ihr Spaß. Man hat ihr Geld angeboten. Leute wollten die Hengstfohlen kaufen. Kommt nicht in Frage, sagt sie. Ich will wissen, wo es ist! Ja, die ist eben so! Die will es nicht haben, daß die Pferde von einem Händler, von einem Stall zum nächsten wandern. Das gibt es! Ja! Geld hat die genug. Deswegen macht die das nicht. Macht ihr einfach Spaß. Sie ist mit Pferden groß geworden!

Ihr Vergnügen also, sagte Magdalena.

Ja, sagte Herr Domröse, die ist mit Pferden groß geworden. Die gibt kein Pferd ab zum Reiten. Vor Jahren hatte sie sich eine Stute gekauft, für dreißigtausend Mark. Vierjährig war die Stute. Sie war schon oft mit der zum Hengst zum Decken gewesen, die wurde nicht tragend. Die Frau kam in die Klinik und wollte die Zuchtstute behandeln lassen. Dann sagte sie: Das ist das letzte Mal. Wenn es jetzt nicht klappt, dann kriegst du den Kopp ab. Ich sage zu ihr: Frau Weißmantel, ich bezahle sie gut, ich übernehme sie. Haben Sie dreißigtausend Mark? sagte sie da zu mir. Ich sage: Sie haben eben gesagt, ‹dann kriegt sie den Kopp ab›, Schlachtpreis gebe ich auch, wohl noch etwas mehr. Das kommt nicht in Frage. Kriegst du den Kopp ab! sagte sie. So war die!

Herr Domröse steigerte sich in eine neue Erzähllust. Die Frau, die ihre Pferdchen umbrachte, schien es ihm angetan zu haben, wenn es wohl auch mehr ein Grauen als ein Wohlgefallen war, was ihn erregte, wenn er von ihr sprach. Die brachte einmal ein Fohlen in die Klinik, diese Frau, das lief so vorn auf den Fesseln, das gibt es ja, erzählte Herr Domröse. Vorn war schon alles durchgelaufen. Das Fohlen war ein paar Tage alt, und sie wollte es behandeln lassen. Herr Doktor Wolstein sagte ihr: Da ist alles schon kaputt vor den Fesseln, man sollte so ein Fohlen einschläfern lassen. Es war allerdings ein Stutfohlen. Und dann rief diese Frau: Nein, kommt ja gar nicht in Frage. Das kann man doch versuchen! Und so weiter. Ja, ist gut! sagt Doktor Wolstein. Machen wir das also! Und dann hat er es versucht – vierzehn Tage lang. Die nahm das Fohlen jeden Tag mit nach Haus, kam wieder zur Klinik, um einen neuen Verband machen zu lassen. Nach vierzehn Tagen sagt die Frau auf einmal: Und ich laß es doch einschläfern! Ich bin das Fahren leid! Und dann wurde der Doktor Wolstein fuchtig. Damals wollte ich es einschläfern lassen, vor vierzehn Tagen, weil das wenig Sinn hatte. Und jetzt wollen Sie es einschläfern lassen! Dann bleibt das Fohlen hier, dann wird hier weitergemacht! Dann haben sie weitergemacht. Die läuft als Zuchtstute ganz einwandfrei.

Solche Frauen gibt es auch!

Sie lernen aber ganz schön Menschen kennen! sagte Magdalena beeindruckt. Ja, manchmal kann man mit den Ohren schlackern, sagte Herr Domröse.

Dann setzen sich diese Besitzer auf einmal in den Kopf: Nix, weg damit!

Manchmal werden Pferde und Tiere mehr verwöhnt als die eigenen Kinder, bemerkte Bernhard trocken.

Die Autos werden besser gepflegt als die Frauen, lachte Magdalena.

Ja, ja, gab Herr Domröse zu, mit Tieren passiert das wohl auch.

Weil das Tier stumm ist? fragte Magdalena.

Das auf jeden Fall auch, sagte Herr Domröse.

Glauben Sie denn, daß ein Pferd eine Seele hat?

Herr Domröse überlegte. Nein, wieso soll das eine Seele haben? meinte er.

Ich könnte behaupten, es hat eine. Sie müßten es widerlegen, sagte Magdalena spitz. Das kann ich nicht widerlegen, gab Herr Domröse zurück. Das Pferd ist nur unheimlich schlau. Das habe ich erfahren während der Kriegsjahre.

Noch einmal Kriegsjahre. Pferde im Krieg, dachte Ida. Sie war immer kurz vor dem Einschlafen, konnte sich aber nicht entschließen, endlich ins Bett zu gehen. Wahrscheinlich hätte sie durch ihren Aufbruch die ganze, inzwischen recht weinselige Gesellschaft aufgescheucht. Und sie wartete immer noch auf etwas Unbestimmtes. Der Vater mußte noch irgend etwas erzählen. Aber was war es nur? Sie stellte sich nur die Frage, ob sie es wiedererkennen oder ob es ihr ganz fremd erscheinen werde. Von vielen Dingen in ihrem Leben wußte sie nicht, ob sie sie wirklich erlebt hatte oder sich nur an sie ‹erinnerte›, weil Eltern, Freunde oder Geschwister ihr im nachhinein davon erzählt hatten.

Ich war im Krieg, fuhr Herr Domröse fort, und wenn wir in Rußland in Stellung waren – wie er das sagt: ‹in Rußland in Stellung waren›, dachte Ida, es ist schon seltsam, er könnte ebensogut sagen: Wie wir damals im Bayerischen Wald essen gegangen sind ... – brachte ich Essen jede Nacht, also abends, wenn es finster wurde, an die vorderste Front, zu der kämpfenden Truppe. Die liegen den Russen gegenüber, mit den Pferden. Und mit unserer Feldküche lagen wir dann etwa, je nachdem, wie die Lage es erlaubte, vier, fünf, sechs Kilometer hinter der Front. Da standen die Küchen. Da wurde das Essen zubereitet. Und nachts, im Dunkeln, wurde das nach vorn gefahren. Und wir wechselten oft die Stellung. Wir zogen zehn, zwanzig Kilometer weiter. Und ob das nun sechs oder sieben oder acht Kilometer waren, die ich wegfuhr, zur Front, um das Essen wegzubringen nachts: Wenn ich fertig war und zurückfuhr, dann brauchte ich nicht zu lenken. Das Pferd ging von allein zu seinem Ausgangspunkt zurück. So schlau sind Pferde. Können Sie glauben! Das habe ich nicht nur einmal erlebt, ach Gott, das war was ganz Normales! Die gehen zu ihrem Stall, dorthin zurück, woher sie gekommen sind. Und wenn sie nur ein oder zwei Nächte dort gewesen waren. Die gehen zurück. Da brauchst du nicht zu überlegen: Woher bin ich gekommen?

Das ist der Instinkt der Tiere, sagte Bernhard. Wenn ein Hof brennt, rennen die Tiere raus, die rennen auch wieder ins Feuer, die rennen wieder in den Stall.

Wie sehr erinnern sie sich denn an Menschen? fragte Magdalena.

Nach Jahren noch, sagte Herr Domröse.

Wahrscheinlich hatte Herr Domröse noch nie so lang zusammenhängend erzählt, denn je mehr die Zeit fortschritt, desto mehr Lust bekam er offensichtlich an den Geschichten, die ihm nach und nach einfielen. Für die Familie war vieles bekannt, seit Jahrzehnten. Für Magdalena war alles neu und interessant. Ihr Vater hatte zwar auch mit Töten und Retten zu tun, er war Papierfabrikant. Magdalena war schon sehr müde, machte verschiedentlich Anstalten, das Gespräch zu beenden. Doch Herr Domröse kam immer wieder auf Neues, die Aufmerksamkeit Fesselndes. Wo bleibt denn Mutti? sagte er zu Bernhard. Es ist gleich Mitternacht. Ihr wird doch nichts passiert sein?

Haben Sie eigentlich Frau Simon auch gekannt? fragte er, sich wieder an Magdalena wendend.

Nein, sagte Magdalena.

Sie war viel vorn im OP. Sie war ja erst vier, fünf Wochen bei uns . . . sagte Herr Domröse.

War sie eine gute Tierärztin? fragte Magdalena, nur um irgend etwas zu sagen.

Die war doch gerade erst fertig, sagte Herr Domröse.

Die Tür ging. Das mußte Frau Domröse sein. So, meine Frau kommt auch wieder, sagte Herr Domröse.

Frau Domröse betrat die Wohnstube, rieb sich die Hände. Oh, es ist kalt draußen, sagte sie und begrüßte die Anwesenden.

Herr Domröse küßte seine Frau auf den Mund. Ich habe mir Sorgen gemacht, sagte er.

Ich habe noch Wein getrunken mit Willy, sagte Frau Domröse. Begeistert war Idas Vater davon nicht. Andererseits sah man auf einen Blick, welch ein Jungbrunnen seine Frau für ihn sein mochte. Sie strahlte vor Vitalität. Manchmal sah sie aus wie ein junges Mädchen. Du wirst sehen, was ich noch alles lernen werde, sagte sie. Wenn ich richtig Orgel spielen kann, lerne ich Italienisch. Was denkst du denn?

Mutti ist meine Beste, sagte Herr Domröse, indem er sich in der Runde umschaute, mit einem Bewunderung heischenden Blick, und seine Frau wie ein jung Verliebter an sich drückte. Sie wehrte sich, und es wirkte wie die Kokettheit eines Mädchens, das sich beobachtet fühlt. Als wollte sie sagen: Doch hier nicht. Aber gern hatte sie die Zärtlichkeiten ihres Mannes, das merkte man.

Die beiden wirkten nicht wie das idyllische Paar Philemon und Baucis, sondern eher wie ein Räuberehepaar, das einen geheimen Pakt geschlossen hat. Der eine war für dies, der andere für jenes zuständig. Und zusammen bildeten sie eine lebensfähige Einheit. Wo ihre Zuständigkeiten lagen, konnte man nicht sagen, man konnte sie nur ahnen.

Ich habe die Frau Simon als sehr ruhige, zurückhaltende junge Tierärztin empfunden, setzte Herr Domröse das Gespräch fort. Die war bei uns im OP, die freute sich, wenn sie mal etwas mit anfassen durfte und so weiter. Aber sehr ruhig, zurückhaltend war sie, das muß ich wirklich sagen!

Haben Sie denn nicht manchmal Angst um Ihre Tochter? fragte Magdalena, die wohl selbst nicht wußte, worauf sie mit dieser Frage hinauswollte.

Nein, lachte Herr Domröse, sie schläft ja hier friedlich am Kamin. Ida öffnete die Augen halb, schnurrte wie eine Katze in der Sonne. Ja, ja, ich schlafe gleich, aber ich krieg trotzdem alles mit, sagte sie. Macht ruhig weiter.

Ach, du nimmst wieder Anschauungsunterricht für deine Schauspielerei, meinte Herr Domröse gutmütig. Ruh dich ruhig aus, meine Kleine, du hast es verdient. Nein, wandte er sich dann wieder an Magdalena, um Ida brauche ich keine Angst zu haben, die habe ich wohl dementsprechend informiert, stimmt es, Ida?

Ida machte eine unmerkliche Bewegung, man konnte ein Ja oder ein Nein hineindeuten.

Also, die läuft nicht in die Maisfelder, sagte Herr Domröse. Die fährt auch nicht per Anhalter.

Frau Domröse schaltete sich ein. Jetzt wieder eine, sagte sie. Hier im Nachbarort. Die ist schon drei Wochen vermißt! Man weiß nicht, wo sie ist. Zwanzig ist sie. Sie haben sie noch nicht gefunden.

Ja, schon drei Wochen ist sie vermißt, sagte Bernhard. Gestern haben sie überall erzählt, sie wäre tot im Maisfeld gefunden worden.

Die liegt wohl irgendwo tot, das glaube ich, sagte Frau Domröse bekümmert. Das meinst du, sagte Herr Domröse, aber ob es so ist?

Die Eltern waren in Urlaub und haben ihr noch extra Geld gegeben, daß sie nicht per Anhalter fahren sollte, sagte Frau Domröse. Vielleicht ist sie aus anderen Gründen per Anhalter gefahren, und nicht um Geld zu sparen, sagte Magdalena, als spreche sie von sich.

Man kann die Töchter aber auch nicht immer im Haus festhalten, sagte Herr Domröse. Ich meine, per Anhalter fahren, so was muß nicht sein. Und die Autofahrer müssen auch nicht jeden, der an der Straße steht, mitnehmen. Ich habe mir felsenfest vorgenommen, wenn ich unterwegs bin mit dem Wagen, und hier in der Umgebung steht ein Mädchen auf der Straße, daß ich anhalte, die Scheibe herunterdrehe und sie frage, ob sie lebensmüde wär, fertig! Und fahr weiter, ich nehme sie nicht mit! Ja, manche haben Glück. Was würden Sie aber tun, Sie sind unterwegs, auf einmal wirft sich Ihnen einer vors Auto, was machen Sie denn da? Ich sage: Entweder drüberfahren, oder der geht weg, eins von beiden. Aber anhalten tu ich nicht! Der schmeißt sich auf die Straße, du mußt anhalten. Aus der Ecke kommen ein paar Mann gesprungen. Alles sowas gibt es! Nein, ich nehme grundsätzlich keine mit. Das tu ich nicht. Muß nicht. Kommt nichts dabei heraus!

Dieses Jahr ist es ganz schlimm, sagte Frau Domröse. Ein Mädchen ist noch einmal davongekommen. Da war es Sonntag morgens ein bißchen rausgefahren mit dem Fahrrad. Und dann ist der Mann zu Fuß gekommen und hat sie nach dem Weg gefragt. Und hat sie dann ins Maisfeld gezerrt und vergewaltigt. Ja, solch ein Mädchen ist ja fertig, nicht? Das können Sie sich denken. Er hat sie mit dem Messer bedroht: entweder – oder!

Da stirbt keiner dran, meinte Herr Domröse trocken.

Seelisch schon, sagte Magdalena alarmiert. Seelisch ist das ein schöner Schock, das mußt du doch zugeben, sagte Frau Domröse.

Ja, was soll man machen? Kastrieren? lachte Herr Domröse.

Das hat die Ärztin gut gemacht, fuhr er fort. Haben Sie das gelesen? wandte er sich an Magdalena. Die hat da so richtig Spaß dran gehabt. Er überlegte. Das muß einige Jahre her sein, erinnerte er sich. Ja, das war eine Humanmedizinerin. Die fuhr per Anhalter.

Eine Tierärztin war es, sagte Frau Domröse. Nein, Humanmedizinerin, Elli, beharrte Herr Domröse. Ganz sicher! Per Anhalter ist die gefahren, an der Autobahn. Und der Fahrer hat auch angehalten. Und hat die auf einem dunklen Autobahnplatz vergewaltigt. Diese Ärztin hat sich das ja auch gefallen lassen – Herr Domröse erzählte mit wachsendem Genuß – und hat den dann überredet und hat gesagt: Also komm, das ist doch nichts, hier haben wir ja nichts davon, komm!, wir machen uns noch einmal eine schöne Nacht. Fährst mit zu mir in die Wohnung, kannst bei mir übernachten und so weiter. Und der hat sich tatsächlich überreden lassen. Der ist mitgefahren. Als sie in der Wohnung waren, hat sie dann gesagt – das stand ganz ausführlich in der Zeitung, die Ärztin ist auch bestraft worden: Erst koch ich mal eine anständige Tasse Kaffee. Und da hat sie sofort was reingetan. Der ist schön eingeschlafen. Und sie hat ihn *entmannt* . . .

Jetzt redeten alle durcheinander, man verstand nichts mehr. Bernhard sagte irgend etwas, Frau Domröse sprach, Magdalena fragte etwas, nur Ida war still wie schon den ganzen Abend. Man konnte meinen, das ginge sie alles nichts an. Bilder liefen wie viele Filme in ihrem Geist ab, wurden aber immer unschärfer wie in einem Traum, in dem es nach und nach neblig wird.
Ganz ordnungsgemäß entmannt, sagte Herr Domröse ungerührt, als spräche er von der Kastration eines Hengstes. Bei Tieren war das schließlich selbstverständlich für ihn, er war daran gewöhnt. Die ist bestraft worden, aber . . . Alles weggenommen! Ich sag immer: Der tut es nicht wieder. Die Frau ist auch bestraft worden, aber das hat sie wohl ganz gern hingenommen. Ja, das ist ein kurzer Schmerz, fügte Herr Domröse hinzu – er sprach von der Kastration –, wenn er weg ist, ist es gut. Er lachte. Ida mußte an Jürgen Bartsch denken, und ein heilloses Mitleid erfüllte sie plötzlich, sie meinte, es nicht mehr auszuhalten, hier am Feuer, am Kamin, bei dem Menschen, der ihr Vater war. Es war Mitleid mit dem Opfer und Mitleid mit dem Opfer des Opfers, das sie fühlte. Und eine Lösung wußte auch sie nicht.
Der macht nichts mehr! sagte Herr Domröse. Es klang Schadenfreude in seinen Worten und ein unbekannter, fremder Ton wie von Schmerz, so, als ob er wüßte, was es bedeutete, so geschlagen zu sein. Ich habe meine Tauben, sagte Herr Domröse. Und die schlafen jetzt friedlich. Die tun niemand etwas zuleide.

Außer daß sie alles vollscheißen! sagte Frau Domröse.

Warum hat man die Tauben zum Friedenssymbol gemacht? fragte Magdalena, mir hat mal jemand erzählt, daß Tauben, wenn man ihr Nest zerstört, es immer wieder neu aufbauen. Ob das der Grund ist? Ich weiß es nicht, sagte Herr Domröse, etwas verlegen.

Tauben waren früher Boten, meinte Bernhard. Denken Sie an die Arche Noah, sagte Frau Domröse. Die Taube mußte die Botschaft über das Wasser bringen.

Die weiße Taube, sagte Bernhard.

In Gestalt einer Taube, setzte Herr Domröse, gleichsam zitierend, hinzu. Er lachte. So gelehrt bin ich in diesen Sachen nicht.

Heute hat es sehr viel geregnet, sagte Frau Domröse, zwei Tauben sind vom Schlag gelaufen. Die konnten nicht wieder hoch, so naß waren sie. Die sind jetzt so stark in der Mauser. Dann fehlen denen mehrere Federn im Gefieder. Sie haben dann nicht die Kraft, von unten hochzukommen mit dem schweren feuchten Gefieder. Zwei saßen auf der Treppe und wollten hinein und konnten es nicht. So geregnet hat es. Die werden ja wohl wieder trocken. Aber wenn die Katze sie kriegt, die packt sie.

Morgen früh um Viertel nach acht geht der Dienst los, sagte Herr Domröse. Dann können Sie sehen, wie wir den ersten in Narkose legen. Ich glaube, wir haben nicht viel morgen, wandte er sich an Magdalena.

Das Gespräch versandete. Alle sahen ins Feuer, das nun langsam niederbrannte. Keiner konnte sich so recht entschließen, aufzustehen. Herrn Domröses Blick fiel auf die Felle, die überall, auf dem Tisch, auf dem Fußboden lagen oder an den Wänden hingen.

Sehen Sie, sagte er zu Magdalena, wie wir mit Pferden verwachsen sind. Da liegt ein Schimmel! Er zeigte auf das wunderschöne Fell, von dem ein Stück unter Idas Schaukelstuhl lag. Das ist der Schweif? fragte Magdalena fast anzüglich. Sie faßte den Schweif an, der noch an dem Fell war, das auf dem Tisch lag.

Daran sieht man, das war ein Kaltblut. An diesem Schweif sieht man es, das war ein Haflingerfohlen. Die haben ein ganz anderes Haar, sagte Herr Domröse. Es ist bei der Geburt gestorben.

Bei der Geburt? fragte Magdalena gedankenlos.

Ja.

Woran?

Es war tot bei der Geburt. Direkt danach ging es ein.

Magdalenas Blick ging über die Felle am Fußboden und an den Wänden. Die sind aber nicht gestorben? fragte sie.

Die sind geschlachtet worden. Notschlachtung! sagte Herr Domröse. Die gingen irgendwie lahm, krank waren sie aber nicht. Und die kamen weg zum Schlachten, da habe ich gedacht: Komm, die Haut will ich wieder haben! Ein krankes Pferd, das viele Spritzen gekriegt hat, das kann man nicht so verwerten. Die Haut ist dann auch krank. Die Haare gehen aus und so weiter.

Die verwertet man als Löwenfutter, sagte Bernhard. Wenn Penicillin gespritzt worden ist, schränkte Herr Domröse ein, darfst du das Pferd nicht einmal als Löwenfutter verwenden. Dann gehen sie zur Abdeckerei.

Kosmetika werden daraus gemacht. Für schöne Schauspielerinnen, sagte Bernhard.

Ida blinzelte ihm zu.

Solche Sachen kaufe ich nicht, meinte Magdalena.

Tatsächlich? sagte Bernhard.

Was nehmen Sie denn? Kamillenseife? fragte Frau Domröse interessiert.

Pflanzenseife aus dem Reformhaus, sagte Magdalena trokken.

Wissen Sie, was da drin ist? sagte Frau Domröse zweifelnd.

Placentubex, meinte Bernhard.

Sowas kaufe ich nicht, sagte Magdalena.

Wird aber viel gekauft! sagte Herr Domröse. Neuerdings gibt es eine Haarkur mit Pferdemark, vielleicht ist die Ihnen beim Friseur schon aufs Haar gespritzt worden?

Magdalena schwieg.

Im Krieg haben wir selber Seife gemacht, das weiß ich noch, sagte Frau Domröse. Von Knochen und Speckschwarten. Wir haben gekocht und gekocht und gekocht. Das war Seife, die war so richtig grau. Aber die war besser als die gekaufte, die war der reine Sand. Eine Sandseife war das! Wenn Schweine geschlachtet wurden, Gott, man hat sie manches Mal schwarz geschlachtet, dann haben wir Seife gemacht...

Vegetarier könnte man werden, warf Magdalena ein.

Haben Sie schon mal gesehen, woher der Lippenstift kommt? sagte Bernhard, ein wenig sarkastisch.

Magdalena schüttelte den Kopf.

Von Gedärmen und Federn, von kaputten Hühnern, wir haben uns das mal am Sonntagmorgen im Fernsehen beguckt.

Ja, es gibt viele Todesarten, sagte Magdalena abwesend, als ob sie über etwas ganz anderes nachdächte.

Alle seufzten bei diesem Stichwort.

Frau Domröse fröstelte vor Müdigkeit. Kinder, jetzt wird es Zeit. Gehn wir schlafen. Komm, Ida, sagte sie und erhob sich. Ich werde dir dein Bett oben machen. Ich bin noch nicht dazu gekommen. Heute war so viel zu tun. Komm gleich nach, Kind.

Und sie tippte Ida im Vorübergehen auf die Schulter. Ida genoß die Berührung und blieb liegen.

Man unterhielt sich dennoch weiter. Über Verkehrsunfälle, über die bevorstehenden großen Manöver der Bundeswehr; daß man aufpassen müsse, es sei schon einiges dabei passiert, auch die Bauern könnten wieder mit Schäden rechnen. Über Unfälle mit Tieren, über eine Frau, die vom Eber gebissen worden war. Um zu guter Letzt auf eine Freundin Bernhards zu kommen, die vom Pferd gefallen war. Das waren die richtigen Einschlaf- und Gutenachtgeschichten.

Die ist nachmittags mit ein paar Jungs ein bißchen ausgeritten, sagte Bernhard. Sie ist gestolpert, wer weiß, wie das kam. Wahrscheinlich ist das Pferd ausgerutscht, sie lag sofort auf dem Boden. Da lagen Baumstämme. Ihr Pferd springt dadrüber, alles. Und Ostermontag springt der erste drüber, der zweite – sie war die letzte, ein junges Pferd läuft wohl hinterher –, ihr Pferd überschlägt sich, sie kommt runter und weiß von nichts. Dann ist sie noch weggekommen mit dem Hubschrauber. Die Ärzte sagten gleich: Wir operieren Sie, aber Sie werden zu neunundneunzig Prozent querschnittsgelähmt sein. Die hat fast zwei Jahre im Krankenhaus gelegen. Sie ist durchgekommen. Die hat unheimliches Glück gehabt! Sie reitet weiter!

Sie reitet weiter? rief Magdalena aus.

Ja. Nur ein Korsett muß sie tragen, das unterstützt sie. Sie darf aber nur Dressur reiten. Springen darf sie nicht. Und sie weiß, wie es steht, wenn sie runtersegelt. Daß es wahrscheinlich alles zu spät ist dann! Daß sie dann *auf jeden Fall* gelähmt sein wird.

Sie ist wirklich mutig, sagte Magdalena. Mit Krücken, im Rollstuhl war die schon wieder in der Reithalle, wie die aus dem Krankenhaus rauskam, sagte Bernhard.

Was für ein Pferdenarr! meinte Herr Domröse. Wer weiß, sagte Magdalena unbestimmt.

Und das Pferd, mit dem sie verunglückt ist, das hat sie jetzt noch, das reitet die heute noch, fügte Bernhard hinzu. Sie sagt: Ich kann dem Pferd keinen Vorwurf machen, daß es gefallen ist. Das kann das Pferd nicht abschätzen.

Herr Domröse sagte lächelnd und blickte dabei auf die somnambule Ida: Die wär einmal bald ertrunken mit einem Pferd.

Sie? sagte Magdalena erstaunt.

Ja! Ich war dabei, sagte Herr Domröse.

Ida fühlte sich jetzt, als ob sie sich in einer Vorlesung befände. Da saßen Studenten in vielen aufstrebenden Bänken. Und unten an einem langen Tisch saßen Ärzte, die zerschnitten Leichen und demonstrierten ihre Künste. Die Erzählung ihres Vaters rauschte an ihr vorbei wie etwas, was sie zwar kannte, aber vergessen hatte, an das sie jetzt wieder erinnert wurde, das aber dennoch wie zu einer Fremden gehörte.

Sie war mit dem Pferd auf dem Turnier gewesen, sagte Herr Domröse und betrachtete dabei Idas Gesicht.

Du hast Turniere geritten? entfuhr es Magdalena. Das wußte ich gar nicht.

Ja, ja, sagte Herr Domröse, damals fing sie damit an. Man weiß vieles über sie nicht. Na ja, ist auch gut so. Was wollte ich sagen? Und am Wassergraben wollte der nicht durch, und dann Sonntagmittag sage ich: Mädchen, komm! Pferd satteln! Reiten wir da oben, nicht am Wassergraben. Wir reiten zum See! Ein Baggersee war das. Ich sage: Da wollen wir mal sehen, ob der ins Wasser geht, ob der noch so wasserscheu ist. Na, ich sag immer ‹der›, es war eine Stute, eine schöne Stute! Und sie reitet zum See, sage ich Ihnen. Und er, unser Pferdchen, es will nicht so recht, tänzelt so etwas hin und her. Ich sage: Komm! Und ich sage zu Ida: Jetzt schüttel mal die Sporen, Mädchen, aber mal richtig! Die reitet rein in den See. Auf einmal – alles ist weg! Ich seh nichts mehr. Kein

Pferd, keine Tochter mehr! Ich sage: Wie gibt's das! Und ich kann nicht schwimmen!

Und es war so kalt, sagte Ida, die mit einem Schlag hellwach war, sich im Schaukelstuhl aufrichtete und ihren Vater mit großen Augen fixierte.

An einer Ecke kam sie heraus, an der anderen Ecke das Pferd, sagte Herr Domröse, der auf Idas Worte gar nicht reagierte.

Du konntest auch nicht schwimmen? fragte Magdalena.

Doch Ida antwortete nicht.

Doch! Doch! sagte Herr Domröse. Aber sie hatte die volle Reitausrüstung an. Die war schwer! Und das Pferd hat sich nicht wieder erholt, fügte er, gleichsam wie zur Information, hinzu. Das hatte Wasser in die Lungen gekriegt. Das haben wir nachher weggetan, sagte Herr Domröse.

Und Ida? fragte Magdalena.

Das Pferd an der einen Seite, Ida an der anderen. Das Pferd hat sich umgedreht, ist wieder durchs Wasser gegangen und hat sie herausgezogen, sagte Herr Domröse. Ida meinte einen Moment lang das Motiv aus ‹Spiel mir das Lied vom Tod› zu hören, jenes Lied, das der Gepeinigte auf der Mundharmonika dem Mörder seiner Verwandten spielt. Aber es war Einbildung, und aus dem oberen Stockwerk hörte man jetzt den Ruf Frau Domröses, die wohl die Betten fertig bezogen hatte. Ida! Ida! Ida!

Das Pferd ist wieder zurück ins Wasser! sagte Herr Domröse. Ja, sicher! Das Pferd schwimmt immer. Ein Pferd kann schwimmen. Im Gegensatz zu mir! Er lachte. Wie die beiden untergingen, das ging schnell. So schnell konnten Sie gar nicht hingucken. Die steile Böschung so gerade rein, daß das so eben ins Wasser ging. Und einmal waren sie die Böschung runter. Mein Gott! Dann ist der abgerutscht, reingekippt! Aus! War alles weg!

Das Pferd konnte man nicht heilen? fragte Magdalena und sah dabei Ida an.

Der hatte Wasser in der Lunge. Der hustete nachher immer, sagte Herr Domröse. War gar nicht so alt, das Pferd.

Kann man die Lunge nicht operieren? fragte Magdalena.

Nein, sagte Herr Domröse. Wenn das so nicht ausheilt, ist das schlecht. Nee, nee, der mußte weg nachher. An solch einem Tier hat keiner Interesse.

Pferde haben an sich eine gute Beziehung zu Wasser, sagte Magdalena, als müsse sie sich noch einmal auf eine sachliche Debatte einlassen, dabei war sie jetzt wegen Ida sehr beunruhigt.

Sie konnte wahrhaft gut spielen, wie eine sehr gute Schauspielerin. Sie konnte beinahe alles spielen.

Ja, sonst wohl, gab Herr Domröse zu, aber der stellte sich an!

Von oben hörte man jetzt den zärtlichen Ruf von Frau Domröse. Ida! Ida! Ida! Gute Nacht! murmelte Ida und schleppte sich mehr, als sie ging, aus dem Zimmer.

Ja, jetzt wird es Zeit, sagte Herr Domröse. Schlaf gut, meine Kleine! rief er Ida nach.

Und zu Magdalena sagte er: Ich glaube, sie ist immer noch sehr erschöpft.

Magdalena sagte nichts mehr, schaute zu, wie die letzten Holzstückchen im Kamin in der noch glimmenden Glut zerfielen.

8

Der Unfall
und
Ein Waldspaziergang

Am Nachmittag vor der Unglücksnacht startete Ida zehnmal,
das neuerstandene große Auto sprang nicht an, es war eine
Marke, die nicht mehr produziert wurde, die ‹auslief›, wie
man in der Branche sagt.
Sie war im Auto zum Reiten gefahren, nach dem Reiten ins
Konzert von Angelo Branduardi. Danach mit Magdalena
und einem ihrer Liebhaber ins ‹Tadzio›.
Um zwei in der Nacht brachte Ida die beiden zu ihren Wohnungen.
Übermüdet, wie sie war, drehte sie, um sich etwas aufzumun-
tern, den Kassettenrekorder auf volle Lautstärke und fuhr
auf der leeren Autobahn, nichts als ihr schönes, weiches Bett
vor Augen, mit hundertvierzig Richtung Heimat.
Sie war noch beschwingt von der Musik Angelo Branduardis,
trug einen langen, schmalen, blauen Glitzerschal, den sie am
Stand in der Pause erstanden hatte. Sie flog, schwebte noch
vom Tanzen in der Diskothek. Auch von Müdigkeit kann
man ‹besoffen› sein.
Mit sechzig Stundenkilometern durchfuhr sie eine geschlossene Ortschaft, ärgerte sich über einen Pkw, der vor ihr
beinah kroch, in jeder Kurve vorsichtig bremste. Und sie
sagte laut vor sich hin: Ist der besoffen? Patti Smith sang Be-
cause the night!

> *Come on now try and understand*
> *the way I feel under your*
> *command . . .*

Der fremde Wagen bog kurz vor dem Ortsausfahrtsschild vorsichtig rechts ab, und wenige Sekunden danach, während Ida noch ärgerlich war über die Verzögerung und darüber, daß sie hatte abbremsen und den zweiten Gang einlegen müssen wegen dieses Idioten, verlor sie im Bruchteil eines Augenblicks die Herrschaft über das Steuer.

Die haben mir ein kaputtes Auto verkauft, dachte sie, wenn man das ‹denken› nennen kann, was einen an Gedankenfaltern in solchen Augenblicken anflattert. Sie dachte nicht an Glatteis, auch am Tag danach kam es ihr unwahrscheinlich vor, daß das ‹Glatteis› schuld gewesen sein sollte.

Sie raste auf einen grauen Mast zu, den Mast einer Bogenlampe aus Beton. Und sie konnte nichts tun. Sie konnte nicht anhalten, sie konnte nicht schreien.

Albert Speer soll, als er aus dem Gefängnis kam, beim Anblick des modernen Autoverkehrs gesagt haben: Das ist die moderne Form des KZs. So etwas Ähnliches empfand Ida jetzt. Ein lang behüteter und versteckter Alptraum war plötzlich wirklich.

Ihr Auto kam zum Stehen. Sie nahm nicht wahr, ob sie noch existierte, das Gehirn registrierte: Da bin ich. Aber wo? Das wußte sie nicht. Sie konnte sich über den Wolken befinden. In einem andern fernen Land.

Viel später kam es ihr immer noch vor, als habe sie nur rekonstruiert, was ihr *zugestoßen* war im buchstäblichen Sinn des Wortes: Sie hing aus einem Fenster, das zersplittert sein mußte.

Sie war vielleicht geteilt worden, in oben und unten? Es war still, absolut still. Kein Mensch. Kein Ton. Sie spürte die kalte Luft nicht, vielleicht dachte sie: Kalte Luft, Luft. Fenster. Zersplittert. Auto. Ich. Die einzelnen Wörter.

Die Dinge waren, was sie waren. Sie waren da. Als ob die Dinge schrien, war ihr zumute. Steh still! schrie der graue Mast. Bleib stehen! der Kirchturm. Sie schaute auf den Kirchturm. Ob sie schaute, wußte sie nicht. ‹Es› schaute. Kirchturmuhr. Kirche. Wie spät war es?

Sie konnte es nicht erkennen. Versuchte auch nicht, die Zeit zu entziffern. *Es ist später, als du denkst.*

Sie schrie. Etwas aus ihr schrie. Die Stimme verselbständigte sich. Ein Tier, das um sich schlug, sich anklammerte. Doch da waren keine anderen Stimmen. Die Nacht war leer und düster. Die Häuser auf der gegenüberliegenden Straßenseite wie die Wände in einem Eisenbahntunnel.

Sie schrie immer nur: *Hilfe! Hilfe!* Die Stimme war wie ein Wesen, als ob man sie anrufen könnte! Sie sah Rauchschwaden aufsteigen. Ihr wurde bewußt, daß niemand da war. Es war so spät, daß in dieser gottverlassenen Gegend vielleicht jede Stunde ein Auto vorbeikam.

Sie überlegte, während sie schrie und sich umsah, als ob ihr Geist nicht in ihrem Körper und ihrer Stimme sei. Wenn der Wagen brennt? dachte sie nüchtern. Sie versuchte, den Gurt zu lösen, schnell und überlegt, als müsse sie eine Aufgabe in einem Wettbewerb lösen. Es gelang ihr. Aber weiter konnte sie sich nicht bewegen. Sie wollte heraus aus ihrem Auto, aber ihre Beine waren eingeklemmt. Da kam der Schmerz, und während sie wieder wie wild schrie, die Rauchwolke vor Augen, stellte sie fest: Ich werde also im Rollstuhl sitzen. Es war ein furchtbarer Schmerz. Ob es Minuten gewesen waren, Sekunden oder Stunden, sie wußte es später nicht. Sie hing allein mit dem Oberkörper aus dem Fenster, das keines mehr war.

Da war niemand auf der Straße. Im leeren Rahmen des Fensters am Beifahrersitz sah sie wie ein Gemälde den angestrahlten Kirchturm des Ortes. Das Dorf schien ausgestorben, die Leute schliefen. Es war Werktag, und niemand feierte die Nacht durch.

Als ob sie, ohne es zu merken, darum gebetet hätte, stand plötzlich ein Taxi auf der Straße. Sie sah das Schild, das erleuchtete Schild. Der Fahrer hielt. Sie schrie.

Sie hörte ihn über Funk sagen: Kommen Sie sofort! Ein schwerer Unfall!

Ganz ruhig! Ganz ruhig! sagte er. Bleiben Sie ganz ruhig. Es kommt ja gleich jemand.

Irgendwann schloß sie die Augen. Sie hörte den Krankenwagen nicht kommen. Ob der Körper Lider hat, die ihn abschirmen von allem, wenn der Schmerz zu groß wird?

Es mußte dann von Menschen gewimmelt haben. Der Schmerz isolierte sie von allem. Sie gab sich in die Hände unbekannter Retter.

Sie nahm nicht wahr, wie die Menschen, die an ihrer Rettung beteiligt waren, die Tür aufbrachen und aufschnitten, um sie herauszuholen.

Es war ihr, als ob sie schliefe und doch, mit geschlossenen Augen, noch irgend etwas sah, ja, den Schmerz sah sie, Schmerz kann man sehen, wenn er einen ganz ausfüllt. Es hallt dann im ganzen Körper.

Allmählich spürte sie, daß es die Beine waren, die schmerzten. Sie war noch nicht soweit, sich zu vergewissern, ob die Beine noch da waren. Aber sie mußten irgendwie noch mit dem Körper verbunden sein, weil sie schmerzten.

Sie merkte nicht, wie man sie heraustrug. In solchen Momenten läßt die Natur uns in eine Art von Ohnmacht fallen. Man kann es auch wohltuende Umnachtung nennen. Wenn wir alles überstanden haben, wünschen wir uns dann trotzdem oft, wir hätten mehr mitbekommen, wir hätten die Details beobachtet, damit wir uns ein Bild dessen machen können, was uns passiert ist. Aber die Natur setzt alle Hebel in Bewegung, damit wir überleben. Ihr ist es in dem Augenblick gleich, ob unserem Bewußtsein später etwas fehlt.

Daß sie auf einer Bahre lag, bemerkte sie erst, als sie im Krankenwagen die weißen Kittel zweier Krankenwagenfahrer sah. Sie beobachtete, wie sie anfing zu frösteln. Sie schlotterte und zitterte am ganzen Körper. Es war, als ob da ein anderer schlotterte. Nur der Schmerz sagte ihr: Das muß ich sein. Der eine Krankenwagenfahrer sagte zum anderen: Mach die Heizung an!

Als ob sie vor Kälte zitterte! Wimmernd, jammernd und klagend fragte sie während der Fahrt immer wieder: Wann sind wir endlich da?

Die Fahrt in die Stadt kam ihr endlos vor. Aber die Nacht hüllte alles angenehm in Dunkelheit. Wenn nur der Tag nicht anbrechen würde!

Im Krankenhaus kümmerte sich ein junger, blonder Arzt um sie. Wie sie zu den Ärzten transportiert worden war, nahm sie wieder nicht wahr. Das war ein Gefühl, wie wenn jemand in einem geschlossenen Korb irgendwohin gebracht wird. Oder wie Blinde-Kuh-Spiel. Man wußte nicht, wohin man geschubst und gedreht wurde.

Als man sie über den Flur schob, sah sie, daß Polizisten dort warteten.

Sie haben einen Unfallschock, sagte der Arzt. Die Polizisten wollten eine Blutprobe machen, ich habe sie weggeschickt.

Als sie im Bett lag, fühlte sie tausend kleine Scherbenkügel-

chen, Scherbenspitzen, wie abgebrochene Spitzen von Steck-
nadeln, überall am Körper, in der Wäsche.
Der Arzt hatte ihr vorsichtig die Reithose, deren Knie aufgerissen war, ausgezogen. Erst die Stiefel, dann die Reithose,
dann die durchlöcherten Strumpfhosen. Die Stiefel haben
wohl ganz schön was abgehalten, sagte er. Gebrochen ist
nichts, hatte er gesagt. Trotzdem werden wir Sie morgen
röntgen.
Man gab ihr Beruhigungsmittel gegen die Schmerzen, gegen
den Schock. Noch lange lag sie wach, einsam in diesem
Krankenhausraum. Die Krankenschwester hatte ihre Pflicht
erfüllt, indem sie ihr ein rosa Nachthemd angezogen, sie ge-
bettet und ihr das Beruhigungspulver gegeben hatte.
Ida fiel in einen eigentümlichen Schlaf, in dem sie wohl lange
verharrt hätte, wenn sie nicht, der Routine des Klinikablau-
fes gemäß, noch vor dem Morgengrauen, wie alle anderen
Patienten, geweckt worden wäre.
Bei künstlichem Licht mußte sie sich nach Anweisung der
Schwester Hände und Gesicht waschen.
Am Morgen wirtschaftete eine Putzfrau im Zimmer. Ja, ja,
sagte sie, schrecklich! Ich habe eine Frau gesehen, die nach
einem Unfallschock drei Tage vor sich hin gestiert hat. Und
meiner Schwester ist ein Reifen geplatzt, sie sauste gegen die
Leitplanke, seitdem hat sie immer wieder die Vorstellung,
wenn sie länger fährt, sie müßte während der Fahrt aussteig-
gen. Ja, ja, es ist furchtbar.

Nach wenigen Tagen konnte Ida das Krankenhaus verlassen.
Man fuhr sie auf der Bahre im Fahrstuhl nach unten. Wieder
war es ein Taxifahrer, der sich um sie kümmerte. Unter
Schmerzen humpelte sie zum Wagen und quälte sich hinein.
Auf der Fahrt zu ihrer Wohnung sagte der Taxifahrer: *Am
besten, Sie vergessen alles.*

Ein Schleudertrauma haben Sie, hatte der Arzt gesagt. Die
Halswirbelsäule ist gezerrt, und die inneren Quetschungen
im linken Unterschenkel sind extrem stark.
Sie wollte das zerstörte Auto sehen, vielleicht wie man eine
verschrumpelte Schlangenhaut anschaut. Oder wie den ‹alten Adam›, von dem Luther spricht. Sie bat den Taxifahrer,

einen kleinen Umweg zu machen und an der Werkstatt vorbeizufahren, wo das zerstörte Auto stehen mußte.

Sie humpelte in den Hinterhof der Werkstatt. Das erste, was sie sah, was ein vollkommen zerstörtes Auto, schwarz und ausgebrannt.

Verkohlt, wie es war, stand es neben dem ihren, und sie sah sofort, daß das einzige, was an ihrem Auto noch einigermaßen heil war, Kofferradio und Kassettenrekorder waren. Auch sonst würde sicher die Werkstatt noch einiges auszuschlachten haben, jedoch das äußere ‹Gehäuse› war dahin. Obwohl sie oft an dieser Werkstatt vorbeigefahren war, sah sie heute zum ersten Male hinter die Kulissen. Da standen die Unfallwagen: ganz hinten versteckt. Und sie dachte: Man fährt zu dieser Tankstelle – denn sie hatte oft an dieser Tankstelle getankt –, aber man weiß nicht, daß ganz hinten die Unfallwagen stehen.

Bei ihrer Rückkehr sah sie ihre Wohnung. Es war für Augenblicke, als ob sie gar nicht fortgewesen sei, als ob eine andere Frau den Wagen in der Freitagnacht gefahren hätte.

Und sie dachte: Wie froh kann ich sein, daß ich Esriel nicht im Wagen hatte.

Wenn du tot gewesen wärst, hätte ich den Esriel zu mir genommen, sagte Magdalena.

So viel Glatteis. So viel Glatteis. Ganz viel Glatteis, ganz viel Glatteis! sagte Esriel immer wieder, während er mit seinen Spielzeugautos Unfall spielte.

Wenige Tage später traf sie ihren Fahrlehrer, er sah ihr zu, wie sie humpelte. Bei einer Probefahrt mit dem neuen Gebrauchtwagen, den sie sich von der Versicherungssumme kaufen wollte, erzählte er, wie einmal ein Wagen von rechts auf der Autobahn von hinten auf ihn zugeschossen, an ihm vorbeigeflogen sei, sich dann überschlagen habe und gegen eine Leitplanke geprallt sei. Der Fahrer war nach eigener Aussage eingeschlafen, sagte der Fahrlehrer. Man braucht also nicht einmal selbst einen Fehler zu machen, dachte Ida, man ist immer gefährdet. ‹Mitten im Leben vom Tod umfangen›, oder wie hieß das noch? Sie zeigte dem Fahrlehrer die Fotos ihres Unfallautos. Er meinte, sie müsse sich überschlagen haben. Aber sie glaubte das nicht.

Er erzählte ihr von einer Sammlung von Unfallautos, die er sich angelegt habe.

Mit Magdalena machte Ida den ersten richtigen Genesungsspaziergang im Wald. Sie gingen langsam quer durch das Holz, dorthin, wo braunes Laub dick geschichtet lag und das Gehen Idas verletzten Beinen und Füßen wohltat. Sie spürte dort nicht den harten Widerstand der Asphaltstraßen, sondern das weiche Nachgeben des Waldbodens. Stilleben noch und noch in diesem Wald, dachte sie. Lichtungen mit abgeschnittenen Bäumen, mit Baumstümpfen. Braungrünliche Reiser, angeordnet zu großen Sträußen. Holzstöße zwischen Stämmen. Vermodernde Baumstümpfe. Manches, besonders das Absterbende, erinnerte sie an jene Fotos, die sie sich einen Tag vor dem Unfall angesehen hatte. Fotos aus dem Ersten Weltkrieg waren das gewesen. Von zerschossenen Soldaten. Von verwesenden, vermodernden Körperteilen. Von Skeletten. Von zusammengekrümmten, zertrümmerten Pferdeleibern.

Ein Verdacht stieg in ihr auf: Daß die hohen Herren und Damen nicht nur dem Goldrausch und dem Fortschrittsrausch und dem Machtrausch huldigen, wenn sie Krieg führen, sondern über Leben und Tod herrschen, ja das Gesetz des Lebens kopieren wollen, das da ist: Leben und Vermodern, ‹Stirb und Werde!›. Nur daß im Gesetz des Krieges kein ‹Werde› enthalten ist! (Oder doch: in der Nachkriegszeit, im ‹Aufbau›?)

Im Wald wird das Laub wieder Erde, der vermodernde Baumstamm wird zur Erde. Doch was geschieht mit dem zerschossenen, zerbombten Menschen? Manchmal erschrak Ida bei dem furchtbaren Gedanken, daß Seele und Geist aller Zerbombten aller Kriege noch leben und die Erde bevölkern! Vielleicht schrien diese Seelen, schrie der Geist all dieser Ermordeten? Wahrscheinlich war aber, daß sie schrien wie das leidende Pferd, dem die Kehle durchschnitten worden war. Und wer hörte *solche Art von Schreien?*

Sie ging mit Magdalena durch den Wald und dachte: Ein Mensch kann sein Häuschen bauen, der Welt Kinder geben, seinen Garten ohne Gift bearbeiten, mutig die Regeln der Halsabschneider mißachten, aber niemand kann sicher sein, ob er dies alles wird *behalten* können, was er geschaffen hat. Eines Tages konnte es geschehen, daß alles, was ein Mensch geschaffen, daß Leben und Gesundheit, Kinder, Garten,

Haus, Geld, Tiere, ein Pferd und alles Lebendige, Sein oder Nichtsein abhängig vom Ungeist vergifteter Menschen sein würde, die für ihre Entscheidung, die Menschheit zu töten, einen Computer, den *sie* gefüttert hatten, verantwortlich machten.

Erst drei Wochen nach dem Unfall konnte sie wieder ohne Schmerzen in der Wanne baden. Sie spürte die verletzten Glieder im warmen Wasser, so hatten sie sich auch nach der Geburt von Esriel im Wochenbett angefühlt.
Es war ein Auferstehungsgefühl.
Im Wald an einer Ruine saß sie auf einem Trimm-dich-Teil mit ihrem verletzten Bein und hielt ihr Gesicht in die Sonne.
Es war Frühlingsanfang. Der Tag brach an, und das Licht war hell und glänzend. Eine starke Sonne.

II

Das Kind, das Meer und der Graue Mann

> Morgen fange ich wieder mein Schreiben an,
> ich will mit aller Kraft hineinreiten . . .

> *Franz Kafka, Brief an Felice, 20. zum 21. 12. 1912*

I

Die Tigerfrau
und
Wie man die Angst überwindet

Ida wurde schwindlig beim Anblick des Hochseilartisten. Und es tat ihr weh, dem Fakir zuzuschauen, wie er sich die dicken Nadeln durch die Arme stach. Auch der Feuerschlukker tat ihr leid, denn sie wußte, daß er jedesmal Schmerzen hatte, obwohl nur das Waschbenzin brannte.

Immer wieder sah sie durch ihr Fernglas, weil sie dann die Artisten sehr nah hatte, und das Waschbenzin sah am Kinn das Feuerschluckers und am Hals wie Schweiß aus. Aber sie wußte auch, daß Schmerz und Risiko zum Beruf des Artisten gehören, sie war ja selbst eine Schauspielerin, eine Artistin.

Am besten gefiel ihr die Tigerdompteuse. Sie hatte die schöne, rothaarige Frau schon auf einem Plakat gesehen. Jetzt beobachtete Ida durch ihr Fernglas, wie sie mit den Tigern sprach. Zu gern hätte sie gehört, was sie den Tigern an Befehlen und Zärtlichkeiten und an Lob sagte. Sie konnte aber nur wahrnehmen, wie die Frau den Mund bewegte und die Peitsche und mit langen weißen Stäben hantierte, auf die Fetzen blutigen Fleisches gespießt waren; ein paar kleine Tiger durften es fressen, wenn sie etwas gut gemacht hatten.

Sie dachte, daß die Tiger sicher vorher gefüttert worden waren, damit sie nicht während der Vorführung Hunger auf die Frau bekamen. Aber das stimmte nicht, im Buch, das der Mann der Tigerfrau, der Zirkusdirektor, geschrieben hatte und das man in der Pause kaufen konnte, las Ida, daß die Tiger erst nach der Vorstellung zu fressen bekommen und daß die Dompteuse nie selbst füttert, sondern ein Tierpfleger. Denn den Menschen, der ihnen das Fleisch bringt, halten die Tiger für einen Rivalen.

Und eine Rivalin darf die Tigerfrau natürlich niemals sein,

denn eine Rivalin können sie angreifen und besiegen wollen.

Die rothaarige Frau, die auf dem Plakat den Tiger küßte, beeindruckte Ida sehr. Daß sie überhaupt keine Angst hat! dachte sie.
Esriel saß neben seiner Mutter und fragte, als die Dompteuse die Tiger zu dirigieren anfing, wann denn die Löwen kämen.
Aber es kommen doch keine Löwen, sieh dir doch die Tiger an! sagte Ida und ärgerte sich, daß Esriel sich wie ein Kind benahm, das nicht genug kriegen kann.
Allzugern hätte sie sich mit der Tigerfrau unterhalten, denn es schien ihr, als ob mit einem Pferd umzugehen nicht viel weniger schwierig sei als die Dressur eines Tigers. Tatsächlich, schrieb der Zirkusdirektor, sei es oft gefährlicher, mit zahmen als mit sehr wilden Tieren zu arbeiten, denn der Mensch werde leichtsinnig mit zahmen Tieren. Er vergesse, daß ein Tier sein Leben lang wild bleibe, auch wenn es gezähmt worden sei.

Am Schluß der Vorstellung sah Ida die erschöpften Gesichter der Artisten. Sie verneigten sich und nahmen den Beifall des Publikums entgegen, als ob dieser sie am meisten erschöpfe. Ein großer Teil ihrer Arbeit war sicherlich Routine, aber trotzdem hart und mühsam. Sogar das Beifallentgegennehmen war mühselige Arbeit. Auch ist es eine der härtesten Arbeiten, Menschen zum Lachen zu bringen. Menschen, die jeden Tag im Fernsehen und in Filmen und bei der Lektüre der Zeitungen an den irrwitzigsten Tragödien und Spannungen ‹teilnehmen›.
Zu Anfang der Vorstellung hatte Ida sogar Angst, daß die Zuschauer laut zu gähnen anfangen könnten, denn wie sollten sie schwierige Darbietungen schätzen können, wenn sie alltäglich ‹Kitzel› wie die härteste Droge gewohnt waren?
Aber zum Glück war es nicht ganz so. Esriel jedenfalls lachte viel, und Ida begriff, warum die Menschen Spannung brauchen und daß das Verlangen nach Spannung etwas Natürliches ist.
Vor der Vorstellung hatte sie gefürchtet, der Anblick der Zirkuspferde würde ihr weh tun. Sie gefielen ihr dann aber sehr,

besonders die schwarzen Friesen, die mit der Pracht ihrer langen breiten Schweife wie zweigeschlechtliche Wesen wirken. Ihr gefiel auch, wie der Direktor sie in der Hand hatte, sie dirigieren konnte. Es war schön, mit anzusehen, wie ein Mensch eine Souveränität über wilde Tiere, seien es Tiger oder Pferde, erringen konnte. Eine ungeheure Selbstbeherrschung mußte er sich auferlegen, bevor er sein Ziel erreichte. Es gibt auch Dompteure, die ihre Tiere mit Schlägen, sogar Elektroschocks traktieren, um sie dahin zu kriegen, wo sie sie haben wollen. Aber dies hatte der Zirkusdirektor nicht getan. Er war ein Verfechter der ‹sanften Dressur›.
Und Ida, der es noch nicht gelungen war, ihr Pferd zu bändigen, war fasziniert. Was ist dieses Bändigen ohne Elektroschock und ohne Schläge? fragte sie sich.

Manchmal fühlte Ida sich selbst wie ein Tiger. Natürlich gab es viele Leute, die sie allzugern gebändigt hätten. Aus einem Tiger wollten sie ein Schoßhündchen machen, und wenn das nicht gelang, tobten sie. Laß sie toben, dachte Ida. Ich werde mich nicht mehr nach diesen Menschen richten. Viele Kritiker, die über Spielfilme schrieben, kamen ihr wie Tigerdompteure vor, aber wie solche, die mit Elektroschocks und Schlägen arbeiteten, eben wie Tierquäler.
Über diese Tierdompteure schrieb der Zirkusdirektor: *Sie müßten für Tierschützer ein gefundenes Fressen sein.*

Idas Herz war besetzt von der Schauspielerei. In ihrem Herzen nahm das Spielen den Platz ein, den im Herzen mancher Frau ein Mann einnimmt.
Esriel gehörte auch ihr Herz. Er war selbst ein kleiner Schauspieler, wie jedes unverbogene Kind ein Naturtalent im Schauspielern ist. Und er war ein kleiner Philosoph. Esriels Vater war ‹weitergezogen›, so nannte es Ida. Sie war froh darüber, wenn es ihr auch manchmal unheimlich war, denn wenn jemand weggegangen ist, ist es einem manches Mal, als sei er gestorben. Sich-Verlieben ist eine heftige Krankheit, wie ein Virus kann es einen befallen. Und bestimmt würde sich Ida eines Tages wieder verlieben. Aber eines wußte sie: Ein Mann würde niemals wieder das Wichtigste in ihrem Leben sein. Lieber ein Pferd als einen Mann, dachte sie. Und: *Ein Königreich für ein Pferd!*

Die Tigerdompteuse war verheiratet. Sie hatte den richtigen Mitstreiter, einen wahren Lebensgefährten, gefunden, wie es schien. Vielleicht werde auch ich eines Tages einem Mann begegnen, der mich nicht von meinem Pferd trennen will, dachte Ida. Man kann nicht alles haben, sagte sie sich. Und verstand jetzt manchmal, warum Menschen neidisch sind auf Künstler oder sie bewundern, umjubeln und anhimmeln. Oft war ihr das Anhimmeln wie eine Form von verstecktem Haß vorgekommen. Wie schnell können Menschen, die gerade noch Fans gewesen sind, übersättigt, gelangweilt und aggressiv sein. Das Publikum ist sicher nicht nur für einen Zirkusdirektor und die Artisten wie ein einziger riesiger Tiger. Es läßt sich niemals ganz und gar zähmen.

Wenn man vergißt, daß unter seiner Zahmheit das wilde, ungebärdige Menschentier verborgen ist, ist man verloren. Man muß es lieben und ernst nehmen und darf keinen Fehler machen, damit es nicht böse wird.

Der Zirkusdirektor schrieb in seinem Buch, daß vor der Vorstellung frische Spreu in die Käfige der Tiere gestreut würde, damit sie vor der Vorstellung urinierten und nicht in die Manege und dabei womöglich noch das Publikum vollspritzten. Frische Einstreu weihen die Tiere nämlich sofort ein, um ihr Gebiet zu kennzeichnen. Der Dompteur mußte also die Gewohnheiten und Eigenheiten der Tiere genau kennen. Der Zirkusdirektor beschrieb auch, wie er hohe Beträge bezahlte, um ein schwer erkranktes, lange vertrautes Tier durch einen Spezialisten behandeln zu lassen und zu retten, obwohl die Kosten der Behandlung höher waren als die für ein neues Tier. Der Spezialist sagte dann oft: Schießen Sie es ab und kaufen Sie ein neues, das ist billiger! Aber so geht kein Künstler mit dem um, was er bändigen muß. Er muß ja, was er in langen Jahren kennengelernt und unter Mühen sich vertraut gemacht hat, wert- und liebbehalten und um das Leben des Tieres kämpfen.

Nur Verleger verhalten sich da heutzutage anders, aber sie sind ja auch *besondere* Dompteure, und auch unter ihnen stirbt die Art, die ohne Schläge und Elektroschocks arbeitet, wohl immer mehr aus.

Nein, man kann nicht immer alles haben. Nicht die Lust des Bändigens, die Künstler haben, ob sie Schauspieler oder Zirkusartisten sind, und dann noch das kleine Glück im Winkel. Mit einem Mann. In der Sicherheit. Das gibt es wohl nicht, dachte Ida. Und es machte sie nicht mehr traurig, daß dies so war.

Der Zirkus hatte ihr so gut gefallen, daß sie beschloß, noch einmal in die Vorstellung zu gehen. Diesmal wollte sie dann aber die Nachbarin, Frau Bachrach, einladen.

Frau Bachrach konnte nur unter größten Mühen zu Fuß gehen wegen ihrer chronischen Bronchitis, und Ida, die sich von ihrem Unfall erholte, hätte sie mit dem Auto abholen müssen. Sie war aber lieber mit Esriel zu Fuß zum Zirkusplatz gegangen. Ida wußte noch wenig über die alte Nachbarin. Esriel und Frau Bachrach hatten sich angefreundet, der kleine Junge und die alte Frau. Sie hatte einen Pudel, der Chantal hieß. Über das Tier waren sie ins Gespräch gekommen, alle drei.

Die alte Frau war früher beim Zirkus gewesen. Sie zeigte Ida Fotos, die sie darstellten, wie sie gerade übte, sich in schwere Eisenketten legen zu lassen.

Und dann befreiten Männer mich von den Ketten, die zur Überraschung des Publikums ganz leicht zu lösen waren, sagte sie, dabei war ich wirklich angekettet.

Frau Bachrach war sehr schwerhörig. Das Läuten des Telefons hörte sie über ein Lichtsignal. Eine ans Telefon angeschlossene Glühbirne leuchtete auf, wenn es klingelte. Denn sie hörte ohne Hörgerät kaum etwas, und das Gerät trug sie nur, wenn es unvermeidlich war.

Esriel spielte beim ersten Besuch in Frau Bachrachs Wohnung sofort mit dem schwarzen Pudel, warf ihm einen Ball hin und war vollkommen beschäftigt. Für den Hund mußte Frau Bachrach jedes Jahr ein Attest besorgen, bevor sie ‹in die Ostzone› zu ihren Verwandten fuhr. Er war zwar vollkommen gesund, aber das Attest war gesetzlich vorgeschrieben. Der Arzt sagt mir jedesmal, der wird uralt, weil Sie ihn so gut pflegen, sagte Frau Bachrach. Er ist ein wunderbarer Arzt, er war früher beim Zirkus, und als er hörte, daß ich auch beim Zirkus war, hat er mir nur eine halb so hohe Rechnung geschrieben, erzählte Frau Bachrach. Er ist sehr zart mit den Tieren, nicht so wie der andere, bei dem ich vorher war. Der jagte den Tieren die Spritze nur so ‹rein›, daß sie laut aufjaulten. Der war nämlich auch Schlachthausarzt, da muß er eben brutal sein, er ist wahrscheinlich abgestumpft. Früher habe ich auf Trichinenbeschau umschulen wollen, als ich beim Zirkus keine Arbeit mehr bekam, sagte sie. Aber als ich das Arbeiten im Schlachthof gesehen hatte, habe ich gedacht: das halte ich nicht aus!

Sie war Halbjüdin und hatte sich zur Zeit der tausendjährigen Düsternis in Deutschland nur verstecken und unentdeckt bleiben können, weil ihr Vater, ein russischer Jude, russische Papiere hatte. Die konnten sie nicht lesen, sagte Frau Bachrach. Außerdem war ihr Vater zum evangelischen Glauben konvertiert, also hatten alle sich so tarnen können, daß sie ungeschoren geblieben waren.

Jedenfalls erzählte Frau Bachrach dies beim ersten Besuch von Ida und Esriel.

Nachts sitze ich stundenlang auf dem Balkon, sagte Frau Bachrach, sie schaute hinaus auf die Brüstung, auf der sie eine künstliche Pflanze mit künstlicher orangefarbener Blüte angebracht hatte. Pflanzen zu pflegen ist so aufwendig, sagte sie, man muß immer gießen. Und es hörte sich an, als frage sie: Wer hat *mich* gepflegt und warum soll gerade ich Tag für Tag Pflanzen gießen?

Sie zeigte Ida die wollenen Kissen und Decken, die sie zu häkeln pflegte in langen, schlaflosen Nächten. Mit denen wärmte sie sich auch, wenn sie in den Nächten auf dem Balkon saß und die vorübergehenden übermüdeten Menschen beobachtete und den Morgen abwartete.

Der Hund ersetzte der alten Frau das Gehör. Er hörte für sie.

Ida erinnerte sich an die betrunkene Frau, die sie im Café erlebt hatte. Wie viele Menschen haben Tiere als ihre einzigen Begleiter.

Frau Bachrachs Tür war nicht abgeschlossen, nur angelehnt, und Ida fragte: Haben Sie keine Angst vor Räubern?

Meine Nachbarin kann immer herüber, sagte sie, wenn mir einmal etwas passierte. Und der Hund hört alles, er bellt laut und warnt mich. Und bellen kann er sehr laut. Jeder glaubt, daß es ein großer, gefährlicher Hund ist.

Frau Bachrach hütete manchmal den kleinen Esriel, wenn

Ida allein wegging. Sie spielte mit ihm Knopfspiele oder las ihm vor, ersetzte ein wenig die Großmutter, die nicht am Ort lebte.

Sie hatte in Engels Zirkus gearbeitet, damals unter der Regie des Seniorchefs.

Rufen Sie Frau Engel an, sagte sie. Sie hat Sie sicher schon gesehen und wird sich gern mit Ihnen treffen.

Die Welt wird immer schnellebiger, kaum noch nimmt sich jemand die Zeit, sich sorgfältig auf eine Rolle vorzubereiten. In dem Ruhejahr, das Ida sich verschrieben hatte, wollte sie sich mit Menschen wieder so beschäftigen, wie man ihnen als Kind begegnet: neugierig und ohne sie abzuurteilen.

So wie ein Gärtner Kompost zubereitet, muß man ja immer wieder sich selbst bereit machen, damit die Substanz nicht verlorengeht. Das Pferd und das Kind, Magdalena und Frau Domröse waren auch jetzt nach dem Unfall Verbündete. Auch die Tigerfrau war eine Verbündete, denn man konnte von ihr lernen, wie man inmitten der Gefahr das Bedrohliche bändigen kann.

Als Ida der Tigerfrau die Hand gab, bemerkte sie, wie zart und sanft der Händedruck war. Diese Frau mit dem langen, wallenden roten Haar war zierlich und leicht wie eine Feder. ‹Die Chefin› war eine zarte Frau.

Sie müssen sich das Ganze vorstellen: ein Riesenhochhaus, sagte sie. Und da wohnen, sagen wir, fünfzig Familien. Da gibt es Reibereien, da gibt es Freundschaften. Es hockt keiner dem anderen auf der Pelle. Es sind Klübchen. Die Bulgaren sind zusammen. Die Marokkaner sind zusammen. Die Polen sind zusammen. Man sitzt nicht wie eine italienische Familie um den Tisch.

Das ist eine Fabrik, wissen Sie. Man ist müde. Jeder muß sein Bestes geben. Wenn Sie glauben, wir sind Tag und Nacht zusammen, mein Mann und ich, dann irren Sie. Ich habe meine Arbeit am Tag. Er hat seine. Er ist sehr, sehr viel unterwegs. Er fährt dahin und dorthin. Er besucht Städte. Er hat viele Ideen.

Wissen Sie, ich habe die Angst überwunden. Ich hatte sogar ein Pferd, vor dem ich sehr viel Angst hatte. Aber das ist lange her. *Ich habe die Angst überwunden.*

Ida sah die Frau bewundernd an. Wie weit sie ihr darin voraus war, die Angst zu bändigen!

Dieses Pferd, das die Tigernummer vorführte, war sehr frech, fuhr die Tigerdompteuse fort. Sehr frech und sehr stur! Ich habe ein Jahr lang gebraucht, ehe mich das Pferd respektierte. Erst viel später war ich mit ihm ein Herz und eine Seele. Wenn ein Tierpfleger es mir brachte und es sah mich von weitem, hat es sich losgerissen und ist zu mir getrabt. Zu diesem Pferd hatte ich ein besonderes Verhältnis. Ich habe immer zu ihm gesagt: Du bist ein armer Kerl, auf dir reitet ein Tiger, und du weißt das nicht einmal!

Bei diesen Worten war es Ida, als müsse sie ihren Rücken abtasten, welches wilde Tier wohl *auf ihr* reite. Aber das Pferd war ja gar nicht arm, es hat den Tiger, wenn der Tiger nicht richtig auf ihm gesessen hat, *abgeschüttelt*! Verstehen Sie, so frech war dieses Pferd, sagte Frau Engel, das Pferd hatte eine kolossale Personalität.

Wir haben großartige Angebote bekommen. Dieses Pferd wollte jeder kaufen. Wir haben nein gesagt. Es war uns so treu gewesen. Wir haben so viel Geld mit ihm verdient, und er sollte bei uns das Gnadenbrot haben. Der lief bei uns frei herum, er wurde nicht festgebunden. Alle Artisten wußten das, und wenn die morgens die Türen aufmachten, stand unser Tiger irgendwo. Er hieß Tiger, weil er so frech war. Er kannte seine Kraft. Daß ihn der wirkliche Tiger, der auf ihm ritt, hätte zerfleischen können, wußte er vielleicht auch. Aber er hatte keine Angst. Er war frech und sehr stur!

Als er alt war, stand er immer irgendwo, bettelte und holte sich seine Brötchen morgens. Und wenn Futterzeit war, ging er von selbst in den Stall. Und er wußte genau, wenn Vorstellung ist. Ein richtiger Zirkusgaul, wie man so sagt. Und eines Tages kam der Stallmeister gelaufen, wir waren in Frankfurt oder Darmstadt, es war Sonntag um diese Zeit. Um Gottes willen, sagte er, der Tiger ist von allein in den Stall gegangen und hat sich hingelegt. Ja, und? sage ich. Der kommt doch erst immer zur Fütterungszeit, sagt der Stallmeister. Als der Tierarzt kam, war unser Tiger schon tot. Also wollte er doch sterben.

Er hätte sich ja auch draußen irgendwo hinlegen können, das wäre sein Platz gewesen. Oder in der leeren Manege. Ja, vielleicht hat er es bis in die leere Manege nicht mehr geschafft.

Er hat sich hingelegt, hat zweimal gestöhnt und ist gestorben.

Die Tigerfrau schwieg eine Weile, auch Ida war ein wenig abwesend.

Für mich war das ein Drama, fuhr sie fort. Das war ein Pferd, wie Sie es nie mehr finden. Viele Leute fragen mich: Warum machst du nicht mehr *Tiger zu Pferd*? Ich sage dann: Ich kriege solch ein Pferd nicht mehr. Und ich bekomme solch einen Tiger nicht mehr! Warum soll ich irgend etwas kopieren? Es kann doch nie mehr das gleiche sein! Solche zwei Tiere zusammen gibt es gar nicht mehr. Und das war ein einmaliges Pferd.

Wie hieß denn der Tiger? fragte Ida. Der Tiger hieß King, sagte Frau Engel, der ist auch tot.

Wir haben ihn freigelassen in einer Löwensafari, der hatte ein Riesengelände für sich. Wir haben ihm ein Weibchen gekauft vom Kölner Zoo. Und dann hat der gedeckt und gemacht, er hat fünfzehn Kinder gezeugt und ist nachher während des Deckens gestorben. Ja, sagte sie und lachte, ein schöner Tod, nicht? Er war über zwanzig Jahre alt und hatte ein tolles Leben gehabt.

Und Sie haben die Angst überwunden? fragte Ida. Aber wie? *Wie* haben Sie die Angst überwunden?

Ich war immer wieder bei ihm, sagte Frau Engel. Immer wieder habe ich probiert und geschmust und hab mich um ihn gekümmert.

Ida machte große Augen, wollte etwas sagen. Ich hab ihn auch schon mal selbst geputzt, ich war immer beim Füttern dabei, sagte die Tigerfrau. Immer wenn Gras in der Nähe war, habe ich ihn spazierengeführt. Immer. Immer. Immer. Verstehen Sie? Ich habe mich gekümmert um dieses Pferd, als wär es mein Hund.

Aber die Angst? fragte Ida. Die Angst?

Ja, die erste Zeit, sagte die Tigerfrau, die erste Zeit hat er mich hin und her geschüttelt. Verstehen Sie? Ich hatte hier eine Rippe gebrochen und da eine Rippe gebrochen. So ging der auf mich los. Das war ja ein Brocken von Pferd. Das war ein Pinzgauer. Der wurde dann lieb. Er wurde lieb. Ein anderer hätte gesagt: Ich geb es jetzt auf. Es reicht! Es muß einen Punkt geben.

Sie haben etwas, sagte Ida. Sie suchte nach Worten.

Das sagt mein Mann auch immer, sagte die Tigerfrau. Du hast etwas, was man nicht lernen kann! Das ist die Antenne. Ich kann Ihnen auch nicht erklären, was das ist. Ich weiß es nicht. Ich kann nach hinten gehen zu meinen Tigern. Da kann der Tierpfleger den ganzen Tag davorgestanden haben oder der Herr Andres oder mein Mann. Ich sag: Was hat denn *die*? Wie, was soll die haben? ist die Antwort. Ich sag: Die hat doch was. Verstehen Sie. Nach zwei, drei Tagen wird dann der Tierarzt geholt. Und dann hatte die was! Wie kannst du denn das gesehen haben? fragt mein Mann. Ich sag: *Das habe ich gesehen.*

Ich habe auch gespürt, wenn meine Tigerinnen Junge gekriegt haben, wann es soweit war. Da habe ich mich hingesetzt abends, habe mir eine Thermosflasche genommen und Kaffee.

Die ganze Nacht. Mein Mann kam zehnmal nach hinten. Na, möchtest du nicht ins Bett? sagt er, die kriegt das heute nacht nicht. Ich sag: Ich weiß, heute nacht. Und was war? Um vier Uhr früh war der erste Schrei. Und ich kann *so* die Tigerinnen überhaupt nicht anfassen! Und nach der Geburt, als die Tigerin ihr Kleines freileckte, durfte ich mithelfen. Wissen Sie, wie selten das ist? Man sieht, daß du gar nicht vom Fach bist. Tu doch die Hände da raus, sagt mein Mann. Ich habe ja eingeheiratet in diese Artistendynastie.

Ich sag: Die will das doch. Die hat mir das Kleine zugestupst. Dann hat sie gestöhnt, und ich hab mit ihr gesprochen und hab das Kleine abgetrocknet. Und sie hat gestöhnt und hat das nächste geboren. Die kriegen ja nicht so leicht ihre Jungen. Ich bin manchmal sprachlos, wie schwer eine Tigerin gebiert. Sie kriegen wenigstens drei oder vier. Und dann war sie so fertig. Ich habe mit ihr richtig gesprochen, und sie hat mich angeguckt, wissen Sie, ich konnte spüren, das Tier braucht mich. Und dann habe ich mich um die Kleinen gekümmert, bin halb in den Käfig gekrochen. Der Tierpfleger hat natürlich aufgepaßt, auch der Herr Andres, die standen beide mit den Stöcken, und ich war halb drin bei der Tigerin und hab die Tiere abgetrocknet. Ich sag: Bleib du mal liegen. Und ich hab die Kleinen zu den Zitzen gelegt. Das hat sie nie vergessen, glaube ich. Ich konnte die Kleinen herausnehmen, wann ich wollte. Vor der Arbeit habe ich sie genommen, ich hab die Tigerin draußen gelassen, da hat sie geschrien! Die wollte mitarbeiten. Was soll ich machen? Ich kann die kleinen Tiger nicht drinlassen. Ein anderer Tiger kommt und erwischt sie. Ich habe die Kleinen dann in einen Wäschekorb gepackt, zugedeckt und mit in die Garderobe genommen. Ich habe mit der Tigerin gearbeitet, und nach der Nummer bin ich zu ihr hin, ich sag: Komm, jetzt friß du mal alleine, und ich bring dir dann deine Kleinen. Als verstünde sie mich!

Dann habe ich sie erst einmal in Ruhe fressen lassen, habe ihr die Kleinen gebracht. Und sie hat sie abgeleckt und sich gefreut. Und wie viele Leute hatten mir gesagt: Um Gottes willen, wenn du das Kleine wegtust, wird sie es nie mehr angukken!

Es war seltsam, wie Menschen erzählen konnten, wenn man ihnen zuhörte. Leider hört ja kaum noch ein Mensch dem anderen zu. Aber wer einmal anfängt, einem anderen zuzuhören, der erlebt ein Wunder. Die meisten verstehen unter Zuhören: warten, bis der andere aufgehört hat zu reden, damit sie selbst sprechen können. Aber das ist kein Zuhören. Dann erlebt man das Wunder sicher nicht.

Ida hatte lange genug in ihren Rollen die verschiedenartigsten Menschen dargestellt. In der Welt des Films hatte sie unzählige Menschen erlebt, die zwar gern wollen, daß man ihnen zuhört und zusieht, aber selbst nicht einmal drei ruhig und langsam gesprochene Sätze abwarten können. Ein Jahrmarkt der Eitelkeiten war es oft gewesen, sie hatte darin die Rolle der ‹Striptease-Tänzerin› immer weiter spielen müssen.

Das war vorbei. Und sie war jetzt immer öfter mit Menschen beisammen, die auftauten, weil Ida, nachdem sie zur Ruhe gekommen war (der Autounfall hatte den vorläufig heftigsten Schlußpunkt unter eine Zeit der Rennen gesetzt), imstande war, ihnen zuzuhören.

Die Kunst des Zuhörens ist eine eigene Kunst. Und Ida vermißte jetzt nichts, wenn die Menschen, denen sie zuhörte, nicht sogleich auf *sie* zustoben, um *sie* auszufragen, um sich *ihr* zu widmen. Sie hatte das Gefühl, daß sie es jetzt nicht mehr brauchte, daß sich viele Leute um sie kümmerten.

Sie war glücklich mit dem Kind. Mit dem Pferd.

Ich habe durch mein Fernglas geguckt und Sie beobachtet, wie Sie mit den Tigern sprachen, sagte Ida. Sie bewegen jedenfalls in einem fort die Lippen. Was sprechen Sie zu den Tigern?

Ich sag ihnen, wie sie sich benehmen, sagte Frau Engel. Wenn einer nicht will, zum Beispiel. Ich kann ihm das ja nicht erklären. Ich spreche mit den Tigern wie mit Kindern. Dann sag ich schon mal: Mensch, was bist du blöd heute oder doof. Oder: Stell dich nicht so an! Oder: Guten Morgen! Und: Bist du jetzt aufgewacht? Oder ich sag: Lieb und brav! Heute bist du brav, heut bist du . . .

Ich möchte schon mal ein Tonband laufen lassen, damit ich selbst höre, was ich sage. Wenn der Herr Andres zu mir sagt: Wie kannst du denn solch ein Wort in der Manege sagen! Wieso, was hab ich gesagt? Er sagt: So eine Scheiße.

Das ist nicht das schlimmste Wort, oder? meinte Ida.

Das kam, verstehen Sie. Darüber denk ich in dem Moment nicht nach. Ich bin dann vollkommen konzentriert. Das hört ja auch niemand, wahrscheinlich. Oder?

Und wenn etwas schiefgeht? fragte Ida. Ist das dann der Augenblick der höchsten Spannung? Dann könnte ich alles hinwerfen, manchmal, sagte die Tigerfrau. Und dann kommt die große Beherrschung.

Das kannst du nicht, denke ich und sage ich zu mir. Das darfst du nicht. Du mußt weitermachen. Weitermachen. Nicht aufgeben. Bis zum letzten Atemzug. Ich werde nicht aufgeben. Verstehen Sie?

Ja, sagte Ida. Ja. Ja.

Das sind ja Tiere, fuhr die Tigerfrau in ihrer Erzählung fort. Und wenn ich, das Leittier, die Nerven verliere, was sollen die Tiere dann tun? Je aufgeregter ich bin, desto ruhiger werde ich. Wenn ich dann mal ganz ruhig bin, dann wird es sehr gefährlich.

Das weiß der Zuschauer nicht, sagte Ida. Nein, das weiß der Zuschauer nicht.

Wahrscheinlich könnten die Zuschauer sich nicht mehr amüsieren, wenn sie wüßten, daß wir, die wir sie in Lachen und Spannung versetzen, schlimmer arbeiten als sie selbst, sagte Frau Engel und strich sich eine Strähne ihrer wilden roten Haarmähne aus dem Gesicht. Ja, es gibt schon Tage, da möchte ich alles hinschmeißen. Glauben Sie mir das! Da möcht ich die Peitsche nehmen und möchte raus. Und ich denke: Freßt euch auf, mir ist das egal.

Auch während der Vorstellung? fragte Ida.

Ja, *nur. Nur* während der Vorstellung, sagte die Tigerfrau. Wenn die Tiger mich so blamieren und so gar nichts tun und nur Blödsinn im Kopf haben und schlecht gelaunt sind und nur Quatsch machen. Und ich sehe kein Durchkommen.

Im Grunde genommen *gewinne* ich ja immer, aber auf so vielen Umwegen und mit so viel Theater und so viel Gulasch...

Mit Gulasch? fragte Ida.

Die Tigerfrau lachte. Ja, mit viel Durcheinander, sagte sie. Fleisch gibt es während der Vorstellung nicht.

Ich habe aber doch gesehen, wie Sie Fleisch auf die Stangen spießten.

Ach, sagte Frau Engel. Das gebe ich nur den Kleinen. Ich sollte es schon längst nicht mehr tun, es ist nicht gut. Ich belohne sie, weil sie so schnell gelernt haben. Sie waren überraschend gut, wie sie zum ersten Mal das Licht, das Publikum, die Manege, die Musik erlebt haben. Jetzt fangen sie langsam an, jetzt sind sie sicherer, jetzt sehen sie sich um.

Immer wieder kamen sie auf das Risiko, auf die Gefahr, auf die Angst und das Überwinden der Angst. Ida fragte, ob sie nicht manches Mal das Publikum hasse.

Hassen? sagte die Tigerfrau. Hassen? Sind wir nicht alle Publikum? Man erkennt sich ja wieder in diesen Menschen, die zum Hochseilartisten sagen: Wie oft sind Sie denn runtergefallen? Ja, sagt er, um Gottes willen! Noch kein Mal! Verstehen Sie? Wenn der *einmal* runterfällt, dann geht er sowieso nie mehr hoch. Dann ist er entweder verkrüppelt oder...

Und dann fragen sie *mich*: Hat Sie ein Tiger noch nicht? Ich sag: Hören Sie mal! Wenn ich das Gefühl habe, die wollen mich auffressen, dann geh ich nicht mehr rein. Ich bin doch selbst mir der Nächste. Wenn ich das Gefühl habe, da geh ich rein, und dann muß ich pausenlos daran denken: Die fressen mich auf, dann mach ich Schluß.

Das Publikum ist beinah schlimmer als die Tiger? fragte Ida.

Manchmal ja. Aber man weiß nicht, was diese Menschen vorher erlebt haben. Und sie erzählte von alten Damen, die sich über angeblich teure Eintrittskarten laut beschwerten, um sich dann nach der Vorstellung errötend zu entschuldigen.

Sie müssen sich jeden Tag neu beweisen, sagte Ida. Es ist ein Vabanquespiel. Sie sind eine Spielerin, glaube ich.

Sind Sie nicht auch eine Spielerin? fragte die Tigerfrau. Mich reizt es, mit etwas zu kämpfen, das stärker ist als ich, sagte sie. Als Kind habe ich geglaubt, alle Tiere sind lieb. Ich war bei jedem Zirkus, der in die Stadt kam, und mindestens einmal im Monat im Zoo. Zwei Straßen von unserer Wohnung entfernt gab es eine Bierbrauerei, jeden Tag fuhr die mit zwei Brauereipferden Reklame. Ich habe oft die Schule geschwänzt und bin auf dem Brauwagen den ganzen Tag durch die Stadt kutschiert. Mein Vater hat mich viel geschlagen dafür.

Im Zirkus bekam ich den Schock meines Lebens. Die Pferde waren nicht alle wie die alte Lisa, mein Lieblingsbrauereipferd. Mein Mann sagt: Du mußt aufpassen, daß ein Abstand und ein Respekt bleibt. Diesen Respekt habe ich mir bis heute nicht verschafft, verstehen Sie? Ich mache immer alles mit ein bißchen Liebe. Und das ist nicht immer gesund.

Sie küssen doch den Tiger nicht wirklich? fragte Ida. Ich glaube, das sieht nur auf dem Plakat so aus ...

Das ist eine Sympathiekundgebung des Tigers, gab Frau Engel zur Antwort. Er ist ein Einzeltiger, wissen Sie. Er will von den anderen Tigern nichts wissen. Ich glaube, er weiß noch nicht einmal, daß er einer ist! Er ist charakterlich nicht einwandfrei. Sehr falsch! Sehr launisch! Er wird von den anderen Tigern nicht respektiert, er hat keinen Augenkontakt, keinen Schmusekontakt. Er wartet immer ab. Ganz feig in der Ecke hockt er, und wenn er kann, greift er von hinten an. Ich habe ihn einzeln gesperrt. So kann er nicht mehr an die anderen heran, die er sowieso nicht mag. Und die anderen mögen ihn auch nicht. So hat er mehr Kontakt mit mir bekommen. Ich kümmere mich sehr um ihn. Während der Probe bin ich immer wieder zu ihm hingegangen. Bist ein Blöder! hab ich zu ihm gesagt, daß du die anderen nicht magst. Und jetzt bist du einsam! Das paßt dir auch nicht! Und so habe ich immer mit ihm geplaudert. Dann kam er manches Mal mit der Pfote an, verstehen Sie? Ich habe das alles gefördert. Und dann habe ich eines Tages meinen inneren Schweinehund besiegt und habe mir gedacht: Was wird er jetzt tun? Er will ja mit dir schmusen. Und so kam es. Er schmust mit mir, wie andere Tiger miteinander schmusen. Nur ich muß bei ihm aufpassen. Er ist sehr, sehr launisch. Das Gute an ihm ist: Er hat ein Mienenspiel, man sieht ihm alles an. Verstehen Sie? Ich seh sein Mienenspiel und geh erst gar nicht hin und hör sofort auf.

Ein Tiger wie ein Mann, warf Ida ein. Ja, solche Männer gibt es, sicher, gab die Tigerfrau zu. Sie seufzte ein wenig, erinnerte sich wohl an etwas.

Sehen Sie, sagte sie, da bin ich einmal gestolpert... Wir hatten eine Vorstellung in Aachen. Und ich stolpere über einen Strick und falle auf den Rücken. Das war mein Glück. Und ich habe den Stock über meinem Gesicht. Ehe die anderen Tiger etwas mitgekriegt hatten, war er schon über mir, mein Mienenspieltiger!

Und ich hatte ein Glück! Das war ein Reaktionsvermögen. Ich hatte den Stock senkrecht über mir. So! So!

Sie zeigte es mit der Hand, als ob sie einen Taktstock hochstrecke: Bis hierhin und nicht weiter, mein Freund! Und ich habe gedacht: Egal, du schlägst zu, egal wie. Und ich hatte den Stock und habe ihn in den Rachen reingespießt. Da hat er sich erschrocken und ist auf seinen Platz zurück. Und dann habe ich ihn mir vorgenommen. Das ist ja link! Seitdem lege ich mich während der Probe manchmal hin. Verstehen Sie? Ich leg mich hin, um die Reaktion der Tiger zu erproben. Wenn einer dann runterkommt, dann geh ich schon hin. Dann unterhalte ich mich mal zwei Minuten.

Es kann ja immer sein, daß ich stolpere. Ich gehe mit hohen Absätzen. Die Menschen gucken mehr auf die Frau als auf den Tiger. Ich versuche es den Tigern zu zeigen, daß sie sehen: Wenn die da liegt und winkt, ist das ganz natürlich. Wissen Sie, es kommt mir vor, als vermuteten sie in mir, wenn ich liege, ein wundes Tier. Das liegt da, und dann können sie reißen und fressen. Wenn ein Tier sich hinlegt, ist das die Aufforderung: Beiß mich kaputt.

Menschen sind da nicht anders, wandte Ida ein. Die Tigerfrau widersprach nicht. Ich ergeb mich, das denken sie von mir, wenn ich hinfalle. Sie wollen beweisen, daß sie stärker sind. Der Gedanke schlummert in ihnen.

Die Katzen bleiben ihr Leben lang unabhängig, fuhr die Tigerfrau fort. Ich bin ihr Leittier, aber ob sie mich absolut lieben, das weiß ich nicht. Ich liebkose sie mit der Stimme. Das ist alles, was ich tun kann. Näher kann ich ihnen nicht kommen, sonst geben sie mir *ihre* ‹Streicheleinheiten›. Jau, du bist lieb. Ich sprech dann eben so. Lieb und brav! Das muß man alles so lang ziehen. Ach, was bist du lieb! Und: Mein braves Mädchen. Dann schnurren sie. Oder auch nicht. Sie reagieren sehr auf Stimmen. Wenn ich schreie: Nein! mit Donnerstimme, dann wissen sie Bescheid.

Verlieren Sie die Nerven, dann können Sie nichts mehr mit Strenge erreichen, sie würden total durchdrehen. Sie können dann nur noch mit der Stimme arbeiten. Und dann müssen Sie das Publikum vergessen! Ob der Trick klappt oder nicht. Sie müssen die Tiere beruhigen. Und das geht dann nur mit der Stimme. Nur mit der Stimme! Sie müssen denen zeigen: Es ist ja nichts passiert, schau mal! Ich bin ja auch nicht aufgeregt. Und: Es wird doch gut! Und es wird doch! Und wenn Sie sie gar nicht beruhigen können, dann müssen Sie die Tür hinten aufmachen, dann muß der Tiger raus. Dann ist er erst beruhigt in seinem Wagen, denn dort ist sein Zuhause. Da fühlt er sich sicher.

Und die Musik? fragte Ida. Beruhigt die sie, oder versetzt sie sie in solchen Momenten noch mehr in Angst und Schrecken?

In dem Moment spielt die Musik keine Rolle, antwortete die Tigerfrau, sie kennen ja ihre Musik. Sagen wir, Sie machen eine Vorstellung vormittags, die sie gar nicht gewohnt sind. Drei Nummern vor meiner stehen die auf und sind schon ganz nervös, die können im Tiefschlaf sein.

Die Musik sind eigentlich *Sie*, sagte Ida. Sie dirigieren das Orchester und sind gleichzeitig selbst die Musik, sagte Ida. Hier spielt die Musik, sagen Sie.

Ja, sie kennen mein Mienenspiel, meinen Gang, meine Augen. Die kennen mein Gesicht. Sie ‹tanzen› nach meinem Mienenspiel. Der Augenkontakt ist gut da. Es geht nicht um Hineinstieren, wie man früher gesagt hat. Dem gucken Sie zwei Minuten in die Augen, und dann denkt der sich: Was soll denn das? Dann guckt er weg. Es ist eine Verständigung. Wir reden jetzt zusammen! Wenn Sie etwas wollen von einem Tier, dann sehen Sie es an, und der Tiger schaut zurück. Wenn er nicht zurückguckt, dann kommt er auch nicht. Ich muß den Tiger ansehen. Komm hierher!

Es sind ja viele Tiger, die Sie dirigieren müssen. Sie haben alles im Griff ... sagte Ida.
Ich *spür* alles. Die Bewegung: Ich spür die. Tiger sind ja sehr leise. Dafür habe ich immer noch zwei, drei Mann hinten, die stehen und rufen mich. Dann dreh ich mich. Ich weiß ja nicht, was los ist. Aber ich dreh mich um, mit dem Stock in der Hand, falls er schon hinter mir ist ...
Nützte das denn irgend etwas? fragte Ida.
Ja, der erschrickt sich doch. Er möchte ja leise kommen, sagte Frau Engel. Er lauert ja. Wenn ich mich umdrehe, und er kriegt mit dem Stock einen vor die Nase, dann ist er momentan aus dem Konzept. Und das genügt mir. Dann hab ich ihn ja schon! Dann! Oder auch nicht.
Pokerspiel! entfuhr es Ida. Keiner weiß, wie stark der andere ist.
Ja, so ungefähr, sagte die Tigerfrau. Sie lachte. Also, bis jetzt hatte ich ihn! Bei Löwen wäre es anders, sagte sie. Die würden weitergehen. Frontal! Löwen sind unwahrscheinlich mutig. Der Löwe kommt auch nicht von hinten. Der kommt von vorn. Der zeigt, daß er angreifen will, mit großem Theater. Tiger kommen von hinten. Ein Tiger kommt immer von hinten. Aber Tiger können Sie eventuell noch abhalten. Der Löwe ist anhänglicher als ein Tiger. Der ist mehr personenbezogen. Ich habe einen Löwen hinten sitzen, der ist mit der Flasche großgezogen. Der liebt mich so sehr! Da kann man auf deutsch sagen: Zum Fressen gern! Er behandelt mich wie eine Löwin. Nur, ich verkrafte es nicht. Verstehen Sie? Der springt mich an. Ich lieg unter ihm, und dann ist alles vorbei. Er macht es aus Liebe, und ich überleb es nicht.
Löwen sind lebensgefährlich, wenn sie in ihre Zeit kommen. Oder sie haben einen schlechten Charakter. Wenn die in Freiheit leben, können sie sich austoben, aber auch in der Freiheit führen sie untereinander oft einen wahnsinnigen Krieg. Sehen Sie sich den Film ‹Roar› an.
Ich möchte keine Löwennummer haben. Bei Tigern ist es *die leise Gefahr*. Wenn die wissen, ich kriege das mit, ihr Lauern – die glauben ja immer noch, daß ich die Stärkere bin –, dann halte ich sie im Zaum. Dem Löwen ist das gleichgültig. Ein Löwe greift an, selbst wenn er dabei kaputtgeht. Ein Löwe ist draufgängerisch, ein Tiger nicht. Ein Tiger versucht immer noch einen Ausweg. Wenn Sie natürlich dem Tiger den Aus-

weg versperren, ihm den Weg abschneiden und die Gefahr herausfordern, dann ist alles vorbei.

Oft warnte mein Mann mich. Ich hatte die Angewohnheit, dazwischenzugehen, wenn sie sich stritten. Ich hab gesagt: Hört auf! Und mein Mann mischte sich ein. Laß sie! sagte er, die sollen sich totschlagen. Guck du zum Ausgang, daß du heil rauskommst. Misch dich nicht rein! Es kann sein, sagt er, daß sie, hoppla! Ein Tiger läßt nicht einmal einen Stock los, wenn er ihn hat.

Ein seltsam kompliziertes Risiko, sagte Ida, die während der ganzen Erzählung mit vorgeneigtem Kopf zugehört hatte, als müsse sie jedes Wort einzeln aufschlürfen. Die Tigerfrau kam ihr plötzlich sehr einsam vor. Inmitten der Menschenmassen in der Zirkuskuppel, dachte sie, eine einsame Frau. Und als ob sie einer Schauspielerin ein Stichwort geben müsse, sagte sie: Ein Tiger ist ein Einzelgänger ...

Als habe die Tigerfrau auf dieses Stichwort nur gewartet, antwortete sie, die rote Haarmähne zurückwerfend, mit leiser werdender Stimme: Ja, Tiger sind Einzelgänger. Sie sind nur zusammen mit anderen, wenn sie sich paaren. Im Zirkus ist es anders, natürlich. Da liegen die aufeinander, übereinander. Sie sind eben so geboren, sind es gewöhnt. *Natürlich* aber ist es anders: *Ein Tiger stromert immer allein.* Und paart sich. Und verläßt sein Weibchen. Das Weibchen bleibt allein zur Geburt und ist dann mit den Jungen, bis die Jungen flügge werden. Dann verläßt die Mutter die Jungen.

Löwen bleiben ein Leben lang zusammen. Ein Leben lang!

Die Einsamkeit des Tigers ... sagte Ida.

Die ist toll, sagte die Tigerfrau.

Haben Sie davon auch etwas in sich?

Ja, sagte sie. Ja. Trotz Ehe? Ja. Doch. Doch! Schon als Kind ...

Sind Sie durch die Gegend gestreift? Haben Sie einsame Spaziergänge gemacht? fragte Ida. Sie dachte jetzt an sich selbst, an ihre langen Wanderungen als Mädchen durch endlose Wälder.

Heute noch. Heute noch, sagte die Tigerfrau. Ja, sagte sie. Und ihre Stimme klang wehmütig. Dann aber ohne Hund und allein. Im Auto. Ich fahr spazieren, ganze Nächte durch, sagte sie.

Sie mußte jetzt aufbrechen.

Ich muß mir noch die Haare waschen, mich zurechtmachen, sagte sie.

Wann werden Sie wieder spielen?

In einem Jahr vielleicht, sagte Ida. Ungefähr in einem Jahr. Oder in acht Monaten. Wer weiß. Dann passen Sie auf sich auf, meinte die Tigerfrau. Ich glaube, *Sie* haben es mit *speziellen* Tigern zu tun.

Man brachte ihr jetzt Kaffee. Sie trank und sah auf die Uhr. Es wird Zeit, sagte sie. Ja, wenn man sich jetzt irgendwo hinfläzen könnte, ausruhen. Schnurren! Ein bißchen Tigerliebe wäre jetzt nicht schlecht, sagte sie.

Tigerliebe? Ida machte große Augen.

Ja, wissen Sie nicht, wie schön die Liebe der Tiger ist? Da kommt kein Mann mit. Sie lachten beide.

Dann schnurren sie, sagte sie. Dann legen sie sich. Sie geben sich Schmeicheleinheiten. Es zeigt keiner sein Liebesleben so wie ein Raubtier. Ein Tigermännchen muß werben. Ein Tigerweibchen läßt sich stundenlang umwerben. Und *rollt* – man sagt ja: ein Tier ist rollig, ein häßlicher Ausdruck, aber häßlich ist nicht, woher das Wort stammt. Die rollen sich, sie räkeln sich, sie legen sich, sie schnurren. Wenn er sie dann deckt, dann ist das temperamentvoll und schön. Wenn die sich paaren, ist das Tigerweibchen *die absolute Königin.*

2

Der neue Stall
und
Eine Liebesaffäre mit allen Höhen und Tiefen

Es war Idas erster Entziehungstag.
Am Sonntagnachmittag war sie sehr zornig geworden.
Warum rauchte sie? Es ging ihr schlecht dabei. Sie verlor ihre
Kraft. Sie warf die angebrochene Packung Zigaretten fort
und nahm sich vor, nicht mehr zu rauchen. Oft schon hatte
sie angebrochene Packungen irgendwohin, auf eine Mauer
oder in einen Mülleimer, geworfen und sich dann wenige
Stunden später doch wieder neue Zigaretten gekauft. Diesmal wollte sie es ernst meinen. Ihr dröhnte der Kopf so sehr
vom übermäßigen Rauchen. Die Haut zog sich trocken und
spannte sich über den Gelenken und im Gesicht. Das Gehirn
war ihr wie durchgestochen. In den Beinen spürte sie
Schwere, Plumpheit. Die Augen schmerzten wie nach langem, angestrengtem Lesen, schon morgens. Und vor der
Welt lag ein Schleier.
Sie war unruhig. Gierte aus purer Gewöhnung schon nach
der nächsten Zigarette, wenn sie nicht einmal drei Züge von
der einen genommen hatte.

Als sie mit Esriel auf die Kirmes kam, war noch kein Publikum da. Es war erst ein Viertel vor zwei, und die Buden öffneten um zwei.
Eine leere Kirmes war ziemlich deprimierend, wie ein ver-
waister Stall ohne Tiere. Noch dazu stank es auf den Gängen
zwischen den Reihen der Buden nach Urin und Abfall, obwohl kein Schmutz zu sehen war.
Sie ging mit Esriel, als die Schausteller ihre Stände öffneten,
in eine Imbißbude, bestellte widerwillig Currywurst und Kaffee, für Esriel Limonade. Sie rauchte und rauchte, steckte

sich immer wieder eine neue Zigarette an, obwohl sie die vorhergehende vor Ekel und Übelkeit nach drei Zügen jedesmal wieder ausgedrückt hatte. Dann standen sie vor einer für Erwachsene erfundenen Wellenrutsche. Es war ein Gerät wie die Rutschen auf Spielplätzen für Kinder, jedoch raffinierter. Die Rutschbahnen waren Wellenformen nachgebaut, so daß es, wenn die Menschen, auf sackartigen Decken sitzend, hinuntersausten, tatsächlich so aussah, als ob sie sich auftürmende Wellen hinaufschwangen und an brechenden Wellen wieder hinunterglitten. Und dies Auf und Ab, bis sie unten angelangt waren, wo ihre Füße an gepolsterte Kästen aus rotem Kunstleder stießen, die jemanden, der zu heftig nach unten rutschte, aufhalten und vor Verletzungen bewahren sollten.

Irgendwie wirkte solch ein Gerät lustig, gleichzeitig lächerlich, ein Spielplatzgerät in Riesenformat für Erwachsene. Als Ida die Augen der Leute, die herunterrutschten, betrachtete, mußte sie daran denken, daß sie sich als Mädchen oft gefragt hatte, wie wohl Leute aussehen, die sich vereinigen, küssen, nackt und allein zu zweit im Bett sind. Die Augen der Herunterrutschenden sahen vielleicht so ähnlich aus wie die der Leute im Bett, jedenfalls stellte sie es sich so vor. Ida hätte sich gefürchtet, an der linken Seite den rolltreppenartigen Gang hinaufzugehen, sich oben an die Bahn zu stellen und sich eine der blaugetönten Rutschen hinabgleiten zu lassen.

Sie ging mit Esriel weiter, an der Geisterbahn vorüber und an einem scheppernden Ungeheuer, das mechanisch immer dieselben angsteinflößenden, knurrenden Schreckenslaute ausstieß.

Esriel überredete sie zu einer Fahrt. Am Eingang jedenfalls stand ‹Station› zu lesen, und die Anlage war nach Art eines Bahnhofs dekoriert und gebaut. Sie saßen in den offenen Abteilen kleiner Eisenbahnwaggons auf roten Plastiklederbänken, und die Fahrt ging los. Mit Entsetzen registrierte Ida das Wahnsinnstempo und bemerkte in der Tiefe unter den kreisenden dahinrasenden Zügen einen künstlich angelegten Teich mit grünlichem Wasser, vielleicht war es auch nur eine Attrappe. Jedenfalls suggerierte das Wasser Angst und Schrecken, man fürchtete, abzustürzen und hineinzufallen.

Das grünliche Wasser schillerte, auf den Schienen in der Luft rasten die kleinen Eisenbahnwaggons in Schräglage, kreischend, klappernd und scheppernd, großzügige ovale Schleifen über den grünlichen Teich ziehend, einmal höher und einmal niedriger, immer schneller und schneller. Und Ida schloß die Augen krampfhaft, wagte sie nicht mehr zu öffnen, hielt Esriel, der rechts neben ihr saß, fest an sich gepreßt, sie wußte nicht, ob sie mehr ihn hielt oder sich mehr von ihm gehalten fühlen wollte.

Er schrie irgendwann in das Getöse hinein: Wann halten wir wieder, Mama? Seine Stimme klang weniger ängstlich, als Ida es war.

Ich weiß es nicht, schrie Ida zurück. Ich weiß es nicht! Und sie wünschte nichts sehnlicher, als daß dieses Ungeheuer sobald wie möglich anhalten möge. Sie wagte nicht, die Augen aufzutun.

Sie wußte natürlich, daß diese Fahrgeschäfte kontrolliert werden und sicher zu sein hatten. Und doch hatte es vor Jahr und Tag ein entsetzliches Unglück auf der Kirmes gegeben, Menschen waren auf der Loopingbahn zu Tode gekommen.

Unmöglich war nichts. Nervenkitzel und Risiko, das suchten die Menschen hier. Vielleicht gehört es dazu, daß nichts hundertprozentig sicher ist auf der Kirmes. Sie hatte nicht gewußt, auf was sie sich einließ. Erwartet hatte sie eine langweilige, langsame Eisenbahnfahrt für kleine Kinder, doch nicht dieses rasende Gerappel in Schräglage, das man nicht anhalten kann und das nicht aufhörte. Als sie wieder auf der Erde stand, Esriel an der Hand, war sie wie durchgeschüttelt. Es wurde ihr schwarz vor Augen. Die Knie und die Hände zitterten ihr, und sie schwor sich: Nie wieder! – Esriel verzog keine Miene.

Auf der Kirmes sahen sie so viele häßliche Menschen, wie man sie sonst auf einem Platz nicht versammelt sieht. Jedoch wirkten diese Menschen nicht abstoßend auf sie, sondern so, als ob die Kirmes der einzige Ort wäre, wo sie sich noch frei bewegen konnten.

Sie sahen ein Kind von vielleicht zehn Jahren, mit sehr starken X-Beinen, Eltern mit mißgestalteten Kindern; sie sahen Menschen mit schiefen, verzerrten Mündern und Männer mit Narben im Gesicht.

Ida betrachtete ein junges Paar in gelbschwarz gestreifter Ledermontur, sie bekam Sehnsucht nach ihren Ledersachen, doch dachte sie, daß die Freiheit, sich zu verkleiden und mit den Verkleidungen zu spielen, im Alltagsleben stark eingeschränkt ist.

Sie dachte daran, wie sie mit Esriels Vater, achtzehnjährig, unbeschwert und leichtsinnig, auf einer Dorfkirmes Schiffsschaukel und Raupe gefahren war. In der Raupe fuhr sie auch jetzt noch gern, sie juchzte darin wie eine Achtzehnjährige und hatte keine Angst, obwohl auch dieses Gefährt im Vorwärtsgang und Rückwärtsgang wild dahinsaust.

Warum geht das immer so runter? fragte Esriel. Das ist für Liebespaare, sagte Ida. Damit sie sich im Dunkeln küssen können! Sie kaufte Esriel gebrannte Erdnüsse und Popcorn, er hatte aber bald genug von dem süßen Zeug, auch wenn er so etwas nur selten bekam. Und als sie wieder zu Haus waren, aß er heißhungrig Pellkartoffeln und Rührei.

Seltsam, daß eine Kirmes Menschen glücklich macht, dachte Ida. Sie hatte kleine Schilder gesehen: *Junger Mann zum Mitfahren gesucht.* Und die Angestellten, die die Arbeit an den Kirmesbuden verrichteten, sahen nicht gerade glücklich aus. Sie fühlten sich bestimmt heimatlos. Von einem Ort zum andern zogen sie. Wohnten in Kirmeswagen, in den Buden, auf Abruf. Aber die Menschen genießen das Absonderliche, wenn es zu einem Vergnügen wird. Nur dann lassen sie es leben. Auch das Heimatlose ist ja in einem gewissen Sinne absonderlich, weil so viele Menschen glauben, sie seien nicht heimatlos.

Finale war da, und Ida konnte nicht an sie heran. Das Pferd war so nah, und doch so fern. Jeden Morgen wollte sie bei ihr sein. Nachts bei ihr im Stall schlafen. Alles mit ihr tun. Mit ihr rennen, mit ihr reiten. Springen. Mit Hufen und Schweif vertrieb Finale Fliegen und Bremsen. Wieder suchte Ida einen neuen Stall.

Sie sah *das Paar.* Mann und Frau rauchten ununterbrochen. Der Mann zeigte Ida zuerst die Wand, die er gemauert hatte, als vordere Abgrenzung der Box. Die Mauer ist wacklig geworden, sagte er entschuldigend. Warum? fragte Ida. Ach, sagte der Mann, die Stute schlägt in einem fort mit dem Hinterteil gegen die Mauer. Sie will zu dem Hengst ihr gegenüber auf der anderen Stallseite. Das sind die Kräfte der Natur, sagte der Mann. Ida wurde das Gefühl nicht los, daß er von sich selbst sprach. Ich muß die Wand neu mauern, sagte er, damit die Mauer ihren Anstürmen standhält.

Ida schaute durchs Fenster und sah den Mann, wie er im Freien den Hengst longierte.
Der Mann wohnte mit der Frau in einem kleinen Haus. Die Pferdeweide am Haus war weitläufig, das Gras stand hoch, und vor dem Häuschen lag der Reitplatz. Mit der alten Mutter des Mannes, mit der Lebensgefährtin und mit Esriel an der Hand war Ida in die Stube getreten. Man mußte den Kopf einziehen, wenn man hineinging, die Räume waren niedrig und dunkel. Ida suchte den dritten Stall für ihr Pferd. Er sollte offen sein. *Ein Offenstall.* Und es sollte eine Weide dabei sein. Denn Finale sollte nicht mehr eingesperrt sein, wenn draußen der Wind war, die Sonne, der Regen und der Geruch frischen Grases und blühender Brennesseln. Von Stechmücke hatte sie sich bestechen lassen, weil er vorgegeben hatte, den Pferden getrocknete Brennesseln zu füttern. Ein Mensch, der Brennesseln liebt, muß gut sein, so hatte sie vielleicht gedacht. Aber so einfach ist es leider nicht. Niemals hatte sie Brennesseln in Stechmückes Händen gesehen, und in der Umgebung der Reithalle wuchsen ganze Brennesselwälder.

Die alte Mutter und die Lebensgefährtin des Mannes bewirteten Ida und Esriel mit Kaffee, Limonade und Kuchen in der Stube mit der niedrigen Decke. Der Mann war jetzt in der Bahn, bei den jungen Mädchen. Ida drehte sich nach ihm um. Sie konnte sehen, wie er dem jungen Hengst zusprach. Sie hörte seine Stimme nicht, aber sie sah, wie seine Lippen sich bewegten. Und das fuhr ihr irgendwie ins Herz. Der Mann klopfte dem jungen Hengst den Hals. Er stand, den Hengst an der Longe, bei den jungen Mädchen. Sein Haar war wie frisches Stroh, so gelb, dichtmähnig, und es wehte im Wind. Die Mädchen waren die Schülerinnen des Paares.

Dann später war er zurück in der Stube. Kater und Katze sind kastriert, sagte er. Die Katze ist zickig! Das betonte er mehrmals.

Vielleicht durch die Kastration? fragte Ida.

Der Mann winkte ab. Sie ist bereits zickig gewesen. Immer schon! sagte er. Er nahm den weißen Kater auf den Arm und streichelte ihn. Der Kater ist lieb, sagte er.

Vielleicht ist sie zickig, weil sie keine Kinder haben kann, sagte Ida. Bei Tieren ist das doch anders und stärker. Die Befreiung vom Trieb ist sicher sehr gut, bemerkte der Mann nur trocken, ohne auf Ida einzugehen.

Die alte Mutter bot Ida ein Stück Erdbeertorte an. Man sprach über den Beruf, über Pferde, über Weiden. Ida erzählte von Finale.

Der Mann war Musiker und spielte in einem Orchester. Ida kam nicht dazu, ihn zu fragen, ob er auch komponiere. Und dann hütet Ihre Frau die Pferde, wenn Sie fort sind? fragte sie. Ja, sagte der Mann. Bei uns herrscht Harmonie, fügte er rasch hinzu.

Die Frau bestätigte es. Wir wollen nicht, daß jemand die Harmonie stört, sagte sie, und Ida fühlte sich fast verdächtigt, die Harmonie stören zu wollen. Sie setzte zu einer Erklärung an, aber die Frau kam ihr zuvor. Wer bei uns mitmachen will, sagte sie, der muß von vornherein bereit sein, die Harmonie nicht zu stören. Der muß sich hier einpassen, bekräftigte der Mann. Wir sind eine harmonische Gemeinschaft!

Ich suche nur einen Offenstall für mein Pferd, sagte Ida, nun schon recht eingeschüchtert. Zwar war das Stallgebäude am Haus kein Offenstall, aus dem die Pferde jederzeit heraus- und in den sie wieder hineinkönnen, wenn sie es brauchen, wo sie unterstehen, Futter haben und eine trockene Streu, ohne eingesperrt zu sein. Aber die Weide hinter dem Stallgebäude war herrlich, das Gras mit gelben und rosafarbenen Kräutern durchwachsen.

Zweihundertfünfzig Mark im Monat, sagte der Mann. Mehr wollte ich auch nicht ausgeben, sagte Ida. Ich arbeite zur Zeit nicht.

Am Abend rief der Mann sie an. Es geht nicht, sagte er. Meine Frau . . . Ida schwieg erschrocken. Wir haben es uns anders überlegt. Sie passen nicht zu uns, sagte der Mann, als müsse er sich zur Förmlichkeit geradezu zwingen. Warum? sagte Ida und war dem Weinen nahe. Manchmal konnte sie, wie ein Kind, ganz schnell zu weinen anfangen. Allerdings konnte man sie, wie ein Kind, auch sehr schnell trösten. Durch Berührung und ‹Handauflegen›, Esriel pflegte dann auf die schmerzende Stelle zu ‹pusten›, wie Ida es umgekehrt auch bei ihm tat (und wenn die schmerzende Stelle die Seele war, pustete er irgendwohin, auf die Stirn oder auf die Hände . . .).

Das Kind, sagte der Mann. Es war so unartig. Es kletterte auf Tischen und Stühlen herum. Sie mögen für antiautoritäre Erziehung sein . . . Nein, aber nein, unterbrach ihn Ida. Ich verstehe Sie nicht. Was hat das Kind getan? Es respektierte nichts, sagte der Mann. Es war laut im Stall. Im Pferdestall muß man sich zu benehmen wissen. Aber ich bringe das Kind doch nicht jedesmal mit, sagte Ida, obwohl sie wußte, daß sie Esriel doch sehr oft mit zu Finale nehmen würde. Das Kind lernt mit der Zeit auch, still und ruhig zu sein im Stall, sagte Ida. Sie weinte jetzt wirklich. Immer schon war es für sie schrecklich gewesen, wegen des Kindes irgendwo abgelehnt zu werden.

Weinen Sie? fragte der Mann besorgt. Ja, sagte sie leise und versuchte, keine Geräusche zu machen. Rufen Sie mich doch einmal an, wenn Sie nichts anderes finden, sagte er. Verstehen Sie mich richtig, sagte er nach einer kleinen Pause, ich bin kinderlieb, ich bin kein Spießbürger. Aber Sie passen nicht zu uns!

So irrte Ida von Ort zu Ort, auf der Suche nach einem ‹Offenstall› . . . Endlich fand sie einen, abseits der großen Straße, weit entfernt vom ‹Paar Harmonie›.

Zum neuen Stall führte eine schnurgerade, schmale Asphaltstraße, und Ida dachte: Im Winter wird hier schwer zu fahren sein. Sie sprang mit Magdalena über den Zaun. Sie gingen um den Pachthof herum. Da lag das tote Schaf. Ida sah es zuerst. Es lag starr da. Ein anderes, ein dunkleres Schaf stand mit den Vorderfüßen auf dem toten.

In wenigen Augenblicken war es Ida klargeworden, daß das liegende Schaf tot sein mußte.

Das noch lebende entfernte sich, und Ida betrachtete das tote Tier.

Wieder, wie schon einmal vor einer Leiche, hatte sie sofort

den Impuls, das tote Tier zu berühren, den Tod zu berühren. Sie wagte es nicht. Wie das Tier so dalag und alle viere von sich streckte – das zusammengebackte Fell wirkte nackt und bloß –, dachte Ida: Ob es kalt ist?

Magdalena lief zu Michael, einem jungen Mann in Idas Alter, der den Hof gepachtet hatte und die Pferdeweide vermietete. Seine Freundin Marthe, die mit ihm auf dem Hof lebte, war gerade dabei, zwei Bauwagen zu streichen, die an dem den Hof anliegenden Ende der Weide standen. Ida warf noch einen langen Blick auf das tote Tier. Dann ging sie Magdalena nach und traf auf halbem Wege Michael, der ihr sofort entgegenkam, als sie ihm sagte: Da liegt ein totes Schaf! Er nickte. Ich weiß, sagte er, es ist krank gewesen. Er habe gehofft, daß es nach einer Spritze noch einige Tage gelebt hätte. Ich habe es zum Schlachter bringen wollen, sagte er, aber das Mittel wäre erst nach einer Woche abgebaut gewesen. Nun hat das Schaf mir den Gefallen nicht getan, noch so lange zu leben.

Michael karrte wenig später das tote Schaf neben die Scheune, und dort lag es, halb bedeckt von der umgestülpten Schubkarre.

So steif sah es schon aus. Man sah, wie die Beine einfach *ragten*. Morgen wird der Abdecker kommen, sagte Michael. Es wird Tierfutter, Futtermehl aus dem Schaf gemacht werden.

Michael nahm die Frauen und Esriel im Wagen mit zu seiner Schafherde. Die Schafe grasten jetzt auf einem Gelände wenige Kilometer vom Pachthof entfernt, er hatte es von der Armee gepachtet, auf dem Militärübungsgelände weideten seine Schafe.

Ich muß heute die alten und die halbjährigen Schafe voneinander trennen, erklärte er, die Schafe sollen zum Bock, und wenn die Kinder noch bei ihnen sind, nehmen sie nicht so gut auf. Dann ‹bocken sie›, dachte Ida.

Sie fuhren über huckliges Gelände, über Waldwege, Feld und Flur. Auf einem großen Weidegelände, das wie eine ausgedehnte Schneise im Wald lag, hielt Michael vor dem Schafgitter, die Hälfte der Herde stand dichtgedrängt darin.

Zuerst sah Ida die Schafe, auf den zweiten Blick die Soldaten, vielleicht zweihundert Meter entfernt, in ihren von den Farben der Landschaft fast nicht zu unterscheidenden Anzügen. Es waren elf, zählte sie. Und sie hockten wie zum Sprung, robbten weiter.

Ida vermißte ihr Fernglas. Wahrscheinlich war es aber gar nicht erlaubt, die Soldaten zu beobachten.

Eigentlich dürfte ich euch nicht hierher mitnehmen, sagte Michael.

Ida setzte sich hoch oben auf Michaels Anhänger, in den er nun anfing die Schafe zu laden, das heißt, er trieb aus dem Gatter eine Art Holzbrücke hinauf auf den Anhänger.

Ida sah den Kriegsspielen zu. Zu ihrer Linken explodierten Granaten oder was immer das sein mochte. Der Nebelpilz erinnerte sie an Fotos des Rauchpilzes, der bei der Explosion von Atombomben entsteht. Hier spielten sie. Der Nebel verteilte sich, bis er eine längliche Wand wurde und sich dann allmählich auflöste. Die Gruppe der elf begann zu schießen, und Michael antwortete Esriel, der ihn fragte, was die Männer dort machten: Es sind keine richtigen Gewehre. *Es ist Silvesterknallerei.*

Außer der Schießerei hörte man kaum einen Ton. Die Stimmen der Soldaten oder Befehle hörte man nicht. Man sah nur die Münder der Soldaten, wie sie sich bewegten. Es wirkte wie im Stummfilm oder wie Fernsehen, dessen Ton man abgedreht hat.

Auch im angrenzenden Wald knallte es. Zu Idas Linken brach eine blasse Sonne aus dem diesigen Himmel. Sie betrachtete die grüne, weite Fläche der Schneise und die Schafherde mit ihren vom Atmen zitternden Fellen.

Esriel schaute zu, wie die Schafe verladen wurden. Ida schloß vor Erschöpfung die Augen. Dann hatte sie das Bild von Michael vor sich, wie er auf dem Hof mit blutigen Händen vor ihr gestanden hatte. Er hatte ein Schaf notschlachten müssen. Als er mit ihr gesprochen hatte, hatte er die Hände zuerst hinter dem Rücken gehalten und dann aber doch beim Reden gestikuliert, so daß Ida die blutigen Hände hatte sehen können.

Irgendwo, rechter Hand von ihr, einige Kilometer entfernt, sollte ein Brunnen sein, aus dem die Schafe in den heißen Tagen viertausend Liter am Tage tranken.

Esriel fragte: Schießen die Soldaten uns tot? Ida wurde verzweifelt, wenn sie daran dachte, daß Esriel von klein auf solche Bilder jeden Tag sehen mußte, aber kein Mensch ihm erklären konnte, warum Soldaten und Krieg zu nichts gut sind und dennoch die Welt bevölkern, wie etwas unabwendbar Notwendiges. Sie wühlten die Erde auf, als müßten sie, wie die Frauen, ‹in der Erde herumwühlen›. Ida hatte selbst das Gefühl gespürt beim Fahren über die Huckel und durch die Vertiefungen und Löcher. *Marschieren* mußte so ähnlich wirken auf Menschen, deren Körper hungrig ist. Neidisch auf den Zugang der Frauen zu Geburt und Tod, nicht zugelassen zur Frauenwelt, übten die Soldaten, die nicht im Fleisch des Lebens wühlen durften, die besten Methoden, es zu zerstören.

Und tarnten sich als Lebensretter.

Sehr oft ist die Wirklichkeit schlimmer, als die furchtbarsten Alpträume es sein können. Uneingeweihte nahmen höchstwahrscheinlich nur die *Idylle* wahr, wenn sie Michael auf seinem Pachthof besuchten.

Michael war ein Mann wie ein Baum, großgewachsen, bärtig, kräftig wirkend. Jedoch fiel Ida gleich auf, daß er oft melancholisch war. Er stand unter einigem Druck, das Gehöft gehörte ihm nicht, er wurde ständig kontrolliert. Die Scheune, einen halben Kilometer vom Gehöft entfernt, in der seine Schafe überwinterten, gehörte der Flughafengesellschaft. Und das Gelände, wo die Schafe weideten, dem Militär.

Es ist ja überhaupt seltsam, daß Mächte wie das Militär sich oft in den schönsten Landschaften ausbreiten. Sie rechtfertigen es, indem sie vorgeben, die Menschen in den großen Ballungsgebieten nicht gefährden zu wollen. Nur: Ist die Natur kein ‹Ballungsgebiet›?

Im militärischen Sperrgebiet also weideten Michaels Schafe. Die Scheune und das Gelände hatte er bereits gepachtet, bevor er den Pachtvertrag über das Gehöft und die Weiden hatte abschließen können. Es waren acht Anwärter außer ihm dagewesen, und Michael hatte das Gehöft nur bekommen, weil der Bürgermeister von Flachsmoor für ihn eingetreten war. Der Bürgermeister war ein alter Bauer, der wohl begriffen hatte, daß Michael wirklich arbeiten wollte und nicht ein Möchtegern-Schafhirte war, der gern mal für ein paar Monate Landleben probt. Michael hatte Landwirtschaft studiert und war Diplom-Landwirt. Seine Qualifikation allerdings hatte keinen Einfluß auf die Entscheidung, sondern die Bekanntschaft mit dem alten Bauern gab den Ausschlag. Der Bürgermeister hatte zu den Beamten, die die Entscheidung fällten, gesagt: Das ist ein armer Schäfer, er hat dort hinten seine Schafe stehen, er ist der richtige Mann für das Gehöft. Bevor er mit seinen Schafen den Pachthof bezog, fuhr Michael jeden Tag eine halbe Stunde von der Stadt aus zu seinen Schafen, das war eine große Strapaze, aber er nahm sie auf sich.

Michael sah jetzt braungebrannt aus, im hellen Hemd war er sehr schön, überhaupt flößte er Ida große Sympathie ein. Er war braun von der Arbeit im Heu, er hatte den ganzen Tag Heu eingebracht, mit befreundeten Bauern, denen er half und die ihm dafür Heu gaben. Marthe, seine Freundin, war, wie er selbst erzählte, kräftiger als er selbst. Sie hatte eine unwahrscheinliche körperliche Konstitution, ihre Stärke war Michael manchmal unheimlich. Wenn Schafe eine Krankheit haben, etwa kranke Hufe, und behandelt werden müssen, dann muß man ein Schaf mit dem Rücken nach unten auf die Knie nehmen oder auf den Schoß, und Schafe sind ziemlich schwer, ungefähr siebzig, achtzig Kilogramm. Marthe aber machte es nichts aus, sie zu halten und zu behandeln. Michael war eher ermüdet als sie. Er wußte nicht, woher Marthe ihre Kraft nahm.
Ida fragte Michael, ob sie sich eine Hütte bauen könne auf der Weide, um auch manches Mal über Nacht bleiben zu können, bei Finale, oder ob sie sich einen Kirmeswagen aufstellen könne. Ich werde kontrolliert, und ich kann es dir nicht erlauben, sagte Michael. Eigentlich dürfen auch die beiden Kirmeswagen nicht auf der Weide stehen, die jetzt noch da sind. In der vergangenen Woche waren acht Beamte vom Bund bei ihm gewesen, im Jahr zuvor waren sogar vierzehn gekommen. Sie überprüften, ob auf dem verpachteten Gelände alles in Ordnung war. Es gab da tausend Paragraphen. Flachsmoor war eine Idylle – nach dem Gesetz von tausend Paragraphen. Michael sagte, er wolle noch mehr aufpassen, weil ihm an dem Bürgermeister, dem alten Bauern, sehr viel liege. So könne er nicht riskieren, sich eine Ordnungswidrigkeit zuschulden kommen zu lassen. Der Bürger-

meister sei ein Mann, der lange schweige, aber wenn er dann den Mund auftue, dann werde es sehr ernst. Und das wolle er, Michael, nicht abwarten. Er hatte die Beamten vertröstet und auch dem Bürgermeister gesagt, daß die zwei Kirmeswagen nur vorübergehend aufgestellt seien, weil seine Freunde sie anstrichen. Aber jetzt, nach einem Jahr, ließen die Beamten sich nicht mehr vertrösten.

Ida kam der Ort, an den sie ihre Finale nun gebracht hatte, wie ein bedrohtes Reservat vor. Michael sagte oft: Ich habe ja nichts Eigenes. Am Donnerstag werde ich wahrscheinlich die Schafe scheren, erzählte er, es kommt ein Schafscherer, und ich bringe dann mehrere Tonnen Wolle auf den Markt. Für den Transport leihe ich mir von einem Freund einen Lastwagen. Schade, ja, du müßtest solch einen Wagen selbst besitzen, sagte Ida. Nein, entgegnete Michael, ich will ihn gar nicht besitzen. Es ist schön, wenn man Freunde hat, die einem etwas ausleihen, die einem helfen. Er wollte keinen Besitz ansammeln, er wollte nur selbst bestimmen, was er tat.

Ida sah Michael zu, wie er abwusch. Während er sprach, hielt er eine eiserne Pfanne in der Hand, und als er sie in den Schrank stellen wollte, fiel ihm ein, daß er sie noch ganz abtrocknen mußte, weil sie sonst rostete. Ja, die rosten so leicht, sagte er. Aber ich brate so gern in solch einer Pfanne. Meine Freundin und ich gelten bei vielen als ‹verrucht›, sagte er, weil wir so vieles anders machen. Die Beamten, die Oberräte werden unruhig, wenn sie bei mir verrostete Autos herumstehen sehen. Er lachte.

Es ist auch manchmal ein bißchen viel Rost! Und es sieht ja tatsächlich manchmal aus wie ein Müllhaufen, auf dem Hof. Aber er konnte nicht noch mehr arbeiten. Auch waren ihm Tiere wichtiger als alle äußerliche Ordnung. ‹Außen hui und innen pfui› war nicht seine Devise, eher war es manches Mal umgekehrt.

Als Ida mit Esriel auf die Weide zu Finale ging, sagte sie wütend: In Deutschland braucht man eine Genehmigung, wenn man irgendwo in den Wald scheißen will. Esriel lachte vor Vergnügen.

Ja, sagte sie lächelnd zu Esriel, schließlich kann auch nicht jeder in den Wald scheißen, das ginge wirklich zu weit. Aber leider ist Deutschland das Land der Paragraphen. Das Land der verbotenen Spiele. Das Land, wo das Glück verboten ist. Stelle dir acht Beamte vor, nein: vierzehn, wie sie hier antanzen und anmarschieren, im Gänsemarsch.

Du lachst dich ja tot, sagte Esriel.

Nein, sagte Ida. Ich denke nur an Kafka.

Was ist denn Kafka? Ein Dichter, sagte Ida. Der hat in Büchern geschrieben, wie Menschen an tausend Türen klopfen müssen, ehe sie irgend etwas bekommen. Und dann bekommen sie es nie, und es ist alles verboten.

Esriels Gesicht war immer trauriger geworden, und er nahm schnell Idas große Hand und versteckte seine kleine darin. Ida umfaßte sie, als ob ihre Hand ein Nest sein müßte für die Esriels.

Auf dem Weg zu Finale fuhr man durch Quellenthal. Bog man dort an der Hauptkreuzung rechts ab, erreichte man nach wenigen Kilometern ein verstecktes Moor. Auf dem Weg zu Finale fiel Ida ein Mann in roter, kurzer Hose, mit Brille und Wuschelkopf, auf, er schnitt eine hohe Hecke. Jetzt muß gleich das abgebrannte Haus kommen, sagte Ida zu Esriel, es sind nur noch Reste übrig, ein Steinhaufen, Reste eines Gemäuers. Dieses Ruinenhaus war das Zeichen, daß sie bald da sein würden, bei Finale. Die Gegend erinnerte Ida auf unbestimmte Weise an die Landschaft der frühen Kindheit, so jedenfalls konnte sie ausgesehen haben. Die Dämmerung würde bald einbrechen. Der Sommer bereitete sich auf seine höchste Blüte und seine größte Pracht vor. Auf den Weiden am Wege grasten fremde, glatthäutige Pferde. Ida hatte Angst, die Dunkelheit könnte sich zu früh über das Land senken. Dann würde sie Finale nicht mehr richtig sehen können. Am Himmel Züge von Vögeln, sie fühlte sich leicht. Wer weiß, wohin sie flogen. Eine Ruhe breitete sich in ihr aus. Der Weg schien endlos. Das Korn stand schon hoch, bald würde es höher als sie selbst sein.

Du dachtest, es wäre abgerissen, das Haus? sagte Esriel. Ich habe immer gedacht, es sei abgebrannt, sagte Ida. Komm, wir gehen in die Ruine hinein. Autos schnitten vorbei, mit hoher Geschwindigkeit. Da war eine alte Garage am Haus. Hoffentlich sind hier keine Ratten, sagte Ida. Schau, das Haus ist doch abgebrannt, es ist alles verkohlt, siehst du? Brennesseln wuchsen überall. Und Birken. Und dort, war das Wein? Weinranken und Disteln. Und ein einziger Steinhaufen lag neben dem Skelett des Hauses. Es knirschte unter den Füßen. Ein alter Eisenofen stand noch in dem Gemäuer. Sieh mal, sagte Ida, wie der Ofen im Falada-Märchen, die Königstochter erzählt dem alten König ihr Geheimnis ... Durch das Ofenrohr, ja, sagte Esriel, ich weiß.

Auf dem Weg zu Finale sahen sie Fingerhut, giftig-rosa, in üppigen Büschen wuchs er, und Ida nahm sich vor, auf dem Rückweg einen großen Strauß zu pflücken. Als Ida den schmalen Asphaltweg, an den hohen Kornfeldern vorbei, das letzte Stück Weges fuhr, war sie aufgeregt wie vor dem Rendezvous mit einem Geliebten. Die Gräser wucherten zauberfarbig am Wegrand. Die Gebüsche zu seiten des Asphaltweges machten die Straße beinahe zu einer Allee. Birkenstämme leuchteten weiß und silbrig, und am Himmel waren jetzt die letzten Lichtflecken zu sehen. Eine diesige Dämmerung senkte sich herab. Traktoren mit Anhängern, auf denen Heuballen dicht geschichtet waren, begegneten Ida. Immer glaubte sie, Finale wittere sie, bevor sie bei ihr ankam. Sie hätte sich nicht gewundert, wenn das Tier sie, an der Einfahrt wartend, begrüßt hätte.

Hast du Angst vor Pferden, auf der Weide? Ja, sagte Esriel, ganz leise. Jetzt kommen sie alle auf uns zu galoppiert. Was machst du dann? Ich versteck mich hinter dir, sagte Esriel. *Allein in die Koppel gehen.* Finale kam näher, immer, wenn Ida an sie dachte, ihre Gedanken schweifen, sie zu Finale, als seien sie der Wind, hinfliegen ließ. Finale sog sie auf, mit den Nüstern, wie Geruch, den sie aufnahm von Idas Körper, wenn Ida ihr trocken Brot und Äpfel gab. *Allein in die Koppel gehen.* Gedanken sind Nahrung. Stimme ist Nahrung. Anruf ist Nahrung. Ruf ist Nahrung. Ida rief wieder. Und Finale, die friedlich in der Herde getrabt war, hob langsam den Kopf. Sie ging ruhig zu Finale hin. Das Pferd blieb stehen, am Zaun. Ida legte ihren Arm auf Finales Rücken. Doch als Esriel in guter Absicht heransprang, mit einer Handvoll Gras, wich Finale sofort nach hinten zurück. Als ob sie Jahre der Ruhe brauchte; Jahre der langsamen Bewegung; Jahre, erfüllt von einer vertraueneinflößenden, weder hohen noch tiefen, sondern gleichmäßig schönen, liebevollen Stimme; Jahre des geduldigen Bei-ihr-Sitzens; Jahre des Sie-tun-Las-

sens – bis eines Tages der Dämon der Schreckhaftigkeit aus ihr gewichen sein würde. *Allein in die Koppel gehen.*
Ida saß vor der Koppel, und Finale streckte ihren Kopf über den Zaun, und der Hals wirkte wie ein Schwanenhals.
Ida stand ruhig auf, mit ein wenig Herzklopfen, stieg über das niedrige, schmale Tor zur Weide. Der Zaun war mit Stacheldraht überzogen, und sie hatte Angst, daß sich Finale eines Tages daran verletzen könnte. Eines Tages würde sie einen eigenen Stall haben für sich, Finale und Esriel, mit einer Weide ohne Stacheldrahtzaun, das wußte sie. Auch sie lebte noch immer mit Stacheldraht. Wie's Gescherr, so der Herr. Marthes Pferd war bereits von einem Nagel oder einem Stück Draht verletzt worden, in der nahen Tierklinik war es ihm aus dem Knie operiert worden.
Allein in die Koppel gehen. Die Weide war eine grünbewachsene Fläche, glatt und flach, unter ihren tastenden Füßen. Sie ging wie unter Blitzen eine abschüssige Landstraße hinauf, in offener, baumloser Landschaft unter blitzspeiendem Himmel. So ging sie jetzt, doch vom Himmel kam Gluthitze des Mittags. Die Pferdeleiber der Alpträume stoben auf sie zu. Die Pferde, die teils im kühlen Unterstand ausgeharrt hatten und teils auf der Weide grasten, gingen tatsächlich auf sie zu. Doch sie setzte ihren Weg fort.
Allein in die Koppel gehen. Sie ging auf Finale zu, die ihr jetzt von der Seite des Waldes, wo der Wind in den vollen Kronen sein Spiel trieb, langsam im Schritt entgegenkam. Sie blieb ruhig. Was konnte geschehen? Und wenn sie sie tottrampelten? Dann war es gut. Dann war es einmal mit dem Dämon vorbei. Doch es geschah nichts.
Finale ließ sich anrühren. Sie stieg nicht, schlug nicht aus, ging nicht hoch, biß nicht. Horchte fast ungläubig auf Idas liebevolle Stimme. Du Kleine, meine Finale, du weißt ja nicht, was du für mich bist. Du rettest mich, Finale. So sprach sie zu dem Pferd und blieb lange bei ihm stehen.
Allein in die Koppel gehen. Finale hob den Kopf. Was sie wohl dachte? Ida glaubte, daß Pferde denken können. ‹Überlaß den Pferden das Denken, sie haben größere Köpfe.› Jetzt wandte Finale den Kopf nach links zurück, als ob sie, sich über die Schulter hin umschauend, Ida betrachten wollte. Sie zupfte am Gras, und jetzt, jetzt kam sie wieder an Ida vorbei. Ida hörte, wie Finales Hufe durch das Gras streiften. Ihre

Stimme klang wie Singen. Finale! Finale! Du mußt nicht solche hektischen Bewegungen machen, sagte sie zu Esriel. Das mag sie einfach nicht. Sie mag nur ruhige Bewegungen. Setz dich doch wenigstens hin, ins Gras. Sie tut dir nichts. Du siehst es doch! Setz dich hier neben mich. Oder denkst du, die stellt sich mit ihren Hufen auf dich? Warum sollte sie das tun? Sie ist doch kein Kannibale, meinst du, die frißt Menschenfleisch? Pferde sind Vegetarier! Esriel lachte laut.

Die Mücken waren scheußlich, im Sommer. Zum Glück haben die Pferde einen Schweif, mit dem sie alles wegwischen, wegwedeln können. Aber ich glaube, die stechen nicht, diese Mücken. Oder? Sie sind nur lästig. Sehr lästig, sagte Ida. Sieh, dort hinten, am Wald, da wächst der Holunder. Ich kann sie gar nicht zählen, die Holunderbüsche. Schau! Ida sang wieder: Finale! Finale! Wo hatte sie das Halfter hingetan? Du bist ja wirklich furchtbar schreckhaft, du. Du Tier, du. Finale, du Gute, was haben sie mit dir gemacht, daß du sofort immer so aufschreckst? Du liebes Tier, komm. Du bist meine Feine, Brave, ja. Ich tu dir nichts. Du bist meine ganz Brave, ja. Ich tu dir nichts. Wir werden noch ganz gute Freundinnen werden. Finale! Finale!

Irgendwann war ihr etwas aufgezwungen worden, so schreckhaft war sie, so schrecklich schreckhaft. Ja, ich rede von dir, du Kleine. Du verstehst mich und guckst mich ganz still an, kneifst die Augen zusammen und hörst mir zu. Du bist meine ganz Brave. Mein gutes Pferd bist du. Du bist mein bestes Pferd im Stall, weißt du das? Ja, du hörst mir zu. Ich verstehe wohl, was du alles mitgemacht hast. Ja, das weiß ich wohl. Du kannst es mir nicht mit Worten erzählen. Jeden Tag müßte ich fünf Stunden bei dir sitzen und mit dir sprechen.

Finale! Finale! Wenn man verschreckt war, konnte man sehr angriffslustig sein. Finale war versteckt an diesem Ort. Dieses liebe, schreckhafte Wesen. Du bist meine Brave, bist du, Finale, bist meine Gute. Bist mein gutes Pferd, weißt du das? Du bist mein Glückspferd, bist du.

Ida streichelte sie mit der Stimme. Sie war nicht sicher, ob sie ihr Pferd longieren oder mit ihm spazierengehen sollte, im Wald. Manchmal habe ich das Gefühl, mein Pferd, ich müßte jahrelang, Tag für Tag, stundenlang auf der Weide und im

Stall sitzen und *einfach nur bei dir sein.* Jetzt gehst du fort von mir. Ich sehe deinen Schweif von hinten, deine wiegende Bewegung, deinen wiegenden Schritt, du gehst wie eine Frau mit einem besonders schönen Hüftschwung. Vielleicht gehst du Esriel nach, der jetzt auf dem Hof mit den Katzen spielt? Die Tauben gurrten im Wald. Man hörte das Konzert der Vögel. Finale! Finale! Ich glaube, Pferde sind friedlich. Pferde sind Friedenstiere. Ja, eigentlich glaube ich auch daran, daß Menschen friedlich sind. Pferde hat man benutzt, für den Krieg. Immer wieder. Ich sehe die Abbildungen vor mir. Pferde in Korsetts, Pferde in Rüstungen. Es ist verwunderlich, daß es noch keine Pferde in Beton gibt. Einbetonierte Pferde.

Jetzt seh ich dich gar nicht mehr, mein Pferd. Du bist weit von mir fortgegangen. Du hebst den Kopf und spürst, daß ich dir nachgehe. Ich sehe den kleinen Pfad, den die Pferde ausgetreten haben auf ihrem Gang bis an den Rand des Waldes. Finale! Finale! Mir bibbert es im Bauch, wenn ich dich so von weitem sehe. Ich sehe dich jetzt von vorn, und dann hebst du den Kopf so hoch, und die Ohren sind aufgestellt. Und du horchst. Du schaust zu mir hin, obwohl du mich nicht sehen kannst, vielleicht nur verschwommene Umrisse von mir.

Allein in die Koppel gehen. Ich könnte mich lange in das Gras legen, ich könnte in den Himmel schauen, der immer dunkler wird. Das Licht wird schwächer. Dort hinten, im Birkenwald, im hohen Gras, grasen Lämmer und Ziegen. Finale, du Brave, du Feine. Brav bist du, daß du wiederkommst. Ja, du schüttelst dich! Ich sehe die Bauwagen, die Kirmeswagen gleichen. Der eine ist rosa, halb angestrichen, der andere türkisblau. Finale galoppierte zu ihrer kleinen Herde. Jetzt standen die Pferde an den Holunderbüschen. Und Ida legte sich wirklich ins Gras. Nur sah sie dann keine Pferde mehr. Die Mücken quälten sie. Sie hörte den Kuckuck. Und dachte nichts. Nur: Es wäre schön, wenn die Mücken nicht wären. Die Schwebfliegen und Mücken müßten nicht dasein. Wahrscheinlich hätte Magdalena gesagt: *Angesichts jedes Tieres soll der Mensch erkennen, daß er ein Mensch ist.*

Es wurde allmählich feucht. Jetzt trabten die Pferde. Jetzt aßen sie, ein bißchen. Sie wollte sich Finales Silhouette so einprägen, daß sie sie aus großer Entfernung immer zwischen vielen Pferden erkennen würde, sofort. Und sie wollte sich ihr Schnauben und ihr Wiehern einprägen, daß sie sie aus vielem Gewieher vieler Pferde heraushören würde. Es kam ihr vor, als ob Finale mit den anderen Pferden nur *zu-sammengewürfelt* war. Sie hatte sich die Herde nicht ausgesucht. Aber sie brauchte andere Pferde. Der Kuckuck rief im Wald. Ida war müde.

Ich habe keine Angst vor dir, weil du groß bist, mein Pferd. Ich habe nur Angst vor meiner eigenen Freiheit. Angst, wegzugehen von allem Bisherigen.

In der Stadt herrschte bereits hektisches Getriebe. An den Tankstellen und auf den Straßen. Man nahm den Sonnenaufgang nicht wahr, man achtete nicht auf den Mond, nicht auf die Sterne. Man sah nur das künstliche Licht. Trotzdem liebte Ida die große Stadt. Sie liebte auch die Erinnerungen an gewisse Städte, wußte aber nicht, ob sie die Städte selbst liebte oder ihren Mythos. Die Städte kamen ihr auch wie riesengroße, unbekannte Tiere mit vielen Seelenkammern vor. Wie gigantische steinerne Möwen. Und die Autos der Gebrauchtwagenfirma, an der sie jetzt vorüberfuhr, standen nebeneinander wie Pferde in ihren Boxen. Sie fuhr aus der Stadt aufs Land und fragte sich, ob sie immer auf dem Land leben konnte. Nein, sagte sie sich, ich brauche die große Stadt. Ich brauche den Anblick von Neonlicht, Leuchtreklame, Taxis, Werbeflächen, von Brennesseln in der Stadt, von Eisenbahnbrücken . . .

Es war jetzt halb fünf in der Nacht, Ida war auf dem Weg zu Finale, sie wollte sehen, ob sie noch schlief. Mitten in der Nacht hatte sie solche Sehnsucht nach ihrem Pferd bekommen, daß sie geglaubt hatte, ihr werde das Herz zerspringen. Die Straßen waren glatt, aber vom Regen am Vortag. Die Gegend war in ein bläuliches Licht getaucht. Der Himmel glänzte in einem künstlichen Blau. Vom Neonlicht angestrahlt, leuchtete er seltsam unwirklich. Und nach einer knappen halben Stunde Fahrt, sobald sie in die Außengebiete kam, wurde es leer.

Sie hatte sich danach gesehnt, allein zu fahren. Allein zu sein beim Autofahren. Als sie auf dem Pachthof ankam und noch einige Augenblicke im Auto saß und in die Stille horchte, ob vielleicht ein Laut von Finale zu hören war, sah sie den Dunst über den Wiesen und mußte an die Mutter denken. Frau Domröse war als junge Frau allmorgendlich zum Melken auf die Weiden ihres Vaters gefahren und hatte sich wohl gefühlt im frühen Tau, mit den zitternden Kühen in der Kühle der Frühe. Das Melken hatte zu ihren Lieblingsbeschäftigungen gehört.

Die Gräser am Rande der Asphaltstraße waren lila und gelb und flieder und grün. Die Bäume trugen ein nebliges Grün. Sie sah die Holunderbüsche. Einen Pferdeanhänger. Tiefe Pfützen auf dem Hof. Als sie das für Finale mitgebrachte Brot auseinanderbrach, merkte sie, daß es verschimmelt war. Sie ging durch das hohe, nasse Gras, am Elektrozaun vorbei, auf die grasenden Pferde zu. Sie standen alle im Morgennebel, wie man oft Gestalten in Träumen sieht. Da saß sie lange auf der Platte eines alten Tisches, weil kein Stuhl da war. Sie kippte plötzlich um, und Finale sprang zurück, als habe Ida etwas Böses im Schilde geführt. Es war nichts, erschrick nicht, mein Pferd!

Ein kleiner aufdringlicher Wallach folgte Finale auf Schritt und Tritt. Sobald Ida auf die Weide ging, folgte er auch ihr, drängte sich an sie, drängte sich ihr auf.

Wir vermenschlichen die Tiere oft. Natürlich färbt das Benehmen der Menschen auf die Tiere ab, Tiere können von Menschen verdorben werden, sie werden *enttiert*. Und trotzdem nehmen die Tiere zum Glück das Aufgezwungene doch nie richtig an. Vielleicht können sie in ihrem Kern niemals vermenschlicht werden, vielleicht meinen wir oft nur in Tieren Menschliches zu erblicken, weil wir zu oft Menschen erleiden mußten, die schlimmer als Tiere, nämlich ihre Karikatur, für uns waren? Die jungen Katzen erschraken heftig, als die Tischplatte herunterfiel. Und eine Gans, die vorher auf der Pferdeweide herumgetapst war, zischte voll Angst, es klang angriffslustig, gegen die jungen Katzen. Der aufdringliche Wallach schnaubte verstört. Ida wunderte sich, daß Finale mit dem aufdringlichen Wallach so intim war. Sie sah, wie sie einander den Hals abschleckten, aneinander knabberten, ja, Finale kaute sogar an seinem Schweif, als wollte sie ihm das Hinterteil ablecken. Was will sie denn von ihm? dachte Ida, er ist doch verschnitten. Er ist ein kleiner, aufdringlicher Wallach, der vielleicht noch leise Erinnerungen an ehemalige Wünsche verspürt. Finale kam ihr zärtlichkeitsbedürftig vor. Das Schleckern ihrer Zunge am Hals des Wallachs erinnerte Ida an das Schlagen von Wäsche in heftigem Wind. Ich würde ihr so gern einen schönen, feurigen Liebhaber präsentieren, dachte Ida. Der künstliche Deckakt hat ja mit Liebe nichts mehr zu tun, ist mehr Gewalt als Liebe.

Ihr war, als gebe es keinen Ausweg. Wildheit oder Gezähmtheit. Wildes Leben, gezähmtes Leben, Leben im Urwald, Leben in der Stadt. Künstliches Dasein, naturnahes Dasein, Leben in Gefangenschaft. Leben in Freiheit, Leben im Zoo, Leben in freier Wildbahn. Nur die unglückliche Liebe zur Wildheit, zum Leben in der freien Wildbahn!

Finale war gefangen zwischen Militär, Beamten mit Aktentaschen, Asphaltstraßen, einem Birkenwäldchen – auf einem Gelände, das dem Flughafen, dem Bund und dem Militär gehörten. Das war der Ort, an dem das Pferd lebte.

Der Aufdringling war frech. Sehr frech und sehr lästig. Geh du doch weg, du aufdringliches Tier, schimpfte Ida. Du bist scheußlich, Mensch. Ah, das ist ja wirklich widerlich. Hau ab, habe ich dir gesagt. Dieser Kerl geht mir auf die Nerven! Du bist meine Feine, Finale, du brauchst die Ohren nicht anzulegen. Der Aufdringling sieht traurig aus, hatte Esriel einmal gesagt. Esriel hatte mit allen Lebewesen Mitleid. Der Aufdringling hatte einen müden Blick, er schaute, als sei er müde. Aber vielleicht war es nur der Schleim in den Augenwinkeln, diese weichen Sandkörner, die aber gelblich und vertrocknet waren. Das kleine Pferd hatte müde und zugleich gierige Augen. Sie waren verschwimmend, träge, beinahe gleichgültig, aber mit dem Ausdruck einer Gelassenheit aus Enttäuschung, einer Erwartung, die vor langer Zeit nicht erfüllt worden war, der das Pferd aber noch nachhing. Ida ertappte sich jetzt wirklich beim hemmungslosen Vermenschlichen und stellte sich vor, wie der kleine Aufdringling wohl aussehen würde, wenn er eine Krawatte oder eine Lesebrille trüge. Die anderen Pferde grasten in Ruhe, als stünden sie an den Krippen. Sie streckten immer wieder ihre Hälse unter dem Elektrozaun hindurch, vermieden gleichzeitig geschickt, mit ihren Mähnen den Draht zu berühren. Finale knabberte wieder an der Mähne des Aufdringlings, sie schleckte an seinem Hals. Wahrscheinlich waren es Zärtlichkeitsspiele. Sie pflegten einander womöglich. Dennoch dachte Ida an Liebesspiele. Der Kerl hat Anwandlungen von Liebesdurst, dachte Ida. Die heimliche Liebe der Finale zu einem Wallach! Wahrscheinlich hatte die süße Frau ihre Rosse. So nennt man den Liebesdurst der Stuten. Aufdringling, geh weg, schimpfte Ida wieder. Denn das kleine Pferd rückte auch ihr immer wieder auf den Leib, sobald sie auf die Weide ging. Geh weg, geh weg, sage ich dir. Du drängst dich an mich wie ein abgewiesener Liebhaber. Du Knurrbiest, du. Der kleine Wallach aber ließ sich nicht stören. In seinem Drängen war er unerschütterlich und unbeirrbar.

Finale, die sich zur Herde gesellt hatte, löste sich wieder aus ihr, kam langsam auf Ida zu, so, als ob sie spürte, daß Ida bald weggehen würde. Kommst du ganz allein hierher, meine Kleine, um dich zu verabschieden von mir? Du bist ganz lieb. Eine ganz Feine bist du. Sei nicht immer so ängstlich, meine Liebe. Aber wer sagt dir das? Die ängstliche Frau sagt dir, du sollst nicht ängstlich sein. Nein, schnapp nicht nach mir, du Aufdringling, geh weg, geh weg! Und dich habe ich heute wieder richtig verwöhnt, meine Kleine, meine Freundin. Jetzt leckst du mir die Hand, das ist schön. Und nun machst du eine beleidigte Schnute, weißt du das? Du kleine Maus, du. Eine Maus bist du nicht, ich weiß ja, du bist mächtig und prachtvoll. Ah, du hörst alles. Das Muhen der Kuh hörst du auch, ja. Die Fliege, die will dir ins Auge fliegen. Das finde ich gemein von ihr. Weißt du was, am liebsten möchte ich immer in deiner Nähe bleiben. Laß dich mal anfassen an deiner wilden Mähne. An deiner schönen, wilden Mähne laß dich anfassen. Das hast du doch auch gern, ja. Sieh mal, ein Brot habe ich auch noch. Du willst mich verführen, zu gut zu dir zu sein. Du mußt mich nicht so verführen, weißt du das? Du darfst mich nicht so verführen.

Diese Fliegen wind widerlich. Ich denke gerade an Pferdediebe. Stell dir vor, dich stiehlt einer. Ich hoffe nicht, daß dich irgendeiner klauen wird. Ich wünsch dir eine schöne Nacht, mein schöner Pferdekopf! Komm, Finale, jetzt siehst du aus wie ein junges Mädchen. Du kannst ihn ja ruhig verwöhnen, den Aufdringling, vielleicht ist er wirklich aufdringlich, weil er traurig ist. Komm, ich muß ein bißchen den Arm um dich legen. Aber besser wäre doch ein schöner Liebhaber für dich, Kleine! Du Brave, du. Deine Mähne seh ich im Wind. Du hast richtig schönes Frauenhaar. Eine Frauenmähne. Und dein Fell sieht ein bißchen aus wie Wellen, wenn sie ans Ufer schlagen und ganz leiser Wind geht. Da sind kleine, helle Flecken, die zu ihren Rändern hin dunkler werden und dann in vollkommenes Dunkel sich auflösen. Finale, kannst du auch lachen? Ob Wiehern auch Lachen ist? Sag es mir. Du hast eine Mähne, die fühlt sich an wie Seide und Stroh. Wie seidiges Stroh.

3

Meeresgespräche mit Esriel
und
Der Aalmann von Austernende

In der Ferne, auf einem länglichen, hellgrünen Dach eines
langgestreckten Gebäudes hockte auf einem hochragenden,
kahlen Zweig eine Holztaube, ganz still. Ida saß auf dem
Fensterbrett ihrer als Versteck gemieteten Wohnung auf der
Insel Austernende, schaute auf ein breites Dach und darüber
hinweg in die Baumwipfel, die sich im Abendwind nur wenig
rührten. Durch einen glücklichen Zufall hatte sie, als der
Arzt ihr nach ihrem schweren Autounfall dringend eine längere Kur geraten hatte, diesen Ort gefunden. Eine leiden-
schaftliche Zuschauerin ihrer Filme, die am Ort wohnte,
hatte ihr die Wohnung vermittelt.
Nun fuhr sie so oft wie möglich mit Esriel auf die Insel, um
nur mit Esriel, mit dem Meer und mit ihren Büchern, mit
dem Himmel, den Möwen und dem Wind beisammen zu
sein.
Unter ihr, in einer Wohnung eines an ein altes Kinderheim
angrenzenden Häuschens, spielte eine altertümlich schnelle
Tanzmusik, die immer wieder anschwoll, leiser wurde, dann
plötzlich abbrach und wieder begann. Musik! Mit Musik
hatte alles begonnen. Zuerst auf einer Party zu Silvester, immer zu Silvester. Dann bei der zweiten Begegnung in einem
Dorfgasthaus, im Tanzsaal eines Dorfgasthauses. Ida
lauschte der Musik, schmelzenden Tönen. Offenbar ver-
gnügten sich dort Jugendliche, indem sie eine Anlage auf-
und abdrehten. Die Musik ging in Mißtöne über.
Die Holztaube saß immer noch unbewegt auf dem unbelaub-
ten Ast. Eine Möwe flog hoch unterm Himmel, über das
Dach hinweg, und Ida fragte sich, ob Esriels Vater, den sie in
zärtlichen Stunden ‹Artus› genannt hatte, nun wie ein Vogel

unsichtbar und leicht durch die Lüfte und über alle Wolken hinweg fliegen könne.

Mit Musik hatte alles begonnen. Sie versuchte sich in Erinnerung zu rufen, was für eine Musik es gewesen war. Die Erinnerung versagte, jetzt klangen von unten dröhnende Rhythmen herauf, und Ida schien es, als ob die, die da unten sich amüsierten, sich über ihr fruchtloses Sehnen in die Vergangenheit lustig machen wollten.

Am Nachmittag hatte sie an einem Tisch im Freien vor dem Café am Brunnen gesessen, Schweizer Kräutertee getrunken, geraucht und in den ‹Brüdern Karamasoff› gelesen.

Am Nebentisch sprach eine braungebrannte, schlanke Frau von etwa fünfzig Jahren in einem meerblauen, ärmellosen Kleid mit der Kellnerin über das Meeresleuchten in der Vornacht.

Sind Sie hier auf der Insel geboren? fragte sie die Kellnerin. Ja, sagte die Kellnerin, die es eilig hatte. Haben Sie das Meeresleuchten gesehen, gestern? fragte die Frau, ganz in Blau. Nein, sagte die Kellnerin. Wissen Sie denn, wie es entsteht? sagte die Frau in Blau. Das weiß ich auch nicht, sagte die Kellnerin, es kommt selten vor. Höchstens ein paar Male im Jahr. Vielleicht weil Vollmond war? riet die Frau, deren meerblaues Kleid ihre braune Haut doppelt zur Geltung brachte. Die Kellnerin hatte es eilig, doch aus Höflichkeit blieb sie stehen.

Ida hörte gespannt zu, vom Nebentisch aus. Sie hatte das Gefühl, etwas sehr Schönes versäumt zu haben. Das ist herrlich! schwärmte die Frau ganz in Blau. Wie das leuchtet! Wie lauter Glühwürmchen. Ja, Meeresleuchten ist sehr selten, bekräftigte die Kellnerin und wandte sich zum Gehen.

Ida betrachtete unauffällig den Mann, der der blauen Frau gegenübersaß. Offenbar gehörte das Paar zu den wenigen glücklichen. Alles an der Frau glänzte und strahlte. Vielleicht ist sie selbst das Meeresleuchten, dachte Ida und bedauerte sehr, daß sie das Funkeln der Glühtiere im Meer versäumt hatte.

Je weiter die Dämmerung vordrang – Ida saß noch immer auf dem Fensterbrett des alten Kinderheims und schaute in den Himmel, die Holztaube war jetzt doch weggeflogen –, desto stärker wurden die Gedanken an Artus. Wie ein Ackerpferd hatte Artus sich verbraucht. Ida dachte plötzlich daran, daß seine Vorfahren mit höchstens fünfunddreißig Jahren an Schwindsucht gestorben waren, an der Arbeit und in elenden Wohnungen.

Die Wellen schlugen an die Steine, gleichmäßig, ohne Unterlaß, das Geräusch beruhigte Ida und erregte zugleich in ihr eine unerträgliche Sehnsucht. Es war dasselbe zerrissene Gefühl, das sie von Angesicht zu Angesicht mit ihrem Pferd oft quälte.

Jetzt gaben nur noch die Laternen an der Kurpromenade Licht. Den Mond verdeckten Wolken, und die Funken ihrer Zigarette wehte der Wind fort (sie war doch wieder rückfällig geworden, man raucht ja immer den Toten nach).

Sie saß ganz allein da, während vorher noch einzelne Spaziergänger, sogar ein paar versprengte Badende in der Nähe zu hören gewesen waren.

Ein Verlangen ergriff sie, Artus möge auf einem schönen Pferd auf den Steinen zu ihr hingaloppieren, am Wasser entlang – sie aufs Pferd heben und mit ihr in die Unendlichkeit des Himmels davonjagen.

Einmal, ganz am Anfang, hatte sie hinter ihm, nah an ihn gepreßt, auf seinem Motorrad gesessen.

Ich finde, daß Gott gemein ist, wenn er Menschen sterben läßt, sagte Esriel. Wenn alle Menschen gestorben sind, ist Gott ganz allein und einsam auf der Welt. Und Ida fiel nichts Besseres ein, als zu antworten: Ja, wenn die Menschen nicht vernünftig werden, kann das sogar passieren.

Artus hatte einmal gesagt: Ich werde dich erst vergessen, wenn du tot bist. Und nun war er tot, und sie konnte ihn nicht vergessen.

Je länger Ida am Meer war, desto stärker spürte sie den heilsamen Einfluß des Windes, der prickelnden Luft, des einsamen Strandes.

Seltsam nur, daß sie sich nur in der Einsamkeit erholte. Die Insel Austernende wurde ihr Versteck. Hier erholte sie sich von den Folgen des Autounfalls . . .

Die Einsamkeit war nicht absolut, manchmal besuchte Magdalena sie für einen oder zwei Tage, auch waren immer Menschen in ihrer Nähe, doch auf Abstand. Wie in der Abteilung der Reiter, so war sie überall, auch wenn Menschen um sie waren, allein. Weil sie sich doch überall, auch in der Gesellschaft von Menschen, allein fühlte, liebte sie es, wenn kein Mensch am Strand war.

Es war ein regnerischer Tag. Als sie aufwachte, verspürte sie sofort Lust, aufzuspringen und den kurzen Weg zum Meer zu laufen. Sie warf ein Kleid über – Esriel schlief noch tief –, packte Bikini und Handtuch ein, lief die Treppen des alten Kinderheimes hinunter, auf die Straße. Leute gingen dort in Regenmänteln, unter Schirmen, und sahen sie erstaunt an. Sie lief schneller und war bald über die Steinpromenade hinweg am Weststrand.

In den Strandkörben war niemand, das Kontrollhäuschen, in dem sonst die Bademeister erhöht saßen, um bei Flut Schwimmer, die sich zu weit hinauswagten, zurückzupfeifen, war leer.

Der Wind ging heftig um, zauste ihr Haar, ließ das Handtuch flattern. Sie legte es in einen Strandkorb, den Beutel darauf, zog sich rasch um und lief zum Wasser. Regen strich über ihre Haut wie eine kühle Hand, sie war froh, daß der Regen die Menschen vom Strand fernhielt. So war sie allein im Wasser, mit den Wellen, dem Wind. Sie war unentdeckt und unbeobachtet. Sie schwamm lange. Sie hätte ein Meerestier sein mögen. Ein Seestern. Eine große Muschel, ganz tief unten auf dem Grund des Meeres, wo niemand sie fischen könnte. Oder lieber noch der Regen, oder eine Welle. Die Gischt. Oder eine Wolke.

Auch das Café auf dem Deichverteidigungsweg war menschenleer.

Sie war wieder angeregt vom Meereswasser. Die Haut prickelte. Der Atem ging schneller und tiefer, ruhiger. Zuerst kostete sie das Gehen ins Meer Überwindung, es war kalt. Sie war unlustig, hineinzutauchen. Als die Flut heftiger wurde, war sie erstaunt über sich, wie sie sich sogar vor den Wellen fürchtete, als ob auch die Wellen im Galopp auf sie zustürmen und sie überwältigen könnten. Bin ich denn ein Kind? dachte sie und mußte an Esriel denken, der noch nicht ins Meer ging, Abstand hielt, im Sand wühlte, Schluchten am Meer baute, Muscheln suchte.

Ein paar Tage später badete sie an derselben Stelle, doch es war ein heißer, sonnenreicher Tag. Und sehnsüchtig dachte sie an ihre Einsamkeit an dem Regentag zurück. In einer vollkommen menschenverlassenen Gegend hätte sie Angst gehabt. Eine vollkommen menschenleere Gegend wäre ihr unangenehm gewesen. Hinter jedem Baumstamm hätte sie einen feindlichen Menschen vermutet. Sie konnte einfach nicht glauben, daß der Mensch eine Gegend in Ruhe ließ. Vor dem Menschen mußte sie Angst haben, nicht vor den Wellen, nicht vor dem Regen, nicht vor dem Licht. Aber der Mensch ließ die Sterne nicht in Ruhe, ließ den Wind nicht für sich und die Sonne nicht allein, weil die Menschen so leben, wie sie jetzt leben.

Am Abend, als Esriel schlief, ging sie hinunter ins Inselkino, das an das alte Kinderheim angebaut war. Früher war das Kino die Turn- und Spielhalle der Kinder gewesen.

Sie ging in einen Film mit Romy Schneider, um das Gesicht der Schauspielerin zu sehen. Danach war sie beruhigt. Das Gesicht der Schauspielerin hatte eine unvergleichliche Ruhe ausgeströmt. Sie war bis an ihr Herz ruhig, und das hatte das Gesicht bewirkt. Das hatten die Bewegungen, das hatte der Anblick der Haut bewirkt. Nach dem Kinobesuch ertappte sie sich dabei, wie sie das Mona-Lisa-Lächeln und die ruhige Art der Schauspielerin, anderen zuzuhören, nachahmte und sich dabei im Spiegel betrachtete.

Magdalena hatte einmal gesagt: Du siehst ihr etwas ähnlich, allerdings war sie von der ‹Frau am Fenster› nicht so begeistert gewesen.

Der Held sagte im Film zur Schauspielerin: Du liebst mich, weil ich fortgehe. Du brauchst ein anderes Leben, aber keinen Liebhaber. Ida prägte sich diese Sätze Wort für Wort ein.

Sie fluchte auf das verdammte Deutschland. Aber sie konnte nicht fortgehen. Deutschland war in ihr, nahm ihr den Atem. Das Land mit den tausend Lungen, teerschwarz. Es machte sie nicht satt. Deutschland macht mich nicht satt! dachte sie in einem fort. Manchmal haßte sie das geteilte Land. Es war in ihr, sie hatte es sich nicht ausgesucht.

Dann wieder liebte sie es heftig, wie sie sich auch in der Liebe zu dem Pferd manches Mal wie auseinandergeschnitten fühlte.

Die Flucht. Die Trennung. Der Tod. Die Vergasung. Frau Bachrach witterte, als sie Ida das erste Mal besuchte, in ihrer

Wohnung Gasgeruch. Natürlich war da kein Gas, aber Frau
Bachrach hatte ein feines Geruchsvermögen. Es roch wirk-
lich manchmal nach Gas in Deutschland. Immer noch.
Deutschland, du verschleißt mich, dachte Ida. Verlaß mich,
Deutschland. Laß mich. Geh aus mir heraus. Du unglückli-
ches Land. Ich muß dich verlassen.

Ida entdeckte eine Poseidonfigur über einem Hauseingang,
mit Dreizack-Fischschuppen-Unterleib und einer dreizacki-
gen Krone.
Esriel schaute zum Himmel und fragte nach den Vögeln. Die
Möwen fliegen auch nach Haus, sagte er.
Ja, *sie* überfliegen alle Grenzen und können von einem
Deutschland ins andere, entgegnete Ida. Und sie kreischen
und schrein hier wie dort gleich laut und jagen mit ihren
Schnäbeln nach Brotkrumen. Ihr Zuhause ist das Meer. Sie
unterscheiden nicht zwischen dem einen und dem anderen
Deutschland. Es treibt sie niemand zur Flucht. Und niemand
nimmt ihnen die Gefährten und die Tiere ihrer Kindheit.
Esriel hörte aufmerksam zu. Ida hatte sehr früh gemerkt,
daß er, gerade weil er so klein und die Welt noch so frisch
war für ihn, alles verstand, wenn sie ihn dabei nur ansah und
wirklich *zu ihm* sprach. Seitdem sie mit Esriel ‹philoso-
phierte›, kam ihr jedes Kind wie ein Universum der Weisheit
vor.
Sie hob ihn hoch und herzte ihn. Sie spielte mit ihm und
schnalzte mit der Zunge an seinem Ohr. Er kicherte und
amüsierte sich. Mach weiter, bat er, das ist, wie die Pferde es
tun.
Sind das echte Schwalben? fragte er, als er wieder an ihrer
Hand ging, und schaute forschend zum Himmel. Nein, das
ist ein Flugzeug, sagte er, überrascht. Ida zeigte ihm einen
Hasen, der hundert Meter entfernt von ihnen in den Kiefern
saß. Sie hob Esriel hoch, damit er den Hasen besser betrachten konnte. Als sie weitergingen, fragte Esriel: War das ein
echter Hase oder ein Spielhase? Ein echter, sagte Ida entrüstet. Und fügte erklärend hinzu: Er bewegt sich nur nicht, er
beobachtet etwas. Ach so, sagte Esriel, mehr zu sich selbst.
Dieses ‹ach so› liebte Ida besonders an ihm. Es klang wie ein
leiser Seufzer, ein Aufatmen oder der Laut, den man macht,
wenn man getrunken hat und erfrischt ist. Er sagte es oft,

wenn ihm Ida etwas überzeugend erklärt hatte. Er sog dann ihre Worte ein, nahm sie auf wie Nahrung, wie ein Getränk. Und nach dem zarten ‹ach so› kam das Stillsein, meistens. Er dachte nach, in sich selbst versunken. Seine Augen nahmen dann immer einen abwesenden Ausdruck an. Was beobachtet der Hase? fragte Esriel nach einer Weile. Vielleicht eine Maus, sagte Ida. Fressen Hasen Mäuse? Nein, sagte Ida. Er muß doch nicht gleich alles fressen, was er beobachtet.

Da ist die Luft, sagte Esriel, nach einem Schweigen, und schaute wieder hoch zum Himmel. Darunter das Wasser! Er sah zum Meer hin. Und darunter dann das Feuer, sagte er, stimmt es?

Die arme Romy, dachte Ida. Deutschland hat sich nie richtig regeneriert.

Frankreich wahrscheinlich auch nicht. Sonst würden nicht jugendliche Demonstranten in den Straßen von Paris brandschatzen. Warum sollten sie die Straßen in Brand setzen, wenn es nichts zu ‹verbrennen› gab an Altem und Abgenutztem?

Esriel fragte: Warum werfen die Leute Altes weg, Mama? Ja, warum? dachte Ida. Esriel, mein kleiner Philosoph. Da lag ein alter Schuh am Strand, das Meer hatte ihn bis an die steinernen Wandelwege geschleudert. An den Gestaden des Meeres Altes, Verfaultes und Weggeworfenes. Ins Meer werfen die Menschen ihr Altes. Und es trieb doch immer wieder an.

Aus Deutschland fortgehen? dachte sie, aber wohin denn? In Paris ist auch Europa.

Einmal hatte Romy in der ‹Spaziergängerin von Sanssouci› das Gesicht von Ingeborg Bachmann gehabt, das Gesicht kenne ich doch, hatte Ida gedacht. Fortgehen, aber wohin? Ida war müde, sehr müde. Konnte sie sich auf Finale schwingen und fortreiten? Aber wohin?

Finale, ich habe solche Sehnsucht nach dir, und ich kann nicht zu dir. Immer bin ich so weit von dir entfernt. Ich brauche nur eine halbe Stunde mit dem Auto bis zu dir, und doch bin ich so weit von dir. Du lebst wie am anderen Ufer eines Flusses, und ich kann nicht hinüber. Es sei denn, es fände sich ein Fährmann, der in einem Nachen hinüberruderte. Und wahrscheinlich würde ein Sturm mich schrecken. Die Wellen würden, sich auftürmend, den Nachen überwältigen.

Und niemals käme ich zu dir. Finale, wer bist du? Wo finde ich dich? Wie finde ich zu dir? Wo kann ich dich treffen? Warum verlangt mich so sehr nach dir? Ich habe Heimweh. Ich habe Sehnsucht. Mich schmerzt das Heimweh. Ich möchte bei dir sein. Auf dem Stroh neben dir liegen. Dich riechen. Dich sehen. Dich fühlen. Dich hören. Ach, liebste Finale. Du weißt mehr über mich als ich selbst. Ich möchte dich zäumen. Ich möchte, daß du frei bist. Ich möchte vieles vereinen, was unvereinbar scheint. Ich möchte mit dir zusammenwachsen.

Ich fürchte, daß du mich abschüttelst. Ich fürchte mich, daß du mich nicht wiedererkennst. Ich fürchte, daß du mich nicht unterscheidest. Es stört mich, daß Unbekannte an dir herumtätscheln können, daß Marthe dir Weißbrot gibt, wenn ich nicht da bin.

Ach, Finale! Finale, mein Pferd. Du bist meine Kindheit. Das verlorene Land meine Kindheit. Du bist das Kind, das ich einmal war. Wer bist du?

Du Liebe. Du verstehst besser als ich, daß ich geteilt bin, wie Deutschland. Daß ich statt zweier Seelen zwei Deutschlands in meiner Brust trage.

Geteilt bin ich, wie Deutschland, in Tier und Mensch. In Vernunft und Gefühl. In Mann und Frau. In Härte und Zartheit. Halb Erwachsene, halb Kind. Deutschland ist kein Zentaur. Weg hier, nur weg hier, fort, nur fort. So dachte Ida manches Mal.

Für Esriel war es selbstverständlich, daß man einmal traurig sein und ernsten Gedanken nachhängen, ein andermal übermütig und lustig sein konnte. Er machte Geräusche, um Ida zu amüsieren.

Soll das ein Schnauben sein? fragte Ida. Das Schnauben des Meeres?

Du malst ja richtig schöne Sachen, sagte sie, als sie sah, welch herrliche kleine Menschenfiguren er wieder gezeichnet hatte. Er kritzelte und erzählte von Menschen, die Schokolade aßen. Immer wieder erklärte er, was sie aßen. Das Wort ‹Schokolade› konnte er nicht oft genug aussprechen. Er murmelte in sich hinein, kritzelte weiter, und hin und wieder sagte er: *Schokolade!*

So sprach er oft mit sich selbst, Selbstgespräche waren ihm so natürlich wie das Laufen und Herumspringen, wenn er mit Ida am Meer oder auf einer Straße ging. Sag einmal, wo hast du so gut zeichnen gelernt? fragte Ida. Und er antwortete: Das hab ich alles von mir selbst. Das hab ich nicht von anderen. Das hab ich von mir! Toll! sagte Ida. Und er redete weiter mit sich. Hier ist die Schokolade, murmelte er. Der Korb ist zu klein.

Ida fiel ein, daß sie ihm sagen mußte, worüber sie sich geärgert hatte. Daß du mich heute gehauen hast, mit deinem aufgeblasenen Wasserball, weil ich dir keinen neuen Fußball kaufe, schimpfte sie, das war schon eine Frechheit, oder? Das mußt du doch zugeben. Ich habe dir das noch gar nicht genügend gesagt, wie ich mich geärgert habe. Dabei hast du den Fußball doch selbst verloren. Esriel lachte. Das mach ich aus Wut, sagte er. Und malte seelenruhig weiter.

Auf Austernende gab es einen alten Mann, der Tag für Tag die Kinder in einer Kutsche über Weg und Straße fuhr. Der Alte trug eine Kapitänsuniform. Er war schmal und drahtig, wie ein nie erwachsen gewordener Junge. Wahrscheinlich ist er aber trotzdem im Krieg gewesen, dachte Ida. Wer wußte von seiner Vergangenheit, die er auf dem Buckel trug?

Am Brunnen gab es eine Kneipe, die Ida manchmal abends aufsuchte, um einen Martini zu trinken. Sie saß am Tresen, umgeben von alten Herren und schweigenden Ehepaaren. Zwei halb gelangweilte Barkeeper bedienten.

Sie rauchte widerwillig. Die Zigarette schmeckte am Meer, wo die Lunge durchweht wird, eigentümlich ekelhaft. Sie war müde. Müde von Deutschland, von dem Gebrüll der Tiefflieger, von dem Denken an die Exzesse ihres Landes. Am Vortag hatte sie von den Folterungsorgien der Hexenverbrenner im Sauerland gelesen. Seltsam, daß die Berührung mit der herrlichsten Natur Menschen nicht von den fürchterlichsten Greueln abhalten konnte.

Da sprang der Alte in die Kneipe, als sei sie ein Theater, in dem er jeden Tag, gegen ein ansehnliches Honorar gemäß Vertrag, seine Aufführungen zu geben habe. Im Halbdunkel der Wirtschaft war seine plötzliche Erscheinung wie ein lichter Fleck. Er sprang herum, wie Esriel am Ankunftstag in freudigen Sprüngen zum Strand gestürmt war. Er rief: Kukkuck! Kuckuck! Mit spitzem Mund ahmte er den Ruf des Kuckucks nach.

Der Pferdekuckuck, dachte Ida. Das war ein Wort Esriels. Esriel erfand oft Worte und hatte ein Entzücken dabei.

Das ist der einzige auf der Insel, der noch etwas für die Kinder tut, rief ein Mann am Tresen. Und der Alte sprang um den Tresen herum, als warte er auf mehr Beifall.

Kleine Kinder juchzten und sprangen, wenn sie das Getrappel seiner Pferdchen hörten, im Taumel des Entzückens von ihren Stühlen. Ida hatte solche Kinder am Nachmittag am Brunnen und im Café gesehen.

Spaßmacher! Er ist ein Spaßmacher! rief ein Gast. Ida sah sich nicht nach dem Alten um. Sie schaute auf die auf der Anrichte über dem Tresen aufgereihten Flaschen. Ballantine und Sherry und Wodka und Martini. Sie las die Namen nicht weiter. Die Flaschen des Vergessens. Der Alkohol. Das Halbdunkel. Die Zigarette. Der Filter war rotgefärbt von Lippenstift, der Rand des Glases ebenfalls. Ob ich noch einen trinke? dachte Ida. Was hat sie für ein schönes Haar! rief der Alte. Er meinte Ida und tanzte hinter ihrem Rücken. Sie wußte nicht, ob er ihr Haar angefaßt oder nur darauf gezeigt hatte. Sie drehte sich nicht um.

Noch mal dasselbe, sagte sie zum Barkeeper und wies auf ihr leeres Glas. Sie trank nur noch ein paar Schlucke von dem roten Martini, rauchte noch einige Züge. Legte einen Zehnmarkschein auf die Theke, erhob sich und verließ die Kneipe, ohne das Glas leergetrunken zu haben.

Draußen hatte es zu regnen begonnen. Ida liebte den Wechsel des Wetters. Die Bauern warteten seit Wochen auf Regen. Vor dem Eingang der Gaststätte stand das Gefährt des Alten. Seine Ponys warteten mit gesenkten Köpfen. Der eine heißt Jolle, sagte ein Kind. Zwei Kinder streichelten die Pferdchen, und Ida trat auch zu ihnen hin und klopfte ihnen den Hals. Da sprang auch der Alte aus der Kneipe. Er hatte sie gesehen, durch das Fenster. Kam ihr nach, faßte eines der Pferdchen an der Mähne.

Gib der Dame die Hand, sagte er. Ida wußte, jetzt würde ein Dressurakt folgen. Das Pony reagierte nicht gleich. Der Alte half nach, so, als ob er dem Pferd den Huf auskratzen wolle, aber vor ihm stehend. Das Pony hob tatsächlich das Bein, als wolle es Ida mit dem Huf die Hand drücken. Ida lächelte nur, fast verlegen, und ging im Regen fort.

Sie war müde. Sehr müde. Es war eine schwere, lähmende Müdigkeit. Sie mußte an die Starfighter in Flachsmoor denken, an ihr mark- und herzerschütterndes, betäubendes, ratterndes Krachen, wie sie langgezogen im Tiefflug über Finales Kopf hinweg und über das Dach der Scheune dröhnten.

Ich *bin* Angst, hatte Esriel gesagt, sich die Ohren zugehalten, den Kopf eingezogen, sich an die Mutter geklammert, sich geduckt, als wolle er sich im nächsten Augenblick zu Boden werfen.

Die mörderischen Geräusche der Kriegsvögel in Friedenszeiten sind unwirklich wirklich, alptraumhaft, wie ein Schmerz, der immer wieder aufhört, den man vergißt, an den man sich nur vage und ungläubig erinnert. Und gegen den man nichts tut, obwohl man weiß, daß er wiederkommt. Aber die Unterbrechungen halten einen ruhig.

Das Toben der Starfighter löste vielleicht eine ähnliche Wirkung aus wie der Raucherhusten, der Ida immer wieder in Abständen befiel und eine Folge war von etwas, das man abschaffen, mit dem man aber nur aufhören kann, wenn man all seine Kräfte in einem Punkt versammelt, ohne sich immer wieder täuschen zu lassen. Das Schlimme nur war, daß man sich täuschen ließ und sich benahm, wie Gäste eines Hotels sich trösten, über deren Sonnenterrasse Starfighter rasen, surren, krachen, jagen: Sie besuchen abends den Swimmingpool und gehen in die Sauna. Die Luft dort ist zwar etwas trocken, aber sie springen in ein Becken, das mit kaltem Wasser angefüllt ist. Angeblich soll das Wasser aus einer Quelle kommen, und es ist auch tatsächlich eiskalt. Sie baden sogar in einer Quelle, sie kommt aus einem Wasserhahn. Und gegen Abend schweigen die Kriegsvögel. Auch die Starfighter-Piloten baden in der Quelle.

Und gegen Abend saßen die Leute dann bei ihren Büchern, beim Wein, und rauchten. Und sie gingen auf Inseln spazieren, kauften Andenken in kleinen, niedlichen Geschäften, filmten ihre Frauen auf den Bänken am Kurteich, und Kinder fütterten mit Brot Enten.

Da ist ja Butter drauf, sagte ein fremdes Kind und brach Brot auseinander. Das macht nichts, sagte ein anderes, sie mögen es trotzdem.

Ida beobachtete Schwäne und Enten. Es waren da zwei weiße Schwäne. Sie wollte allein mit dem Wind sein. Fort aus Deutschland, fort, aber wohin denn?

Sie dachte an die Männer auf der Marlboro-Reklame, wie sie scheinbar wegritten auf den Pferden. In Wahrheit ‹saßen› sie auf ihren Zigaretten und kamen, je mehr sie rauchten, im Laufe der Jahre immer weniger vom Fleck. Ida hatte schon Schwierigkeiten beim Treppensteigen.

Vielleicht war es das beste für sie, wenn sie Deutschland, das geteilte Land, auf immer verließe. Aber würde sie nicht vor Heimweh umkommen? Was war besser? An Zerrissenheit sterben oder an Heimweh? Sie dachte an die Leute, die einmal von Ost nach West, dann wieder von West nach Ost, danach wiederum von Ost nach West, immer hin und her, von einem Teil des Landes in den anderen, von einem Land in das andere, von einer Herzkammer des Landes in die andere Herzkammer überwechseln.

Dem Gischt ist es gleich, wo er seine Heimat hat. Seine Heimat ist das Meer. Gischtige See. Zuckerwattiges Weiß, flockige Zuckerwatte. Gischt auf den Wellenbergen, fliegender Gischt aus dem Maul des Pferdes.

Reiten, warum denn nicht reiten? Aber sie wollte nicht, daß das Pferd jemals wieder benutzt würde. Es sollte nicht zum Verkauf anstehen, es sollte keine hektischen Rennen mehr mitmachen, es sollte zu keiner Auktion, zu keiner Parade, zu keiner Stutenschau. Es sollte frei sein. Wie der Himmel. Aber war der Himmel noch frei?

Ida ging mit Esriel den Weg von der weißen Düne bis ins Stadtzentrum, und immer wieder sah sie kioskartige Häuschen, in denen meistens ältere Männer saßen, die die Kurkarten kontrollierten.

Es gibt noch einen anderen Teil der Insel, sagte Ida zu Esriel, wo niemand in einem Kabäuschen sitzt und nach Kurkarten fragt. Dorthin werden wir morgen fahren.

Ihr Weg führte sie vorbei an kleinen Häusern von Einheimischen. Vor einem Garten blieb eine Frau stehen und rief aus:

Wie hübsch! Ida schaute neugierig, welcher schönen Sache die Worte der fremden Frau gegolten hatten. Im Vorgarten wuchsen wilde Blumen, Margeriten und Mohn durcheinander. Das von Menschenhand angepflanzte Wilde, der von Menschenhand angepflanzte Wildwuchs war zur Zeit modern. Brennesseln säumten die Wege. Hier zahlte der Anblick der Natur sich noch aus. Die Insel war von Touristen besetzt, die Invasion brachte den Einheimischen Geld. Das Meer aber kann ohne uns auskommen, dachte Ida. Das Meer und der Himmel und der Sand und der Strand brauchen uns nicht. Wenn die Erde sprechen könnte, dachte Ida, was sie wohl sagte? Ob sie schreien würde? Laut schreien, über die Meere und Länder hin? Ob sie schluchzen und wehklagen und heulen und jammern würde? Ob sie sich krümmen würde vor Schmerzen? Ob sie um Gnade und Hilfe flehen würde? Ob sie zornentbrannt toben würde gegen uns, ihre Besatzungsmächte? Ob sie uns einzuschüchtern versuchen würde? Sie könnte doch ohne uns leben. Sie braucht uns nicht. Vielleicht ist es das, was den Menschen gereizt hat, sie zu bezähmen? Wie es ihn reizt, das Meer in den Griff zu bekommen, von Städten unter dem Meeresspiegel zu träumen, zu planen, wie er das Wetter verändern, aus den Wolken nach seiner Zeitrechnung Regen prasseln lassen könnte.
Die Wolken, die Wolken können ohne uns leben, dachte Ida. Das Meer und die Wolken, der Gischt, der fliegende Gischt aus den Wellenbergen, die Wipfel der Bäume, sie können ohne uns leben. Doch sterben, sterben auf unsere Art können sie nur von uns und durch uns. Wir sind also überflüssig. Für die Erde sind wir überflüssig. Und schwingen uns auf zu ihren Gewaltherrschern.
Reiten. Warum reiten? dachte Ida. Sie hatte Marthe in Flachsmoor, die Besitzerin des Fuchses, gefragt, wie die wilden Pferde ihre Hufe abschabten. Diese Wildpferde brauchten keinen Schmied, und doch führten sie ein Leben voller Zauber und Überraschungen und nicht ohne Form. Ihr Leben war zäh und hart, und mit Zähigkeit und Härte und Mühsal errang es Form. Warum also dachte man immer, daß ein Leben, das Wildheit in sich trug, formlos sei? Marthe hatte geantwortet: Wahrscheinlich gibt es in dem Gelände, in dem die Wildpferde leben, Höhen und Tiefen, unterschiedlich beschaffenen Boden, und bestimmt sind ihre Hufe auch

nicht so gleichmäßig wie die eines gepflegten, Tag für Tag gestriegelten, in einem Stall stehenden Reitpferdes.

Endlich fühlte Ida das Meer. Sie hörte sein Getön in der Nacht, wenn sie schlaflos in ihrem Bett lag und las. Dann erinnerte sie sich an die Meeresgespräche mit Esriel.
Warum hat der liebe Gott Gewitter gemacht? hatte er sie gefragt. Gewitter ist wie Streit, das reinigt die Atmosphäre, hatte sie ihm geantwortet. Und er: Was ist Atmosphäre?
Was glaubst du, welche Farbe der Gott hat? hatte er sie gefragt. Weiß, hatte sie geantwortet. Oder nein – ich glaube: golden. Stark wie das Sonnenlicht, du kannst nicht hineinsehen, du würdest blind. Es gibt Gott oft, nicht? fragte er.
Nein, sagte sie, es gibt viele Götter, aber nur einen Gott. Jedes Volk hat davon eine andere Vorstellung. Und er – nun schon wieder aufs Meer, nach den Fischkuttern schauend –: *Ach so!*
Und dann war er wieder bei einem anderen Gedanken. In seinem Kopf mußten sich die Eindrücke tummeln. Und er sagte:
Der arme Enrico Caruso!
Warum? fragte Ida erstaunt. Ein Ohrwurm war auf seinem Teller im Trockenfutter, sagte er entrüstet. So genau sah Esriel die Dinge um sich herum.
Sie versuchte erst gar nicht, ihn zum Baden zu überreden. Er spielte in wenn nicht ängstlicher, so doch achtungsvoller Distanz zum Meeressaum. Ich hab Angst vorm Wasser, kapierst du das nicht? sagte er. Warum denn? sagte Ida. Ich habe Schuhe an, und die Wellen kommen bis hierher.
Was tut das den Schuhen? Ida lachte. Dann ertrinken meine Schuhe, sagte Esriel ernst. Und er schaute zum Himmel. Da flog ein Vogelschwarm über dem Meer. Im Keil flogen die Vögel. Eine Vogelstange! rief Esriel, es sieht aus wie das Band von einem Drachen.
Unsichtbar über den Wolken surrten Flugzeuge. Ihr Toben mischte sich mit dem ganz anderen der unablässig getriebenen Wellen.
Ida konnte sich nicht satt sehen an dem vom Wasser angetriebenen Meeresschaum.
Das Wasser kommt, rief Esriel, bei Flut kommt immer das Wasser bis hierhin.

In der Gegenrichtung eines Flugzeuges, das diesmal zu sehen war, flog ein Vogel. Sein Flügel hatte etwas Weiches, Rundes.

Das Weiche wird das Harte besiegen, dachte Ida.

Hinter ihnen, an diesem kühlen Tag, ging eine kleine Völkerwanderung von Menschen, die auch, wie sie, zum Wrack wollten, das am Ostende der Insel lag. Das Wrack war ein Schiff, das ein an einer Sandbank gestrandetes hatte retten wollen. Dazu hatte es Gräben in den Sand gesaugt, damit das gestrandete Schiff sich befreien konnte. Doch das Rettungsschiff seinerseits hatte sich festgefahren und war für immer zerstört worden. Ich will das Wrack sehen, sagte Esriel, ich war noch nie da.

Hufschlag donnert, dachte Ida. Und Esriel sagte: Wenn die Wellen überkippen, das ist toll!

Großstadt brandet, dachte Ida. Gewässer des Meeres donnert. Gewitterndes Wasser der See. Donnergott der Meere. Schaum der Wellen.

Und zärtlich schaute sie Esriel von der Seite an. Deine tangige Haarmähne, mein Fohlen! Die Wellen sehen so aus, als ob sie eingerollt werden, sagte Esriel. Gott ist auch ein Mensch, er wächst immer weiter, bis seine Füße aus dem Himmel rauskommen. Doch das sagte er zu sich selbst.

Am nächsten Tag ging sie mit dem Kind auf dem Deichverteidigungsweg spazieren. Auf dem Hinweg kamen sie an einer kleinen Windmühle vorbei, wie Artus' Vater als junger Mann eine in seinem Garten selbst gebaut hatte. Eine kleine Windmühle, guck mal, sagte Esriel. Aber die mahlt kein Korn, dreht sich nur im Wind.

Am Meer gingen sie entlang. Und Esriel fragte und fragte. Warum essen die Menschen Fisch? Vielleicht weil sie selber Fische sein wollen, sagte Ida, weil ihr nichts Besseres einfiel. Aber wenn sie Fische essen, werden sie doch keine. Vielleicht bilden sie sich das aber ein! sagte Ida.

Fische sind aber bald alle, es gibt doch Fischkutter, sagte er. Die Fische werden nicht alle, es wachsen neue nach, sagte Ida. Fische wachsen? fragte Esriel.

Und dann sah er, daß die Wellen bis an den Stein gekommen waren, bis an den Rand der Steinmauer, und fragte: Warum geht das Wasser bis dahin? Damit die Schiffe genug Platz haben? Und er fragte: Kann man durch das ganze Meer schwimmen? Nein, sagte Ida. Menschen können es nicht. Und warum nicht? Das Meer ist zu groß, sagte Ida, sie müßten tagelang schwimmen, das können nur Fische.

Der Wind peitscht die Welle, ist der Wind eine Peitsche? Der Wind ist doch auch Luft, sagte Esriel, oder?

Sie badete gegen Abend in der Brandung, und Esriel spielte in der verlassenen Sandburg. Wie oft würde sie noch in der Brandung baden müssen, um die Kraft der Wellen wirklich aufnehmen zu können! Um alles sehend einzusaugen. Um sich erinnern und alles wieder heraufrufen zu können. Schaumgetriebene Wellen. Wellenrosse. Wellen mit Schaum vor den Mäulern. Schneeflockige Wellen. Wellen mit Schneekronen. Schneeköniginnen, die Wellen. Dachte sie. Schattenhaft dunkel sah sie die Leiber von Pferden im Gegenlicht der blaßgewordenen Sonne. Hufe im Schlick, das Schmatzen der Hufe im Schlick hörte sie, wenn Reiter am Strand galoppierten.

Galoppierte Pferde, sagte Esriel, nicht: galoppierende Pferde.

Hufe schlugen tiefe Einbuchtungen im feuchten Meeressand.

Als sie zurückkehrten in die Stadt, sahen sie den Pferdemann, den Pferdekuckucksmann mit seinem Ponygespann Jolle und Hannah am Brunnen stehen. Sie stiegen zu, es saßen – außer ihnen – noch fünf Kinder in der Kutsche, die beidseitig gegenüberliegende Sitze hatte. Der Pferdemann kam aus der Kneipe, vor der er gehalten hatte. Ein Mann, der ebenfalls ein Kind in die Kutsche gesetzt hatte, sagte: Na, er trinkt noch sein Bierchen. Er trinkt auch noch ein bißchen mehr, oder? sagte Ida. Kann er denn noch fahren? Der Mann winkte ab. Er sah freundlich aus, neben ihm stand seine Frau. Sie ergötzten sich, wie auch die vorbeikommenden Zuschauer, am Anblick der Kinder in der so idyllisch wirkenden Kutsche. Der Pferdemann kam aus der Kneipe gesprungen, Ida fragte: Was kostet es? Soviel Sie wollen, sagte er, er roch nach Alkohol.

Los ging es. Ida hörte das Klappern der Ponyhufe auf dem Pflaster. Sie fuhren in der Dämmerung. Ein kleines Mädchen von vielleicht acht Jahren, Ida gegenüber, hielt eine große Babypuppe, die fast wie ein echtes Baby, groß wie eines im Alter von vielleicht einem Dreivierteljahr, aussah, auf dem Schoß. Ida fragte das Mädchen: Ist das ein Baby? Und später sagte sie: Kann ich die Puppe ein bißchen haben? Das Mädchen gab sie ihr.

Der Pferdemann rief: Singt doch, Kinder! Kennt ihr kein Lied? Das Mädchen ließ Ida die Puppe, so hielt sie sie jetzt auf dem Arm, und sie fuhr mit den Kindern durch die Straßen und wurden von den Leuten bestaunt. Es war fast schon dunkel. Die Hufe klapperten auf dem Pflaster. Ida weinte nicht. Denn in dieser Kutsche passierte nichts, sie würden auch wieder an den Ausgangsort zurückfahren. Der Pferdemann würde wieder vor der Kneipe halten, am nächsten Abend würde er wieder um sieben anfangen, die Kinder herumzufahren. Er würde viel trinken. Und er sagte: Ich bin kein Fischer gewesen. Seit dem Jahr siebenundsiebzig fahre ich, sagte er. Vorher bin ich Melker gewesen. Aber mich wollte niemand mehr. Er lachte. Er wollte nicht sagen, welchen Beruf er vorher ausgeübt hatte.

Ida sang mit den Kindern: *Der Kuckuck und der Esel.* Sie sangen: *Hoch auf dem gelben Wagen.* Sie sangen: *Weit übers Land wird mein Pferdchen heute traben.* Sie sangen: *Guten Abend, gute Nacht.* Doch keines der Kinder konnte ein Lied weiter als bis zur ersten Zeile.

Als Ida mit Esriel ausstieg, sprach sie den Pferdemann wieder an und fragte ihn, ob ihm die Pferde gehörten. Ja, sagte er. Ach, dann sind es die, sagte Ida, die dort hinten am Hafen auf der Weide stehn. Ja, ja, sagte der Mann. Und jener andere, der ihr zuerst freundlich vorgekommen war, rief: Sind Sie neugierig! Warum sollte ich nicht neugierig sein? sagte Ida, wer nicht neugierig ist, ist schon lebendig tot. Der Mann lächelte sauer, sagte: Ja, ja, Frauen sind eben neugierig. Ida war wütend. Vorurteile! sagte sie, der Mann beharrte: Nein, es stimmt, und wandte sich zum Gehen. Ida ärgerte sich über den Mann und über die Frau, die neben ihm gestanden und ohne Widerspruch hingenommen hatte, was der Mann daherredete.

Ida und Esriel begegneten im Birkenwäldchen hinter den Dünen einem Ehepaar mit zwei Windspielen an den Leinen. Esriel fragte die Fremden nach den Hunden. Er hatte keine Angst mehr vor Hunden, seitdem er jeden Nachmittag, bevor der Kindergarten schloß, den Schäferhund des Hausmeisters gestreichelt hatte. Beißen die Hunde? fragte er, und Ida fragte: Mögen die Hunde Kinder? Der Fremde sagte: Sie sehen es ja, sonst würden sie sich nicht von einem wildfremden Kind streicheln lassen. Ein Hund beißt nicht, wenn man ihn gut behandelt. Nur ein Kind, das man schlecht behandelt, ist zänkisch. Die Hunde gefielen Ida sehr. Sie hatten einen so sanften, wiegenden, weichen Gang.

Wie Wolken kamen sie ihr vor. Wie schöne Frauen auf Flügeln. Und tatsächlich waren es zwei weibliche Tiere, die dunkelhaarige Hündin war die Mutter. Und die hellere war die Tochter und hieß ‹Elfe›.

Sie gelangten alle auf diesem Weg zur weißen Düne, zu ihren Autos. Der Fremde fragte sie, mit einem Blick auf ihre Heckscheibe: Haben Sie Pferde?

Ja, sagte Ida, ein Pferd. Ein Pferd und eine Katze.

Ja, das reicht auch, sagte der Fremde, da haben Sie viel zu pflegen. Ein Pferd, eine Katze, ein Kind! Ja, dachte sie, als sie einstieg und Esriel den Gurt umgelegt hatte: Da habe ich viel zu pflegen.

In der Nacht, als sie schlaflos lag und der Melodie des Wassers, die sie aus der Dunkelheit erreichte, zuhörte, dachte sie: Ja, der Schnee und die schneegekrönten Wellenrosse. Esriels Namen hatte sie noch vor dessen Geburt in den tiefen Schnee der westfälischen Landschaft geschrieben. Esriel war noch in ihr gewesen und ihr Bauch gewölbt. Und später hatte sie auf derselben Anhöhe gestanden, und die Blitze zuckten am Himmel, es war Sommer und Gewitter, als seien sie nur dazu da, um sie sogleich in zwei Hälften zu spalten. Da hatte es schon Esriel in der Außenwelt gegeben, und der Wolkenbruch war in derselben Gegend niedergegangen, wo sie seinen Namen vor seiner Geburt in den Schnee gezeichnet hatte. Wie wohl der Schnee, wie das Meer aussähe, wenn nur noch wenige Gäste auf der Insel sein würden? Wie würde das Meer aussehen im Schnee? Bei seinem Anblick würde sie an ihre Mutter denken, die sie getragen hatte, als Schnee das Land fußhoch deckte. Jetzt in die Dunkelheit hinausgehen, dachte sie, in den Wind, der in den trockenen Blättern raschelt, als wollte er Äpfel schütteln. Was hinderte sie, in der schlaflosen Nacht hinauszugehen, in die Ruhe, in die Stille, die es nur nachts gab? Wie tausend Nachtfalter flatterte es in den Wipfeln. Und sie hörte eine Menschenhand Äpfel aus einer Krone schütteln. Wollen sie denn nicht endlich abfallen? fragte jemand. Nein, sie sind noch nicht reif, sagte Ida. Warten Sie doch!

Was essen denn die Wellen? fragte Esriel. Fische? Sie essen nichts. Sie leben aus sich selbst. Doch, ja, sie brauchen die Sonne, den Wind und den Meeresboden, sagte Ida. Und dann fragte er: *Mama, warum bist du so schnell groß geworden?*

O ja. Das Meer.

Im Angesicht des Meeres überströmten Ida die Erinnerungen. Aber nur, wenn sie allein sein konnte mit dem Meer, morgens, wenn der Strand noch beinahe menschenleer war.

Schön sieht es hier aus, wenn so wenig Menschen da sind, sagte Esriel. Die Strandkörbe hatten das Aussehen von kleinen, verlassenen Häusern, nur dazu da, zugeweht zu werden. Menschen hatten darin nichts zu suchen.

Die Strandkörbe gehörten dem Meer, wie die Muscheln, der Tang, die Quallen, die Seesterne, das Meeresleuchten. Ida fühlte sich wohl. Ausgesetzt dem Wind, der fächelnden Luft, dem gleichmäßigen Getön der See. Es war beinahe neblig. Ein Dunst verschleierte den Himmel. Die Sonne leuchtete wie eine Laterne kurz vor dem Erlöschen.

Da sah sie Leute in der kühlen Flut baden. Und eine Gruppe Reiter sprengte im Galopp über den Strand. Sie sah den fliegenden Pferdehufen nach. Ein Verlangen nach Finale, nach allen Pferden der Welt, nach einem ununterbrochenen Sitzen auf Pferderücken packte sie.

Esriel baute bereits eine Strandburg. Er wühlte mit bloßen Händen eine Schlucht in den Sand. Sie ging ein paar Schritte aufs Meer zu. Esriel, versunken ins Spiel, bemerkte ihr Weggehen nicht. Sie ging weiter, mit bloßen Füßen, am Saum des Meeres. Wieder hatte sie Lust, sich aufzulösen im Wind und dachte dann: Das Meer kann auch vernichten. Der blanke Hans, Seenot, Ertrunkene. Das Gute und das Böse des Meeres.

Eine zweite Gruppe von Reitern galoppierte ihr entgegen. Aber schon gingen die Pferde wieder in Trab über. Sogar morgens, dachte Ida, könnte man hier nicht frei galoppieren in einem fort, über einen leeren Strand.

Dann sah sie in der Ferne ein Rudel Männer über den Strand wieseln, wie schnelle Möwen. Sie bückten sich. Ida schaute angestrengt. Was taten sie dort?

Sie liefen neben und vor einem Wagen her, der augenscheinlich ein Militärwagen war. Das sind irgendwelche Müllsammler, sie sammeln Müll vom Strand, dachte sie. Sie trugen dunkle Hosen, aber rote Hemden oder Jacken. Waren es Soldaten? Soldaten am Strand, in roten Hemden? Sie ging näher hinzu. Sie schaute, ob sie Handschuhe trugen. Mit bloßen Händen sammelten sie das in der Nacht angeschwemmte Strandgut ein. Als sie näher kam, warfen einige der Männer neugierige Blicke auf sie.

Womöglich haben sie monatelang keine Frauen gehabt, dachte Ida und fragte sich, was sie wohl dächten beim Anblick ihres wehenden, frischgewaschenen Haares. Einer der Männer kam nahe zu ihr, lächelte sie an. Sie fragte, was sie hier täten. Für eine Woche seien sie hier, sagte der Mann auf englisch. Es waren US-Soldaten. US-Soldaten sammelten Strandgut am Meer, an einem Morgen, im Juli. Sie verabschiedete sich brüsk, wollte plötzlich nur noch fort von den Soldaten. Sie hatten so lustig und lächelnd auf sie gewirkt, so leichtsinnig und leichtfüßig und unbeschwert, wie eine Horde Jugendlicher auf einem Ausflug und auf dem Weg zur Jugendherberge – doch kamen diese Bilder Ida wie schöner Schein vor. Auf dem Meeresboden, den die herannahende Flut langsam, aber beständig benetzte, sammelte Ida nun kleine, zarte Muscheln. Muscheln mit kleinen Löchern warf sie wieder zurück ins Meer. Die Sammelleidenschaft packte sie. Sie mußte über sich selbst lächeln. Noch vor Tagen hatte sie der Gedanke ans Muschelsammeln angeödet. Sie wusch nun Schlamm aus den Muscheln, vergaß aufzusehen, wohin sie ging. Dann bemerkte sie, daß sie auf einer Erhöhung weiterging und das Meer sie schon einschloß von beiden Seiten. Sie mochte jetzt nicht durchs tiefe Wasser waten. Wahrscheinlich würde es ihr schon bis zum Nabel reichen. So ging sie ein Stück zurück, um wieder auf den noch freien Meeresboden zu gelangen. Auf ihm hatten die Wellen feine Strukturen gezeichnet, wie von Haar oder Seegras, wie von Spinnengewebe, wie von Fäden, und wieder begegnete ihr eine

Gruppe von Reitern. Sie hätte sich anschließen mögen und grüßte die Reiter, als ob sie ihr alle persönlich bekannt seien. Guten Morgen! sagte sie und bekam ein schönes guten Morgen! zurück.

Galoppreiten, das war wie auf Vogelschwingen dahingleiten. Doch sie würde noch lange nicht mehr reiten können. Abstürzen wie Ikarus, vom fliegenden Pferd – das durchfuhr sie. Galopp, das war Fliegen, ohne sich halten zu dürfen. Ohne sich festklammern zu können an die Schürze der Mutter, ohne sich festzugreifen an Strohhalme, ohne zu greifen nach Gerüsten, ohne gehalten zu werden, ohne geführt zu werden von jemandem, der sich im dunklen Wald nicht fürchtet.

Sie sah Esriel buddeln im Sand. Es ist schon ein bißchen Flut, sagte sie. Bißchen? sagte Esriel. Guck mal, die Fahnen stehen schon halb im Wasser. Das sagte er fast vorwurfsvoll, als wolle er Ida zu verstehen geben: Machst etwa du die Flut?

Am nächsten Morgen war Ida so schlecht gelaunt, daß sie sich gerade noch zwingen konnte, Esriel zuzunicken und zuzulächeln, als er ihr am Strand freudestrahlend eine schön gescheckte Feder zeigte. Muscheln! Hier kann man Muscheln suchen! rief er aus, und Ida dachte nur gelangweilt: Muscheln. Muscheln. Und dann: Nur gut, daß es Esriel gibt, dieses Kind, dieses Fohlen mit den frischen Augen. Ja, wirklich, er hatte einen Fohlenblick.

Er fragte nach Gott, neuerdings fragte er nach Gott. Wie alt ist Gott? fragte er. Hundert Jahre? Viele Millionen Jahre und noch viel mehr. Gott ist so alt, wie wir nie zählen können, sagte Ida. Und kann ich Gott sehen? fragte Esriel. Nein, sagte Ida. Aber warum nicht?

Man kann nicht alles sehen, sagte Ida. Die Liebe kann man auch nicht sehen. Wenn ich dich streichle, siehst du auch nicht das Streicheln, die Liebe. Aber ich sehe deine Hand, sagte Esriel. Wo ist Gott? Gott ist wie Wind, sagte Ida. Oder die Luft. Kannst du den Wind sehen? Du siehst die Bäume, wie sie sich bewegen, aber du siehst nicht den Wind. Du kannst ihn jedenfalls nicht festhalten. Gott ist überall, auf der ganzen Erde. Im Wind. Gott ist der Wind. Ja, Gott... Gott ist der Himmel. Nicht Gott ist im Himmel, sondern Gott ist der Himmel.

Und warum haben sie Jesus ans Kreuz geschlagen? Ist Jesus auch Gott? fragte Esriel. Ach, die Menschen sind dumm, sagte Ida. Und man kann ja nicht den Wind ... Man kann den Himmel nicht ans Kreuz schlagen, weißt du? Der Wind und der Himmel, die sind immer noch da.

Gischt. Gischt ... Gischt der Freude, Gischt des Lächelns, Gischt des Gierens.

Wieder kam sie mit Esriel an der Figur des Poseidon aus Beton vorbei. Es stand darüber die Jahreszahl 1938. Ja, zu der Zeit damals, dachte Ida, haben sie auf eine unwürdige Weise versucht, als falsche Schauspieler die alten Mythen ins Leben zurückzutragen. Aber sie waren *Mythenverkäufer*. Sie waren Mythenverräter. Sie waren falsche Händler, und niemand hat sie aus dem Tempel geworfen.

Neunzehnhundertachtunddreißig. Wer weiß, was vor diesem Betonmonument des Poseidon geschehen ist? Du armer, auf den Hund gekommener Poseidon. Aus der Elbe hatten Kunststudenten vor wenigen Wochen einen von ihnen geschaffenen Poseidon gezogen, zur sinnfälligen Demonstration, den armen, alten Gott aus Pappmaché.

Man hatte den Gott durch die Straßen getragen, für die Journalisten, zur Sauregurkenzeit im Sommer war die Demonstration ein dankend und gern angenommenes Futter. Poseidon, du Gott des Meeres und der Pferde. Du Gott der Vulkane. Poseidon aus Beton von Neunzehnhundertachtunddreißig, aus Pappmaché von Neunzehnhundertdreiundachtzig, über einem Hauseingang, aus der Elbe gezogen. Poseidon, du Gott ohne Lorbeer, unbekränzt und unangebetet. *Mein Pferd, dein Schutzgott ist tot.*

Sie sah den Himmel. Eine weiße Schafswolke, eine wollige Wolke, eine zuckerwattige Wolke. Sie wünschte sich jede Nacht Träume. Sie sehnte sich, von ihrem Pferd zu träumen. Jede Nacht wollte sie von ihrem Pferd träumen. Sie hatte die Einsamkeit gesucht am Meer und fand im Zentrum der Stadt Gewühl, Schlangen von Menschen vor Eisständen. Kinder auf steinernen Seehunden, Menschentrauben vor einer Tombola, Go-Karts, schnelle Fahrradfahrer auf Fußwegen, gelangweilte Ehepaare an Kaffeehaustischen.

An einem Nachmittag fuhr sie mit Esriel zum letzten Parkplatz im nördlichen Teil der Insel. Sie suchte einsame Stellen. Sie suchte das Meer, das zwar überall war, aber doch das Versteckteste auf der ganzen Insel. Das Meer war, wie das Pferd, immer nah und doch ganz fern und fremd.

In allen Ländern arbeiteten vermutlich bereits Unmengen von Wissenschaftlern an Plänen, wie man Städte im Meer ansiedeln könne, wie man Nahrung für große Menschenmassen aus Meerespflanzen herstellen könne. Das Meer war als Besitztum verteilt unter die Mächtigen der Erde, und nun war sie hier in der Nähe des Meeres und fühlte sich doch von ihm ausgeschlossen.

Da standen Schilder mit der Aufschrift ‹Naturschutzgebiet›. Sie ging weiter, faßte Esriel an der Hand. Im Gehen befreite sie sich langsam von den Gedanken an die Menschen in der ‹Fußgängerzone›, von den Gedanken an die halsabschneiderischen Geschäfte der Händler. Sie mußte die Händler aus ihrem Kopf jagen – wie falsche Zöllner.

Soweit war es gekommen, daß man keine Blume mehr pflücken durfte am Wegesrand. Die Blumen standen unter ‹Naturschutz›. Keinen Strauß konnte man pflücken, *einfach so*. Sie ging weiter, und auch hier, im freien Vorfeld der Dünen, hatte der Mensch allerlei Reste liegenlassen, wie Hunde ihre Markierungen setzen. Hier lag eine leere Plastiktüte, dort eine Spülmittelflasche. Abfälle, die das Meer den Menschen zurückgespült hatte. Versandete Taus, bunte Wolle. An anderer Stelle sah Ida runde Betonbehälter, in denen brackiges Wasser stand. Die Hand des Menschen war überall. Ihr fiel auf, daß die Wege zu Fuß unerwartet lang waren. Wie sehr ihr Geist sich an das Autofahren gewöhnt hatte. Die Insel war ihr schon klein und eng erschienen. Erst jetzt, da sie *ging*, fühlte sie die Weite.

Je weiter sie vorwärts ging, desto mehr spürte sie endlich, wie gut es war, unter diesem Himmel zu sein, die weiten Flächen des silbrigweißen und hellila Strandflieders anzuschauen.

Vögel mit orangefarbenen Schnäbeln und schwarz-weißem Gefieder standen ruhig in einiger Entfernung in den Gräsern oder erhoben sich in die Lüfte. In solch einer Landschaft hätte sie ihren Geist immer spazierenführen mögen. Nach zwei Stunden – Esriel war kräftig und ging, ohne zu jammern, an ihrer Seite, sammelte Federn – kletterten sie, verbotenerweise, auf eine Düne. Und sie entdeckte, daß das Meer, das ihr so nahe geschienen, immer noch Hunderte von Metern entfernt war. Sie sah wieder den gleichmäßig anstürmenden Gischt, das weißflockige Angaloppieren der Wellen. Man kann ja auf den Wellen reiten.

Sie saß lange oben auf der Düne. Einmal fiel ihr Blick auf Esriels Haar, auf das kräftige, dunkle, glänzende Haar des Kindes.

Sie erinnerte sich an Artus' Haar, das sie immer so gern gehabt hatte. Es war so kräftig und frisch gewesen. Sein Haar, dunkel und glänzend, wirkte auch, als er älter geworden war, noch wie das eines jungen Mannes. Sein Kopfhaar war dunkel gewesen und sein Bart rot.

Große Vögel liefen zwischen den Dünen. Verschreckt flohen sie vor ihr. Graugesprenkelt wie Rebhühner. Sie wußte ihre Namen nicht. Vielleicht Strandläufer, sie wußte es nicht.

An den Stränden gab es Bademeister, Aufsichtstürme und Rettungsstationen. Das alles war notwendig, sicher. Es gab Badezeiten am Meer, bis siebzehn Uhr dreißig, oder bis sechzehn Uhr. Man sollte nicht zu weit hinausschwimmen. Es waren schon viele Menschen in der Flut ertrunken. Und doch fragte sie sich, ob sie Angst hätte, ganz mit dem Meer allein zu sein. Der Wunsch wuchs in ihr, mit dem Meer, wie mit dem Pferd, ganz allein zu sein.

Sie erinnerte sich an die alles überflutende Angst der Mutter in den Bergen und wie sie ihre Angst zerstreut hatte, indem sie in die Geschäfte des nahen Ortes gegangen war, sich gesagt hatte, daß einem nichts passieren könne, wo Menschen sind und man etwas kaufen kann. Die Menschen installierten an den schönsten Orten der Erde entweder Geschäfte, Kioske und Kaufbuden oder Divisionen, um alles, was los sein könnte, zu befestigen. Um gegen die Angst ein Bollwerk zu bauen.

Hier war nichts. Und doch, da flogen Flugzeuge unaufhörlich, auch hier. Sie waren am kleinen Flugplatz auf dem Hinweg zum Parkplatz vorbeigekommen. Überall Geräusche, Fahrzeuge, Flugzeuge, Gegenstände, Zeichen der menschlichen Verfügungsgewalt über die Erde. Am Himmel breite Spuren von Flugzeugen, die längst vorüber waren, Spuren am Himmel, Spuren von Menschen überall.

Doch fühlte sie sich hier freier. Die Müdigkeit wich etwas von ihr. Mit dem Meer allein sein.

Wenn es Esriel nicht allmählich kalt geworden wäre, hätte sie gern stundenlang oben auf der Düne sitzen, in den Himmel und aufs Meer schauen mögen.

Sie stand auf, kletterte, mit Esriel an der Hand, die Düne wieder herab, sah einen Steinwurf entfernt lila Pflanzenfelder, ging hin, um zu sehen, welche Art von Blumen dort wuchsen.

Esriel sagte: Da liegen Knochen! Knochen von Vögeln vielleicht. Und dort lagen Skelette von Wildkaninchen, zerbrochene Muscheln. Esriel war müde. Sie mußten zurückgehen. Ida trennte sich ungern vom Anblick des Meeres.

Auf dem Rückweg trafen sie einen Mann. Er ging vor ihnen, und zuerst fielen Ida die langen Stiefel, seine über die Schultern geworfenen, langen, schwarzen Stiefel auf. Die Stiefel mußten bis zum Oberschenkelansatz reichen. Es waren Lederschnüre daran befestigt. Wahrscheinlich watete der Mann mit ihnen im tiefen Wasser. Eine Frau kam ihnen entgegen und fragte den Mann nach der Uhrzeit. Hier brauchen wir keine Uhren, sagte der Mann, doch Ida, die eine Uhr trug, sagte der Frau: Es ist halb sechs. Nun faßte sie sich ein Herz und fragte den Mann, neben dem sie jetzt herging, was er mit den Stiefeln tue. Ich habe meine Aalreusen dahinten, sagte der Fremde. Aber heute habe ich nichts gefangen. Das Wasser ist wahrscheinlich zu flach. Aber morgen wird's schon wieder klappen.

Sind Sie ein Einheimischer? fragte Ida. Sind Sie von hier? Ja, ja, sagte der Mann. Sie sind hier geboren? Nein, sagte er, ich bin seit zweieinhalb Jahren hier. Sie arbeiten auf Austerende? Ja, ja, als Hafenmeister, sagte er.

Ida fragte: Wissen Sie, wie man zum Schiffswrack kommt? Der Mann drehte sich um, zeigte in die Richtung der Düne, auf der Ida mit Esriel gesessen hatte. Dahinten, sagte er, dahinten am Wasser. Von dort kommen wir, sagte Ida. Ja, ja, sagte der Mann, da liegt das Wrack. Aber stellen Sie sich nichts Abenteuerliches vor. Es ist irgend so ein Rest von einem Muschelschiff. Nichts Abenteuerliches. Nichts Berühmtes! Man stellt sich wer weiß was vor. Es ist nur ein Stück rostiges Blech.

Ach so, sagte Ida enttäuscht. Ich dachte, es sei ein Wrack von einem großen Schiffsunglück. Der Mann schüttelte den Kopf. Sind Sie hier auf Urlaub? fragte der Mann.

Zur Kur, sagte Ida. In der Stadt ist es furchtbar. Es ist alles so teuer. Überlaufen, sagte der Mann. Ja, ja, überlaufen. Und man sagt ja auch nicht umsonst: Austernnepp! Ida lachte. Sind Sie zum ersten Mal hier? fragte der Mann. Nein, sagte Ida. Wir waren letztes Jahr schon hier, aber so schnell kann man alles nicht kennenlernen. Nein, sagte der Mann zustimmend. Zum Kennenlernen braucht man Zeit. Viel Zeit. Er wies auf die Blumen, die sie in der Hand hielt. Die darf man eigentlich nicht pflücken, sagte er, sie stehen unter Naturschutz. Ja, das hab ich mir schon gedacht, sagte Ida. Dann darf ich mich nicht erwischen lassen! Ach, winkte der Mann ab, jetzt sind sie ja schon gepflückt.

Der Mann kam Ida vor wie ein Zeuge aus einer früheren Zeit. Als sie mit Esriel zurückfuhr, sah sie weiße Pferde auf den Weiden am Wege traben.

Morgen ist auch noch ein Tag, war das letzte Wort des Aalmannes.

4

Die Taubenfrau
und
Die Fluchtkutsche

Auf Austernende lebten, außer dem Pferdealten und dem
Aalmann, noch andere unentdeckte Pferde. Auch die weißhaarige Paula in Schwesterntracht gehörte dazu. Sie wurde
siebenundachtzig und fragte nun schon jedesmal, wenn sie
Ida und Esriel auf der Treppe begegnete, wiederholt nach
Esriels Namen. Wenige Monate vorher hatte ihr Gedächtnis
sie noch nicht so im Stich gelassen. Vielleicht war es auch ein
allmählich wachsendes Desinteresse an der äußeren Welt,
das sie jetzt vergeßlich machte. Ida hatte Angst, daß eines
Tages, wenn sie mit Esriel aus dem Auto stiege und das Ein-
gangsportal beträte, Schwester Paula nicht mehr da wäre.
Immer wieder stieß es ihr zu, wenn sie sich anderen zu-
wandte und ihre Nähe suchte, daß sie nicht mehr lange lebten.
Nach dem Gewitter war der Regenbogen wie ein Schweif
von Sternen auf den Himmel gemalt, in Farben nackt und
blank. Ein Feuerwerk aus Blau, Grün, Rot und Gelb. Die
Leute auf der Straße riefen: Guck mal, ein Regenbogen. Und
ein Kind fragte: Wo denn? Ich seh nichts.
Über der Weide, wo die Ponys des Pferdealten zu grasen
pflegten, wenn sie nicht die Kutsche zogen, reckte sich der
Regenbogen, als ob er sich zum Anfassen anbiete wolle.
Das feuchte Gras glitzerte und schimmerte, das Grün leuchtete wie lauter Glühwürmchen. Im Hafen im Hintergrund
lag ein Rettungsschiff, ganz in der Nähe eines Shell-Gebäu-
des.
Ida nannte Schwester Paula die ‹Taubenfrau›, weil sie in ihr
einen Menschen sah, der Frieden ausströmte. Die Tauben-

paula lebte mit den Holztauben. Sie lachte ein sehr junges Lachen, wenn man sie nach den Tauben fragte.

Sie beobachten die Tauben doch immer? Ja, ich beobachte sie, gab sie zur Antwort. Und sie gurren, und sie stören uns. Am Tag nicht, morgens lärmen sie. Im Augenblick sind weniger da, man muß sie dezimiert haben. Vielleicht sind sie auch selbst weiter weg gezogen. Ich weiß nicht, wo sie sind. Ida war fast enttäuscht, daß Schwester Paula von den Tauben nicht schwärmte, sie hatte nur erzählt, wie sie manchmal lange am Fenster sitze und zuschaue, wie die Tauben ihr Nest bauten.

Die Taubenfrau war kinderlos, das heißt, sie hatte ein Kind, aber kein leibliches. Es war ein Pflegesohn, der wie ein leiblicher für sie geworden war. Sie sprach von ihm wie eine Mutter, die ihr Kind sehr liebt. Die Geschichte dieser ihrer Mutterschaft war eine ganz eigene ... Und sie erzählte sie Ida.

Sein Vater, der aus Sachsen stammte, kam nach Austernende als Kriegspfarrer. Und er wohnte im Hildegardheim. Er hatte drei Inseln zu betreuen, war immer unterwegs. Und manchmal, wenn wir sehr viel Kälte hatten, dann saß er irgendwo fest und rief an: Ich kann nicht rüber, ich muß länger hierbleiben.

Einmal war seine Frau bei uns, mit ihrem Michael ... Ja, er heißt Michael, sagte Schwester Paula, wieso? Ich kenne auch einen Mann näher, der Michael heißt, sagte Ida.

Ja, ich seh ihn heute noch vor mir. Solch ein ganz zarter, kleiner Kerl! Und dann sind Vater und Mutter mit Michael wieder nach Holzhausen zurückgegangen.

Michael wurde sehr, sehr krank. Sterbenskrank! Er hatte Asthma. Er hatte eine ganz furchtbare Lungenentzündung. Mittelohrentzündung. Alles, was man haben kann. Und die Ärzte hatten ihn aufgegeben, drüben. Der Vater hatte in Holzhausen schon eine Grabstelle gesucht, er wollte immer dann von seinem Fenster aus, das auf den Friedhof ging, auf das Grab des Jungen sehen. Die Ärzte sagten: Wir können nicht mehr helfen, wir wissen nicht weiter, er ist wirklich sehr, sehr krank. Es gebe nur eine Möglichkeit: Das ist die Nordsee! Aber es ist Krieg, sagte der Pfarrer, wir sind ‹weit vom Schuß›, wir kriegen den Jungen nicht rüber. Und dann sagte der Vater zu den Ärzten: Ach, ich hätte wohl eine Möglichkeit, ich bin auf Austernende gewesen, als Kriegspfarrer, da habe ich eine Schwester kennengelernt, die würde ihn nehmen. Aber nun: wie hinfinden? Wer sollte ihn zu mir bringen?

Ida hörte gespannt zu. Es war, als ob Schwester Paula, indem sie von Michael erzählte, auch von Ida sprach. Auf diesen Michael wurde sie immer neugieriger. Wie alt er wohl heute sein mochte? Wahrscheinlich hatte er bereits eigene Kinder. Und dann kam Michael, fuhr die Taubenfrau fort, ausgerechnet an meinem Geburtstag, im März. Er kam mittags um vier hier an, das war neunzehnhundertachtundvierzig. Ein Mann aus der Gemeinde der St.-Afra-Kirche hatte ihn mitgenommen, ihn aber nur bis zur Fähre gebracht. Und Michael, dieser kleine, zarte Kerl, kam ganz allein mit dem Schiff hierher. Ich hatte keine Ahnung, ich wußte von nichts.
Ich feierte meinen Geburtstag mit vielen Frauen in dem Zimmer, das heute der Fernsehraum ist, an einer Riesentafel. Und da kam unsere Traudel, ein Hausmädchen: Schwester Paula, hier ist ein Junge, der ist so dreckig und speckig. Der will durchaus zu Ihnen, was soll ich nur machen? Ich sag: Ja, laß ihn mal um die Ecke gucken, wer ist denn das? Da war es der Michael! Ich sag: Mensch, Michael, was ist denn bei euch passiert? Ach, sagt er, es ist gar nichts passiert. Ich bin nur so krank, sie haben mich weggeschickt.
Ich sag: Wie kommst du denn aber nach Austernende allein? Und: Bist du ganz allein, auch übers Wasser? Ja, ja, sagt er.
Und an der Grenze hatte er noch so ein schreckliches Erlebnis gehabt. Mein Gott! Der Mann aus der Gemeinde und Michael mußten ihre Rucksäcke ausschütten, und da hatte mein armer Michael ausgerechnet gestempelte Hitler-Briefmarken drin. Und der Russe an der Grenze sagt: Du Nazi! Du Nazi! Und der Mann aus der Gemeinde ruft immer wieder: Nein, nein, nein, nein, nein, nicht Nazi! Beide Kommunisten! Wir kommen beide aus Holzhausen, beide Kommunisten! Sie haben sie dann laufenlassen. Und der Mann aus der Gemeinde hat immer wieder gerufen: Also nein, nein, nein, Kommunisten.
Du Nazi!

Dann kam er allein hier an. Und ich sag: Michael, wo kommst du denn bloß her?

Und der Michael erzählte und erzählte. Und ich sage zu unserer Traudel: Du, Menschenskind! Das ist Michael, kennst du den nicht mehr, der ist schon einmal hier gewesen! Ach, sagt sie, das ist Michael? Der ist so dreckig, den hab ich nicht erkannt. Ich sag: Der soll wohl dreckig sein. Der ist jetzt zwölf Stunden unterwegs. Der ist hungrig und speckig und was weiß ich nicht alles. Ich mußte zu meiner Geburtstagsgesellschaft zurück, die kannten alle den Vater. Ja, sage ich: Ich muß ihn zuerst waschen. Viel Zeug hatte er nicht mit in seinem Rucksack. Ich habe ihn erst einmal abgeseift und gewaschen und ihm frische Wäsche angezogen. Im Hildegardheim haben wir immer Kinderwäsche gehabt. Und dann sage ich: Das sind meine Geburtstagsgäste!

Er war hungrig und durstig und hatte einen Redefluß. Er hat geredet und geredet. Und die fragten auch alle nach dem Vater. Und dann trank er neun Tassen Tee. Und aß Kuchen. Ich sag: Michael! Ja: neun Tassen Tee! Er war so durstig und ausgetrocknet, wissen Sie, so richtig ausgetrocknet. Und dann hatten wir ihn schließlich satt. Ich sage zu ihm: Weißt du, Michael, ich packe dich zuerst einmal auf die Chaise, du mußt ja furchtbar müde sein. Jetzt kannst du so ein bißchen schlafen. Und da fing der Junge an zu weinen und an zu weinen und zu weinen.

Ida sagte keinen Ton. Sie wollte nichts als zuhören. Nicht fragen, nicht unterbrechen, sich nicht einmal rühren.

Ich sag: Michael, was ist los? fuhr die Taubenfrau fort. Ach, weißt du, sagt er, wenn der Vati jetzt auch hier wäre, das wäre doch viel schöner! Ich konnte das ja gut verstehen. Ich sag: Mein Junge, da hast du auch recht. Aber weißt du, der Vati ist froh, daß du hier bist. Du sollst ja gesund werden. Da hat er sich allmählich bekrabbelt.

In der Schule haben sie ihn ausgelacht, er sprach sehr sächsisch. Aber es dauerte nicht lange, dann war er der Erste und Klassensprecher und hatte Freunde. Ich sage: Michael, siehst du, jetzt bist du, der Sachse, Klassensprecher. Er hatte zwei sehr nette Lehrer. Und wenn ich mal sagte: Haben Sie doch etwas Geduld mit Michael, es ist ja hier alles ganz anders, er hat doch alles in Sachsen nicht gehabt, dann sagte der eine

Doktor: Sie brauchen sich überhaupt nicht zu sorgen, der Michael ist ja so gut!

Ja, seufzte die Taubenfrau, er ist auch heute noch gut – gut zu mir. Als er zuletzt bei mir war, hat er mir ans Herz gelegt: Gönn dir was, kaufe dir öfter eine Seezunge. Ja, ja, der Junge! Man merkt ihm jetzt von der Vergangenheit nichts mehr an. Seinen Sohn aber hat die Lust gepackt, durch die Welt zu reisen, er will demnächst nach Japan. Es hat mich immer gereizt, Japan kennenzulernen, sagt er, und der Vater läßt ihn ziehen. Schließlich ist er selbst durch die Welt gezogen – nur nicht freiwillig.

Ja, das sind vielleicht die zwei furchtbarsten Dinge, warf Ida ein, wenn man entweder gezwungen wird, durch die Welt zu reisen, oder wenn man eingesperrt wird und nicht fort darf. Beide Male werden Mauern im Innern und im Äußern errichtet. Schwester Paula schwieg einen Augenblick und schien über die Erwähnung der Mauern nachzudenken. Sie sind mit Ihren Eltern vor dem Bau der Mauer rübergekommen? fragte sie nach. Wer weiß das so genau, wann die Mauern gebaut werden, meinte Ida. Schwester Paula stutzte, dann lachte sie. Ja, recht haben Sie, sagte sie. Aber im Ernst, Sie sind vor neunzehnhunderteinundsechzig geflüchtet? Weggekarrt worden, antwortete Ida bitter.

Ja, ja, mein Michael muß sich wohl auch hin- und hergekarrt gefühlt haben, nahm Schwester Paula das Stichwort auf. Drei Jahre war er bei mir, da sind wir zum ersten Mal nach Holzhausen gefahren, damals schlossen wir kurz vor Weihnachten das Kinderheim, und ich konnte mich für eine Woche freimachen. Eine Schwester seiner Mutter wollte uns in Leipzig in einen anderen Zug setzen, die konnten wir überhaupt nicht finden.

Die konnten wir überhaupt nicht finden. Es lagen so viele Flüchtlinge auf der Bahn. Wenn ich noch daran denke! Und sie versprühten ein weißes Zeug, gegen Läuse, ein scheußliches Zeug. Wie mich die Rote-Kreuz-Schwester sah, die damit hantierte, sagt sie: Ach, Schwester, kommen Sie doch mal mit dem Jungen, ich sehe, Sie sind sauber, und der Junge auch, Sie kriegen das Zeug nicht, das ist ein scheußliches Zeug. Ach, sag ich, da bin ich Ihnen aber dankbar, Sie können ganz sicher sein, wir haben kein Ungeziefer, wir kommen aus Austernende.

Das fand ich so nett von dieser Person, daß sie uns da so durchließ. Um Mitternacht sollten wir ankommen. Ach! und wir waren nicht da, wir kamen da nicht hin, es ging gar nicht weiter. Es war ein schrecklicher Betrieb auf den Bahnhöfen. Und mein Michael war zwischendurch eingeschlafen. Dann sagt er: Es ist doch schrecklich, wenn ich daran denke, wie wir jemals ankommen sollen, du kennst doch den Weg nicht! Es ist dunkel, wie sollen wir denn nur nach Hause finden? Ach, sage ich: Michael, da finden wir schon hin. Außerdem, deine Eltern wissen, daß wir unterwegs sind. Ja, aber die denken doch, daß wir um Mitternacht kommen, und jetzt ist es schon Morgen! Ich sag: Dein Vater geht zu jedem Zug, sollst du mal sehen!

Richtig, so war es auch.

Wie der Zug in Holzhausen einlief, da sag ich: Michael! Er weinte und weinte. Ich konnte ihn kaum halten. Da sag ich: Michael, ich habe deinen Vater da schon stehen sehen. Was!? ruft er. Ja, Vati steht da. Und draußen, hinter der Sperre, stand Michaels Bruder mit einem Handwagen für unser Gepäck. Michael war plötzlich so munter. Er und sein Bruder liefen los – wie junge Hunde. Und Michaels Vater sagte zu mir: Na, wir beiden Alten gehen aber langsam. Guck doch bloß mal, wie der Michael laufen kann.

Die Mutter wartete ja nun auch schon so lange. Da ist der Bruder in die Stube gegangen und hat gesagt: Mutti, ich muß dir was sagen, die sind immer noch nicht angekommen. Dieser böse Lümmel, nicht? Nein, sagt die Mutter, wo sind die aber bloß, wenn wir bloß wüßten, wo die sind, die Armen, Armen! Und dann sagte der Bruder: Kannst dich beruhigen, guck mal hier, wer hier steht. Dann standen sie beide da, die armen Sünder.

Und Michael war gesund? fragte Ida. Ja, ja, er hatte rein gar nichts mehr! Und Sie glauben, die Luft hat ihn geheilt? Oder waren Sie es? Die Taubenfrau lachte.

Das ist die Luft gewesen, natürlich. Er hat sich hier auch wohl gefühlt... Von mir mußte er sich dann später aber auch immer wieder trennen. Ida bekam große Augen. Warum?

Als ich ihn aufs Gymnasium schickte! Ich wollte ihm keine langen Fahrzeiten zumuten, da gab ich ihn ins Internat. In den Ferien kam er zu mir, und er schickte laufend seine schmutzige Wäsche. Er war immer froh, wenn Ferien waren, wenn er hier wieder ankommen konnte. Ja, natürlich. Und als wir nach Holzhausen fuhren, sollte er eigentlich dort bleiben, wir hatten alles mitgenommen. Die Mutter sagte: Nein, noch länger kannst du nicht fortbleiben! Am letzten Abend sagte der Vater: So, nun wollen wir uns einen gemütlichen Abend machen, morgen wollt ihr ja fahren. Da fing die Mutter so sehr an zu weinen. Ach, redet nicht davon, kann er denn jetzt nicht hierbleiben, kann er denn nicht hierbleiben?

Wie alt war er denn? unterbrach Ida, atemlos. Er war wohl elf. Der Vater sagte: Sei vernünftig. Guck mal, der Junge ist gesund geworden. Und Michael sagte heulend: Mutti, Mutti, laß mich wieder fahren! Ja, was zieht dich denn nach Austernende? fragt sie und trocknet ihre Tränen. Na ja, sagt er, Schwester Paula natürlich, und – ich mag es nicht sagen: die Milch und die Butter und alles, was ich dort zu essen bekomme. Und die Eier ... Ihr habt doch hier nichts.

Ich sah es ja: Sie hatten wirklich nichts zu essen. Die hatten Klippfisch, wissen Sie. Klippfisch! Ein scheußliches Zeug! Haben Sie den mal gegessen? Ach Gott, war das ein Zeug, und Sie mußten zu allem sagen: Es schmeckt sehr gut! Und das ist auch furchtbar. Und dieser Klippfisch, nein! Das war solch ein getrocknetes, zähes Zeug, man kriegte es nicht durch die Zähne. Und der Vater sagte: Es ist ganz klar, du fährst wieder mit. Du bist gesund geworden, du sollst weiter gesund bleiben, und es soll immer besser werden. Und du sollst, ich verstehe das, alles essen: Butter und Milch und Eier. So kamen wir wieder im Hildegardheim an. Da sagten meine Kindergärtnerinnen: Also, Schwester Paula, sagen Sie mal, Sie haben doch den Michael weggebracht und sind wiedergekommen? Jaaa! sage ich. Aber sein Geist spukt hier immer noch herum, sagen die Mädchen, wir sehen den und hören den Michael, sagen sie. Ja, ja, sag ich: Den hört ihr immer in Gedanken. Aber es war nicht sein Geist. Er war es selbst. Er war wieder da.

Die beiden Frauen schwiegen, und Ida sah sich im Zimmer um. Bilder von Kindern hingen an der einen Wand, die Schwester hatte wohl mehrere seelische Patenkinder, Mutterschaft kann ja nie nur auf die leibliche begrenzt sein.

Ein Sekretär stand am Fenster, mit Briefschaften auf der ausgezogenen Platte. Mehrere Bücher waren aufgereiht. Die Bibel, ein Gesangbuch. Ida fiel plötzlich der Vater wieder ein. Warum wohnte denn der Vater bei Ihnen, als er hier Kriegspfarrer war? fragte sie. Wohnten damals hier auch Soldaten im Kinderheim? *Nur Soldaten*, gab Schwester Paula trocken zur Antwort.

Nur Soldaten? Ida war überrascht. Im Haus wohnten Soldaten hier, bestätigte die Taubenfrau. Ich war ja von vielen Männern umgeben, obwohl ich nie verheiratet war. Ich hätte heiraten können, sagte sie rasch, als ob sie einer Frage Idas zuvorkommen wolle. Sie lachte. *Ich habe nichts vermißt!* Es klang sehr selbstbewußt. Ja, die Soldaten! Sie waren so nett, das glauben Sie gar nicht. Nette Kerle waren das. Ich hatte erst immer ein bißchen Angst. Aber sie waren sehr nett, sehr nett. Am Weihnachtsabend zum Beispiel waren sie alle hier, zuerst gab es eine Soldatenfeier mit dem Kommandanten, im großen Saal. Wir haben einen Riesenweihnachtsbaum geschmückt. Und wenn der Kommandant weg war, kullerten oft die Tränen bei den Männern. Und dann sagten sie: Schwester Paula, haben Sie noch Zeit für uns? Ich sag: Ja, ich hab den ganzen Abend Zeit für euch.

Lassen Sie uns zusammen Weihnachten feiern, wie wir es zu Hause feiern würden und wie unsere Familien es feiern, sagten sie. Wir haben dann so richtig unter uns Weihnachten gefeiert, Weihnachtslieder gesungen und erzählt. Ja, ich habe mit Kindern und Soldaten zu tun gehabt. Schwester Paula seufzte wieder.

Ida wollte etwas sagen, schwieg aber.

Flüchtig dachte sie darüber nach, wie sie Schwester Paula darstellen könnte, in einem Film. Sie betrachtete das runzlige, sanfte Gesicht, die leuchtendblauen Augen. Die Augen solcher Menschen, wie die der Taubenfrau, können wohl nicht altern. Sie konnte sich sogar vorstellen, daß nach Schwester Paulas Tod diese blauen Augen überleben würden. Das war ein seltsamer Gedanke, aber er ging Ida nicht aus dem Kopf.

Soldaten! Soldaten! Die Taubenfrau wiederholte immer wieder das Wort. Manchmal verlor sie beim Erzählen den Zusammenhang, aber das war nicht wichtig. Im Alter überläßt

sich der Mensch endlich wieder dem freien Spiel seiner Ein-
fälle, wie Kinder es tun oder Künstler – ohne Angst, für verrückt gehalten zu werden.

Deutsche Soldaten waren hier, ja, sagte sie. Aber später auch
fremde, nach dem Krieg. Da hatten wir Engländer, Franzo-
sen. Die waren nicht so nett. Der eine Franzose hatte sich
einmal verwundet – die Soldaten leerten immer die Müll-
kübel, und dabei hatte er sich die Hand aufgerissen –, er kam
zu mir, zeigte mir die Wunde. Ich sag: Ich verbinde Sie, kommen Sie herein! Und da fragte mich der französische Feldwebel – den Feldwebel nannte man ‹die Mutter der Kompanie›
– doch tatsächlich: Schwester Paula, Sie verbinden einen
Feind? Ja, sag ich, das weiß ich. Wissen Sie, ich gehöre zur
Genfer Konvention. Ich kann ihn doch nicht verbluten lassen. Wir hatten hier im Kinderheim im Ersten Weltkrieg ja
ein Lazarett.

Idas Erstaunen wuchs. Es war seltsam: Sie kam an einen Ort,
der so idyllisch schien, sie bezog eine Wohnung in einem
Kinderheim, und kaum machte sie Augen und Ohren auf,
fingen die Dinge und die Häuser und die Menschen an, von
der Vergangenheit und der Gegenwart zu sprechen.

Ein Lazarett? Nein, es war eine Unfallstelle, verbesserte sich
die Taubenfrau. Ja, ja, ich habe beide Weltkriege überlebt.

Sie sind richtig examinierte Krankenschwester? fragte Ida.
Ja, antwortete Schwester Paula, das bin ich. Ursprünglich
war ich Säuglingsschwester, habe dann später die Wochen-
pflege dazugemacht, die Mütterpflege. Und dann noch die
Große Krankenpflege.

Sie behandelte auch jetzt noch kleinere Verletzungen der
Gäste und ihrer Kinder im Haus. Diese Frau, die ein Isolier-
haus beaufsichtigt hatte und die Vorgesetzte von Dutzenden
von Kindergärtnerinnen gewesen war, hatte die Soldaten
nicht nur körperlich versorgt. Die Soldaten hatten ihr allerdings auch Mäuse ins Kinderheim gebracht. Säckeweise Reis
und Hafer hatten sie angeschleppt, und sie waren nicht sehr
sauber gewesen – schon waren die Mäuse da. Schwester
Paula erinnerte sich nicht gern daran. Sie selbst war noch
heute sehr gepflegt, wie eine ganz junge Frau, die sich für
sich selbst oder für jemand anderen schönmacht, sich badet
und einsalbt.

Nein, sagte sie, im Krieg waren hier nur Soldaten, keine Kinder. Und immer wieder betonte sie, was für nette Kerle die Soldaten gewesen seien.

Vielleicht hat sie die Weltkriege überhaupt nur überlebt, durchfuhr es Ida, weil sie sich selbst wie ein ‹Sonnenscheinsaal› gehalten hat? Die einzelnen Wohnungen im Kinderheim hatten nämlich die phantastischsten Bezeichnungen, die nach den Worten von Schwester Paula allerdings keine besondere Bedeutung hatten. Man muß sie schließlich irgendwie nennen, sagte sie. Ein Saal hatte ‹Sturmvögelsaal› geheißen. Das Haus hatte viele Säle und Räume. Manchmal kam es Ida wie ein Labyrinth vor. Ein Saal schien in den anderen überzugehen, und doch wirkte es, als ob alle Säle abgeschlossene Wohnungen seien.

Ida versuchte sich vorzustellen, wie die vielen Kinder in den Sälen gehaust hatten. Wie sie gelacht und sich gestritten hatten. Nicht nur das heutige Kino, der frühere Turn- und Spielsaal für die erholungsbedürftigen und kranken Kinder, war an das Kinderheim angebaut, sondern auch an der anderen Seite, zum Garten hin, in dem die Holztauben lebten, das Haus für die Musiker, die die Kurkonzerte gaben. Zuerst sind immer die Bückeburger Jäger da, sagte Schwester Paula. Dann die Symphoniker, da hatten wir früher immer Göttinger, aber im letzten halben Jahr hatten wir Polen, Warschauer. Und jetzt kommen Rumänen. Und wenn die Rumänen weg sind, gibt unsere Feuerwehr hin und wieder ein Konzert.

Man braucht sich nur einen beliebigen Ort der Erde auszusuchen und ihn sich genau anzusehen, schon hat man die ganze Welt oder das ganze Land. Im Ausschnitt erkennt man, wenn man sich nicht blenden läßt, immer auch das Ganze, im Leben des einzelnen die Geschichte seines Volkes.

Ida fragte sich wieder, wie es möglich war, daß das Sich-Widersprechendste nebeneinander existierte: die Kurkonzerte und das Kino, die Soldaten und die Kinder, das Elend der Kriege und diese ruhige Frau, an der alles abgeglitten zu sein schien wie Wasser an Öl.

Daß Sie alles *so* überstanden haben, Schwester Paula, sagte Ida. Haben Sie denn viele Fluten erlebt?

Die Taubenfrau erzählte jetzt wie ein Soldat, der von den

fürchterlichen Schrecknissen wie von überstandenen Abenteuern spricht.

Diese furchtbare Nacht neunzehnhundertzweiundsechzig, sagte sie. Wir hatten um zehn Hochflut. Vollmond! Und alles, was Beine hatte, das war am Strand. Und rettete, was zu retten war. Vor allem das weiße Haus am Weststrand, das war damals ein katholisches Kinderheim, darin waren achtzig Kinder. Frage: Wie kriegen wir die alle heraus? Wir wußten: Um zwei ist Hochflut. Eine Minute nach zehn geht das Wasser zurück. Nein, wir sind überhaupt nicht zur Ruhe gekommen in dieser Nacht. Wir mußten den Leuten helfen, die in Not waren. Und das Kinderheim? fragte Ida, war es auch bedroht? Die ganze Insel war unter Wasser, sagte Schwester Paula, aber stellen Sie sich vor: Ich habe damals zum ersten Mal richtig bemerkt, daß das Hildegardheim höher liegt als die anderen Häuser. Wir hatten kein Wasser im Keller! Alle Häuser ringsherum standen voller Wasser, nur unser Kinderheim nicht. Bis an den Türrand stand das Wasser.

Das Kinderheim war für Schwester Paula wie eine ‹feste Burg›. Darin war sie immer satt geworden. Jedenfalls physisch. Auch die ‹skrofulösen Kinder› (so nennt man die Kinder mit krankhaften Veränderungen der Haut und der Schleimhäute), die sie gepflegt und versorgt hatte, hatten wahrscheinlich mehr seelisch als physisch gehungert. Es ist schlimm anzusehen, wie die sich kratzen, kratzen, kratzen, sagte Schwester Paula. Die taten mir immer so leid, die armen Würmer. Ich mußte sie jeden Morgen, Mittag und Abend einreiben oder irgendwie behandeln.

Die Kinder hatte sie ‹gefüttert›, wie sie die Soldaten genährt hatte. Auch sie konnte sich wie ein Kind freuen, wenn man ihr Essen schenkte.

Ein ganzes Volk war nach dem Krieg wie ein einziges riesengroßes Kind gefüttert worden, und ohne die Geschenke der Amerikaner wäre es verhungert.

Die Lebensmittel auf Marken waren sehr knapp gewesen, und den Soldaten dankte es die Taubenfrau, daß immer etwas Zusätzliches für sie abfiel. Denkt doch an die Schwester. Daß die hier nicht verhungert bei uns, sagten die Soldaten. Die sorgt immer für uns! So sprachen sie und steckten ihr etwas zu. Schließlich wurden sie von ihr verbunden und verarztet. So mancher fütterte den anderen, im Krieg, wie die

Mutter ihr Kind, oder das Kind die Mutter durch seine Zärtlichkeiten. Fast war es, als ob der Krieg für das Einander-Füttern den Vorwand liefern müßte.

Als der Krieg zu Ende war, wurde Schwester Paula von den Quäkern Amerikas ernährt. Da konnten wir uns endlich satt essen, sagte sie. Wir kriegten Tonnen! In einem Sack war immer ein Zentner, mit Zucker, mit Gries, mit Reis – ich weiß nicht, was alles darin war. Ach! Wir konnten uns satt essen. Wir hatten zwei große Kessel in der Küche, darin kochten wir Eintopf und so etwas. Und meine Kindergärtnerinnen pflegten zu sagen: Lassen Sie bloß noch etwas drin, wir wollen so gern den Kessel auskratzen. Auslecken! Ich sagte: Na, ihr werdet noch bald fett, jetzt, wo wir so viel gekriegt haben, von den Christen Amerikas! Einmal schickten sie uns eine Tonne mit fünf Kilo *Kakao*. Da war ich so glückselig. Und ging, die Dose im Arm, in den Eßsaal und rief: Kinder, guckt mal, was sie uns heute geschickt haben, die Christen aus Amerika, guckt euch das mal an, wißt ihr, was darin ist? Ihr wißt doch, was *Kakao* ist? Aber keiner kannte Kakao: Keiner kannte Kakao bei uns. Das war vielleicht ein Labsal! Und sie schickten uns Milch dazu. Zwei Sorten: Magermilch und Vollmilch, getrocknet.

Ida bewunderte die Taubenfrau. Dann dachte Ida, daß die Taubenfrau womöglich mehr gelitten hatte, als sie sagen konnte. Man mußte vielleicht doch in den Zwischenräumen ihrer Erzählung lesen. Wenn sie zum Beispiel beschrieb, wie sie in Zell am See die Drahtseilbahn zur Schmittenhöhe hinaufgefahren war, dann wußte man nicht, ob sie wirklich nur von dem Urlaubserlebnis sprach. Es schwang auch etwas anderes mit. Etwas von Kälte und Eis und einer Sehnsucht nach Wärme. In den Jahrzehnten von ihr erlebter deutscher Geschichte hatte sie womöglich nur in den Zwischenräumen, zwischen den Eisblöcken, ein Stückchen Glück oder wenigstens *Labsal* gefunden ...

Das konnte bitterkalt sein, unten am See, sagte sie. Und wenn man nach oben kam, schien die Sonne. Dort konnte man sich ausziehen. Herrlich! Und trotzdem: Eisig! Eisig! Wir sind Ski gefahren, und wenn wir so richtig durchgefroren waren, dann gingen wir in das einzige Café auf der Höhe. Es war herrlich!

So war ihr Leben also verlaufen. Zwischen Eis und Meer, zwischen Soldaten und Kindern. Und das Meer war ihr immer nah gewesen. Sie ging nicht, mit dem Fernglas in der Hand, am Meer entlang und beobachtete die Vögel. Aber wenn sie draußen saß, im Sommer, sogar noch im Herbst, waren da immer die Vögel, die freuten sich, wenn sie ein paar Brotkrumen mitbrachte. Sie kamen und pickten. Und am Schwanenteich gab sie den Schwänen und Enten Brot. Und den Möwen, deren Heimat überall ist. Die Schwäne konnten böse werden, sie schlugen mit den Flügeln, wenn die Kinder zu nah an sie herangingen. Dann warnte Schwester Paula die Kinder und gab auf sie acht.

Und Michael besuchte sie, mit seiner Frau, regelmäßig. Michael! Ja, sie hatten damals so herrliches Meißengeschirr, sagte die Taubenfrau. Wenn ich daran denke! Sie mußten alles zurücklassen.

Ja, ja, mein Michael, dieser zarte, kleine Kerl. Zu Weihnachten fahr ich zu ihm. Dann werden Sie Weihnachten nicht auf Austernende verbringen? fragte Ida. Das ist schade. Ich wollte mit Esriel kommen und Sie am Heiligabend besuchen. Nein, nein, ich bin bei Michael, sagte Schwester Paula. Wenn doch immer einer des anderen Heimat sein könnte, dachte Ida.

Aber das Meer konnte auch Heimat sein. Oder Gott? Wenn man sich Gott nicht so vorstellt, wie er einem von Menschen, die vom Irdischen so viel verstehen ‹wie eine Kuh vom Lesen›, eingebleut worden ist!

Gott? Was ist Gott? Gott ist ein Zentaur. Gott ist der Wind und das Meer und alles Leben auf der Erde. Und die Hölle: Das ist der Krieg, der das Lebendige auslöscht.

Schwester Paula war nicht frömmlerisch. Gott gehörte zu ihrem Leben wie das Atmen. Sie hatte ihr Leben lang Menschen geholfen, besuchte auch jetzt noch jeden Tag eine alte Alkoholikerin, obwohl sie nicht verstand, wie man süchtig nach dem Fusel sein kann, sie fütterte die Frau, die kaum noch Haut und Knochen war, sie glaubte ihre Lügen nicht und nahm ihr die Flaschen weg.

Sie stand zum Leben wie zum Meer. Sie liebte es in seiner Vielfältigkeit. Es kann da so ganz ruhig hinplätschern, sagte sie. Und es kann sehr, sehr wild sein. Daß man denkt: O weh, o weh! da kommt wohl was! Ich gehe sehr gern am Meer entlang. Die Dünen gefallen mir sehr. Die Dünen sind ja sehr, sehr schön.

Und sie erzählte von der Fahrt zum Leuchtturm: Wir haben immer mit unseren großen Kindern abends eine Fahrt zum Leuchtturm gemacht. Das klang wie ein Märchen. Ida sehnte sich plötzlich schmerzlich nach ihrer Großmutter, die nun nicht mehr lebte.

Da hatte ich einen bestimmten Mann, er lebt schon nicht mehr, der hat uns hingefahren zum Leuchtturm. Nur die großen Mädchen, die großen Jungs durften mit, für die kleinen war es zuviel. Und wir haben unterhalb des Leuchtturms gesessen und haben uns gefreut. Manchmal sind wir auch hochgestiegen, wenn noch geöffnet war. Man hat einen wunderbaren Ausblick. Sind Sie mal oben gewesen?

Nein, noch nicht, sagte Ida. Ach, da müssen Sie hochgehen. Sie müssen sich nur erkundigen, wann geöffnet ist.

Wir haben uns an seinem Fuß gelagert. Ich habe dann meistens irgend etwas Nettes zum Essen mitgenommen. Kekse oder ein paar leckere Brote. Die haben wir unterm Leuchtturm gegessen. Und dann ist oben dieses Leuchten, dieses Licht, was da rundgeht, unaufhörlich, in der Nacht. Diese zwölf Strahlen! Das sieht wunderbar aus, wenn Sie da unten sitzen und zum Leuchtturm hinaufschauen. Der Mann, der uns gefahren hat – er besaß auf der Insel ein Fuhrwerk –, der mochte das alles so gern. Er sagte: Schwester Paula, singen Sie doch noch einmal mit den Kindern *Der Mond ist aufgegangen*, ach, der konnte gar nicht genug kriegen. Ja, was sollen wir Ihnen denn noch singen? fragte ich ihn. Ja, *Guten Abend, gute Nacht* . . . Und die Pferde standen da und hörten zu. Es war schön!

In irgendeinem Jahr hatten wir so viel Schnee, da konnten wir kaum in die Kirche kommen. Und wie sieht das Meer aus, wenn Schnee ist auf Austernende? fragte Ida, die noch ganz bei den Kindern war, bei den Pferden und dem Fuhrwerk des Mannes, der nun tot war. Liegt dann bis zum Wasser Schnee? Das Meer friert ja nicht, oder? Das Meer kann auch etwas frieren, sogar das Meer, ja, sagte die Taubenfrau. Sie hing ihren Gedanken nach.

Die Soldaten! Die Soldaten! sagte sie. Mit den Soldaten bin ich einmal über das vereiste Meer gefahren. Neunzehnhundertvierzig, ja. Sie mußten aufs Festland, zur Kommandantur. Und ich habe sie begleitet. Wir sind mit dem Schlitten gefahren. Wir hatten so viel Eis, daß wir mit dem Schlitten übers Wasser konnten. Nicht mit dem Schiff. Mit dem Schlitten! Wir fuhren mit dreizehn Schlitten hintereinander her. Ein Mann mit einer Glocke ging uns voraus. Der paßte auf. Wenn ein Schlitten etwas zu weit nach rechts oder links ausscherte, klingelte der Mann. Denn das Meer bricht immer wieder durch das Eis, wenn Flut ist, da muß man sehr achtgeben. Wir fuhren mühelos hintereinander, auf dem Eis. Aber keiner durfte abweichen vom Wege. Wie wir am Leuchtturm ankamen, auf dem Rückweg, machten wir Station und tranken Kaffee, wie das damals war: Muckefuck, Bohnenkaffee gab es nicht, und Tee gab es auch nicht. Aber es war ein Labsal, dieses Heiße.

Sie waren ganz durchgefroren, oder? sagte Ida.

Man hatte sich warm angezogen. Und ich kam mit den Soldaten zurück.

Die Soldaten wärmten Sie doch nicht?

Doch, die waren rührend. Die hatten einen Schlitten, sie nahmen mich an ihre Seite. Und packten mich in dicke Soldatendecken. Oben und überall vermummelten sie mich. Links ein Offizier, rechts ein Offizier – die wärmten mich.

Waren die Schlitten denn so breit, daß sie darauf zu dritt nebeneinander sitzen konnten? fragte Ida. Ja, ja, ja. Wir saßen zu dritt darin.

Und Sie konnten sich gar nicht rühren?

Ich war schön warm eingepackt.

Sie haben aber trotzdem gefroren? beharrte Ida. Nein, nein, sagte die Taubenfrau, die Männer waren so nett, das glauben Sie gar nicht, wie nett die sein können.

Haben Sie sich denn auch mit denen unterhalten? Mit den Soldaten? Sie lachte. Ja, immer. Immer!

Draußen hinter den Häusern hörte man das Sausen des Windes vermischt mit dem Donnern des Meeres. Das war wie ein Klappern der Hufe auf einem Pflaster, ein Klatschen von Wäsche im Wind.

> *Kommt ein Vogel geflogen,*
> *Setzt sich nieder auf mein Fuß . . .*

Ida mußte an die einsamen alten Taubenmänner denken. An die alten Taubenmänner, die ihr so oft besonders in der Großstadt irgendwo an einem Wasser begegneten. Alte verrunzelte Männer waren das mit Plastiktaschen oder Butterbrottüten in den Händen, aus denen sie trockene Brotbrocken griffen, um sie langsam und bedächtig, als ob sie eine heilige Handlung vollführten, Scharen von Tauben oder Enten und Schwänen hinzuwerfen, wie man hungrigen Kindern Bröckchen zusteckt.

Manchmal waren ihr jene Männer unheimlich gewesen, doch sie erinnerte sich an einen mit einem klaren jungen Gesicht und weisen alten Augen, mit dem sie in ein Gespräch gekommen war und der sie sogar einige hundert Meter, vom Wasser zu ihrem Auto, begleitet hatte. Vielleicht hielten diese Männer auf eine seltsam stille Art Zwiesprache mit sich selbst, wenn sie die Tiere fütterten, so als ob sie ihre eigene Seele sorgfältig nährten.

> *Kommt ein Vogel geflogen,*
> *Setzt sich nieder auf mein Fuß,*
> *Hat ein Brieflein im Schnabel . . .*

Die Melodie ging ihr nicht aus dem Sinn. Ida fing an, sie zu singen, und Esriel fragte: Was ist das für ein Lied?
Sieh mal, sagte sie zu ihm, wie lustig das aussieht, wenn die Möwen fliegen. Wie sie die Schwingen ausbreiten und die Füße herunterhängen lassen im Fluge, als brauchten sie sie nicht mehr, als seien sie nur Krücken.
Sie gingen zum Schwanenteich, mit einem Päckchen Brot. Entenfüttern ist auch Spielen, stimmt es? sagte Esriel. Ja, sagte Ida, überrascht.
Auch künstlich angelegte Natur hat etwas Reizvolles. Sie wirkt unbedrohlich auf den Menschen, und doch ist da noch die Ahnung des Wilden.
Ida juchzte, vergaß sich, wurde wie ein Kind, als sie sah, wie die kleinen zierlichen weißen Möwen die Brocken, die Esriel und sie ihnen hinwarfen, im Fluge auffingen und sogleich in ihren Schnäbelschlünden verschwinden ließen. Die Vögel fingen die Brocken auf im Flug, als ob sie tanzten. Das Spiel erinnerte Ida an die Leichtigkeit eines Federballspiels, wie sie es so oft mit Leidenschaft als junges Mädchen gespielt hatte, an warmen, vom Duft der Bartnelken erfüllten Abenden, mit

dem Nachbarsjungen. Esriel fütterte langsam und bedächtig Bröckchen für Bröckchen an die Wasservögel, von denen ein Teil einander bedrängend in großem Schwarm ganz in seiner Nähe auf das nächste Brotstückchen wartete. Die einen flogen auf, waren ungeduldig, kreischten und schrien, schlugen mit den Flügeln, die anderen harrten ruhig darauf, daß Esriel ihnen die nächsten Krumen in die Schnäbel würfe.

> *Kommt ein Vogel geflogen,*
> *Setzt sich nieder auf mein Fuß,*
> *Hat ein Zettel . . .*

Nach ihrer Rückkehr von Austernende mußte sie viel über Dunkelheit nachdenken. Mit Esriel ging sie am Wochenende in einen Baumpark und ins Kutschenmuseum. Eine Dreiviertelstunde von der Stadt entfernt gab es den Baumpark mit vielen verschiedenen Baumarten, mit sehr großen, mächtigen Bäumen, mit Sträuchern, die alle mit lateinischen Namen ausgezeichnet waren. Von dem Mann, der das zum Park gehörende reetgedeckte große Haus allein bewohnte, ein Mann aus Sachsen, erfuhr Ida, daß der Park einer Baumschule gehörte, die Pleite gemacht hatte, und nun war er im Besitz der Verwaltung der nahen Kleinstadt. Demnächst soll hier ein Zentrum für Baumschulenlehrgänge entstehen, sagte der Mann. Ida las lange unter einer sehr hohen, breiten Birke. Es standen überall Bänke im Park, aber alte, schöne, breite Holzbänke, die nicht störten.
Und sie sah in die Krone einer Birke. Esriel baute auf einem kreisrunden Stück Erde, das die Maulwürfe von Gras freigebuddelt hatten, ein kleines Spielhäuschen aus Holzreisern.
Das Gras war feucht, es hatte nach dem langen brennenden Sommer nun endlich ein bißchen geregnet. Es war kühl, doch sie hätte lange sitzen mögen. Zu diesem Zeitpunkt war niemand außer ihnen im Park. Wo kein Gras war, hatte man den Boden unter Bäumen und Bäumchen mit einer Schicht kleingeschnitzelter Holzabfälle bedeckt. Hier hatte die Erde nicht verdorren und verdursten müssen. Der Mann zeigte Ida dicke Eichenbalken in der Diele des reetgedeckten Hauses und sagte: Das Haus ist im Winter warm und im Sommer innen kalt. Kennen Sie das Rosareum nicht, ein paar Kilometer von hier? fragte er. Es ist ganz in der Nähe, und dort ist ein noch größerer Park, mit weiten Rosenanlagen.

Ein bißchen kam Ida der Baumpark wie das Paradies vor. Das Sein von Bäumen ist schön und geheimnisvoll, dachte sie. Das Rauschen des Windes in den Kronen – wenn er hineinfuhr, verwandelte er sich in Wellen, die die Baumkronen bewegten und aufpeitschten. Das Rascheln und Sausen brachte Ida in eine andere Welt.

Im Kutschenmuseum zeigte ein junger Mann, der Sohn der breiten mächtigen Hausfrau, Ida und Esriel die Gegenstände, die in dem von Dunkelheit erfüllten Räumen des Museums, das zugleich die Wohnung der vierköpfigen Familie war, gesammelt worden waren.
Er zeigte ihnen ein Tauhufeisen – ein Hufeisen, auf dessen Unterseite man Tau gelegt und es dann mit Teer übergossen hat. Man ritt auf mit solchen Hufeisen beschlagenen Pferden ganz sicher Abhänge, Steigungen hinunter und hinauf und in unebenem Gelände, in dem die Pferde ausrutschen könnten.
Im Dunkel dieses Museums – eine dumpfe Luft atmete man – gab es eine Ansammlung von alten Gegenständen. Es war ein Park der Vergangenheit. Da waren schwere eiserne Bügeleisen, alte Kindereisenbahnen und silberbeschlagene Geschirre, die einstmals irgendwelchen fürstlichen Personen gehört hatten. In einem Extraraum, der einem Stall ähnelte, früher wahrscheinlich auch ein Stall gewesen war, standen die Kutschen.
Man konnte die Kutsche sehen, in der der Dichter des Schimmelreiters gefahren war und auch geschrieben hatte. *Daß man in einer Kutsche schreiben kann!* dachte Ida.
Sie sah eine Beerdigungskutsche und einen Wagen, vor dem einmal zwei Pferde gegangen waren. Ein Urahn des Hauses hatte ihn sich während des großen Brandes von Hammonia von einem Cousin ausgeborgt.
Die Pferde sind verbrannt, sagte der junge Mann in der altertümlichen, dunklen Livree. Und mein Urahn mußte sie zeit seines Lebens abbezahlen! Ach ja, sagte Ida. Damals kannte man noch keine Versicherungen. Nein, lächelte der Mann.
Er zeigte Ida eine Fluchtkutsche. Eine hochherrschaftliche Kutsche war es, mit Spezialvorrichtungen. Man konnte darin mit offenem Verdeck fahren. Die Fenster ließen sich hoch- und herunterschieben. Es war ein regelrechter Ehebruchswa-

gen gewesen. Ein Baron hatte die Kutsche besessen, der immer, wenn er wenige hundert Meter von zu Haus sich entfernt hatte, seinen Kutscher in eine Wirtschaft schickte, den Kutschersitz vorne eingezogen hatte – man konnte die Zügel, durch Öffnungen in der Fensterfront, in das Innere der Kutsche hineinziehen –, seine Geliebte abgeholt und mit ihr in der halbdunklen verhängten Kutsche spazierengefahren war. Und die Pferde, die das Spiel kannten, mußten kaum mehr gelenkt werden. Waren von selbst die Wege gegangen, die sie kannten.

Dies also war eine Fluchtkutsche, dies war eine Ehebruchskutsche. Ihre letzten Besitzer waren darin bei Kriegsende von Stettin ins Holsteinische geflohen. Ida fragte, ob sie darin einmal mit Esriel eine Fahrt machen könne. Doch der Mann sagte ihr, die Kutsche sei so empfindlich und so wertvoll, daß sie sie sehr selten vermieteten, und auch nur, das müßte sie verstehen, für eine hohe Gebühr.

Vor dem Pferdemuseum stand die Plastik eines Trakehnerhengstes. Der Bildhauer, der sie geschaffen, hatte nicht mehr miterlebt, wie ein Bombenvolltreffer viele seiner Modelle in einem Keller in Berlin vernichtet hatte, und dieses, sein vollkommenstes Werk, von den Russen bei Kriegsende erbeutet worden war. Erst später war ein Abguß davon vor dem Pferdemuseum aufgestellt worden. Auch hier wieder war Ida mit Esriel, wie im Baumpark, allein.

Es war Sonntag. Sie entdeckte ein Pferdegeschirr mit Muscheln besetzt, las Namen von Trakehnerhengsten: *Flügel* und *Hirtensang*, sah Fotos einer Musterung von *Absatzfohlen*.

Und lange stand sie vor dem Skelett eines Pferdes. Sie faßte einen Knochen an, er fühlte sich an wie Sandpapier: rauh, sandig und doch fast seidig. Sie hatte die Assoziation, es müsse leicht sein, auf dem Skelett zu fliegen, wie man auf Pergament schreiben kann. Große Höhlen waren die Augen, ihr Fleisch längst aufgelöst. Die Rippen waren mit Draht zusammengehalten. Eine Schiene ging vom Halsknochen bis hin zum Kopf. Einmal hat es gelebt, dachte Ida.

In einem anderen dunklen Raum stand ein ausgestopftes Fohlen. Vor vielen Jahrzehnten war es mit drei Beinen zur Welt gekommen. Das eine Vorderbein war stärker ausgebildet, so daß das Fohlen wahrscheinlich gut hatte laufen können. Dieses Fohlen war zu früh von der Mutterstute weggenommen und an einen Schausteller verkauft worden. Bald darauf ging es ein.

Ida sah die Darstellung eines Abenteuers des Grafen Sandor, der sich von Zeit zu Zeit in seinem Reiterleben den Spaß erlaubt hatte, seine Küchenfrau, wenn sie vor ihm herritt, aufzufordern: sich bäuchlings über den Rücken ihres Pferdes zu hängen, damit sie ihm als Hindernis dienen und er über sie hinwegsetzen könne. Die Abbildung stellte offenbar etwas wirklich Geschehenes dar. Und Ida fühlte sich an den Regisseur erinnert und nannte ihn von diesem Moment an *Graf Sandor*.

Als sie das Fohlen mit den drei Beinen sah, verwechselte sie sofort im Geist die Umstände. Das Fohlen hat nur drei Beine, dachte sie, weil es zu früh abgesetzt worden ist. Daß ‹absetzen› bei Pferden ‹abstillen› heißt, fand Ida seltsam. ‹Absetzen› heißt ja bei Menschen etwas anderes.

An einem Nachmittag im Mai raffte Ida sich endlich auf, zu Finale zu fahren.

Sie kaufte Äpfel für Esriel und für das Pferd, Jonathanäpfel und grüne Äpfel. Sie wollte den gewohnten Weg nehmen, links in die schmale Asphaltstraße einbiegen, die nach Flachsmoor führte. Aber die Straße war gesperrt. So fuhr sie über Wittkaten, bog dann aber zu früh ab und landete doch auf der verbotenen Asphaltstraße. Sie sah sogleich, daß sie nicht durchkommen würde, denn Asphaltwagen, die ganze Breite der Straße einnehmend, fuhren hin und her.

Sie stellte das Auto in einer Einbuchtung an der Straße am Wald ab. Es mußten nur wenige Minuten bis zum Pachtgehöft von Michael sein. Und sie ging, Esriel an der Hand, am Rande der Straße, zwischen sprießenden Feldern. Lkws ratterten ihnen entgegen, manche in Schlangenlinien. Esriel hielt sich die Ohren zu. Ein Militärflugzeug knatterte sirrend über den Himmel. Esriel ging zusammengekrümmt und faßte Idas Hand fester. Ob sie den Weg neu asphaltierten, damit das Militär besser durchkäme, zu den angrenzenden Waldgebieten? War der neue Asphalt für die Panzer bestimmt? Damit die Panzer geschont würden?

Männer begegneten Ida und dem Kind. Sie starrten oder

grüßten (oder beides) und wunderten sich über die Frau mit dem roten Rock und der Sonnenbrille. Esriel wollte nur im weichen Sand auf dem Seitenstreifen des asphaltierten Straßenbandes gehen. Die Teerstraße dampfte noch, man mußte befürchten, mit den Schuhsohlen festzukleben.

Ida und das Kind gingen eine Stunde lang den bis zur Kurve kurz vor dem Gehöft schnurgeraden Weg. Sie kannte den Weg sonst nur von der Fahrt mit dem Auto. Abschnitte des Weges erschienen ihr jetzt so unbekannt, daß sie zeitweise zweifelte, ob es wirklich der richtige Weg zu Finale war.

Sie hatte sich verschätzt. Sicher würden sie fünf Kilometer zu gehen haben. Ida pflückte büschelweise Sauerampfer, wenn sie auch nicht sicher war, ob sie das Kraut für eine Suppe würde verwenden können, denn die Felder, an deren Rand der Sauerampfer wuchs, waren verdächtig eintönig grün, nur hier und dort schüchtern wachsender Löwenzahn, Wegerich und wuchernder Sauerampfer.

Esriel blieb stehen und fragte beim Anblick knolliger, pilzartiger Pflanzenkeime, ob das Pilze seien. Es ist noch nicht entfalteter Farn, sagte Ida. Der Teerweg zu Finale war endlos lang. Die Sonne sengte Ida und dem Kind das Haar. Und das Licht blendete Idas empfindliche Augen trotz der Sonnenbrille. Sie ging, den Kopf gesenkt. Wurde dumpf und ohne Gedanken. Wie würde erst ein Ritt durch die Wüste sein? Immerhin hatte sie auf diesem Weg noch eine Abwechslung durch das Kräuterpflücken und begegnete den Teermännern. Esriel ließ ihre Hand nicht los. Er ängstigte sich vor den lärmenden Teerwagen, in denen die Männer sich versteckt zu haben schienen. Sie sahen aus, als seien sie nur noch die Appendixe der Lkws. Esriel wurde Ida schwer, er hängte mit der Kraft seiner kleinen Hand sein Körpergewicht an sie. Es war fast, als ob sie ihn trüge. Aber geduldig war er. Und er klagte weniger als sie. Nur ein- oder zweimal fragte er: Wie weit ist es noch, Mama? Aber sie wußte es, beinahe bis zuletzt, auch nicht. ‹Wer hundert Meilen zu laufen hat, sollte neunzig als die Hälfte ansehen.›

Sie passierten ein einsam gelegenes Haus mit Stallungen. Ida sah ein Schild ‹Frische Eier› und sprach die Frau an, die im Garten arbeitete. Mit einem Huhn und zehn Eiern gingen sie ihren Weg, an der noch heißen Teerstraße entlang, weiter zu Finale. Als Ida die bekannte Wegbiegung sah, sagte sie zu Esriel: Jetzt ist es nicht mehr weit. Sie ging auf die andere Straßenseite hinüber. Esriel drückte ihre Hand so fest, als müsse er sie auf etwas aufmerksam machen.

Michael und Marthe fingen kleine Lämmer ein, sie hatten sie auf der Weide zu den Pferden schicken wollen. Aber die Pferde ärgerten die Lämmer und ließen den kleinen Wesen keine Ruhe. Michael und Marthe hatten junge, weiche Hunde. Einen Welpen mit hellblauen Augen. Marthe sagte: Die Augenfarbe ändert sich noch. Ida fütterte Finale mit ein paar Äpfeln. Während das Pferd kaute, tropfte Saft vom Apfel auf Idas Schuhe. Und als sie etwas wartete, bis sie dem Pferd den nächsten Apfel mit flacher Hand unters Maul hielt, schnupperten die Nüstern des Pferdes und das weiche Maul an Idas Rock, unter dem das Haar sich kräuselt über dem Geschlecht. Ida klopfte dem Pferd den Hals. Strich über das Winterfell, das ein Sommerfell zu werden begann. Weicher Fellflaum lag auf und fiel leicht ab. Marthe bot Ida an, sie könne doch das Reiten nach der langen Pause, verursacht durch die Folgen ihres schweren Autounfalls, mit ihrem Westernsattel wieder probieren, damit sei noch niemand heruntergefallen.

Marthe sagte, sie werde Ida helfen. Lange stand Ida am Fenster des kleinen alten Hauses direkt an der Pferdeweide. Es hatte in Strömen zu regnen begonnen. Esriel saß bei den klitzekleinen Kleinen der Kätzin. Und Ida sah ganz hinten am Ende der weitläufigen Weide ihr Pferd. Sie wünschte sich ein Fernglas, dachte aber auch, die anderen würden es seltsam finden, daß jemand ein Pferd durch ein Fernglas betrachtet. Sie öffnete das kleine Fenster, es sprang auf im regnerischen Wind. Sie lehnte sich hinaus. Stundenlang konnte sie so schauen, dasitzen und schauen, was das Pferd machte.

Michael brachte Ida und Esriel zu ihrem Ausgangspunkt zurück. Sie sollten die lange Teerstraße nicht noch einmal gehen. Wird die Straße für das Militär erneuert? fragte Ida. Nein, glaube ich nicht, sagte Michael. Ich bin sicher, daß es nicht so ist. Er erzählte, daß das Militär immer frecher werde. Neulich habe es tagelang Panzer auf seinem Pachthof abgestellt. Der Offizier habe ihn gefragt, ob sie für ein paar Stunden drei, vier Wagen auf dem Hof abstellen dürften. Er,

Michael, habe natürlich ja gesagt. Denn schließlich sei er abhängig vom Militär. Mit sechzig Mann seien sie angerückt. Hätten dann tagelang auch sein Telefon benutzt. Es sei ihm endlich zuviel geworden. Er sei zwar abhängig von der Bundeswehr, aber das sei ihm doch zu weit gegangen. Die Straße ist nicht für das Militär geteert worden, sagte er. Er habe sich zwar gewundert, daß sie gleich dreimal, in drei Schichten, geteert worden sei, aber das habe wohl nichts zu bedeuten. Der Grund sei wahrscheinlich, daß nun endlich entschieden sei, hier nicht die Erweiterung des Flughafens zu bauen. Die ganze Landschaft hier gehört der Flughafengesellschaft, sagte er. Das weißt du sicher. Und sie bauen die Erweiterung nur nicht, weil die Zahlen der Fluggäste eher gesunken als gestiegen sind.

Ida fragte, ob die Pferde, ob Finale nervös geworden seien, als das Militär geübt habe. Ja, sagte Michael, die Schafe sind den Übungslärm gewöhnt, aber die Pferde nicht. Die sind schon rappelig geworden. Tieffliegerlärm kennt Finale, dachte Ida, aber was hieß ‹kennen›? Zusammengeschreckt war sie doch jedesmal. Gewöhnt hatte sie sich nie daran. Und sie würde sich nie daran gewöhnen.

Duft des Windes, freie Felder, Ruhe hatte sie gern. Stille und Frieden liebte sie wie nichts anderes.

Immer wieder rief das Zusammensein mit Finale, mit der sie am liebsten in ein Land der Freiheit geritten wäre, das Heimweh wach nach einem Deutschland, das nicht geteilt ist, aber es gibt Dinge, mit denen muß man sich abfinden, wenn man noch mehr Blutvergießen vermeiden will. Die Trennung zwischen den beiden Deutschlands erschien Ida allmählich unaufhebbar wie eine Scheidung zwischen Mann und Frau, nach einem mörderischen Ehekrieg. Sie werden nie wieder zusammenkommen. Nur Freunde könnten sie irgendwann wieder werden, sich also auf andere Weise lieben, es gibt ja so viele Formen der Liebe. Aber nur, nachdem sie sich *anerkannt* haben.

Drei Pferde hatten zu Ende des Krieges Idas Vater und Mutter mit ihren Eltern aus ihrem Heimatort von ihrem Bauernhof weggezogen. Die Pferde konnten sie mitnehmen. Kühe,

Schweine und Hühner mußten zurückbleiben, sie bekamen noch einmal Heu vom Heuboden. Ganz viel.

Unter Tränen wurde ihnen das letzte Heu vorgelegt und zum letzten Mal Wasser gegeben. Die Flüchtenden wußten nicht, wann sie wieder Wasser bekommen hatten, oder ob sie elendiglich zugrunde gegangen waren.

Der Treckwagen war hoch bepackt, mit Speck, Schmalz, Mehl, Federbetten, Butter und Töpfen.

Die vier Monate alte Schwester von Idas Mutter durfte oben auf dem Wagen sitzen mit ihrer Mutter, alle anderen mußten zu Fuß gehen. Zwei Pferde waren vor den Wagen gespannt, ein Pferd band man hinten an, damit es sich etwas ausruhen konnte, während die anderen beiden Pferde die schwere Fuhre zogen.

So machten sich die Flüchtenden auf den Weg. Die Pferde sollten immer gewechselt werden. So hatten sie es jedenfalls geplant. Die russischen Tiefflieger kamen, sie dröhnten über den langen Treck, in rasender Geschwindigkeit. Man hörte sie, und schon beschossen sie die Wagen. Eine Panik brach aus. Die Menschen schrien. Die junge Frau mit dem Kind sprang vom Wagen, legte sich, mit dem Kind unter sich, in den Straßengraben. Der Vater wurde von einem Streifschuß getroffen. Ein Sack Mehl war ganz und gar verdorben, Splitter steckten darin. Das eine Pferd war schwer getroffen. Ein Bein war angeschossen. Das Pferd war eine Mutterstute. Es blieb nichts anderes übrig, als einen Soldaten zu bitten, er solle das Pferd erschießen.

Die Augen des Pferdes waren so demütig. Sein Schmerz und sein Schicksal waren darin zu lesen. Das Pferd blieb im Straßengraben liegen.

Die Russen kamen näher. Und die Flüchtenden mußten weiter.

So zogen sie viele Kilometer. Aber dann wollten sie nicht mehr weiter, und sie alle konnten nicht mehr. Sie blieben auf einer Stelle, weil keiner mehr weiterwollte. Auch dachten sie, alles sei nur Propaganda, über die Russen und so. Sie blieben einfach da, obwohl die Russen kamen.

Es war schrecklich. Junge Mädchen wurden vergewaltigt, Eltern wurden angeschossen·und mit Knüppeln geschlagen, weil sie sich weigerten, das Versteck der Töchter zu verraten. Wo sollten die Flüchtenden hin? Die Pferde hatten sie wei-

tergezogen. Aber sie wollten am liebsten wieder zurück. Nur
Ruhe, Ruhe wünschten sie sich. Sie wollten die Augen schließen und schlafen. Sie dachten niemals, daß alles so schlimm
werden könnte. Den Treckwagen hatten sie in einem Schup-
pen und die Pferde bei einem Bauern im Stall versteckt. Es
half nichts, die Pferde wurden auch noch abgeholt.
Eines sonnigen Mittags kamen drei Russen. Fragten, wo die
Pferde seien. Sie nahmen sie einfach mit. Der Vater wollte
sich wehren. Die Mutter aber sagte: Mach dich nicht unglücklich, sonst erschießen sie dich. So waren auch diese
Pferde verloren.

Und so geht es in einem fort.
Soldaten und Krieg, Waffen und Gedröhne der Tiefflieger.
Eines wußte Ida genau: Der letzte Krieg war noch längst
nicht zu Ende. Der Krieg hatte sie ein für allemal gezeichnet.
Sie war zweigeteilt. Eine Hälfte war im anderen Deutschland
geblieben. Und sie wunderte sich oft, daß sie so, wie sie war,
überhaupt leben konnte.
Esriel sehnte sich oft nach einem Vater. Es war schwer, ihm
zu erklären, daß der Vater, den er nie gekannt hatte, nie
kommen werde, ja, daß Ida es nicht einmal wünschte, daß er
käme. Tröste dich, sagte sie. *Ich* habe auch keinen Vater.
Aber dein Vater lebt doch. Du hast ihn doch besucht in dem
Krankenhaus für Tiere, sagte er.
Er ist scheintot, sagte Ida böse. Was ist das denn? fragte Esriel. Ach, sagte Ida. Er ist im Krieg geblieben, nur seine Hülle
ist zurückgekommen. Ich habe meinen Vater im Krieg verloren. Verstehst du das? fragte sie. Ein Mensch kann dasein
und ist doch nicht da. Verstehst du das?

5

Eine Traumfrau
und
Ein geflügeltes Pferd

Ida trug ihr Haar zu einem Zopf oder einem Pferdeschwanz gebunden. Sie ging früher schlafen als die anderen Seminarteilnehmer. Ihr Pferd wohnte mit den Menschen im Haus. Die Pferdeboxen waren wie Schweinekoben. Aus Beton, aber geräumig genug. Eine Tür stand offen, jemand hatte sie nachlässig angelehnt. Ida unterhielt sich mit einem Vertreter. Lösen Sie Ihren Zopf auf, sagte der Mann, der steht Ihnen nicht so gut. Seine Stimme klang anzüglich. Wie wenn Gewitter und Dunkelheit plötzlich eine Landschaft überziehen: Sie spürte, es war etwas geschehen. Finale war fort. Der Vertreter hätte auf sie achtgeben sollen, Ida hatte ihm Finale zu treuen Händen anvertraut. Menschen würden gleich durch die nur angelehnte Tür eindringen. Unbeschwert und lachend.
Der Vertreter rannte im Laufschritt Finale nach. Ob er sie einholen würde? Es waren zwei Seelen in Idas Brust. Die eine wünschte, daß Finale nicht zurückkäme. Sie dachte: Dann bekomme ich zwölftausend Mark Schadenersatz. Und sie erinnerte sich an die Verkaufsgespräche.
Kaufinteressent: Was kann das Pferd?
Ida: Es kann sehr gut springen, in der Dressur hat es Preise gewonnen.
Kaufinteressent: Welche Rasse?
Ida: Westfälisches Warmblut.
Kaufinteressent: Was kostet das Pferd?
Ida: Zwölftausend.
Kaufinteressent: Was kann das Pferd?
Ida: Es ist sehr temperamentvoll.

287

Kaufinteressent: Nein, das ist nichts für mich, das hat keinen Zweck. Wiederhören!
Der Vertreter mußte haften, er hatte eine Versicherung abgeschlossen. Die andere Seele in Idas Brust hoffte inbrünstig, daß Finale zurückkehrte. Der Vertreter stand schweigend am Tisch und blätterte in seinen Papieren. Er hatte nichts mehr ausrichten können. Ida wußte alles, er brauchte nichts zu sagen. Sie sah vor sich, was geschehen war. Der Vertreter bestätigte es. Finale ist geschlachtet worden, sagte er, man hat sie zu nichts mehr wert gefunden, als geschlachtet zu werden. Er blätterte gleichmütig in seinen Papieren.
Ich habe die Fleischstücke gesehen, sagte er, ich habe nichts mehr retten können. Mörder! wollte Ida schreien. Dabei war der Mann Vertreter für vegetarische Lebensmittel.

Ida wunderte sich, daß Finale im Offenstall stand. Die Sonne schien doch. Da ging sie zur anderen Stallseite, zur Tür, die zu den Krippen führte. Sie sah Finales glänzende schwarze Augen im Halbdunkel des Unterstandes. Und dann sah sie auch, daß Finale, nachdem sie den Kopf gehoben hatte, um nach ihr zu schauen, ebenso wie ihre Genossen den Kopf wieder ergeben senkte. Und so standen die Pferde im Halbdunkel, im Kühlen und Schattigen, um sich zu schützen vor der Hitze des Mittags. Meine liebe Freundin Finale, dachte Ida. Die Sommersonne hat deinen Leib aufgeheizt. Dein Fell, deine Kruppe fühlen sich heiß an, wie fiebrige Kinderhaut, prall und fest. Dein Fell ist jetzt wie Haut. Glatt und dünn und hellbraun, nicht wie dein Winterfell, dick und flauschig. Du bist meine Geliebte. Du bist treu, du bist dir selbst treu. Du verschaffst dir Respekt, tippst deinen Vordermann nur leicht mit den Nüstern an seinem Hinterteil an, und schon macht man dir Platz am Ausgang. Du hast Vertrauen zu mir heute, denn ich bin ruhig und vertraue mir selbst. Du spürst jede innere Bewegung, als gestikuliere man wild. Auch wenn man nichts sagt. Auch wenn man ein unbewegtes Gesicht macht, sich nichts anmerken läßt. Du merkst alles! Du bist ‹inwendig voll Augen› ...
Während Ida noch in der Gluthitze des Himmels dörrte und matt geworden war und bedauerte, keinen Sonnenhut mitgenommen zu haben, wußte Finale im richtigen Augenblick,

was gut für sie war. Ida dagegen rätselte, warum Final drinnen stand, es war Sommer und kein Heu oder Stroh in der Krippe. Erst als die Kraft der Sonne unmerklich abzunehmen begann, strebte Finale hinaus auf die Weide.

Hufe hallten auf der Koppel. Ein Schnauben – Finale trabte heran und schaute Ida und Marthe beim Picknick am Zaun zu. Ida gab dem Pferd Birnen, sie hatte die Äpfel vergessen. Marthe fragte, ob sie mit Finale am Halfter im Wald spazierengehen wolle. Auch sie werde ihr Pferd führen. Aber wenig später stellte sich heraus, daß man in den Wald nicht gehen konnte. Dort treiben die Bremsen ihr Unwesen, sagte Marthe. Finale graste. Ruhe des Grasens. Marthe sagte: Finale ist sehr ängstlich, sie läßt sich nicht fangen. Ja, soll sie sich von jedem fangen lassen? dachte Ida.

Sie würde Finale behalten. Sie würde sie nie mehr verkaufen wollen. Sie würde sie behalten, bis sie alt wäre. Ein Pferd kennen, bis es alt wird und stirbt!

Ein Großpferd. Sie ist ein richtiges Großpferd! sagte Marthe anerkennend. Und Ida lächelte innerlich und dachte an die Worte des Vaters: Sie ist aber klein! Da ist wohl ein Pony dazwischen gewesen?

Als Ida versuchte, es Marthe nachzutun, den Hufkratzer in die Hand zu nehmen und Finale die lange vernachlässigten Hufe abzuraspeln, merkte sie, wie schwach sie körperlich durch Untätigkeit geworden war.

Mit einer großen Plastiktüte voller getrocknetem Brot und Äpfeln ging sie zum elektrischen Zaun, der jenes Stück der Weide, auf dem die Pferde jetzt sein durften, von dem anderen trennte, wo das Gras schon fast bis Nabelhöhe gewachsen war. Sie stand, die gefüllte Tüte in der Hand, am elektrischen Draht und rief *Finale!* Drüben, nah am Wald, stand ihr Pferd mit gesenktem Kopf und weidete friedlich. Bei Idas zweitem Ruf hob sie den Kopf und schaute zu ihr hin. Dann kam sie angetrabt. Auch die anderen Pferde der Herde setzten sich in Gang. Und Ida stieg über den Draht und stand auf der bereits kurzgegrasten Weide. Alle Pferde versuchten, ihre Nüstern und Mäuler in den großen Plastiksack mit Äpfeln und getrocknetem Brot zu stecken und etwas davon zu ergattern. Das Halfter trug Ida in der Linken und legte es Finale, ein wenig an den Händen zitternd, um den Kopf. Das Pferd ließ es sich gefallen, wahrscheinlich war es abgelenkt durch die Leckerbissen. Auch Marthe hatte einmal, als der Tierarzt gekommen war und sie versucht hatte, Finale einzufangen, eine knappe Stunde dazu gebraucht.

Marthe raspelte Finales Hufe ab. Ida versuchte den zweiten Huf allein zu schneiden, ließ sich von Marthe ihre dicken Lederhandschuhe geben. Der Hufraspler rutscht mir manchmal ab, und ich hab mich schon geschnitten, sagte Marthe. Bald konnte Ida nicht mehr, das Fesselgelenk des Pferdes war schwer auf ihrem Knie. Sie bat Marthe, die Arbeit an den Hufen für sie weiterzutun, und bot ihr an, ihr andere Arbeit abzunehmen. Du kannst die zwei kleinen Ziegen und das Lamm mit Lämmermilch füttern, sagte Marthe, sie laufen unter den Birken herum. Warum müßt ihr sie mit der Flasche füttern? fragte Ida, warum saugen sie nicht an ihren Müttern? Die haben nichts, sagte Marthe.

Ida erwärmte die Lämmermilch auf dem Herd. Sie fand die Ziegen und das Lamm nicht im hohen Gras unter den Birken. Sie kannte die Rufe nicht, mit denen Marthe sie herbeizulokken pflegte, sie mußte Marthe holen. Sie ließen Finale am Baum, vor dem Haus angebunden, eine Weile allein. Marthe rief etwas Langgezogenes, etwas wie eine Melodie, und sogleich zeigten die drei kleinen Tiere sich. Stürmten auf Ida zu, die drei Flaschen, mit der warmen Milch gefüllt, in den Händen hielt. Mit langgezogenen, hungrigen Körpern saugten die drei Tiere wie die Verrückten, Ida konnte kaum die Flaschen halten.

Als Marthe und Ida zu Finale zurückkehrten, fanden sie die Erde unter Finales Hufen aufgewühlt. Die Hufraspel war verschwunden. Ida sagte sofort: Sie hat sie bestimmt in die Erde gewühlt. Das kann doch nicht sein, sagte Marthe, sie ist viel zu lang. Und sie suchten gemeinsam. Marthe fand die Hufraspel tatsächlich in der Erde. Du hast recht gehabt, sagte sie. Finale hat die Raspel wirklich in den Boden gewühlt.

Finale langweilte sich jetzt. Sie mochte nicht mehr auf der Stelle stehen. Alles war sehr langsam gegangen. Ida hatte zuerst auf Marthe, die noch beim Frühstück gesessen hatte, warten müssen. Finale sehnte sich zurück auf die Weide. Wenn doch auch meine Lust, mich zu bewegen, eines Tages wieder so stark würde, wie sie einmal gewesen sein muß, als ich ein Kind, ein Füllen war, dachte Ida wehmütig. Wenn Finale wüßte, daß sie nur ihre Kraft anwenden müßte und im Nu frei wäre, dachte Ida auch. Denn der kleine Strick, dieses Halfter, war ja nur eine Täuschung, beinahe etwas Symbolisches. Etwas wie die Täuschungen, von denen sich die Menschen in eingebildeten, vermeintlichen Gefängnissen halten lassen. Und sie könnten doch hinaus ins Freie.

Ida mußte an gefangene Menschen in einer Höhle denken, an den Widerschein des Feuers, an den Widerschein der Freiheit. Auch sie, die sie den Widerschein der Freiheit sah, fürchtete die Freiheit. Auch sie fürchtete die Weite, die langen Ritte über weite Ebenen, durch endlose, tiefe Wälder. Mühelos galoppieren hieß die Angst vor weiten Ebenen, die Angst vor der eigenen Freiheit überwinden.

Mein Pferd, du willst wieder im Wind stehen. Gott hat das Pferd aus dem Wind gemacht! Ida fiel eine alte Sage ein. Als Gott das Pferd schaffen wollte, rief er dem Südwinde: Ich will ein Geschöpf aus dir hervorgehen lassen, verdichte dich. Und der Wind verdichtete sich. Der Engel Gabriel aber nahm eine Hand dieses verdichteten Stoffes und reichte sie dem Herrn dar, welcher daraus ein braunes Roß erschuf.

Von Mohammed wird erzählt, daß er, als mehrere Stämme jählings ihm zum Zeichen der Unterwerfung Pferde gesandt, aus dem Felsen trat, die Stuten streichelte und mit den Worten begrüßte: Seid gegrüßt, ihr Töchter des Windes!

Finale! Du stehst im Wind. Du bist ein nutzloses Pferd. Und das ist gut so. Du hebst den Kopf und lauschst in den Wind. Du bist aus Wind geschaffen. Und der Wind ist Musik für dich. Du bist aus den Wolken gekommen. Du bist aus dem Donner gemacht. Du bist aus den Blitzen geboren. Du bist ein nutzloses Pferd. Für ein Kriegspferd bist du zu feurig. Was geschähe, mein Pferd, wenn du durchgingest mit mir? Ist es so, daß die größte Angst oft der größte Wunsch ist? Wenn du doch durchgingest mit mir! Oh, mein Pferd! Ich fürchte ja, daß ich falle. Du weißt, daß ich fürchte zu fallen. Mein Pferd, rette mich aus dem Rachen der Angst. Ich würde fallen, aber wohin denn? Hart. Gegen einen Baumstamm. Auf unnachgiebigen Asphalt. Warum denke ich das? Du weißt, ich bin noch nie weich gefallen. Ich würde anstoßen. An die Grenzen!

Wenn du mich anschaust, denke ich manchmal, du sagst mir

in deiner Sprache: Ida, deine Grenzen sind weiter, als du glaubst.

Oft führte Ida mit ihrem Pferd insgeheim Gespräche, wie mit ihrem anderen Ich. Ahnen ist dasselbe wie Wittern, es stammt aus dem Sanskrit, da heißt es *wehen*. Und das lateinische *animus* bedeutet sowohl Geist als auch Wind.
Du sollst fliegen, mein Roß, dachte Ida. Der Himmel ist besetzt von Tieffliegern. Aber du sollst fliegen, mein Roß. Man sagt, die Welt werde nicht mehr lange bestehen, trotzdem sollst du fliegen, mein Roß. Du sollst nicht in einem Krieg verdampfen. Du sollst fliegen, mein Roß. Manchmal kamen ihr die Berichte und Erzählungen von den Greueln der modernen Menschengeschichte wie besonders grausame Märchen vor. Menschen waren in Hiroshima ‹verdampft›. An manchen Stellen waren die Trümmer schon beiseite geräumt. Da lag ein Pferd – es ‹lag› eigentlich nicht –, denn durch die Hitze war es dreimal so groß geworden wie normal, es war vollkommen aufgedunsen. Mein Pferd, du sollst nicht in einem Krieg verdampfen. Dein Fell soll von der Sommerglut sich erhitzen und im Galopp dampfen. Mein Pferd! Mein Tier! Du sollst fliegen, mein Roß!
Deine Flügel sind verletzt. Zu lange hat man dich als Kriegsroß benutzt, mein Tier. Ich pflege deine Flügel. Liebes Roß, wie pflegt man Flügel? Deine Hufe sind rissig und trocken. Wie konnte man sie nur so lange vernachlässigen? Wo ist dein Schmied, mein Tier? Soll ich selbst schmieden? Ja, ich muß selbst schmieden, deinen Huf einreiben mit Lorbeerfett. Dein Fell striegeln und deine Mähne kämmen.
Deine Hufe werden nicht von den Elementen geschmiedet. Denn die weiten Ebenen fehlen dir. Ich sehe dich über die Ebenen galoppieren, höre deine Hufe den Boden schlagen, sehe dich fliegen. Im Flug gleitest du über das Land, berührst kaum noch den Boden. Quellen brechen auf unter deinem Hufschlag. Nachtigallen fangen zu singen an bei deinem Wiehern. Der Wind schreit vor Freude in deiner Mähne.
Du sollst erst glücklich sein, ehe ich auf dir reite. Du sollst nicht im Staub liegen.
Ich verspreche dir, daß du bei mir bleiben kannst. Bis zu meinem oder deinem letzten Atemzug.
Ich werde bei dir sein, wenn du stirbst!

Die zerspringenden Hufe. Die rissigen Hufe! dachte Ida. Ganze Tage wollte sie bei Finale verbringen, bis der Augenblick des Reitenwollens käme.

Auch von den Leuten auf dem Pachthof fühlte sich Ida manchmal gedrängt, doch endlich wieder regelmäßig zu reiten. Sie wollte nicht. Die Menschen wußten nichts davon, daß vor dem Reiten so vieles andere kam. Daß man sitzen mußte, stundenlang. Daß man schauen mußte, stundenlang. Daß man hören mußte, stundenlang. Daß man fühlen und riechen und vor allem anfassen mußte.

Wie viele Schauspieler gab es denn noch, die sich wirklich vorbereiteten auf eine Rolle? Angeblich konnten sie es sich nicht leisten, ein halbes Jahr oder auch nur zwei Monate sich darauf vorzubereiten, einen Pianisten zu spielen oder einen Boxer oder eine Frau, die in einem Luftschutzkeller gesessen hat. Wie oft hörte man den Satz: ‹Ich kann es mir nicht leisten.› Von solchen Sätzen mußte man sich freibinden wie von Fesseln, wie von Eisenketten.

Graf Sandor hatte ihr einmal erzählt von einer Schauspielerin, die sich Zeit genommen hatte, sich fettzuessen, für die Rolle einer dicken Frau. Zwanzig Pfund hatte sie sich angegessen. Ein Vollblutschauspieler, der macht das, hatte der Regisseur gesagt, aber von Ida erwartet, daß sie ohne Muße und Zeit ihre Rollen gleichsam ‹aus dem Ärmel schüttelte›. Dabei hatte er jene Schauspielerin, welche die Tortur auf sich genommen hatte, sich fettzuessen, in den höchsten Tönen gelobt. Die nahm ein Doppelkinn, die nahm Schwabbelfalten in Kauf, hatte er gesagt. Und: Auch eine finanzielle Durststrecke hat ihr nichts ausgemacht.

Dann hatte er von de Niro geschwärmt, wie der viele Monate geübt habe, um einen Saxophonisten spielen zu können. Wie der sich Unterricht habe geben lassen, viel Zeit aufgewendet habe, sich vollkommen in die Rolle hineinzuleben. Daß man das dann natürlich im Film auch sehe. Und er hatte hinzugefügt: Du kannst dir vorstellen, wie man das macht, für ein Fernsehspiel, da sagt man: Wozu? Das merken die Zuschauer doch nicht! Ein paar angelernte Gesten genügen. Da läßt man einen Geiger kommen, der Schauspieler sieht sich den eine halbe Stunde an, dann muß er die Gesten und die Mimik ‹draufhaben›. Das würde Ida nie mehr mit sich machen lassen. Sie schwor es sich.

Die zerspringenden Hufe. Die rissigen Hufe, dachte sie. Ganze Tage wollte sie bei Finale verbringen. Hufeisen waren Glücksbringer. Pegasus, das mythische Pferd, stampfte mit seinen Hufen eine Quelle aus dem Boden. Sie mußte sich den ausgetrockneten Hufen widmen. Ja, die Menschen mußten sich eine lange, lange Zeit den bisher lieblos behandelten Hufen wieder widmen, statt wie Teufel in Menschengestalt ihre Pferde mit zerspaltenen Hufen zu Tode zu reiten. Die Menschen selbst waren Reittiere des Teufels geworden. Ida stellte sich aber den Teufel sehr irdisch vor. Er war nichts anderes als ein Mensch mit rissigem Pferdefuß, ein Mensch, der das Göttliche in sich und auf der ganzen Welt ausrotten wollte. Wenn die Menschen die Hufe der Pferde wieder pflegten, fingen sie an, zu sich selbst, zu dem Göttlichen in sich wieder gut zu sein. Und könnten ihre vielen falschen Reiter abwerfen.

Magdalena schickte gläserne Pferde von der italienischen Glasperleninsel Murano. Ihre Beine waren zerbrochen und Stücke der Schweife abgesplittert. Scherben, Stücke und Splitter lagen im Paket. Magdalena hatte die gläsernen Pferde – eines war aus farblosem, das andere aus hellgrünem Glas – schlecht eingepackt. Sie hatte geglaubt, die Leute, die das Paket beförderten, paßten besonders auf, wenn sie nur auf das Paket schriebe: Zerbrechlich. Das war ebenso, als ob sie selbst nackt herumginge und nur riefe und flehte: Ich bin zerbrechlich, gebt acht! Ida war traurig und wütend. Die gläsernen Pferde waren jetzt Torsi. Durch die durchsichtigen, schimmernden Glaskörper gingen Fäden wie zwei Haare. Wahrscheinlich waren es Strähnen aus einer Mähne, wie für Saiten einer Geige, oder zwei Frauenhaare. Oder vielleicht Dünengräser. Feine Fäden zogen sich durch die Glaskörper wie Spuren. Wie Flügel eines elfenhaften Grashüpfers in einem goldig schimmernden Bernstein.

Magdalena fuhr mit Ida auf einem Dampfer von der Insel Venedig aufs Festland. Noch im Hafen verwandelte sich das Wasser in Land, das Land in einen farbenprächtigen Markt mit südländischer Atmosphäre aus einer früheren Zeit. Auf dem Markt fand ein Spektakel statt. Menschen saßen wie in einer Arena. Zwei weiße Pferde galoppierten auf das Land, das zugleich ein Hafen war. Das eine, ein schwaches und krankes Tier, eine Stute, wurde gejagt von einem Hengst, dem starken. Die Pferde hatten lange Köpfe, auf den Nasenrücken Höcker. Schaum wie Gischt stand vor ihren Mäulern. Die Köpfe warfen sie hoch. Und ein brutaler Kampf der beiden Tiere begann. Wie Gladiatoren wurden sie aufeinandergehetzt. Das weiße, kranke Tier verwandelte sich manchmal in einen Hund. Der lag am Rücken, der Tod schien ihm sicher. Und dann war das Tier wieder ein Pferd und wehrte sich. Ida begann schrecklich zu weinen.

Als der Kampf zu Ende war, ging sie wie betäubt zu einem alten Mann, es war ein Indianer, von dem stammte das Ritual. Ida wollte mehr wissen von diesem Mann. Sie verstand den Todeskampf der Pferde nicht.

Ein Schimmel war mit Mullbinden umwickelt. An einem Wiesenhang stand er stolz mit erhobenem Kopf. Finale war in einen dunklen Stall gesperrt, Magdalena wollte sie befreien, sie war am rechten Hinterfuß verletzt. Die Wunde war mit Lederriemen zugebunden. Magdalena führte das Pferd auf die Weide und sprach mit ihm. Mein Pferd, mein liebes Pferd, mein liebes Zauberpferdchen. Mein kleines Seepferdchen! Kennst du diese kleinen zarten Seepferdchen mit Flossen, die in den Tiefen des Meeres schwimmen? Als Kind habe ich viel von ihnen geträumt. Und manchmal haben sie sich in kleine, böse Teufelchen verwandelt! Finale lauschte, indem sie den schönen Hals wie einen kräftigen Schwanenhals vorstreckte. Sie verstand jedes Wort, als ob sie Wörter, viel mehr als Menschen es jemals taten, betasten, beriechen und schmecken könnte.

Magdalena war eine Träumerin, eine Traumfrau. Tagtäglich erinnerte sie sich an mehrere Träume, an ganze ‹Traumserien›, an Träume wie an spannende Fortsetzungsromane. Ida hingegen gelang es oft wochenlang nicht, obwohl sie morgens in sich hineinhorchte und aufmerksam auf jedes Traumstück geradezu lauerte, darauf Jagd machte wie auf schöne Schmetterlinge, einen Traum zu erhaschen. Magdalena hatte eine Traumausbeute, sie verfügte über einen Reichtum an Träumen, wie Ida es noch bei keinem Menschen erlebt hatte. Nun konnte zwar Magdalena meistens länger schlafen, trotzdem blieb ihre Fähigkeit, sich in allen

Einzelheiten die Träume, Botschaften vom anderen Ufer, Briefe der Nacht ins Gedächtnis rufen zu können und in den Tag hinüberzuretten, ein Mysterium. Sie hatte eine große Begabung, die Träume wie Bilder von Filmen zu schreiben in ihrer herrlichen Schrift.

Träume! Wozu brauchte man Träume? Ida erinnerte sich an einen Mann, der triumphierend gesagt hatte: Ich träume nie! Träume! Wozu brauchte man Träume? Seitdem sie mit dem Pferd lebte, verstand Ida, daß Träume wirklich sind wie der Tisch und der Stuhl und das Brot und die Wolke und das Wasser. Als Mädchen hatte sie es so hingenommen, wenn die Mutter an den Sonntagmorgen, wenn die ganze Familie am Tisch gesessen, ihre Träume erzählt hatte. Dabei war sie ihr vorgekommen wie eine Frau, die im Nebel wandert, ein bißchen gespenstisch. Vielleicht hatten die Traumerzählungen ihrer Mutter sie sogar gelangweilt, damals. Sie hatte nicht einsehen können, warum Menschen sich ihre Träume erzählen. Vielleicht war es ihr auch wie ein Sich-einander-nackt-Zeigen vorgekommen.

Vielleicht war Ida zu Anfang ihrer Freundschaft mit Magdalena neidisch gewesen auf deren Fähigkeit, sich der Träume zu erinnern. Ach, die kann es sich leisten, als Tochter eines reichen Vaters, die einmal erben wird, hatte sie einmal gedacht. Es war nur Neid gewesen, erst später hatte sie gefühlt, daß jeder Mensch ein Recht auf Träume hat, daß es kein Luxus ist, zu träumen, daß Träume nicht Schäume sind und die Mutter kein Gespenst gewesen war. Ja, sogar Träume von Ausscheidungsvorgängen, für die Ida sich lange Zeit vor sich selbst geschämt hatte, waren ein Reichtum. Nicht zufällig glaubte Frau Domröse daran, es stehe einem Geld ins Haus, wenn man von Scheiße träume.

Eine Nachricht von Ida, mit roter Schrift und einer Zeichnung. Die beiden Frauen trafen sich, um mit Magdalenas Auto nach Wittmoor zu fahren. Ida erzählte, sie habe die Nacht mit einem Italiener verbracht und sei deshalb so früh, nach der durchliebten Nacht, bei Magdalena vorbeigekommen. Du fährst in eine vollkommen verkehrte Richtung, sagte Magdalena, dort geht es zum geteilten See. Am See stiegen sie aus, Magdalena hatte ihre Kamera vergessen. Ida sagte: Das macht nichts, ich habe meine dabei. Über den See führten viele schmale Brücken, die Atmosphäre war beinahe wie in Venedig. Ida stand auf einer der Brücken und wollte das Wasser fotografieren, sie beugte sich ganz nah zur Wasseroberfläche hin. Stieg auf das Wasser. Es war gefroren. Als sie ans Ufer wollte, sackte sie mit dem linken Fuß ein. Doch gelangte sie heil ans Ufer. Es kamen Männer, die sich über sie lustig machten. Magdalena trat einen von ihnen und fiel dabei selbst zu Boden. Sie sagte: Ida, laß uns nach Flachsmoor fahren und Pizza backen!

Tanz. Und: Wein. Und Pizza. Das waren Dinge, die einen das Leben fühlen ließen. Und Pizza konnte Magdalena herrlich zubereiten. Einmal allerdings hatte sie so viele Peperoni obenauf gelegt, daß Ida beim Hineinbeißen die Tränen aus den Augen gelaufen waren und Mund und Kehle gebrannt hatten. Sie hatte nur ein Stückchen essen können von dieser Feuerpizza, belegt mit Pilzen, Zwiebeln, Tomaten, Käse, Krabben, Oliven und vielen anderen schönen Dingen. Nicht nur Pizza, auch Salate mit pikanten Soßen konnte Magdalena wunderschön anrichten. Zu den Zutaten mischte sie etwas ‹Zusätzliches›, außer Kräutern, Sahne, Öl und Zitronen und vielen irdischen Gewürzen tat sie eine Prise von einem Kraut hinzu, das in ihr wuchs.

In Träumen konnte man alle Grenzen überwinden. Alles war möglich. Warum träumten die Völker nicht hemmungslos? Träume waren wahrscheinlich kriegsverhütend, oder Kriege entstanden, wenn man Träume aus dem Leben verbannte. In Träumen verband und verknüpfte sich jedes mit jedem, man konnte sich in ihnen von einem Ort zum anderen mühelos bewegen und weite Entfernungen mit einem Schritt überwinden. Träumen war Fliegen, Sich-Bewegen, Uneingeschränktheit. In den Träumen war man Zentaur, Vogel, ein Mensch in einer Gondel. Umhüllt von einer zarten Haut, die einen schützte und durch die man doch, wie durch ein Fenster, beobachten konnte, was die Welt bot.

Pferde sprachen: Wir brauchen einen guten Reiter, wir wollen viel erleben! Sie sprachen zu Magdalena, denn sie konnte die Pferde führen, sie konnte reiten und sich mit ihnen unterhalten. Ein Fremder drang ein, der nur schlecht mit Pferden umgehen konnte. Ein unfähiger Reiter, er wollte die Pferde trotzdem bezwingen. Doch sie verweigerten. Sie hatten keine Lust, immerfort geradeaus zu reiten.

Zur Rush-hour fuhren zahllose Autos und Straßenbahnen. Wie mit Absicht riß ein Lastwagen Magdalena fast um, sie warf sich gerade noch auf die Straße, der Wagen rollte über sie hinweg.

Finale erkannte die Bedrohung durch den Straßenverkehr nicht, eine Straßenbahn fuhr auf sie zu. Ida wollte das Pferd zurückholen, es gehorchte ihr nicht. Magdalena ging auf das Tier zu, sprach mit ihm. Und Finale legte zutraulich den Hals an ihre Schulter.

Auch Magdalenas Fotografien waren Träume. Irdisch-Wirkliches war eingefangen, wurde belichtet, entwickelt. Aber es blieb alles traumhaft: ‹Ein traumhaft inneres Leben.›

Die Nachtwanderung auf Austernende empfand Magdalena wie ein Eintauchen in ihre Kindheit. Sie ging mit Ida dem Meer entgegen, das hinter dem Vogelschutzgebiet irgendwo in der Dämmerung an den nordöstlichen Strand der Insel wogte. Auf der Suche sein, sagte sie, vielleicht auch nach dem Tier – in uns. Nach Finale! Dann schwiegen sie lange, während die Dämmerung sich allmählich über das Land senkte.

Magdalena hatte Angst, in die Dunkelheit zu geraten. Das sagte sie Ida aber erst viel später. Ida dachte gar nicht daran, daß sie sich verirren könnten. Sie gingen nebeneinander, zwischen Fliederfeldern entlang. So nannten sie die Ebenen des Vogelschutzgebietes, wo jetzt der Strandflieder wie auf großen Teppichen blühte. Kennst du Lavendel? fragte Ida. Ja, sicher, sagte Magdalena, ich habe ihn in Frankreich gesehen. Wenn ich nicht wüßte, daß es Strandflieder ist, würde ich denken, es sei Lavendel. Dieses Blau! sagte Ida. In der Ferne zu ihrer Rechten sahen sie plötzlich Punkte, die sich bewegten. Sind das Pferde? fragte Ida. Vielleicht eher Kühe, sagte Magdalena. Ida wollte sich eine Zigarette anzünden. Wieder fragte sie sich, warum sie rauchte. Nach einer Zigarette zu greifen, kam ihr plötzlich wichtiger vor, als den Rauch einzusaugen. Sie mußte an Soldaten denken, die im Krieg nach den letzten Stummeln von Zigaretten gierten. Vielleicht rauche ich, um nach etwas zu greifen, um mich an etwas zu halten, dachte sie. Ist es jetzt schon zu dunkel zum Fotografieren? fragte sie Magdalena, dabei zum Himmel schauend. Nein, ich glaube nicht, entgegnete Magdalena, und Ida sprang über einen mit Wasser gefüllten Graben auf das Land, das mit Strandflieder bewachsen war. Sie hatte sich gerade hingesetzt, ja sich beinahe ein wenig in Pose gesetzt für das Foto – da kamen die Soldaten. Sie waren so schnell herangekommen und standen jetzt, da Magdalena gerade mit Fotografieren anfangen wollte, wie aus dem Erdboden hervorgeschossen vor den beiden Frauen.

Ida, die sehr gut gelaunt war, lachte die Fremden an, sprach ein paar Brocken auf englisch, der eine der Soldaten war unter den Müllsammlern am Meer gewesen und Ida vom Ansehen her schon bekannt. Die Soldaten ließen sich neben Ida auf dem Erdboden nieder, es waren vier. In ihren Tarnanzügen sahen sie aus wie große Rebhühner, es wunderte die beiden Frauen nicht, daß sie sie in der Ferne für Tiere gehalten hatten. Und sie lächelten, als hätten sie endlich die richtigen Begleiterinnen für das Wochenende gefunden. Ida überlegte tatsächlich flüchtig, wie es wäre, mit den Soldaten in die Diskothek zu gehen. Dann dachte sie, daß sie womöglich so ausgehungert nach Nähe waren, daß sie die Männer danach nicht wieder loswürden. Wie für ein Urlaubsfoto hingegossen, saßen die vier Soldaten und Ida im Strandflieder. Die Dämmerung ging langsam in Dunkelheit über. Nur noch Augenblicke, dann würde schlagartig die Finsternis dasein. Ida kamen die Soldaten, die nicht aufhörten zu lächeln und irgend etwas erzählten, um eine Konversation zu machen, einsam und verloren vor. Vielleicht hielt man Soldaten absichtlich so, damit sie aus der Einsamkeit heraus um so besser ‹verteidigen› konnten. Jedenfalls nannte man, was sie ‹im Ernstfall› zu tun hätten: Verteidigen.

Einer der Soldaten bot Ida eine Mentholzigarette an. Ida wollte nicht mehr rauchen, sie gab die Zigarette an Magdalena weiter. Die Soldaten und die Frauen wechselten noch ein paar Worte. Ida langweilte sich plötzlich und hatte auch keine Lust, sich anzustrengen, das halb hingenuschelte Englisch der Männer zu verstehen. Die Soldaten schlugen einen Weg zur Linken der beiden Frauen ein, der sie mitten in die Felder führte, aber sie gingen auch in Richtung des Meeres. Ob sie einen Feierabendspaziergang machten oder einen

Auftrag hatten in der Nacht? Immerhin befand sich auf der Insel eine NATO-Station, irgendwo inmitten der Dünen.

Ich bin noch halb betäubt, sagte Magdalena. Und sie begann, von den betäubten Pferden zu sprechen, die trotz der Betäubung plötzlich Augen bekommen. Erklärte, warum sie sich noch scheue, das Wesentliche zu fotografieren. Sie ‹knipste› ja nie, ihr Fotografieren war kein ‹Abschildern›, sie träumte mit der Kamera in der Hand, sie fotografierte ihre Träume. In den Fotos war ihr Wesen, wie in den Gerichten, die sie zubereitete. Der Traum war das besondere Objektiv, ohne das alle anderen, noch so wertvollen Objektive nutzlos waren.

Die schwarze Mähne der friesischen Stute habe ich nicht fotografieren können in Wolsteins Ställen, sagte Magdalena. Es war zu dunkel, und ich wollte kein Blitzlicht verwenden. Ich habe einmal mit Blitzlicht ein Kätzchen fotografiert, seine aufgerissenen, trockenen Augen sehe ich noch heute vor mir. Das Tier hatte eine wunderschöne Mähne, sagte Ida wehmütig, breit und füllig war es, wie Wellenflut aus Haar, ein Urwald von Frauenhaar. Magdalena war immer noch verstört von den Erlebnissen in der Tierklinik. Ich stelle mir doch vor, sagte sie, daß diese Pferde vollkommen lebendig sind. Die Männer dringen mit Speeren ein, wenn sie operieren.

Sie hatte, im Gegensatz zu Ida, noch nie vorher bei einer Operation zugesehen. Für die Chirurgen ist das ein alltäglicher Anblick, sagte sie. Ich glaube es ihnen aber nicht, daß alles einfach nur Routine ist. Ich weiß, daß ich Röntgenaugen habe. Wir haben Röntgenaugen. Ich sehe alles. Da können noch so dicke Wände sein, ich sehe doch alles.

Wenn Ida Magdalena so zuhörte, während sie weiter durch die Nacht dem Meer entgegengingen und die Soldaten sich womöglich irgendwo hinter oder vor ihnen bewegten, mußte sie an Hexen denken, die in der Nacht und mit Gejohle und Geschrei auf Besen am Meer im Sturm reiten. Heimlich lachte sie in sich hinein. Manchmal sprach Magdalena wirklich wie eine schöne Hexe.

Hast du bemerkt, daß es ein ordinäres Messer war, mit normalem stumpfem Griff, was sie benutzten, um dem Pferd die Kehle durchzuschneiden? fragte Magdalena, die sich jetzt immer mehr ins Reden steigerte, als könne sie die Dunkelheit durch ihre Worte erhellen. Statt auf die Frage zu antworten, erzählte Ida Magdalena, daß ‹Seele› in der Bibel auch das Wort für ‹Kehle› sei. Für Wolstein haben Pferde aber keine Seele, erinnerte sie Magdalena, die hätten die ganze Nacht hindurch in dem toten Pferd gewühlt, sagte sie.

Warum gehst du so schnell? fragte Ida, hast du Angst, die Soldaten verfolgen uns? Magdalena lachte. Manchmal lachte sie ihr ‹Lungenlachen›, es war ein Lachen, das direkt aus der ein wenig ‹verräucherten› Lunge zu kommen schien . . . ‹Hildegard-Knef-Sound› hatten sie beide dieses Lachen auch schon genannt. Und dann hatte sie noch ein anderes Lachen, ein Angstlachen war es, aber es klang amüsiert wie eine Melodie, die Verfolger und Angreifer täuschen soll. Und dieses Angstlachen lachte sie jetzt. Unmöglich wäre es nicht, sagte sie, sie könnten uns hier gemütlich vergewaltigen. Zu ihrem eigenen Erstaunen war Ida ohne jede Angst, sie wunderte sich, daß die Freundin ihre Schritte beschleunigte, Magdalena war ihr immer als eine Frau erschienen, die – wie beim fast halsbrecherischen Motorradfahren – die Kurven des Lebens vorwärts brausend und ohne Angst nahm. Sie legte sich nicht fest, sie ließ sich nicht binden, sie gehörte keinem. Allerdings hatte sie ihr einmal gesagt: Du hast etwas Verlorenes. Da brauchte nur einer kommen, dich in einen Korb packen, Deckel zu! und ab ginge es, du würdest dich nicht wehren. Magdalena hatte nur gelacht, erschrocken und verblüfft.

Es gab eine Doppeldeutigkeit des Lockerseins. Magdalena ging ohne Vorurteile auf die Dinge zu, sie stürmte in sie hinein. Sie war die Frau, mit der man ‹Pferde stehlen› konnte. Aber ihr Lockersein war auch Verzweiflung.

Wenn mich etwas tief trifft, verschließe ich mich oft und lasse dann einen Eismantel über mich fallen. Nach außen hin bin ich locker und lache, besaufe mich und tanze wie ein wildes Tier! hatte sie einmal gesagt. Und niemand merkte, daß sie zart und schwach war, verletzlich wie eine Pflanze, die gerade durch die Erde gebrochen ist. So wunderte es Ida nicht, als sie erfuhr, daß die Polizei Magdalena eines Nachts auf dem Bahnhof des grauen Dorfes angehalten und ihre Personalien überprüft hatte. Angeblich sah sie der Frau ähnlich, die verschwunden war. Noch immer verschwanden Frauen und wurden Tage oder Wochen später in den Maisfeldern oder in Gebüschen gefunden. Was wird sein, wenn die Maisfelder erst abgemäht sind in der westfälischen Landschaft und es kalt geworden ist? fragte Magdalena und fröstelte.

Wird sich der Mörder von der Kälte abschrecken lassen? Und wo treibt er dann die Frauen hin?

Ida wollte Magdalena Einhalt gebieten. Rede nicht davon, jetzt! wollte sie sagen. Vielleicht hören uns die Soldaten, die uns auf den Fersen sind. Aber Magdalena sprach schon weiter.

In einer Nacht erschien mir der Sexualmörder am Waldrand der grauen Stadt, sagte sie. Er fuhr ein weißes, schrottreifes Auto, er war verkleidet. Er jagte mich, ich war zu Fuß. Er wollte mich umfahren, es wurde dunkel. Und ich wußte, ich mußte mich vor der Dunkelheit retten, sonst würde der Mörder zuschlagen.

Ich lief mit meiner Schwester einen steilen Schotterhang bergauf, es wurde immer dunkler.

Der Mörder verfolgte uns, in seinem Auto fahrend, der Hang wurde steiler und steiler. Ich konnte nicht weiter.

Bitte hör auf, bat Ida, ich habe zwar keine Angst jetzt, aber du machst dir selbst angst.

Die Soldaten, sagte Magdalena, wo sie wohl jetzt sein mögen? Kaum hatte sie den Satz zu Ende gesprochen, begegneten sie ihnen von neuem, sie tauchten wieder ganz plötzlich auf, wie Tiere, die man aufstöbert.

Es war unheimlich, ihnen zu begegnen, Ida kamen sie noch mehr als Fremde vor. Ihr war jetzt fast, als sprächen sie eine Sprache von einem anderen Stern, dabei konnte sie leidlich gut Englisch. Die Soldaten grüßten mit Handzeichen und gingen gleich weiter. Wohin wollten sie nur? Vielleicht durchwanderten sie ziellos die Insel? Was sollten sie schon anfangen an den Feierabenden? Für sie war die Insel vielleicht wie ein Gefängnis? Vielleicht hatten sie einen ‹Inselkoller›? Ida sah, wie sie in der Dunkelheit verschwanden.

Ein Vogel sang plötzlich in der Luft, Ida konnte nicht erkennen, was es für ein Vogel war. Wahrscheinlich war es ein Austernfischer mit seinem meißelförmigen, spitzen Schnabel. Vielleicht war das Tirilieren des Vogels in der Luft ein Angstlaut, aber Ida faßte seinen Gesang so auf, als leiste ihr der Vogel Gesellschaft, er beruhigte sie. Sie mußte plötzlich daran denken, wie mühelos Magdalena die Aufmerksamkeit von Männern auf sich zog: Sie brauchte nur ein Lokal zu betreten, schon breitete sich ihre Zauberwirkung aus. Wie ein Lockduft durchwirkte ihre Gegenwart die Atmosphäre. Wildfremde Männer sprachen sie an, kamen zu ihr an den Tisch oder sogen sich mit Blicken an ihr fest. Ida würde dieses Rätsel wohl niemals lösen können. Auch wenn sie es von sich kannte, wie Männer von einer Ausstrahlung angelockt werden, so geheimnisvoll wie bei Magdalena war es ihr noch nie vorgekommen. Manchmal kam ihr Magdalena wie die Loreley hoch oben auf dem Felsen vor. Als ob auch von ihr etwas wie ein Gesang ausginge oder eine Fata Morgana sie ankündige, der die Männer, wie unter Zwang, folgen mußten. Spüren sie eine geheimnisvolle Anziehung, wollen sie gleich alles haben, hatte sich Magdalena einmal beklagt. Und war verstört gewesen, daß ein Mann, den sie gerade erst kennengelernt hatte, sie gleich ‹auf die Überfallmethode› hatte haben wollen.

Die Dunkelheit war undurchdringlich geworden, sie konnten kaum noch die Hand vor Augen sehen. Es war eine stern- und mondlose Nacht. Und Ida fand sich nur so gut zurecht, weil sie diesen Weg zum Meer zwischen den ‹Fliederfeldern› des Vogelschutzgebietes am Tag schon oft gegangen war. Sie kamen jetzt in den Bereich der Dünen. Sie hörten das Meer. Ida zog es unwiderstehlich hin, obwohl sie dachte, es könnte gefährlich sein, sie wußte nicht einmal, wann Flut war.

Doch blinkte immer wieder das Licht des Leuchtturms auf, dessen Strahler sich unaufhörlich drehten. Trotzdem konnten sie die Orientierung verlieren. Ida schreckte das nicht, sie wollte in dieser Nacht gehen und gehen. Sie wollte zum Meer. So nah wie möglich ans Meer wollte sie. Sie hörte sein Schnauben und Seufzen schon. Sie kannte die Stelle, aber der Boden fühlte sich unter den Füßen anders an als in der Helligkeit eines Tages. Das muß die Möwendüne sein, sagte Ida, laß uns hinaufsteigen, obwohl man das ja nicht darf.

Und erzähl mir von Venedig, erzähl mir nichts mehr von Sexualmördern, bitte.

Da saßen sie dann auf der Düne hoch oben in der Nacht. Sie horchten zum Meer hin, wurden eingelullt von seinem Getön. Und Magdalena erzählte.

Ein alter Venezianer kam, um die Tauben zu füttern, begann sie. Sehr liebevoll, wie er das machte: Sogar die kleinen Spatzen bekamen von seinem Brot etwas ab. Manchmal aß er selbst davon. Weißt du, die Tauben sind auch ein Stück Tod in Venedig. Ich war bei den Pferden, du weißt, bei den Pferden in San Marco. Ich habe sie gesucht und fand den Eingang von San Marco mit Holz zugebrettert. Du siehst die Pferde nur halb, hinter den Brettern. Sie werden renoviert, die vergoldeten Bronzepferde. Der Kot, der von den Tauben kommt, hat sie ruiniert. Der alte Venezianer fütterte sogar eine der hungrigen heimatlosen Katzen mit Brot. Der Boden in Venedig ist uneben, du ahnst nicht, daß diese Stadt auf Pfählen gebaut ist, doch du ahnst, daß diese Stadt allmählich versinkt.

Da sind Touristen, die Touristen nach dem Weg fragen. Was würde die Stadt sagen, wenn sie sprechen könnte?

Ich bin so oft dort gewesen, aber ich kann es nur ahnen. Wahrscheinlich würde sie, wie ein nasser Pudel Wasser aus seinem Fell, die Touristen von sich schütteln wollen.

Ich stelllte mir vor, daß die Tauben von Venedig auch Aasgeier sind. Aasgeier, die – sobald der Totenwächter geht – über das Aas herfallen. Venedig, die Stadt der Aasgeier!

Magdalena hatte sich jetzt in eine andere Stimmung geredet. Sie kam Ida beinahe wie Scheherezade vor. Als müsse sie sich mit Geschichtenerzählen Mörder vom Leibe halten!

Ich habe die Pferde gesehen und fotografiert. Die ‹echten› und die Kopien, sagte sie. Die echten werden geschont und stehen ‹im Stall›, im Museum. Die Kopien müssen den Tauben, den Touristen und dem Wetter standhalten.

Ein Pferd steht schon im Gerüst, die anderen drei sind noch ‹frei›. Ja, sie sind prachtvoll, die bronzegegossenen Pferde! Mit ihren leidvollen, kämpferischen Röntgenaugen. Ihre Herkunft ist ungewiß, die berühmtesten Wissenschaftler zerfleischen sich in Streitigkeiten darum. Die Pferde wurden immer wieder geraubt.

Und ich habe einmal gedacht: Diese Geschichte der Pferde ist auch deine Geschichte, Ida. Magdalena schwieg. Das Meer sang und summte und jammerte und toste. Aber sehen konnten die beiden Frauen kaum etwas. Nur das kurze Aufblitzen der sich immerfort drehenden Strahler des Leuchtturms gab eine kurzfristige Orientierung. Angenehm versteckt kam Ida sich vor. Nur der Gedanke an die Soldaten war ihr unangenehm. Wer wußte, ob sie nicht immer noch in der Nähe herumwanderten. Magdalena fragte nach Finale.

Und Ida gestand, daß sie lange nicht mehr bei ihr gewesen sei. Sie wisse oft nicht, was sie hindere, zu dem Pferd hinzufahren. Es zerreiße ihr das Herz, aber sie könne oft wochenlang nicht hin, irgend etwas Unbestimmtes halte sie ab. Wie um eine Erklärung zu suchen, fing Magdalena an, über Finale zu sprechen. Sie drückte damit zugleich auch ihre Sehnsucht nach dem Tier aus, lange hatte sie es nicht gesehen. Dieser große, massige, muskulöse Körper, sagte sie, dieser riesige Körper hat mir angst gemacht. Ich wußte nicht, wie man einem solchen Tier gegenübertritt, wie man es anfaßt, wie man mit ihm spricht. Ich hatte noch keine Sprache gefunden. Und du hast die Angst mir genommen, Ida, in der gemeinsamen Annäherung an das Pferd. Du hast mir erklärt, daß man mit dem Pferd immer sprechen soll, immer sehr bestimmt, immer in Körperberührung bleiben und keine hektischen Bewegungen machen soll. Ich weiß noch, wie ich zu dir sagte: Ich weiß nicht, ob ich mich auf dieses Tier einlassen will, das war ganz am Anfang, als ich Finale zum ersten Mal sah. Du verlierst alle Schutzmechanismen, die man sich gezwungenermaßen aufbaut, um in der Gesellschaft zu existieren, wenn du dem Tier gegenüberstehst. Du kannst dir und dem Tier, vor allen Dingen dem Tier, nichts mehr vormachen. Es riecht und spürt all das, was in dir ist. Es spürt, wie du dich im Moment fühlst, wie deine Stimmungen sind. Es spürt deine Ängste. Alles. Du wirst auf das zurückgeworfen, was ungeschützt in dir ist. Ja, du stehst unbekleidet da. Nackt. Das Tier kann dir sagen, wer du bist.
Manchmal hätte ich weinen können, im Stall, bei Finale. Ich spürte, wieviel ich verloren und wie viele Wehre ich um mich gebaut hatte. Ich hatte Angst, Finale könnte mich verraten. Dabei war sie meine Verbündete. Denn ich war ihr ähnlich. Ich war einmal viel schweigsamer, als ich jetzt manchmal bin. Ich beobachte und fühle. Was ich sehe, das fühle ich auch. Und Sprache wird mir manchmal lästig. Oft war ich hilflos, wenn andere mit vielem Reden auf mich einstürmten. Ich saß schweigsam da, empfand alles, fand aber keine Antwort. Ich hatte das Gefühl, die anderen sprechen nicht die richtige Sprache. Es ist nicht meine Sprache. Sprache erschien mir nur wie ein Hilfsmittel, aber nicht wie das Wirkliche. Und die Sprache meiner Augen, meiner Gesten verstanden die anderen wieder nicht. Ich sage nicht: Ich liebe dich! Die Spra-

che kommt mir zu leicht und so unbeholfen vor, um zu sagen: Ich liebe dich! Oft empfand ich, daß die Sprache es nicht wert sei, daß man in ihr sage: Ich liebe dich! Es ist seltsam, aber manchmal empfinde ich es so.

Und Finale sieht und erkennt die Menschen. Und schweigt deswegen auch lieber. Manchmal hätte ich weinen können bei dem Tier. Ich habe gespürt, daß es heimatlos ist und was ihm vielleicht schon angetan wurde. Mit Finale konnte ich wieder eintauchen in das Ungezwungene, Einfache, Wesentliche. Und ich konnte nur weinen. Oder trauern. Oder auch glücklich sein. Und dieses Glück habe ich gesehen, als du galoppiert bist, Ida. Dein glückliches Gesicht. Das schöne Gesicht. Dein weiches Gesicht.

Hat man eigentlich den Mörder von Katharina Simon immer noch nicht gefunden?

Nein, sagte Ida, die Magdalenas Monolog wie einem Gesang zuhörte.

Es war kühl geworden, und die Gedanken an die Soldaten gingen ihr nicht aus dem Kopf. Manchmal raschelte es in den Dünen. Es mochte ein Kaninchen sein oder ein Vogel, der bemerkte, daß hier Menschen waren in der Nacht. Es konnten aber auch die Soldaten sein. Vielleicht lagerten sie ganz in der Nähe und lauschten.

Nein, man hat ihn nicht gefunden, sagte Ida.

Oft habe ich gedacht, ob sie vielleicht zu glücklich war – in den Augen der anderen, wenn sie nachts frei herumstreifte, badete, sich mit Männern traf, sagte Magdalena. Es kam mir eben auch vor, als ob die Soldaten hinter uns her taperten wie Straßenköter, diese Soldaten im Dunkeln. Vielleicht darf man sein Glück nicht offen zeigen. Es gibt doch immer Menschen, die es nicht sehen können, sie müssen draufschlagen. Verstehst du das? Ich habe dich gesehen in den Stunden des Galoppierens. Ich habe gesehen, daß deine Angst gewichen war, sagte Magdalena. Ihr hättet endlos in die Ferne reiten können, zusammen fort aus dieser Welt. Auch hinein in eure Vergangenheit, wo alles angefangen hat. Ich habe deine Stimme gehört, als du *Finale* gerufen hast. Diese schöne, ruhige Stimme, in der ich immer noch Spuren von Angst hörte, ein Zögern wahrnahm. Ich wollte mehr wissen von dem kleinen Mädchen in dir. Von dem gehetzten Tier, das oft ausgeliefert ist, nicht die Mechanismen der Menschen sieht. Auch

Finale hat sich nie gegen sie schützen können. Ich möchte wissen, wie ihr gemeinsam den Weg gehen, wie ihr euch schützen wollt.

Und dann sehe ich deinen Vater auf dem Pferd und die Ähnlichkeit deines Vaters mit Herrn Stechmücke. Nein, sag jetzt nichts, Ida. Ich weiß, daß du deinen Vater liebst, trotz allem. Als ich Herrn Stechmücke sah, sagte ich: Der erinnert mich an deinen Vater. Zunächst sahst du noch keine Verbindungen.

Herr Stechmücke ist wahrscheinlich durch den Krieg auf eine stille Art wahnsinnig geworden, sagte Ida nachdenklich, ich kann es nur ahnen.

Magdalena mochte es nicht, wenn man einen Menschen mit dem Leid, das er einmal in seiner Vergangenheit erlebt hatte, zu entschuldigen suchte oder ihm zumindest ‹mildernde Umstände› zusprach.

Beide gingen sie immer sehr fachmännisch und wissend mit dem Tier um, fuhr sie, leicht ungeduldig, fort. Deinen Vater habe ich im Stall nur einmal erlebt. Aber Herrn Stechmücke habe ich oft zugesehen, wie fachmännisch und unverbindlich er an das Pferd herantrat. Und vor allen Dingen äußerte er nie, was er wirklich von dem Tier hielt. Er flüsterte immer nur, oder er nuschelte seltsames Zeug, ich verstand nichts davon. Meistens ging es um Geld oder um irgendwelche Krankheiten. Und er sagte immer: Finale ist eine Harmlose, eine sehr Brave, nicht Ernstzunehmende. Herr Stechmücke und dein Vater sprachen triumphierend und beherrschend von ihrer Vergangenheit mit den Pferden. Es war sehr gefährlich, als dein Vater, nachdem wir Finale gesattelt hatten, sie noch auf der Stallgasse *bestieg*. Aber er war überzeugt, das Tier zügeln zu können, die Zügel fest in den Händen zu haben.

Ich habe ihm vertraut, sagte Ida leise. Er versteht doch sehr viel von Pferden, trotz allem. Magdalena lachte auf. Du wirst eines Tages noch deinem eigenen Mörder vertrauen. Warum liebst du nicht das Tier und dich anstatt den ‹Mann mit seinen Krücken›? Bitte spiel nicht auf irgendwelche verflossenen Liebhaber an, bat Ida. Mein Vater versteht etwas von Pferden. Und ich habe manchmal die Phantasie, ihm ein Pferd zu schenken vom Geld, das ich mit meinem nächsten Film nächstes Jahr verdienen werde. Ein Pferd endlich, das nur ihm gehören und mit dem er keinen einzigen Versuch anstellen wird.

Manchmal denke ich, er hat die Versuche nur machen können, weil er zugelassen hat, daß man mit ihm Versuche machte. Mit Soldaten werden doch auch Versuche gemacht.

Soldaten, die im Dunkeln Krieg spielen. Am Meer, auf einer Insel. Krieg spielen gegen einen fiktiven Feind, sagte Magdalena bitter. Warum wehren sie sich nicht?

Auch die Pferde hat man in Rüstungen gesteckt, sagte Ida. Die Menschen sind stummer, als du glaubst. Denke an deine eigene Stummheit, an dein Schweigen, an dein Nicht-sprechen-Können.

Magdalena schwieg. Sie horchten beide auf den Gesang des Meeres. Ida konnte sich nicht vorstellen, daß es jemals wieder hell würde. Sie waren beide warm angezogen, trotzdem wurde es jetzt doch zu kalt. Aber sie saßen eng nebeneinander und wärmten sich. Auch war es, als ob die Düne noch Wärme ausstrahlte, die sie im Sommer in ihren Sand eingesogen hatte. Jedenfalls konnte man sich das einbilden.

In Sommernächten pflegte Magdalena, besonders in südlichen Ländern, oft im Freien zu schlafen.

Seit dem Mord an Katharina Simon würde sie das bestimmt nicht mehr so frei tun wie bisher.

Mir graust es immer noch vor Herrn Stechmücke, nahm Magdalena den roten Faden wieder auf. Und wenn ich an die tausend Menschen denke, die du an Finale ließest, obwohl sie nichts von ihr und dir verstanden! Das ist vielleicht ähnlich, wie wenn du trampst, sagte Ida, da überläßt du auch das Wertvollste von dir fremden Fahrern.

Seit Katharina Simon tot ist, bin ich kein einziges Mal getrampt, ich kann es wohl nicht mehr so leichtsinnig, sagte Magdalena. Ich verstand einfach nicht, wie du Hinz und Kunz an dein Pferd heranlassen konntest. Denk an Frau Ohlsdorf. Ich hatte dieser Frau gegenüber nie ein gutes Gefühl. Auch sie sprach immer sehr beherrschend über das Tier. So waren auch ihre Bewegungen, so war ihr Umgang mit dem Pferd. All die Menschen, die Finale gesehen und berührt haben: der Schimmelmann, die Stechmückes, die Stallkinder, das Mann-Frau-Mädchen! Sie haben nichts verstanden. Wie sollten sie es auch.

Ich weiß nur noch, daß es eisig kalt war. Es war Winter. Und eines Tages war der Sattel sorgfältig aufbewahrt, damit keiner heran konnte. Sie wissen ja: wegen der Kinder. Wir haben ihn eingeschlossen! Frau Helmond hat die Monatsmiete nicht gezahlt, sagte Herr Stechmücke.

Und am Tag meines Geburtstags – wir besuchten Finale und fragten nach dem Sattel, und Herr Stechmücke war wieder schwerhörig und nuschelte irgend etwas Unverständliches – hieß es, die Schlüssel seien nicht auffindbar, Herr Laute habe den Sattel irgendwo eingeschlossen. Es war eine Frechheit, wie Herr Stechmücke Finale ständig abwertete. Vielleicht spürte er, was für ein Temperament das Pferd hat, er hätte es niemals zugeben können. Damit hätte er deiner Verbindung zu dem Tier zugestimmt. Er sagte, nachdem du zwei Monatsmieten nicht gezahlt hattest: Wir werden das Pferd behalten. Als Pfand! Dein Autounfall war eine Zuspitzung. Du hast dich selbst verlassen, dich und das Pferd, er geschah gerade zu dem Zeitpunkt, als die Ängste vor dem Tier und deiner Vergangenheit beinahe schon ausgeloschen waren. Magdalena veränderte manches Mal Wörter. ‹Ausgeloschen› sagte sie statt ‹ausgelöscht›. In dem veränderten Wort hörte man etwas wie ‹Asche›.

Neue Anfänge waren zu Asche geworden. Der Autounfall hatte wirklich einen Neubeginn zu Asche verbrannt. Und in den Stunden, als ich bei Finale war, während du im Krankenhaus und dann zu Hause mit deinen verletzten Beinen im Bett lagst oder herumhumpeltest, sah ich dich besonders stark in dem Tier. Ich bemerkte die Einsamkeit des Pferdes am stärksten zu der Zeit, als du im Bett lagst, nach dem Autounfall. Ich sah Finale an, wie sie dich vermißte, deine Pflege, deine Gegenwart. Und so begann ich, das weiterzuführen, was eigentlich du hättest tun sollen. Ich glaube, ich habe dich in dieser Zeit nicht sehr geliebt. Und die Reitsportfreunde freuten sich sehr, das war mein Gefühl. Natürlich haben sie nicht offen frohlockt, daß du einen Autounfall hattest. Nein, sie fragten ständig überbesorgt nach deinem Gesundheitszustand, und das kam mir falsch vor. Selbst die Kinder fragten nach dir, sehr scheinheilig, als wüßten sie von nichts. Sie fragten mich: Pflegen Sie jetzt das Tier? Und: Wann kommt denn Ihre Freundin wieder? Oder: Ist das jetzt Ihr Tier? Das wird ja nie geritten!

Wie abfällig sie von allem, was Finale betraf, sprachen. Es war seltsam. Oh, dieser Stall war eine Hölle, Ida.

Ein lautes Gejohle erscholl vom Strand her, als erlaubte sich irgend jemand den Spaß, Magdalenas Worte lautmalerisch zu unterstreichen. Die beiden Frauen schraken zusammen. Sie horchten mit vor Angst hochgezogenen Schultern in die Dunkelheit. Männerstimmen schrien irgend etwas. Der Wind trug die Worte in verschiedene Richtungen, zerfetzte die Silben. Ida faßte sich als erste. Die erlauben sich wirklich einen gemeinen Spaß, sagte sie. Sie flüsterte. Es werden die Soldaten sein!

Magdalena flüsterte auch, als sie weitersprach. Das erinnert mich an die Hunde, die sie auf uns hetzten, sagte sie, beim Anschlagen der Klingel tobten sie los. Irgendwie waren diese Menschen dort alle wie schwarze Kettenhunde.

Auch das dickliche Mann-Frau-Mädchen, ich habe sie nur die Aufspielerin genannt. Sie war eine spezielle Freundin der Hunde. Und ich habe immer geglaubt, daß ich ihr absolut vertrauen könne, sie war doch ein Mädchen, flüsterte Ida, bis zu der Sache mit den Hunden ...

Du bist eine liebe, kleine Törin, flüsterte Magdalena zurück. Aber du irrst dich: Frauen können ebenso gemein sein wie Männer, manchmal noch viel gemeiner. Diese Sigi war besonders eifersüchtig. Sie war neidisch auf unsere Freundschaft, auf deine Freundschaft mit dem Pferd. Sie hätte uns am liebsten angezündet. Meinst du, nur Männer verbrennen ‹Hexen›? Sie war die Anführerin, als die Hunde auf dich gehetzt wurden. Die Anführerin? fragte Ida zweifelnd. Ja, ja, ich habe es genau beobachtet. Du warst mitten im Geschehen. Ich habe Esriel an mich genommen und habe beobachtet. Und ich weiß noch genau, wie dieses dickliche Mann-Frau-Mädchen versuchte, sich aufzuspielen vor den anderen Mädchen. Erinnerst du dich, wie sie mit dem ganzen Schwarm der Mädchen uns in die Bahn folgte, wie sie grölten und lachten, als du Finale longieren wolltest? Diese Sigi beherrschte die anderen Mädchen durch ihre höhere Stellung im Stall. Sie konnte die Pferde reiten und pflegen. Sie konnte putzen und anordnen. Sie beherrschte all die kleinen Mädchen, die nichts verstanden, am liebsten immer nur die Pferdchen tätschelten und reiten wollten. Sie hat mich beobachtet, wenn ich Stunde um Stunde im Stall verbrachte.

Ich konnte allein sein, im Stall. Ich legte Finale das Halfter um, ich putzte sie. Ich konnte unter ihrem Körper durchschlüpfen, wovor ich früher am meisten Angst gehabt hatte. Später konnte ich Finale sogar ohne Leine longieren. Ich führte sie mit der Peitsche wie mit einem Dirigentenstab, aber ohne sie auch nur damit zu berühren. Sie gehorchte mir. Manchmal führte ich sie nach draußen, wenn nicht gerade der Schimmel in der Bahn war. Und nach dem Longieren und Putzen und Beisammensein mit dem Pferd ging ich spazieren.

Einmal kam das Mann-Frau-Mädchen in die Box, als ich mit Finale sprach, sie fotografierte. Es sagte: Es ist doch hier viel zu dunkel zum Fotografieren. Und es sagte: Auch ich habe Fotos gemacht von den Pferden, aber die sind alle nichts geworden.

Während die beiden Frauen weiterflüsterten, hatten beide gehorcht, ob noch einmal das Gejohle zu hören wäre. Aber man hörte jetzt wieder nur das Summen und Murmeln des Windes und des Wassers. Ida mußte daran denken, wie angstlos ihr Magdalena von Anfang ihrer Freundschaft an vorgekommen war. In der Eisdiele, wo sie sich zum ersten Mal trafen, erzählte sie, wie sie als Kind durch die Wälder gestreift war und von dem ständigen Umherstreifen ohne Angst. Wie sie Burgen gebaut hatte aus Lehm, wie sie Feuer gemacht, wie sie geangelt hatte an einsamen Seen. Und wie sie glücklich gewesen war bei diesen Kindheitsspielen, die sie immer noch liebte. Ihre Deutschlehrerin zum Beispiel hatte ihr diese Verspieltheit sehr übelgenommen. Unaufhörlich hatte sie ihr erzählt, daß sie sich nicht ausdrücken könne, daß ihr schriftliches Deutsch schlecht sei.

Von dieser Lehrerin hatte sie sich Angst vor der Sprache einjagen, ja regelrecht einbleuen lassen, wie manche Frauen sich Angst vor dem Autofahren einreden lassen. Dabei hatte Magdalena immer schon ein großes Talent zur Furchtlosigkeit gehabt. Manchmal verflossen allerdings die Grenzen zwischen Leichtsinnigkeit und Furchtlosigkeit bei ihr. Wenn Ida an das Erlebnis mit den farbigen Seeschlangen in Jugoslawien dachte, schauderte es sie. Magdalena war während eines Jugoslawien-Urlaubes mit den Eltern allein durch die Wälder gestreift, hatte einen einsamen See entdeckt, war nackt hineingesprungen, um darin zu baden. Erst als sie wieder aus dem Wasser gestiegen war, um sich seelenruhig anzukleiden, hatte sie die Seeschlangen gesehen, die sich in dem See ringelten. Es waren lange, bunte Schlangen. Und sie waren giftig. Ja, sicher, hatte Magdalena gesagt: sie waren giftig. Aber das rührte sie gar nicht sehr. Sie hatte die Gefahr überstanden.

Ida und Magdalena froren jetzt erbärmlich, sie konnten nicht unterscheiden, ob mehr vor Angst oder nur, weil sie so lange, wenn auch einander wärmend, still oben auf der Düne gesessen hatten.

Laß uns nun gehen, sagte Ida endlich, wir haben noch einen langen Weg zurück. Und die Soldaten sollen mir gestohlen bleiben!

Sie stolperten zuerst mehr, als sie vorwärts gingen.

Und Magdalena sprach, nach einer Zeit des Schweigens, absichtlich laut, wie es Ida schien, als ob sie weiter, wie Scheherezade, sich durch das Erzählen das Leben retten müsse.

Während du mit deinen verletzten Beinen im Bett lagst, sagte sie, habe ich dafür gesorgt, daß Finale aus dem höllischen Stall wieder zurück auf die Weide der Weinhändlerin transportiert wurde. Du hast vieles gar nicht mitbekommen, du hattest ja genug damit zu tun, buchstäblich wieder richtig ins Leben *zurückzugehen.* Weißt du, daß vor dem Transport der Tierarzt noch bei ihr gewesen ist? Sie hatte Würmer bekommen, als du nicht mehr kamst zu ihr. Und der Tierarzt gab ihr Spritzen in den Mund. ‹In den Mund› sagte Magdalena, wie die Tigerfrau ‹gebären› sagte und ‹schwanger›, wenn sie von ihren Tigern sprach. Das hieß: Sie beide nahmen die Tiere so ernst wie Menschen. Ich hatte den Tierarzt geholt, weil ich dem der Stechmückes nicht mehr über den Weg traute, sagte Magdalena, und der neue Tierarzt war begeistert von Finale.

Als wir mit Finale an der Weide ankamen, brach sie, kaum war die Tür geöffnet, aus dem Transporter aus. Es war gefährlich, sie hätte sich den Hals brechen können. Aber sie war froh, dem Stall der Stechmückes entkommen zu sein, daß sie sich losriß, so, als hätte sie die Weide, das Freie gerochen. Die Würmer hätten sie von innen ganz langsam auffressen können. Sie war noch sehr mager. Doch je länger sie auf der Weide war, desto kräftiger wurde sie wieder. Wie schön war es anzusehen, wie sie galoppierte!

Und im Sommer war sie oft in dem kleinen Holzstall auf der Weide, dessen Bretter von den Hufen auch schon halb zerschlagen waren. Sie zog sich in ihn zurück, um sich gegen die Mücken zu schützen.

Der Tierarzt hatte mir erzählt, daß die Pferde auch durch die Mücken Würmer kriegen. Man soll gegen Ende des Sommers, wenn es kalt wird, an ihren Beinen nachsehen, ob da gelbe Stellen sind. Denn dort könnten sich Parasiten eingenistet haben. Ich zweifle, ob Finale während deiner Genesungszeit wirklich so viele Koliken in Stechmückes Stall hatte, wie sie behaupteten. Immer wieder erzählten sie von Koliken. Ich dachte oft, daß sie das womöglich erfinden, um dir angst zu machen. Ihre Gesichter drückten oft aus: Wie arm doch das Tier ist, wie vernachlässigt! In Wahrheit konnten sie deine Beziehung zu dem Pferd nicht ertragen. Vielleicht waren aber auch die nach deinem Unfall scheinfreundlichen Pferdemädchen für die Koliken verantwortlich, denn oft dachte ich: Sie sind es, die dem Pferd heimlich falsches Futter geben. Es war da nur ein einziges Mädchen in Stechmückes Stall, das uns gut war. Manchmal, wenn ich zum Stall kam, war Finale nicht in der Box. Sie lief in der Halle, und dieses stille Mädchen longierte sie oder ließ sie laufen. Ich kannte dieses Mädchen nicht, doch ich mochte es. Es war das einzige Mädchen, das sich fernhielt während der Hundegeschichte.

Das war Ida neu. Sie fing allmählich an, die Soldaten zu vergessen. Sie ging nun vor Magdalena, weil sie den Weg kannte und sie sich in der Dunkelheit nur vortasten konnten.

Wenn doch der Mond schiene! sagte sie. Sie dachte darüber nach, was Magdalena ausgehalten hatte, während sie, Ida, von ihrem Autounfall genas. Schade, daß du, seit ich mit Finale die graue Stadt und das graue Dorf, diese ganze graue Gegend, diese Gegend des Grauens verlassen habe, so selten das Pferd siehst, sagte sie. Hast du denn einen neuen Reitlehrer? fragte Magdalena.

Nein, sagte Ida. Du weißt, daß man nicht nur beim Reitenlernen ein halbes Leben manchmal suchen muß, bis man den Lehrer findet, der einen lehrt, wie man lernt. Wenn ich an Herrn Laute denke, sagte Magdalena, wird es mir auch ganz schummrig.

Ich habe ihn erst für einen guten Menschen gehalten, sagte

Ida erstaunt. Bist du nicht etwas zu kritisch, zu mißtrauisch?

Magdalena lachte auf. Stell dir vor, sagte sie, eines Morgens gehe ich ins Sekretariat der Filmakademie, um mich zurückzumelden. Da sagt die Sekretärin, die mir immer schon falsch und hintergründig vorkam: Ich soll Ihnen einen schönen Gruß von Herrn Laute ausrichten. Ich sagte ganz überrascht, weil ich nichts verstand: Wer soll das denn sein? Sie sagt: Ihr Reitlehrer! Die Sekretärin und der Reitlehrer waren wohl befreundet, und er hatte ihr von uns erzählt und von Finale. Und das alles ging dann wie ein Tratsch durch die Akademie! Du glaubst ja nicht, wie gern Künstler und Möchtegern-Künstler *tratschen*. Ida lachte. Reden wir nicht davon! sagte sie in ironischem Ton.

Sie verfügten über das Pferd, indem sie darüber tratschten, fuhr Magdalena fort. Eine ganz besondere Form der Verfügung, ja der Vergewaltigung.

Diese Sekretärin übrigens, diese Frau mit ihren kleinen, schnellen Schritten, von der ich immer glaubte, sie würde an allen Ecken lauschen, diese dumme, oberflächliche ‹Glitzersusi› – Magdalena redete sich in Rage, ‹Glitzersusi› war ein von ihr erfundenes Schimpfwort für glatte Frauen mit leeren Gesichtern, jedenfalls hatte Ida diesen Ausdruck zuerst aus ihrem Mund gehört –, diese Glitzersusi ist jetzt, Gott sei Dank, nicht mehr an der Akademie, sie wurde entlassen oder hat gekündigt, weiß der Teufel!

Dieses Kafka-Personal in Stechmückes Stall – Magdalena war noch zorniger geworden, sonst hielt sie nicht viel von literarischen Anspielungen –, anders kann man es nicht nennen, sagte sie, diese kafkaeske Meute fühlte sich unheimlich bedroht, denn da war etwas in deiner Beziehung zu dem Pferd, das sie nicht fassen konnte.

Und jetzt fällt mir auch wieder der Traum ein, in dem der Reitlehrer eine zentrale Rolle spielte . . .

Der Mann entlarvte seine ganze Grausamkeit. Plötzlich riß etwas wie ein Schleier entzwei. Er tobte, griff Magdalena an, wollte sie mit Gewalt niederzwingen. Du hast doch schon mit mir geschlafen, schrie er, warum zierst du dich? Als sie sich wehrte, rief er: Warte, ich komme gleich wieder. Du wirst schon sehen!

Er kam mit Betäubungsmitteln zurück. Sie wußte, die sollte sie essen. Sie sahen wie Bonbons aus, wie rosa Drops. Er versuchte, sie ihr einzuzwängen, er sagte: Sie schmecken gut, ich habe selbst davon gegessen.

Er war wieder wie verwandelt. Er hatte seine Seele von innen nach außen gewendet, wie einen Mantel, der außen glatt und an der Innenseite wild und zottig ist, warum hatte sie ihn nicht eher durchschaut?

Sie entkam wie durch ein Wunder. Sie rannte wie ein gefangenes Tier, das – in die Freiheit entkommen – wie blind ums Haus hetzt. Sie versteckte sich in ihrem Mädchenzimmer. Wie Rapunzel war sie, aber ohne das Haar, das ihr hätte eine Leiter sein können, für immer in die Freiheit zu steigen.

Erst jetzt bemerkte sie, daß er ihr das Haar abgeschnitten hatte. Soviel sie sich quälte, sie konnte sich nicht erinnern, wann er es getan hatte.

Und darf nur heimlich lösen mein Haar / Und lassen es flattern im Winde, die Zeile ging ihr nicht aus dem Sinn, Ida hatte sie ihr oft rezitiert.

Magdalena telefonierte, jemand sagte: Warten Sie einen Augenblick. Es war eine Frauenstimme. Die Frau unterhielt sich forsch mit ihrem Chef, obwohl sie an Magdalenas Stimme hören mußte, daß sich Magdalena in Lebensgefahr befand.

Das kann die Polizei nicht sein, dachte Magdalena, so locker ist die Polizei nicht. Sie legte auf, wählte noch einmal, doch wieder schien es die falsche Verbindung zu sein. Sie rief: Esriel, klettere über die Mauer, ruf die Polizei an. Aber dann fiel ihr Blick auf die Mauer, und sie sah, daß sie zu hoch war für ein Kind. Sie lief allein los, in rasch übergeworfenen Kleidern. Der Mann schlief einen schweren Schlaf, wie ein zentnerschweres Tier. Offenbar hatte er wirklich selbst die Betäubungsmittel genommen. Bald aber würde er seinen Rausch ausgeschlafen haben, an der Tür rütteln und einbrechen, die Zeit drängte.

Als sie endlich die Polizei erreicht hatte, hörte sie ihre eigene Stimme von einem Tonband, wie kam die Polizei an eine Aufnahme ihrer Gedanken über die Tierklinik? Sie hatte die Gedanken niemand außer Ida erzählt. Vielleicht hatte der Mann doch recht gehabt, als er Magdalena die unauffällig installierten Überwachungsapparate auf allen Hausdächern, speziell an Straßenkreuzungen, gezeigt und behauptet hatte, das ganze Land würde bereits überwacht? Sie hatte ihn für verrückt erklärt.

So schlimm ist es nicht in Deutschland, hatte sie gesagt, Sie malen schwarz!

Sie hörte die Stimme einer Polizistin, sehr verbindlich klang diese Stimme. Vielleicht sind neue Gesetze erlassen worden, dachte sie. Sie wagte nicht, eine Erklärung zu fordern. Sie schilderte die Gefahr, in der sie sich befand. Daß sie sofort Hilfe brauche. Er wird bald aufwachen! rief sie.

Als sie schilderte, daß der Mann ihr Motorrad zerstört und sie zu zwingen versucht hatte, lachte die Polizistin leise auf. Ein Vergewaltigungsversuch? sagte die Frau. Der geschieht jeden Tag, danach kräht kein Hahn.

Kommen Sie? fragte Magdalena flehend und preßte den Mund auf die Muschel, als müsse sie die Frau mit ihrem Flehen gleichsam beatmen.

Die Polizisten machen gerade Mittagspause, in einer Stunde können wir bei Ihnen sein, sagte die Frau förmlich. Das kann doch nicht so lange dauern? rief Magdalena verzweifelt. Zu einem Unfall kommen Sie doch schneller oder nicht? sagte sie fast flüsternd. Wir kommen in einer Stunde, sagte die Frau abschließend.

Der Mann brach die Tür ein.

Du kommst mit! sagte er ruhig.

Wir pokern jetzt!

Wir pokern um Finale, sagte er. Wir pokern um Finale! Er lachte höllisch.

Magdalena ging es durch den Körper wie tausend Messer.

Nach ihrer Rückkehr in die Stadt sah Ida zuerst wieder ‹die Penner›, die in den Hinterhöfen ‹wohnten› ... Sie selbst fühlte sich oft genug seelisch wie eine Zigeunerin. Im Berufsleben hatte sie nach vielen Jahren endlich Lust daran gefunden, ‹durch die Welt zu zigeunern›. Als Putzfrau auf ein Schiff zu gehen war einmal der Wunsch von Idas Mutter gewesen. Zigeuner! Zigeunerin! Für viele war es ein Schimpfwort. Sie sagten es abwertend, in ihren Augen waren die Zigeuner Hauslose, Heimatlose, Ortlose, Flüchtlinge, Flüchtende, Flüchtige. Zigeuner! Du Zigeuner!

Dabei besuchten diese Menschen den *Dom*, und *Dom* war

unter anderem der Name für Zigeuner in Persien. Sie genossen die Zigeuner, aber aus gebührender Entfernung.

Manchmal beobachtete Ida ‹Penner› im Hinterhof. In der Gluthitze des Sommers saß sie auf dem Balkon unter dem Sonnenschirm und las und bemerkte erst nach einer Weile, daß bei den Müllcontainern im Hinterhof wieder einmal ein abgerissener Mann sich herumtrieb. Er treibt sein Unwesen, dachte sie automatisch, denn diese Männer waren ihr unheimlich. Sie hatte nicht eigentlich Angst vor ihnen, sie kamen ihr bedrohlich vor. Sie ekelte sich nicht einmal vor ihnen, solange sie sie nicht anfassen mußte. Dennoch drängte sich der Eindruck von diesen in den geöffneten Müllcontainern mit bloßen Händen herumwühlenden, zigeunernden Männern wie ein düsterer Traum zwischen Tag und Nacht auf. Sie verwunderte sich darüber, daß die Männer es wagten, am hellichten Tag vor den Augen aller ihr Elend kundzutun. Dieses Elend war herzzerreißend, und sie zeigten sich damit nackt mit dieser einzigen Handlung, die sie noch dazu meistens schweigend ausführten. Wahrscheinlich hatten sie keine Wahl, und es war ihnen nicht bewußt, wie sie sich entblößten.

Selten beobachtete Ida einen Mann, der – vermutlich halb und halb betrunken – beim Durchwühlen der Mülltonne vor sich hin brummelte, mit sich selbst sprach oder laute, fast aufrührerische Reden führte. Meistens aber gruben die Männer sehr gründlich mit Händen wie Maulwürfe, ausführlich. Und ließen sich Zeit, als müßten sie aus einer kostbaren Truhe Schätze herausziehen. Ida schämte sich, als sei sie verantwortlich für das Elend der Männer. Sie schämte sich für ihr Land, in dem Menschen sich gezwungen sahen, aus einem Müllcontainer ihre Eßvorräte herauszuklauben, den Geruch verwesender Nahrungsmittel zu ertragen und aus Abfällen und von anderen weggeworfenen, verschmähten, verfaulten Resten sich ihre Mahlzeit zusammenzustellen.

Dann wieder dachte sie, mit alldem nichts zu tun zu haben, schließlich warf sie keine noch brauchbaren Lebens- und Nahrungsmittel fort – oder doch? Wenn sie ehrlich war, war sie nicht ganz sicher, ob nicht auch sie, ohne sich dessen bewußt zu sein, Dinge aussonderte, die noch Wert hatten.

An einem Tag sah sie ein Spielzeug ihres Kindes, einen kleinen Holzkasten mit Öffnungen im hochklappbaren Deckel, durch die das Kind dreieckige, viereckige und ovale Klötze werfen konnte, plötzlich zwischen den wühlenden Händen eines zigeunernden Mannes. Sie schrie auf, rief Esriel und befahl ihm, sofort in den Hinterhof zu gehen und das Spielzeug wiederzuholen. Offenbar hatte er es während des Spiels in den Papierkorb geworfen, so war es beim unaufmerksamen Leeren des Korbes in den Container geraten. Später waren neue Abfälle darübergeschüttet worden, und wenn der zigeunernde Mann nicht gewühlt hätte, wäre das schöne Spielzeug nie mehr zum Vorschein gekommen.

Esriel rannte in den Hof und versuchte, den Kasten, der inzwischen schon wieder unter den Abfällen verschüttet war, denn der Mann hatte weitergegraben, zu finden. Ich finde es nicht! rief Esriel verzweifelt. Doch Ida sagte: Du mußt das Spielzeug finden.

Sie konnte sich genau erinnern, wann sie es ihm geschenkt hatte. Er war noch ein Krabbelkind gewesen, ein besonders kräftiges und behendes. Und sie hörte noch sein helles Lachen, wenn es ihm geglückt war, einen Klotz in den Kasten zu werfen, mit den Probierbewegungen machenden kleinen Händen.

Es schmerzte Ida, den Kasten aus hellem Holz mit dem roten Deckel zwischen den Abfällen zu wissen.

Der Mann wunderte sich, daß das Kind nun ebenfalls zu suchen angefangen hatte. Wahrscheinlich hatte er bei Idas Aufschrei gedacht, daß sie sich über ihn aufrege, doch hatte ihn das nicht weiter gestört.

Diesen Männern, so schien es Ida, war alles, was andere über sie denken könnten, vollkommen gleichgültig. Und wenn das stimmte, so waren sie nur zu bewundern. Frau Domröse hatte einmal gesagt, daß sie die Penner wegen dieser Eigenschaft beeindruckten.

Natürlich konnte es auch sein, daß sie durch regelmäßigen Alkoholmißbrauch gleichgültig geworden waren.

Esriel war ebenso unbefangen, wie er die betrunkene Frau im Lokal angelächelt hatte, auch an die Seite des abgerissenen Mannes getreten. Er fürchtete sich nicht, beim Wühlen die Hände des schmutzigen Mannes zu berühren, und wahrscheinlich ekelte es ihn auch nicht, dessen nach Alkohol stinkenden Atem zu riechen.

Nur Ida sorgte sich, daß widerlicher Atem dem Kind ins Gesicht schlagen könnte. Aber sie wollte, daß es selbst das Spielzeug wiederfand.

Esriel wurde von Tag zu Tag kräftiger. Es war bei einem Kind wie bei allem, was wuchs: Wie von einer Minute auf die andere wurde der Zuwachs an Kraft und Größe sichtbar, wie es sich aber dahin entwickelte, nahm man meistens kaum wahr. Esriel war wie ein junger starker Baum.

Nun lief sie aber doch hinunter, um ihm zu helfen, denn er fand das Spielzeug nicht. Der zigeunernde Mann war inzwischen verschwunden, statt dessen wühlte Ida in den Abfällen. Das stinkende Spielzeug in der Hand, schaffte sie es dann endlich gerade noch bis zur Toilette. Danach ließ sie Wasser in die Wanne und badete gemeinsam mit Esriel. Bald erfüllte ihr Lachen das Bad, und sie freuten sich beide, daß sie das Spielzeug gerettet hatten.

Abends fragte Esriel seine Mutter, ob er bei ihr schlafen dürfe, sie habe es ihm vor Tagen versprochen. Er lehnte sich immer noch gern an sie an, folgte ihr manchmal auf Schritt und Tritt, wie die Äffchen im Zoo ihren Müttern.

Kannst du denn einschlafen, wenn ich die Nachttischlampe noch ein wenig brennen lasse? fragte Ida, denn ich will noch lesen. Ja, sagte er, ja, ganz bestimmt. Und seine Stimme bettelte.

Ja, gut, sagte sie, dann zieh dich aus. Er sprang an ihr hoch wie ein junger Hund, zog sich schnell die Kleider vom Leib und kuschelte sich in ihr Bett.

Er schlang die Ärmchen um sie. Ach, Mama, sagte er, ich hab dich so lieb, so lieb. Du bist die beste Mama auf der Welt. Und du bist das schönste Kind auf der ganzen Welt, mein Goldstück, mein Schatz, mein Eichhörnchen, sagte Ida. Ich will aber lieber dein Kuhkälbchen sein, murrte er. Oder dein Schäfchen. Und dann mußt du Schappiblumen essen.

Wie bitte? sagte Ida. Schappiblumen? Ja, sagte Esriel und machte schon Anstalten, sie mit den imaginären Schappiblumen zu füttern.

Igitt! sagte Ida, nein, Schappi ist ja widerlich, das mag ich nicht. Ist doch nur ein Spiel, sagte Esriel. Du sollst doch nicht in echt Schappiblumen essen. Er sagte oft: ‹In echt.›
Nein, Schappi ist scheußlich, sagte Ida. Denk dir etwas anderes aus, bitte. Ja, gut, gab er nach, dann sag ich Gänseblumen. Ich geb dir Gänseblumen zu essen.

Bald schlief er ein, seine kleine Hand am Ohr. Ida stand vorsichtig auf und holte seine Bettdecke, damit sie beide, jeder unter seiner eigenen Decke, besser schlafen könnten. Sie löschte das Licht, lag noch lange in der Dunkelheit und horchte auf die gleichmäßigen Atemzüge des Kindes.

Ihr ging durch den Kopf, wie sie mit Esriel vor dem Eingang einer Spielhalle gestanden war. Was steht da? hatte er gefragt.

‹Glück›, sagte sie. Und was machen die da drinnen? fragte er. Sie spielen, sagte sie.

Esriel, der einen Blick in die Automatenhalle riskierte, worin es kahl aussah und bunte Lichter aufblitzten, mochte es nicht glauben. Sind da Roboter drin? fragte er. Roboter faszinierten ihn, er hatte neulich angefangen, sich einen aus Pappe zu bauen. Ja, so ungefähr, sagte Ida. Üppige Blumengebinde müßten diese Hallen schmücken, dachte sie. Das übermütigste Lachen müßte darin erschallen. Gegessen und getrunken werden müßte darin. Wie im Paradies müßte es in den Spielhallen sein, dachte sie. Sie wirkten aber wie Wüsten, denen man ihre Schönheiten gestohlen hat.

Die Männer, die in den halbdunklen Hallen, im Geklingel und Gelärme der Apparaturen stehend, ihre Spiele trieben, sehnten sich womöglich nach Krötenfangen in geheimnisvollen Wäldern, nach Wasserschnellen, die man auf Flößen bezwingen, und nach Baumstämmen, auf denen man über reißende Flüsse balancieren konnte.

Wir müßten beide Kinder sein, sagte Esriel. Jeden Tag gingen sie, wenn Ida eine Zeitung vom Kiosk holte, an der Auslage der Spielhalle vorbei, worin ein kleines Männchen aus Plastik unermüdlich auf einem winzigen Fahrrad fuhr, das eine Schaufensterpuppe im Arm hielt. Sie könnten auch mit Klötzen und Puppen spielen, diese Männer, sagte Ida. Die Großen? lachte Esriel.

Ja, die Erwachsenen, bestätigte Ida. Stell dir vor, die großen Männer würden mit Puppen im Arm und Körben voller Klötze die Spielhallen betreten.

Sie könnten doch die Puppen da auch ausleihen, sagte Esriel ernst. Er stellte sich sofort alles bildlich vor.

Ja, stimmt, sagte Ida, warum nicht? Sie könnten sich die Spielzeuge ausleihen, und dann würden sie am Boden kriechen und Klötze bauen! Sie lachten beide. Aber sie würden sich wohl schämen, gab Ida zu bedenken. Warum? fragte Esriel.

Ich weiß es nicht, sagte Ida.

Mit diesen Bildern war Ida eingeschlafen. Als sie erwachte, fiel ihr Blick auf das schlafende Gesicht des Kindes. Sein Mund stand leicht offen. Es atmete in kleinen kräftigen Zügen. Es sah so schön aus, daß Ida nicht aufhören konnte, es zu betrachten.

Einmal klingelte das Telefon. Sie wollte schon aufspringen, ließ es dann aber läuten, bis der Anrufer aufgegeben hatte.

Woran denkst du? fragte sie Esriel manchmal. Er pflegte zu antworten: *Ich denke an alles.*

Er hatte eine ganze Welt im Kopf, die Dinge, die Ereignisse existierten darin neben- und miteinander.

Insgeheim betete sie manches Mal, er möge hundert Jahre alt werden, sie zu Grabe tragen, wenn sie stürbe. Sie liebte seine Phantasie. Ist Finale ein Mädchenname oder Pferdemädchenname? hatte er einmal gefragt und vor sich hin gesprochen: Esriel ist ein Jungenname, kein Pferdejungenname. Ein anderes Mal hatte er sie gefragt: Gibt es in echt Phantasiemenschen?

Er tanzte nach Musik, er sang. Und wenn Ida sich selbst als Großmutter vorstellte, wollte sie ein Enkelkind so phantasiebegabt wie Esriel.

Sein schlafendes Gesicht war so ruhig, so von allen Spannungen befreit, seine Augenlider wie ruhende Schmetterlinge. Ida mußte daran denken, wie sie, als sie so alt gewesen war wie Esriel jetzt, weggetragen worden war aus dem Ort, aus dem Haus, aus dem Bett ihrer Kindheit.

Draußen ging ein unendlicher Verkehr. Die Leute fuhren zur Arbeit. Werktags war die Straße am Haus viel befahren. Ida schloß das Fenster, versenkte sich wieder in die Betrachtung des Gesichts ihres Kindes.

Was wäre, wenn ich *ihn* mitten in der Nacht weckte? dachte sie. Wie würde sich dieses Gesicht verändern?

Sie wußte nicht einmal, ob sie damals in einer Kutsche weggefahren worden war. Sie wußte nur, welches Pferd den Fluchtwagen gezogen hatte. Sie selbst erinnerte sich nicht an das Pferd, die Mutter hatte ihr aber von dem Pferd erzählt.

Die Mutter hatte sie geweckt in der Nacht, die kleine Ida, die Mutter hatte sie und den kleinen Bernhard angezogen. Warum müssen wir uns denn jetzt anziehen? soll ich gefragt haben, dachte Ida.

Die Mutter soll gesagt haben: Wir fahren zu Tante Paula. Das war aber nicht die Taubenpaula, sondern eine ganz andere Paula. Die Mutter soll gesagt haben: Der Zug geht gleich. Das Pferd hieß ‹Flügel›, es soll tatsächlich Flügel geheißen haben. Sehr sinnig, dachte Ida. Sehr lustig, sehr sinnig. Nun ja. Es hieß ‹Flügel›. Warum auch nicht? Es war braun und stand draußen auf der Straße fertig angespannt. Es stand aber an der Seite der Straße, wo der Weg weich und nachgiebig, wo kein Stein war und die Hufe nicht laut auf dem Pflaster hallen konnten.

So soll es gewesen sein.

Und es soll geschehen sein, daß wir auf den Wagen stiegen, nur eine Tasche trug die Mutter in der Hand, mit nichts als Wäsche zum Wechseln.

Die Mutter soll sich bemüht haben, sich nicht nach unserem Haus umzusehen, sie hatte gehört, daß man Heimweh bekommt, wenn man sich umsieht. Man soll sich nicht umsehen. Nicht umsehen.

Und ich? Habe ich mich umgesehen? dachte Ida. Oder habe ich weitergeschlafen? Kann ja sein, daß ich einfach weitergeschlafen habe mit solch einem Gesicht, wie Esriel es hat im Schlaf. Vielleicht habe ich mich an die Mutter gekuschelt. Wer weiß, wie vertrauensvoll ich mich an die Mutter gekuschelt habe. Wer weiß, wie vertrauensvoll ich mich dem Pferd überlassen habe, das uns zum Zug zog, der zu Tante Paula fuhr.

Und die Mutter soll gezittert haben vor Angst und Aufregung, ich weiß davon ja nichts. Aber wenn sie es erzählt, glaube ich es. Dann weine ich um sie. Dann strömen mir die Tränen aus den Augen. Sonst weine ich selten. Aber wenn sie das erzählt, weine ich hemmungslos. Ich könnte nicht aufhören zu weinen.

Die Hufe des Pferdes waren so laut auf dem Pflaster! Wenn sie das sagt, schreie ich. Dann suche ich etwas, an dem ich mich halten kann. Etwas, was gegen diese Tränen hilft, die nicht aufhören wollen.

Sei still, sag ich dann zu mir. Sei still, Ida. Sei still, du Kind

Ida. Die Hufe des Pferdes waren so laut auf dem Pflaster!
Ach ja.
Aber das ließ sich nicht vermeiden, sagt die Mutter nüchtern,
weil nicht überall ein weicher Weg war.
Ringsherum mitten in der Nacht lautlose Stille, nur die Hufe
des Pferdes sind auf dem Pflaster zu hören. Damals gab es in
der ganzen Gegend kein einziges Auto. Kein Mensch war
unterwegs. Durch zwei Dörfer fuhren wir, alle Menschen
schliefen. Es war alles ziemlich gespenstisch.
Die Mutter sagt, sie ist froh gewesen, als sie den Bahnhof erreicht haben. Der Mann, der sie gefahren hat – es war ein
Nachbar, dessen Name sie auch jetzt, viele Jahre nach der
Flucht, nicht preisgibt, weil sie immer noch Angst hat, er
könnte verhaftet werden –, fuhr, ohne daß sie einander verabschiedeten, sogleich weiter, er wollte kein überflüssiges Risiko eingehen.
Die Mutter soll dann allein mit der schweren Tasche, zwei
Kinder an den Händen, auf den Bahnsteig gegangen sein. Sie
wartete, bis der Zug kam. Auf dem Bahnsteig hatte sie ein
Gefühl der Angst und der Verlassenheit. Erst viele Tage später weinte sie zügellos drei Tage und Nächte lang.
Im Zug soll ich gefragt haben, dachte Ida: Warum fahren wir
denn mitten in der Nacht zu Tante Paula? Was würde ich dafür geben, dachte sie, dieses Pferd, das ‹Flügel› hieß, noch
einmal sehen und anfassen zu dürfen. Aber wahrscheinlich
ist es längst tot. Sie dachte plötzlich: Ich werde Finale einen
anderen Namen geben, ich werde sie ‹Flügel› nennen. Manches Mal hatte sie bereits überlegt, ihr Pferd umzubenennen,
um es vor den Menschen zu verstecken, denen sie es, vor ihrem Autounfall, so leichtsinnig gezeigt, wie sie sich selbst immer allzu unvorsichtig entblößt hatte.
Ida sah in Esriels Gesicht die ersten Anzeichen des Erwa-
chens, gleich würde er sich recken und strecken, ganz langsam die Augen öffnen, um sich schauen, erst nichts erkennen
in seiner Schlaftrunkenheit, dann ‹Mama› sagen, ‹Mama, ich
hab dich so lieb›.

Frau Domröse war als junge Frau von Horst aus zum ersten
Mal ans Meer gefahren, bei Eldena. Das Meer war groß,
sagte sie, wie die eines Kindes klangen die einfachen, schö-

nen Sätze ihrer Erzählung. Am Strand lagen einige Menschen, hatten die alle Zeit zum Faulenzen? Sie war hungrig, jemand aß eine große, selbstgebackene Stachelbeertorte, sie hätte gern ein Stück davon gehabt. Sie sah eine Frau, die eine lange Hose trug. Warum zog die sich nicht aus, es war doch so schönes Wetter? Mit dem Pferdewagen war sie ans Meer gefahren, es sollte ein Ausflug sein, sie wohnte nicht weit vom Meer. Fünf Kinder hatte sie bei sich, ihre zwei eigenen und drei fremde, die sie zu hüten versprochen hatte, denn Eltern mußten arbeiten.

Sie fühlte sich überfordert. Drei Tage blieb sie am Meer und ging jeden Tag mit den fünf Kindern an den Strand. Für die Kinder war ein Geschäft, wo es Eis zu kaufen gab, das Wichtigste. Sie aber hatte nicht viel Geld, mußte immer rechnen, wieviel Eis sie den Kindern noch kaufen durfte. Der Weg zum Meer war beschwerlich, für sie selbst war es kein Vergnügen. Am letzten Tag kam ein Gewitter auf, sie brachte die Kinder nach Haus und fuhr noch einmal allein ans Meer.

Es war sehr stürmisch und sehr schön für sie. In ihrer Erinnerung später war alles sehr laut und sehr stürmisch und grau oder schwarz und einsam.

Der Himmel sah ebenso grau aus wie das Meer.

Die drei Arbeitspferde ihres Vaters wurden notwendig für die schwere Arbeit in der Landwirtschaft gebraucht und wie ein kostbarer Besitz behandelt. Frau Domröses Vater konnte sich keinen Traktor leisten, so blieb alle Arbeit für die Pferde, sie mußten fast das ganze Jahr über schwer schuften und ackern, sie wurden gut gepflegt. Bei der Arbeit wurden sie kaum geschont, aber in der Freizeit, an Sonntagen und Feiertagen und an den Feierabenden, durfte niemand die Pferde unnötig beanspruchen. Nur zu Kutschenfahrten zu Verwandten an Pfingsten oder an warmen Frühjahrssonntagen waren sie angespannt worden, die hatte Frau Domröse in schöner Erinnerung.

Die Bäume waren so zart grün belaubt, und sie fuhr mit ihren Eltern auf der Landstraße in nicht zu flottem Trab dahin. Ich sah hoch zum Himmel, der war blau, sagte sie, zur Rechten und zur Linken die beiden Reihen grüner Baumkronen. Vor uns die trabenden Pferde.

Die Pferde rochen auch so gut. Und schnaubten. Man

konnte es richtig hören, daß auch sie sich freuten. Sie hatten
ja nichts als den leichten Wagen hinter sich. Die Frühjahrs-
bestellung war zu Ende, und die Ernte hatte noch nicht begonnen.

Frau Domröses Eltern besaßen einen Pferdeschlitten. Sie
fuhr einmal damit, da fühlte sie sich, als säße sie so tief unten
an der Erde. Denn ein Schlitten hat nur Kufen und keine hohen Räder wie ein Wagen. Auch wirkte ein Pferd noch größer als gewöhnlich vor dem Schlitten, und der Schnee von
den Hufen des Pferdes flog ihr ins Gesicht.

Bei Kälte und Wind war der Schnee pulverig, an die Wegrän-
der wehte der Wind ihn zu hohen Schneewehen zusammen.
Auf manchen Stellen des Weges war nicht mehr genug
Schnee, dort war die Erde hart gefroren, oder das Pflaster
kam zum Vorschein. Es gab ein kratzendes Geräusch, wenn
die Kufen des Schlittens, die sonst wunderbar über gleichmäßig hohen Schnee glitten, darüber hinweg knirschten.

Das war kein angenehmes Geräusch, sagte Frau Domröse.
Aber das Gleiten des Schlittens über den hohen Schnee war
schön, ich liebte es wie die leichte Bewegung beim Schlitt-
schuhlaufen, wie das Gleiten übers Eis, wenn mir fast war, als
ob ich flöge.

Meine Schwester hatte ein Paar Schlittschuhe geschenkt bekommen, die lieh sie mir aus, ich hatte kaum andere Vergnü-
gungen. Eis war in unserer Nähe, ein kleiner Teich und ein
großer See etwas weiter entfernt. Und bei uns gab es noch
tatsächlich Winter mit Eis und Schnee. Wenn das Eis voller
Schnee lag, konnte man nicht Schlittschuh laufen, dann fuhr
ich mit dem kleinen Schlitten Hügel hinunter. Doch wenn
das Eis frei war, flog ich über das Eis.

Finales Hufe mußten endlich wieder beschnitten werden –
die Stimme des Schmiedes wirkte sehr streng, vielleicht muß
ein Mensch nach außen hin streng sein, wenn er ein ‹Original› ist, am Rande der Städte lebt und etwas versteht von den
Hufen geflügelter Pferde.

Er gab Ida, ohne viel zu fragen, sofort eine Uhrzeit an, sie
solle ihn abholen. Sie sagte: Ich werde dasein, um ein Uhr.
Es war heißer, als vom Wetterbericht angekündigt, jedenfalls
sobald sie die Stadtgrenze überfahren hatte. Das Haus des

Schmiedes mußte an der Hauptstraße nach Flachsmoor liegen, doch hatte sie bereits das Ortsausgangsschild von Quellenthal hinter sich gelassen, sie mußte wenden.

Sie bog in den kleinen Weg ein, der zu dem ‹Paar Harmonie› führte, obwohl sie dachte: Das kann der Weg zum Schmied nicht sein.

Sie verirrte sich und rief von einer Telefonzelle aus den Schmied an. Es ist leicht zu finden, das ist nicht zu übersehen, sagte er, und seine Stimme klang heftig und streng. Das Haus hinter der Reithalle, sagte er.

In der Einfahrt zu seinem Haus sah es ein wenig aus wie vor einem Blockhaus in einem Wildfestfilm. Ida fühlte sich erinnert an das Gelände vor der Farm des Mannes, der in der Ouvertüre von ‹Spiel mir das Lied vom Tod› von Räubern erschossen wird. Herr Heidbüchel! rief Ida.

Ja, hier bin ich! rief der Schmied. Ida trat zwischen bunten Schnüren hindurch in die niedrige Stube.

Am Haus standen zwei Pferde, das eine angepflockt an einem Holzmast, ein anderes hinter einem Zaun auf einer Weide. Sie erkannte in einer dämmrigen Hinterstube Kupferbilder von Pferden an den Wänden, am liebsten hätte sie sich Stunden allein in der Wohnung des Schmiedes umgesehen, in den Fachbüchern, die er sicher besaß, geschmökert, die Dinge betrachtet, die ihm gehörten. Er war sogar berechtigt, Lehrlinge auszubilden. Ja, sicher, sagte er, aber ich will nicht.

Sie wollte hinter das Geheimnis seiner Strenge kommen, aber das konnte sie ihm nicht sagen. Er wußte nur, daß er Hufe schneiden sollte.

Irgendwo mußte auch Feuer sein. Seine Werkstatt. Aber Finale war nicht mit Eisen beschlagen. Und er würde zu ihr gehen, nicht sie zu ihm.

Eine Frau war bei dem Schmied. Sie wirkte schüchtern, ihr Gesicht leuchtete sanft und schön in dem dämmrigen Zimmer, und ihr Haar war kurz und hell. Sie stand so sich zurücknehmend da, daß Ida versäumte, ihr die Hand zu geben.

Der Händedruck des Schmiedes war heftig und beinahe schmerzhaft. Hände wie Brecheisen, dachte Ida. Vielleicht hat er mit der Frau die Nacht verbracht, dachte sie. Daran wäre nichts Besonderes gewesen, nur beschäftigte es Ida, daß die Frau so sehr als Gast wirkte und der Mann so sehr herrschend.

Bei ihrem Telefongespräch hatte der Schmied so geredet, als besitze er kein Auto, nun sagte er: Fahren Sie vor, ich fahre Ihnen nach.

Was er sagte, sagte er bestimmt, fast im Befehlston.

Während Ida vorausfuhr, beobachtete sie angestrengt im Innenspiegel, ob der Schmied ihr folgte, sie wollte ihn nicht verlieren. Sie blinkte frühzeitig, damit er erkannte, wo sie abbiegen mußten, er kannte den Weg zum Pachthof nicht. Zu beiden Seiten der Teerstraße war das Korn bereits abgeerntet. Ida warf schnelle, kurze Blicke nach links und rechts, fuhr langsamer als gewöhnlich, wunderte sich, daß der Schmied sie nicht drängte, sie hatte ihn für einen heftigen Fahrer gehalten, der den Vorherfahrenden ‹auf den Pelz rückt›.

Die Gegend hatte sich in den Monaten, die sie nicht bei Finale gewesen war, stark verändert. Sie wurde wehmütig, sie hatte das Korn in seiner vollen Höhe sehen wollen, und nun waren die Felder kahl und leer, manche gelb von Stoppeln, manche entblößten ihre schwarze nackte Erde. Dazwischen Weiden, auch abgemäht – und kurzes Gras war gelb gebrannt in der wochenlangen Hitze des Sommers, der sich dem Ende zuneigte. An den breiten Rändern der Felder und Weiden streckte sich langmähniges blondes Gras wie zum Schlaf der Ermattung hin. Da kam Ida die Erde wie eine Person vor, und das Gras war ihr Haar. Mais – oder war es Tabak? – auf ausgedehnten Feldern blühte weiß. An einem Feldrain stand ein verstaubtes, graues, rostiges Auto. Auf einem Stoppelfeld saßen in zwei Autos mit weit offenen Türen Männer. Sie mußte an Artus denken, an den Tag, an dem sie mit ihm durch eine Moorlandschaft gestreift war, durch langmähniges Gras wie flachsblondes Frauenhaar. Auf einer weiten Ebene, bewachsen wie mit hellem Roßhaar, hatte ein ausgeschlachteter Autokadaver gelegen, der nur von einem Autofriedhof dorthin geschleppt oder nach einem überraschenden, den schönsten Lebensübermut abbrechenden Unfall bis auf seine letzten brauchbaren Einzelteile ausgeraubt worden sein konnte. Ein grauer Volkswagen war es gewesen, wie Artus ihn, nachdem er sein Motorrad abgeschafft, gefahren hatte.

Auf dem Hof war niemand. Finale hielt sich mit den anderen Pferden im Unterstand auf. Die Frau war aus dem Auto gestiegen, erst jetzt merkte Ida, daß nicht der Schmied, sondern sie gefahren war. Der Schmied hielt ein rotes Halfter in der Hand. Ida fürchtete, Finale nicht einfangen zu können. Der Schmied konnte die Geduld verlieren, und sie würden unverrichteter Dinge wegfahren müssen. Ihr war, als ob ihr Gehirn sich entleerte, wenn Menschen sie beobachteten und auf eine Leistung von ihr warteten. Dann fühlte sie sich herumgewirbelt wie beim Blinde-Kuh-Spiel, wurde fast blind vor Angst, nicht genügen zu können. Und verlor das Gleichgewicht, wie bei einem Balanceakt in der Dunkelheit oder beim Umhertasten in einer fremden, finsteren Kammer.

Sie sprach zu Finale, war aber so verwirrt, daß sie nicht einmal mehr das Halfter anlegen konnte, sie vergaß, es aufzuknüpfen. So geht es nicht, sagte der Schmied. So schaffen Sie es nie! Sie murmelte Entschuldigungen. Sie sei lange nicht bei Finale gewesen, sie fühle sich nicht wohl.

Können Sie sie nicht einfangen? fragte sie.

Das Pferd kennt mich nicht, sagte der Schmied streng, wie soll ich das?

Immer wieder ging Ida, mit dem Halfter in der einen Hand und dem Apfel in der anderen, auf das Pferd zu, sprach zu ihm. Wurde auch einmal wütend, dachte: Warum ist sie so ungehorsam, ein verzogenes Biest! Aber darum ging es ja nicht. Es ging nur darum, zu bändigen. Aber wie bändigt man die Fülle, wie bändigt man den Überfluß? Halten Sie das Halfter hinter dem Rücken, sagte der Schmied. Und geben Sie ihr nicht vorher den Apfel! Sein Gesicht kam Ida jetzt grob vor. Seine Gestalt erschien ihr so mächtig und groß, daß es sie nicht gewundert hätte, wenn sie selbst wie durch Zauberwirkung zur Größe eines fünfjährigen Kindes zusammengeschrumpft wäre. Soll ich sie in den Stall treiben? fragte Ida. Finale war gleich bei der Ankunft des Schmiedes aus dem Unterstand getrabt.

Wenn wir das schaffen! sagte der Schmied.

Ida hätte das Tier mit anfeuernden Galopprufen und mit der Peitsche in der Hand in den Offenstall jagen können, aber auch die Peitsche hatte sie vergessen. Sie lockte das Pferd in den dämmrigen Stall. Sie stellte sich hinein und rief und hielt den Apfel in der ausgestreckten Hand. Vorsichtig wagte das

Pferd sich hinein. Finale! Komm! rief Ida. Und lockte. Ging Schritt um Schritt rückwärts, Finale folgte ihr zögernd, aber mit Zutrauen. Kaum war sie ganz im Unterstand, war der Schmied auch schon neben ihr, legte ihr den roten Strick um den Hals, am Halfter führte er sie hinaus auf den Hof.

So, Sie heben das Bein hoch und halten, sagte er. Er band sich eine Lederschürze um, seine Werkzeuge lagen bereit. Er begann mit dem linken Vorderhuf.

Das Bein lag schwer auf Idas Knie, und der Schmied säbelte mit der gebogenen Schneide des Hufmessers die Hufe kürzer, schnitt sie mit einer großen, grauen messerartigen Klinge, schabte mit der Hufraspel die Ränder der Hufe glatt.

So ging es mit allen vier Hufen. Das Innere war wie Kokosfleisch so schneeweiß oder wie helles Holz für Hirtenflöten. Ida fragte nach den Namen der Werkzeuge.

Hufmesser, Klinge, Hufraspel. Roller, sagte der Schmied.

Als er mit dem Roller die Hufe klopfte und schlug, fürchtete Ida einmal, er könnte ihre Hände treffen. Und als er mit dem Hufmesser hantierte, sagte sie: Schneiden Sie mir keinen Finger ab, bitte.

Das kann passieren, sagte er.

Der Wind wehte ihr Haar ins Gesicht, sie versuchte, es hinters Ohr zu klemmen, warf es in den Nacken, es sollte nicht unter die Werkzeuge des Schmiedes geraten. Er fragte: Sie machen das doch nicht zum ersten Mal? Es ist seltsam mit mir, sagte sie, ich kann manches tausendmal getan haben, und immer noch ist mir dann, als mache ich es zum ersten Mal.

Seien Sie froh, das kann nicht jeder, sagte der Schmied.

Als sie dem Schmied den verlangten Lohn gegeben, sich von ihm verabschiedet hatte und er im Auto der Frau weggefahren war, ging Ida noch einmal zu Finale. Sie gab ihr einen Apfel, sprach zu ihr und strich ihr über den Hals. Ließ sich von ihr beschnuppern. Ließ sie ihre lange, warme, breite, weichrauhe Zunge ihre Handinnenflächen lecken und schmecken. Und Finale streckte ihren Kopf nach unten, ihre Nüstern witterten den Geruch der Frau. Ida schrak zusammen, als das Pferd anfing, an ihr zu knabbern, gleich fürchtete sie sich wieder. Herrn Stechmückes Greuelgeschichten fielen ihr ein. Geschichten von zerbissenen Schultern, von ausgerenkten Armen. Und Finale, die vertrauensvoll gewesen war, zog sich von Ida, die sich eben noch wie das zärtliche Leittier ihres Pferdes vorgekommen war, zurück.

Ida bereute sofort ihre Ängstlichkeit. Doch Finale blieb von nun an bei allem Werben um sie auf Abstand wie ein Wildpferd.

Ihr Fell begann dunkler zu werden. Ihr rehbraunes, helles Sommerkleid war schon halb gedunkelt. Ihr Fell kündigte den Herbst an. Daß die Zeit so raste und nicht stehenblieb!

Wer hatte erzählt von Menschen, die fasziniert waren von Uhren? Wer hatte erzählt von russischen Soldaten, die in Pommern den Leuten ihre Uhren von den Gelenken rissen? Von den Tataren, den wildesten Menschen?

Der Sommer war viel zu kurz gewesen, er hatte nur eine Stippvisite gemacht, ihr an die Schulter getippt. Wie der Sommer sich verflüchtigte, so würde sich eines Tages der Duft des Lebens verflüchtigen, woran würde sie es erkennen? Würde sie dann auch ein Zeichen haben wie an dem Fell Finales, das schwarz wurde, wenn der Herbst kam?

6

Schneisen im Mais

und

Noch einmal die Tierklinik

Magdalena wollte sich eine Distanz schaffen. Ich muß die Kamera zwischen die Welt und mich halten, damit ich ertrage, was ich erlebe, sagte sie sich.

In manchen Augenblicken spürte sie intensiv, wie in das Fleisch der Pferde geschnitten wurde – als sei es ihr eigenes Fleisch. Dann war sie unfähig zu fotografieren, dann konnte sie nur *sehen*, stumm stehen. Vielleicht ist Fotografieren wirklich wie Jagen, dachte sie. Sie stellte sich den Chirurgen vor, wie er mit gespanntem Blick auf ein Tier wartete und schoß, wenn es loslief. Und ich schieße auch! dachte sie. Vielleicht fotografiere ich das im Menschen, was beim Tier das Loslaufen ist, was der Jäger sieht, wenn er schießt. Und ich treffe sehr selten, sagte sie sich. Wenige Male hatte sie, während sie in der Tierklinik fotografierte, das Gefühl: Das ist es! Sie wußte zwar, wenn sie bestimmte Positionen einnahm, fand sie eine Verbundenheit mit dem Objekt, daß das dann die Momente waren, die sie suchte: Jetzt! Jetzt! Das ist es! Dann fühlte sie sich selbst wie der Baum, den sie fotografierte. Wenn sie Ida fotografierte, gab es darüber hinaus Augenblicke, in denen sie nicht nur sah, als sei sie das Gesehene, sondern auch sich *gesehen* fühlte, als empfinde der andere, sie zu sein. Das ist dann der eigentliche Akt, dachte sie. Mir fehlt nichts mehr. Und diese Augenblicke suchte sie. Dann war sie nicht mehr das wilde Tier, das herumhuschte und die Kamera zwischen sich und die Welt hielt, um nicht gesehen zu werden. Dies waren ihre Gedanken, als sie mit großen stummen Augen zusah, wie Doktor Wolstein die geschlagene Sahne in Empfang nahm. Ein wahnsinniges Bild, dachte sie bei sich. Der Chirurg erschien ihr als Metzger und das

Tier, als hätten die Aasgeier daran genagt. Doch sie konnte vor stiller Verzweiflung nicht eine Hand rühren, um zu fotografieren.

Doktor Wolstein verwandelte sich in einen Professor für Filmkunst. Die drei Kübel hatte er hingestellt vor den Kadaver, damit seine Studenten ein Objekt für ihre Übungen hätten. Er sagte: Wir werden jetzt ein Stilleben filmen. Er setzte sich in einen Sessel, der Magdalenas Vater gehörte. Er schnitt ihre linke Brust auf, zog einen Faden wie Zwirn oder Gummi durch die lange Narbe, verknotete ihn am Ende. Er war sehr beschäftigt, lief hinein und hinaus. Magdalena stellte ihn zur Rede, beschwerte sich über die viel zu lange Narbe, die viel zu tiefe Wunde. Vor der Operation hatte er ihr versichert: Das wird nur ein kleiner Eingriff. Ja, wissen Sie, wir haben sehr lange operieren müssen, bemerkte er, es war ein sehr schwieriger Eingriff.

Bloß und schutzlos war Katharina Simon gewesen. Ein Kitz, ein Fohlen. Schuldiges Opfer? Eher das Gegenteil, dachte Ida. Unschuldig ist sie bestimmt gewesen. Zu wenig mißtrauisch. Durchschaubar vielleicht und leichte Beute eines Gerissenen, eines ‹Pokerfaces›, wie Magdalena mörderische Männer nannte.

Wußte man immer, in welcher Gefahr man schwebte? Nur gut, daß man es oft nicht weiß, dachte sie, sonst würde einem manches Mal das Blut gefrieren. Oder war es doch nicht gut, daß man es nicht wußte? Katharina Simon hatte wahrscheinlich nichts gewußt von der Gefahr.

Wenn ich doch an etwas anderes denken könnte, dachte Ida. Ich muß schlafen.

Ich möchte schlafen, aber du mußt tanzen.

Zu allem Überfluß fiel ihr der Satz ein, der im ihrer Wohnung nahen Park mit Kreide auf die Steine gemalt war: Schwanz ab, da rollt er. Ihr lief es kalt den Rücken hinunter, wenn sie daran dachte, daß Katharina Simon sich in ihrer Todesnacht aus der Imbißstube am Krankenhaus noch Pommes frites – *Pommes*, wie ein deutsches Wort ausgesprochen – geholt hatte, vielleicht mit Ketchup. Wie sinnig und wie grauslig! Im Auto hatte sie womöglich gegessen, die Musik auf volle Lautstärke gedreht. Ihr Wagen war geparkt gewesen auf dem Gelände des Krankenhauses, wo Ida wenige Monate vorher in einer der Nächte, in denen es noch Glatteis gegeben hatte, dieses für Autofahrer heimtückische Glatteis zu der Zeit, da nicht mehr ganz Winter und noch nicht Frühling ist, gegen vier oder gegen fünf am Morgen, sie wußte es nicht, im Krankenwagen abtransportiert worden war. Wie ohnmächtig und bewußtlos war sie doch – sie mußte plötzlich daran denken – von dem Augenblick an gewesen, als der Taxifahrer wie ein Schutzengel angefahren gekommen war und die Rettung per Funk verständigt hatte, bis zu dem Augenblick, als man sie im Krankenwagen, zwei Krankenpfleger zur Rechten und zur Linken, weggebracht hatte. Ich hatte die Augen geschlossen, dachte sie, vor Schmerz hatte ich sie zusammengekniffen. Jegliches Gefühl war mir abhanden gekommen. Ob es eine halbe, ob es eine oder mehrere Stunden gedauert hat, bis sie mich herausgeschnitten haben? Ich hätte es nicht beantworten können, es können auch Tage gewesen sein. Ich hätte zusehen sollen, dachte sie, um mir alles zu merken. Nur ihre Handtasche hatte sie vor den Polizisten gerettet. Sie hatten zwar versichert: Die kriegen Sie zurück, aber sie ließ sie ihnen nicht. Fünf Sekunden war sie hellwach und ganz da gewesen, als gehe sie auf einem klaren Kopf und habe keine andere Aufgabe, als auf diese Handtasche achtzugeben, wie auf ein Kleinod. Ich glaube nicht, dachte sie, daß an Katharina Simon das Leben noch einmal ‹vorbeigezogen› ist, wie man immer von Sterbenden behauptet, daß ihr Leben noch einmal an ihnen ‹vorbeizieht›. Eher entfernte es sich vielleicht, wie ein Ufer, von dem man abgestoßen wurde, zu dem man niemals mehr zurückkommt. Und man selbst war besinnungslos, ohnmächtig, hatte das Herz wie einen Mund geöffnet zum Schrei. Das Öffnen war aber schon so schwer, daß Schreien einem vollkommen unmöglich war, weil die Entfernungen zum Schrei viel zu groß waren. So kam es einem vor. Oder schrie man doch einen Schrei wie ein Tier, den man nicht mehr als den eigenen erkannte? Katharina Simon hatte vielleicht nicht geschrien, Herr Domröse hatte sie als still und schweigsam beschrieben. Vielleicht war sie stumm gewesen wie das Pferd, das die Männer im Operationssaal mit dem Küchenmesser getötet hatten.

Mich hat das Pferd damals gerettet, dachte Ida von neuem,

wenn auch nur indirekt, aber es war das Pferd. Meine Finale hat das Finale verhindert. Ich kam vom Reiten, und meine Verzweiflung war so groß, daß all die Stechmückes mir mein Glück auf dem Rücken der Pferde nicht gönnten. Immer schon war ich ein Opfer gewesen von Leuten, die mir irgend etwas nicht gönnten.

Die Reitstiefel, diese ‹Stiefelmontur› aus kräftigem Leder, die bis zur Mitte der Knie reichten, hielten so viel ab, daß meine Beine gerettet werden konnten. Sonst wäre ich ein Leben lang die Frau ohne Beine gewesen, die kleine Chinesin mit den eingeschnürten Füßen. Viel schlimmer noch.

Die Reithosen mit dem grauen Lederbesatz hielten nicht viel ab, aber doch ein ganz klein wenig. Am meisten schützten mich die Stiefel!

Finale war bei ihr gewesen während des Unfalls, Finale hatte das Schlimmste verhindert. Als ob Ida gesattelt und mit Sporen diesem letzten Unglück widerstanden hatte!

Schade und dumm, dachte sie plötzlich, daß ich die Halskrause, die meinen Hals nach dem Unfall stützte, und das rosa Nachthemd, das die Schwester mir in der Unfallnacht gegeben hat, mit den vielen winzigen Splittern darin, später weggeworfen habe, obwohl ich beides dem Krankenhaus hätte zurückgeben müssen. Als ob man durch Wegwerfen Zeugen der Vergangenheit loswerden könnte!

Ida stockte der Atem, wenn sie an die Augenblicke vor Katharina Simons Tod dachte. Eine schwache Vorstellung dieser letzten Minuten und Sekunden erweckten in ihr schon das Bild eines Krieges, in dem kein Gesetz mehr gilt, das Unterste zuoberst gekehrt wird und es schon ein Verbrechen auslösen kann, wenn eine Frau in der Nacht nackt und ohne Nachthemd schläft: Ein Mann, der sie womöglich über Tag mit einem Fernglas aus seiner Wohnung im Haus gegenüber beobachtet hat, dringt in ihr Zimmer ein. Vielleicht schlich ein Mörder auch jetzt übers Dach und sah, an die Scheibe gepreßt, durch den dünnen Stoff der Vorhänge, wie Ida nackt im Bett lag und in den ‹Brüdern Karamasoff› las.

In der Nacht in einem Bett liegen und Angst haben, wenn der Wind ums Haus heult, aber nicht Angst haben vor dem Wind und seinem Sausen und Zischen, sondern vor irgendeiner dunklen Gestalt, die – sich über das Teerdach des anliegenden Hauses heranschleichend – gewaltsam Einlaß verschaffen könnte, wenn man das Fenster der frischen Luft wegen offenließ – das war schon seltsam.

Der Regen fiel unaufhörlich und mit monotonem Singsang, der Schlaf wollte nicht kommen. Ida las immer weiter in den ‹Brüdern Karamasoff›, das Buch kam ihr wie ein Dom mit einer besonders kostbaren Orgel vor, wie ein unzerstörbares, hoch in den Himmel ragendes Bauwerk. Mit langem Atem und doch atemlos galoppierte der Dichter mit ihr, der Leserin, vorwärts in unbekannte Gegenden, verfiel in Trab, in gemächlichen Schritt. Mach schneller, nun reit schon zu, wollte sie manchmal rufen, und manchmal: Langsamer, bitte, langsamer, ich fleh dich an, reit mich Schritt, halt an, damit ich seh, wohin ich springe, mein Atem geht mir aus.

Schwarze Schatten vor den Fenstern, undefinierbares Knirschen – seltsam, was für ein Gespenst die Angst ist. Kann man Angst bändigen und zähmen, auftrensen und satteln, sie in Schritt bringen, wenn sie galoppieren, stürmen oder gar steigen oder durchgehen will? Kann man sie bändigen, wie die Dompteuse den Tiger dirigiert?

Ida sah in ihrer Vorstellung den Mörder Katharina Simons auf der Gerichtsbank sitzen, man hatte ihn gefaßt. Sie stellte sich eine Art Smerdjakow vor, einen Mörder, der – wie Magdalena in ihrer Hellsicht formuliert hatte – nur ausgeführt, was viele andere Männer sich insgeheim wünschten zu tun, womit sie, womöglich ohne sich davon Rechenschaft abzulegen, unaufhörlich als Möglichkeit spielten – mit ‹dieser blöden Sache›, wie der Förster so forsch gesagt hatte.

Die Angst, das Fenster nachts offenzulassen. Wasser tropfte von der Decke, Ida mußte an jene seltsame Pension denken, in der sie in der Nacht nach dem ersten Tag in der Tierklinik übernachtet hatte. Ein häßlicher nasser Fleck war bereits an der Decke entstanden. Es sah wie ein Ungeheuer aus, das durch die Decke auf Umwegen eindringen will. Paß auf dich auf, sagte der Fleck. Ja, in der Nacht konnte man Gespenster sehen, besonders, wenn man nicht schlafen konnte und dann noch wie besessen ‹Die Brüder Karamasoff› las.

Kann man Angst bändigen und zähmen, wenn man eine zarte, dünne Haut hat? Was für eine Frau war Katharina Simon gewesen? Vielleicht eine Naive? Eine Nackte? Eine, die gleich offen vor denen ‹liegt›, die mit einem Pokerface herumgehen, dachte Ida. Sie mußte mit großer Zärtlichkeit an ihre Mutter denken, die sich scheute, in die Sauna zu gehen, weil sie sich dort vor fremden Augen nicht nackt zeigen wollte. Es war noch gar nicht so lange her, daß sie die Mutter deswegen für ‹verklemmt› gehalten hatte. Jetzt verstand sie, wie gut die Mutter sich schützen konnte. Es rührte sie, an diese Eigenart der Mutter zu denken. Man durfte sich nicht jederzeit und überall nackt zeigen. Aber Ida hatte das, wie ein kleines Kind, lange nicht begriffen, wie ein Robbenbaby war sie der Welt ausgeliefert gewesen. Man mußte sich doch schützen, warum aber war man oft wie ein Vogelei, das die Mörder zerstören, um sich zu rächen?

Esriel hatte ihr immer wieder von dem Jungen erzählt, der im Kindergarten draußen im Hof auf einen Baum geklettert war und mutwillig Vogeleier zerstört hatte. Bestimmt zehnmal hatte er es ihr immer wieder erzählt, bis es ihr zuletzt zu viel geworden war. Fasziniert und erschrocken gleichzeitig hatte er seine Erzählung geradezu genossen und immer wieder neu ausgeschmückt. Ida hatte ihm zwar gesagt: Das hat Uwe gemacht, weil er unglücklich war, bestimmt. Aber die Erklärung pustete die Tatsache, daß Uwe es getan, vor allem aber das Bild, das Esriel gesehen hatte, nicht fort. Frau Wolff hat ihm gesagt, daß da Küken rauskommen, sagte er, aber Uwe hat nicht auf sie gehört. Ida hatte Esriel nichts erklären können, das Bild war einfach zu stark, da nutzte es nichts, zu sagen: Vielleicht ist Uwe selbst wie ein Vogelei und wird Tag für Tag ein bißchen mehr zerstört.

Die Kindergärtnerin hatte sich eines Tages darüber aufgeregt, daß Uwe sich im Spiel auf ein anderes Kind gelegt, Beischlafbewegungen gemacht und immer wieder ‹bumsen› gesagt hatte. Sie hatte durchblicken lassen, daß solch ein schreckliches Wort nur von Uwes Mutter kommen könne, die wahrscheinlich Tag und Nacht wie eine Hure mit wechselnden Männern im Bett liege. Ida hatte gleich Sympathie für die ihr unbekannte Mutter Uwes empfunden, als sie die Kindergärtnerin nicht sehr wohlwollend über sie hatte reden hören. Du mußt Uwe besonders liebhaben, hatte sie zu Esriel gesagt. Aber er erzählte stolz, daß er und sein Freund, ja: Beschützer, Fabricio, der schwarze Junge, der – obwohl gleichaltrig – viel größer als Esriel war, Uwe oft ärgerten, und Mauricio, der sehr stark war, ihn sogar verhaute.

Aber er ärgert uns auch, verteidigte sich Esriel.

Statt diesen verwirrten Kindern zu helfen, regt sich die Kindergärtnerin nur über das Wort ‹bumsen› auf, dachte Ida. Sie hatte sich bei Ida beschwert, Esriel komme oft in verschmutzter Kleidung. Als Ida Esriel im Kindergarten abmeldete, sagte die Leiterin: Frau Wolff ist guten Willens, aber noch sehr jung. Das spreche ich ihr auch nicht ab, sagte Ida, blieb aber trotz des Angebots der Leiterin, es noch einmal zu versuchen, und Esriel, der sich an die Gruppe gewöhnt habe, doch dazulassen, bei ihrem Entschluß und nahm Esriel aus dem Kindergarten, der kein Garten war für kleine Menschen, die noch ungeschützt sind und eine dünne, zarte Haut haben. Womöglich hatte der Mörder Katharina Simons ‹nur› ein Vogelei zerstören, sich für irgend etwas, an irgend etwas rächen wollen. Ida mußte an die Soldaten denken, die Frauen bei lebendigem Leib Embryos herausgeschnitten hatten, in einem Krieg in Vietnam oder anderswo. Und sie? Hier in der Dunkelheit und in der Nacht? Wie ging es ihr, wenn sie im Rachen der Angst war?

Die toten Vögel überall auf Austernende waren ihr sehr unheimlich. Esriel war noch erschrockener wegen der vielen toten Tiere, Kaninchen und Vögel, die er in den letzten Tagen gesehen hatte. Am Deichverteidigungsweg waren sie gegangen, am Nachmittag. Esriel hatte zuerst den toten Vogel gesehen. Noch einen.
Ein undefinierbarer Körper, groß wie ein Huhn. Des Vogels Gefieder war verdreckt, grau und sandig. Wahrscheinlich sind seine Flügel von Öl verklebt gewesen, sagte Ida, nur um irgend etwas zu Esriel zur Erklärung zu sagen. Und es kam ihr wie Verrat an dem Vogel vor, daß sie nur nachplapperte, was sie irgendwo über Vögel und ‹Umweltverschmutzung› gelesen hatte.
Das Gefühl wuchs, daß die Zeit gekommen war, da tote Vögel vom Himmel fallen. Esriel sagte: Zum FKK-Strand will ich aber nicht. Er meinte: Zum Naturschutzgebiet, wo die toten Kaninchen lagen. Er verzog das Gesicht.
Ida wurde fast ungehalten. Du bist noch ein Kind, sagte sie, diesen Anblick muß auch ein Kind aushalten.
Aber Esriel war so empfindsam. Am Vorabend hatte er sie nicht auf den Mund küssen wollen. Nur auf die Wange!

Sonst war er stürmisch mit seinen Zärtlichkeiten und so, daß es Ida manchmal zu viel wurde, und jetzt wollte er sie nicht auf den Mund küssen. Rieche ich schlecht? hatte sie ihn gefragt, er hatte herumgedruckst. Dann stellte sich heraus, daß er sie nicht küssen mochte, weil sie sich die Lippen eingecremt hatte. Das war auch das Gute an ihm: daß er Freude und Ekel, Sympathie und Abscheu so klar und direkt äußerte. Er hatte noch keinen Filter zwischen sich und der Welt, darum mußte sie ihn noch lange schützen, bis er stärker sein würde, um sich selbst ganz der Welt zu stellen.

Der Strandflieder war verblüht. Die Ebenen vor den Dünen grau und braun. Die Farben wurden heller, je näher Ida und Esriel dem Meer kamen.

Dort die schneeigen Hügel unbewachsener Dünen, hellgrüne Büschel Seegras, und in der Ferne, scheinbar so nah und doch bis zuletzt unerreichbar: Die galoppierenden Wellen, auf denen der Gischt heransprang wie Fohlen auf einer frühlingshaften Weide ins Leben. Ein einziges Lachen waren sie, die weißen, flockigen Gischtwesen. Zwillingsgeschöpfe, wie es Wellen sind: zentaurenähnliche Gespanne.

Im Vorland der Dünen sah Ida immer wieder tote, halbverweste oder bis aufs Skelett abgefaulte Kaninchen. Esriel verzog jedesmal, wenn er eines Kadavers ansichtig wurde, angeekelt das Gesicht. Manche Tiere lagen da wie zum Schlaf ausgestreckt, als hätten sie sich kurz vor ihrem Tode bereitwillig hingelegt in einer Embryohaltung, um dem Tod ein Zeichen zu geben: Wir sind bereit.

Andere, noch zwischen Verwesung und endgültigem Reduziertsein auf das klare, schöne Skelett, erweckten in Ida Assoziationen an Krematorium, Leichenwasser, eigenen zukünftigen Tod. Sie dachte, wenn sie die Kaninchen sah, *an alles*, wie Esriel auszudrücken pflegte.

Sie sagte zu Esriel: So werden wir auch einmal aussehen. Und erzählte ihm, der seinen Ekel mit geradezu lustvollem Mienenspiel Ausdruck gab, daß man früher Menschen nach ihrem Tod zu Haus aufgebahrt habe. Sie mußte ihm erklären, was Aufbahren ist.

Der Anblick toter Lebewesen flößte Ida nicht mehr Entsetzen ein, wie noch vor Jahren.

Sie mußte an das tote Fohlen unter dem Reisig denken, das

der Förster vor ihr und Magdalena gleichsam wie etwas Obszönes hatte verbergen wollen.

Überall stand Wasser in kleinen Seen, es hatte am Vormittag lange und heftig geregnet. Und Esriel fragte, ob alles Wasser auf Austernende Salzwasser sei und aus dem Meer. Sie antwortete: Das Grundwasser nicht, aber sonst ist alles Wasser salzig, glaube ich. Wenn du willst, kannst du es probieren. Esriel steckte seinen Finger in das Wasser eines der ‹Flüsse›. O ja, es ist salzig, rief er.

Die toten Kaninchen erinnerten Ida an die tote Taube, die Esriel am zweiten Tag ihres Hierseins im Garten gegenüber dem Kinderheim gefunden hatte. Sie ist gegen das Glas der Trinkhalle geflogen, hatte Esriel gesagt, und bestimmt hat sie sich den Hals gebrochen. Ich verstehe nicht, daß sie nicht irgendein Zeichen auf das Glas der Fenster malen, hatte Ida gesagt. Die Taube lag wie ein schweres, feuchtes, klammes kleines Paket zwischen den Herbstblättern. Und Ida wurde sehr traurig bei der Vorstellung, daß sie nun auf immer schweigen würde.

Es war seltsam, daß sie, die sie noch sehr jung war, sich in der letzten Zeit immer öfter fragte, ob es ein Leben nach dem Tod gab. Viele Jahre hatte sie es sich leichtgemacht. Sie hatte dahergeredet, daß das irdische Leben wichtig ist und ein Leben danach nicht von Interesse. Doch die Frage nach einem Überleben dessen, was man Geist nennt und Seele, ließ sich nun nicht mehr aus dem Haus weisen wie ein ungebetener Gast.

Hatte sie früher bei dem bloßen Gedanken daran, daß Lebewesen Leichen und steif und stumm werden können, Grauen befallen, so erschien ihr neuerdings ein toter Körper zwar beunruhigend, doch war ihr etwas darüber hinaus wichtig geworden, das man mit den leiblichen Sinnen, die der Mensch hat, nicht fassen kann.

Viele Jahre hatten ihr Schimmel Angst eingejagt, jetzt beunruhigte es sie nicht mehr, daß Pferde Überirdisches in sich tragen, daß ein Pferd einen Huf im Totenreich hat, daß es über die Brücke gehen kann und vielleicht sogar schwimmt durch das dunkle Meer, das in ein anderes Leben brandet. Sie mußte an Hades, den Herrn der Unterwelt mit dem Pferd, denken. Er hatte wie Poseidon, der Gott des Meeres und der Pferde, eine enge Beziehung zum Pferd. Für die Griechen war das Pferd ein unheimliches, mit dem Tode verbundenes Tier, obwohl sie es seit frühester Zeit zu zähmen und zu gebrauchen wußten.

Das Stumme im Menschen klang in der Musik. Ida und Esriel sahen sich eine Rocksängerin im Fernsehen an. Was halten sie da? fragte Esriel. Wunderkerzen, sagte Ida. Wozu? Die feiern Weihnachten, sagte Ida und lachte. Nein, rief Esriel, als müsse er sie anflehen, sich doch nicht über ihn lustig zu machen.
Sie freuen sich über die Musik, sagte Ida. Sie halten die Wunderkerzen hoch, weil sie sich freuen? versuchte Esriel eine Erklärung.
Ja, sagte Ida.
Ach so! Esriels Gesicht bekam für einen Augenblick den Ausdruck völligen Versunkenseins, den Ida so sehr an ihm liebte.
Und was singt sie für ein Lied? fragte er.
Das weiß ich auch nicht, sagte Ida. Es war wirklich oft so, daß man ·mit etwas mitging, dessen Text man nicht verstand.
Ist die französisch? fragte Esriel.
Nein, die lebt in Italien, sagte Ida. In dem Stiefelland, fügte sie hinzu.
Stiefelland? Esriel horchte auf, sein Mund öffnete sich vor Erstaunen.
Ja, Italien hat die Form eines Stiefels.
Ach so, sagte Esriel mit einem Seufzer der Erleichterung. Was singt sie in dem Lied?
Ich weiß es nicht, sagte Ida.
Kannst du kein Italienisch? fragte Esriel neugierig. Nein, leider, sagte Ida. Aber wir lernen es später zusammen, ja? Esriel nickte.
Eine Zeitlang sah und hörte er der Rocksängerin auf dem Schirm zu.
Mama, ist das Rockmusik? fragte er noch einmal, als müsse er sich die Bezeichnung ein für allemal merken.
Das Stumme im Menschen klang in der Musik.
Aber man kann das Stumme im Menschen auch verraten, wie man ein Tier verraten kann. Man kann das Stumme in sich

verraten, wie ein Tier gequält und ausgesetzt an einem Pfosten vor einer Tierklinik angebunden wird in der Nacht.

In der Schule hatte Ida panische Angst vor dem Musikunterricht gehabt. Der Musikunterricht war eine Katastrophe für sie gewesen. Dabei war die Angst vor Musik so wie Angst zu haben vor reifen Pfirsichen, Schokoladentorte, traumartigen Landschaften, vor Ferien, Malerei, Matterhorn, Sonnenschein, Beischlaf, kurz: vor allen schönen Dingen des Lebens. Auch Pferde hörten gern Musik – wie die kleinen Kinder.
Sie liebte Tango, fuhr gern mit Musik im Auto. Als sie verunglückt war, hatte sie Musik gehört. Angelo Branduardi. Sie dachte an sein Lied *Il Libro*, das von einem Buch für ein Kind und vom Frieden handelt.
Sie sang, wie die Mutter, sehr gern lange Lieder.

> *Es kommt ein Schiff geladen, bis an den*
> *höchsten Bord.*
> *Trägt Gottes Sohn voll Gnaden, des Vaters*
> *ewig Wort.*
> *Das Schiff geht still im Triebe, es trägt*
> *ein' teure Last,*
> *das Segel ist die Liebe, der Heilig Geist*
> *der Mast.*

Der Musiklehrer war auch ihr Deutschlehrer. Als sie bereits Schauspielerin gewesen war, hatte sie ihn im Freibad des grauen Dorfes getroffen. Der Musiklehrer schwamm im grünlichen Wasser. Es war Herbst, und das Wasser war schon kalt. Ein paar gelbbraune, wellige Blätter schwammen am Rand. In dem gleichen Freibad hatte Artus sie das erste Mal halbnackt im Bikini gesehen, so viel bloße Haut von ihr.
Herr Domröse hatte sich mit dem Musik- und Deutschlehrer gut stellen wollen. Bei irgendeinem Elternabend waren sie einander nähergekommen.
Es war eine Katastrophe, daß der Musiklehrer ihr die Musik verleidet hatte. Das Gefühl hatte er nicht zerstören können, aber den Weg zum Wissen, zum Lernen. Sie hatte niemals Noten lesen gelernt.
Sie wußte später nicht, wie sie den Musikunterricht überstan-

den hatte. Mit roten Händen, feuerroten Wangen hatte sie in der Bank gesessen. Der Musiklehrer hatte sie aufgerufen. Sie sah noch immer sein feistes Gesicht, seine rundliche Gestalt und das Blitzen in seinen gierigen Augen. Er rief die Schüler auf, wie aus dem Hinterhalt. Seine Hand schoß empor, zeigte auf einen Schüler, zielstrebig und zugleich wie zufällig, als habe er am Vorabend die genaue Choreographie seines Vorgehens, die Schüler aufzurufen, geplant und sorgfältig einstudiert. Vielleicht hatte er in Idas Augen den Schrekken, die Angst, die Scheu, den finsteren Blick derer, die sich fürchten, Opfer zu werden, gesehen. Sie glaubte, er habe sich an ihr ausgelassen, er, der seine Talente am Gymnasium des grauen Dorfes wie Perlen vor die Säue warf und sich zu Höherem berufen fühlte.

Er benahm sich wie ein Professor vor großem Publikum. Vorhang auf! Aufführung! Er war für sie ein Verfolger. Melodien erstickten in ihr.

Am liebsten hätte sie ihr Gesicht in das Notenbuch gepreßt, um es nie wieder hochheben zu müssen. Es war eine Qual, die Stille auszuhalten, nachdem der Lehrer allen die Aufgabe gestellt hatte, ein kleines Stück zu komponieren.

Sie konnte nicht einmal Noten lesen, und der Lehrer verlangte, sie solle komponieren. Wie eine Konservatoriumsschülerin sollte sie vorsingen.

Sie sollte singen. Sie sollte reiten. Sie sollte ins Rennen.

Und eines wollte sie doch nur: sein.

Der Lehrer benahm sich wie ein Lehrherr, der zu seinem Lehrling sagt: Bau ein Haus, aber ich werde dir nicht sagen, wo die Steine sind. Ich werde dich nicht lehren, wie man mauert. Und ich werde dich nicht lehren, wie man die Erde aushebt, um das Fundament zu schaffen. Oder wie einer, der sagt: Sei ein Verseschmied, aber das Geheimnis des Schmiedens ist dir verschlossen.

Als Mädchen war sie gern in die Kirche gegangen, der Musik wegen. Sie liebte den Gesang, auch wenn mancher unter den Kirchgängern falsch – zu hoch oder zu tief und holprig – sang.

In der Kneipe am Orchideenstieg hatten die Besitzer gewechselt, früher war sie halbdunkel und schummrig gewesen, zwei Frauen bedienten nur unlustig, wie oft hatte Ida hier Kaffee getrunken und manchmal mit Esriel zu Mittag gegessen.

Nun war es grellhell im Raum, an der Theke war noch ein Hocker frei. Sie bestellte roten Martini und rauchte. Sah einem jungen Mann zu, der blondgefärbtes Haar hatte und dessen Arme über und über tätowiert waren. Er war schwarz gekleidet, öffnete routiniert in langen Reihen aufgestellte kleine Flaschen, goß Gläser voll, warf Eiswürfel hinein, schaute ab und zu auf.

Ida wollte nichts denken, einfach nur hier sein.

Zur Kneipe gehörte eine Tanzdiele. Sie ging die Treppen hinunter, alle Hocker am Tresen waren besetzt, aber an einem Tisch am Rand der Tanzfläche war ein Platz frei, sie setzte sich einem Mädchen gegenüber, das sie sofort um eine Zigarette bat. Sie rauchte und sah den Tanzenden zu.

Sobald der Diskjockey, den sie schon kannte von ihren Besuchen hier, er trug immer eine getönte Sonnenbrille und sah aus, als ob er blind sei, Musik mit starken Rhythmen aufgelegt hatte, legte sie ihre angerauchte Zigarette in den Aschenbecher und fing mit geschlossenen Augen zu tanzen an.

Sie vergaß schnell alles um sich, erlebte die Musik wie ein Haus voller Töne, in dem sie ihren Willen ablegte und sich in einer Art Schwebezustand bewegen ließ. Ja, das war Musik für sie geworden: Rhythmus, der sie aufpeitschte, der das Blut antrieb, daß es wie Sturm durch den Körper brauste. Wenn sie tanzte, sah sie aus wie eine Achtzehnjährige, und manches Mal schon hatte sie Zwanzigjährige verführt für eine Nacht, mit dem Aussehen, mit dem Tanz und der Art, sich zu geben, während sie sich der Musik auslieferte. Das kam ihr dann später wie ein Betrug an sich selbst und am anderen vor, sie wußten nicht, daß sie viele Personen spielen, daß sie etwas Fremdes absolut *sein*, verkörpern und gleichzeitig aber kühl und distanziert sein konnte. Was wußten sie davon, wo die Quelle der Schauspielkunst entsprang?

Wie sie so ausgelassen tanzte und – wenn eine für sie langweilige Musik kam – sich hinsetzte und rauchte, merkte sie, daß ihr das Herz jagte vom zu vielen Rauchen. Ihr Gesicht war schweißnaß, das Haar feucht. Sie betrachtete sich in einem Spiegel. Das Gehäuse, in dem der Diskjockey stand, war mit Spiegeln beschlagen. Ihr Gesicht erschien ihr irgendwie irrlichternd, als sei es das Gesicht einer anderen.

Zwei Männer beobachteten sie vom Nebentisch aus. Sie hoffte, niemand werde sie ansprechen.

Musik war ein Lebenselixier, ein Trank, zu essen und zu trinken, Brot und Wasser, Milch, Blut, Luft zum Atmen, eine Hand, sie zu drücken, ein Duft, der Erinnerungen heraufbeschwört, ein Auge, mit dem man alles sehen kann, ein Ohr zum Hören des Unhörbaren: Stimmgabel des Lebens. Etwas Weiches, worauf man seinen Kopf betten kann. Eine Peitsche und der Stab eines Dirigenten. Zugleich Dämmerung, die einen einhüllt und Ruhe gibt für alle Zeit.
Wild und versunken konnte sie sich drehen und biegen nach der Musik.
Wie funkelten dann die Augen, und das Verbrechen des Musiklehrers war nur noch ‹Schnee von gestern›. Dieser Kerl, was ging er sie noch an?
Wie sie tanzen konnte, daß die Funken stoben! Der Körper war dann von Kopf bis Fuß angenehm feucht. Hände und Beine machten sich selbständig. Sie konnte sich in Trance tanzen. Tanz war schöner als Liebe. War Gebet und Fliegen und schöpferisches Alleinsein.
Schon oft waren ihr Männer, nachdem sie stundenlang getanzt, dann das Lokal allein verlassen hatte, gefolgt, hatten sie angesprochen, stillschweigend vorausgesetzt, daß sie ‹auf Droge› oder betrunken sei, wie konnte man sonst so sein, ohne etwas eingenommen zu haben, mein Gott!
Sie warf dann den Kopf in den Nacken, lachte und machte sich los. Was ging es sie an?
Tanzen oder allein reiten war ein und dasselbe.
Als sie in dieser Nacht zurückging, mit ihren Schuhen unter dem Arm, denn sie hatte beim Tanzen die Schuhe ausgezogen, hatte barfuß getanzt, war sie verzweifelt. Euphorie und Verzweiflung waren Zwillinge und nah beieinander.
Es hatte zu regnen angefangen, es mußte zwei oder drei Uhr in der Früh sein. Sie dachte an Frau Bachrach, sie wollte, wenn sie verreiste, ihr Esriel nicht länger überlassen. Sie bekam mehr und mehr Angst vor Frau Bachrach, seit sie eines Nachts mit dem Satz ‹Die Opfer können die Schlimmsten sein› aufgewacht war.
In einem ihrer Träume hatte Frau Bachrach, ohne sie zu fragen, ihr eine phonstarke Rockband ins Haus geschickt.

Zwar spielte Ida die Bedeutung des Traumes vor sich selbst herunter, sie liebte Rockmusik, was hatte es schließlich zu bedeuten, daß Frau Bachrach im Traum ihr etwas aufzwang, was sie nicht wollte?

Während sie barfuß zurückging, mußte sie an einen Film über die Pink Floyd denken. Die Band hatte sich selbst aufs Korn genommen und ihre Show parodiert, eine Gruppe dargestellt, die, faschistischen Führern ähnlich, die Masse mit Musik und Show hypnotisierte, ein Eindruck, den man ja bei Rockkonzerten haben kann. Beim Anblick rhythmisch skandierender, wie zum Hitlergruß hochgereckter Hände konnte man solche Assoziationen schon haben, wenn auch die Ähnlichkeiten zwischen ekstatischem Publikum einer Rockband und dem faschistischer Massenkundgebungen nur äußerlich waren.

Sie fragte sich, ob sie sich nicht vor Frau Bachrach hüten müsse, weil sie ein Opfer war.

Auch der Sexualmörder war vermutlich ein Opfer. Man mußte sich hüten vor den Opfern der Opfer, damit man nicht *ihr* Opfer wurde.

Frau Bachrach klagte und schimpfte, sie sagte: *Es fängt wieder an!* Sie meinte Schmierereien an den Hauswänden. Da stand: Zionisten raus! Oder: Begin ist ein Faschist.

Wer wußte, ob Begin nicht wirklich ein Faschist war? Konnte ein Opfer von Opfern Faschist sein?

Sie mußte sich ihre Phantasien aus dem Kopf schlagen, in Frau Bachrach die gute Großmutter zu sehen. Einmal hatte sie sich in einer großen Anwandlung von Zärtlichkeit vorgestellt, daß sie Frau Bachrach pflegen werde, wenn es eines Tages mit ihr dem Ende zuginge. Auch wenn Frau Bachrach oft wie ein zartes, junges Mädchen, wie ein verirrtes Kind wirkte, war sie doch nicht unschuldig, wie Ida zu Anfang geglaubt hatte.

Sie mußte sich und Esriel auch vor Frau Bachrach schützen.

Auf dem Bürgersteig stand das Wasser. Sie ging durch Pfützen. Es regnete noch immer, ihr war es gleich. Sie wünschte sich sogar, vollkommen durchnäßt zu Hause anzukommen.

In der Wohnung tauchte sie sofort ihr Gesicht in kaltes Wasser und sprach im Bad laut mit sich selbst. Angeekelt vom Nikotingestank, befreite sie sich von ihren Kleidern. Sie warf sich aufs Bett und – auf dem Bauch liegend – fing an, den ‹Kohlhaas› zu lesen.

Die Geschichte handelt von einem Pferdehändler, von zwei Pferden, die einmal schön und prall gewesen sind. Durch die Schuld gleichgültiger, roher Menschen aus höheren Gesellschaftsschichten magern sie ab, werden dürr, verkommen, und verderben, bis sie – ganz zerstört – bei einem groben Abdecker enden.

Lesend wurde Ida ruhig, so, als ob ihr noch einmal, wie in einem Zauberspiegel, ihre eigene Vergangenheit in verschlüsselten Bildern entgegenträte. Als sei die Geschichte der Pferde des Kohlhaas eine, die sie für sich gerade noch hatte verhindern können. Sie erkannte sich sowohl in dem Pferdehändler als auch in den beiden Pferden. Es waren auch ihre Pferde: die zwei schönen, prallen, wohlgenährten Phantasiepferde. Sie konnte sich jetzt erklären, warum Dichter den ‹Kohlhaas› immer wieder neu schreiben.

Es war ihr wohl gewesen in der Diskothek, wo sie von Menschen umgeben war, die nicht einmal ahnten, was in ihrem Kopf, während sie tanzte, als ob ‹auf Droge› sei, vorging. Sie fühlte sich so versteckt und wohltuend unbeobachtet an Orten, wo die Musik dröhnte. Aber in der Nacht zu lesen war noch schöner. Denn das Lesen war eine besondere Form des Tanzens nach einer Musik.

In der Mitte der Erzählung brach sie ab, löschte das Licht und schlief auf der Stelle ein.

Ida bat ihre Mutter, Esriel zu hüten. Frau Domröse hatte nach ihrer Kur noch ein paar Tage Urlaub und übernahm die Aufgabe gern.

Als Ida sich von Esriel verabschiedete, drückte er sie sehr, sagte: Mama, ich spiele mit meinen Tieren Arzt und bin auch der Bruder von ihnen. Er meinte seine Stofftiere, von denen er eine ganze Sammlung besaß, von jeder Reise brachte Ida ihm ein neues mit.

Sie hatte nie zu Esriel davon gesprochen, daß ein Arzt, wenn er sich seinen Namen verdienen soll, für seine Patienten, Tiere oder Menschen, ein Bruder sein muß. Esriel sprach sehr oft etwas aus, was in Idas Geist vor sich ging, ‹Erziehung ist Atmosphäre, weiter nichts› heißt es bei Thomas

Mann, und Esriel sog auf, was Ida für Tiere fühlte, auch wenn sie nicht alles aussprach.

Auf der Autobahn wechselten Wolkenbrüche und Sonnendurchbrüche einander ab. Autos wirbelten Wasser auf, man sah Wasserfahnen, die wie feiner Staubregen hochsprühten und wie Dunst zu Boden schwebten.

Im grauen Dorf stand der Mais üppig hoch, wie regelrechte kleine Wälder. Der Raps blühte gelb unter einem grauen Himmel. Der goß das Wasser nieder auf die Erde aus wilden Strömen.

Schneisen waren in den Mais geschlagen. Der Mais wirkte dämmerig und unheimlich. Ida wußte nicht, ob sie es hineindeutete: Der Mais schien aufzufordern zu Orgien und Verbrechen. Die Gegend wirkte wie zugewachsen, üppiger konnte der Sommer seine Reife nicht darbieten, alles kam Ida noch zwielichtiger vor.

Ein leeres, silbriges Auto stand in einer Schneise eines Maisfeldes. Vielleicht war es ein Auto der Polizei. Vielleicht gehörte es dem Mörder.

In der Nacht hörte sie das Trommeln des Regens auf einem fremden Dach wie das Getöse einer in Betrieb gesetzten Waschmaschine. Vielleicht hatte die Wirtin auch nicht schlafen können, sie war mitten in der Nacht über den Flur gelaufen, als Ida und Magdalena aus einem Restaurant und vom Tanz zurückgekommen waren. Sie schließen die Tür doch unten ab? hatte sie gefragt und sich versichern lassen wollen, daß Magdalena wieder gehen und nicht bei Ida im Pensionszimmer bleiben werde.

So trennten Ida und Magdalena sich schnell, es war klar, daß die Wirtin auf ihre Unterhaltungen gehorcht hätte und auf Magdalenas Schritte beim Fortgehen wartete. Wenn man kein eigenes Haus besitzt, dachte Ida, wird man sehr oft das Gefühl nicht los, immer irgend etwas Verbotenes zu tun oder jedenfalls dessen verdächtigt zu werden. Wahrscheinlich haben die hellhörigen Wände überall in Deutschland sogar für niemals laut ausgesprochene Träume und Phantasien ‹Ohren›, und man muß auf der Hut sein, nicht eines Tages wegen seiner Träume, die man sorgfältig geheimzuhalten versucht, abgeholt zu werden.

Im Tanzschuppen des grauen Dorfes hatte Ida ein Experiment angestellt. Sie merkte allmählich, daß ihre Sehnsucht wuchs, wieder in einem Film eine große Rolle zu spielen. Das Ruhejahr wollte sie aber einhalten. Verkneifen konnte sie sich jedoch nicht, manches Mal zu ‹schauspielern›, um die Leidenschaften der Menschen, hinter ihren Maskeraden verborgen, herauszufordern.

An diesem Abend stellte sie ein Experiment ein, das zu ihrem großen Schrecken besser ‹gelang› als erwartet.

Die Diskothek war klein und übersichtlich, sehr voll an diesem Abend, die ganze Dorfjugend versammelt. Man kam, um zu sehen, man trank, rauchte und rockte. Die beiden Frauen fielen sogleich auf wie ‹bunte Hunde›. Ida ging auf die Tanzfläche, löste das zu einem Pferdeschwanz gebundene Haar und fing an, in ihrem schwarzen Kleid, das vorn und seitlich vier Schlitze hatte, die viel Bein entblößten, heftig zu tanzen. Rock 'n' Roll und ein bißchen Bauchtanz. Da geschah nach wenigen Minuten etwas, das sie an den ‹Faschismus in Stechmückes Stall› erinnerte. So hatte sie das Ereignis mit den schwarzen Hunden im Stall Magdalena gegenüber einmal bezeichnet.

Die Jugendlichen, bestimmt nicht älter als achtzehn oder zwanzig, starrten sie an, anders konnte man es nicht nennen, und pickten mit Blicken auf ihr herum, gleich Hühnern, die auf einem Hühnerhof ein kahles oder andersartiges Huhn vereint anfallen.

Einige der Jugendlichen ahmten spöttisch Idas Tanzbewegungen nach. Keiner von ihnen schien sie zu erkennen, das war nur gut so, denn sie wußte, daß in dem Fall die Ehrfurcht vor der ‹Prominenz› die Anwandlungen von Vernichten-Wollen des Andersartigen sich nicht so offen Bahn hätte brechen können. Und was war das für ein Land, in dem man Prominenz als speziellen Adel zum Schild haben mußte, damit man Andersartigkeit leben durfte?

Ida ging bewußt nur mit ständig veränderten Frisuren nach draußen in die Welt. Sie kleidete sich auch so verschieden, daß die meisten Leute, die sie von Fotos und Filmen her kannten, sie nicht identifizierten.

Ein junges Mädchen tat sich besonders hervor. Mit gehässiger und haßerfüllter Miene äffte sie Idas Bauchtanzbewegungen nach und verrenkte parodierend die Arme. Es fehlte nicht viel an einer Pogromstimmung. Ich tanze nur halb so aufreizend wie Mick Jagger auf der Bühne, dachte sich Ida. Zu ihm pilgern sie zu Hunderttausenden. Doch was Mick Jagger auf großer Bühne erlaubt war, war nicht gelitten auf einer Tanzdiele im grauen Dorf.

Ein junger Mann tippte sich an die Stirn, zeigte Ida ‹einen Vogel›. Und Ida dachte: Er hält mich für verrückt, nur weil ich mich anders bewege und keine Jeans trage wie sie, sondern dieses etwas ausgefallene Kleid.

Andere formierten sich zu einem Halbkreis und fingen an, rhythmisch zu klatschen, höhnisch und bedrohend, so wie man einen Menschen, der allein gegen viele steht, durch Schreien und Klatschen niederschreit. Ein Paar versuchte, Ida umzutanzen. Ida aber schob den Mann mit einem kräftigen Schubs der Hände von sich. Das erstaunte sie alle.

Ida tanzte eine Weile ruhig weiter, doch schlug ihr Herz bis zum Halse. Was zunächst nur eine Probe hatte sein sollen, war zur Gefahr geworden.

Es fehlte nur noch, daß sie alle zu johlen anfingen und Steine holten.

Die ganze Nacht lag Ida wach. Einmal mußte sie zum WC und schlich über den kalten Flur der Pension. Sie war der einzige Gast in dem riesigen Haus.

Ihr Pferd kam ihr, wenn sie in dieser einsamen Nacht an Finale dachte, wie ein trojanisches Pferd vor, in dem sich die eigene Kindheit und die Vergangenheit Deutschlands verborgen hatte.

Es wird sich zeigen, dachte sie, als sie zurück ins Bett ging, ob die Kindheit weiter Krieg gegen mich führt oder unendliche Schätze für mich bereithält.

Sie mußte an das Skelett des Pferdes im Museum denken. Sogar das Skelett erinnerte an die Schöpferkraft der Natur – gerade das Skelett. Vielleicht lebte noch in dem auf die letzte Form Reduzierten und darum Formvollendetsten ein Hauch der Seele des Tieres. Denn Ida glaubte, daß jedes Geschöpf eine Seele hat, daß alles, was lebt, eine einzige große, unendliche Seele ist.

Die Pferdenamen ‹Flügel› und ‹Morgensonne› gingen ihr nicht aus dem Sinn. Nur die auf den Fotos im Museum abgebildeten Stallobermeister waren ihr unangenehm in Erinne-

rung. Sie hatten sehr streng ausgesehen. Preußische Beamte.
Und sie wunderte sich, daß Menschen, die ständig mit Tieren
beisammen sind, steif wie wandelnde Stöcke sein können. Sie
wußte wohl, daß man mit Pferden bestimmt sein muß, aber
warum hatten die Beamten nicht wenigstens ein weiches Gesicht, und warum war ihr Körper, der doch auf den Pferderücken reiten konnte, nicht leicht und geschmeidig? Waren
sie denn nicht dauernd in der Nähe der Pferde, der Flügel-
tiere, deren kleinste Bewegung schon ein Spiel ist?
Ida war froh, nachdem sie das Pensionszimmer wieder hinter
sich verschlossen hatte. Vielleicht war der Ehemann der Wirtin der Frauenmörder? Jeder konnte es doch sein! Irgendein
‹beau de jour›.
Was ist denn ein ‹beau de jour›? hatte Magdalena gefragt.
Die männliche Version von ‹belle de jour› – eben der Schöne
des Tages, hatte Ida geantwortet. Am Tag trägt er Maßan-
zug und lächelt, nachts fletscht er die Zähne und erdrosselt
Frauen.
Von der Angst vor dem Sexualmörder, der immer noch nicht
gefaßt war, war die ganze Landschaft im grauen Dorf und
um das graue Dorf durchtränkt. In den drei Tagen, die Ida
diesmal in der Tierklinik zubrachte (nachts blieb sie in der
Pension, damit sie nicht jeden Abend den Weg zum Haus der
Eltern noch fahren mußte, der zwar kurz, aber nach einem
Tag in der Pferdeklinik doch mühselig genug war für sie),
spürte sie, wie die Angst vor dem Sexualmörder besonders
die Frauen umtrieb. Aber auch die Männer beschäftigten sich
unaufhörlich mit dem unbekannten Sexualmörder.
Einmal, als sie tankte, sah Ida am Eingang der Tankstelle einen Suchzettel der Kriminalpolizei. Sie schrieb sich die ange-
gebene Telefonnummer auf. Es konnte ja sein, daß sie eines
Tages einen bestimmten Verdacht hätte. Der Tankwart, der
sie beobachtet hatte, fragte, als sie bezahlte: Kannten Sie
sie?
Ich habe sie gekannt, sagte er. Tankte sie denn oft bei Ihnen?
fragte Ida. Ja, sie kam immer her, antwortete der Tankwart.
Sie soll oft nachts baden gegangen sein. Aber jedem das
Seine!
Er wollte sagen, daß solche Art des Lebens kein Grund sein
könne, eine Frau mit Vergewaltigung und Mord zu bestrafen.

Und jetzt ist schon wieder ein Mädchen verschwunden, sagte er bekümmert. Aus gutbürgerlichen Verhältnissen! Man munkelt auch, sie sei einer Sekte gefolgt, aber ich glaube das nicht. Einer von meinen Leuten hat sie gekannt, sie fuhr jeden Abend per Anhalter, er nahm sie manchmal mit.

Beim Mittagessen in der Pension las Ida in der Zeitung, daß man die zuletzt verschwundene Frau noch nicht, wie die Gerüchte an den Vortagen suggeriert, wiedergefunden hatte, die Frau war immer noch wie vom Erdboden verschwunden.

Am Vortag hatten die Wirtin und die Putzfrau der Klinik behauptet und waren davon nicht abzubringen, man habe die Frau tot in einem Maisfeld gefunden, wahrscheinlich hatten sie die ‹Nachricht› von irgend jemandem übernommen.

War es nicht ein Sakrileg, wenn eine Frau allein in der Nacht in einsamen Baggerseen badete? Wie durfte sie sich so etwas erlauben! Ihr war das Leben genommen worden für ihr freies Verhalten, welches immer noch, trotz aller Gleichstellung der Geschlechter, ein ungeheures Risiko bedeutet. Nun waren alle Frauen verschreckt, die dieser Gegend natürlich am stärksten. Sie bewegten sich in noch engeren Kreisen, trauten sich kaum noch ins Freie. Vielleicht heirateten einige Frauen jetzt sogar schneller oder entschlossen sich überhaupt zur Heirat, um sich unter den Schutz eines Mannes zu stellen.

Der Chirurg kam Ida diesmal seltsamerweise kleiner vor als das erste Mal. Er schien ihr verändert, wie er in seinem feinen, grauen Anzug – die Pfeife zum Mund führend und daran schmauchend – von Operationssaal zu Operationssaal und zurück zu seinem Büro ging.

In seiner Verkleidung, wenn er mit Mundschutz operierte und nur noch aus Augen und Händen bestand, wirkte er wie ein anderer.

Magdalena sagte: Er hat dann ein Pokergesicht. Ida allerdings war geradezu begierig auf das von höchster Konzentration wie erleuchtete Gesicht des Chirurgen, sie bewunderte die Präzisionsarbeit seiner Hände.

Immer wieder kamen sie auf die ermordete Frau zurück, und der Chirurg erzählte Ida und Magdalena nichts Neues, wenn er ihnen zurief, schon wieder sei eine Frau verschwunden.

Ich war noch letzthin in einem Maisfeld, sagte Magdalena. Mit Lena (das war eine Freundin aus Wien, die Ida nicht kannte) habe sie im Mais gestanden, abends.

Wir haben Schutz gesucht vor einem Gewitter!

Du lebst gefährlich, sagte Ida.

Ja, soll ich mich lieber vom Blitz erschlagen lassen? gab Magdalena zurück.

Mit dem Mais hat es wirklich überhandgenommen, sagte darauf der Chirurg, es ist eine Monokultur. Die Bauern haben damit wenig Arbeit, sie füttern ihn als Silage an Kühe und Schweine.

Der Chirurg nannte Idas Vater ein ‹Schlitzohr›. Er schätzte seine Disziplin, fürchtete jedoch ein wenig seine Fähigkeit, ebenso zu herrschen wie er selbst. Er war beim Barras, sagte er, fügte nicht hinzu: Dort hat er viel gelernt, da hat man ihn geschliffen, aber er meinte das wohl.

Der Chirurg war auf Herrn Domröse angewiesen. Einen Anästhesisten mit einer solchen Erfahrung fand man nicht jeden Tag. Sie liebten sich aber nicht gerade, vielleicht sah der Chirurg ein wenig seinen eigenen Vater, das *große Tier*, in Herrn Domröse, obwohl der Anästhesist auf der ‹Stufenleiter› unter ihm war. Dennoch meinte man in seinem Respekt für den Anästhesisten auch etwas zu spüren von der Bewunderung für den, der Schmerz ausschalten kann.

Herr Domröse gab die Narkose, überprüfte sie, wachte über den vitalen Funktionen des Pferdes. Sein Amt war es, zu sehen, ob das Herz weiterschlug, darauf zu achten, daß das Pferd keine unnötigen Schmerzen hatte, während man an ihm schnitt.

Die Operation wurde vorbereitet, und er suchte doch tatsächlich die Wände des Saales nach Spinnweben ab. Und er sah welche! Wer hat hier Spinnen gefegt? fragte er. Er lächelte, aber wahrscheinlich ärgerte ihn diese Schlampigkeit. Frau Korngold, die ihm assistierte, sagte: Ich feg keine. Darauf nahm er selbst einen Besen und entfernte die Spinnweben.

Das Pferd, das man operierte, nannte man ‹Kehlkopfpfeifer›, es war: *der Kehlkopfpfeifer*. Ida fragte nach seinem Namen, niemand wußte ihn, man kannte nur den Namen seines Besitzers. Herr Domröse schaute in den Papieren nach, das Pferd hieß ‹Landgraf›. Frau Korngold erklärte, daß diesem Pferd, dem Kehlkopfpfeifer, das Stimmband in das Lumen des Kehlkopfes falle. Daß es beim Springen und Laufen nur ungenügende Leistungen vollbringe, zu wenig Luft bekomme. Luftwirbel, die in seiner Kehle entstanden, erzeugten ständig Töne.

Bei der Operation wurde ein geflochtenes Band durch den Knorpel gezogen: die Kehlkopfprothese.

Ida dachte, während sie bei den Operationen zusah, wieder viel über Blut nach. Das Blut war wirklich ‹ein ganz besonderer Saft›. Vielen Menschen wurde schon übel, wenn man nur von Blut sprach, geschweige denn, daß sie es sehen konnten. Viele dachten, wenn von Blut die Rede war, auch gleich an ‹Blut und Boden›, an verbrecherisch-unheimliche Vergangenheiten.

Sie wollten auch nichts davon hören, daß fast jeder sich tagtäglich ‹die Hände blutig macht›, ausgenommen die Vegetarier. Und mit den Vegetariern war es so eine Sache: Ida hatte einmal einen Vegetarier kennengelernt, der sich äußerst friedlich gegeben hatte – einen Kriegsdienstverweigerer. Doch war er mit Menschen umgegangen wie ein Sadist mit einem Opfer. Auch der Regisseur, den Ida seit ihrem Besuch im Pferdemuseum nur noch ‹Graf Sandor› nannte, war sozusagen ‹vegetarisch erzogen› worden. Seine Eltern hatten ihn oft in die älteste vegetarische Gaststätte Deutschlands ausgeführt, seine alten Tanten hatten ihm Vorträge über die Vorteile der fleischlosen Lebensweise gehalten ...

Sie dachte, während sie dem Chirurgen zuschaute, auch über das Schlachten nach, Esriel hatte ihr noch unlängst gesagt: Ich möchte mal wieder ein Bratwürstchen essen. Wenn Ida dann beiläufig erwähnte, daß es auch aus Tieren gemacht sei, war Esriel beleidigt. Von was für einem Tier? hatte er gefragt.

Von einem Schwein, hatte Ida ihm geantwortet.

Er fragte: Von einem lebendigen? Ja, was denkst du denn? hatte Ida gesagt. Er darauf: Woher soll ich das denn wissen? Er war dem Weinen nahe gewesen.

Aber Pflanzen leben doch auch? wandte Esriel ein, als müsse er sich für seinen Wunsch nach Fleisch verteidigen. Die muß man doch auch abschneiden, oder? Sie leiden nicht so, glaube ich, sagte Ida. Sie schreien nicht und brechen nicht zusammen. Vielleicht hört man es nur nicht? Esriels Scharfsinn war bestechend, und Ida war ratlos. Sie sagte das Esriel auch.

Ja, die Sache mit dem Schlachten und dem Blut war nicht ganz einfach. Frau Bachrach zum Beispiel konnte kein Blut sehen.

Es kommen zu viele Erinnerungen hoch, sagte sie – das war aber nichts als eine wortkarge Andeutung, denn viel mehr wollte sie nicht sagen. Sie fügte nur hinzu: Ich habe zu viel Blut gesehen! Dabei hatte sie einmal, als sie ihre Gefangenschaft im Konzentrationslager beiläufig erwähnt hatte, gesagt: Die Zeit ist ausradiert, vergessen – davon spreche ich nicht.

Nur war es mit dem Vergessen eine eigene Sache. Man kann die Erinnerungen vertreiben. Aber sie kommen durch die Hintertüren oder durch irgendeine feine Ritze doch irgendwie herein. Man kann sie nicht wie Huren aus dem Haus treiben ... Wahrscheinlich konnten nicht einmal die Toten alles vergessen, nur stellte sich Ida das Erinnern der Toten so vor, daß es sie nicht mehr im geringsten schmerzte.

Frau Bachrach also wollte nichts von der Tierklinik hören, schon gar nicht von Versuchen mit Pferden. Sie hatte schließlich ‹Bekanntschaft gemacht› mit besonders ausgeklügelten ‹Tierversuchen›.

Endlich hatte sie sich aber doch nicht enthalten können, zu behaupten, für die Juden hätten, zynisch gesagt, die Tiere, lange vor den Verfolgungen sozusagen ‹Modell gestanden›. Die Experimentatoren hätten lange genug *geübt*, ehe sie die Juden abtransportiert hätten wie Tiere: in Viehwaggons.

Ein Teufelskreis, hatte Ida sagen wollen, die Experimentatoren sprechen den Tieren, mit denen sie Versuche anstellen, die Seele ab, sonst hätten sie doch Skrupel, Tiere zu angeblich guten Zwecken zu quälen und zu töten. Und danach töten sie Menschen, wie sie Tiere geschlachtet haben, denen sie wiederum eine Seele ebenfalls absprechen – aber sie war gar nicht zu Wort gekommen. Frau Bachrach begann nämlich, über Italien zu schimpfen, und Ida war eine Zeitlang sprachlos.

Italien ist mir zuwider, hatte Frau Bachrach gesagt, dort geht man sehr schlecht mit Tieren um, ich saß mit meinen Freunden am Mittagstisch, und sie ließen gebratene Drosseln auftragen. Ich habe aber kein Blatt vor den Mund genommen.

Wenn ihr die Tiere nicht vom Tisch nehmt, habe ich gesagt, muß ich – auf deutsch gesagt – kotzen. Nehmt die Tiere vom Tisch! Ich sage Ihnen: Sie haben mich nicht begriffen. Stellen Sie sich vor: Da war alles noch dran. Die Köpfe! Die Schnäbel!

Ja, und? fragte Ida. Frau Bachrach stutzte einen Moment, schüttelte dann nur den Kopf.

Nach einer Pause kam sie auf die Katzen in Italien zu sprechen. Mein Gott, sagte sie, Sie machen sich keine Vorstellung. Sie kastrieren nicht, nein. Sie ersäufen sie nicht – sie lassen sie umherstreunen zu Hunderten. Verfloht und vermickert! ‹Vermickert› sagte sie, so manches Mal benutzte sie Wörter, die von ihr erfunden zu sein schienen. Sie sagte zum Beispiel von ihrem Hund: Er ‹schittert›...

Wer weiß, dachte Ida, als ein Schimmel hereingeführt wurde – vielleicht sollte man, um ein Land kennenzulernen, nur beobachten, wie die Menschen darin mit ihren Frauen, mit ihren Kindern, vor allem aber mit ihren Tieren umgehen. Es war ja eine Lüge, daß man in ihrem Land, wie sie es oft von Kinderschützern gehört hatte, mit Tieren liebevoller umging als mit Kindern.

Der Schimmel war bereits sediert. Und Ida mußte an Falada denken, obwohl Falada ein stolzes, dunkles Pferd war.

Sie mußte auch an ein altes Buch denken, das sie vom Chirurgen ausgeliehen bekommen hatte – ein Buch aus dem Jahre 1797, gewidmet Kaiser Joseph dem Zweiten. Da stand: ‹Ich verwundete die Tiere durch Feuergewehr zu wiederholtenmalen an verschiedenen Theilen des Körpers, und überließ ihre Wunden der Natur; ohne ihr im mindesten zu helfen.

Das erste Pferd, an dem ich Versuche machte, ward mit einer starken Flintenkugel durch das dicke Fleisch am obern Theile des hintern linken Schenkels geschossen...›

Und sie hatte sich gefragt, ob damals, vor mehr als zweihundert Jahren, auch Menschen gegen ‹Thierversuche› protestiert hatten.

Der Schimmel war bereits sediert.

Schimmel, sei nicht so blöd, du bist doch schon eingeschlafen, schimpfte der Helfer, in halb zärtlichem, halb ungehaltenem Ton. Er horchte das Herz des Schimmels ab, die junge Ärztin hatte es schon einmal getan. Es schien irgend etwas nicht zu stimmen, denn Herr Domröse murmelte: Dann werden wir wohl einen Zwischenfall haben.

Der Herzschlag ist leicht arhythmisch, sagte Frau Korngold, das kann bei gut trainierten Pferden physiologisch sein.

Herr Domröse fegte Pferdeäpfel weg, die vielleicht auch ‹Angstpferdeäpfel› sind, dachte Ida, denn alle Pferde, die in die letzte Box mit dem durchsichtigen schweren Plastikvorhang davor kamen, bewegten sich unruhig, hatten Angst, obwohl sie ‹sediert› waren. Da fällt ab und zu eine ganze Herzaktion weg, sagte die junge Ärztin, und jemand rief: Können wir denn das Pferd jetzt *ablegen*?

Ida mußte über das Wort ‹ablegen› nachdenken. ‹Sich ablegen› hieß im westfälischen Jargon: sich schlafen legen.

Der Pferdepfleger beruhigte das Pferd. Mucki, komm man her, sagte er, wie zu einem Kind. Und jemand fragte: Was für ein Brand ist das?

Na, du verrückter Vogel, eh! Nu steh doch mal, was bist du denn für 'n Zappelphilipp, sag mal. Der Pferdepfleger war wirklich einfallsreich in seiner Ansprache an den Schimmel. Kannst du das jetzt mal lassen, ja? Und dann lobte er ihn: So ist schön, ja. Und wieder rief jemand: Woll'n wir ihn *ablegen*?

Ida wurde plötzlich bewußt, daß sie sich in ihrem ganzen Leben noch kein einziges Mal ernsthaft mit der Geschichte der Anästhesie beschäftigt, daß sie das Geheimnis ihres Vaters noch nie ernsthaft zu ergründen versucht, seine andere Seite, seine gleichsam weibliche, nächtliche Seite noch nie wirklich betreten hatte.

Die Nacht konnte ein einziger Alp, ein einziges vielmäuliges Ungeheuer sein, aber auch der Quell aller Inspiration. Wie oft erlebte sie, daß sie erst nach einem erquickenden Schlaf, nach der Trance einer Nacht, nach der Anästhesie, die die Träume schenken, wieder neuem Beginn, zum Schauspiel, zur Arbeit an sich selbst, zum Sein mit anderen Menschen fähig war.

Die Anästhesie, die Herr Domröse gab, und die Kräfte, die der Chirurg mittels seiner feinen Hände und seiner Röntgenaugen an die erkrankten Pferde weiterleitete, konnten heilen, aber auch töten, so dachte Ida. Vielleicht befand der Mensch sich immer zwischen diesen beiden sich heftig bekämpfenden Anwandlungen: zu heilen oder zu töten.

Während man Vorbereitungen traf, die Kehle des Schimmels zu heilen, überfielen Ida die Bilder von einem anderen Schimmel, die sie einmal betrachtet hatte. Er war nicht geheilt, sondern getötet worden.

Es waren Fotos gewesen, die Magdalena gemacht hatte. Magdalena, so jung sie war, hatte den Mut besessen, in einen Schlachthof zu gehen und dort mehrere Wochen zu fotografieren. Sie fotografierte, indem sie die Tiere, während sie getötet wurden, auch ihre eigene Stummheit, und sie hatte die Gesichter der Schlachter fotografiert. Sie hatte an einem Buch gearbeitet, das aber niemals erschienen war, weil jedermann abgestoßen war, obwohl die Fotos, so ekelhaft ihr Sujets waren, von großartiger Qualität waren. Jedermann aß Fleisch und hatte tagtäglich auf dem Teller Tiere, die nicht viel anders geschlachtet worden waren als jene Tiere, die auf Magdalenas Fotos zu sehen waren, aber jedermann wollte die Augen davor verschließen.

Ida hatte die Fotos alle betrachtet, obwohl auch ihr dabei unheimlich geworden war. Mit Entsetzen hatte sie sich aber später dabei beobachtet, wie sie trotzdem weiter ohne Skrupel Fleisch aß, so als hätten die Fotos von den Schlachtungen mit jenen Tieren, die sie selbst aß, überhaupt keinen Zusammenhang. Sie aß Fleisch, wie Esriel es tat, der immer wieder verwundert fragte: Wieso, ist das ein *Tier*? Ich denke, es ist *Fleisch*?

Herr Domröse hantierte bereits mit der Seilwinde, er legte sie um den Körper des Schimmels, dessen rechte Seite Helfer an die Mauer drückten, spannte sie bis hin zum Schweif. Und lederne Fesselbänder wurden dem Schimmel um die Hufe geschnallt. Die Seilwinde sollte das Pferd halten, wenn es halb zusammenbrach, halb schwer und plump geworden niedersackte.

Ida hörte den Schimmel laut atmen, wie ein tief schlafender Mensch atmete er hörbar aus und ein.

Vorsicht beim Einfesseln, rief jemand. Herr Domröse zog mit beiden Händen am Schweif. Die vier Hufe waren jetzt zusammengebunden. Und mit Hilfe eines Krans wurde das Tier, das nun zusammengesackt am Boden lag, an den Hufen hochgezogen, und aus der Box, deren Vorhang zum Operationsraum inzwischen beiseite gezogen worden war, auf den eisernen Operationstisch mehr geschleift als gehoben. So schwer war das Tier, daß man sich seiner ohne Betäubung niemals hätte bemächtigen können.

Seine große, lange, hellrosa Zunge hing schlaff aus dem Maul, der Anästhesist hatte den Schlauch in den Hals gesteckt, die Zunge war herausgeglitten. Mit einem Maulgatter wurde das Gebiß auseinandergehalten. So 'n klein' Kniff ist das, sagte Herr Domröse, der in solchen Situationen in Jargon verfiel. Er war stolz auf seine geübten Handgriffe.

Es war seltsam, daß Ida, während sie Zeuge der Operationen wurde, sich oft erinnert fühlte an Menschen, die Rauschmittel nahmen, vielleicht, um sich zu heilen, auch wenn sie sagten, sie wollten nur Spaß, sie wollten nur Ruhe haben. Ruhe vor dem Schmerz vielleicht, dachte Ida. Sie mußte, während sie die betäubten Pferde betrachtete, an ihren LSD-Rausch vor vielen Jahren denken. Wie damals die Zeit stillgestanden, ja mehr als stillgestanden war. Wie sie in einer Sekunde hundert Jahre auf der Stelle getreten war, ja nicht einmal mehr den Unterschied zwischen einer Sekunde und hundert Jahren gewußt hatte. Solche Momente hatte sie auch jetzt noch oft, ohne LSD eingenommen zu haben: Manchmal dehnte sich ein winziger Teil einer Sekunde – sie dachte, daß es wohl ungefähr eine Sekunde sein mußte, was da an Zeit verging – zum Maß eines Jahrhunderts aus. Auch jetzt, während sie die Flanken des Schimmels sich heben und senken sah und sein Ein- und Ausatmen verfolgte, wie man der Bewegung von Wellen des Meeres zuschaut, stand die Zeit gleichsam mehr als still. Und sie mußte an jenen anderen Schimmel denken, der nicht geheilt, sondern getötet worden war, damit Menschen ihn äßen.

Das weiße Pferd stirbt für uns und wofür? O du weißes Pferd, da du hangest. Deine weiße Haut, dein weißes Fell. Du Sinnbild des Lebens, der Hochzeit, des Lichts. Auch du mußt sterben. Wofür?

Damit die Menschen essen. Damit ihnen die Erde untertan sei. Deine Schönheit wird abgezogen, du Tier, deine weiße Haut, du Tier. Verzweifelt seh ich es mit an und kann nichts tun. Ich seh Bilder vor mir, wie du auf der Weide deine Glieder spielen läßt in der Bewegung. Ich seh deine herrlichen Bewegungen, du weißes Pferd.

Schimmel werden, im Gegensatz zu Albinos, die man als Rosen- oder Atlasschimmel bezeichnet, stets dunkel geboren und färben sich allmählich, meist am Kopf beginnend, mit jedem Haarwechsel heller, um schließlich mehr und mehr weiß zu werden ... Du aber wirst keine Zeit mehr haben, deine Farbe zu wechseln, du wirst in den gekachelten Schlachtraum geführt. Der Metzger hält den Schußbolzen an deine Stirn und drückt ab.

Wie vom Blitz getroffen, stürzt du zu Boden, weißes Tier. Ich seh wieder deine göttlichen Bewegungen, auf der Sonnenweide trabst, galoppierst du, springst du ins Licht. Deine Nüstern bibbern, dein Fell atmet Wärme und ist weich und zärtlich. Du warst ein Fohlen, mein Tier, da warst du schwarz oder braun oder rot. Du verwandeltest dich. Der Tod aber verwandelt dich nicht, macht dich nur zu purem Fleisch. Die Katzen lecken an deinen abgehackten Beinen. Mit einem scharfen, spitzen Messer folgt der Schnitt in die Schlagader. Sprudelnd tritt das leuchtendrote Blut aus der Wunde. Ketten werden dir um die Fesseln gelegt, eine Hebebühne von der Decke herabgelassen, woran man Ketten befestigt, dein Körper wird ein wenig hochgehoben. Du liegst auf dem Wagen, deine weiße Leiche. Der Pferdemetzger beginnt, deine Haut abzutrennen. Mit einem langen Schnitt, angefangen am Hals, über den Leib hin, bis zum Schweifansatz. Deine unteren Beine werden abgetrennt.

Wieder wirst du aufgehängt, deine weiße Leiche. Ehemals warst du weich und lebendig, du atmetest, dein Herz schlug. Damit deine Leiche nicht schaukelt, werden an den vorderen Beinen Haken befestigt, am Fußboden verankert. Dein Kopf wird bis zum Halswirbel abgetrennt, eine hydraulische Zugkette an der Haut befestigt. Vorsichtig zieht man dir die Haut ab. Am Schweifende hilft der Pferdemetzger mit dem Messer nach.

Die Weiterverarbeitung der Masse Fleisch geschieht nicht anders als beim Zerlegen von Schwein oder Rind.

Das Schrecklichste ist das Abtrennen deiner Haut. Ohne deine Haut, weißes Pferd, bist du nackt und bloß, ein Nichts. Du hast den Mantel deiner Seele, deiner Schönheit verloren, du mein weißes Pferd, das du tänzeltest im sanften Atem der Lüfte, du mein Tier weiter Ebenen. Übrig bleibt eine Menge Fleisch.

O du weißes Fohlen. Du weißes Pferd, da du hangest.

Eine Stimme vom Hof her schrie: Ihr müßt den Schimmel noch einmal vom Tisch nehmen! Der Chef soll operieren, und der ist noch nicht da. Allgemein murrte man, aber man mußte sich fügen. Der Chirurg war noch nicht eingetroffen, der Schimmel mußte wieder vom eisernen Tisch.

Ida – aus ihren Grübeleien und Bildern gerissen – ging nach draußen auf den Hof, wo am Morgen Ankaufuntersuchungen stattgefunden hatten.

Besitzer von Pferden kamen dazu mit Kaufinteressenten zur Klinik, um die Pferde prüfen zu lassen. Ärzte und Gehilfen nahmen verschiedene Untersuchungen vor, man beugte etwa das Kniegelenk längere Zeit, wobei das Sprunggelenk automatisch mitgebeugt wird, und ließ danach das Pferd an der Hand seines Besitzers auf der Vorführbahn traben. Nach der Belastung, die man hier nur nachzustellen versuchte, konnte man bei verschiedenen Messungen feststellen, zu welchen Leistungen das Pferd ohne Störungen imstande war. So konnte man erkennen, ob es zu lahmen anfing oder Herzrasen bekam.

Es war seltsam für Ida, mit anzusehen, wie die Pferde vorgeführt und geprüft wurden. Sie mußte denken, daß es den Menschen auch so ergeht, obwohl nach den Menschenrechten alle Menschen gleich sind.

Als Ida in den Operationssaal zurückgehen wollte, traf sie einen der Pferdepfleger am Eingang, der hielt einen Schäferhund am Halsband. Der Hund war vor einer Woche an einem Morgen von ihm, der an diesem Tage als erster zur Klinik kam, angebunden an einen Pfosten und erbärmlich winselnd, aufgefunden worden. Der Pferdepfleger hatte, nachdem sich kein anderer gefunden hatte, der den Hund aufnehmen wollte, sich spontan entschlossen, das Tier zu behalten. So etwas passiert öfter, sagte er zu Ida, die gleichzeitig neugierig und furchtsam auf den Hund schaute, die Leute glauben, hier ist eine Tierklinik, da können sie die Tiere, die sie nicht mehr haben wollen, aussetzen. Sie denken: Die werden ihn schon einschläfern. Selbst wollen sie das Tier nicht ins Jenseits befördern, sie müßten sich ja die Hände schmutzig machen. Nein, sie waschen ihre Hände in Unschuld und binden das Tier, das sie lossein wollen, am Pfosten der Tierklinik an.

Er lachte. Sehen Sie mich nicht so ängstlich an, Frau Helmond, ich lasse ihn bestimmt am Leben. Mit diesen Worten nahm er den Schäferhund fester an die Leine und verabschiedete sich, er hatte heute seinen freien Tag und war nur einmal kurz vorbeigekommen. Ida blieb eine Weile sehr nachdenklich stehen, sah dem Mann nach, wie er wegging mit seinem Hund, den der alte Besitzer nicht mehr hatte haben wollen.

Als sie zurückkam in den Operationssaal, lag bereits das nächste Pferd auf dem eisernen Tisch, den Herr Domröse hoch- und herunterkurbelte, bis er die richtige Höhe hatte.

Es geht alles so schnell, dachte Ida. Ein Pferd wird hertransportiert, es wird operiert, es wird weggezogen auf einem eisernen Wagen – zur Aufwachbox in der Scheune. Es ist ein Kommen und Gehen von Pferden. Ein Narkotisieren. Ein Zusammensacken. Ein Aufstehen. Ein Aufwachen.

Und immer sah sie die Pferdeaugen, die sich schlossen unter den Lidern, und die Augäpfel ruckten kaum wahrnehmbar hin und her, wenn Frau Korngold die ‹Fingerprobe› machte.

Komm, das kitzelt, das tut weh, sagte der Gehilfe zu dem Pferd, das tief in Narkose war. Und doch zuckte ein Huf noch zurück, als eine der Gehilfinnen, ein junges, zartes Mädchen, anfing, das Fell zu rasieren um die blutig schwärende Wucherung über dem Kronensaum.

Das Tier hatte ein Geschwür oberhalb des Kronensaums. Frau Korngold sagte: Das war wahrscheinlich einmal eine Kronensaumverletzung.

Der Arzt, der den Chirurgen vertrat, schnitt mit der Klauenzange am Huf. Alles kranke Gewebe muß abgetragen werden, erklärte Frau Korngold Ida. Man muß ins Leben schneiden, bis ins Gesunde. Nur so kann man Platz für das Heile schaffen, das nachwächst.

Herr Domröse schärfte das Hufmesser, das der Vertreter des Chirurgen zum Abraspeln des kranken Hufgewebes benutzte. Oft mußte er die Messer wechseln. Messer tauschen, sagte er, dieses qualmt schon. Ein Messer stumpfte rasch ab. Solche Härte hatte der Stoff von Pferdehufen.

Das wuchernde Fleisch stank. Verfaultes Fleisch. Blutiges Gewebe. Ida sah bewundernd, mit welcher Präzision der Arzt, den sie nicht kannte (der Chirurg hatte viele Mitarbeiter, die von ihm lernen wollten, Kollegen aus dem In- und Ausland), das Kranke wegschnitt und dem Neuen den Weg gleichsam ‹freirodete›. Zuletzt gipste der Arzt den Huf ein und verband ihn, bis hin zum Kniegelenk, er brauchte dazu über sechzehn Binden, die ihm die junge Helferin nach und nach hinreichte. Das ist ja ein Riesenklumpfuß geworden, sagte er.

Dies waren schöne Momente. Zu erleben, wie etwas heilgemacht wurde. Ida mußte an die Hufe des Pegasus denken, der Quellen aus dem Erdboden stampft. Wenn die Hufe solche lebendige Härte hatten, waren sie womöglich sogar imstande, Quellen aus gefrorener Erde entspringen zu lassen. Sie mußte an ihre Beine denken, die so zerstört gewesen waren. Sie schmerzten immer noch. Sie konnte noch keine Kniebeugen machen, sich nicht hinhocken.

Zwar war die Sprache eines der zentralen Mittel des Schauspielers und sein Ziel. Aber die Sprache hatte einen Raum, aus dem sie strömte, in dem sie hallte. Das war der Leib. Sprache kam auch aus den Beinen. Aus den Füßen, aus den Hufen, aus dem Sonnengeflecht, aus den Händen, aus dem Herzen. Aus der Kehle. Vielleicht war das die Bedeutung des Pegasus als Tier des Dichters: daß dem Dichter die Quellen aus Leib und Seele, aus dem Leib von Fuß bis Kopf entspringen mußten?

Die zarte, blonde Helferin fegte Gewebefetzen und Verpackungsreste am Boden zusammen.

Der Schimmel ist jetzt dran, rief Herr Domröse, der, kaum war der eine Patient wegtransportiert, schon Vorbereitungen für die Narkose des nächsten traf.

Je älter die werden, desto mehr werden sie Schimmel, sagte Herr Domröse. Sogar Blauschimmel werden irgendwann vollkommene Schimmel. Und bei ihrer Geburt sind sie tiefschwarz.

Der Schimmel lag bereits auf dem eisernen Tisch, und Ida schaute zu, wie die Helferin das Fell über dem Kehlkopf rasierte. Unter dem herrlichen Weiß wurde ein Grau sichtbar.

Als der erste Abschnitt der Operation vorüber war (der Chirurg war erschienen, er operierte), kündigte Herr Domröse an: Der kommt gleich auf den Rücken.

Gebannt sah Ida zu, wie der Chirurg, gleichsam wie ein Ballettänzer oder ein Schauspieler, seinen rechten Fuß auf dem eisernen Tisch hielt, während der etwas tiefer gelassen wurde. Als der Tisch die richtige Höhe hatte, ließ der Chirurg sich auf die Knie fallen und ging, auf dem eisernen Tisch kniend, neu an den Kehlkopf des Pferdes, das man auf den Rücken gedreht hatte.

Nachdem ein Schnitt gesetzt war, wurde die Wunde mit einem Wundspreizer auseinandergehalten. Ida mußte sich sehr anstrengen, die winzigen Teile, die der Chirurg mit seinen geübten Augen und Händen unterscheiden konnte, wahrzunehmen.

Wie lange werden Sie brauchen? fragte Ida ihn, um sich abzulenken. Als die Operation beendet war, fragte der Chirurg: Wie lange hat es gedauert? Ida sah auf die Uhr an der Wand. Fünfzehn Minuten, sagte sie. Der Chirurg war zufrieden.

Sobald er sein Messer aus der Hand gelegt, gingen viele, die zugeschaut hatten, sofort aus dem Raum, als sei der Vorhang auf einer Bühne gefallen. Es fehlte nur noch, daß jemand ‹Zugabe› schrie. Aber soweit ging die Analogie zum Theater nicht. Frau Korngold schimpfte: Jetzt hauen wieder alle ab, das ist typisch.

Aus der Kehle des Pferdes, die jetzt zugenäht war, dampfte es wie Atemfahnen aus Mündern an kalten Wintertagen im Freien. Das ist die Körpertemperatur, sagte Herr Domröse.

Jedes Pferd gab andere Töne von sich, wenn es niedergezwungen wurde. Die einen grunzten, man hörte ein röchelndes Stöhnen. Andere gaben tiefe Seufzer von sich. Manches Pferd seufzte, murmelte und stöhnte ganze Symphonien von Lauten.

Die Zungen hingen zu den Seiten der Mäuler heraus, seltsamerweise erinnerten sie Ida an Hände. Sie mußte, wenn sie die Zungen der Pferde sah, an Zungenreden und Musik, an Stimmächtigkeit denken. Stimmächtig sein! Eine Stimme haben! Das Pferd, wenn es narkotisiert war, war nicht mehr imstande zu wiehern.

Dabei machte man mit Pferdehaaren Musik, Schweifhaare benutzte man, wenn man natürliches Material nahm, für Geigenbögen. Auch Wiehern war Musik, war die Sprache der Pferde, wie die Sprache der Stummen Musik, die Sprache der Jugendlichen heute oft die Rockmusik ist.

Der Kittel des blonden Mädchens war blutbespritzt, es sagte: Ich seh aus, als ob ich geschlachtet hätte. Sie wollte witzig sein. Nee, nee, beschwichtigte sie aber sogleich, als sie Idas forschenden Blick sah, ich könnte nicht mal eine tote Maus sehen.

Herr Domröse freute sich, daß alles so gut verlaufen war, er sagte: Schön ist das doch, wenn das so gut eingearbeitet ist. Jeder Griff, der sitzt!

Ida dachte darüber nach, was es hieß: Ein Geschöpf zu betäuben, damit man an ihm etwas tun kann und es währenddessen keinen Schmerz spürt – und manchmal auch nicht spürt, wie man ihm Gewalt antut; an die doppelte Bedeutung der Schmerzbekämpfung, des Vermeidens von Schmerz. Auch fragte sie sich, ob ein Pferd, während es betäubt auf dem eisernen Tisch lag, nicht doch träumte, tagträumte, ob nicht doch sein Unterbewußtsein alles aufnahm, sein inneres Ohr alles hörte, wer wußte es?

Hin und wieder horchte Ida auf das Klappern von Hufen, das vom ‹Laufsteg›, von der Vorführbahn in den Operationssaal drang. Die Vorstellung drängte sich auf, daß da Füße und Hufe davontrabten, flüchteten, flohen. Dieser Laut der Hufe auf dem Pflaster. Wie man durch ein Musikstück – manchmal nur einen Fetzen einer Melodie, der von irgendwoher zu einem fliegt – urplötzlich in eine namenlose Wehmut gestürzt werden kann, erfaßte Ida bei diesem Klappern der Hufe, das von draußen kam, bleierne Müdigkeit, ein Schmerz, wie wenn *sie* operiert würde.

Was ist das für ein Pferd? schimpfte der Chirurg, das ist schlimm mit dem, das blutet aus allen Löchern. Er schimpfte, weil der nächste Patient so stark blutete. Es gibt manchmal Pferde, erklärte Frau Korngold, die haben sehr viele Gefäße. Aber das ist eine Ausnahme, ergänzte der Chirurg.

Herr Domröse blickte durch sein Laringoskop in die Kehle, Ida durfte auch hineinschauen, sie sah etwas wie ein großes geöffnetes Auge.

Der Chirurg hielt ein Stück Stimmband hoch.

Ein kleines Stück Stimmband rezidieren wir immer mit, sagte er.

Herr Domröse wirkte wie immer sehr ruhig, die Erfahrung hatte ihn gleichmütig gemacht, doch abgestumpft scheint er nicht zu sein, dachte Ida.

Sie hatte ihm zugesehen, wie er in der Scheune das Aufwachen eines Pferdes überwacht hatte. Das untere Bein muß man vorziehen, sagte er, damit der Radialisnerv nicht belastet wird. Er erkannte an wenigen, für den Unerfahrenen kaum wahrnehmbaren Zeichen, was im nächsten Augenblick geschehen würde. Kaum sagte er: Der spielt schon mit den Augen, es dauert nicht lange, dann liegt er schon auf der Brust, da hörte Ida ein Knurren, und das Pferd versuchte, sich mit einem einzigen Hochstemmen der Vorderhufe aufzurichten.

Sie war erschrocken und zurückgesprungen, Herr Domröse hatte aber nur ruhig gesagt: Das Wegspringen nutzt nichts, man muß Fühlung halten mit dem Pferd.

Man operierte ein Fohlen, es hatte einen Sehnenstelzfuß. Jemand rief: Mutter und Kind kommen. Vorsicht!

Und jemand fragte: Haben wir die kleinen Fesseln hier? Und den Strick, haben wir den da?

Das Fohlen fiel, die Mutter wieherte dumpf, auch ihr hatte man, aber nur eine leichte, Betäubung gegeben, damit sie sich nicht zu sehr aufregte.

Man hatte sie zusammen in die Vorbereitungsbox gebracht, damit das Fohlen sich leichter betäuben ließe, mit der Mutter bei sich.

Nachdem es zu Boden gesackt war, führte man die Stute, deren Augen von dem Betäubungsmittel milchig glänzten, zurück in den Stall. Das Fohlen wieherte noch mit hoher Stimme, wollte sich wieder erheben, seine Kraft war unbändig. Aber dann lag es wie die anderen vor ihm auf dem eisernen Tisch, und das blonde Mädchen rasierte ihm das Fell an den Beinen. Sie tat es sehr vorsichtig, faßte es an, wie man einen Säugling berührt. Sie sagte: Die haben eine ganz empfindliche Haut, da kann man schnell schneiden, die Haut ist wie bei Babys.

Als man das Fohlen auf seine andere Seite legen mußte, um das zweite Vorderbein zu behandeln, achtete man nicht darauf, seinen Kopf ebenfalls vorsichtig umzulegen, er baumelte lose herum wie der eines Säuglings, dessen Nacken noch nicht fest ist und der sich nicht allein aufrecht halten kann. Er fiel auf die Eisenplatte. Paß auf den Kopf auf, rief Frau Korngold. Herr Domröse winkte ab. Der Kopf bleibt ihm, sagte er. Das war ein stehender Ausdruck von ihm – der Kopf bleibt ihm –, und Ida hatte wieder, wie während des

Gesprächs am Feuer, das Gefühl, er spreche auch von sich selbst.

Schließlich war ihrem Vater ‹der Kopf geblieben› . . . Oder er sagte auch oft: Dann kriegt er die Letzte Ölung. Wer wußte, wie oft er im Krieg hatte gefaßt sein müssen auf – ‹die Letzte Ölung›?

Auch tröstete es Ida, daß ihr Vater, ungewollt vielleicht, indem er solche Ausdrücke benutzte, dem Pferd eine Seele zusprach, daß er sich auch für ein Tier eine ‹Letzte Ölung› vorstellte. Irgendwie ahnte der eine oder andere in der Klinik wahrscheinlich doch, daß ein Pferd, daß Tiere eine Seele haben, ob er seine Aufgabe nun zartfühlend oder grob erfüllte. Ja, sogar ein Mephisto in Menschengestalt würde, wenn er jeden Tag bei den Pferden arbeitete, wittern und ahnen, daß Pferde eine Seele haben, daß der Platz, den ein Geschöpf einnimmt, nichts aussagt über seinen höheren oder niederen Rang, daß jedes Geschöpf an seinem Platz, aber nicht weniger wert ist als ein Mensch. Um so weniger ernst allerdings ein Mensch sein eigenes Leben, um so weniger ernst er seine eigene Seele nahm, um so grober ging er wahrscheinlich auch um mit der Seele ihm anvertrauter und ihm fremder Geschöpfe.

Wenn Ida ihren Vater ansah, wußte sie nicht, wie ernst er sich selbst nahm, ob er überhaupt noch wirklich lebte. Ja, er war anwesend. Er war qualifiziert. Er hantierte. Aber war er wirklich da? Sie dachte daran, daß die Mutter einmal über den Großvater gesagt hatte, er sei durch den Krieg und die Flucht wohl ‹stumm verrückt› geworden und die letzten zehn Jahre seines Lebens nicht mehr wirklich dagewesen.

Ich war zwanzig, sagte die Frau, als wir fortmußten. Einen Topf und ein Federbett durften wir mitnehmen. Einen Topf und ein Federbett, ich vergesse es nie. Ob ich Heimweh hatte? Aber sicher, ja. Heimweh! Aber es ging vorüber. Wie alles. Es ging vorüber. Sie verfiel in tiefes Nachdenken.

Und das Riesengebirge war so schön, sagte sie. Noch heute sind die Wälder dort dicht und ohne Kahlschläge. Ich bin einmal zurückgekehrt, es war alles so fremd, es gehörte nicht mehr zu mir. Hier ist jetzt mein Ort. Hören Sie den Wind? Sehen Sie, wie er die Blätter jagt? Meine Heimat ist das

Meer. Ich habe sonst keine. Bald werden die Bäume kahl sein.

Die Tauben sind fort. Wußten Sie, daß sogar die Tauben nach Süden fliegen? Im Traum ist alles möglich, sagte Ida.

Die Frau lächelte. Nicht nur im Traum, sagte sie.

Sie sind nicht mehr da, meine Holztauben, sagte sie. Ich hör nicht mehr ihr Gurren.

Mein Vater ist auch nicht da, sagte Ida. Tränen strömten plötzlich aus ihren Augen, sie tat nichts dazu. ‹Gott wird alle Tränen abwischen von Ihren Augen›, sagte die Frau, gleichsam rezitierend.

Ida sah die Frau befremdet an. Mein Vater ist im Krieg geblieben. Er trocknet meine Tränen nicht, sagte sie. Pferdeknecht, verwundeter Soldat, Vater, mein Verwundeter, schrie sie. Du bist im Krieg geblieben, mein Vater, wo bist du? Halte mich. Halte mich doch.

Du bist in Rußland geblieben, wohin sie dich gejagt haben, in die Eisfelder, in die Schlammfelder. Henker haben dich gejagt, mein Vater. Und du warst jung. O Vater, weine über deine verlorene Jugend.

Weine mit mir, Vater. Warum weinst du nicht mit mir? Ich sehe dich im harschen Schnee, am Bauch deines Pferdes rasten. Dort liegst du noch heute, mein Vater. Erfroren. Deine Lippen sind blau, und dein Herz ist ein Iglu.

Deine Lippen sind geöffnet, doch starr, als ob du mitten in einem zärtlichen Satz zu deinem Pferd erschossen worden seist oder vor Grauen vereist.

Vater, mein Vater, wo bist du? Warum weinst du nicht mit mir? Kehre zurück aus dem Eis, mein Vater. Halte mich. Halte mich doch.

Später, als du mit deinem Körper, aber nicht mit deiner Seele wiedergekehrt warst aus dem Krieg, mein Vater, wolltest du Pferdeknecht sein bei fremden Leuten, um bei deinem Tier zu sein. Dieses Tier ist dein Wappen, mein Vater, ein Wappen deiner furchtbaren Stummheit. Sprich, mein Vater, sag ein Wort zu mir, wein mit mir, mein Vater.

Sie nahmen dich nicht als Pferdeknecht, Vater, mein verwundeter Pferdeknecht, du warst genügend schon geknechtet, doch ihnen warst du zu alt.

Mein Vater, mein alter Vater, wo bist du?

Ich hör die Hülle deiner Lippen nur sagen: Hitler hat die Autobahnen gebaut, so wie geschlagene Kinder sagen: Die Schläge haben mir nicht geschadet.

Vater, mein Vater, du bist im Krieg geblieben, mein Vater, du bist nie wiedergekommen, nur deine Hülle. Deine Seele, dein Geist sind bei deinem erfrorenen Pferd.

Manchmal bin ich in Rußland, in meinen Träumen. Dann such ich dich, mein Vater. Dorthin gehen, wo mein Vater, mein verwundeter Soldat, geblieben ist. Dorthin reiten. Vater, Vater, warum hast du mich verlassen?

Ein Pferd ist wie ein Kind, sagte die Frau. Wenn Sie es lieb-haben, hat es keine Angst. Ein Pferd ist von Geburt an gut, nur muß man es viel tätscheln. Manchmal schreien die Zu-schauer zu sehr beim Turnier, mit johlenden, krächzenden Stimmen. Dann fliehen die Pferde in große endlose Wälder. Im Wald finden sie immer etwas zu essen, sie verhungern nicht.

Ida brach zu einer Reise auf. Ein Gespann nahm einen schmalen Weg direkt am Meer entlang zur Zentaureninsel. Es war die Insel der Sonne. Ein Motorradfahrer fuhr voran, links und rechts glänzte erstarrte Lava von Vulkanen. Sie würde sich bis zum Gipfel hinaufwagen.

Was kann mir passieren? dachte Ida. Wenn ich dem Abgrund verfalle, lasse ich mich einfach fallen.

Sie erkannte den Kutscher nicht. Magdalena war bei ihr, das einzig Vertraute. Mit ihr verbrachte sie viele Stunden auf der Sonneninsel.

Während der Chirurg weiter operierte und Herr Domröse und seine Gehilfin, Frau Korngold, ihre wachen Augen im-mer in Bewegung hielten, um auf jedes Anzeichen einer mög-lichen Komplikation zu achten, die junge Ärztin auch immer wieder die Lidreflexe prüfte und eine Hand fortwährend auf dem Hals des Fohlens hielt, erzählte Idas Vater die Ge-schichte von den zwei Pferdebeinen. Er flüsterte, und Ida mußte sich zu ihm hinbeugen, um ihn verstehen zu können.

Einmal mußten wir einem Pferd die Beine abnehmen, sagte er, die wurden zum Schmied gebracht. Ida sah den Vater fra-gend an. Warum noch zum Schmied? Das Pferd war doch tot? Sie sagte es aber nicht. Wozu noch? fragten ihre Augen. Für eine Ausstellung, sagte der Vater. Ida erinnerte sich, während Herr Domröse weitererzählte, wie Esriel nach dem

Besuch eines Hauses der Natur gesagt hatte: Aber Mama, das ist doch gar keine Natur, das ist doch traurig hier. Denn im Haus der Natur gab es nur ausgestopfte Vögel. Sie hatte geglaubt, ihm durch den Besuch der Ausstellung eine gute Anschauung der Natur geben zu können.

Und weißt du, was dann passiert ist? fuhr Herr Domröse fort. Als der Schmied die Beine und die Hufe präparierte, kam ein Besucher zu ihm, der sah die zwei Beine und fragte: Warum beschlagen Sie die noch? Der Schmied hat ganz ernsthaft geantwortet, stell dir vor, Ida – Herr Domröse hatte, während er diese Anekdote erzählte, seine Augen sehr wachsam bei dem Pferd –, er hat dem Besucher gesagt: Die bringe ich in die Tierklinik zurück. Die setzen sie einem Pferd wieder dran. Und dieser Besucher hat das geglaubt, stell dir das vor. Und hat noch gesagt: Was die heute alles machen, wie weit die Wissenschaftler und Ärzte doch heutzutage schon sind!

Ach! sagte Ida nur, und man wußte nicht, ob sie innerlich die Achseln zuckte oder die Geschichte für eine witzige, aber dumme Anekdote hielt.

Die Operation des Fohlens ging ihrem Ende zu. Der Narkoseschlauch konnte herausgenommen werden. Der Apparat wurde abgestellt, und das junge Mädchen sagte: Den kann man doch übern Nacken nehmen, Frau Korngold widersprach: Mach's mal vor, so leicht ist er auch nicht.

Nein, so leicht war das Fohlen bestimmt nicht. Und Herr Domröse rief: Vorn am Kopf hochziehen!

Das Fohlen kam nicht in eine spezielle Aufwachbox, sondern sogleich zu seiner Mutter zurück. Herr Domröse und Frau Korngold luden es gemeinsam mit dem jungen Mädchen, das – entzückt und ein wenig besorgt um das Kleine – mehr zuschaute als mithalf, das Fohlen vom Transportwagen. Nun lag es wieder im Stroh, war aber noch betäubt, noch nicht bei Bewußtsein. Und Herr Domröse führte die Stute von der Nebenbox aus zu ihrem Kind. Diese wollte nicht hineingehen, vielleicht aus Angst, sie könnte versehentlich auf ihr Kind treten.

Wie gelenkig die sind! rief das junge Mädchen. Das Fohlen wieherte, und Herr Domröse sagte: Wenn die Stute jetzt kommt, steht es in wenigen Minuten auf. Komm, da ist deine

Tochter, sagte er zärtlich zu der Stute. Und an Frau Korngold gewandt: Die will da nicht drauftreten. Dann hörte Ida ein quiekendes Wiehern. Das Fohlen kippte aber immer wieder um, als es sich erheben wollte. Herr Domröse ging in den Operationssaal zurück, Frau Korngold folgte ihm. Nur das blonde Mädchen blieb zurück bei Ida. Es schaute der Stute und dem Fohlen zu, wie manchmal Menschen im Vorübergehen nach Säuglingen in Kinderwagen gleichsam luchsen, sich, wenn sie schon vorbeigegangen sind, noch einmal umdrehen, den Hals verrenken, um den Anblick des kleinen Gesichts, das aus dem Kissen schaut, doch noch zu erhaschen.

Es haut sich hier noch den Kopf ein, murmelte das blonde Mädchen besorgt. Und Herr Domröse, wenn er noch dagewesen wäre, hätte wahrscheinlich wieder gewitzelt: Der Kopf bleibt ihm, der Kopf bleibt ihm.

Als das Fohlen endlich auf wackeligen Beinen stand, war seine erste Geste zum Euter hin, seine Mutter aber begann aus der Raufe Stroh zu fressen, man hörte bald das gleichmäßige Mahlen ihrer Kiefer. Wahrscheinlich ist sie noch von den Beruhigungsmitteln betäubt, dachte Ida, sonst hätte sie sicher mehr Wiedersehensfreude gezeigt.

Das blonde Mädchen sagte: Ich finde es schöner, wenn die in der Scheune aufstehen, da rennen sie nur gegen Heu. Die Füße des Fohlens in den Verbänden standen immer noch zitternd und schräg nach außen, wahrscheinlich hatte das Kleine jetzt auch Schmerzen.

Ida hoffte, daß es für immer geheilt sein würde. Wie wichtig doch Füße und Beine sind, dachte sie.

Wieder wieherte das Fohlen, als begrüße es zum ersten Mal die Erde. Und Ida dachte: Das Wiehern der Pferde ist wie Lachen und Weinen zugleich, wie eine sich überschlagende Stimme. Ein Schreien. Ein Rufen. Ein Sprechen und Singen. Ein Jubeln. Ein Klagen. Ein Jammern und Seufzen. Ein lautes Träumen. Ein Brummen und Grunzen. Ein Singen von Wellen. Ein Donnern der Stürme. Ein Rauschen des Windes in Bäumen. Ein Flügelschlagen. *Musik.*

Aber vor allem: Ein Lachen, das heftigste, schönste Lachen der Welt. Als ob Gott lachte!

So war das Wiehern, dieses wunderschönste aller Gelächter.

In der Nacht hatte Ida in der einsamen Pension eine Vision. Sie hörte Finale sprechen. Finale erzählte ihre Kindheit und Jugend.

Ich ging auf stöckrigen Beinen in mein junges Leben, begann sie. Man ließ mich nicht einmal zwei Tage an den Zitzen meiner Mutter saugen. Dann setzten sie mich ab, so nannten sie es. Sie fütterten mich mit Milch aus Flaschen und trennten mich von meiner Mutter. Beinahe starb ich.

Ein Leben lang sehnte ich mich nach meiner Mutter. Doch ich fand sie nie mehr.

Nachts schrie ich, weil ich nicht satt wurde. Ich nahm den Hunger mit wie ein Erbe, für mein ganzes Leben. Meine Mutter schickten sie wieder auf die Felder, ihre Zitzen waren nicht heil. Als sie mich verließ, trug sie einen großen Verband darum, vorher waren dauernd Ärzte gekommen. Einmal war an einer Stelle Eiter aus der Brust gelaufen, als ich getrunken hatte.

Wir litten beide, aber wir konnten es niemand verständlich machen. Ein Vertreter für Futtermittel hielt uns. Vier Jahre blieb ich bei ihm. Er züchtete Pferde, weil er sich nach Reichtum sehnte.

Ich hörte ihn einmal meinen Vater loben, den ich nie gesehen habe. Der hat etliche gute Pferde gebracht, sagte er. Der Vertreter war ein feister Mann, der immer lächelte. Doch sein Wesen war anders. Er wußte nichts von mir.

Ich hatte einen Bruder – einen ‹Vollbruder›, sagten sie. Denn er war vom selben Hengst und von der selben Mutter wie ich. Der Mann ritt mich ein. Ich weiß nicht mehr seinen Namen. Ich vergaß so vieles, nach allem, was mit mir geschah.

Als Fohlen war ich so mickrig gewesen. Ich war das zweite Stutfohlen meiner Mutter.

Sie war so mickrig, sagte der Vertreter oft zu den Besuchern, daß sie der Stute zwischen den Hinterbeinen durchlief.

Herr Domröse hatte einmal gesagt: Im Alter von drei Jahren bringt man die Stuten zum Hengst, kommen sie viel eher zum Hengst, kommt es vor, daß sie nicht belegt werden.

Und Frau Domröse hatte erzählt, wie sie einmal zugesehen hatte, wie eine Stute gedeckt worden war. Es war bei Eldena, sie war dort im Haushalt in Stellung gewesen. Ihre Wirtin hatte gefragt, ob sie sich ansehen wolle, wie ein Pferd gedeckt werde, weil man das schließlich nicht alle Tage sehe.

Sie ging hinaus, da standen so viele Menschen herum, die sich das alles anschauen wollten.

Sie hatte später nur in Erinnerung, daß der Hengst ‹so hoch gestiegen war› ...

Wenn ich sprechen könnte, sagte Finale ... (Und sie konnte ja sprechen, nur anders!)

Als ich drei war, brachte man mich zum Hengst, sagte sie. Nach den Regeln war es richtig, aber ich war in Wahrheit viel kleiner als eine dreijährige Stute.

Bei mir ging alles langsamer als bei den anderen, und dann überfielen sie mich mit ihrer Schnelligkeit.

Sie ließen den Hengst auf mich los. Irgendeinen. Ich hatte kein Gefühl. Ich hatte nicht einmal das Leben gespürt. Ich hatte nur Hunger, diesen undefinierbaren Hunger, den auch kein Stroh und kein Heu, nicht einmal das Gras auf der Weide löschen.

Und sie banden mich und ließen den Hengst mich bespringen.

Tragend ist sie geworden, hörte ich den Vertreter später sagen, aber sie hat resorbiert. Ich kannte das Wort nicht. Ich weiß nur, daß ich nie ein Kind hatte. Warum sollte ich auch? Ich bin selbst noch Kind, ein ängstliches, scheues, obwohl ich den Vertreter auch sagen hörte über mich: Sie ist ein schicker Typ.

Und er sagte auch vor fremden Leuten: Sie hat einen Klotz gemacht, das sollte heißen: Sie hat einen Preis gemacht.

In den Pausen zwischen den Operationen saßen Ida und Magdalena in der Sonne, es hatte jetzt tatsächlich aufgehört zu regnen, auf dem Rasen vor der Skulptur einer Amazone. Und Starfighter flogen im Tiefflug über ihre Köpfe und die Gebäude hinweg.

Magdalena sagte: Ich habe die Gesichter fotografiert, auch deines. Ich habe gar nichts bemerkt, sagte Ida. Du hast dich so sehr angeglichen, daß man dich für einen Teil der Klinik halten könnte, sagte Magdalena. Ida lachte. Weißt du, gestern hat mich ein Pferdebesitzer für die Chefärztin gehalten. Das wundert mich nicht, sagte Magdalena, du könntest sie tatsächlich auch *spielen*. Mit deinem Pferdeschwanz und in dem weißen Kittel, der steht dir übrigens sehr gut. Und wie du sprichst und dich bewegst und hin und her gehst, ganz in Eile und mit den Gedanken bei nichts anderem als diesen Pferden. Als gehörtest du für immer hierher!

Ich werde mich auch schwer trennen von den Pferden, gab Ida zu. Diese Laute. Dieses Leiden. Dieses Geheiltwerden. Das Sterben. Die Gefahr zu sterben. Der Geruch. Die Gerüche. Die Männer in ihren verschiedenen Kleidungen. Die Männer in den plumpen Stiefeln. Die Tierpfleger. Die Chirurgen mit ihren präzisen Händen – alles ist ein Bild des Lebens, und ich sehe es sonst nicht in solcher Klarheit.

Ein Kopper sollte operiert werden, der Chirurg stellte den beiden Frauen in Aussicht: Da fließt viel Blut. Es klang eher triumphierend als warnend, so als nehme er an, die Frauen seien scharf darauf, Blut zu sehen. Aber schließlich war doch eine Operation an Pferden kein Kriminalfilm. Ida wunderte sich. Doch im nächsten Moment schoß ihr eine Szene aus einem Roman Fontanes durch den Kopf, in dem erzählt wurde, wie eine Prinzessin aus Siam, nachdem sie aus den räuberischen Händen eines Haremsfürsten befreit worden war, ihre Unschuld durch ein Bad im Blut dreier weißer Büffel wiedergewonnen hatte, also von der ‹Reinheitswiederherstellung›, durch ein ‹Blutbad›, wie Fontane mit einem etwas schwerfälligen Wort schrieb.

Ida wollte den Chirurgen schon auf Fontane ansprechen, aber sie ließ es sein. Der Chirurg war ein Liebhaber des zynisch-beredten Benn, sie glaubte nicht, daß er jemals den zart-behäbigen, üppig erzählenden Fontane gelesen hatte.

Der ‹Kopper› lag bereits in Narkose auf dem eisernen Tisch. Ida wollte nicht zu oft das Niederzwingen der Pferde sehen. Das Zuschauen kam ihr manchmal fast ungehörig vor, ja, sie empfand sogar Scham, obwohl ihr verstandesmäßig klar war, daß nur die Narkose den Menschen erlaubt, die schweren, massigen Körper der Pferde, die ein Vielfaches mehr an Kraft als der Mensch haben, stillzuhalten, daß nur die Narkose dem Menschen erlaubt, an *großen Tieren* zu hantieren, daß nur die Narkose dem Menschen ermöglicht, diese göttlichen Tiere zu heilen (und sie erlaubt es auch, an ihnen herumzuexperimentieren).

Ida mußte daran denken, daß kleine Kinder Doktorspiele lieben, wahrscheinlich nicht des Sexuellen wegen, sondern weil sie beim Doktorspielen alles machen können mit dem Körper eines anderen Lebewesens: ihn nackt sehen, ihn berühren, etwas hineinspritzen, ihn abhorchen und so weiter.

Wieder vertrat ein Arzt den Chirurgen, der sich entweder ausruhte oder in seinem Büro über seinen Arbeiten brütete (er schrieb auch Aufsätze, Untersuchungen, Gutachten), es war diesmal Doktor Kerßenbrock, ein großer, schwarzhaariger, schmaler und gutmütiger Mann, bei dem man sich auch hätte vorstellen können, daß er Sportnachrichten hörte, während er operierte, so mühelos ging ihm alles von der Hand, tat er mit der linken Hand die Dinge, als handle es sich nicht manches Mal um Leben oder Tod.

Er erklärte Ida, wie er die Nervenstränge herausnehme, die das Pferd zum Koppen gebrauche.

Der untere Teil des Halses wurde rasiert, der Arzt rief nach neuen Rasierklingen. Er scherzte: Haben wir keine Rasierklingen mehr? Dann muß ich wohl das Fell ausrupfen?

Weshalb koppt das Pferd? Weshalb stößt es dauernd mit dem Kopf gegen Mauern, gegen die Stallwand, gegen das Holz seiner Box und schlägt seine Zähne hinein? fragte Ida. Man nennt das Koppen eine ‹Stalluntugend›, wird das Pferd aber nicht zuviel eingesperrt? fragte Ida, es ist doch ein Tier, das sich bewegen muß, ein Fluchttier. Der Arzt schwieg darauf, er rasierte und rasierte.

Herr Domröse wollte von seiner Tochter wissen, wie lange das Fohlen noch gebraucht habe, um hochzukommen. Es ist gleich aufgestanden, nachdem du weggegangen warst, sagte Ida. Und dann gehen sie sofort an die Theke, witzelte Herr Domröse.

Gerade wollte der Arzt dem ‹Kopper› das Messer ansetzen, da kam ein Gehilfe in den Raum gelaufen. Alles abblasen, rief er, die Frau hat angerufen. Das Pferd soll nicht operiert werden.

Ida erschrak, als sei sie persönlich verantwortlich für das Hin und Her, das von den Besitzern ausging. Nun ist es umsonst in Narkose versetzt worden, sagte sie. Umsonst bestimmt nicht, sagte der Arzt. Die Besitzer hatten es sich anders überlegt, Ida hörte, wie man darüber sprach, daß der ‹Kopper› außerdem ein Kehlkopfpfeifer sei.

Das Pferd war ein Jährling, seine Besitzer würden, seit sie wußten, daß es Kopper und Kehlkopfpfeifer war, es vermutlich verkaufen, los sein wollen. Denn jetzt hatte es noch das

Alter, in dem man nur durch Spezialuntersuchungen erkennen konnte, daß es ein Kehlkopfpfeifer war.

Magdalena, die die Operation hatte fotografieren wollen, war ein bißchen enttäuscht, sie entwickelte allmählich gleichsam wissenschaftliches Interesse.

Ida dachte besorgt an die Zukunft des Pferdes, wie es vielleicht von einem zum anderen geschoben würde. Die Besitzer würden es wahrscheinlich irgendeinem unerfahrenen Käufer andrehen, der – sobald er die Krankheiten des Pferdes entdeckt hätte – es wieder weiterzuverkaufen versuchen würde, und so fort. Am Schluß würde das arme Tier wahrscheinlich beim Metzger enden.

Warum aber sperrte man dem ‹Kopper› nicht einfach das Tor zur Freiheit auf? Womöglich würde es in der Freiheit die Mauer suchen, die Stallwand, das Holz, gegen die es seinen armen Kopf stoßen und schlagen könnte, in einer einzigen, wehmütig-zornigen Bewegung.

Bei der nächsten Operation war der Besitzer des Pferdes anwesend. Selten nur geschah es, daß die Besitzer bei ihren Pferden blieben, während sie operiert wurden. Diesen Besitzer allerdings hatte Ida schon Stunden vorher auf dem Klinikgelände herumgehen sehen. Neugierig geworden, wer dieser Mann war, der mit blitzend-scharfen Augen sich alles anschaute, als müsse er es begutachten, um es vielleicht zu kaufen, hatte sie ihn gefragt, ob auch er Chirurg sei. Er hatte nur geheimnisvoll lächelnd geschwiegen.

Sie wollen mir Ihren Beruf also nicht verraten, Sie haben Ihre Geheimnisse? hatte Ida gesagt, die manchmal die Leutselige spielte und dann ihren Vater ein wenig nachahmte, der ihr so manches Mal auch als ein Schauspieler seiner verschiedenen Ichs erschienen war, wenn er die Gesellschaftsnudel oder den ‹verliebten Gockel›, den höflichen Kavalier mehr andeutete als wirklich ausspielte. So ist es, hatte der Fremde geantwortet.

Inzwischen hatte Ida aber herausbekommen, daß der Mann der Besitzer des Pferdes war, das jetzt am Griffelbein operiert werden sollte.

Sie stand neben Herrn Domröse und war schon ein wenig müde. Manchmal fragte sie sich auch, warum sie sich dies alles zumutete, was sie in diese dunklen Gänge zog.

Geh mal ins Büro, sagte ihr Vater, dort stehen Teller mit Pflaumen, die hab ich mitgebracht. Die platzen alle auf an den Bäumen, von dem wüsten Regen. Und sind dann ganz schnell hin.

Ida hatte keinen Hunger auf Pflaumen. Während das Pferd operiert wurde, wollte sie doch keine Pflaumen kauen. Aber sie ging hin ins Büro, denn die freundliche Einladung des Vaters wollte sie nicht ausschlagen. Auch bot er ihr so selten etwas zu essen an, daß sie ihre Unlust überwand und aus dem Operationssaal ging, um die Pflaumen zu holen.

Warum nicht? dachte sie auf dem Weg. Warum sollte sie keine Pflaumen essen, während das Pferd aufgeschnitten wurde?

Als Kind hatte sie in mondhellen Nächten Melodien gehört, war Traumgesichten gefolgt. Hatte ihr Bettzeug genommen und war dem Licht des Mondes gefolgt, als ob sie auf die andere Seite, zum Schimmel müßte, von dem man nicht wußte, ob er leibhaftig wirklich oder nur ein Traumgespinst war.

Eine betäubende Müdigkeit legte sich über sie, dabei war es ihr von Tag zu Tag selbstverständlicher, hier zu sein, als habe es nie etwas anderes für sie gegeben. Sie war hier richtig, bei den Pferden, die auf den eisernen Tischen darniederlagen, als sollten sie etwas ausbrüten, während die Menschen mit ihnen anstellten, was sie wollten. Es war da eine Melodie, die in allem klang. Bedrohlich, aber auch die Rettung ankündigend. Man konnte sie nicht festhalten, es war ein ferner Ton wie aus uralten Träumen. Oder wie aus Spinngeweben und von flüchtigen Traumtieren gewebt.

Die Schwester des Chefarzts gab ihr im Büro den Teller mit Pflaumen. Ida biß schon auf dem Weg zurück zum Operationssaal in eine der prallen, reifen, dunkelblauen Früchte.

Plötzlich fiel der Strom aus. Der Operationssaal war in Dunkelheit getaucht. Herr Domröse reagierte schnell. Er ging in den angrenzenden Raum, um den Wackelkontakt, denn daran lag es wahrscheinlich, zu beheben.

Da rief die junge Ärztin: Er atmet nicht mehr.

Herr Domröse mußte nichts gehört haben, er war im Nebenraum, wo die Stromkästen waren. Alle schienen den Atem anzuhalten. Es war ein Stillstand in der Luft ähnlich der Stimmung in einem startenden Flugzeug, wo Passagiere und

Besatzung ihre still lauernde Todesfurcht mit Rieselmusik, Schauspielerlächeln und Vorführung von Atemmasken zu beschwichtigen pflegten. Doch sie können niemals ganz übertünchen, daß die Angst da ist und immer dableiben wird: Ein Vogel, der still und mit unbewegtem Gefieder, das er nur auszubreiten brauchte, in einer dunklen Ecke des Lebensflugzeugs ausharrte, bis seine Zeit kam.

Ida erlebte zum ersten Mal, was die an der Operation Beteiligten sicher schon oft bestanden hatten. Dennoch mußte das Stillstehen, das die anderen einen ‹Zwischenfall› nannten, auch für sie jedesmal wie ein erstes Mal wirken, fühlte Ida.

Sie hörte auf, Pflaumen zu essen, die Früchte blieben ihr im Hals stecken. Vielleicht hätte sie sogar weiteressen können, aber es kam ihr ungehörig vor. Sie wußte den Namen des Pferdes nicht. In den Papieren stand er nicht, darin war nur der Name des Besitzers angegeben. Den Besitzer wollte sie nicht fragen. Wenn es nun stirbt, dachte sie, dann weiß ich nicht einmal seinen Namen. Gerade im Tod sollte man den Namen eines Geschöpfes wissen, damit es nicht nur ein Stück Fleisch ist.

Frau Korngold war längst auf den eisernen Tisch gesprungen, sie warf sich im Rhythmus von Atemzügen heftig auf den Leib des Pferdes, um es zu beatmen.

Es sah seltsam aus, wie sie mit ihren Knien auf das Pferd hopste, Ida hatte sich etwas naiv vorgestellt, daß man das Pferd auch durch den ‹Mund› beatmen könne. Aber wie sollte das geschehen? Welcher Mensch sollte diesem göttlichen Tier Odem einhauchen? Momente der Verwirrung, der Desorientierung. Herr Tod stiftet Unruhe, wenn er einzubrechen versucht. Atemstillstand nannten sie es. Die Abfolge von Betäuben, Niederzwingen, Operieren, Aufwachenlassen und Abtransportieren war plötzlich unterbrochen, der Schnitter Tod klopfte an und sagte: Komm.

Der Chirurg war herbeigerufen worden, er eilte in langen Schritten in den Operationssaal. Während er die Operation in die Hand nahm, schimpfte er sogleich mit Herrn Domröse.

Sie haben das Narkosemittel zu schnell zu stark gesteigert, rief er. Ida fühlte sich daran erinnert, wie man manchmal, weil man zu Tode erschrocken ist, einem anderen sofort die Schuld für ein Mißgeschick zuschiebt.

Beatmen Sie doch! Beatmen Sie doch! schrie der Chirurg.

Und jemand sagte: Es ist schon tot.

Ein anderer widersprach: Es atmet ja wieder. Nur Herr Domröse schien vollkommen die Ruhe zu bewahren. Wie oft mochte er Pferde im Krieg sterben sehen haben? Was konnte ihn noch verwirren, aus der Fassung bringen?

Frau Korngold hörte auf, das Pferd, es gleichsam ‹bespringend›, zu beatmen, aber der Chirurg schrie: Beatmen Sie doch!

Es war ein Befehl, und Ida dachte einen Moment lang, daß es auch ein Hilferuf sein konnte.

Beatmen Sie mich! Beatmen Sie mich!

Er zog sich erst jetzt seinen grünen Kittel an, legte den Mundschutz um und setzte sein Käppchen auf.

Herr Domröse sagte: Sie kann aufhören, es atmet ja wieder. Und zu Ida: Das kommt öfter vor. Atemstillstand. Es fehlte noch, daß er eine beschwichtigende Handbewegung machte. Man muß nur die Nerven bewahren, fügte er hinzu. Und manchmal – sein Blick ging nach oben unter die Decke, zu den Griffen über der Operationslampe – muß man sich sogar da oben anhängen, um mehr Kraft zu haben.

Der Besitzer war erst jetzt wieder in den Operationssaal getreten, er hatte den ‹Zwischenfall› nicht mitbekommen. Ihr Pferd war schon klinisch tot, sagte der Chirurg. Die Augen des Besitzers blitzten angriffslustig. Er trat zum Anästhesisten, sah ihm forschend bei seinen Hantierungen zu, murmelte: Dann hätt ich ihm in den Arsch getreten, er hat mir versprochen, von Anfang bis Ende dabeizusein.

Das Pferd atmete.

Ida bemerkte erst jetzt, daß ihr Vater das Kardiophon nicht angestellt hatte, mit dem er sonst mehr spielte, als es wirklich gebrauchte. Er meinte sogar, daß dessen Piepsen eher ablenken und darüber hinwegtäuschen könne, daß der Atem längst ausgesetzt hat. Denn wenn das Herz noch schlug, konnte der Atem schon aufgehört haben. Und der Atem war alles.

Der Besitzer, der Ida plötzlich an einen Filmkritiker erinnerte, öffnete seinen Hemdkragen und zeigte eine große Narbe vor, die unter seinem Adamsapfel eingezeichnet war in die Haut wie eine Tätowierung. Der Chirurg führte die

Operation weiter, Ida sah zu, wie er das Griffelbein herausschälte. Es gab ein Knacken, als er es mit kleinen Schnitten aus dem es umgebenden Gewebe löste und heraushob, ein trockenes Knacken, wie wenn der Zahnarzt einem einen vielwurzeligen Zahn herauszieht.

Wollen Sie es mitnehmen als Andenken? fragte Doktor Wolstein, der bereits seinen alten Zynismus wiedergewonnen hatte, und zeigte ihr das Griffelbein, das aussah wie ein Stück abgesplitterter rosa Knochen von einem Kaninchen.

Nein, sagte Ida, bestimmt nicht. Sie nähen alles schöner zu, als die Ärzte es bei mir gemacht haben, lobte der Besitzer, der immer noch breitbeinig und lächelnd in der Nähe von Herrn Domröse stand, wie ein Stierkämpfer, der auf seinen Einsatz wartet. Er zeigte seine Narbe am Hals, während der Chirurg den Schnitt vernähte.

Ja, die Humanmediziner, seufzte Frau Korngold, Sie haben recht, die sind manchmal schlimmer als die Tiermediziner. Einmal war ein Gynäkologe bei uns, der sah sich die Operationen an. Als wir die Gebärmutter eines Pferdes zunähten nach einem Kaiserschnitt, sagte er: Wenn *wir* uns *so viel* Mühe machten bei jeder Frau, würden wir ja nie fertig ...

Der Besitzer fing an, von Rennen zu reden. Es war jetzt nur mehr ein Gerede. Es schien, als ob jeder sich die Spannung der Angst, die noch kaum richtig überstanden war, vom Leibe reden mußte. Denn was war jeder Anblick des Todes anderes als eine Erinnerung daran, daß Mensch und Tier sterblich, ja, daß ein Tier dem Menschen ähnlich ist, weil beide sterben müssen?

Sein Pferd lag noch in Narkose, aber die Wunde war fast ganz verschlossen, vielleicht hörte es die Worte, die sein Besitzer jetzt sprach?

Es hat schon drei Rennen gelaufen, sagte er. Er sah interessiert zu, wie der Chirurg die Wunde mehr und mehr schloß. Ida kam der Besitzer vor wie ein Vater, der in Gegenwart seines stumm gemachten Kindes eben über dieses Kind redet. Nach seinem ersten Rennen stand doch, als ich schon auf dem Sprung nach Haus war, plötzlich ein dicker Mann neben mir, das Rennen war schon gelaufen, aber der Mann ließ mich nicht los. Er fragte, ob ich das Pferd verkaufen wolle. Ich habe ihm gesagt: Jetzt hab ich keine Zeit, kommen Sie nächste Woche zum Rennen nach Gelsenkirchen, da treffen Sie mich wieder.

Der war tatsächlich da! Und hat seine Karte rausgeholt. Ich zahle fünfhundert Mark, mehr als die anderen, hat er gesagt. Ich habe mich gewundert, da seh ich auf seine Karte. Da steht: ‹Fritz Fels, Pferdemetzger›.

So erzählten sie ihre Geschichten, während die Pferde stumm auf den Tischen lagen. Geschichten von Metzgern, vom Leben und Sterben.

Auch Herr Domröse, der das Tier vom Narkoseschlauch befreit hatte, gab etwas zum besten.

Ida fühlte sich plötzlich an seine Erzählungen vom Krieg erinnert. Vor zwei Jahren, sagte er, zur Zeit, als die Pflaumen reif waren – ach, gib mir eine Pflaume, sagte er zu Ida, die immer noch Pflaumen in den Händen hielt, eine angebissene war schon ganz zermatscht –, da hatten wir ein Pferd, das war von einer Tüte kopfscheu geworden, aus dem seine Besitzer Pflaumen gegessen und sie dann achtlos auf den Hof geworfen hatten. Das Pferd hatte daran geschnuppert, sie war an seinem Halfter hängengeblieben, von dem Rascheln der Tüte wurde es halb verrückt und raste über Zäune, Baum und Strauch, ohne links und rechts zu gucken. Es brach sich alles, und wir bekamen es auf den Operationstisch.

Das Pferd spielte so verrückt, daß wir ihm jedesmal, wenn wir den Verband wechselten, Narkose geben mußten. Später allerdings brauchten wir ihm nur noch die Flasche mit dem Narkosemittel hinzuhalten, dann legte es sich schon.

Herr Domröse streckte die rechte Hand hoch, als halte er die Flasche darin. So! sagte er – und die Helfer, die ihm zugehört hatten, fingen an, über Elektroschock und Sauna zu witzeln.

Das blonde Mädchen erwähnte, daß sie Masseurin gelernt habe, als müsse sie die eigenartigen Reden ihrer Kollegen verharmlosen.

Die Cafeteria war der Ort, an dem die Tierpfleger, die Hilfskräfte, die Ärzte und Gäste sich zu den Frühstücks- und Mittagspausen trafen. Dort tranken sie ihren Kaffee, dort lagen auch Bücher und Schriften aus, an den Wänden hingen abstrakte moderne Gemälde aus der Sammlung des Chirurgen. Ida trank zum Abschied mit dem Chirurgen eine Tasse Kaffee. Der Chirurg schien ihr verschlossener als sonst, weniger leutselig als bei ihrem ersten Besuch. Mit einem hinzugekommenen jungen Arzt unterhielt er sich, als ob er mit den Gedanken ganz woanders sei. Irgendwie litt Ida mit ihm, sie hätte aber nicht sagen können, was für ein Leiden den Chirurgen quälte.

Der junge Arzt fragte ihn wegen einer Stellung um Rat. Bei mir ist nichts frei, sagte der Chirurg, Sie können frühestens in einem Jahr wegen einer Stellung wieder nachfragen. Er nannte dem jungen Arzt einen Kollegen. Sie unterhielten sich über eine Klinik und deren Chefin, der junge Arzt schimpfte über die Frau. Wie hart sie sei, wie sie einen anschnauze.

Er erzählte, wie man in ihrer Klinik ein krankes Pferd ein ganzes Wochenende nicht behandelt habe, um es dann am Montag darauf einzuschläfern. Nur weil man seine Ruhe hatte haben wollen, am Wochenende, habe man den Tod des Pferdes riskiert.

Der Chirurg fing an, von Humanmedizinern zu sprechen. Er kenne einen Internisten, der bereits am Morgen Tausende von Mark verdiene mit speziellen Blutuntersuchungen und im Laufe des Tages zweihundert Patienten durchschleuse.

Das können wir natürlich nicht machen, sagte er, bei uns gibt es keine Pseudokranken.

Man rief ihn zu einer Untersuchung. Er bat Ida, ein wenig zu warten, er werde bald wiederkommen.

Ida unterhielt sich mit dem jungen Arzt, der ihr schon während der letzten Operation aufgefallen war. Er hatte noch unerfahren und fast kindlich auf sie gewirkt, und sie hatte sich gefragt, ob dieser Mann vielleicht noch ganz am Anfang stehe und solche Spezialoperationen vielleicht noch niemals gesehen habe.

Ich hörte zufällig, wie Sie von Ihrer Verlobten sprachen, knüpfte Ida das Gespräch an, um nur irgendwo anzufangen. Sie reitet im Leistungssport? Sie ist also Spitzensportlerin?

Der junge Arzt wehrte ab, nein, sagte er, so toll ist es auch wieder nicht. Sie ist eine passionierte Reiterin, ja. Sie reitet Rennen, sie hängt sehr an Pferden!

Neulich ist ihr ein Pferd gestorben, sagte er, seine Stimme wurde sehr leise, sehr vorsichtig.

An Kolik, erklärte er. Ida sah ihn fragend an. Nein, fügte er hinzu, *das* ging schon mit rechten Dingen zu. Da ließ sich nichts mehr machen. Das Tier konnte man nur noch einschläfern.

Und hat es ihr etwas ausgemacht? fragte Ida, als müsse sie sich wie eine Unbeteiligte erkundigen. Hat sie um ihr Pferd getrauert?

Ja, sagte der Mann, und das ‹Ja› enthielt alles, was ein anderer mit einer ausführlichen Erklärung beantwortet hätte.

Beredter fügte er hinzu: Ich glaube, sie hat ebenso um das Pferd getrauert, wie sie um einen Mann getrauert hätte. Seine Stimme senkte sich fast zu einem Murmeln. Es ist für mich gar nicht so einfach, mit dem Pferd zu konkurrieren, sagte er.

Und sie hat richtig getrauert? Ida wollte es noch einmal bestätigt haben. Wie hat sich das ausgedrückt? Hat sie geweint? Geschwiegen?

Sie hat ihren Gefühlen schon freien Lauf gelassen, sagte der junge Arzt, es war schon sehr heftig. Er schwieg eine Weile.

Es ist sehr schwer für sie, sagte er nachdenklich. Sie kommt in die Anlage, und die Box steht leer. Es ist ja verständlich, daß sie so trauern muß. Denn sie hat, als es noch lebte, jeden Tag zwei Stunden mit dem Pferd zugebracht.

Zwei Stunden? fragte Ida gedankenlos. Magdalena schwieg wieder einmal ausdauernd, sie beobachtete nur.

Zwei Stunden, ja, sagte der Mann. Das ist mehr als die Zeit mit dem Mann.

Mehr? fragte Ida erstaunt.

Ja, sagte der Mann. Er schwieg plötzlich, als werde ihm bewußt, daß er viel zu Intimes einer ihm vollkommen fremden Frau erzählte.

So eng? legte ihm Ida in den Mund.

Ja, ja, sagte der Mann zerstreut. Mit dem Pferd ist es für sie doch eine andere Nähe als mit mir.

Was war das für eine Nähe mit einem Pferd, daß sie sogar größer war als die mit einem Mann, den eine Frau liebte?

Alle schwiegen. Und schauten auf die Skulptur der Amazone, die man durch die Glaswand der Cafeteria gut betrachten konnte.

Die Amazone aber war nur ein Torso. Ihr fehlte mehr vom Körper als nur die eine Brust.

7

Der Nachtigallenmörder
und
Die Orgelbauerin mit der grünen Haarsträhne

Die Orgelspielerin Margitta hatte hellrotes, lockiges Haar, schöne intensiv strahlendblaue Augen und ein ganz junges Gesicht. Sie lernte bei einem Orgelbauer und fuhr durch Deutschland, um beim Reparieren von Orgeln zu helfen.

Ihr Pferd Judith war seit Tagen krank, es hatte die Hufrehe, der Schmied hatte dem Tier einen Spezialbeschlag gemacht, nun stand das Pferd in Gesellschaft eines zweiten Pferdes im verbarrikadierten Offenstall, damit es Ruhe hatte und mit dem kranken Huf nicht zuviel trabte.

Ida gab ihm einen von den Äpfeln, die sie für Finale bestimmt hatte. Michael fuhr zu seinen Schafen. Schafe sind Opfertiere, dachte Ida, und Margitta zeigte, als sie – ins Gespräch vertieft – am Weidezaun standen, auf ein altes, graues Schaf, das still an die Wand des Offenstalls geduckt dalag.

Was ist mit dem Schaf, Margitta? fragte Esriel. Es ist alt, sagte die Orgelbauerin. Vielleicht ist es krank? Ida betrachtete skeptisch das Schaf. Nein, es ist sehr alt, sagte Margitta, Michael möchte wohl sehen, wie lange es leben wird, wenn man es von selbst sterben läßt. Er hängt besonders an diesem Schaf. Es ist sehr alt. Ida und Esriel stiegen über den Zaun, um zu dem alten, grauen Schaf zu gehen. Ida bückte sich, kniete vor dem Schaf und berührte das schmutzige Fell, die räudige Wolle. Das Schaf schien schon sehr schwach und reagierte kaum.

Margitta ging nun auch fort, sie wollte mit ihren Freundinnen in einem nahe gelegenen Moorsee baden.

Die Wohnung der Orgelbauerin hatte etwas Geheimnisvolles und Anziehendes. Sie hatte sich einen Teil des Bodens über der Scheune ausgebaut, man ging eine Holztreppe hinauf, durch einen Vorraum, wo viel Gerümpel, aber auch Säcke voller roher Schafwolle gelagert waren, gelangte dann in ihren Raum, der nur durch einen Vorhang abgeteilt war. Im Raum befand sich ein Kohleofen, Margitta legte dicke Holzscheite ins Feuer, es war kühl geworden.

Esriel ging sofort auf ihr Klavier zu, Ida zum Fenster, in fremden Räumen ging sie meistens instinktiv zum Fenster, sah hinaus. Von diesem Fenster aus hatte man den Blick auf die Weide. Man sah die verschwommenen Umrisse der Pferde, wie sie auf der Weide grasten. Esriel klimperte auf dem Klavier. Das darfst du, glaube ich, nicht, sagte Ida. Ach, lachte Margitta, es ist sowieso schon verstimmt, er kann ruhig darauf spielen.

Margitta wohnte noch nicht lange auf dem Pachthof, doch war sie Ida sogleich aufgefallen, nicht nur wegen ihrer grünen Haarsträhne. Eine große Strähne ihres halblangen Haares hatte sie grasgrün gefärbt, darunter hing ein blauer ‹Chinesenzopf›. Zuerst war Ida erschrocken, sie fragte das Mädchen, ob sie sich das selbst ausgedacht habe, das mit der grünen Haarsträhne. Nein, sagte Margitta, ich habe eine Frau in Düsseldorf gesehen. Abgeguckt! sagte sie und lachte. Wie oft mußt du denn die Strähne und den Zopf färben? fragte Ida. Ziemlich oft, sagte Margitta. Aber ich habe nicht immer Geld für die Farbe. Zuerst muß ich das Haar bleichen, damit das Blau und das Grün auch richtig durchkommen, wenn ich färbe.

Immer neugieriger wurde Ida, zu erfahren, wie Margitta die Orgeln baute. Womöglich verdarb ihr ein zu strenger Chef die Freude, denn nach ihren Äußerungen zu urteilen ging sie nicht gerade gern zur Arbeit. Ida konnte sich nicht vorstellen, daß die Unlust Widerwillen gegen das Orgelbauen selbst war. Vielleicht war Margitta auch nur müde. Sie erzählte, daß sie ein Vordach über dem Eingang des Offenstalles bauen werde, damit die Pferde es im Winter, wenn sie vor dem Stall standen, trockener hätten. Und sie hatte schon begonnen, einen Holzzaun zu zimmern, der ein Stück der Weide zum Wald hin als Reitübungsplatz eingrenzen sollte.

Margitta fachte das Feuer im Ofen noch einmal an. Bald wird es richtig kalt, sagte sie. Ida stand lange am Fenster und schaute in die sinkende Dämmerung, von den Pferden konnte man kaum noch etwas erkennen. Esriel spielte im Vorraum mit Enrico Caruso, den sie mitgebracht hatten, denn Margitta hatte sich bereit erklärt, zwei Wochen auf ihn achtzugeben, Ida und Esriel wollten wieder nach Austernende fahren.

Bei der Ankunft war Enrico Caruso etwas verwirrt gewesen, hatte Margitta angefaucht. Kein Wunder, denn es gefiel ihm nicht, so mir nichts dir nichts in eine ihm fremde Umgebung versetzt zu werden. Aber Ida wußte, bei Margitta würde er gut aufgehoben sein. Sie hatte Vertrauen zu dem Mädchen, weil es etwas heil machen konnte.

Man hörte, wie Esriel im Vorraum einen Ball und ein Stück zusammengeknüllte Silberfolie warf, damit die Katze danach jagte, man hörte sein Rufen und Juchzen.

Plötzlich stand Margitta auf und holte etwas Eingewickeltes aus einem Schränkchen. Ida, sagte sie, hast du was gegen Haschisch? Ida erschrak. Sie sagte ein paar Worte über Magdalenas Freund, wie der Magdalena gequält hatte. Aber Margitta ließ sich nicht weiter darauf ein. *Ich* bin nicht süchtig, sagte sie, ich rauche wenig. Dabei entnahm sie einem schönen Kästchen ein Stück grünen Türken. Das Zeug regt mich an, sagte sie. Sie fing an, von ihren Eltern zu erzählen, wie jähzornig die seien. Mein Vater hat mich *rausgetrampelt*, sagte sie. Meine Großmutter hat mir neulich noch erzählt, wie meine Mutter mich als kleines Kind getreten hat. Sie stand vor dem Spiegel und schminkte sich, und ich krabbelte zu ihr. Sie kämmte sich und trat nach mir, meine Großmutter hat ihr eine Ohrfeige gegeben, sagte Margitta triumphierend.

Ihre Eltern betrieben eine Munitionsfabrik in Amerika, sie habe noch einen sechs Jahre jüngeren Bruder, ein Adoptivkind der Mutter. Mein Bruder und ich haben einmal ein sehr enges Verhältnis gehabt, sagte Margitta bedauernd, aber unsere Mutter hat uns einmal erwischt, wie wir geschmust und uns geküßt haben, seitdem ist es nicht mehr so gut. Und ich bin ja nur noch selten drüben. Auch sieht Fabricio den ganzen Tag fern, es ist eine solche Hektik bei ihnen in der Wohnung, das kannst du dir nicht vorstellen! Er läßt sich von vorn bis hinten bedienen, macht sich nicht einmal den Kakao selbst. Meine Mutter läßt ihn einfach an nichts ran.

Margitta rauchte wirklich nicht viel von dem Haschisch, bald hatte sie den grünen Türken wieder in das Schränkchen gelegt und sich neben den Plattenspieler gehockt, um eine Platte aufzulegen.

Für mich ist ein Pferd eine Art Musikinstrument, begann Ida, die wegen Esriel froh war, daß Margitta das Haschisch weggepackt hatte. Lange schon hatte sie nachgedacht über das Wesen der Musik: Sie fand Musik in allen Dingen und allen Lebewesen, aber viele Menschen haben keine Lieder. Man kann ein Pferd verprügeln, man kann gewaltsam mit ihm umgehen, fuhr sie fort, man kann kalt sein zu ihm, man kann es zerstören – sie meinte jetzt Pferd *und* Instrument –, Finale ist ja auch verschreckt, du weißt es. Margitta nickte, vielleicht hatte sie das Haschisch spontan nur hervorgeholt, um zu erproben, wieweit sie Ida vertrauen konnte. Immerhin war Ida ungefähr zehn Jahre älter als Margitta, nur vergaß sie solche ‹Altersunterschiede› immer, sie konnte sich als Schauspielerin in alle Alter hineindenken, und manchmal fühlte sie sich, als ob sie alle Alter in sich trage.

Ich habe mit achtzehn Klavierunterricht bekommen, sagte Margitta, zu Hause waren wir ziemlich kirchlich, ich ging mit meinen Geschwistern in den Kindergottesdienst. Wir durften auch zu einem Orgelkurs für nebenamtliche Kirchenmusiker, damals war ich erst vierzehn, so lernte ich Orgelspielen, es hat mir gleich viel Spaß gebracht. Von den Tasten her ist es dasselbe wie Klavier. Wenn du vorsichtig drückst, kommt der Ton leise oder laut, du kannst mit den Fingern auf dem Klavier ungeheuer den Ton verändern, das geht bei der Orgel nicht, da wird nur ein Ventil geöffnet. Ein ganz kleines bißchen kannst du es steuern, es kommt darauf an, wie schnell du drückst, so schnell wird dann auch das Ventil geöffnet, aber du kannst nicht leise oder laut spielen. Du erzeugst das auf der Orgel, indem du die verschiedenen Register ziehst.

Mit den Füßen? fragte Ida, oder auch mit den Händen? Ja, du spielst mit Händen *und* Füßen, damit du möglichst viele Töne auf einmal kriegst, grob gesagt: die verschiedenen Klangfarben und leise und laut. Man zieht Knöpfe, und dann kommen die verschiedenen Pfeifen rein . . .

Die zieht man vorher schon? fragte Ida.

Die zieht man vorher, die kann man zwischendurch auch

wegziehen, je nachdem, was man haben will. Man kann das verändern. Aber die Orgel ist ein ziemlich starkes Instrument, sagte Ida, man kann nicht darüber einfach so verfügen, daß es nach der eigenen Pfeife tanzt, oder? Margitta lachte. Man kann nicht so rumklimpern, oder? ergänzte Ida. Doch, man kann schon, sagte Margitta. Wenn du draufdrückst, bleibt der Ton. Wenn du auf die Klaviertasten drückst, wird der Ton leiser, und irgendwann ist er weg. Und bei der Orgel ist ja das Ventil auf, da kommt Luft in die Pfeife, und der bleibt so lange, wie du drückst... Und wenn du losläßt? fragte Ida. Dann ist er auch weg, sofort, sagte Margitta. Es schwingt noch ein bißchen in der Luft, aber der Ton an sich ist weg. Ja, wenn man eben alle Register zieht, dann...
Dann donnert es... sagte Ida. Ja, sagte Margitta, ja. Und wenn dann die Kirche eine schöne Akustik hat, ist das ein ganz schön gewaltiger Klang. Ja, es macht mir auch Spaß, so rumzuklimpern. Ich kann nicht gut improvisieren, aber auf der Orgel klingt es gleich immer nach viel mehr als auf dem Klavier. Ein paar Akkorde auf einer schönen Orgel mit einer guten Akustik – mein Gott, ja!
Kommt man sich nicht ziemlich klein vor, vor einer Orgel? unterbrach Ida Margittas Schwärmen. Ja, das Ding ist schon sehr mächtig, gab Margitta zu. Es gibt auch kleine Orgeln, aber so eine große Orgel! Wir bauen gerade eine, die wird, glaube ich, neun Meter hoch, hat fünfzig Register, das ist schon was. Es kommt darauf an, in welcher Kirche sie steht. Also, in hohem Gewölbe, und wenn dann so eine Orgel da steht und der Organist gut spielt, dann ist das schon ein feierliches Gefühl. Die Orgel wird ja auch benutzt bei feierlichen Anlässen. Überhaupt kann man die Orgel zur Stimmungsmache benutzen, sagte Margitta. Oft im Film kommen doch diese Toccata, ich erinnere mich an mindestens zwei, drei Filme, da hat der Täter gerade die Tat begangen, und dann wird das Schlüsselmotiv gespielt, und später spielt ihm die Frau das wieder vor, und dann wird er ganz aufgeregt.
Der Täter? vergewisserte sich Ida. Ja, ja, der Täter, sagte Margitta.
Ich achte gar nicht so sehr darauf, sagte Ida. Sie lachte. Ich müßte ja doch auf die Filmmusik achten. Stell dir vor, ich habe noch nie viel darüber nachgedacht.
Oder die Orgel spielt bei Beerdigungen, sagte Margitta, sie

ist ein Instrument, mit der du starke Gefühle erzeugen kannst. Aber nur, wenn du es beherrschst, oder? fragte Ida. Wenn man nur rumstümpert, kann man nichts erreichen, das ist doch klar, bestätigte Margitta.

Esriel hatte sich längst zu Ida auf das alte Sofa gesetzt. Langsam fielen ihm die Augen zu, die Katze schlief auf seinem Schoß. Ida hielt ihn an sich gedrückt.

Was für eine Musik war das? fragte Ida, das Stück war zu Ende. Ein Trompetenkonzert von Händel, gespielt von Maurice André, sagte Margitta.

Was spielst *du* denn? fragte Ida. Bach, sagte Margitta. Teilweise Präludien und Fugen von Bach. Und dann gibt es Choralvorspiele – die ganz alten Knaben, die haben das *vor* dem Choral gespielt, damit die Leute auf die Melodie und auf den Rhythmus eingestimmt werden. Man kann einfache Stücke spielen, damit sie wissen, welches Lied dran ist, oder ganz kunstvolle, wie Bach sie komponiert hat. Wenn der Gottesdienst anfängt, dann wird ja immer Orgel gespielt, da kann man auch mal Choralvorspiele bringen. Und danach kommt der ganze Kram, das Gesinge, na ja, und zum Schluß spielt man auch meistens ein Stück ...

Spielst du denn heute noch in der Kirche? fragte Ida. Ab und zu mal als Vertretung, sagte Margitta, ich habe nicht viel übrig für die Kirche. Im Gottesdienst ist es im Grunde furchtbar. Alles! Ich wundere mich, daß überhaupt noch jemand hingeht.

Sie schwieg einen Augenblick. Ich habe auch schon gute Gottesdienste erlebt, aber – na ja, reden wir nicht darüber.

Es war sehr still im Raum, die Katze schlief, das Kind schlief, das Feuer knisterte leise im Ofen. Ja, die Orgel, seufzte Margitta, sie läßt alles vibrieren. Irgendwie vibriert die ganze Luft, der ganze Raum, wenn *voll* gespielt wird. Es ist natürlich auch verschieden. Zum Beispiel der Organist, bei dem ich Unterricht hatte, der spielte auch moderne Sachen, Messiaen und Reger, also, das sind Sachen, die ein bißchen schräg klingen, teilweise, na ja. *Ich* hatte direkt Herzklopfen, als ich zugehört habe! Aber meine Eltern mochten das Stück überhaupt nicht. *Ich mag wilde Stücke.* Ordentlich power! Die sind oft sehr schwer. *Alle Register los!* Es gibt auch ganz sanfte, man kann ja mit der Orgel ganz leise, ganz sanft spielen ...

Du kannst aber auch Orgeln bauen? unterbrach Ida, die nun endlich wissen wollte, wie die geheimnisvollen Instrumente gebaut wurden, von denen sie schon den ganzen Abend gesprochen hatten.

Kann ich Esriel auf das Sofa legen und ihn zudecken? fragte Ida. Ja, sicher. Du kannst auch hier übernachten, wenn du willst, sagte Margitta.

Oh, das wäre schön, sagte Ida, dann könnte ich Finale gleich morgen früh im Morgengrauen sehen. Ida nahm vorsichtig die Katze von Esriels Schoß, legte sie auf das Sofa und Esriel neben sie. Die Katze schnurrte leise, und Esriel seufzte einmal heftig auf im Schlaf. Sie deckte ihn mit einer Wolldecke, die Margitta ihr geholt hatte, zu. Sie sprachen sehr leise.

Ich wollte ein Handwerk ausüben, nahm Margitta das Gespräch wieder auf. Ich hatte keine Lust zum Studieren. Dann war so ein Wochenendkurs für Organisten, man sollte lernen, Kleinigkeiten an der Orgel selbst zu reparieren. Und der Orgelbauer, der den leitete, hat mir sehr gut gefallen. Er hat witzig erzählt, und da dachte ich: Ist eigentlich ganz interessant. Ja, und dann habe ich ein Praktikum gemacht. Ich wollte erst in die Landwirtschaft, ich habe ein Praktikum beim Bauern gemacht, das hat mir auch Spaß gebracht, aber ich fand die Tierproduktion so schlimm, darauf habe ich echt keinen Bock, Tiere nur zum Schlachten zu produzieren. Und dann: die Giftspritze rein! Ich hatte zwar nichts damit zu tun, aber ich wäre lieber auf einen biologischen Hof gegangen, nur ist die Arbeit dort ganz schön hart. Knochenarbeit!

Na ja, macht mir auch Spaß, die Sache mit dem Holz, ist ja viel Tischlerei dabei. Wie baut man denn Orgeln? fragte Ida. Baust du elektrische? Normalerweise ist eine Orgel rein mechanisch, erläuterte Margitta. Der Motor ist elektrisch . . . Ich erkläre dir erst mal, wie eine Orgel funktioniert. Auf einem großen Kasten stehen Pfeifen, je nachdem: eine große Orgel hat mehr Pfeifen, eine kleine wenige, und in diesem Kasten wird durch einen Motor Wind geleitet, also: Luft, die unter Druck steht, nennt man Wind. Unter jeder Pfeife sind Ventile, es gibt verschiedene Systeme, das brauche ich dir im einzelnen nicht zu erklären, und wenn du auf die Taste drückst, öffnet sich ein Ventil, über verschiedene Hebel und Winkel, und so geht das auf. Oder du kannst es elektrisch er-

reichen, da ist dann ein Magnet unter dem Ventil, ein Stromkreis schließt, und der Magnet öffnet das Ventil. Heute bauen aber alle wieder mechanische, weil sie angenehm zu spielen sind. Du mußt den Druckpunkt überwinden, um das Ventil zu öffnen, und bei der elektrischen Traktur schließt du nur den elektrischen Kontakt. Und die mechanische Orgel ist nicht viel schwerer zu spielen? fragte Ida, die an ihre Mutter denken mußte. Ja, es kann schwerer sein, sagte Margitta. Man muß diese Orgeln schön leicht bauen, das ist eben die Kunst. Wir bauen die Gehäuse, die sind alle aus Holz. Und dann bauen wir die Verbindungen von Taste zu Ventil – ein Register ist eine Pfeifenreihe, pro Taste eine Pfeife, das nennt man ein Register, dann sind da pro Taste, was weiß ich, zehn Pfeifen, die man aber verschieden schalten kann. Du kannst entweder nur die eine Reihe spielen, und wenn du mehrere Register ziehst, kommen die anderen Reihen mit, dann wird es eben laut! – oder die verschiedenen Klangfarben, so daß es immer ganz verschieden klingt, einmal ganz leise, einmal ganz laut ... Dann gibt es Orgeln mit nur einem Register und mit mehreren? fragte Ida. Mit einem mindestens, obwohl es das selten gibt, sagte Margitta.
Hast du mit einzelnen Teilen zu tun, oder siehst du, wenn du die Orgeln baust, immer das ganze Instrument vor dir?
Wir machen Restaurationen, reparieren die kaputten Orgeln, wir bauen sie ab und bringen sie wieder in Ordnung, dabei bauen wir auch viel neu ...
Schön, wenn man etwas Schönes heil machen kann, sagte Ida.
Ich baue das Gehäuse, *ich bin Lehrling*, sagte Margitta. Mein Chef plant alles genau, für jede Kirche anders. Wenn der Auftrag dann fest ist, bestellen wir die Pfeifen.
Baut ihr die nicht selbst? fragte Ida. Es gibt auch viele Orgelbaufirmen, sagte Margitta, die das selbst machen, man muß eine extra Pfeifenwerkstatt haben. Wir lernen auch, eine Pfeife zu bauen, aber so richtig schnell können das nur Leute, die das tagtäglich machen, und die Pfeifen werden dann besonders gut. Für kleine Firmen ist es günstiger, wenn sie die Pfeifen kaufen. Die Pfeifen sind aus einer Blei-Zinn-Legierung hergestellt, teilweise aus Kupfer und eben auch aus Holz. Aus Eiche, Kiefer ...
Das Material wirkt sich auf den Klang aus, oder? sagte Ida.

Ja, ein bißchen schon. Die Härte des Holzes! Und je nachdem, wieviel Blei und Zinn verwendet wird. Und dann die Form der Pfeifen!

Sie stand auf und holte eine selbstgebaute Pfeife aus Holz von einem Tischchen.

Ida nahm sie in die Hand, blies auch hinein. Hört sich an wie eine Schiffssirene, sagte sie. Sie bewunderte die Orgelbauerin noch mehr. Das hast du mit der Hand gebaut? Was die Hände nicht alles schaffen können!

Ich habe ein Brett, daraus schneide ich mir Seitenstücke, erläuterte Margitta, und die werden dann zusammengeleimt. Die Luft wird durch einen kleinen Schlitz geblasen, das Luftband kommt hier auf diese kleine Kante, da bricht es sich irgendwie, Schwingungen entstehen in der Pfeife, das ist wie bei einer Blockflöte ...

Du hast alles im Kopf, während du daran baust? fragte Ida.

Nein, sagte Margitta, ich habe die Pfeife einem alten Modell nachgebaut, da habe ich ganz genau die Maße abgenommen, das Verhältnis der Länge zur Breite gemessen, das nennt man die Mensuren, und die sind verschieden. Die Tonhöhe wird durch die Länge bestimmt, je länger, desto tiefer der Ton. Die Klangfarbe wird durch die Mensur, durch das Material und durch die Form bestimmt. Also, es gibt zylindrische Pfeifen und konische und dann eben welche mit Deckel und welche ohne Deckel ...

Du baust gern die Orgeln? fragte Ida.

Doch, doch, sagte Margitta, es gibt auch Nervarbeiten, aber im Prinzip bringt mir das Spaß.

Und die kaputten Orgeln, was ist mit denen? Ida wollte es genau wissen.

Irgendwas funktioniert nicht mehr, oder alles mögliche ist kaputt, sagte Margitta. Oder es ist einfach Verschleiß, die Orgel hat viele Lederteile und Filzteile, die sich mit der Zeit abnutzen. Leder wird zum Abdichten benutzt, für die Ventile zum Beispiel, da darf ja keine Luft nebenbei kommen. Wenn die zu sind, müssen sie zu sein. Das Ventil selbst ist ein Holzstück, erklärte Margitta weiter, da ist Filz und Leder drauf. Wenn du es nur aus Holz machen würdest, würde Luft durchkommen. Und Filz verwendet man, damit alles schön leise ist und keine Nebengeräusche entstehen.

Braucht man auch Pferdehaare? fragte Ida, ich dachte gerade

an Geigen, da nimmt man doch Pferdehaare für die Saiten, oder? Nicht für die Saiten – für den Bogen! sagte Margitta.
Für den Bogen? Und was nimmt man für die Saiten?
Darm, sagte Margitta.
Und von welchen Tieren? Weiß ich gar nicht, sagte Margitta, ich glaube, heute nimmt man sowieso Nylonsaiten. Aber für den Bogen Pferdehaare? vergewisserte sich Ida.
Für den Bogen Pferdehaare...
Vom Schweif oder von der Mähne? fragte Ida. Natürlich vom Schweif, das müssen ja lange Haare sein, sagte Margitta.

Wenn wir eine Orgel aufgebaut haben, muß sie intoniert werden, nahm Margitta nach einem Schweigen das Gespräch wieder auf: Dann kann man an jeder Pfeife noch Veränderungen vornehmen, damit der Ton so kommt, wie man ihn haben will. Man muß also jedesmal eine Pfeife einzeln noch bearbeiten.
Machst *du* das? fragte Ida. Mein Chef macht das, sagte Margitta. Er hat mich oft mitgenommen, ich muß helfen, dann sitze ich oben in der Orgel, und ich gebe ihm die Pfeife raus, er probiert aus, wie es klingt, und dann muß man die einzelne Pfeife, die noch nicht schön kommt, rausnehmen. Man kann zum Beispiel – bei Holzpfeifen geht das nicht, bei Metall kann man noch das Oberlabium rein- und rausbiegen –, du kannst diesen Spalt verändern, die Luftzufuhr und so was. So kannst du den Klang noch beeinflussen. Und dann muß ich meinem Chef zwischendurch auch mal vorspielen, damit er hört, wie das im ganzen klingt. Das ist alles ganz interessant, obgleich ich Schwierigkeiten habe, mit älteren Männern umzugehen. Mein Vater ekelt mich so an, dabei wollte er oft Kontakt zu mir. Er rückte mir zu nahe, ich mußte mich oft zusammenreißen, daß ich nicht geschrien habe oder sonstwie aus der Rolle fiel, wenn er mich anfaßte. Na ja! Dafür kann mein Chef ja nichts, er ist ganz in Ordnung, er hat vor allen Dingen was auf dem Kasten...
Wortwörtlich, lachte Ida. Margitta verstand nicht gleich. Ja, stimmt, sagte sie, als sie die Doppeldeutigkeit begriff.
Ja, sprach sie weiter, spielen können mußt du schon als Orgelbauerin. Ein paar Akkorde klimpern kann eigentlich jeder

Orgelbauer, man braucht natürlich nicht unbedingt Konzerte spielen können.

Es ist gut, wenn man spielen kann, weil man dann ganz anders *hören* kann, ob die Orgel richtig klingt. Das einzige, was mich stört an der ganzen Sache, ist, daß sich alles *in Kirchen* abspielt. Wir sind ja ziemlich religiös erzogen worden. Aber ich hab damit eigentlich nichts mehr am Hut. Sie seufzte. Es klang fast verzweifelt, als sie sagte: Ich baue Orgeln praktisch nur für die Kirchen.

Kann man denn Orgeln nur für die Kirchen bauen? fragte Ida verwundert. Ich glaubte immer, auch Rockmusiker bestellen sie. Bach war eben total fromm, sagte Margitta – wie aus Verlegenheit zog sie sich jetzt an ihrem blauen Chinesenzopf –, der hat seine Musik zum Lobe Gottes gemacht, was soll ich dazu sagen! Ich meine: die Choräle, die kirchlichen Texte, die christlichen Texte, mein Gott! Die Musik finde ich hübsch, und die Texte sind fast alle unmöglich . . . Früher haben wir das alles hingenommen, ja sogar gern gehabt, und das war selbstverständlich, als Kind macht man die Dinge, wie sie die Eltern auch tun. Ich habe kein unangenehmes Gefühl, wenn ich in der Kirche bin, nein. Ich kenn auch viele Pastoren, ich habe viele Jahre lang in der Kirche gearbeitet, ich bin Kirchen von klein auf gewohnt, aber irgendwie finde ich das teilweise jetzt *verlogen*. Manche Predigten sind katastrophal, oft bringen sie gute Ansätze, erzählen von irgendwelchen Mißständen. Und das Ende ist, was weiß ich: *Laßt uns auf Gott vertrauen, Gott wird es schon richten!*

Ida sagte nichts, machte sich nur ihre eigenen Gedanken. Sie mußte an Esriel denken, der sie letzthin gefragt hatte: Hat Gott einen Pimmel? Gott hat einen unendlich großen Pimmel, hatte sie ihm lachend geantwortet, aber einen, den du nicht sehen kannst, einen Pimmel aus Wind und Sturm. Er zeugt die Menschen und die Pflanzen, und er liebt furchtbar gern, und obwohl dazu noch vieles zu sagen gewesen war, hatte Esriel sich zufriedengegeben.

Als er noch im Kindergarten gewesen war, hatte er eines Tages zu Hause, als ihn die Katze geärgert, angesprungen und gekratzt hatte, das Tier angeschrien mit den Worten: Ich schlage dich gleich ans Kreuz, wenn du nicht ruhig bist! Da hatte Ida gewußt: Es ist höchste Zeit, ihn aus dem Kindergarten zu nehmen, da hatte sie gewußt, daß man auch Esriel –

wie ihr selbst – Gott verleiden würde – man konnte Gott demütigen, als sei er ein Gift, ein schwarzes, schleichendes Gift –; daß man auch Esriel gegenüber die Leidensgeschichte als Drohmittel aufgetischt, ihm nicht das Symbolische, das Phantastische der biblischen Geschichte nahezubringen versucht hatte.

Margitta war sehr müde geworden. Ida sehnte sich plötzlich nach Haus. Aber sie wollte Esriel die Autofahrt nicht mehr zumuten. Es war leichter, ihm vorsichtig die Kleidung auszuziehen, dabei würde er nicht einmal aufwachen, sie kannte das, und ihn dann sorgsam ins Bett zu legen. Margitta hatte Matratzen, auf denen Ida mit Esriel schlafen würde.

Ida mußte noch einmal an das Gewaltige der Orgel denken. Das Gewaltige der Orgel ruft in mir die Vorstellung von Freiheit herauf, sinnierte sie. Ja, sagte Margitta, hatte aber eine ganz andere Assoziation bei dem Wort Freiheit.

Eine kleine Drehorgel, sagte sie, und ihre Stimme wurde wieder eine Spur heller und wacher, eine kleine Drehorgel haben wir in der Werkstatt stehen, eine alte – die habe ich gerade auseinandergenommen und habe sie wieder heil gemacht. Die hat einen ganz anderen Charakter als die großen Orgeln. Das ist dann der Jahrmarkt! Da sind Walzen drauf, die heben die Ventile. *Fuchs, du hast die Gans gestohlen*, war da drauf, und irgendein Walzer. In der Schule haben sie uns chinesische Mundorgeln gezeigt, wie kleine Schüsseln sehen die aus, mit einem Mundstück, da stehen kleine Bambusröhrchen drauf, sie sind richtig bebaut mit Pfeifen, man kann die verschiedenen Löcher zuhalten. Ich weiß nicht, aus welchem Jahrhundert, aber ziemlich uralt, die Dinger . . .

Ob sie nach einem Naturphänomen erfunden worden sind? sagte Ida, ich denke gerade an den Wind. Sie hätte jetzt das Pfeifen und Sausen, Schnurren und Hauchen des Windes nachahmen wollen.

Ja, so manchmal, wenn der Sturm ums Haus bläst, sagte Margitta, denke ich: Wenn man eine Pfeife aufs Dach bauen würde . . .

Und eure Orgeln werden wirklich noch so individuell gebaut? quälte Ida die sehr müde Margitta mit ihren Fragen. Ja, sagte Margitta, die werden für jede Kirche, für jeden Raum geplant. Wenn du zwei Orgeln hast, die genau gleich sind –

in verschiedenen Räumen klingen sie trotzdem total anders. Du mußt jede Orgel auf den Raum abstimmen, wenn es gute Orgeln werden sollen. Du kannst irgendeine Orgel reinstellen in einen Raum, aber es kommt auf die Akustik an, eine Orgel braucht das ‹richtige Haus› ...

Und wie findet man diese Übereinstimmung? wollte Ida wissen. Du siehst dir den Ort an?

Ja, der Orgelbauer – mein Chef, der guckt sich den Raum an, um herauszufinden, wo es am günstigsten ist, die Orgel aufzustellen, vom Architektonischen, vom Platz, vom Klanglichen her, und dann muß er sich auch nach dem Geld richten. Wie groß soll die Orgel werden, wieviel Geld wollen die Auftraggeber ausgeben?

Die Kirchenvorstände haben meistens keine Ahnung. Es ist auf jeden Fall ein teures Vergnügen, jede Orgel ist verschieden, die Pfeifen, die Mensuren sind verschieden. Es ist wie bei den Pferden, man kann da wenig rationalisieren ... Eine Orgel mit zwanzig Registern kostet vielleicht hundertfünfzigtausend Mark ...

Ich wünschte, ich könnte meiner Mutter von der Gage meines nächsten Films eine Orgel kaufen, die du mitgebaut hast, seufzte Ida.

Warum nicht? sagte Margitta, als sei es überhaupt keine Frage, daß der nächste Film Idas ein Riesenerfolg würde und sie ihrer Mutter tatsächlich eine Orgel – genau auf ihr Haus und einen bestimmten Raum abgestimmt – würde schenken können ... Wer weiß, ob jene Träume, deren Verwirklichung man auf das heftigste ersehnt, nicht tatsächlich schon in dem Moment greifbar sind, in dem man sie für berechtigt und nicht für *Schäume* hält?

Ida sehnte sich nach einem Instrument, das denjenigen, der auf ihm spielen lernen wollte, mit einer ganz eigenen Macht und eigenen Gesetzen in Bann schlüge, ihm nicht erlaubte, ausschließlich sich selbst Ausdruck zu geben, seine eigenen Gefühle auszutoben, ohne auf die Eigenmacht des Instruments achten zu müssen. Auch Finale war, gleich einer Orgel, ein Tier, auf dem kein Mensch ‹spielen› konnte, ohne dessen Gesetze bis in die letzten Verästelungen zu erkunden und beherrschen zu lernen. Und was war mit ihr selbst, mit der Schauspielerin Ida Helmond? Wo war der Regisseur, der auf ihr spielte, ohne sie, wie man ein Pferd zuschanden reitet, zugrunde zu richten? Man konnte Haus und Hof verspielen, Kind und Frau, man konnte eine Schauspielerin zu Tode schleifen. Eine Orgel widersetzt sich immerhin, kraft ihrer Größe, kraft ihres komplizierten Aufbaus. Wenn man auf ihr klimperte, blieb sie ‹unberührt›. Auch ein edles Pferd – das gewaltige Tier, das dem Menschen nahesteht – entzog sich mit der Stärke seines großen, schönen Körpers einem schlechten Reiter. Wie aber wehrte sich ein Mensch?

Ida mußte an die große Schauspielerin denken, die jetzt Robbenbabys rettete und an streunende Hunde und Katzen ihr Herz hängte, die ihre Arche Noah suchte und nicht fand: Nach wie vor wurde sie verfolgt von einer Horde mörderischer Menschen. Ida mußte an das Märchen vom Brüderchen und Schwesterchen denken. Wann würde die große Schauspielerin gerettet sein? Ida fühlte eine tiefe Verbundenheit mit ihr, gönnte ihr Ruhm und Reichtum und wünschte ihr die Liebe, ohne die alles ‹leeres Getön› ist. Manchmal fand sie Artikel über die Schauspielerin in den Zeitungen, einmal ein Foto, auf dem sie alt und verhärmt aussah. Wer wußte, wer es ausgegraben hatte, wie konnte man mit Fotos Urteile über einen Menschen verbreiten! Ida betrachtete das Foto, die Schauspielerin sah darauf aus wie eine alkoholkranke Frau, übermüdet und erschöpft, wie wenn sie bald stürbe. Nach einem frühen Tod, dachte Ida, würde man sie mit dem Heiligenschein einer Märtyrerin versehen, sie loben als geniale Schauspielerin, als große Tierschützerin, eine monumentale Industrie entstünde, wahrscheinlich würden Hunderttausende zu ihrem Grab pilgern, was aber geschah jetzt? Die Leute glaubten womöglich, daß sie genügend Ruhm geerntet, genügend Reichtum empfangen hatte, um endlich durch Leiden gestraft zu werden für ihr Genie.

Die Schauspielerin kam Ida vor wie ein Paradepferd, ein Rassepferd, ein hochdotiertes Tier – oder wie die Bezeichnungen für ein Pferd, das ‹gut im Rennen liegt›, heißen mögen –, das man in einen goldenen Stall gesperrt hat, wo es – noch viel zu jung, um langsam dem Tode entgegenzudämmern – einen qualvollen Erstickungstod auf Raten sterben muß, wenn da nicht jemand kommt, der rettet.

Unter den Gästen des Chirurgen war auch ein Tierexperimentator gewesen, Ida erinnerte sich plötzlich an den Mann.

Sie hatte nur kurz Gelegenheit gehabt, mit ihm zu sprechen. Er hatte den Eindruck eines sympathischen, guten Jungen, eines feinen Kumpels gemacht, und Ida hatte sich – an ihre Lektüre über Tierversuche denkend – nur gefragt, ob der Charme echt oder nur die Fassade eines gebildeten Sadisten war. Sachlich hatte er ihr Auskunft gegeben über die Versuche in seinem Institut, bei denen er und seine Kollegen die Wirkungen bestimmter Nahrungsmittel für Hunde und Katzen auf Versuchstiere erprobten. Wie er erzählte, mußte man annehmen, die Versuche seien vollkommen unblutig und ohne Qual für die Tiere, und Ida bemerkte, wie sie von den Worten des Tierexperimentators besänftigt wurde. Später hatte sie keine Gelegenheit mehr gehabt, mit ihm weiter zu sprechen, doch schwor sie sich, der Sache noch mehr auf den Grund zu gehen. Sie dachte auch, es müßte sich ein Mensch finden, der erkundete, warum die große Schauspielerin Zuflucht zu den Tieren genommen, warum so viele Schauspielerinnen zu Anwältinnen der gejagten Tiere geworden waren.

Die Frage nach dem Täter, der ein Opfer ist, beschäftigte Ida mehr und mehr. Sie las wieder in den ‹Brüdern Karamasoff›. Trafen sich Opfer und Täter im Schnittpunkt zweier Leidenswege? Sie wußte plötzlich, warum es sie immer wieder in die Tierklinik zurückzog. Sie ging nicht hin, um dem Vater Respekt zu zeigen, um die Arbeit des Vaters kennenzulernen, nein: Sie suchte den Mörder. Sie hatte Tag und Nacht den Mörder gesucht.
Aber wo war er? Er war wie vom Erdboden verschwunden, wie vom Nebel verschluckt.
Einmal hatte sie sich ein Herz genommen und die Staatsanwältin angerufen, von Frau Aumühle war oft in den Zeitungen die Rede gewesen. Unter der auf dem Suchzettel angegebenen Nummer meldete sich ein Polizist, der, als sie Frau Aumühle verlangte, mit gelangweilter Stimme sagte, er wisse von nichts, er kenne keine Frau Aumühle. Aber Sie bearbeiten doch den Fall Katharina Simon? fragte Ida. Ich weiß hier von nichts, sagte der Polizist, Ida mußte plötzlich an ihren Traum denken, wie sie, verfolgt von dem Pokerspieler, von der Polizistin am Telefon vertröstet worden war. Erst beim dritten Telefonat – schließlich hatte man ihr mitgeteilt, daß der Fall Katharina Simon jetzt von einem anderen Kommis-

sariat bearbeitet würde – machte jemand sie darauf aufmerksam, daß sie Frau Aumühle logischerweise nur beim Gericht erreichen könne. Ja, sicher, daran hatte sie nicht gedacht, doch wurde sie das Gefühl nicht los, daß der Fall Katharina Simon für die Polizei schon abgeschlossen war.

Was war eine tote Frau wert? Und wer war der Mörder? In den Zeitungen machte man ein Getöse, die Leute gruselten und erregten sich, aber was geschah wirklich, damit der Mörder gefunden und seiner gerechten Strafe zugeführt würde? Wie beugte man neuen Morden vor? Und was für ein Mensch war der noch unbekannte Täter?

Margitta war gleichsam Wärterin und Pflegerin von Finale geworden. Ida war froh darüber, sie brauchte noch eine Zeit, um neue Kräfte zu sammeln. Auf Margitta traf das Vorurteil nicht zu, das Herr Domröse mit freundlicher Miene über Frauen und Pferde gefällt hatte. Margitta war nicht die Frau, die durch zu große Nachgiebigkeit und die Sucht zu verwöhnen ein Pferd verdarb. Im Gegenteil schien es Ida, als verbinde sie miteinander Strenge und Sanftmut. Wie sie mit den Orgeln umging, die sie baute und ‹heilte›, behandelte sie auch das Pferd.

Worte sind Klangkörper, dachte Ida bei sich, auch Pferde sind Körper, die man zum Klingen bringt. Gott hat sogar dem Lehm Leben eingehaucht.

Die Orgelbauerin nahm eine Peitsche und wollte die Tiere damit streicheln. Man muß sie ‹desensibilisieren›, sagte sie. Sie gebrauchte das modische Fremdwort, und es klang wie ein Fremdkörper im Gesang ihrer Stimme. Ich streichle die Pferde, sagte sie, dann verwandelt sich alles, das Pech verwandelt sich in Gold, der garstige Frosch in einen schönen Königssohn. Du glaubst doch auch, daß Märchen wahr sind? Ida schaute nur stumm zu.

Die Orgelbauerin zeigte zuerst den Pferden die Peitsche, ließ sie daran schnuppern. Erst als sie sich an den Anblick der Peitsche gewöhnt hatten, ohne zusammenzuzucken, fing sie vorsichtig an, mit dem langen Riemen der Peitsche über die Rücken der Pferde zu streicheln, sie sprach dabei zärtlich auf die zwei Vollblutstuten ein. Die Pferde machten Augen, wie Enrico Caruso sie machte, wenn man ihn hingebungsvoll kraulte. Doch warteten sie immer noch ängstlich, als ob die Zärtlichkeit sich sogleich in einen Spuk von Geschrei und Gewalt zurückverwandeln könne. Wen man liebt, den ‹züchtigt› man, nur war züchtigen nichts anderes, als die Peitsche wie bei einem Pferd als Taktstock zu benützen, um es zu dirigieren, wie man eine Orgel spielt. Selten nur strafte man ein Pferd mit dem ‹Taktstock›, indem man ihm einen leichten Streich gab, aber man schlug es nie, man schrie nie.

Ida hörte ein Singen, ein Jubilieren aus längst vergessenen Zeiten, phantastische Vögel flohen in die obersten Lüfte, in eine unendliche Weite. Sie stiegen hoch in einen Himmelsraum, in dem es keine Begrenzungen mehr gibt. Zum Zoohändler sagte sie: *Ich will eine chinesische Nachtigall.* Sie wußte nicht mehr, ob sie von den kleinen grauen Vögeln geträumt hatte oder ob es sie wirklich gab. Der Zoohändler war klein und schmal, man hätte ihn ebenso auf fünfzehn wie auf dreißig schätzen können. Er hatte ein Gesicht, wie es Menschen haben, durch die nichts hindurchgeht: kein Leid, kein Glück, und die grausam sein können, weil an ihnen alles abprallt. Er kam Ida wie ein Verkäufer in einer Buchhandlung vor, der mit gleich uninteressierter, freundlich lächelnder Miene einen Pornoroman und gleichzeitig ‹Die Brüder Karamasoff› verkauft, das Geld in Empfang nimmt, die Kasse klingeln läßt und dabei schon denkt, wie er den Tag bis zum Abend herumbringt.

Sie achtete nicht auf ihren ersten Eindruck, vertraute dem Händler, war überzeugt, daß er, wenn er die Berechtigung hatte, Tiere, lebendige Wesen, zu verkaufen, auch befähigt wäre, mit ihnen umzugehen, ihr raten könnte, wie man die Tiere füttern und halten mußte. Sie wußte später nicht mehr, was die chinesischen Nachtigallen gekostet hatten, ja sie wußte nicht einmal mehr, von welcher Farbe sie waren. Aber es gab sie wirklich. Man konnte sie kaufen: chinesische Nachtigallen.

Es war ihr wie ein Wunder erschienen: daß man Nachtigallen kaufen kann. Sie war sich wie der Kaiser von China vorgekommen und hätte wahrscheinlich am liebsten den Nachtigallen auch sogleich goldene Pantoffeln umgehängt. Sie erinnerte sich später nicht mehr, wie sie die Nachtigallen nach

Hause getragen hatte. Sie wußte nur: Sie hatte dem Zoohändler blind vertraut. Wie einen goldglänzenden Schatz,
versteckt in gewöhnlichen Kartons, nahm sie die Nachtigallen mit sich. Der Zoohändler bemerkte ihre Begeisterung.
Und es gibt Menschen, die müssen töten, wenn sie sehen, wie
einer glücklich ist, sie können den Glanz in den Augen des
anderen nicht aushalten. Vielleicht war es aber nur Gleich-
gültigkeit oder Habgier, bloße, nackte Habgier, daß der
Händler Ida einen falschen Käfig verkaufte. Sie vertraute
ihm. Es war wie zwischen Raubtieren: Sie zeigte ihre nackte
Kehle, und der Angreifer fühlte sich versucht, zuzubeißen.
Vielleicht sind Menschen Raubtiere? Man darf ihnen nicht
die Kehle zeigen. Sie dachte: Wie soll ich einem Menschen,
der chinesische Nachtigallen verkauft, nicht vertrauen? Der
Händler kam ihr wie ein Zauberer vor, daß er chinesische
Nachtigallen verkaufen durfte. Ein Stück vergessener Kind-
heit stieg in ihr hoch, eine goldene Melodie. Einmal hatte die
Mutter ihr das Märchen von der Nachtigall vorgelesen, oder
war es die Großmutter gewesen, die auch *Ida* hieß, wie sie?
Sie wußte es nicht mehr. Sie wußte nur: Sie hatte geweint.
Das war das einzige Weinen aus der Kindheit, an das sie sich
erinnern konnte.
Sie hatte mit dem Kaiser geweint, wie die Nachtigall ihm mit
ihrem Lied Tränen entlockt hatte. Und sie wußte auch noch,
daß sie den kleinen grauen Vogel, der am Strand und am
Meer unter hängenden Zweigen, in der Nähe der Menschenfischer lebt, mit Händen hatte greifen, sehen wollen. Aber
das ging nicht. Damals ging es nicht. Und jetzt? ‹*Eines Tages
kam ein großes Paket beim Kaiser an, auf dem stand geschrieben:
Nachtigall.*› Sie ging mit *ihrem* Paket nach Haus, die Nachtigallen darin waren nicht aus Gold und Silber, nicht künstlich, nein, sie waren lebendig.
Haben Sie einen Vogelbauer für die Nachtigallen? fragte sie
den Händler. Und er bot ihr gleich einen an, der sei geeignet.
Ich habe nur noch diesen da, sagte er, und das hätte sie stut-
zig machen können. Sie hielt aber den Zoohändler für gütig,
er mußte doch seine Zuverlässigkeit bewiesen haben, wenn
er hier verkaufen durfte! Sie war wie die junge Frau, die ihr
einmal in einer Gemüsehandlung begegnet war. Da hatten
zwei Kunden ein Gespräch begonnen über giftfrei angebau-
tes Gemüse. Und die junge Frau, die zuhörte, sagte: Die Erd-

beeren können gar nicht gespritzt sein, die Regierung würde es nicht erlauben!

Ist er denn gut für die Nachtigallen, dieser Käfig? fragte sie, der Händler nickte. Vielleicht dachte er: Sie wird es merken, sie wird sich nach zwei Tagen einen anderen kaufen. Wer wußte, was er gedacht hatte? Vielleicht nur, daß er endlich einen Ladenhüter los war.

Die Weinhändlerin war wahrscheinlich auch in gutem Glauben gewesen, der Stall des Kampwirts sei der beste aller Ställe für Finale.

Die Nachtigallen aber flogen hin und her, in dem schmalen, hohen Käfig. Der Käfig war schön, ein Schmuckstück, ein Vogelbauer wie aus Marmor oder Elfenbein. Seine Schönheit bestach Ida. Wie manche Leute Gemüse kaufen, das auswendig sauber und innen voll Gift ist, so kaufte sie den Käfig, dem Händler vertrauend.

Mörder haben manchmal schöne Gesichter, sind freundlich und nett angezogen. Eine verkehrte Welt. Die Nachtigallen flogen hoch und nieder, in immer wilderem, besessenerem Flug. Ihr Jagen war wie Herzschläge, die immer schneller werden. Was habt ihr denn, meine Vögel? Was ist mit euch?

Es waren schlimme Tage für Ida. Sie wußte nicht, daß es der falsche Vogelbauer war, wie sie nicht gewußt hatte zuerst, daß der Stall der Stechmückes der falsche Ort für Finale war. Sie säuberte den Käfig, sooft es ging, sie gab den Vögeln reines Wasser zu trinken. Sie versicherte sich immer wieder, daß sie ihnen das richtige Futter zu essen gab. Es war alles richtig, nur der Käfig war falsch. Es war ein Käfig, der die Vögel tötete. Sie mußten am Meer leben, am Strand unter den hängenden Zweigen, in der Nähe der Menschenfischer. Dabei hätte sie nur an die kleinen, grauen Nachtigallen im freien Feld denken müssen, die hinaufsteigen in einen offenen Himmel. Dann hätte sie gewußt, daß die Vögel in der Beengung eines schmalen hübschen Käfigs aus Weidengeflecht sterben müssen. Daß ihre Herzen jagten. Daß sie, wie ein Mensch leidet, im verbarrikadierten Fahrstuhl seines Lebens, wenn sein lautes Rufen niemand erreicht und niemand ihn rettet, an seelischen Schmerzen starben.

Sie wußte später nicht mehr, was für Laute die Nachtigallen als Hilfeschreie von sich gegeben hatten. Vielleicht piepsten sie nur, tagelang, oder schwiegen oder zitterten wie das arme

Pferd, dem man die Kehle durchschnitt? Sie sangen jedenfalls nicht. Warum singt ihr nicht, meine Vögel? Warum singt ihr nicht? Singt doch, meine Vögel, singt doch.

Was ist mit euch, meine Vögel? Warum singt ihr nicht? Was fehlt euch, meine Vögel? Gebe ich euch falsches Futter? Seid ihr durstig? Nein, sie sangen nicht im Todeskampf, von dem Ida erst danach wußte, daß es ein Todeskampf gewesen war. Nach der Theorie so mancher Händler mußten die Vögel gerade im Todeskampf, in einem engen, schmalen Käfig, singen, besonders schön singen. Aber sie sangen nicht.

Graf Sandor hatte einmal erzählt, man müsse eine Schauspielerin wirklich quälen, um das Letzte aus ihr herauszuholen. Und ein Dichter müsse arm sein, die größten hatten hervorragende Werke in Gefängnissen geschrieben. Ida begrub den ersten Vogel. Und einige Tage darauf begrub sie den zweiten Vogel.

Im Hinterhof, in der Erde hinter den Mülltonnen, begrub sie die Nachtigallen tief in der Erde, damit Hunde sie nicht ausscharren konnten.

Was habe ich falsch gemacht? fragte sie sich, als sei sie der Mörder der Nachtigallen. Ich kann eben keine Vögel halten, dachte sie. Ich habe keine Hand für Pflanzen, keine Hand für Vögel! Dabei war es der Käfig, der die Nachtigallen getötet hatte. Wie ein Haus eine Axt sein kann für einen Menschen, und ein Stall ein Messer für ein Pferd, kann ein Vogelbauer für eine Nachtigall ein Strick sein, der erdrosselt.

Dieser Käfig, in dem sie nicht hoch und weit in den Himmel fliegen können, die Nachtigallen, meine schönen Nachtigallen, und in dem der Gesang erstirbt, in dem die Herzen sich totrasen in einem unbeschreiblichen Todeskampf. Wie Pegasus sich totgaloppierte in der Dienstbarkeit.

Sie fuhr langsam, dem Pachthof entgegen. Zu dieser Abendzeit konnten Rehe über die Straße wechseln. Ob sie das Steuer würde halten können, wenn ein Reh ihr ins Auto liefe?

Die Hunde, die Michaels Schafe bewachten, sprangen an Ida und Esriel kläffend hoch. Wir sind zu selten auf dem Hof, sagte Ida, sie müssen sich noch an uns gewöhnen. Aus dem Obstgarten kam Stimmengewirr. Die Pferde grasten unter den Bäumen. Die Dämmerung senkte sich mit Macht nieder.

Ida erkannte die dunklen und braunen Körper der Pferde nur in Umrissen. Da ist Finale, rief Esriel. Ida wunderte sich, daß ihr Pferd so ruhig da stand. Michael und Margitta begrüßten Ida und Esriel freundlich. Finale blieb friedlich stehen, sprang nicht wie sonst oft, weil sie fürchtete, Ida wolle ihr das Halfter umlegen, um sie vielleicht zum Schmied zu bringen oder etwas anderes, für sie nicht so Angenehmes mit ihr zu unternehmen, sofort auf und davon. Sie hob den Kopf und witterte Ida. Ida ging nah an sie heran, legte ihr den Arm über den Widerrist und konnte sich vor Glück kaum fassen.

Es war fast dunkel, Ida kam es vor, als leuchte Finale im Finstern. Das Pferd war noch schwärzer geworden. Ist sie dunkel geworden! sagte Ida. Margitta sagte: Ach, sie wird noch dunkler werden. Sie soll leuchten im Schnee. Ihr schwarzes Fell soll leuchten im Schnee, dachte Ida. Ihr Fell ist dicht geworden, sagte sie, wie Lamahaar fühlt es sich an. Auch das wird noch dicker werden für den Winter, sagte die Orgelbauerin.

Das Mädchen erschien Ida plötzlich selbst als ein wunderschönes Pferd. Wie ein kostbares neugieriges Pferd kam sie ihr vor, das neuankommende Genossen beschnuppert. So heimlich und anheimelnd war ihr plötzlich alles, sie hätte vor Freude weinen können. Da waren die Körper der Pferde, die im Obstgarten harrten. Da war die Orgelbauerin, deren helles Haar auch in der Dunkelheit noch leuchtete. Die grüne Haarsträhne konnte man nicht mehr erkennen, auch den blauen Chinesenzopf nicht. Sogar die Worte des Mädchens schienen zu leuchten. Hin und wieder ein Schnauben eines Pferdes. Und das Geräusch, das Finale verursachte, wenn sie die von Ida mitgebrachten Äpfel und Wurzeln zermahlte.

Auf der schmalen Straße, die am Pachthofgelände entlangführte, rasten viele Autos vorüber, Esriel war in Idas Arme geflüchtet, die Hunde hatten ihn noch einmal angekläfft, er hielt sich jedesmal, wenn ein Auto vorbeidonnerte, mit beiden Händen die Ohren zu. Mach nicht eine so hektische Bewegung, sagte Ida, du weißt, daß Finale schreckhaft ist. Aber Finale rührte sich kaum, stand nur still da, als horche sie auf die Stimmen, sie sog Esriels Geruch ein und näherte ihren Kopf seinem Gesicht.

Vor ein paar Tagen habe ich an der Weide Trompete geübt, sagte Margitta. Da fingen sie an zu toben, du hättest die

Pferde sehen sollen. Es ist schön, sich vorzustellen, wie Pferde tanzen, sagte Ida, aber natürlich nicht wie Menschen und nur aus freien Stücken.

Bitte nicht wie die Lipizzaner, sagte Margitta. Warum nicht? Magst du die Lipizzaner nicht? fragte Ida. Die Leute erfreuen sich an ihnen, antwortete die Orgelbauerin. Aber weißt du, daß sie Figuren machen, die eigentlich Kriegshaltungen sind, Angriffshaltungen?

Nein, sagte Ida, das weiß ich nicht. Warst du denn mal da? Ja, sagte Margitta. Du mußt dich allerdings fünf oder sechs Wochen vorher anmelden, so ausgebucht sind die. Die Menschen scheinen sich gern Haltungen anzusehen, die für den Krieg eingeübt werden, sagte Ida. Mag sein, sagte die Orgelbauerin, ich weiß es wirklich nicht. Du mußt dir die Lipizzaner trotz allem mal ansehen. Du wirst als Ausländerin eher eine Eintrittskarte bekommen als ein Wiener.

Könntest du nicht noch einmal Trompete spielen an der Weide, bat Ida. Die Trompete hatte ich nur ausgeliehen, sagte Margitta, aber ich kann Klavier spielen, oder wir drehen die Anlage voll auf. Ach, sagte Ida, spiel du lieber. Margitta klagte, daß ihr im Moment die Arbeit zuviel würde, sie müsse jeden Tag um sieben losfahren und sei abends erst zurück, manchmal müsse sie tagelang auf Montage. Ida wunderte sich, daß man sogar beim Orgelbau von ‹auf Montage gehen› sprach.

Margitta fragte, wann Ida mit ihr gemeinsam Finale longieren wolle, ob sie Sattel, Trense und Putzzeug besitze. Ja, ich habe alles, sagte Ida.

Sie ist sehr zutraulich geworden, sagte die Orgelbauerin, sie ist nicht mehr so schreckhaft. Sie muß wirklich irgendwann wüst geprügelt oder sonstwie schlecht behandelt worden sein. Sie ist sehr ängstlich, aber wenn man ruhig und gut zu ihr ist, ist sie ein wunderbares Pferd.

Ich weiß, sagte Ida, ich weiß.

Am Anfang, wenn ich den Stall ausmistete, hat sie sich jedesmal furchtbar erschrocken. Sie hat sich an mich gewöhnt, sagte Margitta.

Ja, es fiel Ida jetzt erst richtig auf, wie ruhig Finale geworden war. Vielleicht gab es Wunder? Vielleicht war Margitta aus den Wolken gestiegen, vielleicht war sie der Jüngling mit der

Zither, der Pegasus aus den Pranken des Bauern rettet? ‹Bauern› nennt man in Westfalen auch gewaltsame, gefühllose Menschen, Menschen, die Trampel sind und in menschliche Seelen roh eindringen.

Michael kam aus dem Haus zurück mit einer Plastiktüte in der Hand. Er bot Ida Pflaumen an. Ich habe sie heute nachmittag frisch gepflückt, sagte er. Ida strahlte und aß in der Dunkelheit die guten, reifen Pflaumen.

Körper an Körper standen das Pferd und die Frau beieinander, Esriel lehnte sich an Idas Bauch, die Orgelbauerin war bei ihnen. Ida hätte so stehenbleiben mögen die ganze Nacht. Esriel sagte: Es ist schön, hierhin zu fahren, wenn es dunkel ist. Auf dem Hinweg hatte er beim Anblick der Wolken gesagt: Ich möchte jetzt gerne mit dir auf dem Himmel sein. Warum kann man nicht auf dem Himmel sein? Das kann man, aber nur in der Phantasie, hatte Ida ihm geantwortet. Warum nicht wirklich? fragte Esriel. Der Mensch ist von der Schwerkraft abhängig, hatte Ida ihm erklärt.

Und er hatte weiter gefragt: Was ist Schwerkraft? Der Mensch ist kein Vogel und keine Wolke! Aber ich möchte so gern auf den Wolken sein, beharrte Esriel. Man kann sich wie auf Wolken fühlen, sagte Ida.

Michael gab ihr die Pflaumen. Es war die Zeit der Pflaumen, die Zeit der Reife. Eine seltsame Zeit. Der Blumenhändler an der Straße im kleinen Laden unter der Brücke, bei dem sie vormittags für Esriel eine Blume gekauft, hatte gesagt: Ich liebe den Herbst, er hat so schöne Farben, es ist alles so bunt. Ich mag den Herbst lieber als den Sommer, es ist alles vielfältiger, und es gibt schönere Blumen im Herbst!

Die Kastanien würden bald reif sein. Und Finales Fell wuchs dem Winter entgegen. Ida fragte, ob das Militär schon seine Herbstübungen veranstaltet habe. Ja, sie waren schon da, sagte Michael, aber auf den Hof kommen die nicht mehr. Ich habe letztes Jahr einen solchen Ärger gehabt, die laß ich nicht wieder auf den Hof.

Ida erinnerte sich sehr wohl an seine Erzählung über die Invasion der Soldaten. Wie sie, nachdem sie anfangs nur darum gebeten hatten, zwei Panzer auf dem Hof abstellen zu dürfen, tagelang auf dem Hof, in der Scheune kampiert, unzählige Wagen und Panzer abgestellt, Michaels Telefon Tag und Nacht in Anspruch genommen hatten. Michael erzählte alles noch einmal, für Margitta war es neu, diesmal äußerte er heftig seine Wut. Sie haben sogar, ohne zu fragen, in der Scheune meinen Strom benutzt, um abends fernzusehen, sagte er, ich habe sie dann rausgeworfen. Das hatte er damals nicht erzählt.

Margitta staunte. Du hast sie rausgeworfen?

Ja, es wurde mir zu bunt, sagte Michael. Ich habe den Offizier angeschrien, vor all seinen Leuten. Er hielt denen gerade einen Vortrag, da habe ich ihm auch einen gehalten. Sich so einzuschleichen – das mag ich nicht. Erst so tun, als wolle er nur für ein paar Stunden seine zwei Panzer abstellen! Und ich kannte die Burschen schließlich, ich bin von ihnen abhängig. Aber das ging zu weit. Er hat sich umgedreht und zu seinen Leuten gesagt: Packt die Sachen zusammen und macht euch fertig.

Ich meine, ich habe ja verstanden, daß sie irgendwo unterkommen müssen, sagte Michael. Sie hatten Bergungspanzer, für den Fall, daß irgendwo im Moor ein Panzer versackt. Und um untereinander in Verbindung zu bleiben, brauchten sie die ganze Nacht mein Telefon, das habe ich schon begriffen. Aber sie hätten mich schon fragen können!

Ida sagte: Sie sind vielleicht gewohnt, daß die Bauern den Mund halten, wenn sie sich Rechte herausnehmen.

Vielleicht weil sie so viel Gold auf der Brust haben? Also, das beeindruckt mich nicht, sagte Michael, immer noch wütend. Da muß man schon vernünftig mit mir reden. Wenn sie mir von Anfang an die Wahrheit gesagt hätten, hätte ich wahrscheinlich ‹Nein› gesagt. Das wußten sie eben, sagte Ida. Das ist kein Grund, sich so einzuschleichen, sagte Michael. Also, bei mir kommen die nicht wieder auf den Hof.

Finale hörte die Stimmen, auch wenn Ida jetzt nicht zu ihr sprach. Wie schön war es, sich in der Nähe des Pferdes im Dunkeln zu unterhalten.

Margitta holte das Halfter, die Pferde sollten in der Nacht nicht unter den Obstbäumen bleiben, man hatte sie nur für Stunden dorthin gelassen, weil die übrigen Grasflächen abgegrast und von der Hitze des Sommers ausgedörrt waren. Im Halbdunkel, mit etwas Licht von einer Laterne am Haus, sattelte Ida ihr Pferd, trenste es und stieg auf. Margitta führte das Tier am Zügel und setzte sogar Esriel vor Ida zu ihr in den Sattel. Ida spürte die Wärme, die dem Pferdeleib entströmte, und die des Kindes. Und Esriel hatte überhaupt keine Angst.

Ida sprach vom Galopp, doch Margitta sagte: Laß sie zuerst nur sehr lange Schritt reiten. Ja, so bin ich, dachte Ida, immer noch bin ich zu schnell. Man müßte für ein Jahr die Uhren anhalten können. Die Französische Revolution hatte etwas Selbstreinigendes, wenn sie auch grausam war. Ida lebte in einem Land, in dem nie Uhren zerschlagen worden waren, sie mußte wieder daran denken. Sofort hatte sie ans Galoppieren gedacht, aber Margitta in ihrer ruhigen Art wußte genau, in welchem Tempo man *beginnen* muß.

Finale war ruhig geworden. Es war ein Wunder geschehen. Menschen konnten Wunder auslösen. Auch Enrico Caruso war plötzlich friedlich geworden, nach der Zeit bei Margitta. Ehe Ida einschlief, dachte sie wieder an den schönen Jüngling mit der Zither. Er schwebte auf einer Wolke und war doch, in Gestalt der Orgelbauerin, ganz und gar irdisch, aus Fleisch und Blut, wie Finale, und mit einer Haut wie aus Seide. Sei ruhig, Ida, flüsterte er ihr zu, *ich rette dich aus dem Staub.* Und die Gestalt Margittas vermischte sich im Traum mit der Magdalenas und der des Jünglings mit der Zither. Margitta saß am Klavier und spielte die Lieder, die Frau Domröse so gern sang. Die langstrophigen Lieder.
Auch Finale hörte zu. Ida stand am Fenster in Margittas Raum, sah die Schatten der Pferde im Frühnebel. Finale hob den Kopf und horchte auf die Lieder.

> *Ich mußt auch heute wandern vorbei, in*
> *tiefer Nacht,*
> *da hab ich noch im Dunkel die Augen*
> *zugemacht;*
> *und seine Zweige rauschten, als riefen*
> *sie mir zu:*
> *Komm her zu mir, Geselle, hier findest*
> *du deine Ruh.*

Der Umschwung kommt manchmal ganz plötzlich, es ist wie mit dem Kind, das gestern noch krabbelte: ‹Plötzlich› steht es, und es fällt auch nicht, es strauchelt nicht, denn niemand hat es gezwungen, zu laufen, es hat sich selbst aufgerichtet.

So ging es Ida. Die guten Wirkungen des Ruhejahres machten sich bemerkbar, ihr ging alles leicht von der Hand, sie entdeckte die Glücksader, eine Goldader. Sie hätte ein neues Märchen erfinden können: Von der Frau, die ausgezogen ist, das Lachen zu lernen, und die es gefunden hat. Natürlich waren damit nicht alle Hindernisse ein für allemal abgebaut, aber wenn man einmal die Melodie erfunden hat, verliert man sie nie mehr. Wenn man einmal das ‹Sesam, öffne dich!› kennt, weiß man es für immer.

Die Begegnung mit Margitta bewirkte als erstes, daß Ida sich verordnete, zwei Wochen keine einzige Zeitung zu lesen und nicht fernzusehen. Nicht, daß sie etwas gegen Zeitungen oder gegen das Fernsehen hatte, nein, sie wollte nur probieren, ob sie eine Zeit auch so auskommen könnte. Sie ertappte sich zwar dabei, wie sie im Vorübergehen an Kiosken und Zeitungsläden in die Schaufenster lugte, um nach den Schlagzeilen zu suchen – wer war wieder ermordet worden, wer hatte sich am Vortag aus dem Fenster gestürzt? –, merkte aber bald, daß es ihr guttat, zu fühlen, wie sie über diese Wohltaten der Zivilisation, die Zeitungen, verfügte, und nicht die Zeitungen *über sie.*

Zum Frühstück las sie ein Stück aus den ‹Brüdern Karamasoff›, und abends las sie Esriel Märchen von Andersen vor. Sie fing wieder an, Drehbücher zu lesen, sie hatte wieder ihre Lust daran. Sie freute sich, bald neu beginnen zu können.

Zum ersten Mal ging sie wieder ins Theater. ‹Der Leinwandmesser› in einer Bühnenfassung nach Tolstoijs Erzählung wurde gespielt. Sie kannte den Schauspieler flüchtig, sie saß wie ein Kind im Theater und schaute. Der Schauspieler *war* das Pferd, der Schecke, der ungeliebt stirbt. Er war ein Mensch *und* ein Pferd in allen Lebensaltern. So ist Theater, besser als Kino, dachte sie in der Nacht.

Der Schauspieler spielte ein Pferd, und er sah nur ganz anders aus – körperlich! Er hatte keine Hufe . . .

Zuerst hatte er gedacht: Das kann ich nie! Doch hatte er einen ‹Guru› gehabt, so nannte er den Pantomimen, der ihm geholfen hatte, in die Rolle hineinzuwachsen. Dieser Pantomime war ein ruhiger, bescheidener Mensch – übrigens eine Eigenschaft aller Pantomimen, sagte der Schauspieler –, weich und beobachtend war der Pantomime, ausgeglichen und gar nicht temperamentvoll, aber trotzdem von einer Genauigkeit, einer Präzision und einer stillen Kraft.

Dann war er durch die Gegend gepest, getrabt! galoppiert! Das kann man mit den Händen machen, auch mit den Füßen. Das kann jeder Mensch, wenn er eine Treppe hinuntergeht, sagte er, daß muß man trainieren.

Er *trainierte*, und dann war das Pferd da. Und es gab die erste öffentliche Probe in einem kleinen Dorf von zehntausend Einwohnern. Die Leute guckten fasziniert, natürlich! Ein Mann spielt ein Pferd. Das ist eine Sensation. Vorher hatten alle Verantwortlichen gegen das Stück opponiert. Und jetzt bettelten alte Damen: Darf ich bitte bei allen Proben dabeisein? Eine weißhaarige Dame saß auch im Regen bei den Proben . . .

Dies alles erfuhr Ida von dem Schauspieler selbst, sie traf ihn am Vormittag nach der Vorstellung in einem kleinen Café, es war wieder die erste Begegnung mit der Welt des Spiels, außer der mit Magdalena, die nie abgerissen war während des ‹Ruhejahres›.

Schöpferische Menschen, vom Theater, vom Film, Dichter und Schauspieler, Pantomimen und ‹Zauberer› jeder Art, treffen sich nur selten wirklich, sie sind alle so furchtbar beschäftigt, und wenn sie einmal sogar zusammen auftraten, dann hieß es: Guten Tag, Frau Helmond, wie geht es? Wie heißt Ihr neuer Film? Wie sind die Kritiken? Und so weiter, Und so weiter.

Diesmal war es anders, zwischen den beiden Schauspielern war gleich das da, was man ‹einen Draht› zwischen Menschen nennt. Der Schauspieler sprach vom Wunder Theater, von der Naivität, von der Kindlichkeit, von der großen Sehnsucht der Menschen nach Spiel. Er erzählte, wie ungeheuer schön es gewesen sei, den ‹Leinwandmesser› auf der Freilichtbühne zu spielen. Einmal sei ein Gewitter aufgezogen, er tanzte gerade die Todespantomime. Da zuckten die Blitze, und es donnerte. Ungeheuer, sagte er, und man machte weiter im Regen! Wie er vom Freilicht weggekommen sei, habe das eine Dämpfung der Mittel bedeutet. Ja, sagte Ida, aber man spürt es noch, das ‹Freilicht›, das war auch im Theater noch da: Das Pferd galoppierte durchs Freie. Ich wußte nicht, daß Sie das Stück im Freien gespielt haben, aber jetzt, wo Sie es erzählen ...

Die Vorbereitung hatte ein Jahr gedauert. Zuerst hatte er die Novelle, das Stück gelesen. Dann hatte er Angst gehabt, dann Sehnsucht, es endlich zu spielen. *Vorgestellt* hatte er sich alles.

Er hatte sich auch selbst in dem Pferd gesehen, o ja! Wie soll das gehen? Wie soll das gehen? Wie soll das gehen: Ein Pferd spielen? Wie oft hatte er sich *das* gefragt. Er kam auf die ersten Proben und hörte die Kollegen murmeln: Was soll das Stück?

Aber er hatte es gesehen, von den Russen gespielt. Er wußte, wie großartig es sein konnte. Und es reizte ihn auch, einen berühmten Schauspieler zu widerlegen, der gesagt hatte: Das kann kein deutscher Schauspieler. Ich habe damals nicht gleich ‹geschnallt›, sagte er, wie die Russen das gemacht haben, jetzt weiß ich es. So schwer ist es mir anfangs vorgekommen: Die zärtlichen, poetischen Dinge zu spielen. Ein Schmetterling zu sein! Und: *Vor uns steht der Leinwandmesser als Fohlen.* Aber dann war es wie ein Blitz gewesen: Das Fohlen ist meine Kindheit, so seh ich es. Das Staksige! Das Naive! Ja, das war es, mein Gott, so einfach und doch so schwer.

Er war auch bei den Pferden, in Warendorf war er einmal gewesen. Er hatte gesehen, wie die Pferde die Körper nicht in sich bewegten, sie bewegten die Köpfe ... Aber das war nicht entscheidend. Nein, euch nachmachen, das kann ich nicht, sagte er, ihr seid so herrliche, edle Geschöpfe. Er wußte noch, es war eine alte Stute, Hanne hieß sie, die hatte er in Warendorf gesehen. Er wußte, daß er auf Distanz gehen mußte, er durfte nicht nur hineingehen in das, was man ‹Wirklichkeit› nennt. Er mußte *beobachten*. Meine Kontrolle mußte immer noch dasein, sagte er. Pantomime geht nur durch den Kopf! Auf der anderen Seite: ‹Die andere Seite›, natürlich. Das Unbewußte, ‹der Bauch›, mein Gott, ja das eine doch nicht ohne das andere. Denken Sie an Marcel Marceau, sagte er, ein Meister der Entspannung! Ich war hinter der Bühne, auf einer Beleuchtungsbrücke, *das* war das Aufregende. Er spielte den David, er spielte den Goliath, und da-

zwischen – hinter der Wand –: einen Bruchteil einer Sekunde
– *Entspannung*!

Die Mischung hatte ihn gereizt: Pferd zu spielen, Mensch zu
sein: Ein ‹Pferdekörper mit Menschenkopf›!
Ida fragte, ob er nicht nach jeder Vorstellung völlig erledigt
sei. Ja, sagte der Schauspieler, aber wir machen vor jeder
Vorstellung Gymnastik. Wir nehmen den Körper wahr. Man
muß für das Spiel leben! Und ich lebe darin, ich gebe mich
ganz hinein. Rational weiß ich, daß ich als Kind nicht gleich
laufen konnte. Daß ich herumtapste. Und der Leinwandmesser? Kindsein ist ganz schön für ihn. Und dann? Er hörte immer: Schecke. Ich habe schon manches Mal Tiere dargestellt,
die Japaner spielen Tiere, da ist das Geheimnis der Nô-
Spiele ... Balzacs ‹Herzeleid einer englischen Katze› habe
ich in Paris gesehen, die Schauspieler spielten mit Tierköp-
fen ...
Ida hörte immer wieder das Wiehern des Leinwandmessers,
es ging ihr nicht aus dem Ohr.
Der Schauspieler lachte. Ja, sagte er, das Wiehern! Jemand
hölzelt – und dann das Schnauben dazu, beides mixen und
richtig dosieren ... Besonders schön ist es, wenn Sie aus der
Tonne saufen, sagte Ida, hat es mit der Tonne eine besondere Bewandtnis? Der Schauspieler schmunzelte. Es ist immer dieselbe Tonne, sie hat die richtige Akustik, ich habe
mich an diese Tonne gewöhnt. Ida stellte sich vor, wie sie den
Kopf hineinsteckte, die Stimme wie ein tiefes Brummen
klänge oder wie Wasser, das rauscht.
Der Schmetterling, der die Lebensfreude des Fohlens verkör-
perte, stammte vom Schwarzen Theater in Prag, den hatte
der Schauspieler eines Tages einfach mitgenommen.

Im Verlauf des Gesprächs entdeckten Ida und der Schauspieler, daß sie vor vielen Jahren schon einmal als ‹Gegenspieler›
in einem Schauspielhaus ‹aufgetreten› waren. Er hatte in
‹Dantons Tod› gespielt, und sie hatte im Zuschauerraum mit
anderen Schülern und Studenten gegen einen grandiosen
Stadttheaterneubau protestiert. Ida wollte nicht gern an
diese Zeit erinnert werden. Welch ein Unsinn, sagte sie, gegen ein Theater zu protestieren.
Das ganze Haus war voller Kriminalpolizei, erinnerte sie

sich. Sie wollte lieber über das Jetzt sprechen. Er schwärmte vom Publikum, das sich noch begeistere. Sehr wohl habe es noch Ehrfurcht vor dem Schöpferischen – *wenn* sie es erleben! –, sagte er. Und im Pferd sehen die Leute etwas, was verloren ist: Das beeindruckt sie wie Kinder! Es ist eine Verzauberung. Und trotzdem entzaubere ich auch, am Schluß. Ich sterbe – und kaum bin ich tot (als Pferd), schon stehe ich wieder auf und halte die ‹Schlußrede› ... Das ist ein Schock, jeden Abend schmerzt es mich.

Auf der Freilichtbühne war das gestrichen. Er seufzte. Ja, Theater ist Emotion. ‹Popo› ist nicht abendfüllend. Mich interessiert: Was passiert? Wie leidet der Mensch? Das ist Theater. Das Pferd ist allein, es ist immer einsam ...

Die Stadt, in der er lebte, empfand der Schauspieler als Schlangengrube. Er floh regelmäßig in die Berge, dort lebte er mit einer Frau. Er hielt es für selten, daß einem etwas gelang, etwas Außerordentliches. Aber dafür lebte er. Mein Erfolg mit dem ‹Leinwandmesser› ‹stinkt› vielen, sagte er.

Er suchte die Stille, wenn er nicht auftrat. Es ist wahnsinnig schwer, Stille zu ertragen, sagte er. Man hört seinen eigenen Puls. Man hört nichts mehr von draußen. Es geht ein Gewitter. Einer ruft an. Ich höre nicht. Zuerst flattert man herum wie ein aufgescheuchtes Huhn, und dann – in der Stille – wird man produktiv.

Die Stille ist wichtig, sagte er, und – der Atem. Beckett hat ein Stück geschrieben über den Atem, nein, nicht über – das Stück *ist* Atem in Worten ... Er erzählte, wie er seine kranke Mutter angeleitet hatte, richtig zu atmen. Ihr Atemvolumen hatte nicht ausgereicht, er hatte ihr Hoffnung gemacht: Paß mal auf, ich werde mit dir trainieren. Er hatte ihr eine Schildkröte gekauft. Mutti, du hast Zeit, drei Tage lang, leg sie auf deinen Bauch und atme voll in den Bauch. Nach drei Tagen hatte sich das Atemvolumen verdoppelt.

Es war seltsam: Sie trafen sich in so vielen Dingen. In diesem Bedürfnis nach Ruhe. Sie waren nicht Schauspieler geworden, um im Rampenlicht zu stehen. Das Rampenlicht nahmen sie als eine Notwendigkeit. Es war nicht das ‹Eigentliche›.

Der Schauspieler schrieb gern. Es gab Tage, an denen er von der Maschine nicht wegkam. Seltsam, sagte Ida, bei mit ist es ebenso. Mit der Hand schrieb er kaum. Als Jugendlicher hatte er mit der Hand erste Manuskripte geschrieben. Mit ‹Tannhäuser› hatte er ein Erlebnis gehabt, mit vierzehn. Er setzte sich hin und schrieb. Mein Vater aber war ein amusischer Mensch, der las das Geschriebene unter dem Gelächter der Familie vor. Da habe ich aufgehört, sagte der Schauspieler, zurückgeblieben ist: Ich kann nicht mit der Hand schreiben. Die Schreibmaschine ist meine Prothese, damit kann ich tagelang schreiben, aber nur in der Stille, in meinen Bergen. Man kann einen Menschen in der Zeit, in der er Knospen treibt, sehr verletzen.

Ida schlief die ganze Nacht nicht, der Schauspieler ging ihr nicht aus dem Kopf. Seine mächtige Gestalt bewegte sich vor ihrem inneren Auge, sie hörte sein Wiehern. Sie mußte an Esriel denken, der einmal behauptet hatte: Alle Männer haben Brüste. Ida widersprach ihm: Nein, Männer haben keine Brüste. Esriel wurde wütend.
Sie haben doch kleine Berge auf der Brust, was ist das sonst? sagte er. Sie haben Brustwarzen, sagte Ida, aber sie haben keine Brüste wie Frauen. Allerdings gibt es Menschen, die haben beides: eine Brust und einen Penis. Oder: Sie sind Männer und haben eine Scheide und einen Bart. Zum Beispiel.
Stimmt das? fragte Esriel.
Ja, hatte Ida gesagt, ich habe noch gestern ein Foto gesehen.
Esriel war zufrieden gewesen und hatte sich nicht weiter gewundert. Seltsam, daß ihr dieses Gespräch mit Esriel über das Zweigeschlechtige einfiel.
Vielleicht hatte sich das Aussehen des Schauspielers dadurch, daß er im Spiel ein Pferd geworden ward, verändert. Sie dachte an sein lockiges, volles, halblanges, dunkles Haar, mit den einzelnen silbrigen Fäden darin. Sein Haar war eine Mähne und sein Gesicht das Gesicht eines Menschen, der Stunden um Stunden Berge betrachtet hat, bis sie sich gleichsam in seinen Gesichtszügen *spiegeln*: Es war ‹zerklüftet›, aber nicht alt. In seinem Gesicht gab es viele Wege. Seine Hände waren weich und doch kräftig, sein Körper strömte eine Sehnsucht aus, berührt zu werden, zugleich war er umgeben von einer unsichtbaren Hülle, die gegen falsche Berührung schützen soll. Sie spürte, wenn sie ihn sich bewegen und gestikulieren sah, in jedem Moment, auch wenn er gar

413

nicht mehr spielte, die Einsamkeit des ‹Leinwandmessers› . . .
Am Morgen stand ihr Entschluß fest: Sie wollte, nach Beendigung des Ruhejahres, mit Magdalena einen Film machen über eine Frau, die – anstatt ein ‹Reittier› der verschiedensten Mächte zu sein – selbst eine Reiterin wäre, sich nicht doubeln ließe, kein Getöse machte, wie irgendein schlechter Schauspieler in einem Wildwestfilm oder in der großen Politik. Sie mußte daran denken, wie der Chirurg vom Bamberger Reiter geschwärmt, wie er von den zwei Konsolen gesprochen hatte: der einen *rohen*, der anderen, mit Pflanzenmotiven geschmückten, wie er über den Reiter auf dem Pferd begeistert sich geäußert hatte, der – den Baldachin über sich – sein Pferd, seine Leidenschaften (auch seine Blutrünstigkeit) *zügelte.*

Den Reitlehrer empfahl ihr die Taubenpaula. Ehe sie Unterricht nahm, hatte sie noch einen Traum, auch die Träume veränderten sich, auch in den Träumen wehrte sie sich.
Sie besuchte Herrn Hieronymus auf seinem Gestüt auf Austernende. Es war ein junger Morgen, noch sehr früh. Herr und Frau Hieronymus waren bei der Arbeit auf ihren Erdbeerfeldern. Frau Hieronymus kam Ida mit einem Teller, gefüllt mit Erdbeeren, entgegen. Ich habe in der Nacht von Ihnen geträumt, sagte sie, im Traum ist mir Ihr Besuch angekündigt worden. So hatte sie die Erdbeeren vorbereiten können, selbst das grüne Kraut hatte sie abgezupft.
Zu Idas Rechten sprang ein weißes Pferd lebendig wie eine Quelle eine leichte Anhöhe hinauf in den jungen Morgen, es tobte auf der Weide, freute sich seiner Freiheit und machte vor lauter Übermut Bocksprünge, wie Pferde manchmal tun.
Herr Hieronymus erzählte, daß sein Pferd Bobby seine Unarten nicht bei allen Reitern auslebe, Bobby wittere, welcher Reiter gut sei, welcher nicht. Es war Frühjahr, Herr Hieronymus schuf Ordnung auf seinem Hof, er besserte alles aus. Er verfrachtete einige Schweine und ein Pferd. Plötzlich fand Ida sich selbst verladen, man hatte sie in den Anhänger eines LKWs unter eine Plane gelegt. Da war sie unter zitternden Sauen. Und der Anhänger wurde geschlossen, ihr Pferd war nicht bei ihr.
Sie wußte nicht, wohin die Reise ging. Geistesgegenwärtig sprang sie schnell aus dem dunklen Wagen.

Herr Hieronymus trug vor wie ein Tanzlehrer, der einen untrüglichen Sinn für die Schwächen von Männern und Frauen hat, das Tanzen lehrt. (Ida hatte einen gekannt, der jeden Fehler seiner Schüler so erregend humorvoll nachgeahmt, ja wie ein Clown nachgeäfft hatte – mit einem lachenden und einem weinenden Auge –, daß man seinen Fehler einfach nicht zu wiederholen imstande war.)

Er war ein schlanker, agiler Mann, sehr zäh wirkte er, sehr durchtrainiert. Er war nicht klein, trotzdem mußte man an einen Liliputaner denken, es heißt ja, daß kleine Menschen besondere sexuelle Kräfte haben. Mochte das eine Legende sein, jedenfalls Herr Hieronymus strahlte einen pädagogischen Eros aus, der einen einfach mitriß.

Er war lange Manager in der Wirtschaft gewesen, hohe Belastungen war er gewöhnt, in seiner Jugend hatte er geboxt – irgendwann hatte er ein neues Leben angefangen, mit den Pferden auf dem Gestüt. Wahrscheinlich gab ihm das Bewußtsein, das erste Leben überstanden zu haben, seine ungeheure Kraft. Ein Mensch wie er hatte etwas von einer Schlange, die sich gehäutet hat. Seine neue Haut war kräftiger, widerstandsfähiger gegen alle Verletzungen der Welt.

Bei all seiner Zähigkeit war Herr Hieronymus zart, man ahnte, daß er Kräfte schöpfte aus der weiblichen Seele, die jeder Mann in sich trägt: vielleicht verachtet er sie, oder er trinkt aus ihr, wie aus Traum, Schlaf und Inspiration, immer neue Kräfte.

Herr Hieronymus sprach über das wilde Pferd. Kein Mensch achtet in der Natur auf einen gleichmäßigen, taktmäßigen Schritt bei den Wildpferden, sagte er. Der Mensch gibt dem gezähmten Pferd nur korrigierte Natur, nur im Überschwang kann er behaupten, er gebe seinem Pferd *Natur*. Das Pferd fühlt mit den Muskeln, es fühlt mit seiner Haut, dem Fell. Sie müssen mit einer ‹Strickbewegung› Ihr Pferd lenken, damit es sich auf die Sprache seines Reiters einstellt und nicht spökenkiekerisch in die Gegend schaut, sagte er. Sie müssen eine weiche Hand haben, aber eine geschlossene Faust. Ich muß den Reitern immer wieder sagen, fuhr Herr Hieronymus fort: Macht weniger, nicht mehr! Sie müssen den Willen des Pferdes ansprechen, Sie erreichen den muskulösen Körper des Pferdes nur über seinen Willen. Wo Ihr Schenkel das Pferd treibt, dort ist kein einziger Muskel. Deswegen reagieren Pferde so empfindlich auf Gewichtssignale. Ihr Pferd kann nur gehorchen, weil es gegen seine erste Natur auf eine zweite Natur hin erzogen worden ist – an der Longe, auf die Stimme des Menschen hörend.

Ursprünglich war es doch so – Herr Hieronymus sprach jetzt beschwörend, und es fuhr Ida durch alle Glieder –, der Mensch, der auf dem Pferd sitzt, ist – der Tod. Wenn früher ein Lebewesen auf einem Pferd saß, war es ein Raubtier. Und das Raubtier biß dem Pferd das Genick durch. Also, nicht Sie brauchen Todesangst vor dem Pferd, das Pferd müßte Todesangst vor Ihnen haben. Und es hat sie auch, nur sind diese Instinkte überdeckt... Wenn *Sie* Angst haben, das Pferd könnte Sie beißen, Sie totschlagen, so ist das eine seltsame Verkehrung. Vielleicht wissen Sie innerlich nur zu gut, daß *Sie* das Raubtier sind. Das Pferd ist ein Fluchttier vor der Gefahr, aber zugleich *sanftmütig*. Es greift nie an! Herrn Hieronymus' Stimme war dunkel und fast schwermütig geworden, um dann wieder aufzusteigen. Es verteidigt sich mit seinen zwölf Zentnern gegen das Leichtgewicht des Menschen, sagte er.

Jede Einengung beeinträchtigt das Wohlbefinden des Pferdes. Der Mensch hingegen ist ein Höhlentier, daraus entsteht die Schwierigkeit, ein Reiter zu sein, sagte Herr Hieronymus.

Ida beugte sich vor lauter Aufregung so weit vor, daß sie mit dem Gesicht die Tischplatte berührte – sie saß mit einigen anderen Schülern in der ‹Kutscherstube›, wo Herr Hieronymus seinen allabendlichen Vortrag, nach der Praxis am Tag, hielt. Der Mensch muß lernen, seine persönlichen Reflexe zu löschen, wenn er ein Reiter werden will. Ida stöhnte halblaut. Herr Hieronymus blinzelte ihr zu und verzog gutmütig das Gesicht. Jaaa, sagte er langgedehnt, den Klammerreflex muß man löschen, wenn man ein Reiter werden will.

Der Mensch kämpft an zwei Fronten – er wandte sich wieder allen zu (seine Zuhörer außer Ida waren zwei junge Ehepaare, langjährige Reiter, zwei Junggesellen und ein junges Mädchen, das allem mit schreckhaft geweiteten Augen folgte). Ida fiel die militärische Ausdrucksweise auf. Wie sehr war doch die Sprache durchwachsen vom Eindruck der Dinge, die der Mensch zu seinem Mittelpunkt gemacht. Der

Mensch kämpft an zwei Fronten, wiederholte Herr Hierony-
mus: Er muß lernen, seinen Reflexen nicht zu folgen, die
Mutterleibshaltung aufzugeben, mit der er gewöhnlich auf
Schreck und Angst reagiert.

Ida fiel gleichsam in sich zusammen, wie soll ich das jemals
schaffen? Wie soll man jemals vollendet werden können,
wenn es so schwer ist? dachte sie. Dann richtete sie sich jedoch sogleich wieder auf. Sie verstand, daß sie ein Leben
brauchen würde zur Vollendung. Aber schließlich war es mit
dem Schauspielern ebenso. Auch Reiten war eine *Kunst*.

Herr Hieronymus ging dazu über, die Sinneswahrnehmung
des Pferdes zu erklären. Sie müssen die Sinne des Pferdes
verstehen, sagte er. Sein Kreislauf und seine Organe sind denen des Menschen ähnlich, ein Pferd kann Kopfschmerzen
haben.

Aber ein Pferd sieht Bewegungen schärfer als ein Mensch, einen gleichmäßig fahrenden Porsche empfindet es als Punkt.
In größter Dunkelheit und in stärkster Helligkeit sieht es
besser als ein Mensch, nur kann es sich nicht so schnell an
sich verändernde Lichtverhältnisse gewöhnen.

Während Herr Hieronymus weitersprach, ging Ida blitzartig
auf, warum man sagt, eine Mensch hat ‹eine Roßnatur›, ‹er
arbeitet wie ein Pferd› – wie stark muß der Mensch über
Jahrhunderte hinweg dem Pferd ähnlich gewesen sein, ja, wie
sehr mußte er das Pferd wie ein Symbol, ein Wappentier für
seine eigenen Fähigkeiten, seine Leidenschaften, empfunden
haben. Und wie war der Mensch *mit sich* umgegangen, all die
Jahrhunderte? Wie mit den Pferden, dachte Ida, er hat sie in
Rüstungen gesteckt.

Sie müssen das Pferd so sanft wie möglich, so energisch wie
nötig behandeln, hörte sie Herrn Hieronymus sagen. Sie
müssen Ihre Stärke dosieren, Sie müssen antreiben mit unter-
schiedlicher Intensität. Ein schenkeltotes Pferd, ein zu stark
getriebenes Pferd reagiert nicht mehr!

Erschrickt Ihr Pferd während des Ausritts, halten Sie Fühlung mit den Knien, werden Sie groß im Sattel, fühlen Sie mit
Ihren Muskeln den Körper des Pferdes: Um das alles zu lernen, brauchen Sie Zeit und Erfahrung. Fühlt das Pferd sich
eingeengt, ‹denkt› das Fluchttier in ihm: Man nimmt mir den
Weg nach vorn, es hat gleichsam ein ‹Erbgedächtnis›. Wenn
Sie sich fürchten, ‹denkt› auch das Pferd: Ich muß mich

fürchten, es droht Gefahr! Es hat Angst, *weil* sein Reiter Angst hat. Es riecht die Angst seines Reiters, es läßt sich nicht betrügen durch forsches Auftreten.

Aber das Besiegen und Zähmen der Angst war eine Aufgabe, die ein Leben erfordern würde. Ida mußte plötzlich wieder an den Mörder Katharina Simons und der anderen Frauen denken. Ob man ihn immer noch nicht gefunden hatte? Immer noch, wenn sie nachts schlaflos lag, schlich sich so manches Mal die Angst in ihr Herz, obwohl sie wußte, daß Angst die Gefahr anzieht, statt sie zu bannen.

Herrn Hieronymus' Tochter hieß Hummel und war in Idas Alter. Sie war eine Frau ‹wie ein Lebkuchenpferd› (‹Du strahlst ja wie ein Lebkuchenpferd›, pflegte Ida zu Esriel zu sagen, wenn er lustig war und gute Laune hatte), Herzlichkeit ausströmend. Ida bewunderte, wie Herr Hieronymus und seine Tochter miteinander umgingen. ‹Hummel› war nicht ihr Kosename, ein Name eigentlich für ein Tier, das stark und prall ist und summt, wenn alles blüht und gedeiht, aber nicht zu greifen ist, das man nicht reiten kann, das von Blüte zu Blüte fliegt.

Ida ritt mit der Gruppe, Herrn Hieronymus und Hummel an der Spitze, zum ersten Mal aus ins Freie, wie sie es in Träumen schon oft getan hatte. Zuerst fühlte sie sich beschützt durch die Gruppe, als könnten die anderen ihr helfen bei der Zähmung des Wilden und Unberechenbaren – nicht so sehr des Pferdes als ihrer selbst. Später fühlte sie sich durch die anderen behindert. Wenn es so ist, dachte sie, daß Menschen in Gruppen oft leichter zu Verbrechen hingerissen werden, sich in Gruppen eher verlieren, wie darf ich dann hoffen, daß die Gruppe mich vor der eigenen Leidenschaft, vor der Wildheit des Pferdes in mir schützt? Sie mußte an eine Reiterin denken, die – in der Abteilung reitend – sich im Wald zu Tode gestürzt hatte. Sie dachte an eine Gruppe von Reitern (Margitta hatte ihr davon erzählt), die – von einem Gewitter überrascht unter Bäumen Zuflucht nehmend –, geglaubt hatte, wenn sie in wildem Gewitter nur eng genug beieinanderstünden, wären alle ihre Mitglieder geschützt gegen die Angriffe des Blitzes. Aber dann war der Blitz auf einmal in sechs Pferde gefahren, hatte sie auf der Stelle getötet, zwei der Reiter waren ebenfalls erschlagen worden. Die Gruppe schützte also nicht, und Ida fühlte sich in ihr behindert. Es war kalt, und sie bat Herrn Hieronymus, eine kurze Pause einzulegen. Die Kälte zog ihr die Blase zusammen. Ida hockte sich in einiger Entfernung von den anderen Reitern an den Wegrand ins Gebüsch, die ganze Gruppe mußte warten. Ein andermal riß ihr ein sie streifender Ast die Kappe vom Kopf, wieder mußte man ihretwegen anhalten. Auch ging ihr Pferd zu rasch, drohte manches Mal aufzureiten, sie war kein Mensch für Abteilungen.

Sie fühlte sich auch in der Gruppe allein mit dem Pferd, allein mit sich. Es war angenehm, auf dem Waldboden zu reiten. Die Bewegungen des Pferdes gingen in die ihren über, sie unterschied fast nicht mehr zwischen dem Dampfen und Vibrieren ihres Körpers und des großen muskulösen des Pferdes.

Plötzlich sah sie das Meer vor sich, die Bläue des Meeres. Zuerst war da ein schmaler Streifen. Das Meer. Ihr Gedanke war: Es ist sowieso verschmutzt, gleich darauf freute sie sich, als ob das Meer rein und unberührt sei, wie seit undenklichen Zeiten.

Die Pferde ahnten und rochen das Meer. Schon Hunderte von Metern, bevor die Reiter es erblickten, sogen ihre Nüstern den Geruch des Meeres ein, wollten sie lospreschen.

Ruhig, ruhig! rief Herr Hieronymus mit seiner festen, zarten und jetzt gleichsam jubilierenden Stimme.

Reiten war Lebenskunst lernen. Die Täler durchreiten, dachte Ida, die Tiefpunkte durchschreiten – die Höhen erreiten.

8

Der graue Mann
und
Der Wein unter der zerspaltenen Kirche

Jeder Mensch ist eine kleine
Gesellschaft.
Novalis, *Blütenstaub*

Magdalena und die Orgelbauerin zogen los, um Kasernen zu
besetzen, Ida wanderte mit dem grauen Mann sieben Stunden lang durch Hammonia.
Der Mann fütterte die Tauben am großen Fluß, sie hatten
einander oft gegrüßt, er führte sie in die Vergangenheit, in
die Gegenwart.
Er erzählte ihr, was ihr ihr eigener Vater nicht hatte erzählen
können. Er erzählte ihr die Apokalypse. Er zeigte ihr das
‹Weltfinale›, das schon stattgefunden hat, mit dem man nicht
mehr drohen kann. Denn schlimmer, als es schon war, kann
es nicht mehr werden.

Und der Engel schlug an mit seiner Hippen an die erden/und
schneit die Reben der erden/und warff sie in die grosse Kelter des
zorns Gottes.
Und die Kelter ward ausser der Stad gekeltert/und das Blut gieng
von der Kelter bis an die Zeume der Pferde/durch tausent sechs-
hundert feldwegs.

Mein Pferd, wohin hast du mich geführt? dachte Ida. Mein
Pferd, du Zeuge dessen, was dem Menschen geschehen ist,
du stummer Zeuge. Finale, meine stumme Zeugin. Finale,
meine Liebste, wohin hast du mich geführt? Der graue Mann

war wie ein Schlafwandler. Spinner nennen mich die Leute manchmal, sagte er. Vielleicht meinten sie es auch liebevoll.

Hammonia war wie ein großes verwundetes Tier. Stark war die Stadt, aber verwundet. Für die Menschen waren Jahrzehnte vergangen seit dem Weltfinale, für die Stadt war das vielleicht nicht mehr als ein einziger Tag. Ida sah, wie Männer große Steine aus der Erde buddelten. Straßenbahnschienen wurden entfernt, und überall waren alte graue Steine in der Erde. Es mußten Trümmersteine sein. Immer noch buddelten sie Trümmersteine aus dem Erdreich der Stadt, darin das Blut längst getrocknet war, verzehrt von den Regenwürmern. Wenn die Pferde reden könnten, dachte Ida.
Manchmal sah sie am Morgen Männer auf Hebebühnen stehen und große Fleischkörper von Lieferwagen im Hinterhof abladen, sie warfen sie sich über die Schultern. Dickicht der Städte, dachte Ida, welche Laute, welche Gerüche! Der Schlachthofgeruch – die Brennnesseln in der Stadt. Kinder aller Nationen begegneten ihr. Die Stadt war ein Mythos, ein Mysterium. Warum hatte sie lange Angst gehabt vor der Stadt?
Manchmal fürchtete sie sich vor Rolltreppen.
Das Alleinsein in der Stadt war entsetzenerregend. Und dann war da ein Kind, das Tauben jagte, bis sie aufflogen. Kinder, die Seifenblasen in die Luft pusteten. Und die Plakatankleber. Und Orte. Gerüche! Immer wieder Gerüche.
Mauern waren beschrieben. Hilferufe, Anklagen standen da. ‹Störtebecker lebt!› – ‹Das Volk von El Salvador wird siegen!› – sie hatte sich zunächst verlesen: ‹Salvador Dali wird siegen› – ‹Begin ist ein Faschist› – ‹Stoppt die Hinrichtungen in der Türkei› . . . fragmentarische Reden und Manuskripte waren auf die Mauern geschrieben.
Ein Auto war mit imitiertem Tigerfell überzogen. Ein Haus entblößte seine Innereien, halb abgerissene Häuser wirkten wie Schattenrisse eines früheren Lebens ihrer Bewohner. Auf einem Abenteuerspielplatz standen Kinder vor einem knisternden Feuer. Die Flamme wurde größer. Schwarzer Rauch stieg hoch. Es knallte und prasselte.
Vor dem Schlachthof stand eine eigenartige Skulptur von einem Stier. Zuerst dachte sie, das Gebäude sei eine Fabrik.

Gestern habe ich einen Aufruf gelesen, sagte der graue Mann, darin beschwert sich einer, daß da ein paar Leute Soldaten mehrere Stunden einsperren. Da kann ich nur lachen. Lieber ein paar Soldaten ein paar Stunden einsperren als noch einmal in den Bunkern sitzen. Wenn *wir* demonstrieren würden, da bliebe es nicht beim Autoschütteln. Die Menschen sind nicht auf der Welt, um sich gegenseitig die Schädel einzuschlagen.

Ida nannte Herrn Warlich den grauen Mann, nicht weil er ihr alt und unscheinbar vorkam. Seine Farbe war eher ein schönes, geheimnisvolles Grau. Er war grau wie die sanfte göttliche Nachtigall, der unscheinbare Vogel, der einen Kaiser zum Weinen bringt. Für Ida war Herr Warlich ‹grau›, nicht weil sie ihn ‹grau in grau› fand, nein, es ging etwas Verblichenes von ihm aus, etwas wie Asche war um ihn, aber auch etwas von Phönix, der aus der Asche steigt. Ja, er kam ihr wie der Vogel vor, der aus der Asche neu ersteht. Er war grau, er war bleich im Gesicht, seine Haut im Gesicht war wirklich aschen, die Zeile aus dem Gedicht fiel ihr ein: *Dein aschenes Haar, Sulamith.*

Mein Gott, ja, so war auch er. Wer hatte jemals von den alten grauen Männern gesprochen, den Taubenmännern? Ida verstand plötzlich, warum es sich Deutschland mit der ‹Bewältigung› seiner Vergangenheit so schwer machte. Wer konnte das Leiden der anderen beweinen, solange er sein eigenes nicht beweint hatte?

Er warf die Wörter so hin. Er sprach von ‹Sprengbomben›, von ‹Brandbomben›. Er war überzeugt, dort und dort lagen noch Blindgänger, Granaten unter der Erde, immer noch mußten Bomben entschärft werden. Am Pferdemarkt hatte sein spezielles Elend begonnen. Eines Tages war er das Schulterblatt hochgegangen, zum Arzt, er hatte es mit dem Magen. Die Jungs von der Hitlerjugend standen am Millerntor. Hallo, komm man her, rief einer ihm zu, tret man hier an, sonst tret ich dich in den Arsch.

Er reagierte nicht, aber er dachte sich: Den verprügele ich, mit vierzehn wehrt man sich. Aber damals galten andere Gesetze: Wenn man prügelte, verprügelte man *die Uniform.*

Er gab dem Knaben von der Hitlerjugend kräftig Senge, mit einem Freund als Beistand. Er war ein guter Sportler.

Die Strafe war, daß er Glasseide zu Bändern flechten mußte

– grün und blau und rot, daraus wurden Tarnnetze gemacht. Ihm lief bei der Arbeit der Eiter aus den Fingern. Vier Wochen Jugendgefängnis – und danach zog man ihn ein zum Luftschutz. Er wurde eingekleidet zum Schnellkommando, alle drei Tage mußte er mit vier bis sechs Jugendlichen auf dem Revier erscheinen. Brände löschen, Verletzte bergen. Es gab nur noch wenige Pferde in der Stadt, sagte er, die waren requiriert vom ersten Tag an. Er hatte nur Spatzen gesehen. Es wurden immer mehr Spatzen. Und in Privatschlägen gab es Tauben. Die eine oder andere kam nicht wieder, die war vielleicht verschreckt durch das Flak-Feuer. Manchmal sah man die Taubenhalter auf den Dächern stehen und mit weißen Tüchern winken, damit die Tauben wieder nach Haus fanden.

Verbrannte Pferde streckten alle viere von sich, blähten sich auf wie Schweinsblasen. Ja, später sah ich das eine oder andere Pferd, aber die meisten waren nicht mehr in der Stadt. Und wer sagt, er habe ein Pferd aufbrennen sehen, der lügt, denn er wäre selbst mit aufgebrannt.

Schmeißfliegen gab es, später, o ja. Keine Trümmersteine ohne Schmeißfliegen, diese blauen Dinger. Wir hatten Mundschutz, es stank so erbärmlich. Ob Sie was aßen, ob Sie was rauchten: Es stank alles nach Tod. Alles schmeckte nach Tod. Einer besorgte eine Riesenflasche Essig. Wir trugen Splitterschutzbrillen, und den Essiglappen nahmen wir vor den Nasen nicht mehr weg. Abends war die Gesichtshaut aufgeweicht, als ob man zwei Stunden in der Badewanne gesessen hätte.

Aber haben Sie noch Zeit, haben Sie Zeit? Ja, sagte Ida, ich habe endlos Zeit, alles zu hören.

Und sie wanderten und fuhren durch die Stadt sieben Stunden lang. Es war ein Sonntag, und das machte alles noch unwirklicher, denn sonntags übertönt der Betrieb die Vergangenheit nicht vollständig, manche Straßen sind leer und wie ausgestorben.

... und das Blut gieng von der Kelter bis an die Zeume der Pferde durch tausent sechshundert feldwegs.

Bis dahin geht die Berzeliusstraße, sagte der graue Mann, wo eben das rote Auto über die Kreuzung fuhr, da sind wir reingefahren, und bis dahin standen die Wohnhäuser. Da steht der Gasometer von den Gaswerken, da hinten links, da müssen noch irgendwo vier Schornsteine sein. Da können Sie rausgucken, ich nehme an, daß man da irgendwo eine kleine Lücke erspäht, sehen Sie durch diesen Schlitz, da hinten steht ein Wohnhaus, das ist ein Industriegebäude, und rechts daneben, da kommt ein gelbes Flachdach zum Vorschein, dort ist schon die Hammer Landstraße. Es ist alles so zugebaut, man kann das so schlecht sehen, aber stellen Sie sich vor, Sie würden einen großen Zirkelschlag machen vom Hauptbahnhof bis hierher, es ist jetzt alles so zugebaut, man kann das so schlecht sehen, ich habe tatsächlich gedacht, es wäre alles ein bißchen flacher – sehen Sie: Dieses alles, das war ein einziges Flammenmeer in der Nacht vom achtundzwanzigsten. Hier stand kein Stein mehr auf dem anderen. Da standen nur noch Fassaden, teilweise Fassaden. Die Straße war, die Häuser waren zusammengefallen. Und die Schuttmassen waren so hoch auf den Straßen. Hier war nichts mehr, das war restlos *alle*. So wie Sie da gucken können.

An dem Gasometer brannten, ja, ich möchte sagen, sechs Wochen die Kokshalden. Die haben sie nicht löschen können. Die Telefonzentrale von der Polizei war unten im Keller, ich hörte über Polizeifunk, daß die Kokshalden brennen. ‹Die Brandstelle schwarz machen› nannten sie das Löschen.

Es gibt Sachen, die kann ich nicht sagen, dann fang ich heute noch an, heute fang ich erst an zu schreien. Vom Keller war nichts mehr zu sehen, das ganze Haus lag darüber verstreut. Wir sind erst einmal ausgeschwärmt, der Kamerad sagte: Da guckt eine Kellertreppe raus.

In der Nähe war ein Bleistiftladen gewesen, unzählige Büroklammern lagen auf der Straße, der Kamerad drehte ein paar Zeitungen zusammen, entzündete sie zu einer Fackel, er ging in den Keller rein, vier, fünf Treppenstufen waren noch da. Wir trugen langschäftige Stiefel, Schnürstiefel und ‹Überfallhosen› – das waren Hosen, die wie Skihosen aussahen, unten zusammengebunden wie Knickerbocker, und zwischen den Stiefeln und Hosen waren zehn Zentimeter hohe Gamaschen. Der Kamerad fängt an zu schreien, er stand bis an die Waden in Brikettglut. Die Briketts hatten die ganze Nacht gebrannt, darüber war gelbe Asche.

Wir rissen ihn heraus, knieten uns auf seine Schultern. Wir

rissen ihm das Schuhwerk von den Füßen, wir schnitten ihm die Kleidung vom Leib.

Auf Plätzen wie diesem hier, da haben sich aus der Umgebung die Menschen hingeflüchtet. Der Mensch ist ja so, daß er sagt: *Ich will auf die freien Plätze*, da ist ja nichts, da kann mir ja nichts passieren. Und dann sind sie auf diesen Plätzen, ja, durch die Hitze, wie soll ich sagen, sie sind ausgetrocknet, sie sind gestorben auf den freien Plätzen. Ich weiß nicht, Hyperthermie oder so ähnlich nennt man das, irgendso ein komisches Wort, ich bin kein Wissenschaftler, also, die sind praktisch bei lebendigem Leibe ausgedörrt, durch die Hitze. Ich zittere schon wieder an allen Gliedern. Und Sie? Können Sie es aushalten, mich zu hören? Haben Sie noch Zeit? Müssen Sie nicht zurück zu Ihrem Kind?

Und wenn Sie sich vorstellen, Sie kommen hier nirgendwo rein und sollen hier irgend etwas bergen, und die Straßen sind zu, man kann mit dem Fahrzeug nicht reinkommen, man kommt nur irgendwo an die Ecken von freien Plätzen. Ich weiß nur nicht, ob das an diesem Platz war. Ich war auf dieser Ecke persönlich nicht, ich war weiter nach Hammerbrook rüber.

Aber an diesen Ecken hier – die waren früher bepflanzt mit Büschen –, da lagen sie denn.

Hinter den Büschen haben sie Schutz gesucht, da lagen denn Frauen, Männer, Kinder, alles übereinander. Ich habe welche gesehen oben an der Süderstraße, die waren teilweise total entkleidet, aber sonst sahen sie aus wie gesunde Menschen. Daneben lagen Tote, die waren total angezogen, da war nichts zu sehen, daß sie irgendwie mit Feuer in Berührung gekommen waren. Ich bin aber der Meinung, daß die anderen nicht splitternackt auf die Straße gelaufen sind. Und ich habe später mit einigen von der Feuerwehr gesprochen, die sagten auch, daß das Zeug lichterloh gebrannt hat, damals war fast alles aus Baumwolle, es war, als ob man Federn angesteckt hätte, und die Haut war dann so trocken, daß sie gar nichts mehr angefaßt haben.

Sehen Sie da mal rauf, da steht eine Häuserzeile rechts, da steht ein großes Gebäude, sehen Sie das? Nu können Sie sich vielleicht einen Begriff machen: Von da hinten – dieses ganze Gebiet, bis da runter, wo der Mast steht und wo eben dort hinten der Gasometer rausgeguckt hat, und das noch einmal so weit wie von hier bis zu der Häuserzeile, Sie sehen dort das Dach rausgucken, noch einmal so weit bis Burgfelde, und von diesem Punkt an bis zum Berliner Tor: Da war nichts mehr, war alles weg. Haben Sie davon einen Begriff? Von hier nach dem Berliner Tor?

Wenn Sie sich das vorstellen – das war alles eine einzige Trümmerwüste, Sie konnten, wenn Sie sich einen Punkt suchten, um im Parterre irgendwo durchs Fenster zu sehen, dann konnten sie durch sämtliche Häuser durchgucken bis Bergedorf. Denn das war von unten bis oben, das war restlos ausgebrannt. Straßen, Straßen gab es nicht mehr. Natürlich gab es Straßen, die wurden Stück für Stück mit der Hand freigebuddelt. Ja, früher gab es keine Planierraupen und Bagger. Schüppen, ja. Wissen Sie: Solche Klamotten, solche Mauerbrocken, die kann man mit der Schaufel ja nicht mehr bewegen, die muß man mit zwei Mann anfassen und an die Seite bringen.

Nach dem Krieg, da standen hier alle zwanzig, vierzig Meter so große Steinstapel, nur war das früher alles kein Sandstein, nein, die brauchte man bloß mit zwei Steinen gegeneinanderhauen, dann fiel der Mörtel so ab von den Fugen, so verbrannt war alles. Und wo wir eben durchgefahren sind, da unten ist an der Bahn eine große Siedlung, die ist nach dem Krieg mit diesen Steinen gebaut worden.

Vielleicht kriegt man die Kinder eines Tages soweit, daß sie darüber nachdenken, was früher war und was heute ist und was vielleicht werden wird, ich weiß das nicht. Uns geht das ja nichts mehr an, wir sind kurz davor, ins Grab zu steigen. Was sind denn zehn Jahre, wenn man alt ist? Ich merk das doch, früher als Kind, da weiß ich, ach Gott, das Jahr nahm kein Ende, von Ferien zu Ferien, das waren unendliche Zeiten, aber heute? Herrgott noch mal, wir haben schon wieder November, wieso haben wir Mitte November? Und dann müssen wir sehen, daß wir einen Tannenbaum kriegen, eins, zwei, drei ist Weihnachten. Je älter Sie werden – das werden Sie auch eines Tages merken: Am Tag ist nichts mehr dran, wenn man alt ist. Ja, nu geht das wieder los, daß andere sagen würden: Herbert Warlich, der ist ein Spinner. Ich sag nur: Als Kind leb ich in den Tag hinein.

Mein Gehirn ist voll von der Kindheit. Und jeden Tag kommen neue Eindrücke, Bekanntschaften, man hat so viel in den Kopf zu nehmen, daß man das gar nicht übersehen kann. Vierundzwanzig Stunden reichen nicht mehr aus. Meine Meinung – aber wie gesagt: Ich bin ein Spinner.

Man steht morgens auf und hat den Kopf voll. Ich denke an die Arbeit, was mache ich heute mit den Jungs in der Werkstatt? Dann ist man auf der Arbeit, dann denkt man schon wieder an zu Hause. Dann hat man von irgend jemand eine Frage gestellt gekriegt. Bevor man sich überhaupt umguckt, ist Feierabend. Und so geht das immer im Kreis herum. Und je älter man wird, desto mehr kriegt man in den Kopp, und desto kürzer werden die Minuten.

Ja, sagte Herr Warlich, ich überlege – das müßte hier runter in die Billstraße reingehen. Alles ist derart bebaut. Lassen Sie uns man hier links fahren, irgendwo muß es geradeaus weitergehen. Da muß die Billstraße sein, die kommt nachher am Heidenkampsweg raus. Nu fahren Sie praktisch durch Rothenburgsort durch. Das ist der Rand nach Süden hin gewesen von diesem ganzen Gebiet, Sie können sich, wenn Sie von Rothenburgsort raufgucken bis ans Berliner Tor und wissen, wo Sie herkommen (den Gasometer kann man von überall her sehen), eine Vorstellung machen, welches Gebiet innerhalb von vierundzwanzig Stunden in Flammen aufgegangen ist.

Lassen Sie uns das mal versuchen. Irgendwie nach Hause kommen wir schon wieder. Fahren Sie ruhig nach links. Wenn ich das richtig in Erinnerung habe von früher, dann müßte das geradeaus weitergehen. Bullenhauser Damm, das müßte ja hier. Geradeaus. Irgendwie bin ich. Mein Gott. Wir sind gleich in der Süderstraße. Fahren Sie man geradeaus weiter, irgendwo muß hier eine Eisenbahnbrücke kommen, über den Kanal. Da ist die Brücke, sehen Sie, die ist noch von anno dazumal. Diese Eisenbahnbrücke, die ist stehengeblieben damals, da war rundherum, war ja nichts mehr. Die Brücke ist stehengeblieben, die steht noch von Kaiser Wilhelm her, das alte Ding.

Hier ist schon Rothenburgsort, das fängt hier an. Dieses hier ist der Zollkanal, das ist die Bille. Sehen Sie, da sind die vier Schornsteine von den Elektrizitätswerken, können Sie sie sehen, die großen Dinger? Hier rechts hinter den Büschen, da ist die HEW, die Schornsteine waren vor dem Krieg vierzig

Meter länger, die haben sie gekappt, damit sie nicht von weitem schon als Anflug für die Flugzeuge dienen konnten.

Wenn Sie jetzt hier links abbiegen. Das ist auch noch eine alte Brücke. Es müßte die braune Brücke sein. Das ist die Bille. Nach dem Angriff war alles voller Holz und verkohlten Balken und toten Menschen, die wurden da rausgecatchert, der Fluß war voll davon. Fahren Sie man geradeaus. Dann kommen wir raus am Heidenkampsweg. Vielleicht kann man links noch einmal abbiegen, dann kann man runterfahren zum Röhrendamm, das weiß ich nicht. Dies waren alles Wohnhäuser, alles. Für die Arbeiter war es eine feine Wohngegend, meine Frau hat hier auch gewohnt. Sie ist nie wieder dort gewesen, kann sein, daß sie von der Erinnerung so ein kleines bißchen geschockt war.

Ich weiß nicht, ob das heute bebaut ist, das einzige, was ich weiß, ich hatte damals – hinter dem Gasometer ist der sogenannte Holzhafen, dort ist ja schon der große Fluß, das nannte sich Holzhafen, da kamen die Flöße an, da wurde Holz geflößt, wurde für die einzelnen Firmen festgelegt, die konnten sich das Holz abholen – und dort, ja, dort hatte ich mein Bootshaus, und da hatte ich mein Boot liegen, seit April 1943 hatte ich dort mein Boot liegen, und meine einzige Sorge war, es könnte abgebrannt sein, ich mochte damals gar nicht hingehen.

Das Bootshaus liegt direkt am Wasser, und da sind oben zwar die Häuser abgebrannt am Deich, aber das Bootshaus, das war glücklicherweise heil. Der Steg hatte ein bißchen Schaden genommen, aber das Boot war noch da, und ich weiß, wie es damals hier ausgesehen hat, weil ich des öfteren zu Fuß hier durchmarschiert bin, Bahnen fuhren ja nicht, Busse fuhren nicht. Ich ging zum Bootshaus, ich sagte abends: *Ich will hier raus*, ich setz mich ins Boot und laß mich auf dem großen Fluß treiben. Denn – auf deutsch gesagt: Scheiß auf den Alarm und Scheiß auf die Flugzeuge, auf dem großen Fluß wird dir wohl keiner was tun. So bin ich manchen Abend ins Boot gestiegen und bin morgens erst wieder ins Bootshaus gekrabbelt, obwohl da Angriffe waren, ja.

Die Angriffe wurden nachher, ach Gott ja, leichter, was heißt leichter, im Verhältnis zu denen von dreiundvierzig waren sie leichter, ja, selbstverständlich. Na ja, die einzige, die sich denn noch viele Sorgen gemacht hat, wo ich nu geblieben war, das war immer meine Mutter, und wie ich dann den andern Tag wieder nach Haus kam. Ich habe natürlich auch an meine Mutter gedacht, ob ich sie wiedersehen würde, wenn Alarm war – nach dem Angriff. Aber ich war denn draußen vor, ich war einfach raus. Das war schon Anfang vierundvierzig, im April. Ich habe im Boot gesessen, ließ mich auf dem großen Fluß treiben. *Bloß raus hier!*

Fahren wir ein Stück weiter, links kann man nicht runter, schade. Sehen Sie, das ist schon die Jakobikirche, die da gebrannt hat vor vierzehn Tagen. Es brennt in letzter Zeit dauernd irgendwo, viele Brandstifter sind am Werk, vielleicht schwelt es noch immer unter den Trümmern, sagte Ida.

Aber der graue Mann redete weiter und weiter, ohne ihre Worte zu beachten. Er horchte in sich hinein, es mußte ihn eine ungeheure Anstrengung kosten, alles heraufzuholen, und alles war so frisch da, als sei es gestern geschehen. Seine Familienangehörigen kannten alles schon, seine Frau hatte gesagt: Du weißt ja, daß ich nicht gern wissenschaftliche Vorträge höre. Er kam Ida sehr allein vor, obwohl er sehr glücklich mit seiner Frau war, sie wohnten am geteilten See in einem Häuschen, das sie sich selbst gebaut hatten, hinter Gebüsch und Bäumen versteckt.

Der helle Turm, sagte Herr Warlich, das ist die Petrikirche, der helle dahinten. Bis dort, noch weiter, noch weiter, fahren Sie ruhig. Nu passen Sie mal auf, hier links rein und dann, ja dort, das ist der Billhorner Deich, hier muß gleich der Bahnhof von Rothenburgsort sein. Jawoll, das ist der Bahnhof von Rothenburgsort, und dort, wo die Baustelle ist, das war die sogenannte Schwindsuchtbrücke, so haben die Rothenburgsorter dazu gesagt. Da ist der Verschiebebahnhof, das Rangiergleis von der Reichsbahn druntergewesen, wir fahren jetzt auf der Spur, hinter dem Bakenschild dort, sehen Sie, da war ein Versorgungsstrang, da balancierte alles, was hier rüber wollte, nach Rothenburgsort rein. Sehen Sie wohl, und da drüben, das ist der Gasometer, und dies ist das Kinderkrankenhaus von Rothenburgsort, das ist stehengeblieben damals, das hat natürlich auch ein bißchen was abgekriegt. Ich hab die Hoffnung, ich kann Ihnen noch einen alten Hochbunker zeigen, ich meine, der steht da hinten noch. Der war dreiundvierzig noch nicht ganz fertig, und ich hab dreiundvierzig noch bei einem Angriff dringesessen, in der vierten Etage. Da war alles noch offen, da war bloß die Decke geschüttet, und ich hab zugeguckt, wie drüben im Viertel die Bomben runtergingen.

Fahren Sie weiter, Augenblick, Augenblick, ich muß mich wieder orientieren. Irgendwo muß der Klotz doch stehen, den werden sie doch nicht gesprengt haben. Wenn Sie ein bißchen Zeit haben, können wir gern die Ecke ein bißchen ablaufen.

Ich habe endlos Zeit, sagte Ida.

Da steht der Bunker, Donnerwetter, sagte der graue Mann, er lachte ein Lachen, das wie ein Aufschluchzen klang. Das ist ein sogenannter Hochbunker, sagte er. In dem Bunker sind eins, zwei, drei – er zählte –, *sechs* Etagen, und der war vielleicht für dreitausend Menschen so ungefähr, und drin waren bis zu zehntausend. Genauso ein Bunker hat unten am Röhrendamm gestanden, darin war meine Frau. Und alle, die nicht rechtzeitig rausgekommen sind allein, die sind in den vier Monaten nach dem Angriff aus den Kellern geborgen worden. So lange hat es gedauert, ja – monatelang. Was glauben Sie denn.

Er schneuzte sich und schwieg einen Augenblick. Dort an der Bushaltestelle, sagte er, stand die sogenannte Hanseatenhalle, das war eine riesige Halle, da hat zum Beispiel Max Schmeling geboxt damals. Mein Vater nicht, nein, der war Ringer, aber das war vor der Zeit. Sehen Sie, da können Sie drei von den Schornsteinen sehen von der HEW, und da steht der Gasometer, da stand diese riesige Hanseatenhalle, vielleicht kriegt man mal einen alten Stadtplan zu fassen. Und da unten, da waren Kokshalden wie im Ruhrgebiet. Und das war alles ein großer Gluthaufen. Können Sie sich vorstellen: Sie stecken nur ein paar Kohlen in den Ofen und halten die Hand drüber, können Sie sich vorstellen, was hier für eine Hitze gewesen ist. Ich bin Atheist geworden, ja, aber wie heißt es, wir haben es ja gelernt, als wir klein waren:

. . . da ward ein grosses Erdbeben/und die Sonne ward schwartz wie ein harin Sack/und der Mond ward wie Blut/und die Sterne des Himels fielen auff die Erden/gleich wie ein Feigenbaum seine Feigen abwirfft . . .

Ach ja, so war es. Zeit haben Sie doch. Ja, sagte Ida, ja. Viel Zeit.

Nu wollte ich nur noch zu den Bunkern sagen: Die wurden früher mit einem großen Quast angemalt, es ist noch teilweise zu sehen, das ist noch Originalanstrich, das Rote, die wurden angemalt, als ob es Trümmer wären, damit beim Tagesangriff die Bomber meinten: Ach was, das ist eine Ruine, das brauchen wir nicht mehr, ist ja sowieso kaputt. Vielleicht kann man noch ein Fenster erkennen, wollen wir mal herumgehen?

Die kleinen Vierecke sind Lüfter, die sind aber nachträglich eingebaut worden, früher war alles zu, da waren nur Deckenlüfter drin.

Schade, da waren richtig dunkle Fenster draußen markiert, als ob es leere Fensterhöhlen wären, das ist nicht mehr zu sehen. Nach dem Krieg hat man festgestellt, daß es der größte Blödsinn war, den man machen konnte. Von den Flugzeugen aus erkannte man die Ruinen, sah durch die Häuser hindurch, man sah ja nicht die toten Fenster, man sah ja bloß die Umrandung, und die Bunker sah man als schwarze Flächen, darin war kein Loch.

So knöpften sie sich ab und zu die Bunker vor, mit Bordwaffen und Punktwürfen, in einem Bunker gab es vierzehn oder sechzehn Tote, weiß ich, das war in der Innenstadt. Direkt im Tiefflug haben sie da eine Bombe reingeschmettert, die ist in der dritten Etage so schräg in den Bunker reingegangen beziehungsweise draußen explodiert, hat aber drinnen den Raum demoliert, der Beton ist innen weggeplatzt. Die Bunker sollten eigentlich bombensicher sein und die Schutzräume splittersicher. Die Betondecke – ich schätze, sie ist so ein Meter fünfzig, ein Meter sechzig dick – sollte Volltreffer aushalten, gegen Artilleriebeschuß waren sie vielleicht sicher, aber gegen die Eumel, die sie damals geschmissen haben, die wogen ja immerhin fünfhundert oder achthundert Pfund . . .

Ich nehme an, daß bei einer Atombombenexplosion so ein Ding auch noch steht, denn damals in dem Horror von Hiroshima und Nagasaki, da sind ja die Betonskelette von den großen Gebäuden auch stehengeblieben.

Ja, dann wollen wir mal ein kleines Stück weitermarschieren. Ich weiß, daß ich in diesen Eingang damals reingelaufen bin. Ich kam vom Bootshaus, in diesen Bunker, ja. Dort oben habe ich gesessen im Raum ohne Wand drumherum, die Decke war fertig und das Gestänge und die Innenwände, aber man konnte rausgucken aus dem Bunker, da habe ich dann zugesehen, wie sie da drüben die Veddel bombardiert haben. Habe natürlich ein bißchen Angst gehabt, aber wo soll man denn hin.

Er lachte. Seltsam, wie er lachte, der graue Mann. Er lachte, wie wenn von den Schmerzen, von den Ängsten, für die das Wort ‹Angst› zu schwach ist, nur dieses fliegende Lachen übriggeblieben sei, dieser lachende Schrei. Sein Blick fiel auf einen Spielplatz neben dem Bunker, eine fremde Frau blickte hinter der Gardine des Hauses neben dem Bunker hervor, er sagte erst nichts zu dem Spielplatz. Sinnig, nicht? Und er lachte wieder. Und er murmelte: Da ist nichts, nichts mehr zu sehen von aufgemalten Fenstern, das ist alles, ach ja, ich bin der Überzeugung, das ist sogar der Originalanstrich von damals. Jetzt klang seine Stimme fachmännisch. Ja, sagte er, dieses ist, als ob es verbrannt wäre. Und das dort, soll das eine Feuerleiter sein?

Ja, die Bunker, die Bunker. Was meinen Sie, darin sind richtige Etagen. Ein, zwei, drei, vier, fünf, sechs Etagen, sind nur kahle Wände, da standen Bänke drin, und die Wände waren mit dreißig Zentimeter breiten Streifen von Phosphorfarbe gekennzeichnet, die Elektrizität ging ja jeden Abend beim Angriff weg. Vor jeder Ecke war ein Pfeil, daß man sah, in welche Richtung es zur Treppe ging. Dort ist der Eingang, sehen Sie, das weiß ich genau, der war es, da bin ich reingelaufen, das weiß ich noch.

Auf der linken Seite dort drüben stand eine Turnhalle, später war darin der Verein Paloma, die machten darin Sport vom Fußballverein. Wenn ich damals von der S-Bahn Rothenburgsort kam, bin ich über die Versorgungsleitung balanciert, man durfte da eigentlich nicht rüber, aber das machten die alle. Ich konnte quer durchgehen, direkt am Krankenhauspark vorbei, so schräg einfach quer durch bis hier herunter zur Zollvereinsstraße und dann zum Bootshaus. Wenn man sich das vorstellt. Wenn man das Stück zu Fuß abgehen sollte, vom Hopfenmarkt oder Rödingsmarkt an bis hier herauf nach Billbrook, wo der Rest denn da in Flammen aufgegangen ist – wenn man sich vorstellen soll, was da alles war. Das will ich sagen: Man ist gut zwei Stunden zu Fuß unterwegs. Und das ganze Gebiet ist in einer Nacht aufgebrannt.

Kaputtmachen kann man schnell, sagte Ida, wie lange hat es mit dem Aufbauen gedauert, bis alles wieder stand, wenn auch niemals wie vorher?

Das weiß ich nicht, sagte Herr Warlich zerstreut. Ich weiß es nicht. Zehn Jahre? Oder zwanzig? Das weiß ich nicht, sagte der graue Mann, ich bin hier schon seit fünfzehn Jahren nicht mehr gewesen. Sehen Sie, da waren mal Straßenbahnschienen, und dort, wo das Hochhaus steht, da war früher das Straßenbahndepot, die Endstation von der Linie, ja, ja, haha! Welche war es? die vierzehn, die fünfzehn? Und da drüben, da ist nichts mehr, das ist jetzt der Hochwasserschutz, da war ich einmal mit einem Kollegen, da hinten war das Bootshaus, in dem Grund dort am großen Fluß. Dort sieht man direkt den großen Fluß. Das Boot gibt es nicht mehr, nein, das habe ich verkauft, die Unterhaltung war zu teuer. Das war ein toller Kahn damals, wir haben das Ding verklitscht.

Wenn Sie sich treiben ließen, was haben Sie gesehen? fragte Ida, gar nichts? Gar nichts habe ich gesehen, sagte der graue Mann, nur Wasser. Ab und zu mal ein Flugzeug, einen deutschen Jäger, der mit Heckensprüngen durch die Gegend raste. Die trauten sich gar nicht mehr nach oben. Ja, ja! Sie gukken mich an.

Sind Sie nicht vor Angst gestorben? fragte Ida.

Nein, sagte der graue Mann, wenn ich auf dem Wasser war, dann war ich eigentlich immer wie eine Möwe, wissen Sie, so ungefähr, ja, so sag ich das heute. Wenn ich im Boot saß, und ich war hier unter der Brücke raus bei Entenwerder, konnte mir nichts mehr passieren. Eigenartig, aber das ist so.

Später fingen die Engländer und Amerikaner an, ‹mangels Masse›, möchte ich sagen, auch auf Sportboote Zielübungen zu machen.

Und die Bomber, griffen die nicht auch Boote an und Schiffe?

Ja, aber nur im Hafen, sagte Herr Warlich, hier waren ja nur Appelkähne. Sehen Sie dieses Dreieck hier? Genau am Knick dort wohnte ein Onkel von mir. Zeit haben Sie noch? Sie müssen nicht zu Ihrem Kind? Ja, hier war alles, alles, alles restlos kaputt, hier, alles.

Gab es denn damals schon Fußgängerwege, bevor alles zerstört wurde? fragte Ida, oder war alles nur Sand?

Oh, das war hübsch hier, sagte der graue Mann, das war nicht nur hier hübsch, alles war so wabenmäßig gepflastert, da waren ganze Straßenzüge, wo der Gehweg aus verschiedenfarbigen Kacheln war. Dann war alles zugeschüttet. Die Straßen waren weg. Die Häuser sind auf die Straße gefallen hier. Da ist man doch rein *gegangen*, mit Fahrzeugen kam man hier nicht ran. Da kletterte man über weg. Und dann wurden Gefangene aus Fuhlsbüttel, die Vater und Mutter totgehauen haben, beim Kanthaken gekriegt, und die konnten, unter Bewachung, dann erst mal anfangen und die Trümmer wegholen. Daß die Fahrzeuge reinkamen!

Sehen Sie mal, die ersten Toten haben wir hier geborgen (Tote ‹bergen›, dachte Ida, wie kann man Tote ‹bergen›?, man soll doch das Lebendige bergen), vier Tage nach dem Angriff, sagte der graue Mann, eher kamen wir gar nicht rein. Hier sind bloß, ja, wie soll ich sagen, ‹Spähtrupp›, ist nicht das richtige Wort, die Aufklärer von den Polizeibehörden, möchte ich mal sagen, sind nachher, wie das dann abgekühlt war, reingegangen hier und haben geguckt, ob überhaupt noch irgend etwas war. Und bis dann alles organisiert war! Zuerst wurden die Straßen freigeräumt. Die Toten lagen auf den Straßen und in den noch vorhandenen Treppenhäusern. Die wurden geborgen, auf Lkws geschmissen. Hin nach Ohlsdorf ins Massengrab.

Gibt es diese Gräber noch? fragte Ida. Jaha, sagte der graue Mann.

Und Ida fragte genauer, als ob es irgend etwas ganz Sachliches sei, nichts weiter: Riesige Gräber? Und da wurden die reingeschmissen?

Mit schweren Räumgeräten wurden die Toten wegtransportiert, sagte Herr Warlich – und dabei gingen sie immer weiter und weiter, es war Sonntag und alles vergleichsweise still, nur ein ständiger Verkehr auf den Straßen. Die Organisation Todt war dabei, sagte der graue Mann, der Todt war so ein Nazi, ich weiß nicht, was der für ein Amt innehatte. Die bauten Bunker, die bauten Flugplätze, die bauten an den Fronten Sperren und Straßen und alles mögliche.

Hier muß irgendwo – er sprach den Satz nicht zu Ende. Da hat ein Bunker gestanden, hinter der Kirche, sagte er. Ja, er ist noch da, das ist sagenhaft, ich wundere mich. Also, wenn Sie sich hier hinstellten damals, auf einen Trümmerberg, da

konnten Sie bis nach Harburg sehen. Tatsächlich, das war Steinwüste. Steinwüste.
Da war nichts mehr, gar nichts mehr.
Sie sagten, daß die Toten ins Massengrab gebracht wurden? fragte Ida, dann hat man gar nicht mehr den Versuch gemacht, die Leute zu erkennen?
Doch! Oh, oha, sagte der graue Mann.
Dann schwieg er. Er schrie aber nicht. Er sagte nur sehr leise: Wissen Sie, es ist für mich wirklich schwer, da direkt so über zu sprechen.
Plötzlich kam Ida der Lärm der Autos höllisch vor. Sie standen immer wieder an Straßen, der graue Mann verschluckte halbe Sätze, ihr ging alles durch und durch. Sie mußte an Esriel denken, der sie, als sie ihm ein bißchen erzählt hatte, welche Wanderung sie mit dem grauen Mann machen würde, gefragt hatte: Was ist ein Bunker, Mama?
Das Wort kam aus dem Englischen, ein Bunker war ein betonierter Lagerraum für Kohlen, mein Gott ja, Kohlen waren so leicht brennbar, waren also Menschen wie Kohlen, im Krieg? Was waren das für ‹Weismacher›-Wörter: ‹Schutzraum›...?
Wenn es Ihnen zuviel wird, müssen Sie es sagen, sagte sie, ich bin unvorbelastet, was weiß ich denn, was Krieg ist. Das war – der graue Mann stammelte, die Worte kamen stoßweise –, Sie müssen sich das mal vorstellen, wir haben nu erst mal die Straßen freigeräumt. Und bei diesen Räumkommandos waren Wehrmachtsangehörige bei von den Einheiten, die in der Hammonia lagen – Infanterieregiment sechsundsiebziger, sechser Flakregiment und die sechsundneunziger Pioniere aus Hagen –, und die Feuerwehrtruppen aus aller Herren Städte rückten an, und vor allen Dingen: viele Gefangene, die mußten auch Blindgänger mit räumen, alles auf freiwilliger Basis, davon versprachen sie sich bessere Verpflegung und mehr Freiheit im Knast.
Bei jedem Bergungstrupp war entweder ein Arzt, eine Amtsperson, man konnte nicht einfach aus dem Keller den Gefallenen rausholen und ihn draußen gleich auf den Lkw schmeißen. Das hört sich grausam an, aber es war tatsächlich so: Man hat angefaßt, eins, zwei, drei, rauf! Das geht auch gar nicht anders.
Ida mußte an ‹Die Pest› von Camus, eines ihrer Lieblingsbü-

cher, denken, an den Arzt Rieux, sie war über das Buch im Abitur geprüft worden.

Ich meine, zuerst, klar, sagte der graue Mann, zuerst habe ich fürchterlich *gebrochen*, ich weiß das noch wie heute.

Gebrochen? fragte Ida.

Ja, *gebrochen*, ich sage Ihnen ja, ich war dreiundvierzig schon beim Schnellkommando, ich habe so manchen Schwerverletzten, manchen Toten vor mir gesehen, aber in diesen Zuständen, wie sie hier lagen, so!, ich weiß nicht – ich war ein junger Bengel, ich war fünfzehn.

Fünfzehn? sagte Ida. Fünfzehn? Sie wiederholte die Jahreszahl, um sich zu vergewissern.

Ach, sagte der graue Mann, es klang wie ein dumpfes Stöhnen. Ich war auch unvorbelastet, vorher, sagte er, genau wie Sie jetzt.

Wenn jetzt hier drüben ein schwerer Verkehrsunfall passiert, weiß ich garantiert, daß mir nicht schlecht wird, aber doch Ihnen, Sie könnten sich das wahrscheinlich nicht angucken. Und genauso haben wir damals als junge Menschen davorgestanden, hier mit rauf – er geriet wieder in ein Stammeln, Ida dachte, daß man nur noch lallen und jammern und wehklagen können dürfte –, die Toten mit rauf, die Toten mit raufzuschmeißen, ja, sagte der graue Mann, ach, wir waren nicht informiert (das Wort klang fremd und papieren zwischen den anderen Wörtern), wir waren in dem Haufen mit drin, und wir mußten mit. Man wurde nicht gefragt, wie alt man war.

Ich weiß noch, wir kriegten jedesmal, wenn wir zum Einsatz fuhren, sogenannte Einsatzverpflegung. Das waren drei Zigaretten, das war Brot mit Corned beef oder irgendein Dosenfleisch, Pferdefleisch, *horse meet*, ja, ja, und dann gab es drei Mark pro Einsatz, zwei Mark achtzig pro Schicht, aber wenn wir zum Einsatz waren, kriegten wir drei Mark. Man hat uns oft die Zigaretten vorenthalten, mit der Bemerkung, wir wären noch keine achtzehn, wir dürften noch gar nicht rauchen. Aber tothaun konnten wir uns lassen. Eine Krankenschwester, die den Disput miterlebt hatte, kam nachher und sah, wie wir maulend abzogen, kommt her, sagte sie, hier habt ihr Zigaretten, aus ihrem Etat hat sie uns Zigaretten gegeben.

Man sah von draußen, wie es im Keller aussah, ob der durch

Löschwasser abgesoffen war, daß die da drinnen nicht verbrannt, nicht erstickt, sondern ersoffen waren. Oder man schickte spezielle Leute rein, die an sich schon eine Pferdenatur hatten, die kriegten einen kleinen Kognak, nicht einen, sondern mehrere, und damit gingen sie dann, mit dem kleinen Glimmer – man nimmt dann nicht mehr alles ganz so tragisch, ich habe das selbst am eigenen Leib gespürt – gingen sie dann da rein und holten denn dieses, was so über war von den Menschen, das holten sie denn da raus. Das brauchten *wir* nicht, aber wir konnten draußen die Stücke denn sortieren, das war ja genau dasselbe.

Und der Beauftragte oder die Amtsperson, möchte ich mal sagen, der hatte einen Schreiber bei sich, und dann wurde, Keller für Keller, jeder einzelne Tote, nach irgendwelchen Merkmalen, aufgeschrieben, es wurde bei jedem Toten, soweit mir das bekannt ist, versucht, eine Identifizierung vorzunehmen.

Aber dann mußten doch Verwandte oder Bekannte oder Nachbarn dabeisein, standen die dabei? fragte Ida. Was für eine Frage! Na, sehen Sie mal, sagte der graue Mann, nein, da war ja nichts mehr, die lagen doch alle unter den Trümmern.

Die Amtspersonen machten richtige Listen, und – ich kann das nicht aus dem Kopf sagen, aber ich meine – damals sind fast zwei Drittel aller Toten tatsächlich identifiziert worden.

Ich selber habe einen Keller mit ausgeräumt, das ist allerdings in der Süderstraße gewesen, da waren die Menschen so, als ob sie eingeschlafen waren, an Kohlendioxyd zugrunde gegangen. Die lagen in den Betten, und die lagen auf den Bänken, teilweise auf dem Fußboden, und waren wie eingeschlafen, ja: Die waren sofort zu identifizieren, sie hatten das Luftschutzgepäck bei sich, die Ausweise, die Lebensmittelkarten, alles, alles war dabei.

Nu wußte man: Das war das und das, die Familie gehört zusammen. Das Kind, ein Junge – da ist dann die, so und so viele Jahre alt. Das war alles aufgeschrieben, und dann wurde das zugeordnet. Da lagen zwei Jungs, und da lagen zwei Mädchen, daneben die Lebensmitteltasche (das waren Falttaschen damals), da wußte man: Der eine muß ein Kleinkind sein, das kriegte Vollmilch, und der andere kriegte bloß entrahmte Frischmilch, wir sagten dazu immer ‹himmelblaue

Adria›, na ja, jedenfalls kannte man die Familie. Ob man das richtige Kind identifizierte, steht dahin, das weiß ich nicht, aber da waren zwei Jungs, zwei Mädchen und drei Erwachsene, dann war die eine die Mutter, mit den beiden Kindern, weil die Lebensmittelkarten da waren, und die andere war eben die mit den beiden anderen Kindern, oder die eine Frau hatte drei Kinder, die nächste wieder ein Kind.

Und dann fragte man sich: Wer hat hier gewohnt? Die Einwohnermeldelisten waren auch noch da. Ja, der hat da gewohnt, ja, das ist nu zweifelhaft, ist er das oder ist er das nicht? Aber wenn ich das noch richtig im Kopf habe, sind rund zwei Drittel der Toten identifiziert worden. Man versuchte auch die zu identifizieren, die draußen im Gelände lagen, in den Zäunen hingen, in den Feuerwirbeln aufgebrannt waren, indem der Arzt oder der Truppführer reinging und versuchte, mein Gott: Guck mal, hier, das muß doch eine Halskette gewesen sein, also ist das eine Frau. Und das ist, hier, da hab ich, das muß eine Hand sein, das war nur Asche und ein paar Knöchelchen, da ist ein Ring, das ist ein Ehemann gewesen, der muß älter gewesen sein, Achtzehnjährige sind noch nicht verheiratet gewesen. Und dann müssen Sie sich vorstellen, daß Sie hier den Röhrendamm runterguckten, da stand links und rechts das Mauerwerk von den Hauseingängen, das stand alles noch, da konnten Sie jedes einzelne Haus erkennen. Das war Haus Nummer sowieso, und das war Haus Nummer sowieso. Die hier ansässig und gleich rausgekommen waren, konnten sagen: Auf dieser Ecke, da muß das Haus Nr. vierzehn gewesen sein, und denn wußte man auch. Da wohnten soundso viele Menschen.

Fand man sie im Keller – gut, erledigt. Fand man sie nicht im Keller, mußten sie entweder noch leben oder draußen umgekommen sein. Noch Lebende sind zwei Tage nach dem Feuer in ihre Wohnstraßen gegangen und haben mit Kreide oder mit Leimfarben angeschrieben: Wir leben, Paul Meier, sind da und da. Die Hauseingänge und Ruinen waren beschriftet. Die nicht beschriftet waren, deren Bewohner mußten zwangsläufig tot sein. Ich sage ja, ich kann es nicht auf die Zahl sagen, ob das nun dreißigtausend oder fünfundzwanzigtausend waren, aber eine unendlich große Zahl ist tatsächlich identifiziert worden. Die Kripo war drin . . .

Da sind die Deutschen sehr ordentlich, sagte Ida. Ja, dafür

leben wir in Deutschland, sagte der graue Mann. Und nach Ohlsdorf können Sie hinfahren, das ist bei Kapelle acht, *ich fahre nicht hin*. Meine Mutter liegt da begraben, ich bin seit ihrem Tod noch nicht wieder auf dem Friedhof gewesen. Ich kriege Alpträume, wenn ich diese Gräber sehe. Ich bin einmal draußen gewesen, ich hab da nichts zu tun brauchen, ich habe bloß zuschaufeln brauchen. Wir haben lediglich Chlorkalk hingefahren. Wie man heute Kies an der Baustelle abkippt, so wurden die Reste von Menschen in die Grube gekippt. Wenn Sie in Leichen rechnen, liegen zwanzig, fünfundzwanzig Mann übereinander . . .

und es ward ein Hagel und feuer mit blut gemenget / und fiel auff die Erden / und das dritte Teil der Beume verbrandte / und alles grüne Gras verbranndte.

Ida durchfuhr es wie ein Blitz, daß man sie betrogen hatte. Die Waffen zählen, hatten sie betrogen – und andere wieder, die Straßenschilder überklebten, in ‹Vorkriegsstraße› umbenannten, die dritten, die den Dritten Weltkrieg prophezeiten (die Vorbereitungen würden schon getroffen), kamen ihr auch wie falsche Propheten vor. Kann ein Finale sich wiederholen? fragte sich Ida. Vielleicht muß man, was gewesen ist, *Halbfinale* nennen? Die Wortklauberei wäre ihr in diesem Fall wie ‹Waffenzählen› vorgekommen. Warum verschlossen die Menschen die Augen davor, daß die Apokalypse sich schon erfüllt hatte? Sie erinnerte sich an ihren Konfirmationsunterricht. Das Wort vom ‹alten Adam› war ihr im Gedächtnis und daß der Mensch den ‹alten Adam› ablegen müsse. Stärker aber war geblieben ein Bild, eine Frage: Werden die Menschen sich wiedererkennen, nachdem sie gestorben und wiederauferstanden sind? Werden sie nackt sein? Werden sie in der Gestalt wiederauferstehen, in der sie gestorben sind? Werden sie krank sein, wenn sie vor dem Tod krank waren, werden sie ohne Arme, ohne Beine sein, werden sie zerstückelt sein, wenn sie es vorher im Leben waren? Das alles hatte sie damals sehr beschäftigt, auf der Wanderung mit dem grauen Mann stieg es im Gedächtnis wieder auf. Und sie fragte sich, warum die Menschen, die am meisten gesehen haben, stumm sind, nicht schreien, nicht wehklagen, nicht zähneklappern, sich nicht die Haare raufen, nicht die Hände zum Himmel ausstrecken. Denn von irgendwoher muß doch Hilfe kommen, dachte sie. Und sie dachte: Die am schlimmsten gelitten haben, sind die Stillsten, die Schweigenden, die Stummsten, und sie mußte an ihren Vater denken und daß man Tiere auch ‹die stumme Kreatur› nennt. Mein Pferd, wohin hast du mich geführt? dachte sie. Mein Pferd, du Zeuge dessen, was dem Menschen geschehen ist. Du stummer Zeuge des stummen Menschen. Finale, meine Liebste. Meine stumme Zeugin, wohin hast du mich geführt?

Es gab Menschen, die waren schon gar nicht mehr ‹auf der Welt›, sie waren vielleicht schon Geister. So erschien Ida der graue Mann. Vielleicht war irgendwo in ihm mehr gewesen, als der animalische Überlebensdrang, den jedes Geschöpf in sich trägt, vielleicht hatte er übrigbleiben sollen als Zeuge. Mit sechzehn waren seine Haare grau geworden, das Haar seiner Mutter war bis zu ihrem Tode pechschwarz geblieben. Sein Haar war früh bleich geworden, sein Herz war vom Rauch der Trümmer noch benebelt, und seine Haut spürte die Hitze der Feuerbrände noch.
Er sah sie da liegen, die vierzig Toten, die waren direkt gestaffelt, und da lagen Splitternackte, total Verbrannte zwischen vollkommen Bekleideten, die Bilder waren da und ließen sich nicht löschen. Bild für Bild habe ich wieder und wieder vor Augen, sagte er. Der Bundeskanzler kann sich das gar nicht vorstellen. Man war halbtot vor Müdigkeit, sagte er, man war kaum zwei Stunden im Bett, dann kam der Alarm. Mutter sagte: Herbert, bist du bald fertig? Und ich nestelte wie ein Wahnsinniger an meinen Schuhen herum. Mach zu, Herbert, sagte Mutter, die Scheinwerfer sind schon im Gange. Und sie nahm den Koffer mit den Luftschutzsachen und warf alles auf den Küchentisch. In die Stube, und das Rouleau hoch und raus!
Mutter rief: Mensch, das geht schon los. Ich stammelte: Mensch, meine Schuhe, ich habe die Schuhe auf dem Küchentisch vergessen. Ich setzte mich wieder aufs Bett, streckte die Beine hin, warum soll ich aufstehen, Mensch, es ist Nacht, ich will schlafen, Mutter, laß mich schlafen, Mutter, warum weckst du mich, Mutter? Wohin willst du, Mutter, mitten in der Nacht? Ich saß auf der Bettkante und wußte nicht, wer ich war. Und der Großvater sagte: Herbert, zieh dich an. Mutter rüttelte mich, schrie: Herbert, wir haben

Alarm, sie brüllte. Ich hörte nur: Alarm. Und ich ging barfuß auf die Straße, in den Schnee.

Und wenn wir zurückkamen, war die erste Frage: Ist noch etwas heil? Ist noch etwas heil? Die Gardinen waren zerfetzt, und die Fenster kleisterten wir zu mit zerschnittenem Glas von Bildern. Es gibt welche, die sagen, sie haben keine Angst gehabt, die können sich das Ritterkreuz um den Hals hängen – als Oberlügner. Ich geh in keinen Bunker mehr, wir brauchen keine Bunker, was nutzt es denn. Ich sitze im Bunker, mit meinen Konserven, und draußen ist alles ‹in der Grütze›! Ich sehe die Menschen noch vor mir, wie sie Schnee schippten, und jeder wartete förmlich, daß irgend etwas passierte, und wenn der Alarm kam, da haben sich manche ‹die Ellbogen rasiert›, so hetzten sie in die Keller. Und in den Kellern hätten sie sich manchmal fast zerfleischt, so angespannt und aufgedreht waren sie.

... da ward ein grosses Erdbeben / und die Sonne ward schwarz wie ein harin Sack / und der Mond ward wie Blut / und die Sterne des Himels fielen auff die Erden ...

Ja, ich kenne die Sätze, die Bilder, die Visionen, aber was nutzt es –, die Menschen werden nicht schlau. Zeit haben Sie noch? Und wer paßt auf Ihr Kind auf?

Sehen Sie, so war es, vergessen tu ich nicht, die Warlichs haben ein gutes Gedächtnis, sie sind nicht kaputtzukriegen, sage ich immer. Der Bruder meines Vaters lag von Neunzehnhundertsiebzehn bis Neunzehnhundertfünfunddreißig im Wasserbett, sein Hintern war von Minen, die in seinem Rücken detoniert waren, zerrissen worden. Er war zerfetzt, aber er lebte noch lange, die ganze Scheißfamilie kann ja nicht sterben. Er lag auf Wasserschläuchen im Pflegeheim, die Schläuche waren mit Leinen überzogen, wahrscheinlich gab man ihm Morphium. Er hat immer ein freundliches Gesicht gemacht, er hat es hingenommen. Im Krieg stirbt kein Mensch, es sei denn an Altersschwäche. Sie ‹suchten› nicht den Tod, sie ‹fanden› ihn auch nicht. Wenn es Horoskope gegeben hätte, was für welche wären das gewesen! Wem soll man das erzählen? Ich gehe zum Wasser und füttere die Tauben, sie verstehen alles. Ida mußte an ihren Vater denken, der gesagt hatte: *Ein Pferd kann ein besserer Kamerad sein als ein Mensch, ein Pferd wärmt dich, wenn du dich neben es legst. Ein Pferd steht nicht auf, weil es dich nicht stören will, es trägt dich durch den Sumpf. Und es redet nicht an dir vorbei.*

So weit wollte ich eigentlich gar nicht laufen, sagte der graue Mann, das ist der Mühlenweg, und sehen Sie das graue Gebäude: Das ist die Post, und genau daneben hat meine Frau gewohnt. Dieses war ein großes Flammenmeer. Menschen aus dem Bunker, den Sie dort sehen, sind nur gerettet worden, weil der kommandierende Feuerwehrhäuptling gesagt hat: Scheiß an die Häuser, da ist nichts mehr zu retten. Und so haben die Feuerwehrleute mit Schläuchen gestanden, von links nach rechts spritzten sie Wasser, in dem entstehenden Wassertunnel sind die Leute aus dem Bunker entkommen und zum Löschplatz evakuiert, auf Dampfer flußabwärts verladen worden. Das weiß ich von meinem Vater, daß sie aus dem Bunker nicht rausgekommen wären, wenn die Feuerwehr nicht eine Wassergasse gemacht hätte.
Meine Frau versuche ich zu schonen, ich bin abgebrühter, weil ich mehr gesehen habe. Sie kann sich nur besinnen, daß der ganze Drahtzaun voller brennender Menschen hing, niemand konnte sie retten. Und in dem Gelände von Fluckers Lackfabrik ist ihr Vater verbrannt, der Vater meiner Frau, er ist nie gefunden worden, der ist wohl in Atome zerfallen, da ist nichts mehr übriggeblieben. Nu – und wenn Lack brennt, das weiß man, wenn etwas mit Farbe anfängt zu brennen, das gibt derart große Hitze von sich.
Dort ist die Brückenstraße, und direkt an der Brückenstraße war eine Bäckerei. Und ein Eiscafé! Und von dem Haus an, hier runter, war nichts mehr. Da muß noch eine Kirche stehen, hinter dem Wohnblock, da war vorher an der Ecke, war im Keller ein Roßschlachter, da fuhren aus der Innenstadt die Frauen hin und holten sich hier Pferdewurst. Auf die Marken gab es doppelte Rationen, also Pferdefleisch. Und der Roßschlachter, der hatte so gute Qualität, das war ein Geheimtip in Hammonia, der Roßschlachter hier. Als es sich hier beruhigt hatte, hat er sich gleich wieder etabliert. Da war keine Menschenseele hier, aber der Roßschlachter, der hat hier verkauft. Da haben sie nach dem Krieg noch Schlange gestanden, als dann wieder die schlechte Zeit kam. Denn war ja nun Pferdefleisch das einzig Wahre.

Pferdefleisch hat man früher viel gegessen? Mehr als heute? fragte Ida.

Ja, sagte der graue Mann, es gab damals ja viel mehr Roß-schlachtereien, heute sind das doch schon wieder Spezialbe-triebe.

Ida wurde es immer unheimlicher bei den Schilderungen des grauen Mannes, dabei wirkte sie nach außen hin ruhig und konzentriert, darin war sie der Tigerfrau ähnlich, die auch, wenn Gefahr und Aufregung am stärksten waren, nach au-ßen hin die Ruhe selbst war. Idas Zusammenbrüche kamen immer ein bißchen verzögert, sie konnte oft nicht sofort rea-gieren, wahrscheinlich würde sie erst Tage nach der Wande-rung mit dem grauen Mann Stunden um Stunden haltlos wei-nen. Jetzt aber, da sie mit ihm durch die Straßen ging, fragte sie manchmal fast unbeteiligt, als ginge sie das alles gar nichts an. Vielleicht war sie auch so, weil sie den grauen Mann nicht stören wollte. Sie begriff sich beim Zuhören fast als Medium, als eine Art Katalysator, als Schauspielerin war sie manchmal auch eine Klagemauer – doch fingen in ihren Filmen manchmal auch Mauern an zu ‹sprechen›, sie sog al-les Menschliche, das man ihr anvertraute, begierig auf.

Sie sagten, die brennenden Menschen hingen im Zaun, sagte Ida, das muß doch ein Geschrei gewesen sein? Oder haben sie nicht geschrien? Ich weiß nicht, was ich nu sagen soll, sagte der graue Mann – das hört sich auch wieder nach Spin-nerei an. Man hat mir erzählt, daß einer, der ertrinkt, inner-halb von Sekunden sein ganzes Leben vor sich sieht. Und nun sage ich Ihnen, daß das nach meinen Erfahrungen gelo-gen ist. Keiner weiß, was der gedacht hat, wie der ersoffen ist, das weiß doch keiner. Ich selber war mal so weit weg, daß ich noch mit Hängen und Würgen wieder zum Leben er-weckt worden bin. Ich bin mir aber nicht bewußt, daß ich überhaupt ein einziges Grammchen von meinem Leben oder von meinem Elternhaus gesehen habe, ich habe nur weiße Punkte vor Augen gehabt. Es hört sich grausam an, ‹Idiot Warlich›, sage ich gleich dabei: Der eine oder andere mag fürchterlich geschrien haben – *vorher*, vor Angst. Ich bin überzeugt: In dem Moment, wo es passiert ist, da kommen Sie nicht mehr zum Schreien. Zum Beten ist es zu spät . . . Ich selber weiß, wie es ist, wenn Sie eine Wespe fangen und ma-chen sie tot. Zehn Minuten, zwanzig Minuten später geht der Unterleib immer noch hoch, kommt immer noch der Stachel raus. Doch! das weiß ich. Und wenn Sie eine Wespe nehmen und diese Wespe töten und sie dann mit einer Pinzette anfassen, denn sie sticht immer noch, und sie nehmen eine Kerze und zünden sie an, dann brauchen sie mit der Wespe nicht in die Flamme, sondern nur an die Flamme rankommen –, und die hört sofort mit jeder Bewegung auf.

Nun sage ich doch: Wenn der Mensch in dieser Glut stehenbleiben und schreien soll, das akzeptiere ich nicht. Das glaube ich nicht.

So, und nun müssen wir einen Moment Pause machen, sehen Sie, dieses war damals die Zweibrückenstraße, dieses Stück existierte damals nicht, die Straße ging dort rein, und die Hardenstraße ging hier rein, und wo jetzt der Kantstein ist oder der Bürgersteig, da stand früher ein Block, die Häuser, die Sie sehen, sind alte Häuser noch, noch von vor Adolf, das sind noch Häuser aus der Kaiserzeit, und diese sind überhaupt die einzigen Häuser, die stehengeblieben sind. Und hier, direkt auf der Ecke, da war die Feuerwache Rothenburgsort. Da war ein Bombenvolltreffer reingegangen, die bestand nur noch aus vier Eckpfeilern. Da war nichts, aber auch nichts mehr. Und wenn Sie jetzt da oben mit mir das Stück noch raufgehen wollen, dann können Sie auf den großen Fluß gucken.

Ja, sehen Sie, man kann doch nicht auf den Fluß sehen, sie haben eine Betonmauer davor gebaut. Und hier drüben steht auch noch ein Bunker, können Sie ihn sehen, den Rundbunker dort? Von hier aus konnte man früher direkt auf den großen Fluß blicken. Schade, jetzt können wir das Wasser nicht sehen.

Der graue Mann hatte Bootsbauer gelernt, in seinem Haus am geteilten See sah man sofort, wenn man eintrat, einen Hinweis auf seine Liebe zum Wasser. Im Badezimmer standen am Boden aufgereiht unzählige Enten, aus Plastik, seine Tochter war wohl zu groß, um damit zu spielen, sie standen einfach nur da, als Schmuck, um ihn immer ans Wasser zu erinnern, wie gern spielen Säuglinge und Kinder, wenn sie baden, mit Enten und kleinen Tieren in der Wanne, mit Schiffen und Segelbooten. Und in einem Erkerzimmer, das – ans Wohnzimmer angebaut – etwas erhöht lag, wie ein Geheimzimmer, nur nicht abgeteilt, waren Schiffsmodelle auf

einem langen Tisch und auf dem Bord des Fensters aufgestellt.

Vor dem Finale, dem Feuersturm, vor der Glut, die Menschenhand vom Himmel warf, hatte er oft mit seinem Vater
an den Sonntagen am Hafen gestanden, der Vater hatte sorgfältig aufgepaßt, daß der kleine Herbert und seine Schwester
nicht in den großen Fluß fielen. Damals hatte er jede Reede-
rei gekannt, die Signale hatte er gewußt, die Seewetterwarte
‹umgekippte Kommode› genannt. Sämtliche Flaggen hatte er
unterschieden.

Er war weit davon entfernt, die Zeit vor dem Krieg zur Idylle
zu erklären, aber er verstand trotzdem nicht, was dann gekommen war. Wie soll ein Kind verstehen, daß man es weg-
trägt, ins Feuer – oder in ein anderes Land?

Haben sich die Leute gesammelt an einem Ort, wo noch ein
Haus stehengeblieben ist? Haben Sie Zuflucht gesucht?
Oder war es überall zu heiß? fragte Ida. Ach, wissen Sie,
sagte der graue Mann, die hier gewohnt haben, die hatten es
leicht, hier standen noch Häuser, aber wo sollten die hin, die
direkt im Zentrum des Feuersturms waren? Die sind rausgelaufen aus den Häusern noch, sind, was weiß ich, da irgendwo, auf irgendeinem Platz, haben sich da irgendwo hin-
geschmissen, und dann ist das Feuer schon gekommen, hat
die Deckung, die sie sich ausgesucht hatten, zunichte gemacht, und dann waren sie blank und bloß. Von den Hitze-
graden sind sie aufgebrannt – ich bin kein Chemiker, ich bin
kein Feuerwerker, ich weiß nicht, was da an Hitze auftritt.
Aber vorstellen kann ich es mir, wenn ich ein bißchen Papier
anstecke. Und die Hitzewelle, die hier nach oben gegangen
ist, die ist so enorm gewesen, daß davon auf der Trave das
verbrannte Papier aus Hammonia geschwommen ist.

Ist das ein Witz? Oder ist das wahr? entfuhr es Ida.

Frau Helmond, sagte der graue Mann, ich mache absolut
keine Witze bei diesem Thema, das können Sie mir glauben.
Absolut nicht.

Das kommt einem so unwahrscheinlich vor, sagte Ida klein-
laut.

Sehen Sie mal, sagte Herr Warlich, vier Wochen später war
ich bei meiner Großmutter in Timmendorf, da waren diese
Stanniolstreifen vom Himmel gerieselt, vielleicht auch teilweise vom Wind versetzt, aber im großen und ganzen sind

die angefaßt worden und mit der Hitzewelle weggeweht und, was weiß ich wo, gelandet. Die Bauern haben die Wiesen abgesucht mit allem Gesinde auf den Höfen, sie glaubten, die Kühe sollten vergiftet werden. Die Windows waren so fünfzehn Zentimeter lang und zwei Zentimeter breit, die Engländer haben sie säckeweise aus den Flugzeugen geworfen, sie waren genau auf die Wellenlänge der Radargeräte abgestimmt, und in Norddeutschland waren sämtliche Radarstationen oder Radargeräte oder Funkleitwelle, wie sich das nannte, die waren am Boden festgenagelt, keiner wußte mehr, was los war. Und diese Dübbels, so hießen sie bei uns, die haben sie in Timmendorf von der Koppel gesucht, und dann gestapelt und weggepackt . . . Eigentlich ein Wahnsinn! Aber wenn ich das sage, daß das Papier aus Hammonia in der Trave in Lübeck geschwommen ist, dann ist das kein Witz.
Sehen Sie, hier in Hammonia war drei Tage Nacht. Es war richtig drei Tage Nacht hier. Das ist gar nicht mehr hell geworden. Das war, ach Mensch, völliger Rauch und Staub. Ja, der Staub.
Sie müssen sich vorstellen, wenn so ein kleines Häufchen Brikett brennt, fassen Sie nicht mit der Hand drüber. Stellen Sie sich vor, was da für eine Wärme abstrahlt, wenn so ein Häufchen Brikett brennt. Und das sind ja nicht nur Haufen gewesen, sämtliche Keller und Böden waren voll von Brennstoffen. Im Sommer wurde in der Hammonia Feuerung eingelagert für den Winter, Gasheizung gab es nur in einer vornehmen Villengegend vielleicht, aber doch nicht hier, nicht hier.
Ida mußte an die Stelle aus der Apokalypse denken, die sie im Konfirmationsunterricht besonders sorgfältig durchgenommen hatten. Lange hatte sie sich nicht mehr daran erinnert. Zehn Jahre lang hatte sie jedem, der es wissen wollte, erklärt, sie sei ‹Atheistin›. Sie wußte plötzlich nicht mehr, ob sie es immer noch war. Gott, wenn es ihn gab, kam ihr plötzlich einsam und verlassen vor. Esriels schöne Fragen fielen ihr ein.
Und sie dachte an die grausam-schönen Bilder der Offenbarung.

Und die Heuschrecken sind gleich den rossen / die zum Kriege bereit sind / und auf jrem heubt wie Kronen dem golde gleich / und jr andlitz gleich der Menschen andlitz / Und hatte har wie

Weiberhar / Und jre Zeene waren wie der Lewen / Und hatten
Pantzer wie eisern pantzer / und das rasseln jrer flügel / wie das
rasseln an den wagen vieler ross / die im Krieg lauffen /

Und sie mußte an den Menschen denken, der ein ‹Reittier›
des Friedens sein kann.

Der graue Mann ging weiter und weiter, wie in einem unendlich langen Traum, der immer neue Stationen aufsucht, neue
Bilder hervorbringt. Die Wanderung gefiel Ida auch, wie ihr
manche Alpträume gefielen, weil sie wahr sind und man in
ihnen herumgeht, wie man vielleicht vor einem großen Spiegel steht, der einem die Wahrheit sagt – ‹Spieglein, Spieglein
an der Wand› –, aber nicht, ob man ‹die Schönste im ganzen
Land›, sondern ob man ein Mensch ist, der sich der Wahrheit
seines Landes stellt.

Ida ließ sich vom grauen Mann gern führen, sie vertraute
ihm, er kam ihr so zart, so unschuldig vor. Immer stärker
wurde die Ähnlichkeit mit der kleinen grauen Nachtigall,
auch sein Gesang wirkte heilend auf sie wie der der Nachtigall auf den Kaiser. Wahrscheinlich hatte auch die Nachtigall von Schmerzlichem gesungen. Sie ließ sich führen, sie
dachte an ihre Orientierungslosigkeit. Seit man sie weggetragen aus dem anderen Deutschland, hatte sie oft das Gefühl,
auf einem Auge blind zu sein, Wege verschwanden wie im
Nebel, sie suchte links und rechts nach Halt.

Der graue Mann lächelte. Sehen Sie, sagte er, dort ist der
Wasserturm, der hat früher im Traunspark gestanden, ich
weiß nicht, ob es den Park noch gibt, das kann ich nicht sagen. Früher war es ein riesiger Park, da ging hier unten eine
Straße längs, da war eine schöne Eisbude, eine kleine, grüne
Holzbude auf der rechten Seite hier. Das sind so Erinnerungen, ja, die reißen einen doch ab und zu mal wieder hoch. Da
gab es so fürchterlich viel Eis, deswegen mag das auch so
festgebrannt sein in der Erinnerung, da gab es Eis und Kuchen bei dem Mann. Er holte immer das Eis mit dem Spach-
tel raus, und dann guckte er das Kind an, und wenn es ein
hübsches Mädchen war, kriegte die immer noch einen Spach-
tel voll zu. Und dann schickten wir schon mal ein Mädchen
vor, der Mann merkte das aber. Du kommst wohl und holst
für alle Eis, nu kriegst du aber nicht mehr! Es gab fürchterlich viel Eis, das waren so richtig so kleine Blumenkästen,

Balkonkasten, so haben wir die Portionen genannt. Und wir gingen durch den Traunspark, und dann kommt man in die Badeanstalt. Nein, heute kann man nicht mal mehr den Fuß in den Fluß stecken. Wenn man gesund bleiben will, dann darf man das nicht.

Wie der graue Mann vom Fluß sprach, der grau war, aber von einem anderen Grau als er selbst, mußte Ida an die Pflanzen, an die Bäume denken. Was war, Herr Warlich, fragte sie, mit den Bäumen und Pflanzen? Die sind doch auch alle verbrannt, das war dann auch alles Asche?

Ja, das war verbrannt, sagte der graue Mann. Es war Sommer, die Bäume standen in Saft, teilweise waren sie mit ausgebrannt, ja, oder die Stämme waren erhalten. Und Bäume von vierzehn Meter Höhe und von einem Durchmesser von vielleicht dreißig, vierzig Zentimeter sind abgerissen, sind entwurzelt worden vom Feuersturm, haben flach auf der Erde gelegen. Ihre Lagerichtung zeigte an, von hier ist der Sturm reingegangen. Und man hat ja hernach auch festgestellt, daß der Feuersturm nachgestellt werden kann mit Kerzen.

Ganz Hammonia stand früher voller Ulmen, das war ja das Schöne früher. Ja, wo sind die geblieben? Die nicht im Feuersturm entwurzelt wurden, sind nach siebenundvierzig in den Ofen gewandert, abgehackt bei Nacht und Nebel. Wer den Mut nicht aufbrachte, zum Kohlenklauen zu gehen, der mußte sich Bäume fällen. Riesige Linden standen in der Stadt, die letzten großen Linden, die ich noch kannte, die standen in der Sternstraße. Wenn Sie von der Feldstraße aus oben runtergucken in die Sternstraße rein, links stehen die Häuser und rechts der Schlachthof, der ist jetzt auch noch da, da waren drei Gehwegplatten, da war eine Holzplanke längs, und da standen riesige Linden. Die haben sie alle abgehackt. Die standen von oben, vom Neuen Kamp, von der Feldstraße bis runter zur Ludwigstraße, ein Baum hinter dem anderen, das war eine grüne Allee, sie haben sie alle abgehackt für Parkplätze. Wie ich das erste Mal da hinkam, da waren die Parkplätze schon da, nach dem Krieg, ich habe oben an der Ecke Feldstraße gestanden, habe ich bald einen Herzinfarkt gekriegt. Ich habe gedacht, das darf doch nicht wahr sein, wie kann man solche Allee, die können doch solche Bäume nicht abhacken, bloß damit da Autos hingestellt werden können, das waren ja mindestens sieben, achthundert Meter, ein Baum am anderen.

Ja, die Bäume im Feuersturm, an denen war nichts mehr dran, der Stamm guckte aus den Trümmern, wenn noch was da war, meistens waren sie mit umgebrochen. Stellen Sie sich vor, was das für ein Gewicht ist, wenn die Fassaden der Häuser auf die Straße kippen. Die Häuser waren ja alle so wie die da drüben, noch eine Etage höher. Nun stellen Sie sich mal vor, da drin im Haus brennt jetzt alles raus, die ganze Verbindung, das war früher alles mit Holz, Balkenlagen und Fußböden und alles. Heute ist das alles aus Beton. Das ganze Haus hat keinen Halt mehr, und das fällt mittenmang auf die Straße, was meinen Sie wohl, wie viele Tonnen Gewicht das sind. Und das fällt auf den Baum, da bleibt vom Baum bloß noch ein Strunk, der rausguckt.

Ida dachte daran, wie ihr Vater von einer Tagung im Bayerischen Wald erzählt hatte, man hatte eine Gruppe Ärzte und Anästhesisten mit dem Bus über schmale Wege in den Wald gefahren. Man zeigte die sterbenden Bäume. Man konnte sie besichtigen. Es war eine Art Aufklärungsfahrt. Viele glauben nicht, daß die Bäume sterben, hatte ihr Vater erzählt. Die Zweige von Laubbäumen hatten viele braune Blätter und streiften das Glas der Busfenster. Die Bäume sterben ganz langsam, du kannst sie besichtigen, du brauchst dich nur in den Bus zu setzen.

Wir setzten uns auf gefällte Stämme, wir faßten die Bäume an. Viele sind kahl wie Menschen mit Haarausfall. Du siehst durch die Kronen der Fichten durch. Aber im Wald roch es noch gut, man riecht das Gift nicht, das ist das Seltsame. Wenn man immer alles riechen könnte!

Jemand sagte, es gibt gar kein Gift, es ist der Borkenkäfer. Zahlen wurden genannt, Zahlen, wir fragten nach den Schadstoffen, den Emissionen. Die Waldluft duftet immer noch, Bäume sind Vegetarier, sie stinken nicht, die schreien auch nicht, wenn sie sterben. Ich hatte das Gefühl, der Baum, das bin ich. Verstehst du? Der Baum bist du, Mensch. Ganz langsam sterben die Buchen, die normal auch jedes Jahr ihre Blätter verlieren, aber ihre Rinden haben seltsame Risse, und weiße Maden krabbeln darauf. Sie sterben, doch wo ist das Grab der Bäume? Die Reste von Hiroshima, die ich nur von Fotos kenne, von Fotos, auf denen tote Pferde sind, sehen ähnlich aus wie die Bäume im Bayerischen Wald. Ein Forstbeamter führte uns und wies zum Himmel, er zeigte auf kahle, helle Stämme. Einer fragte, ob der Atomstrom nicht eine große Erleichterung bringe. Wenn die Energieversorgung durch Atomstrom erst einmal gewährleistet sei, seien die Bäume längst ausgestorben, sagte der Beamte. Es ist der Borkenkäfer, sagte ein anderer wieder, es ist der Borkenkäfer, ich war im Yellowstone Park, sagte der, und er sagte immer ‹Verstehen Sie?›, dauernd wiederholte er dieses ‹Verstehen Sie?›. Im Yellowstone Park sind riesige Flächen abgestorben, verstehen Sie? Da ist weit und breit, auf Zehntausenden von Kilometern, keine Industrie in der Nähe, sagte der. Doch der Forstbeamte mußte ihn belehren, die Emissionen, sagte er, wandern Tausende von Kilometern. Im Ruhrgebiet ist der Himmel blau, weil sie die Schornsteine höher gebaut haben, Himmel pur im Ruhrgebiet, und das Gift fällt auf die Bäume im Bayerischen Wald, aber wir glaubten es nicht. Immer wieder kam der mit seinem Borkenkäfer, alte Bauern hätten ihm erzählt, schon vor hundert Jahren habe es eine Zeit gegeben, wo ganze Baumgruppen umgefallen sind. Man riecht den Wald noch, auch wenn man die Pilze nicht mehr essen soll, wegen des Cadmiums, doch die Gewässer im Bayerischen Wald sollen noch rein sein. Die Zweige der Fichten aber hängen schlapp herab, die Nadeln sind braun, und der Forstbeamte zeigte uns die *Angsttriebe*. Es sind winzige Austriebe, Nottriebe des Baumes, an der falschen Stelle, Hilferufe der Bäume, aber: Können Bäume Menschen um Hilfe rufen? Skelette, Gerüste, Ruinen, und dann die Vorstellung, daß alles versteckt sein wird, Vogelbeere und Hirschholunder wachsen über Baumleichen, nur über uns wächst nichts, was wächst über uns, die wir auch langsam sterben, die wir immer noch sterben? Der Forstbeamte zeigte uns Farnansiedlungen, die im Juni schon braun sind, normal wäre es, wenn ihr Grün im Oktober abstürbe. Und was war mit uns, mit mir? Und trotzdem geht jeden Tag die Sonne auf in dieser grauen Welt, ich rieche die Luft, und die Luft riecht noch gut im Bayerischen Wald, die Gewässer sollen noch rein sein, die Pilze voll Cadmium, wer weiß, was Cadmium ist? Und ich freue mich trotzdem am Gesang der Vögel. Ich freue mich, daß ich noch lebe. Ich singe im Wald und atme die Luft ein. Ihr Vater war tief beeindruckt gewesen, er schien mit den Bäumen mehr Mitleid zu haben als mit den Pferden.

Warten Sie mal, das müßte doch die Süderstraße sein, der graue Mann riß Ida aus ihren Gedanken, dort das Denkmal, das wird der Mann sein, der die Brücke eines Tages kaputthauen soll, mit dem großen Hammer. Sehen Sie, und hier, hier kommen die Straßen, die nach den alten Germanenstämmen benannt sind, hier war ich zum Aufräumen. Hier habe ich die Keller leer gemacht.
Nein, da will ich nicht hin, da will ich nicht hin. Nein.
Hier ist Hammerbrook zu Ende, und das ist Borgfelde, das war auch alles noch kaputt, da stehen zwar noch einige Häuser mehr, also, hier sind Sie direkt im Zentrum des Feuersturms, mein Gott, ich wollte schon immer Fremdenführer werden. Ja, fahren Sie man, fahren Sie man.
Auch die Jakobikirche, die jetzt so vor uns rauskommt, die war abgebrannt, die ist nach dem Krieg neu gebaut worden. Und die linke dort, das ist die Nikolaikirche, am Hopfenmarkt, das Denkmal der Bombenangriffe.
Ach, der Hauptbahnhof, das war ein Skelett, ein Gerippe war das. Der war total eingeglast, aber da waren keine Scheiben mehr drin. Sie hatten über dem Hauptbahnhof eine Tarnanlage gepinselt, die sollte eine Straße vortäuschen, darüber hat mein Großvater sich schon einundvierzig amüsiert. Sie hatten auch die Binnenalster mit Tannenbäumen ‹bepflanzt›, damit der Hauptbahnhof nicht zu sehen war. Die haben sich gedacht, sie lassen die Binnenalster verschwinden, aufs Eis haben sie Steinchen geworfen, das sollte eine Straße darstellen, der Hauptbahnhof sollte nicht mehr kenntlich sein. Da hat mein Großvater gesagt: Die müssen nicht ganz dicht sein. Bei Neumond, wenn es dunkle Nacht ist, sieht kein Mensch von oben die Außenalster, und bei Vollmond sieht man vom Hauptbahnhof die Gleise funkeln. Und wie das Frühjahr kam und das fing an zu tauen, da lag der ganze Mist in der Alster.
War denn die Alster damals oft dick zugefroren im Winter, fragte Ida, die einmal mit Magdalena Glühwein auf dem Eis getrunken hatte. Die letzten Jahre wohl nicht mehr, sagte der ‹Graue Mann›. Aber ich kann mich besinnen, daß auf der Alster Kohlenhändler mit Pferdewagen, mit vier Pferden fuh-

ren, mit einem Wagen voller Kohlen, um den Weg abzukürzen, wenn sie von Wandsbek in die Innenstadt mußten, denen waren auch die Straßen zu voll. Ja, es waren schöne Winter in der Hammonia. Am fünften November lag grundsätzlich Schnee, am Geburtstag meines Vaters.

Aber das Wetter hat sich doch nicht verändert? entfuhr es Ida.

Doch, doch, sagte der graue Mann, das Wetter hat sich ganz gewaltig verändert, Sie können mir das glauben. Ich kenne aus meiner Kindheit keinen verregneten Sommer, es hat im Frühjahr geregnet, es hat im Herbst geregnet. Der Sommer war Sommer, und der Winter war Winter.

Wenn Sie jetzt hier rechts abbiegen, dann kommen Sie am Heiligengeistfeld vorbei, fahren dann die Budapester Straße, und dann nachher am Schulterblatt rein. Wenn ich Ihnen bloß sage, daß von hier oben vom Millerntor an bis runter zum Altonaer Bahnhof alles ein Flammenmeer war am Fünfundzwanzigsten Juli. Können Sie ganz rechts bleiben? Von hier an, bis hier runter, bis an den Altonaer Bahnhof, das war alles ein Flammenmeer, aber schon beim ersten Angriff. Und wo hier dieses Hochhaus steht, da hat früher die Ufa-Millerntor gestanden, das war ein großer Filmpalast. Und am Spielbudenplatz waren überall Varietés und Kinos und Panoptikum, und was war denn da noch? Das Tanzcafé Nauge, das kommt auch noch in dem Lied vor – ‹Auf der Reeperbahn nachts um halb eins› –, ‹bei Nauge und Köllisch, da tanzt man so schön›.

Und hier ist der Paulinenplatz, diese Häuser sind alle nach dem Krieg neu gebaut. Hier sind auf den Häusern die Leute verbrannt, die haben auf den Dächern gestanden und wußten nicht mehr, wohin, hier an dieser Zeile längs. Das Haus, das Sie jetzt sehen, ist allerdings ein altes, da war früher eine Sattlerei unten drin. Da stand immer so ein großes Pferd im Fenster, weiß ich noch. Ein ausgestopftes.

Ach, mein Pferd, wohin hast du mich geführt? dachte Ida. Mein Pferd, du Zeuge dessen, was dem Menschen geschehen ist. Du stumme Zeugin des stummen Menschen. Finale, meine Liebste, meine stumme Zeugin, wohin hast du mich geführt? Ida war in einem angespannten Zustand, der sie fast zerriß. Der graue Mann sprach, als habe sich seine Zunge selbständig gemacht. Seine Zunge war – wie es in der Bibel heißt – *der Griffel eines guten Schreibers* geworden. Und sie mußte wieder an den Vater denken, der so wenig vom Krieg hatte erzählen können. Doch was nutzte das Erzählen? Ja, das Reden nutzt nichts, dachte sie, aber das Erzählen nutzt, die Bilder gehen ein, die Bilder wirken, und die Worte säen Gutes, ihr wurde warm ums Herz bei dem Gedanken an ‹gute Worte›. Hammonia war ihr noch nie so nahe gewesen, was hatte sie gelitten, warum schrie und wand sie sich nicht? Übertönte auch sie die Schmerzen der Vergangenheit, die Gegenwart ist, durch Lärm und Gestank der Autos, durch laute Betriebsamkeit?

Sie fuhren an einem großen Autohandelshaus an der Stresemannstraße vorbei, dieses große Gebäude da links, sagte der graue Mann, war früher der Pferdestall der Wandsbeker Husaren, der ist ausgebombt worden. Wir gingen als Kinder immer hier rüber, wenn wir merkten, aha, da kommen die Husaren auf Einzelpferden, das Zaumzeug hatten sie nebenbei am Sattel hängen. Und dann holten sie meist vier oder fünf Pferde ab, die sie an der Hand neben sich führten. Die ritten bei uns die Feldstraße hoch, die kamen von Wandsbek, wir Kinder guckten uns das Exerzieren mit den Pferden, das Aufzäumen und so weiter an. Da waren riesige Stallgebäude mit einem großen Platz davor, zwei Etagen hoch war das Gebäude, da ist ein Volltreffer reingegangen, und dann ist der ganze Kram runtergebrannt. Es sollen dreihundert Pferde dringewesen sein, ob es nun dreihundert waren oder zweihundert, ich weiß es nicht.

Ja, fahren Sie man geradeaus. Sommerhuder Straße, ja. Die Totenkopfhusaren waren einmalig schmuck, die Uniform, Mensch! Sie trugen große Pelzmützen, eine große gelbe Seitentasche, und vorn auf den schwarzen Pelzmützen war ein großer silberner Totenkopf. Als Kind war ich begeistert davon, es war wie Lützows wilde Jagd. O Gott, man sah die Husaren, Mensch ja, den Schleppsäbel! Und dann mit den Pferden, die sahen aus einer wie der andere. Damals war es noch ein kleines bißchen anders mit den Pferden als heute. Heute wundert man sich, daß die Kinder überhaupt noch Pferde kennen.

Wie der graue Mann von seiner kindlichen Begeisterung für die schmucken Husaren erzählte, mußte Ida an die Vorliebe ihres Vaters für Marschmusik denken, wie sie ihn lange dafür verachtet, kürzlich hatte sie sich eine alte Platte von Marlene Dietrich gekauft, ‹Wenn die Soldaten› gehört, ‹Die Antwort weiß ganz allein der Wind› und vor allem ‹In den Kasernen›, auch ihr gefiel der Rhythmus der Marschmusik, wer wußte, auf welche raffinierte Art man noch die Sehnsucht des Menschen nach Rhythmus ausnutzen konnte? Auch Rockmusik hatte einen gleichsam stampfenden, einen hämmernden Rhythmus, wer wußte, ob nicht zukünftige Diktatoren sie benutzen würden?

Neununddreißig hat hier keiner was von Krieg gemerkt, sagte der ‹Graue Mann›, es gab Luftschutzübungen, es wurden Volks-Gasmasken ausgegeben, ja. Wir mußten in die ABC-Straße, da gab es einen sogenannten ‹Stinkerraum›, so haben wir den genannt. Da war Lachgas und Tränengas und so ein Kram drin. Und dahin mußte die ganze Bevölkerung so nach und nach, mit ihren Gasmasken, die wurden auf Dichtigkeit geprüft.

Ida hörte die Melodie des Liedes ‹Kommt man sie holen, dann gehen sie›, sie hatte geweint bei der Zeile ‹Ob sie auch wollen, das fragt man nie›, sie hatte geweint um ihren Vater, auch er war gegangen, was hätte er tun sollen? Und Esriel fragte sie: Mama, warum weinst du? Er, der das Lied von Udo Lindenberg ‹Wozu sind Kriege da?› andauernd hören wollte (Ida ging es auf die Nerven), hielt sich die Ohren zu bei der Zeile ‹Auf Menschenbrüder, da schießen sie›, und bei dem ‹Kreuz unter Kreuzen, so enden sie› lief er aus dem Zimmer. Und Ida weinte, Ida weinte und hörte doch immer wieder das Lied – ‹Kommt man sie holen, dann gehen sie›.

Man mußte sich da ein paar Minuten reinsetzen, sagte der graue Mann, und wenn man mit tränenden Augen rauskam, dann war die Gasmaske nicht dicht, dann kam die Gasmaske weg. Ja, ‹Stinkerraum› haben wir dazu gesagt. Und es war schon mehr – wie soll ich sagen? –: ein Trapperspiel. Ein bißchen abenteuerlich. Wie ein Wildwestfilm.

Polen war in achtzehn Tagen geschlagen, ach Gott, was kann uns denn noch passieren. Wer hat denn damit gerechnet, daß es so kommt, wie es gekommen ist? Hat ja überhaupt keiner die Vorstellungskraft besessen, sich auszumalen, was da eines Tages passieren würde. Ich würde auch heute nicht auf die Straße gehen, wie man das eigentlich tun müßte, ich tu es einfach nicht. Wenn man auch sagt: Ach Gott, Mensch, du mußt doch jetzt auch mal mitdemonstrieren: Ich tu es nicht. Ich werde nur immer wieder versuchen, aufzurütteln, indem ich erzähle, in der Bauhalle müssen die Lehrjungs sich einiges von mir anhören. Man hat sein Gehirn nicht bloß, damit der Kopf voll ist. Aber ich setze mich nicht auf die Straße, damit die Polizei mich wegschleppt, das tu ich nicht, das mache ich nicht mit, das ist dummes Zeug. Wenn mir jemand kommen würde und würde sagen, ‹Ich habe die Schnauze voll›, von meiner Generation, ich ginge mit, nur ich will keinen Jungen dabeihaben, nein. Aber was haben wir noch zu erwarten? Gar nichts.

Sehen Sie, wer kann das nachempfinden, wie ich erlebt habe? Niemand. Die Quickbornstraße, die lag so hoch, wie die Autos sind, voll Schutt. Alles zu, die war restlos zu. Da steht noch ein Bunker, können Sie ihn sehen? Der Bunker war noch eingerüstet damals, da waren aber Leute drin. Und da brannte die ganze Gerüstung, es stand alles in Flammen. Und einer vom Luftschutz hat die, die drin waren, eingeschlossen, damit sie nicht rauslaufen aus dem Bunker. Die wollten raus, weil da angeblich schlechte Luft drin war, und der hat sie eingeschlossen. Erst am Nachmittag, wie wir schon am Aufräumen waren, kamen die aus dem Bunker raus, aber alle lebend.

Der Angriff nachts um eins, und am anderen Mittag, zwei Uhr ungefähr, sind wir endlich hier anmarschiert und fingen an zu buddeln. Wir haben noch zwei Frauen und sechs Kinder rausgeholt, aus dem Keller dort, sehen Sie, dort, wo der gelbe Wagen steht. Die Gärtnerstraße stand von hier, so weit man gucken kann, in Flammen. Auf der anderen Seite war ein Flammenmeer, bis oben rauf, auch am Tage noch, ein Haus ist nicht in zwei Stunden leer gebrannt. Zivilisten buddelten, die schrien immer rum: Hier müssen noch welche unter sein, hier. Da haben wir noch zwei Frauen und sechs Kinder rausgeholt, lebend. Ich war fünfzehn Jahre alt damals, und wenn ich heute darüber nachdenke: In welchem Zustand können die gewesen sein? *Desinteressiert* so. Wie sagt man nu dazu?

Apathisch, sagte Ida.

Ja, so ungefähr. Die konnte man ansprechen, die latschten so, als ob sie traumwandelten, so neben einem her. Wir haben sie untergefaßt und rausgetragen, über die Trümmer weggetragen, rausgebracht. Die wußten gar nicht, ob sie noch im Keller saßen oder ob sie draußen waren, das Gefühl hatte ich. Die waren bloß eben tatsächlich draußen.

Aber ich bin damals an dem Tag bloß bis dahin gekommen, wo jetzt ungefähr dieser Funkwagen steht, der alte da, dieser von der Bundeswehr.

Das erste, was kaputt ist, wenn ein Haus von unten bis oben unter Flammen steht, sind die Scheiben. Die Scheiben platzen, wenn drinnen in der Wohnung was brennt, von der Hitze, dann schlagen die Flammen raus. Und es war ein ausgesprochen heißer Sommer damals, der Juni war auch schon heiß, aber gerade während der Tage im Juli war es fürchterlich heiß. Neunundzwanzig, dreißig Grad, bei neunundzwanzig Grad gab es schulfrei, und die Kinder waren alle zu Hause, es war ein fürchterlich heißer Tag, eine heiße Woche, ein heißer Sommer.

Und der Himmel, fragte Ida, wie sah der Himmel aus?

Der Himmel? Den konnten Sie gar nicht sehen. In Hammonia war, ich möchte sagen, alles grau. Egal, was es war. Die Blätter von den Bäumen, die noch standen. Die Bäume selber. Die Hauswände. Die Dächer. Die Menschen. Der Fußboden. Alles war grau.

Das war nur Pulver, nur Staub. Der Himmel. Die Sonne. Die Sonne sah man in dem ganzen Smog, in dem Grau, wie einen kleinen Ball. Da oben brennt eine Birne, die kam nicht an hier. Sie können sich das nicht vorstellen, nein.

Ach Gott, nein. Ich habe zu Hause gesagt: Wenn ich die Wahl hätte zwischen diesem konventionellen Krieg und Atomkrieg, dann nehme ich den Atomkrieg auf mich. Schlag und weg. Aus! Das mache ich kein zweites Mal ... Mach ich nicht mehr mit. Das nicht.

Wenn ich zuviel daran denke, sitze ich nachts hoch im Bett, vorgestern habe ich klar und deutlich Sirenen gehört. Aber keine wirklichen Sirenen, nein, keine Sirenen von der Feuerwehr, sondern dieses seltsame Sirren der Sirene, die bei uns hinter dem Haus, auf dem Dach des Nachbarhauses, stand. Aber genau diesen Klang. Ich habe aufrecht im Bett gesessen, und dann war ich still, daß meine Frau nicht mit hochkommt. Aber ich bin wohl so hochgeschreckt, ich denke, nein, ist ja nichts, sei ruhig, Warlich. Ach, du Spinner, Mensch, leg dich auf die Seite. Und das ist nu ein paarmal passiert. Ich höre diesen speziellen Sirenenton von dieser alten gammeligen Sirene. Meine Frau stand nachts tatsächlich im Bett am Kopfende und krabbelte an der Wand längs, sie mag das nicht zugeben, sie wollte bloß raus. Ich will raus, ich will raus! Sie hat immer noch dieses Gefühl von Bunker, von Eingesperrtsein. Sie hat die Menschen im Draht hängen sehen, die kamen nicht rüber, vielleicht sieht sie den Draht, ich weiß es nicht. Heute tut sie auch immer, als ob man das abschütteln könnte, vielleicht hat sie das können. Ich weiß das nicht, ich glaube das nicht.

Ich komme abends raus in den Garten, habe dort meine zwei kleinen Kaninchen, die füttere ich. Ich will zum Kaninchenstall, da sehe ich einen von diesen heutigen Düsenjägern. Das ist ja immer so: Abends um fünf, halb sechs, da müssen sie bei uns die Schallmauer durchbrechen. Und das ist ein fürchterlicher Krach, als ob sie ein ganzes Haus in die Luft sprengen. Solch einen Knall gibt das. Ich habe einen kleinen Swimmingpool im Garten, so einen aufstellbaren für meine Kinder, daneben steht eine große Lärche, und da ist der Düsenjäger schon fast drangekommen. Dieses hat gereicht. Ich bin zu meinen Kaninchen gegangen, an dieser Lärche vorbei, ich habe an nichts gedacht, dann kam der aber angefegt, und gerade in dem Moment, wo ich optisch und akustisch wahrnehme, daß das ein Flugzeug ist, da kam dieser blöde Knall, der Düsenjäger hat die Schallmauer durchbrochen, und das Futter, das ich in der Hand hielt, das lag, ich sage, die Karnickel laufen mir weg, ich war so fertig, mein Gott, ja, das ist noch drin: Ich liege in der Kuhle, und der da oben kommt an. Aber das jemand mitteilen? Wie? Und wem? Ich habe das Gefühl, als ob ich im Leib eine Eisbottel drin hätte, als ob die Innereien, Magen und Leber und alles, was den Bauchraum ausfüllt, gar nicht mehr da wären. Es kann einer ankommen und mit dem Arm so durchschlagen, so hohl ist alles.

Wissen Sie, wie es ist, den eigenen Herzschlag hinter den Ohren zu spüren, und Sie zählen: eins, zwei, drei... Wenn ich irgendeine Sirene höre, kriege ich wie damals ein großes Dreieck über der Brust und ein Gefühl, als ob mein After unter die Brustwarze wandern wollte.

Wir Kinder waren im Luftkrieg alte Hasen, und als ich in Bayern war, zur ‹Erholung›, wir nannten es ‹Kinderlandverschleppung›, sagten die Leute dort, als wir vom Krieg erzählten: Da müßt ihr halt beten. Zu wem soll man aber beten, wenn der liebe Gott deportiert ist? Von alldem hat unser Bundeskanzler keine Ahnung, der hat sich in Bayern damals vielleicht die Kondensstreifen der Flugzeuge angesehen.

Das Herz geht hier oben, das ist heute noch so, nein, das geht nicht raus aus dem Körper. Ich nehme an, das kann man nie vergessen. Nie.

Mit meinem Vater lag ich kurz nach dem Krieg in der Mönckebergstraße auf dem Kantstein. Damals fuhr noch die Straßenbahn, die kennen Sie nicht mehr, die war ein fürchterliches Monster. Diese Straßenbahnen waren vorne rund, mit nur einer Achse, und die quietschte dann so durch die Kurven. Es war kein Drehteller darunter wie bei den modernen Straßenbahnen, sondern nur diese starre Achse, diese Monster quietschten durch die Kurven, würgten sich praktisch dadurch, das jaulte und pfiff. Und mein Vater und ich, wir hatten einen Anzug gekauft, kamen auf der Mönckebergstraße raus, da zitterte plötzlich diese Straßenbahn durch die Kurve. Das heulte, das hörte sich genauso an, als ob so ein Ding von oben kommt. Huuuuu, mein Vater und ich, wir schmissen uns lang hin mit unserem Paket, die Leute haben geguckt, was machen die denn da?

Das ist einem im Blut drin: das Pfeifen hören, flattern, hinlegen. Ob das heute noch so ist, weiß ich nicht. Ich will das nicht vorhaben, aber ich weiß, daß ich es tu, wenn ein Flugzeug kommt. Ich ziehe den Kopf ein und guck erst mal nach oben. Ich kann wissen, daß es eine Verkehrsmaschine ist, ich höre das Sausen da oben, ich ziehe den Kopf ein. In welche Richtung fliegt das Ding? Wo muß ich hinlaufen?

Erinnern sich denn nicht mehr Leute daran? sagte Ida, wo sind die Leute, die sich erinnern? Sie dachte nur, warum hat mir das früher keiner erzählt?

Die denken sich wohl wahrscheinlich alle, wie ich das gedacht habe, sagte der graue Mann: den ganzen Kram beerdigen, vergraben, irgendwann wirst du das vergessen. Ich hätte garantiert keine Kinder, wenn ich ewig mit diesen Gedanken so extrem durchs Leben gelaufen wäre, dann hätte ich keine Kinder, das können Sie mir glauben. Und ich habe damals gesagt, ich will, daß alles in Ordnung ist, und wir beruhigen uns mit der Zeit. Und je mehr wir arbeiten – das fing ja damals schon an mit Hausbauen und so weiter –, je mehr wir arbeiten, desto weniger Zeit haben wir zum Nachdenken. Und abends bin ich zu Hause, abends sind wir müde, wenn wir zu Bett gehen. Dann denke ich nur an das Haus und nicht an das andere.

Wenn heute eine Atombombe fällt, soll sie hier über dem Schornstein fallen. Fragen Sie meine Frau, ob ich ein stabiler Kerl war, ich habe solche Nackenmuskeln gehabt! Aber heute? Ich treffe Bekannte von früher, sie sehen alle aus wie Tote auf Urlaub.

Ida dachte an die Angst, die sie bei der Lektüre der einen Stelle der ‹Offenbarung› angefallen hatte. *Ein Weh ist darin / sihe / es komen noch zwey Weh nach den* stand da, sie dachte sogleich an einen dritten Weltkrieg, vielleicht hatten die Rufer in der Wüste doch recht? Sie stellte sich aber auch vor, sie würde, wenn die guten Kräfte ein drittes ‹Weh› nicht würden verhindern können, sein wie Siegfried – nur verletzbar am Schulterblatt, sie wollte sich von keiner Angst mehr jagen lassen, nicht von der vor dem Sexualmörder, nicht von der vor einem Weltkrieg. Die Angst mußte man bändigen wie ein Pferd, wie einen Stoff, wie einen Tiger – seine Pferde bändigen hieß seine Leidenschaften bändigen, das *Rasseln vieler ross / die im Krieg lauffen* mußte werden zum Gleiten vieler Pferde, die Flügel der Phantasie haben und aus Fleisch und Blut sind.

Ihr grauste, sich vorzustellen, wie die dreihundert Pferde gestorben waren, sie fragte sich nicht, ob sie gewiehert hatten (Angstschreie der Pferde und Angsttriebe der Bäume), wer hatte die Schreie der Pferde gehört? Zweihundert oder dreihundert, das sagte sich so leicht hin, sie dachte, wie kühl einen ein Schmerz lassen kann, der einen nicht erreicht. Wenn man sich selbst die Fingerkuppe verbrannte, schrie man, aber das Leiden anderer Geschöpfe konnte sogar die Schaulust reizen, sie war dem noch nicht auf die Spur gekommen, was einen treibt, wenn man neugierig ist, hinzufahren, hinzulaufen zu einer Unglücksstelle, um zu sehen, was passiert ist, wenn in einem sogar die Gier aufsteigt, zuzuschauen, wie jemand sich in Todesqualen windet, stirbt, tot auf der Straße liegt – mit dem ‹Friedhofsgefühl› ließ sich nicht alles erklären. Man war froh, daß man nicht selbst der Verunglückte war, aber warum fühlte man vielleicht sogar etwas wie Ergötzen am Leid des anderen in sich aufsteigen, nur weil man selbst verschont worden war? Sie wußte es nicht, sie wußte nur, daß auch die mephistophelischen Wünsche und Süchte des Menschen gebändigt werden müssen.

Da der graue Mann Ida kaum etwas fragte – er brauchte seine ganze Energie, um sich der Dinge zu vergewissern, die während ihrer Wanderung und teilweisen Autofahrt durch Hammonia in ihm aufstiegen –, behielt Ida diese Gedanken für sich. Der graue Mann aber, als könne er Gedanken lesen, erzählte von den Schaulustigen nach dem Feuersturm. Die hier gewohnt haben, sagte er, haben praktisch alle drei Angriffe mit derselben Angst im Herzen überstanden wie den ersten. Die anderen aber, die nicht im Zentrum des Feuersturms wohnten, kamen angelaufen wie zur Besichtigung, von überall her, ja, Sie sehen mich entgeistert an, es war so! Wo überhaupt ranzukommen war, da standen sie. ‹Ah, das sieht aber toll aus hier, mein Gott noch mal›, so hörte man sie rufen. Aus Rothenburgsort sind hier welche gewesen, das weiß ich. Sie haben mir das später erzählt, ich lernte sie auf der Arbeit kennen. Sie wollten sehen, was da los war, Sonntagnachmittag nach dem Tagesangriff sind sie losgezogen. Der Himmel war schwarz, vom Brand, war grau. Und dann kamen sie hier anmarschiert, es war alles schwarz von Menschen, wie heute beim Unfall. Gucken Sie sich an, wenn irgendwo zwei Autos zusammenfahren, da fahren die ersten langsam, da gucken sie – ‹Ist da denn auch einer bei kaputtgegangen? – ‹Ich habe gar nichts gesehen?› – ‹Hast du was gesehen?› –, das ist das einzige, was die Menschen interessiert: das Leid der anderen! Eigenartig, aber es ist so. Immerhin haben mir Rothenburger gesagt, sie wären am liebsten den anderen Tag ausgezogen, unter die Haut gegangen ist ihnen, was sie gesehen haben. Und wenn sie gekonnt hätten, wären sie vielleicht wirklich ausgezogen, hätten ihre Koffer gepackt und ihre Hacken gezeigt – was weiß ich: wohin. In diesem Gebiet, das weiß ich, die Zahlen habe ich im Kopf, waren es tausendfünfhundert Tote, die aus den Trümmern geholt wurden. Was da noch unten liegt, danach fragte kein Mensch. Da wird heute immer gesagt: Da liegen keine mehr unter. Ich weiß zum Beispiel, direkt in der Sternstraße, die Nebenstraße von uns, da ist ein Sprengbombenvolltreffer reingegangen, da war ein Krämereigeschäft drin. Da war der alte Schmidt, der Sohn, seine beiden Töchter im Keller, die sind nie gefunden worden. Heute ist allerdings ein Parkplatz darauf, da ist noch kein Haus wieder gebaut, das ist planiert nach dem Krieg. Der Keller ist so weit wie möglich aufgemacht worden, wir haben keinen Opa Schmidt, keinen Herrn Schmidt, die beiden Töchter und die Frau nicht mehr gefunden, niemand ist rausgekommen aus dem Keller, aber sie waren da drin, das ist amtlich bestätigt.

Und genauso ist es hier. Überall, wo Volltreffer von Bomben reingegangen sind, liegen garantiert noch Menschen drunter, man weiß nicht, wo man sie suchen soll. Ich garantiere Ihnen, daß da noch welche unten liegen.

Aber es sind doch nur noch Knochen übrig, sagte Ida.

Ja, natürlich, sagte der graue Mann, nach vierzig Jahren bleibt ja nicht einmal viel von den Knochen übrig. Lösen sich die Knochen denn auch irgendwann auf? fragte Ida.

Nein, aber, sagte der graue Mann, Sie müssen sich vorstellen: Hier ist Baugebiet, da wird mit Kalk hantiert, Kalk ist aggressiv, Kalk löst Knochen auf. Hier zu liegen ist etwas anderes, als auf dem Friedhof im Mutterboden bestattet zu werden, im Lehm, wo nichts passiert.

Wenn amtlich gesagt wird, wir hatten einundvierzigtausend oder zweiundvierzigtausend Tote in diesen drei Nächten, dann soll das genügen, ich sage immer: *Einer* ist schon zuviel. Wenn zweiundvierzigtausend amtlich angegeben werden, dann laß das zweiundvierzigtausend sein, ich will die Zahl um nichts in der Welt erhöhen. Aber ich möchte nicht wissen, wie viele nicht gezählt worden sind. Und ich bin überzeugt, daß es einigen Hundert oder vielleicht sogar Tausenden ergangen ist wie dem Vater meiner Frau, von dem sie aber auch nicht ein kleines bißchen wiedergefunden haben: Sie sind einfach so aufgebrannt und mit der Hitze, mit dem Staub sonstwohin geweht, und Sie finden nie etwas wieder.

Hiroshima ist humaner gewesen, das sage ich. Die Meinung vertrete ich gegen jedermann. Wenn ich die Möglichkeit hätte zu wählen, in Hammonia auf konventionelle Weise, wie im letzten Krieg, vernichtet zu werden, oder in Berlin durch einen einzelnen Atomschlag –: Ich setze mich sofort auf die Bahn und fahre nach Berlin. Sofort!

Ja, aber, wandte Ida ein, in Hiroshima sterben auch heute noch Überlebende an furchtbaren Schäden. *Wir* sterben auch, sagte der ‹Graue Mann›. Er schwieg eine Weile, manchmal ist ein Schweigen, das einem Satz folgt, wie tausend Worte.

Wir haben auch Schäden, fügte er hinzu, aber die zigtausend, die in Hiroshima wirklich umgekommen sind, die sind innerhalb von zwei Sekunden gestorben. Und hier haben wir noch drei, vier Wochen nach dem Angriff Keller aufgemacht, wir haben Frauen und Kinder rausgeholt, die nicht an Kohlendioxyd- oder Kohlenmonoxydvergiftung gestorben, sondern im wahrsten Sinne des Wortes erstickt sind. Ganz langsam wird das nicht sein, sonst hätten sie nicht solche Gesichter, ich sehe sie vor mir. Also, ich. Ich kann mir nicht helfen. Ich kann das keinem erzählen. Das muß eine so wahnsinnige Angst sein, wenn man merkt, man erstickt. Was Basedow ist, das wissen Sie? Wenn die Augen aus dem Kopf kommen? Und die Zungen sind dick, man kann die Kiefer nicht mehr bewegen, so dick geschwollen liegen die Zungen im Hals, Sie können den Kiefer förmlich aushaken. Ich habe kleinen Kindern die Handgelenke brechen müssen, damit ich sie, von den Eltern getrennt, aus dem Keller bringen konnte. Ich sehe meine Frau und meine Kinder in ihnen ...

Der graue Mann weinte. Gegen dieses Weinen gab es keine tröstenden Worte, Ida schwieg.

Wie es gekommen war, hörte sein Weinen nach einer Weile abrupt auf. Seine Stimme war fest, als er weitersprach. Es ist meine grenzenlose Wut, sagte er, daß es immer wieder Menschen gibt, die sagen: Wir wollen keine Atomwaffen, ich sage Ihnen: Die konventionellen Waffen sind viel schlimmer. Ida ging es wie Eis durch den Körper, sie glaubte plötzlich zu verstehen, warum in das noch nicht geheilte Land neue Atomwaffen gebracht wurden – als Mittel gegen die Angst, dachte sie, ‹Hiroshima ist humaner›, hatte der graue Mann gesagt. Vielleicht war der Bundeskanzler ein vom Krieg Verrückter, sie sah plötzlich sein ständig lächelndes Gesicht vor sich, vielleicht war er auch ein grauer Mann und wollte die Atomwaffen bei sich haben, wie mancher Arsen bei sich trägt, um – wenn der Tod unabwendbar ist – nicht *langsam* sterben zu müssen? Atomwaffen als Mittel gegen die Angst, *langsam* sterben zu müssen? Ida schauderte es. Der graue Mann kam ihr so in sein Leid verfangen vor, er konnte nicht ahnen, wie verbündet im Leiden ihm die Opfer von Hiroshima waren. Er sah nicht, daß Leiden nicht meßbar ist, daß des einen Leid nicht schwerer ist als das des anderen.

Ida fiel das Wort ‹Defätismus› ein, sie mußte erst überlegen, was es wörtlich bedeutete. Ein Defätist war einer, der von der militärischen Niederlage überzeugt war, der erst gar nicht mehr kämpfte. *Im Leben* war es einer, der nur noch an den Untergang glaubte. War das ganze Land denn voll von Menschen, die tief innerlich nur noch an den Untergang glaubten, nur noch sorgten, sich ‹ihr Arsen› bereitzustellen? Und warum? so fragte sich Ida, kann niemand ‹über den Gartenzaun› seines eigenen Leides hinwegsehen? Warum hatte sich der graue Mann lustig gemacht über die Schneekatastrophe? Das ging nu bloß um die Schneekatastrophe, hatte er gesagt, das war sogar noch ein bißchen abenteuerlich, wenn du mit dem Bus in die Schneewehe fährst, dann steigst du eben aus und schaufelst, und wenn man nicht mehr schaufeln kann, setzt man sich hin ... er hatte gleichmütig von der Schneekatastrophe gesprochen. Ida schämte sich fast ihrer Gedanken, sie mußte plötzlich an Frau Bachrach denken, die einmal gesagt hatte: Was die jungen Leute heute für Probleme haben, Ehe- und Scheidungsprobleme, mein Gott!, ich denke immer, das kann nicht wahr sein, was ist das gegen KZ? ... Ida war die Vorstellung einer Rangordnung der verschiedenen Leiden zutiefst zuwider.

Sie dachte an die Tiere. Schattenhafte Bilder zogen an ihrem inneren Auge vorüber. Zuerst waren es Fotos, die Magdalena gemacht hatte: von Idas Gesicht, von der Tierklinik, vom Gesicht von Herrn Domröse, von den Händen des Chirurgen, von den Augen der betäubten Pferde ... Das Foto des toten Pferdes in Hiroshima tauchte wieder auf, ein Schemen, Ida riß sich zusammen, um nicht schreien zu müssen, beinahe überfuhr sie eine rote Ampel, wir müssen gleich irgendwo aussteigen, dachte sie.

Der graue Mann war in Gedanken versunken und achtete wie traumwandlerisch auf den Weg. Ida sah ihren Vater vor sich, wie er auf einem Pferderücken in Rußland ritt, eine vereiste Gestalt, vermummt von Schnee, mein Schneekönig, mein Vater, dachte sie. Der graue Mann war grau wie Asche, und sein Herz war zerschnitten von ungeschrienen Schreien, sein Haar war aschen, seine Hände noch staubig, der Himmel war grau, der Himmel war schwarz, und mein Vater, dachte Ida, mein Vater ist weiß, mein Vater ist gefroren, mein Vater braucht einen Herzschrittmacher, mein Vater hat einen Herzschrittmacher, mein Vater auf dem Schimmel in Rußland.

Un cheval mort près de son chariot dans les environs de l'hypo-centre à Iwakawa-machi. Le 10 août. Photo: Yamahata Yosuke, so stand unter dem Foto des toten Pferdes von Hiroshima. Mein Pferd, wohin hast du mich geführt? Mein Pferd, du Zeuge dessen, was den Menschen geschehen ist. Du stumme Zeugin des stummen Menschen. Finale, meine Liebste.

Und sie hörte die Worte des Vaters: Ein Pferd kann ein besserer Kamerad sein als ein Mensch, ein Pferd wärmt dich, wenn du dich neben es legst, ein Pferd steht nicht auf, weil es dich nicht stören will, es trägt dich durch den Sumpf. O mein Vater, schlafe, mein Vater, schlafe neben deinem Pferd, und mein Vater, wache auf, mein Vater, erwache aus deinem langen Schlaf, du schliefst Stunden um Stunden auf Pferderük-ken, man kann im Krieg mit offenen Augen schlafen, du hast es erzählt, Vater, taue dich auf, Vater.

So dachte Ida, und der graue Mann schwieg, denn sie näherten sich der Straße, in der er geboren war.

Und sie hören und hören nicht auf, nahm er seinen Monolog wieder auf, er sprach es wie zu einer unsichtbaren großen Menge von Menschen. Viele konnte man in ihrem Stahlhelm bestatten, andere kriegte man mit zwei Mann nicht auf den Wagen, so aufgeblasen waren sie. Seine Stimme war tonlos, auch die Stimme war jetzt grau, eine Stimme aus Staub und Asche.

Und, Frau Helmond, wiederholte der graue Mann, seine Stimme wurde wieder kräftiger, nicht ein einziger Mensch spricht davon, daß die konventionellen Waffen abgebaut werden müssen. Weiß ich, wenn es noch einmal los geht, ob ich in zwei Sekunden tot bin? Dann lieber die Atombombe – und *Feierabend!* aber nicht noch einmal, was ich erlebt habe. Nein. Nein. Nein. Nein. Nicht noch einmal. Und nach einem tiefen Atemzug: *Und es könnte ganz anders sein.* Haben Sie sich die Weltmeisterschaften angesehen? Ich sehe vor mir, wie unsere Hochspringerin mit der Russin um einen Zentimeter kämpft, das sehe ich im Fernsehen. Unsere hüpft beim ersten Mal rüber, die Russin braucht den zweiten Anlauf. Und dann fallen sie sich beide um den Hals, wir haben das gesehen im Fernsehen. Und ich kann mir nicht vorstellen, daß diese beiden Menschen sich hassen, wenn sie sich um den Hals fallen. Das kann ich mir einfach nicht vorstellen.

Die beiden ‹Wanderer› waren nun doch mehr mit dem Auto gefahren als zu Fuß durch Hammoria gewandert, aber schließlich nennt man auch einen Ritt durch eine weitläufige Gegend ‹Wanderritt›, warum sollte man nicht mit dem Auto ‹wandern› können? Ein Mensch, der innerlich ein Nomade ist, *wandert* immer.
Sie hatten sich immer mehr dem Geburtshaus des grauen Mannes genähert, Ida nahm sich ein Herz und fragte, ob sie zum Schluß ihrer Wanderung direkt zu seiner alten Wohnung hinfahren sollten. Sie kamen am Schlachthof vorbei, Ida liebte diese Gegend nicht besonders, es hatte immer etwas eigentümlich Grausliches für sie, an diesen Gebäuden vorbeizufahren, hinter deren Mauern Geschöpfe fachmännisch getötet werden (wieder das Friedhofsgefühl . . .). Gukken Sie mal, dieses alles, das war die Rinderhalle, sagte der graue Mann, und er erklärte, wie man früher hier die Tiere zum Schlachten getrieben hatte. Unter der Feldstraße war ein Tunnel, sagte er, da wurden die Rinder reingeführt. Und dort, wo der Bau steht, war der Haupteingang zum Schlachthof, das war ein riesiges Tor. Und dort war eine Bude, da stand ein Wachtposten drin, der paßte auf, daß die Schlachter nicht aus dem Schlachthof gingen, ohne sich die Schuhe sauberzumachen. Da standen große Wasserfässer mit Wurzelbürsten, die kennen Sie vielleicht auch? Und die Schlachter mußten sich die Stiefel damit säubern, ehe sie vom Gelände runterkamen. Und hier runter war eine riesige Holzplanke, bis an die Blutmühle dort drüben. Sie sehen den grauen Schornstein, das Gebäude, das ein bißchen nach Kaserne aussieht? Darin war die Blutmühle früher.
Blutmühle? sagte Ida, wieso hieß die Blutmühle? Na ja, sagte der graue Mann, rein technisch kann ich Ihnen das nicht erklären. Bei der Schlachterei fällt eine Unmenge Blut an. Und Schweineblut können Sie verwenden zu Schwarzsauer, ja. Jedenfalls gab es damals wohl keine Möglichkeit, das Blut zu rühren, es lief in einen Sammelbehälter. Na, es wurde eben aufgearbeitet, und das roch so angenehm im Sommer, oh, oho, mein Gott, nein. Sie konnten aber trotzdem Fleisch es-

sen? fragte Ida, der auffiel, wie selbstverständlich der Ton des grauen Mannes geworden war, seitdem er vom Schlachten der Tiere sprach. O ja, sagte er, warum nicht?

Die Dinge tun, wie sie die anderen tun, damit man anderen alles recht machen kann, dachte Ida, ist vielleicht die Hauptursache des Elends auf der Welt, wenn es überhaupt eine Hauptursache gibt.

Da waren viele Gebäude, und Ida fragte den grauen Mann nach jedem dieser Gebäude. Da war auch eines, das war ehemals ein Pferdestall gewesen, aber man hatte die Pferde nicht geschlachtet, nein, sie waren als Arbeitspferde gebraucht worden. Das war ein Pferdestall, sagte der graue Mann, die toten Rinder kriegten eine Kette um die Hörner, wir Kinder guckten uns das an, wir saßen ja meistens immer auf der Holzplanke obendrauf, guckten in den Schlachthof rein, und die Pferde zogen die toten Rinder von der einen Halle in die andere, zum Abhäuten, sie zogen sie am Geschirr hinter sich her.

Und hier, auf dieser Straße, wurden Schweine getrieben und Schafe, und da drüben, da standen dicke Bäume. Und hinter jedem Baum stand einer von uns Kindern, und sowie eine Rinderherde ankam – da ging einer vornweg mit einem Knüppel, und hinterher ging einer, sie hielten vielleicht zweihundert Tiere in Schach, daß sie nicht ausbrachen –, ja, mein Gott, und wir Kinder sprangen hinter den Bäumen hervor und schrien wuh, wuh, wuh! Und so haben wir sie manches Mal bis an die Landungsbrücken getrieben – aus Blödsinn.

Und die Heuschrecken sind gleich den rossen / die zum Kriege bereit sind / und auf jrem heubt wie Kronen dem golde gleich / und jr andlitz gleich der Menschen andlitz / Und hatte har wie Weiberhar / Und jre Zeene waren wie der Lewen / Und hatten Pantzer wie eisern pantzer / und das rasseln jrer flügel / wie das rasseln an den wagen vieler ross / die im Krieg lauffen /

War Krieg nicht auch der Aufstand der mißhandelten Kreatur *im* Menschen und jener an seiner Seite?

Daß der graue Mann den Krieg überlebt hatte, kam Ida beinahe nicht wirklich vor, vielleicht wandelte er nur noch als grauer Schatten auf der Erde, vielleicht stammte er aus einem früheren Leben. Und dann dachte sie auch: Die Tiere überleben Tag für Tag nicht den Krieg der Menschen gegen sie.

Fahren Sie mal ein bißchen langsam, sagte der graue Mann, da sind die alten Mietskasernen irgendwo, da ist mein Elternhaus, halten Sie hinter dem gelben Opel. Und sie stiegen aus. Es war ein beliebiges Haus, an dem Ida schon oft achtlos vorbeigegangen war.

In dem Kasten habe ich mal gewohnt, sagte der graue Mann, oh, Mann. Ich schmeiße mich lang hin, sagte er, das ist mein Elternhaus. Er schaute hinauf zu den Fenstern im ersten Stock, er erinnerte sich noch, daß man vor den Fenstern auf Eisenstangen Wäsche getrocknet hatte. Und er zeigte auf die Fenster, hinter denen lag der Raum, in dem er geboren war.

Und nu will ich Ihnen mal was zeigen, sagte er, dieses Gebäude war ein großer Block, da sind Sprengbomben reingegangen. Die Wand ist nach dem Krieg restauriert worden, und sehen Sie, hinter dem Haus, dort wo der Schulhof jetzt ist, sehen Sie die blaue Tür dort?, stand noch ein Haus, das ist vom Kellergeschoß bis oben über die vierte Etage abgebrannt. Und hier unten in unserem Haus hat die ganze Hausbevölkerung gesessen, mit nassen Wolldecken über dem Kopf, mit Waschlappen und Handtüchern. Und wir haben uns immer selbst abgelöscht und die Fenster befeuchtet, damit sie nicht anfangen zu brennen. Hier in dem Haus sind sechzehn Tote gewesen, damals. Das nächste Haus ist stehengeblieben, und dort zur Rechten hinter dem Gerüst, da wohnte der Krämer, von dem ich Ihnen erzählte, der heute noch mit seiner Familie da unten liegt, sie haben ihn nie gefunden, die Sprengbombe hat das ganze Haus auseinandergerissen.

Im Keller unseres Hauses war ein großes Salzlager, und es waren noch ein Bäcker darin und ein Zigarrenhändler, die sind hier mit umgekommen. Und der alte, gammelige Kasten ist gebaut worden aus Abbruchmaterial vom Jungfernstieg. Alte Häuser wurden am Jungfernstieg abgebrochen, und davon ist dieses alte Mietshaus gebaut worden. Und es steht heute noch, gucken Sie sich das an.

Haben Sie überhaupt noch Zeit? Haben Sie noch Zeit? Und was macht Ihr Kind? Meine Freundin hütet es, sagte Ida. Der graue Mann fragte immer wieder nach dem Kind.

Wie lange waren Sie nicht mehr hier? fragte Ida, der graue Mann sagte: Seit neunzehnhundertachtundsechzig, und ich mag gar nicht mehr reingehen. Gefühl? Gefühl? Ich bin schockiert, sagte er, so hat das noch nie ausgesehen, Gotto-gottogott, nein. In dem Viertel ist alles ein bißchen verwohnt, sagte Ida, die Stadt war verstümmelt, man repariert sie, man – *saniert.* Eine seltsame Art zu sanieren, sagte der graue Mann, man setzt ein paar neue Fenster rein, erhöht die Miete um hundert Mark und nennt es Sanierung. Ja, sagte Ida, ka-puttmachen kann man schnell und *heilen* langam.

Der graue Mann starrte eine ganze Zeitlang auf die Fenster des Hauses, hinter denen er einmal gewohnt hatte, welche Erinnerungen mochten in ihm aufsteigen, die – kaum in Worte zu fassen – aufflackerten und sogleich wieder ver-löschten? Sein Blick fiel auf den linken Teil des Hauses, da war eine Pianofabrik, sagte er.

Ida war erstaunt, eine Pianofabrik? wiederholte sie. Ja, sagte der graue Mann. Klaviere bauten die mit der Hand, alles mit der Hand. Ida überfiel plötzlich ein Verlangen nach dem Spiel der Mutter.

Der Pianohändler besaß zwei Pferde, sagte der graue Mann, sein Wagen stand immer hier auf dem Hof, darauf spielten wir, als ich ein Kind war. Der Händler lud die Klaviere auf und brachte sie zu den Leuten.

Für Ida war es immer wieder ein Wunder, zu hören, wie Menschen Instrumente bauen, denen andere, befähigte Men-schen, Musik entlockten. Musik kam ihr mehr und mehr wie ein Gesetz vor. Der Musiklehrer fiel ihr ein, der ihr den Ein-gang zum Paradies zuzusperren versucht hatte. Musik war ein Paradies, sie wollte eindringen, und es würde geschehen.

Der graue Mann war in Gedanken versunken. Und das war unsere Klitsche hier, murmelte er, mein Gott, murmelte er, wenn ich morgens aus dem Bett kam, und ich ging zur Schule, dann legte ich mich meistens vor dem Haus auf die Nase, sehen Sie mal, hier ist ein richtiger Trampelpfad, kön-nen Sie das sehen? Irgendwo muß noch ein Stein sein, der aussieht wie ein Herz, darauf haben wir als Kinder gespielt. Wer mit dem Fuß da drauf kam, der war frei, so ein großer, gelber Stein war das, hier, da ist er, mein Gott. Ida suchte mit den Augen. Der da? Der Stein war tatsächlich da, der Stein, auf dem der graue Mann als Kind gespielt hatte.

Der Pianohändler wohnte in der Parterrewohnung, sagte er, aber die früheren Namen sind alle übermalt, sehen Sie? Tat-sächlich, man konnte die alten Namen noch erkennen.

Im linken Teil des Hauses war eine seltsame Luke im zweiten Stock, das ist ein Speicher, sagte der graue Mann, die Luke wurde aufgemacht, und dann wurden die Pianos mit Hilfe einer Winde nach unten gelassen. Rapunzel läßt ihr Haar herunter, dachte Ida, und sie ließen die Klaviere auf die Erde. Ihre Sehnsucht nach der Mutter wurde immer stärker. Er verkaufte sie überallhin, sagte der graue Mann, und sehen Sie, dort unten war sein Keller, und dort war der Pferdestall. Ida kam es seltsam und wie ein Wunder vor, daß ihr der graue Mann begegnet war – die Taubenpaula hatte sie mit ihm bekannt gemacht, sie hatte viele Verbindungen zu Hammonia, hatte viel erzählt über die Sturmflut und was den Menschen in der Nördlichen Stadt währenddessen geschehen war –, Ida sah in die Vergangenheit, es war, als ob man ihr ein Zauberrohr vor die Augen hielte, als ob der graue Mann ihr neue Augen einsetzte, die Augen der Vergangenheit, ohne die man die Gegenwart nicht sehen kann.

Überhaupt: die Augen! Ida hatte so oft das Gefühl, halb blind zu sein, sie mußte an Artus denken, der alle Menschen, die keine Drogen nehmen und nichts begreifen, als ‹blind› bezeichnet hatte. Wer wußte, ob nicht manche Menschen Drogen nahmen, weil sie die ihnen auferlegte Blindheit nicht aushielten, nicht bereit waren, dicke Brillen zu tragen. Nur halfen die Drogen auch nicht, sehend zu werden, man mußte sich neue Augen einsetzen.

Sehen Sie, sagte der graue Mann, da stehen unsere alten Namen noch dran, gehen Sie hin und gucken Sie nach, ob das stimmt.

Er stand im Garten, es wohnten jetzt Ausländer im Haus, aber wer war kein Ausländer, jeder Nomade, jeder Wandernde war doch ein Ausländer. Bei Mutter Voss standen Fliederbeerbüsche, sagte er, sehen Sie, da steht noch einer davon.

Und hier, und hier – er suchte –, hier im Garten ist meine Schildkröte beerdigt. Junge, Junge, Junge!

Ida hätte jetzt schreien können. Sie wie man manchmal schreit, wenn die Gefühle aufgewühlt sind von einem Sturm oder wenn man betrunken ist und der Alkohol, das flüssige Element, die Starre, die vor den Gefühlen liegt, aufgelöst hat. Aber sie schrie nicht. Sie dachte nur wieder an die Mutter, die als Neunzehnjährige ihren kleinen, süßen Spitz verloren hatte, weil der Krieg gekommen war, das Ungeheuer Krieg:

Und hatten Schwentze / gleich den Scorpion / und es waren Stachel an jren schwentzen / Und jre macht war zu beleidigen wie die Menschen fünff monden lan.
Und hatten über sich einen König / einen Engel aus dem abgrund / des name heisst auff Elreisch Abaddon / und auff Griechisch hat er den namen Apollyon. Ein Weh ist darin / sihe / es komen noch zwey Wehen nach den.

Und die Tiere, die Wappen waren und Schutzengel, wurden einem geraubt.

Das Dach haben wir zweimal gelöscht, sagte der graue Mann, und er stöhnte nur noch: Oh, oh. Mann, nein.

Und er sagte: Das kommt mir vor wie im Traum, wie im Traum. Das kann doch gar nicht wahr sein, daß das alles – und er sprach den Satz nicht zu Ende.

Ida gestand sich insgeheim ein, daß sie ein politischer Mensch auf eine stille Art war – und anders, als man es jahrelang von ihr gefordert hatte. Sie war nicht Schauspielerin geworden, um ‹im Rampenlicht› zu stehen – das ‹Rampenlicht› war notwendig, war die Brücke, sie hatte den Beruf gewählt, damit der Vorhang hochging –, um zu kommunizieren mit den stummen Menschen.

Obwohl der graue Mann viel sprach (vielleicht hatte er noch nie im Leben in wenigen Stunden so viel erzählt), wußte sie, daß er still war und sich versteckt halten wollte, auch er war ein unentdecktes Pferd, es ist gut, daß so viele Menschen unentdeckte Pferde sind. Ida mußte wieder an die Mutter denken, die zu scheu war, um sich in der Sauna nackt allen möglichen fremden Menschen zu präsentieren. Sie mußte an ihren ersten Kontakt mit dem Theater denken, sie hatten ‹Nacht mit Gästen› von Peter Weiß geprobt, der Regisseur war ein mit allen Wassern gewaschener Mann gewesen, viel älter als Ida. Sie hatte die sexuell getönte Rolle nicht spielen können, mit neunzehn, sie wollte sich nicht seelisch entkleiden, sie verweigerte sich. Der Regisseur kam zu ihr nach Haus, er verstand sie nicht, was war dabei, sie mußte sich nicht einmal ausziehen, mußte sich nur ein bißchen lasziv rücklings auf einen Tisch legen. Sie konnte nicht.

‹Ma fin est mon commencement›, dachte sie, mein Ende ist

mein Anfang, und mein Anfang ist mein Ende. Sie fuhr fast
wie in Trance, sie chauffierte zwar, aber der graue Mann war
der Führer. Er gab ihr vom Wein der Vergangenheit zu trinken, wer hatte das je getan? Sie erinnerte sich, wie Artus von
den Imbißbuden geschwärmt, seinen Traum, nach Amerika
zu gehen, immer wieder zelebriert hatte. Ida zog es woan-
dershin, sicher nicht zu Imbißbuden und dazu, Hamburger
zu verzehren. Sie wollte nicht mehr das Flache, Schnelle, sie
wollte sich dem Schmerz stellen, dann würde zugleich die
Freude möglich sein.
Artus hatte ihr die Stelle gezeigt, wo seine Mutter ihm erzählt hatte, daß sein Vater sein Geschlecht im Krieg verloren
hatte. Die Mutter hatte es ihm am Teich im Park erzählt, Artus war acht Jahre alt gewesen, die Mutter hatte geweint,
mein Gott, warum hatte sie es ihm so spät erzählt, viel früher
hätte es ihm vieles erklären können. Wenn einem Arme und
Beine abgeschossen wurden – warum dann nicht das Geschlecht? War es ehrenrühriger, wenn einem das Geschlecht
abgeschossen war statt der Arme und Beine? Er hatte am
Wasser im Park gestanden und erzählt, wie er als Kind mit
seinen Spielgefährten im Eis eingebrochen war, die Mädchen
hätten schrecklich gekreischt, es war dasselbe Wasser, an
dem die Mutter ihm von dem Unglück des Vaters erzählt
hatte. Die Sonne schien, und später schaukelte Ida auf dem
dem Wasser nahen Spielplatz, Artus rutschte mit Esriel eine
Rutsche herunter, Ida saß auf einer Bank und sah einem
fremden Mädchen zu, wie es im Sand saß und – träumeri-
schen Blicks – Förmchen mit einem Schüppchen füllte. Und
Artus hatte sie gefragt, ob sie denn keine Hoffnung mehr auf
einen Vater hege. Vater? sagte sie, Vater?
Mein Gott, ich habe es aufgegeben, nach ihm zu suchen.
Nur, wenn man endlich aufgab, verzweifelt nach etwas zu
suchen, fand man es plötzlich.
Jetzt kommen wir auf die Stadthausbrücke, sagte der graue
Mann, so heißt das Stück hier. Da war früher die Luftschutz-
leitung und die Sanitärbereitschaft. Und dort ist das Finanz-
amt Rödingsmarkt, und die große Portalstür hat mein Vater
gemacht. Ich muß mal kieken, noch kann ich sie nicht sehen.
Ja, sie ist noch drin, das ist das Werk meines Vaters, die ist
schon Uralt Lavendel. War denn Ihr Vater Zimmermann?
fragte Ida. Nein, nein, sagte der graue Mann, der war verhin-

derter Künstler. Sehen Sie, die Tür ist nicht original Eiche, sie ist aus Fichtenholz, aber mein Vater hat sie auf Eiche getrimmt, der machte aus jedem einfachen Holz Edelholz.

Und nu passen Sie mal auf, wenn Sie noch einen Augenblick Zeit haben sollten, parken Sie hier mal irgendwo, das kann ein Stückchen weiter rauf sein. Es ist Sonntag, wir brauchen keine Parkgebühren zu zahlen. Aber nur, wenn Sie Zeit haben. Dann wollen wir mal eben aussteigen und kurz um die Ecke gucken, Sie können die Nikolaikirche sehen, jedenfalls das, was noch von ihr übrig ist.

Ja, ich habe Schmerzen jetzt, aber nicht vom Anblick der Kirche, auch nicht von Verletzungen im Krieg, nein, ich habe in der Mitte gestanden, und meine Herren Kollegen haben es nicht für nötig gehalten, mich festzuhalten, sind unter rausgelaufen, dann habe ich den Träger im Kreuz gehabt, und der dritte Lendenwirbel hat sich aus seinem Bett rausgeschoben. Meine Schulter, mein Gott, meine rechte Schulter sieht aus wie ein Spinngewebe, beim Bombeneinschlag habe ich sie hochgehoben und bin gegen die Wand geschmissen worden, wie ein Stück Mist. Nein, als Soldat ist mir nichts passiert, seltsamerweise, der Stabsarzt hat mir gleich gesagt: Ha, wir haben schon Einbeinige wieder zum Laufen gebracht. Und deshalb sage ich heute auch: *Der Dank des Vaterlandes ist dir gewiß.*

Und das ist die Nikolaikirche, sehen Sie sie sich genau an, sehen Sie, da will jemand fotografieren. Über drei Jahrzehnte hatte Ida nicht gewußt, daß die ‹Gedächtniskirchen› in den Städten Denkmale sein sollen gegen den Krieg. Niemand hatte es ihr erklärt, da standen Ruinen, deren Sinn niemand erklärte. Wie sah diese Kirche denn früher aus? fragte sie.

Ja, das will ich Ihnen sagen, sagte der graue Mann. Sehen Sie, dort ist der Turm, der steht heute noch, und dieses dort ist ein kleines Nebenschiff gewesen. Es soll angeblich nicht mehr gefährlich sein, hier zu stehen, vor Jahren fielen ab und zu noch Sandsteinrosen herunter, wie Zeichen des zornigen Gottes, aber ich glaube an das Zeug nicht mehr, die falschen Priester haben mich zu sehr enttäuscht. Ab und zu fiel immer mal etwas runter, heute angeblich nichts mehr.

Sehen Sie, hier war der Portaleingang, hier vorn war der Hopfenmarkt, zweimal in der Woche wurden hier Marktstände aufgebaut, und dann war richtiger Markt. Früher waren hier kleine Kaschemmen, da saßen unständig Beschäftigte herum, die gibt es heute im Hafen auch noch. Das sind welche, die keinen festen Arbeitsplatz haben, aber trotzdem jeden Morgen hingehen und fragen, ob sie heute was tun können. Und wenn dann Dampfer genug da sind, werden sie eingeteilt, dann können sie ihre Schicht machen und kriegen Geld. Und so gab es denn hier die Saufköppe, die in den Kneipen hockten und jeden Job annahmen, den sie kriegen konnten, das waren die Hoppenmarktlöwen.

Und das Kirchenschiff war mächtig, aber jetzt ist alles nur noch halb, es sind nur noch Stücke, die Kirche ist zerstückelt, sie haben Gott deportiert. Die Kirche soll angeblich ein Mahnmal gegen den Krieg sein, ich weiß nicht. Da steht nichts geschrieben, nicht. Man sieht nirgendwo etwas, man sieht bloß den Trümmerhaufen. Nu soll einer davon klug werden. Das ist ein Mahnmal gegen den Krieg, also, ich wüßte nicht, man müßte das doch auf irgendeiner Tafel kundtun.

Allerdings ist heute noch unter der Kirche ein Weinkeller, sagte der graue Mann. Ida war überrascht. Ein Weinkeller? Aber wozu denn? Sie lachte. Betranken sich dort die Priester?

Das ist immer schon ein Weinlager gewesen, der Wein wurde hier verkauft früher. Das glauben Sie nicht? Es ist vielleicht eine Eigenart von Hammonia, daß unter den Kirchen Weinlager sind, Luther, der Gutgenährte, empfahl schon Wein gegen das Weltfinale.

Sie sehen, wo das Kirchenschiff gewesen ist? Es verfärbt sich sehr, außen ist Sandstein und drinnen Mauerwerk. Alles ist auseinandergebrochen, die Kirche ist ausgebrannt, und dieser Sandsteinturm ist stehengeblieben.

Da sind Sprengbomben reingegangen und Brandbomben, und die Sprengbomben sind durchgeschlagen bis in die Weinkeller. Das ganze Viertel stank nach Wein. Ida machte große Augen. Sie roch den Wein.

Daß da Zerstörung sein kann, Dunkel und Finsternis und Rauch, ein Schwarz und ein Grau – und dann war da Wein unter der Kirche, sie dachte an Quellen, warum nur pflegten die Menschen die Quellen nicht? Ich möchte nicht wissen, wie viele Menschen unten im Keller waren nach dem Angriff und haben sich da einen *angetrudelt*, sagte der graue Mann.

Dunkel und Hell, alles nebeneinander, ja, ja. Regen und Sonne. Dort hinten kann man rumgehen, gehen wir doch. Ich bin im Gottesdienst nicht ein einziges Mal gewesen, vielleicht haben meine Eltern mich hingeschleppt, als ich noch nicht denken konnte, ich weiß es nicht. Ich bin aus der Kirche ausgetreten, nach dem Krieg. Ich habe zu viel gesehen, die Geistlichen sind ein Kapitel für sich, das habe ich noch nicht verarbeitet.

Sehen Sie, das war alles Kirche, das ist das Kirchenschiff gewesen, und das war hoch, Sie können es sehen, bis da oben, wo das rote Dreieck ist. Das war der First, und dort stand ein kleiner Vorbau. Sie haben alles zugemauert, damit es nicht umfällt, Original ist das nicht. Ich weiß nicht, warum das so ist, daß sogar das Gotteshaus künstlich aufrecht erhalten werden muß, ich sage ja, Gott ist deportiert worden, man muß Mitleid mit Gott haben.

Und hier unter unseren Füßen war Mosaikfußboden, das weiß ich, ich bin in jeder Kirche der Stadt schon dringewesen. Das muß man alles gesehen haben, das geht nicht anders. Nur den Gottesdienst habe ich nicht mitgemacht. Ein einziges Mal habe ich in der Michaeliskirche einen Amerikaner spielen hören, der hat ein Orgelkonzert gegeben auf der Hammondorgel, und dann war es mir nachher zu viel Lärm. Diese große Orgel in dem Kirchenschiff – ich konnte das einfach nicht ertragen, ich bin nach Hause gegangen. Ich kenne jede Kirche in Hammonia.

Wo war denn die Kanzel? fragte Ida. Ja, sagte der graue Mann, in dem Bogen hat eine Orgel gestanden, ich sehe noch die großen Pfeifen, alles Bilder, die ich in mich aufnahm. Und ich nehme an, daß da auch eine Kanzel war. Und hier stand Kirchengestühl, drei Gänge waren dazwischen, hier ungefähr am zweiten Ausgang stand das Taufbecken. Und dort hinten war eine Empore, aus Holz gebaut, da saß der – wie sagt man? – Küster, der Kirchendiener saß da und paßte auf die Gemeinde auf, daß keiner Blödsinn machte. Und hier, diese Gedenktafel, mein Gott, sehen Sie sich das an, dort hinten stehen auch noch alte Grabsteine, aber keine Gedenktafel, die an den Krieg erinnert. Nu dieses: ‹Werden bei dem Herrn sein alle Zeit› . . . ‹Wie sind die Helden so gefallen im Streit›, zweiter Samuel, ›sie werden bei dem Herrn sein alle Zeit› – das sind Erinnerungstafeln . . . Sehen Sie sich nur die Rosetten an, damals sind ab und zu ganze Apparate runtergekommen. Eine Sintflut oder ein Feuersturm, was ist der Unterschied?

Und da hilft nur der Wein, wir haben noch neunzehnhunderteinundfünfzig Wein geklaut aus den Weinbunkern hinter der Bank.

Ja, der Rausch und der Wein – Ida mußte an Magdalena denken, an ihre Vorliebe für Champagner, man konnte und durfte sich nicht ununterbrochen mit den ernsten Dingen des Lebens beschäftigen.

Die Sonne ging jeden Tag neu auf, die Erde würde ewig bestehen, auch nachdem die Menschen einander ausgerottet haben würden.

Regen fiel und Schnee fiel, Schlaf kam, und süße Träume erquickten das Gehirn. Der graue Mann lebte noch. Das war das größte Wunder.

Und der Engel schlug mit seiner Hippen an die erden / und schneit die Reben der erden / und warff sie in die grosse Kelter des zorns Gottes. Und die Kelter ward ausser der Stadt gekeltert / und das Blut gieng von der Kelter bis an die zeume der Pferde / durch tausent sechshundert feldwegs.

Am Abend nach diesem langen ‹Wanderritt› mit dem Gefährt, das seine Pferdestärken vervielfacht hat gegenüber den sanften, starken Rossen, trank sie Wein. Sie trank viel Wein. Rebensaft und Worte helfen, dachte sie.

Artus war weggegangen, war ihren Blicken entschwunden wie Eurydike denen des Orpheus, aber nicht, weil sie zurückgeschaut, sondern vor allem, weil sie die unendliche Kraft und Kälte des Männlichen gefürchtet, die eisernen Ringe um das Herz des Froschkönigs nicht hatte sprengen können. Artus war weitergezogen, vielleicht führte er jetzt gerade auf irgendeinem Dom seine Schlangennummer oder seine Fakirnummer auf – oder er war der Feuerschlucker, wer wußte es? Es war ihr gleich, ein Einarmiger mußte auch ohne seinen linken oder rechten Arm leben, warum sollte *sie* nicht ohne Artus leben, dessen Vater im Krieg gefallen war, auch wenn er physisch wiedergekommen war, seiner Frau Blumen kaufte, seinen Dienst versah und regelmäßig fernsah? Schauspielern hieß: auf den Leidenschaften der Menschen reiten. Sie würde in Zukunft, wenn sie zu Menschen ginge,

die Peitsche: den Taktstock, nicht vergessen, sie würde eine
Reiterin sein. Sie dachte an Esriel, wie sie mit ihm am Meer
spazierengegangen war. Manchmal sehnst du dich nach Fabricio? hatte sie ihn gefragt, ja, manchmal, hatte er gesagt.

Sie betrachtete den schlafenden Esriel, gab es Schöneres als
das schlafende Gesicht eines Kindes? Das schlafende Gesicht
eines Kindes *ist* Musik, man braucht nichts darüber hinaus.
Doch die Dinge nehmen ein Ende, der Tag bricht an, das
Kind erwacht, man wird ratlos und sucht Antworten. Vielleicht wird man erst, wenn man achtzig ist und ‹lebenssatt›,
wissen, daß es Antworten nicht gibt.
Ida betrachtete den schlafenden Esriel, wie ein stiller See lag
das Gesicht da, eine Maske, aber nicht künstlich. Welch ein
Teufel Esriel auch manchmal sein mochte, am Tag – dieses
schlafende Gesicht war die Unschuld selbst. Ida dachte, ob
auch in einem solchen Schlaf Menschen vom Feuersturm der
Bomben getötet worden waren. Warum macht Gott das
Böse? hatte Esriel gefragt. Die Menschen deportieren das
Göttliche aus sich, hatte Ida geantwortet, und natürlich hatte
sie Esriel erklären müssen, was deportieren heißt.
Sie sah sein schlafendes Gesicht. Der Anblick der geschlossen Lider rief ihr einen Tag im letzten Sommer ins Gedächtnis, an dem sie, auf dem Weg zur Mutter, in einem Kornfeld
am Wege einen üppigen Strauß heftig blauer Kornblumen
gepflückt hatte. Das Blau wurde in der Erinnerung so strahlend, daß es sie blendete. Die Kerze, die sie entzündet hatte,
flackerte von ihrem Atem. Esriel seufzte einmal tief auf, sie
hielt den Atem an, daß er nicht aufwachte. Sie dachte an einen Traum, in dem das Blau gewesen war, nur die Farbe
Blau, einmal war Blau ihre Lieblingsfarbe gewesen. Sie betrachtete den schlafenden Esriel. Sie erinnerte sich, wie die
Mutter nach der Geburt bei ihr gewesen war. Der Haß auf
die Eltern ekelte sie plötzlich, sie liebte ihre Eltern. Ihr Herz
war voll von Liebe zu den Eltern, es gab keine Worte für
diese Liebe. Sie meinte, die Kornblumen zu riechen. Kornblumen und Sonnenblumen, Flieder und roten Mohn – all
das blühte jedes Jahr. Und da war Vollmond, und die Sonne
hatte nichts von ihrer Kraft verloren, auch wenn die Winter
keine Winter mehr waren. Sie lebte *trotz alledem*. Sie dachte

an Austernende, an jenen herrlichen Oktobertag, es war ein Lichttag gewesen, sanft und lieblich.

Sie hatte in der Morgenzeitung gelesen, daß der Mann, der eine junge Arbeiterin, nachdem er die Richtung gewechselt und auf einem Nebenweg geparkt, vergewaltigt und sie danach gewürgt und getötet hätte, wenn sie sich nicht totgestellt, in einen Wassergraben geworfen hätte, wo sie bewußtlos liegengeblieben sei – *sich selbst erhängt habe.* Die Polizei hatte ihn bereits untersucht, aber wieder freigelassen – und er hatte die kurzfristige Freiheit genutzt, um sich zu töten...

Ida dachte, daß der Vergewaltiger sich nicht aus Angst vor Strafe, sondern aus Verzweiflung, die auch seine Tat verursacht, umgebracht hatte...

Es war ein herrlicher, heller Tag im Oktober. Ein Wunder, dachte sie, daß es solche Stimmungen noch gibt. Die Wellen trugen Mähnen, dort hinten, die Wellen im Meer, sieh mal, die Wellen sind schneeweiße Seeschlangen, und guck mal, sie tauchen unter, und sieh, sie schlängeln und räkeln sich, sie schnellen hoch, und der Himmel, dieser Himmel, oh, schau! Ein einziger Regenbogen war der Himmel, ein Regenbogen aus Blaufarben. Ein Augenschmaus war der Tag, ein Bankett, ein Erntedankfest. Ein Samtfell war der Himmel, eine ausgespannte Haut aus Seide. Sie sah das schlafende Kindergesicht, sie dachte an das wiedergefundene Spielzeug, an die Zigeuner in den Hinterhöfen. Das Gesicht das Kindes schien sich zu bewegen, sie sah die Schaukel am Meer auf Austernende. Ich schaukle, und da hinten, guck mal, flitzen die Wellen heran mit ihren sahnigen Schaumlocken, mit ihrem Frauenhaar von lauter Flechten im Schnee. Wie zerbrechlich war diese Stimmung, und doch war sie wirklich. Man vergaß alles: Umweltverschmutzung und Benzingestank, Klatschsucht und Gift des Neides, schlechte Laune, zu viel Arbeitenmüssen und tiefe Erschöpfung. Welch ein Tag. Goldene Blätter von der Sonne erleuchtet – die Jahreszeiten! Vor den Fenstern standen die gläsernen Pferde. Selbst die Quallen fand sie schön, sie lagen in der flachen See, das Wasser kam Welle auf Welle. Ida beobachtete eine Qualle, wie sie sich öffnete, das Meer, stülpte ihr Inneres nach außen. Die Qualle lag auf dem Rücken, eine Schildkröte, dachte Ida, die sich entblößt und ihren Panzer öffnet. Blaßgrün und blau waren die Quallen, schöne Geschöpfe, an diesem Tag im Oktober. Sie freute sich plötzlich auf alles – auf die Arbeit, auf die Musik, auf den Karneval, auf Weihnachten mit Esriel, auf Silvester, auf Champagner und frische Erdbeeren im nächsten Mai, auf das heimliche Blühen des Melokaktus, der nur nachts sich öffnet.

Es wurde hell. Esriels Gesicht war erleuchtet, die Zukunft lag blank und bloß vor Ida – eine Fläche der Freiheit.

Sie blickte aus dem Fenster und sah, daß es geschneit hatte.

Sie ging in die Küche, um Teewasser aufzusetzen. Lange stand sie am Fenster. Sie legte Musik auf. Vor ihrem inneren Auge erschien die Orgelbauerin, Margitta suchte mit ihrem Chef im Haus der Mutter den schönsten Raum für eine Orgel aus. Ida sah Bilder von Orgeln, üppig wirkten sie – königlich. Sie hatten etwas von Adlern, den großen, schönen Schreiadlern, die ausgestorben sind. Einsam wirkten sie, königlich einsam.

Mein Herz dichtet ein feines Lied, einem König will ich es singen, dachte Ida: dem König, der der Mensch in seinem Inneren ist.

Es war still. Schneekristalle würden sie blenden am Tag.

Es war hell geworden, Schwärme von Möwen flogen über das gegenüberliegende Hausdach.

Sieh, sagte Ida, als Esriel aufwachte, es hat geschneit. Wenn am Mittag die Sonne leuchtet, werden wir Diamanten im pulvrigen Schnee glitzern sehen. Diamanten? sagte Esriel.

Ja, sagte Ida, im Licht glänzt alles, was kostbar ist – all das Schöne.

Zieh dich an, Esriel, der Tag beginnt. Wir fahren zu Finale.

Du wirst sehen, wie es im Schnee auf der Weide leuchtet: unser geflügeltes Pferd.